# MIGUEL DE CERVANTES SAAVEDRA

*EL Ingenioso hidalgo DON Quixote de la mancha*

全新校訂

# 堂吉訶德

下

塞萬提斯——著 楊絳——譯

本書根據一九五二年馬德里出版《西班牙古典叢書》（*Clásicos Castellanos*）中弗朗西斯戈・羅德利蓋斯・馬林編注本（edicíon y notas de Francisco Rodríguez Marín）第六版翻譯。

插圖：José Narro

# 目次

# 獻辭

**敬上雷莫斯伯爵**[1]。

前幾天，我把已印出而尚未演出的幾個劇本獻給您大人，記得那時候彷彿說起，堂吉訶德只等穿上騎馬靴，就要前來拜見您。現在我向您奉告，他已經穿上靴子出發了。他如能到您面前，那我就自幸對您效了微勞。現在有個傢伙假冒稱堂吉訶德第二，到處亂跑，惹人厭惡[2]；因此四

---

1 雷莫斯伯爵（Conde de Lemos）名堂貝德羅・費爾南台斯・台・卡斯特羅（Don Pedro Fernández de Castro），是西班牙十七世紀提倡文藝的大貴族，對塞萬提斯很照顧。《堂吉訶德》第二部出版時，雷莫斯伯爵正在那不勒斯（Nápoles）做總督。塞萬提斯已把他的《模範故事》（*Novelas ejemplares*）（一六一三）和《未上演的八齣喜劇和八齣幕間短劇》（*Ocho comedias y ocho entremeses nuevos nunca representados*）（一六一五）兩部作品獻給他。這是第三次獻書。

2 指假托阿隆索・費爾南台斯・台・阿維利亞內達（Alonso Fernández de Avellaneda）之名出版的《奇情異想的紳士堂吉訶德・台・拉・曼卻第二部，敘述他第三次出行，亦即他第五部分的冒險》。這部書於一六一四年在塔拉果納（Tarragona）出版。作者把堂吉訶德寫成一個毫無奇情異想的粗狂的瘋子；把桑丘・潘沙寫成個毫無風趣的貪吃、多話的傻子。

方各地都催著我把堂吉訶德送去，好抵消那傢伙的影響。最急著等堂吉訶德去的是中國的大皇帝。他一月前特派專人送來一封中文信，要求我——或者竟可說是懇求我把堂吉訶德送到中國去，他要建立一所西班牙語文學院，打算用堂吉訶德的故事做課本；還說要請我去做院長[3]。我問那欽差，中國皇帝陛下有沒有託他送我盤費。他說壓根兒沒想到這層。

我說：「那麼，老哥，你還是一天走一二十哩瓦，或者還照你奉使前來的行程回你的中國去吧。我身體不好，沒力氣走這麼迢迢長路。況且我不但是病人，還是個窮人。他做他的帝王，我自有偉大的雷莫斯伯爵在那不勒斯，他老人家不用給我區區學院頭銜或院長職位，也在贍養我，庇護我，給我以始願不及的恩賜。」

我這樣打發了他，現在也就向您告辭；順便還把《貝爾西雷斯和西希斯蒙達歷險記》[4]獻給您大人。只要上帝保佑，這部書四個月內可以完成。咱們西班牙的作品裡——我指消遣作品裡，它如果不是最糟的，就是最好的；也許我不該說「最糟」，因為朋友們預料它準盡善盡美。恭祝您大人回國福體安康。到那時候，也許《貝西雷斯》已經在等著吻您的手了；我託庇您大人門下，也等著吻您的腳。一六一五年於馬德里。

您大人的僕從——

米蓋爾・台・塞萬提斯・薩阿維德拉

---

3　據說一六一二年（明神宗萬曆四十年），中國皇帝曾託傳教士帶給西班牙國王一封信，所以塞萬提斯開這個玩笑。參看普德能（Samuel Putnam），《堂吉訶德》英文譯本，第二冊，頁九九〇。

4　這部小說描寫古怪離奇的旅程，一六一七年塞萬提斯死後出版。

NARRO 51

# 前言致讀者

哎！各位紳士或平民讀者，你這會兒準急等著我這篇卷頭語吧？《堂吉訶德》有那麼一部續篇，據說是在托爾台西利亞斯寫成，在塔拉果納出版的[1]；你大概以為我會用臭罵來回敬那位作者吧？可是你料錯了。最虛心大量的人受了欺侮也不免生氣，不過我是個例外。你要我罵那個作者愚蠢狂妄嗎？我不想。「誰作了惡就自食其果；隨他和麵包一起吃下去，隨他自作自受」[2]。我受不了的是他指摘我年老而且殘廢了一條胳膊。難道我有能力叫歲月停留、青春常在嗎？我的胳膊是從古到今最偉大的戰役裡殘廢的[3]。他以為是在什麼酒店裡打傷的嗎？儘管我的創傷看來不漂亮，知道底細的人至少不會輕視。陣亡遠比逃命光榮；我是這樣看的。所以，假定我竟有回天轉運的本領，對過去的事我可以重新抉擇，我寧願傷殘了身體，還是要參與這場驚天動地的戰役。戰士臉上和胸口的傷痕好比天上的星，能指引旁人去爭取不朽的聲名、應得的讚譽。我還有

1　假托阿維利亞內達所作的《堂吉訶德》第二部，見本書下冊，〈獻辭〉，注2，阿維利亞內達自稱是托爾台西利亞斯人。

2　西班牙諺語。見本書上冊，第二十五章，注5。

3　塞萬提斯於一五七一年在雷邦多（Lepanto）戰役裡殘廢了左手。

句話：寫作雖然不靠白髮，卻要用頭腦；頭腦愈老愈高明。那人又說我心懷羨妒[4]；這也是我受不了的。他以為我不懂，還對我解釋羨妒的意義。其實，這個詞兒的兩種涵義裡，我只知道那神聖、高尚、善意的一種。所以我絕不會去攻擊一位教士，何況他又是宗教法庭的機要人士呢。那位作者的話是有所指的吧？如果他確是替某人說話，那麼他完全錯了。我崇拜那位先生的天才，欣賞他的作品，欽佩他孜孜不倦地行道[5]。多承那位作者說我的模範故事都寫得好，只是諷世的作用比示範的作用大[6]。謝謝他稱讚，故事如果不二者兼備，就說不上好了。

也許你覺得我很低聲下氣，一點兒不坦率。我是認為對可憐蟲該手下留情。那位作者不敢在光天化日之下露面，卻隱名冒籍，像有彌天大罪的逃犯似的，想必狼狽不堪。你如有緣見到他，請傳話說：我並不理會他的侮辱；我深知魔鬼的誘惑，他叫人自信著書出版就拿穩名利雙收。你不妨用開玩笑的口吻把下面的故事講給他聽，我的意思就更明白了。

塞維亞有個瘋子瘋得很妙。他把竹竿通成管子，一頭削尖。每在街上或別處捉到一隻狗，就踩住牠一爪，提起另一爪，找個地方把管子插進身體，對著管子吹氣，把那隻狗吹得圓鼓鼓的像皮球一樣。然後他在狗肚子上拍兩下，把牠放走。常有許多人圍著瞧，他就對他們說：「您各位這會兒準以為吹飽一條狗是容易的事吧？」——您這會兒準以為寫一部書是容易的事吧？

假如這個故事對他不適用，那麼，親愛的讀者，你可以把下面另一個瘋子和狗的故事講給他聽。

果都巴另有個瘋子常把一片大理石或分量不輕的石頭頂在腦袋上。他碰到一隻不很機警的狗，就挨近去把石頭砸在牠身上。狗負痛叫嗥，連著躥過幾條街也不停一下。有一回，他的石頭砸了一個帽子匠很寶貝的狗。石頭落在狗頭上；狗受了傷大聲叫嗥。牠主人看見了很心疼，抓起一把尺，追上瘋子，打得他渾身沒一根完好的骨頭；每打一下就說：

「你這狗賊！欺我的小獵狗[7]嗎？你這惡棍！沒瞧見我這狗是小獵狗嗎？」

他一聲聲的「小獵狗」，一下下打得那瘋子體無完膚。瘋子受了這番教訓，回家一個多月沒出門。然後他又出來玩那套老把戲了；頂的石頭比以前更重。他瞧見一隻狗，就跑去盯著細看，卻不敢把石頭砸下來，只說：

「當心！別又是小獵狗！」

他不論碰到大猛狗或小雜種狗，都說是小獵狗，不再把石頭砸下去。也許那位傳記作者會有同樣的遭受；他就不敢再把他那粗拙的才能施展在書上了。寫得不好的書，比頑石還笨重。

你還可以告訴他：儘管他的書會奪掉我的收入，我對他這點威脅滿不在乎[8]。我引用有名的插曲《拉·貝蘭丹加》[9]裡的話：「祝願我那位當市參議員的主人長壽！基督保佑大家。」我祝

4 「羡妒」原文是invidia，有兩個涵義：好的涵義是企羡；壞的是嫉妒。阿維利亞內達在他那部書的序裡指責塞萬提斯嫉妒洛貝·台·維咖。因為《堂吉訶德》第一部第四十八章有關戲劇的理論觸犯了洛貝。

5 阿維利亞內達指責塞萬提斯攻擊洛貝·台·維咖。洛貝於一六一四年入教會為教士；「宗教法庭機要人士」的頭銜大概是一六〇八年授與他的，都是《堂吉訶德》第一部出版以後的書。洛貝的私生活很不檢點。

6 阿維利亞內達說塞萬提斯的《模範故事》「諷刺性勝於模範性；故事很好，頗有才情」。

7 小獵狗（podenco），比普通獵狗身材小，前後腳也較短，但更矯健，嗅覺更靈敏。

8 阿維利亞內達在他的序文裡說：「我的作品搶了他的生意，隨他埋怨去吧。」

9 文學史上沒有這部著作，也許是當時傳說而並未出版的作品。

願偉大的雷莫斯伯爵長壽！他的仁愛慷慨是有名的；我坎坷的運途上，全靠了他才沒有跌倒。我也祝願慈祥的托雷多大主教堂貝爾那都・台・桑都巴爾及羅哈斯[10]長壽！即使世上沒有印刷機，或者出版攻擊我的書比《明戈・瑞伏爾戈諷刺詩集》[11]裡的字數還多，又怕什麼呢！兩位貴人不要我奉承，不等我求乞，對我慷慨施恩。即使命運照它的老套使我苦盡甘來，翻身發跡，我也不會有更大的福氣和財源。窮人可以有人尊敬，惡人卻不能。貧窮能掩蓋高貴的品質，但不能完全埋沒它。美德會從窮困籠罩不到的隙縫裡透露出光芒，引起偉人的注目和重視，博得他們的愛護。你不必再和他多說，我的話完了。只是請你注意，我奉獻給你的《堂吉訶德》第二部，和第一部從同一個題材一手剪裁而成。書上繼續描述堂吉訶德的事，直到他逝世入土。這樣就沒人敢再捏造些事情來污蔑他。他所幹的事已經夠多；那些瘋狂的趣聞，有一部信史的記載也就夠了，不用別人再多事。好東西太多了就沒有價值；糟東西稀少了也會可貴。我忘了告訴你，《貝爾西雷斯》[12]和《咖拉泰》的第二部[13]都快要寫完了，你們等著吧。

10 他是托雷多的大主教，羅馬教會的紅衣大主教，宗教法庭的首席審判官，當代權臣賴爾瑪公爵的叔父。塞萬提斯受他賞識；晚年潦倒也得他很多照顧。

11 這部詩集諷刺西班牙國王亨利四世的朝政，作者佚名。

12 見本書下冊，〈獻辭〉。塞萬提斯於一六一六年四月十八日寫《貝爾西雷斯》的獻辭，五天以後，即四月二十三日，去世。這部書是在他身後出版的。

13 這部書的第二部沒有出版，和塞萬提斯的其他許多作品一樣，都已沒有下落。

# 第一章

## 神父、理髮師兩人和堂吉訶德談論他的病。

熙德・阿默德・貝南黑利在本書第二部講堂吉訶德第三次出行。據說，神父和理髮師大約有一個月沒去看堂吉訶德，免得惹他記起舊事。他們只探望他的外甥女和管家媽，囑咐她們小心調護他，給他吃些補心養腦的東西，因為他的病根顯然是在心裡和腦袋裡，她們倆說，已經照這麼辦了，以後還要竭力調養他；照她們看，她們家主人有時候好像頭腦很靈清了。神父和理髮師聽了非常高興。這部偉大的信史第一部末一章裡，講到他們使堂吉訶德著了魔，用牛車把他拉回家來。他們覺得這件事確是做得不錯。他們決計去看望他，瞧他的病是否真有好轉。不過他們料想他的病是好不了的。兩人約定絕口不談游俠騎士，怕他傷口的新肉還嫩，保不定又碰破。

他們去拜訪堂吉訶德，看見他坐在床上，穿一件綠色羊毛絨內衣，戴一頂托雷多出產的小紅帽兒，枯瘦得簡直像個木乃伊。他殷勤接待兩人；聽了他們問候，就訴說自己起居健康的情況，講得事理清楚，語言恰當。大家閒聊，談論到建國治民之道：哪些弊政該補救或抨擊，哪些惡習該改革或掃除。三人都儼然是新出的政論家、當代的李庫爾果[1]或新型的索隆[2]。他們把國家改革一新，彷彿投入熔爐，重新鑄造了一個。堂吉訶德談論各種問題都頭頭是道，所以那兩個特來實地考察的人確信他已經神志清楚，完全復元了。

當時外甥女和管家媽也在旁，瞧她們的家主頭腦這麼靈清，說不盡的感激上帝。神父本來打算不談騎士道，可是他要著實知道堂吉訶德的病是否確已斷根，就改變了主意。他東說說、西講講，談起京城裡傳來的新聞。他說聽到確訊，土耳其人結集了強大的海軍，進逼西班牙國境，不知他們有什麼圖謀，也不知這場大風暴要在什麼地區爆發。土耳其人的威脅幾乎年年給基督教國家打警鐘，使它們都加緊備戰；國王陛下在那不勒斯和西西里沿海一帶以及馬耳他島上都有防備。堂吉訶德聽了這番話，說道：

「國王陛下及時防衛國境，叫敵人不能攻其無備，可見他深知兵法。不過他假如請教我，我卻有個妙策，他老人家這會兒怎麼也想不到的。」

神父一聽這話，心上暗想：「啊呀！可憐的堂吉訶德！我看你瘋得透頂而且傻得沒底了。」理髮師也這麼想，一面就問堂吉訶德有什麼妙策；還說許多人向國王獻計，都不切實際，只怕他的這條也是同樣貨色。

堂吉訶德說：「使剃刀的先生啊，我的計策就妙在應機當景，絕不是迂闊的空談。」

理髮師道：「我不是說您不切實；不過我看到從來大家向國王陛下獻的計策，差不多全都無用；或是行不通，或是荒謬絕倫，或是照辦了就有害於國王和國家。」

堂吉訶德說：「可是我的妙策既不是辦不到，也並不荒謬；誰也想不出更方便、切實、巧妙、簡捷的辦法來。」

神父說：「堂吉訶德先生，您說了半天，還沒把您那條妙策說出來呢。」

堂吉訶德道：「我這會兒一說，明天早上就傳到樞密院諸公的耳朵裡去了。我幹麼白費心思，把功勞讓給別人呀。」

理髮師說：「我在這裡，面對上帝，保證不把您的話向任何人洩漏。據《神父的故事詩》[3]那神父給強盜搶掉一百杜布拉[4]和一頭善走的騾子發誓不說出去；後來在做彌撒的開場白裡向國王告發了那個強盜。我就是學著那位神父發誓。」

堂吉訶德說：「我不知道這些故事，只知道這個誓是靠得住的，因為我相信理髮師先生是可靠的人。」

神父說：「即使他不是，我可以擔保他像啞巴一樣，絕不把這話說出去；否則依判罰款。」

堂吉訶德說：「可是神父先生，您擔保他，誰擔保您呢？」

神父答道：「我的職業可以擔保，因為保守祕密是我的職分呀。」

堂吉訶德這才說道：「我憑耶穌聖體發誓，國王陛下只要用個叫喊消息的報子，傳令全國的游俠騎士，在指定的某日到京城來聚會。儘管只來六個，說不定其中有一個單槍匹馬就能打得土耳其全軍覆沒。兩位請聽我講。游俠騎士一人摧毀二十萬大軍，難道是從來沒有的事嗎？在他眼

1 古希臘的政治家和演說家，生於西元前四世紀。

2 古希臘的立法家，生於西元前六世紀。

3 故事出處不詳。

4 西班牙古金幣。

裡，二十萬人好比只長著一個脖子呀！二十萬人只像一塊杏仁糕呀！不然的話，專記這種奇事的歷史，會有這麼多嗎？假如鼎鼎大名的堂貝利阿尼斯沒死，或者阿馬狄斯·台·咖烏拉的子子孫孫裡有一個還活著——當然就礙著我的道兒了，且不說別人。可是咱們現在只要有他們中間的一個人去抵抗土耳其人，哼！土耳其人只怕就完蛋了。不過上帝自會照顧信奉他的人，給他們派救星來，即使不能像過去的游俠騎士那麼凶狠，至少也一樣的勇敢。上帝知道我的意思，我不多說了。」

外甥女兒插嘴道：「啊呀！我舅舅準是又要去當游俠騎士了！不信，我死給你們看！」

堂吉訶德答道：

「我到死也是游俠騎士。不管土耳其人從南來、從北來，不管他們的兵力多麼強大，隨他們來吧！我再說一遍，上帝明白我的意思。」

理髮師插嘴道：

「各位請聽我說個塞維亞的小故事；因為正合適，我忍不住要講講。」

堂吉訶德請他講，神父等人都靜聽。理髮師講了以下的故事：

「塞維亞有個人精神失常，他親屬就把他送進當地瘋人院。這人是奧蘇那大學[5]畢業的，專攻寺院法。不過許多人認為他即使是薩拉曼加大學畢業的，也一樣會發瘋。這位碩士在瘋人院裡關了幾年，自以為頭腦清醒，神志完全正常了。他寫信求大主教解救他的苦難。他說靠上帝慈悲，他一度昏迷的神志已經完全復原，而他的親屬貪圖他的財產不放他出院，硬冤他是一輩子好不了的瘋人。他寫得情詞懇切，事理清楚。大主教給他屢次來信打動了，派本府一個教士向瘋人院長探問究竟，並和那瘋子談談，他果然頭腦清醒了，就放他出院。教士領命去了。瘋人院長對教士說：那人並沒有好，他的言論往往很高明，可是到頭來總露出馬腳，說些荒乎其唐的話，抵消了那些高論；只要和他談談就摸出底來。教士願意試試，去見了那瘋子，和他談了一個多鐘頭。瘋子始終沒說一句糊塗話，談吐有條有理，使教士確信他已經復原。瘋子說，院長受了他親屬的賄賂，對他不懷好意，硬說他的病時好時發，沒有斷根。他說自己只為家產太多，才吃這個大虧；他冤家貪圖那份財產，竟不讓人相信他靠上帝洪恩，已經從畜類重又變成了人。反正他講得很動聽，顯然院長有嫌疑，親屬給貪心昧了良心，而他呢，頭腦完全清醒。那教士就決計帶他回去見大主教，由大主教親自判明是非真偽。那位好教士抱定這個主意，請院長下令把碩士入院穿的衣服發還他。院長重又叮囑那教士不要輕率，說碩士依然是個貨真價實的瘋子；再三勸阻，卻毫無用處。院長心想既是大主教的命令，就聽從了。他們讓碩士換上自己半新的體面衣服。碩士脫掉了瘋人服裝，打扮得像好人一樣，就要求教士行個方便，讓他向同院的病人告別。教士也願意陪著去瞧瞧院裡的瘋子，他們和院長等人一同上樓。有一個柵欄裡關著個動武的瘋子，不過他這時很安靜。碩士走到柵欄前，對這瘋子說：

「『老哥，你瞧瞧有沒有什麼事要託我，我要回家了。上帝恩德無邊，就連我這樣不值一顧的人，也蒙他照顧，頭腦重又清醒。我現在已經完全正常了；上帝真是無所不能啊！你該信賴上帝；他既會叫我復原，也會叫你復原，只要你信賴他。我一定記著給你送些好吃的東西來，你千萬得吃。你聽我說，我是過來人，我想咱們發瘋都因為肚裡空虛，腦袋裡就充滿了氣。你得鼓起

---

5 奧蘇那大學就像本書上冊，第一章裡提到西宛沙大學一樣是個小規模的大學，塞萬提斯那時代的人說到這類大學，往往帶著嘲笑口吻。

勁來！倒了楣垂頭喪氣，會傷身減壽的。』

「對面另一個柵欄裡有個瘋子赤條條躺在一床舊席上。他聽了碩士這番話，起身大聲問誰病好了出院。碩士答道：

「『老哥，出院的是我，因為不用再待在這兒了。這是上天的洪恩，我說不盡的感激。』

「那瘋子說：『碩士啊，你說話得仔細，別上了魔鬼的當。我勸你別亂跑，好好兒待在自己屋裡吧，免得再回來。』

「碩士答道：『我知道自己現在好了，不用再回來了。』

「那瘋子說：『你好了？哼！瞧著吧！但願上帝保佑你！今天把你當作沒病的人放你出院，就是塞維亞的罪過。我代替朱比特[6]管轄這個世界，我憑朱比特發誓：我單為塞維亞這點罪過，要向這個城市狠狠降罰，叫它千年萬載也忘不了，這就是我誠心所願！小矮子碩士啊，你可知道，我真有這本領！我剛說了，我是掌管雷霆的朱比特，我手裡有怒火熊熊的霹靂，經常可以嚇唬世人，摧毀世界。不過我另有辦法懲罰這個愚昧的城市。我從現在起整整三年裡，叫塞維亞全城和四郊不下一滴雨！你可以出院了？你健康了？你病好了？我倒是瘋子、病人，不得自由的？哼！要我下雨呀，就好比要我上吊！』

「旁人都在聽這瘋子叫嚷，我們這位碩士卻轉身握住教士的雙手說：

「『我的先生，您甭著急，別理會這瘋子的話。他是朱比特不肯下雨嗎？我卻是水的父親、水的神道、耐普圖諾[7]呀！不管什麼時候，只要我想下雨，或需要下雨，雨就下了。』

「那教士答道：『您說得對，耐普圖諾先生，不過招朱比特先生發火究竟不妙，您還是待在這裡，等哪天方便，我們有工夫再來找您吧。』

「院長等人都大笑，弄得那位教士很不好意思。瘋人院裡給碩士脫下衣服，還把他留在院裡。這故事完了。」

堂吉訶德說：「理髮師先生，您認為這個故事正當景，忍不住要講嗎？哎，使剃刀的先生啊！『隔著篩子瞧不見東西的人，真是瞎子』[8]！況且把人家的才德、相貌、家世互相對照，總是討厭，您連這點都不知道嗎？理髮師先生，我不是水神耐普圖諾，我也不要求人家稱我識見高明，因為我並不高明；我不過竭盡心力，讓大家知道，不恢復崇奉騎士道的盛世，是個大錯。從前有游俠騎士負責捍衛國家，保護幼女孤兒和孩童，鋤暴安良，那時代的人多麼享福啊；咱們這個衰世可不配有那麼大的福分了。現在多半的騎士，身上只有錦緞衣服的窸窣聲，沒有鋼盔鐵甲的鏗鏘聲了。現在沒什麼騎士冒著嚴寒酷暑或風吹雨打，渾身披掛，在野外露宿了；沒什麼騎士還像先輩那樣腳不離鐙、身靠長槍，只求打個盹兒了。以前的游俠騎士，從深林出來跑進深山，從深山到荒涼的海邊，海山總有狂風大浪。他看見海灘上一艘小船，槳呀、帆呀、桅杆呀、繩索呀，什麼裝備都沒有。可是他毫無畏懼，跳上船，隨怒濤惡浪去擺布。他跟著海波起伏，一會兒聳到天上，一會兒落到海底。他頂著不可抵擋的暴風，想不到一上船已經走了三千多哩瓦的路。他上岸在陌生的遠方遭遇到許多事，都值得鐫刻在青銅上，不是寫在紙上的。像這種游俠騎士，現在都絕跡了。現在這年頭，懶惰壓倒了勤快，安逸壓倒了勤勞，罪惡壓倒了美德，傲慢壓倒了

6 朱比特（Júpiter），羅馬神話裡宇宙之主，相當於希臘神話裡的宙斯，他掌管雷霆。

7 羅馬神話裡的海神。

8 西班牙諺語。

勇敢；甚至拿槍桿子的也空談而不實行了。這一行，只有黃金時代靠了游俠騎士才走得紅。不信，你們說吧，誰比鼎鼎大名的阿馬狄斯・台・咖烏拉更純潔勇敢呢？誰比巴爾梅林・台・英格拉泰拉更聰明呢？誰比白騎士悌朗德更隨和呢？誰比李蘇阿爾泰・台・格瑞西亞更豪俠多情呢？誰比堂貝利阿尼斯受的傷更多，而且傷的人更多呢？誰比貝利翁・台・咖烏拉更剛毅呢？誰比費利克斯瑪德・台・伊爾加尼亞臨險更勇往直前呢？誰比艾斯普蘭狄安更誠摯呢？誰比堂西隆希琉・台・特拉西亞更奮不顧身呢[9]？誰比羅達蒙泰更勇敢呢？誰比索布利諾王更謹慎呢？誰比瑞那爾多斯更膽大呢？誰比羅爾丹更無敵於天下呢？誰比汝黑羅更溫文爾雅呢[10]？據杜爾賓的《環球志》，現在的費拉拉公爵全都是汝黑羅的後代[11]。神父先生，我另外還可以說出許多騎士來，都是發揚光大了騎士道的游俠英雄。我要向國王進言所說的游俠騎士就是這一類人。國王陛下羅致了他們，既有了得力的幫手，又可以省掉一大筆費用，土耳其人到頭來無法可施，只好自揪鬍子。現在大主教府的教士既然不帶我出瘋人院，我就待著好了。假如照理髮師的話，朱比特不肯下雨，那麼有我在這兒呢，我要下雨就下雨啦！我這話是要叫那位靠洗臉盆幹活兒的先生明白，我懂他言外之意。」

理髮師說：「堂吉訶德先生，我實在不是這意思。天曉得我是一番好意，您不該生氣。」

堂吉訶德答道：「該不該生氣，我自己明白。」

神父插嘴說：

「我始終還沒開口，可是聽了堂吉訶德先生的話，心上倒有點兒納悶，想痛痛快快地問問。」

堂吉訶德答道：「神父先生還有什麼話，不妨都說出來；有什麼納悶的，儘管問，悶在心裡不是滋味。」

神父說：「您不見怪，我就說吧。堂吉訶德先生，我有件事想不通。您提的那一大群游俠騎士，難道都是這個世界上有血有肉的真人嗎？我怎麼也沒法兒相信呀。我覺得他們都是憑空捏造的，都是睡夢剛醒或者半睡半醒的夢話。」

堂吉訶德答道：「這又是世俗的通病，許多人硬是不信世上真有這種騎士。我曾經在各種場合，多次向形形色色的人極力糾正這個流行的錯誤。有時我講不清，有時根據事實，居然講明白了。我的根據是千真萬確的。譬如阿馬狄斯·台·咖烏拉吧，我簡直可說親眼見過。他是個高個子，白白的臉兒，一部黑鬍子修得很整齊，神氣溫和而又威嚴；他不多說話，不易動怒，發了火一會兒就平息下去。我可以把故事裡寫的全世界的游俠騎士一個個都像阿馬狄斯這樣細講他的形容相貌。讀了故事對他們就有個印象，再按他們的行事和性情脾氣仔細推究，他們的面貌呀、顏色呀、身材呀就一一活現在眼前了。」

理髮師問道：「堂吉訶德先生。您看巨人莫岡德該有多高啊？」

堂吉訶德答道：「世界上究竟有沒有巨人，各有各的說法。不過《聖經》裡的話沒半點兒虛假的，照《聖經》上看來，確實有巨人。因為《聖經》上講到斐利斯人歌理亞斯，說他身長七腕

9 以上九人，都是騎士小說裡的英雄。貝利翁是阿馬狄斯的父親，艾斯普蘭狄安的祖父，李蘇阿爾泰的曾祖父。

10 以上都是阿利奧斯陀《奧蘭多的瘋狂》裡的人物。

11 杜爾賓大主教見上冊，第六章，注4；《環球志》並無其書，是塞萬提斯信筆捏造的。阿利奧斯陀在《奧蘭多的瘋狂》裡把世襲的費拉拉公爵都說成汝黑羅的後代。

尺半[12]，那就高得很了。西西里島上發現過巨大的脛骨和肩胛骨[13]。那麼大的骨頭，準是巨人身上的，那些巨人該有塔那麼高呢。這是可以用幾何學來推算的。不過，我拿不定莫岡德究竟有多高。我想不會很高；我這話有根據。因為我看見敘傳他的專著[14]裡說，他常睡在屋裡；既然屋裡容得下他，顯然他不會太高大。」

神父說：「對啊！」

堂吉訶德這一派胡言神父聽得很有趣，他就舉出一個個游俠騎士來請堂吉訶德設想他們的相貌，譬如瑞那爾多斯·台·蒙答爾班呀，堂羅爾丹呀，還有法蘭西十二武士裡的其他幾人。

堂吉訶德答道：「照我猜想，瑞那爾多斯生得一張通紅的大臉盤，眼睛很靈活，有點兒鼓；性如烈火，專好結交強盜和亡命之徒。羅爾丹，或羅佗蘭多，或奧蘭多呢——歷史上這三個名字是通用的，我拿定是中等身材，寬肩膀，兩腿有點羅圈，黑臉，紅鬍鬚，身上汗毛很重，眼睛裡殺氣逼人；他沉默寡言，可是溫文有禮。」

神父說：「假如羅爾丹像您說的這樣不漂亮，怪不得美人安杰麗加公主瞧不入眼，扔了他去找她相好的那個剛出鬍子的小摩爾人了；那人一定風流俊俏、活潑有趣。她不愛羅爾丹的嚴肅，而愛上梅朵羅的溫柔，可見很有眼力。」

堂吉訶德說：「神父先生，這個安杰麗加是個沒腦子的姑娘，她喜歡亂跑，也有點兒輕浮；她那許多風流放誕的事，隨著她的豔名到處流傳。她鄙棄了成千成百的王孫、爵士、才子、好漢，卻看上一個還沒長鬍子的小僮兒；既沒有財產，也沒有聲望，只因為他對朋友感恩知報[15]才有點名氣。安杰麗加的失身當然是不體面的；歌頌她美貌的大詩人阿利奧斯陀寫到這裡，就不敢或不願再敘述她的事了。他擱筆以前，寫了以下兩行詩：

至於她怎樣接位做了中國的女皇，
也許別人能用更好的「撥」來彈唱。[16]

這話分明像預言；因為詩人也有『先知者』或預言家的稱號。這句預言是很準的。後來安達魯西亞的著名詩人曾為她的眼淚悲歌[17]；加斯底利亞獨一無二的著名詩人也曾歌頌她的美貌[18]。」

理髮師插嘴道：「堂吉訶德先生，我請問您，這麼許多詩人讚美她，是否也有人作詩嘲笑她呢？」

---

12 腕尺（codo），由肘至中指尖的長度，約十八至二十二吋。

13 見安東尼歐・台・托爾給瑪達（Antonio de Torguemada）的《奇花異葩之圃》（*Jardin de flores curiosos*）。

14 指義大利人魯伊斯・普爾其（Luis Pulci）所著《巨人莫岡德》（*Morgante Maggiore*）紀事詩，一五五〇年出版了西班牙文譯本。

15 所謂朋友，就是梅朵羅的主人達狄耐爾王。梅朵羅夜裡冒險去埋葬主人的屍體，受了重傷。

16 這是阿利奧斯陀《奧蘭多的瘋狂》第三十三篇第十六節的末了兩行，塞萬提斯曾引用末一行來結束《堂吉訶德》第一部。按原文，上一行是「她把印度的王位給了梅朵羅」（E dell' India a Medor desse lo scettro），堂吉訶德竄改了。「撥」，見上冊，第五十二章，注15。

17 魯伊斯・巴拉洪那・台・索多（Luis Barahona de Soto）著有《安杰麗加的眼淚》，一五八六年出版。見上冊，第六章。

18 指洛貝・台・維咖一六〇二年出版的詩集《安杰麗加之美》（*La hermosura de Angélica*），「獨一無二」云云有諷刺之意。

堂吉訶德說：「假如薩克利邦泰或羅爾丹[19]是詩人，我想他們準把這位姑娘著實的挖苦一番。詩人選中了意中人，不論是假托的還是真的，如果意中人瞧他不起，拒絕了他，他就用諷刺和誹謗來雪恥報仇；這是詩人道地而現成的手法[20]。當然，心胸寬大的人是不屑做這種事的。據我所知，至今還沒有誰作詩誹謗這位顛倒一世人的安杰麗加公主呢。」

神父說：「真是奇蹟！」

他們談話的時候，管家媽和外甥女兒已經走開了；這時忽聽得她們倆在院子裡大叫大嚷，大家忙趕去。

19 都是追求安杰麗加而受鄙棄的武士。

20 塞萬提斯這裡指的是洛貝・台・維咖。洛貝曾作詩誹謗某些女演員。

# 第二章

## 桑丘・潘沙和堂吉訶德的外甥女、管家媽等大吵，以及其他趣事。

據這部傳記上說，堂吉訶德、神父和理髮師聽見吵鬧，原來是桑丘硬要進來探望主人，堂吉訶德的外甥女和管家媽攔著門不放，嚷著說：

「這流氓到我們家來幹麼？老哥啊，回你自己家去吧？哄了我們家主人出去亂跑的就是你！不是別人！」

桑丘答道：「魔鬼的管家媽！給人家騙出去亂跑的是我！不是你主人！是他帶著我滿處跑，你們把事情全弄顛倒了。他花言巧語，答應給我一個海島，騙我從家裡出來，我到今還等著這個海島呢。」

外甥女說：「該死的桑丘！讓倒楣的海島噎死你！什麼海島？是好吃的嗎？你這個饞嘴佬！」

桑丘答道：「不是吃的東西，是管轄的東西，我可以管轄得比四個市政府和四個京城長官還好呢。」

管家媽說：「隨你怎麼說，這裡不要你來！你這個滿肚皮鬼主意的傢伙！管你自己的家、種你租的地去！別胡想什麼海島河島啦！」

神父和理髮師聽了三人的對話很好笑。堂吉訶德怕桑丘說溜了嘴，講出許多促狹的胡話來，對自己聲名有礙。他就喊桑丘進來，一面叫她們倆住嘴，別攔著他。桑丘進來，神父和理髮師辭別出去。他們瞧堂吉訶德腦袋裡一團糟，那套該死的騎士道的謬論根深柢固，都覺得他的病是沒指望的了。神父對理髮師說：

「老哥啊，你瞧著吧，咱們想不到的時候，這位先生又要展翅兒高飛了。」

理髮師答道：「這還用說嗎？不過侍從的傻，竟和騎士的瘋一樣叫我吃驚呢。他死抱著那個海島，隨你怎麼解釋也沒法消除他這個念頭。」

神父說：「但願上帝挽救他們吧。咱們得時刻留心，瞧著這一對騎士和侍從會瘋傻到什麼地步。我覺得兩人竟是一個模子裡打造出來的。主人的瘋要沒配上傭人的傻，就一文不值了。」

理髮師說：「是啊。我很想聽聽他們倆這會兒說的話呢。」

神父說：「我拿定外甥女兒和管家媽會告訴咱們。照她們倆的脾氣，不會不偷聽。」

這時堂吉訶德關上門，只和桑丘兩人在屋裡。堂吉訶德說：「桑丘，你說是我把你從家裡騙出去，這話我聽了很難受，因為你明知我也沒待在家裡呀。咱們倆一起出門，一起趕路，一起滿處跑；兩人同甘共苦。如果說，你給人家兜在毯子裡拋弄過一次，我挨過的打有一百次呢；這就算是我比你便宜吧。」

桑丘說：「這也是應該的呀。照您自己的話，倒楣事兒和游俠騎士是緊緊連在一起的，和侍從還遠著點兒啊。」

堂吉訶德說：「桑丘，你錯了，古話說得好：『首疾……』[1]」

桑丘道：「我只懂咱們本國話。」

堂吉訶德道：「我是說，腦袋有了病痛，身體各部都有病痛。我是你的主人，就是你的腦袋；你是我的傭人，就是我身上的一部分。所以我有病就牽連到你，你有病也牽連到我。」

桑丘說：「應該是這樣啊！可是，我既然是您的一部分，我這部分給人家兜在毯子裡拋弄的時候，您是我的腦袋卻在圍牆外面瞧著我在天空翻滾，沒有覺得痛苦呀。既然腦袋有病痛，渾身各部都有病痛，那麼身上哪一部分有病痛，腦袋也該有病痛呀。」

堂吉訶德道：「桑丘，你這話大概是說，你給人家拋弄的時候，我沒有感受痛苦。如果你是這個意思，我勸你別這麼說，也別這麼想，因為我當時心上的痛苦，比你身受的還厲害。可是這話咱們這會兒甭提了，將來再仔細講究吧。桑丘朋友，我問你，村兒裡在說我什麼話？老鄉們、紳士、騎士們對我有什麼意見？關於我的勇敢、我的功績、我的禮貌，他們怎麼說的？我要在當今之世把廢掉的騎士道重新振興，人家有什麼議論？一句話，桑丘，凡是我問的這些，你聽到什麼都得告訴我，別添一句好話，也別瞞掉一句壞話。忠心的臣僕該把真情照實報告主人，既不加油添醬地討好，也不藏頭掩尾地隱瞞。我告訴你，桑丘，如果君王聽到的全是不加粉飾的真情實況，沒有奉承迎合的花言巧語，那麼過去的世紀就改了樣，咱們這個世紀也不該稱為『鐵的世紀』了；我覺得咱們近年來卻是黃金時代[2]呢。桑丘，你該照我的叮囑，凡是我問你的，你聽到過什麼，就明明白白、誠誠懇懇地照實告訴我。」

---

1　堂吉訶德引了一句拉丁文諺語的開頭二字，全句是「首疾則全身病」（Quando caput dolet, coetera membra dolent）。

2　這下半句不像堂吉訶德的口吻，卻像塞萬提斯獻詞裡的話。

桑丘答道：「好得很呀，我的先生，不過有句話得講在前頭：您既然要我聽到什麼都搬給您聽，沒一點兒遮蓋，那麼我說了您可別生氣。」

堂吉訶德說：「我絕不生氣，桑丘啊，你儘管直說，不用拐彎兒抹角的。」

「那麼，我先告訴您，老鄉們說您是頭號兒的瘋子，說我這傻瓜也不輸您。紳士們說您不安安分分做紳士，總共有了四棵葡萄兩畝地[3]，身上拖一片掛一片的，卻自稱『堂』，一下子成了騎士[4]。騎士們說，他們不喜歡紳士和他們平起平坐，尤其那種只配當侍從的紳士，皮鞋都自己擦，黑襪子上補著綠絲線。」

堂吉訶德說：「這話和我不相干，我向來穿得整齊，身上從沒有補釘；可能衣服破些，那也是盔甲磨破的，不是穿舊了破的[5]。」

桑丘說：「關於您的勇敢、您的禮貌、您的功勛，各有各的看法。有人說：『瘋而有趣。』有人說：『有勇氣，只是沒運氣。』有人說：『有禮貌，可惜不得體。』他們還有許多話呢，直挑剔得咱們通身上下百孔千瘡了。」

堂吉訶德道：「桑丘，你該知道，『出人頭地，遭人嫌忌』[6]；哪裡都是一樣。名人而不遭誹謗，那是絕無僅有的。胡琉．凱撒是最堅毅、最英明勇敢的統帥，人家說他野心勃勃，還說他的衣服和私德都有點兒不乾淨。亞歷山大靠生平事業贏得『大帝』的稱號，人家說他有幾分酗酒的習氣。海克力士功績累累，人家說他荒淫驕奢。又譬如像阿馬狄斯的弟弟堂加拉奧爾吧，人家說他太好鬥，說他哥哥動不動就愛哭。哎，桑丘，好人都受到這樣的毀謗呢；如果我受到的只是你說的這些，就算不錯了。」

桑丘說：「我的爹！糟的是不止我說的這些呀！」

堂吉訶德問道：「那麼還有別的話嗎？」

桑丘說：「還有『尾巴上的皮沒剝下來呢』[7]。剛才說的那些，只算小點心罷了。您如要知道全套兒誹謗您的話，我馬上給您找個人來，他會一五一十地搬給您聽，一星半點兒也不遺漏。巴多羅梅・加爾拉斯果的兒子剛從薩拉曼加大學得了學位，昨晚回家。我去歡迎他，他告訴我說，您的事已經寫成書了，書名是《奇情異想的紳士堂吉訶德・台・拉・曼卻》。他說書上也有我，名字就叫桑丘・潘沙；還有杜爾西內婭・台爾・托波索小姐，還講些事光是咱們兩人經歷的，不懂那個寫傳的怎麼都知道，我詫異得直在自己身上畫十字。」

堂吉訶德道：「我告訴你，桑丘，寫咱們這部傳記的一定是個法師或博士，這種人筆下要寫什麼，眼睛裡就看見什麼。」

桑丘說：「怪道呢！原來是法師和博士，所以我剛才講起的那個參孫・加爾拉斯果學士說，那個寫傳的名叫熙德・阿默德・貝蘭黑那！」

堂吉訶德說：「這是個摩爾人的名字。」

---

3 「四棵」就是「好幾棵」，「四」是「多」的意思；畝，原文yugada，是兩頭牛駕在一個軛下一天能耕完的地。

4 堂吉訶德是紳士，還不是貴族階級，騎士是起碼的貴族階級，稱「堂」。但這個稱號正逐漸廣泛。

5 西班牙諺語：「紳士寧穿破衣，不打補釘。」因為打補釘證實是貧窮，而用不同顏色的線補綴，尤顯得寒磣。

6 西班牙諺語。

7 西班牙諺語。

桑丘說：「準是的。我聽說摩爾人都愛吃『貝蘭黑那』[8]。」

堂吉訶德說：「桑丘啊，『熙德』按阿拉伯文就是『先生』；你一定把這位熙德的姓說錯了。」

桑丘說：「很可能。您這會兒要我去把那位學士找來嗎？我立刻就去。」

堂吉訶德說：「那好極了。你那些話說得我心裡癢癢，不把事情問個明白，吃一口東西都在胸口堵著。」

桑丘說：「那麼我就找他去。」

他撇下主人去找那位學士，一會兒就帶了學士回來。他們三人談的話很有趣。

8 桑丘把貝南黑利（Benenjeli）說成貝蘭黑那（Berenjena），這個字的意思是「茄子」。

# 第三章

## 堂吉訶德、桑丘・潘沙和參孫・加爾拉斯果學士三人的趣談。

堂吉訶德一面等著加爾拉斯果學士，一面默想桑丘的話。他打算問問那位學士，人家把他寫到書上去，講了他些什麼。他不信真會有那麼一部傳記。他的劍上敵人餘血未乾，難道他發揚騎士道的豐功偉業已經寫成書出版了嗎？可是他想準有一位善意或惡意的法師靠魔法幹了這件事。假如那人出於善意，就是要把他幹的事抬得比騎士裡最傑出的成就還高；假如出於惡意，就是要把他那些事貶斥得比歷史上卑微的侍從裡最卑鄙的行為還低。不過他想，書上從來不寫侍從的事；假如確有桑丘說的那麼一部傳記，敘述的既是游俠騎士的事，那就必定是嚴肅、正經、堂皇而且真實的。他這麼一想，稍微放心些。可是作者稱為熙德，想必是摩爾人；摩爾人都不老實，而且詭計多端，不能指望他們說真話。他想到這層，又放心不下。他又怕書上把他的戀愛描寫得不端重，損害了杜爾西內婭・台爾・托波索小姐的清名。他希望書上能寫出他對這位小姐一心一意，必恭必敬，把王后、女皇和形形色色的女人都不放在眼裡，而且總是嚴肅地抑制著自己的情慾。他正在這樣反覆尋思，桑丘已經帶著加爾拉斯果來了。他連忙殷勤接待。

那位學士雖然名叫參孫，並不是名副其實的大個子[1]，只是個大滑頭。他臉色蒼白，心思卻很伶俐，大約有二十四歲，圓圓的臉，扁塌鼻子，大嘴巴；照這副相貌，好像是個調皮促狹的性格兒，喜歡開玩笑、捉弄人的。他一見堂吉訶德，果然本性流露，對堂吉訶德雙膝跪倒，說道：

「堂吉訶德・台・拉・曼卻先生，請您伸出貴手，讓我親吻。我雖然只是教會裡下四等的職員[2]，卻要憑我這件聖貝德羅式的道袍[3]發誓宣言：全世界古往今來最有名的游俠騎士就是您！熙德・阿默德・貝南黑利把您的豐功偉業寫成書，我真要禱告上帝為他賜福！那位搜求奇書的人不辭辛苦，把這部阿拉伯文的故事翻成西班牙語，讓大家都能欣賞，我更祝他福上添福！」

堂吉訶德扶了他起來，說道：

「照您這話，真是出了一部寫我的傳記嗎？作者真是個摩爾博士嗎？」

參孫道：「這是千真萬確的，先生；據我估計，現在這部傳記至少已經出版了一萬二千冊[4]，不信，可以到出版這部書的葡萄牙、巴塞隆納和瓦倫西亞去打聽。據說也在安貝瑞斯排印呢。我看將來每個國家、每種語言，都會有譯本。」

堂吉訶德說：「一個有聲望的好人生前看到自己的美名在各種語言裡流傳，那一定是最稱心的。不過我說的卻是『美名』；如果是醜名，那就比什麼樣的死都難受了。」

學士說：「要講美名呀，所有的游俠騎士裡數您第一了。您為人多麼高尚，您衝鋒冒險的時候多麼勇敢，困苦的時候多麼堅定，倒了楣、受了傷多麼能夠忍耐，你對堂娜杜爾西內婭・台爾・托波索小姐那種超脫肉體的愛情多麼貞潔等等，那摩爾作者和基督教譯者各用自己的語言刻意描摹，寫得活龍活現。」

桑丘・潘沙插嘴道：「我從沒聽見誰把杜爾西內婭小姐稱做堂娜，她不過是杜爾西內婭・台爾・托波索小姐。傳記上這點就已經錯了。」
加爾拉斯果答道：「這是無關緊要的。」
堂吉訶德說：「確是無關緊要的。可是我請問您，學士先生，這部傳記裡，我幹的哪件事最出色呢？」
學士答道：「各人趣味不同，見解也不一樣。有人認為最出色的是風車的事——就是您看見許多長臂巨人的那一次。有人認為壓布機的事最出色。您不是看見兩支大軍後來忽又成了兩群羊嗎？有人最欣賞書上記載您形容那兩支軍隊的一番話。您碰到遷葬賽果比亞的屍首那事也有人誇讚。有人認為您釋放一群囚犯是壓卷的奇聞。還有人認為您碰到兩個貝尼多會的巨人、後來又和英勇的比斯開人打架那樁最呱呱叫。」
桑丘問道：「學士先生，請問您，駑騂難得那傢伙忽起邪心、想打野食的那一遭——就是我們碰到一群楊維斯人的事，書上也寫了嗎？」
學士答道：「那位博士什麼都不放過，全寫下來，連桑丘老兄在毯子裡翻跟頭的事也沒漏掉。」

1 參孫是古猶太的大力士，體格很魁偉。參看《舊約》的〈士師記〉，第十三、十四章。
2 天主教教會裡最低級的四個職位：一是門房（menores）；二是教師（lector）；三是驅邪祓魔者（exorcista）；四是輔助神父做彌撒的助手（acólito）。
3 學士穿的袍子。
4 當時各地出版的《堂吉訶德》總數約一萬五千冊。

桑丘說：「我沒在毯子裡翻跟頭，是在天空裡翻的，那是身不由己。」

堂吉訶德說：「我覺得人世間的歷史上總是一會兒得意、一會兒失意，尤其是游俠騎士的經歷，絕不會都一帆風順。」

學士說：「可是有人看了故事裡堂吉訶德先生一次次挨揍，但願作者能饒他幾頓打呢。」

桑丘說：「這就可見書裡都是真話了。」

堂吉訶德道：「按理這些盡可以略過不提，枝枝節節無關故事的真實，如果寫了有損主人公的尊嚴，就不必寫。老實說，伊尼亞斯本人並不像維吉爾描寫的那麼孝順，尤利西斯本人也不像荷馬形容的那麼狡猾。」

參孫說：「您說得對呀。不過詩是詩，歷史是歷史。詩人歌詠的是想當然的情節，不是真情實事。歷史家就不然了，他記載過去的一言一行，絲毫不能增減。」

桑丘說：「這位摩爾先生既然一心要說真話，那麼，我主人吃的棍子裡分明也有我的份兒呀。每次他背上挨打，我總得全身挨打。不過這也不稀奇，因為我這位主人親口說的：腦袋有病痛，渾身各部全都有份。」

堂吉訶德說：「桑丘，你真是鬼得很！什麼事你都不願意忘記，你記性真不錯呢。」

桑丘說：「我吃了那些棍子，即使願意忘記，我肋骨上餘痛猶在，也不讓我忘記啊。」

堂吉訶德說：「住嘴吧，桑丘，別打岔了，還是請學士先生講講這部傳記裡怎麼說我的。」

桑丘說：「還有說我的呢；聽說我也是這部傳記裡的一個主要『人戶』。」

參孫說：「『人物』，不是『人戶』，桑丘老哥。」

桑丘說：「又是個挑字眼兒的！要這樣下去，一輩子也沒個完。」

學士說：「桑丘，你是故事裡的第二號人物，不是的話，上帝叫我倒一輩子的楣！有人最愛聽你說話，覺得你比書上最聰明的人還說得有意思。不過也有人說你太死心眼兒，這位堂吉訶德先生答應讓你做海島總督，你就信以為真了。」

堂吉訶德說：「『牆頭上還有太陽呢』[5]。等桑丘再多活幾年，多長些識見，做起總督來就更合適、更能幹了。」

桑丘說：「天曉得！我這一把年紀還不會管轄海島，等我活到瑪士撒拉的年紀[6]還是不會的。毛病是那海島還不知在哪兒呢，倒不是我沒有管轄海島的腦瓜子。」

堂吉訶德說：「你只管求上帝保佑，什麼都會遂心如願，說不定比你想的還好呢；沒有上帝的旨意，樹上一片葉子都不會抖動。」

參孫說：「是啊，如果上帝有意，給桑丘管一千個海島也有的是，別說一個。」

桑丘說：「我也見過些總督，我覺得那些人給我拾鞋都不配。可是他們得稱作『大人』，吃飯用銀盤兒。」

參孫說：「他們那種總督是容易做的，不比海島總督。海島總督至少得懂文法。」

桑丘說：「『文』呢，我還湊合；『法』呢，和我無緣，我也不理會，我根本不懂。反正這事隨上帝安排吧，但願他派我到最能為他效勞的地方去。我說呀，參孫・加爾拉斯果學士先生，那個寫傳記的筆下沒出我的醜，我真是說不盡的高興。我憑好侍從的身分說句真話，如果他寫我

5　西班牙諺語，意思是：時候還不晚呢。

6　《舊約》裡洪水時代的長壽人，活到九百六十九歲。見〈創世記〉，第五章第二十節。

的事情不是我這麼個老基督徒該做的，那就聾子都會聽見。」

參孫說：「那真是奇蹟了。」

桑丘說：「不管奇蹟不奇蹟，如果要形容個『人戶』吧，總得留心怎麼說、怎麼寫，不能隨便想到什麼就胡說亂寫。」

學士說：「有人認為穿插那篇〈何必追根究柢〉的故事是個毛病；不是情節不好，或講法不好，只是穿插得不合適，和堂吉訶德先生的一生不相干。」

桑丘說：「我可以打賭，那狗養的『把筐子和白菜一樣看待』[7]了。」

堂吉訶德說：「我現在看來，給我寫傳的那人不是博士，大概是個不學無術、胡說八道的人，像烏貝達的畫家奧巴內哈[8]那樣信筆亂塗。人家問那位畫家畫什麼，他說：『畫出來是什麼就是什麼』；一次他畫一隻公雞，畫得糟極了，一點也不像，只好用筆畫粗黑的字注明『這是一隻公雞』。我那部傳記大概也是這樣的，要有了注解人家才懂。」

參孫說：「那倒不。那部傳記很流暢，一點不難懂。小孩子也翻讀，小伙子也細讀，成人熟讀，老頭子點頭簸腦地讀；反正各種各樣的人都翻來覆去、讀得爛熟，看見一匹瘦馬就說：『駑騂難得來了！』讀得最起勁的是那些侍僮。每個貴人家的待客室裡都有這麼一部《堂吉訶德》；一人剛放下，另一人就拿走了；有人快手搶讀，有人央求借閱。總之，向來消閒的書裡，數這部傳記最有趣，最無害。什麼下流話呀，邪說異端呀，整部書裡連影兒都沒有的。」

堂吉訶德道：「寫書不這樣就不是寫信史，而是謊話連篇了。寫歷史而撒謊的人該像偽幣鑄造者一樣活活燒死[9]。可是我不懂為我寫傳的那人為什麼要穿插些不相干的故事，我本人的事可寫的很多呢。他一定是記住了那句老話：『不論稻草乾草……』[10]等等。其實，他只要把我的心思、我的嘆息、我的眼淚、我的抱負、我的遭遇等等寫出來，就是厚厚一本書了，至少也有『焦黃臉兒』[11]的全集那麼厚。乾脆說吧，學士先生，我認為編寫歷史或任何著作，都須有清楚的思想，高明的識見。作者是大才子，作品才會有警句和風趣。喜劇裡最聰明的角色是傻呼呼的小丑；因為扮演傻瓜的絕不是傻子。歷史好比聖物，因為含有真理；真理所在，就是上帝所在。可是儘管這麼說，有些人寫了書四處發賣，就像賣油炸餅一樣。」

學士說：「一本書不論多糟，總有幾分好處[12]。」

堂吉訶德答道：「這是當然的。有人靠寫書名利雙收，可算不負苦心。可是作品一出版，作者聲名一落千丈，或者幾百丈，這也是常有的事。」

參孫說：「有個緣故。作品出版了，人家可以仔細閱讀，就容易發現毛病。作者名氣越大，讀者越要挑剔。大詩人、大歷史家等靠天才得名的，總招人嫉妒；那些人自己沒出過一本書，就以批駁旁人的作品為快，樂此不疲。」

堂吉訶德說：「這沒什麼稀奇。許多神學家自己不善講道；聽了別人講道，他挑錯兒卻是能

---

7 西班牙諺語。

8 本書第七十一章又提到這位糟糕的畫家，他的名字因塞萬提斯提到而流傳至今。

9 當時西班牙的刑法。

10 西班牙諺語：「不論稻草乾草，肚子一樣塞飽。」

11 「焦黃臉兒」（el Tostado）是堂阿隆索・台・瑪德利加爾（Don Alonso de Madrigal）的綽號；他活在十五世紀，是西班牙阿維拉（Ávila）的主教，著作很多。他的名字通常用來比喻多產作家。

12 見古羅馬散文家小普利尼（Plinius Secundus）記載他叔父的話。

手。」

加爾拉斯果說：「堂吉訶德先生，您說得對呀。我但願那些挑錯兒的人厚道些，少吹毛求疵，別看見了輝煌的作品偏要在光彩裡找飛揚的塵埃。假如說『高明的荷馬有時候打盹兒』[13]，那麼該想想，荷馬要作品完好無瑕，已經聚精會神，費了多少工夫。說不定找錯的以為是缺點，其實彷彿臉上的痣，有時反增添了嫵媚。我覺得出版一部書風險很大，要人人稱好，個個滿意是絕不可能的。」

堂吉訶德說：「我的傳記只有寥寥幾人滿意吧。」

「那倒不是。好比『愚昧之徒數不勝數』[14]，欣賞這部傳記的也數不勝數。有人怪作者記性不好，忘了講明誰偷了桑丘的驢[15]；驢偷了也沒明說，只能從文字裡推測。可是一會兒桑丘又騎著他的驢子，不知那驢是哪兒來的。他們又說：桑丘在黑山從皮包裡找到一百艾斯古多，這筆錢怎樣下落，下文忘了交代，再也沒有提起[16]。桑丘怎麼花的，買了什麼東西，很多人關心呢；這也是個漏洞。」

桑丘答道：

「參孫先生，我這會兒沒心思報帳或交代事情。我餓得慌，要是不喝兩口酒提提神，就要發暈了。我家有老酒，老伴兒正等著我呢，我吃完飯再來吧。誰有什麼要問的，不管毛驢兒怎麼偷了，一百艾斯古多怎麼花了，我都有話說。」

他不等人家回答，也不再多說，只管回家了。

堂吉訶德留學士便飯，家常飯菜添了一對鴿子。席上談論些騎士道，加爾拉斯果非常湊趣。飯罷睡過午覺，桑丘回來了，他們又接著談。

13 古羅馬詩人賀拉斯的名句，見《詩藝》（*Ars Poetica*），第三五九行。

14《舊約》的〈傳道書〉，第一章第十五節裡的句子。

15 有關那頭驢的事，參看上冊，〈校訂本譯者前言〉。

16 上冊，第五十二章裡曾經提到。桑丘對他老婆說，他沒帶回鞋子和裙子，不過帶了更重要更有價值的東西回來。但當初堂吉訶德主張把錢還給失主，而找到失主後，作者並未提到那筆錢是怎麼處置的。

# 第四章

## 桑丘・潘沙答學士問，以及其他須說明補充的事。

桑丘回到堂吉訶德家，接著講下去。他說：

「參孫先生不是要打聽我那驢兒是誰、在什麼時候、怎麼樣兒偷的嗎？請聽我講吧。我主人招了那夥囚犯的禍，又碰上了送往賽果比亞的屍首，我們要逃避神聖友愛團，連夜跑進黑山，躲在一個樹林裡。我們打了幾次架，渾身疼痛，力氣也使盡了；我主人靠著長槍，我跨在灰驢背上，兩人都彷彿躺在四層羽毛褥子上似的酣呼大睡。我更是睡得死；不知誰這時跑來，用四根棍子四邊支住我的馱鞍，把我的灰毛兒從我兩腿間牽走了；我騎在鞍上，竟沒有知覺。」

「這事好辦，也不新奇。薩克利邦泰圍攻阿爾布拉卡的時候，也遭了同樣的事。布魯內洛那有名的賊就是用這辦法從薩克利邦泰兩腿之間牽走了他的馬[1]。」

桑丘接著說：「天一亮，我剛伸個懶腰，那些棍子就倒了，把我摔了一大跤。我的灰驢哪兒

1 這段話按語氣似是堂吉訶德說的。薩克利邦泰馬匹被竊事，見阿利奧斯陀，《奧蘭多的瘋狂》，第二十七章第八十四節。圍攻阿爾布拉卡事見本書上冊，第十章，注9。

去了呢？找不著了。我眼淚直淌，哭了一場。給我們寫傳的人要是沒把我的痛哭寫進去，就漏掉了一個好節目。過了不知幾天，我跟著米戈米公娜公主一路走的時候，忽見一人騎著我那驢迎面來。那人打扮得像吉卜賽人；原來就是我主人和我解救的囚犯——那大騙子、大壞蛋希內斯・台・巴薩蒙泰。」

參孫說：「這件事沒問題。毛病是灰驢還沒出現，作者卻說桑丘騎著他的灰驢。」

桑丘道：「這個我可沒法說了。不是作者的錯，就是排印工人的粗心吧？」

參孫說：「分明是這麼回事罷。可是，那一百艾斯古多又是怎麼個下落呢？花了嗎？」

桑丘答道：

「都花在我自己、我老婆和我孩子身上了。所以我老婆才捺定心讓我跟著堂吉訶德先生滿處跑呀。假如出門那麼久，一個子兒也沒帶回來，把驢兒也丟了，那還行嗎？誰還有什麼要問的，我在這兒等著呢；我當著國王的面也有話說。我的錢帶回家沒有，花了沒有，誰也管不著。假如我出門挨的棍子拿錢來抵，就算四文一棍，那麼，再給我添上一百艾斯古多也抵不了我挨打半數。各人自己摸摸良心吧，別把白的說成黑的，黑的說成白的。『人再好也不過像上帝造的那樣，往往還壞得多呢。』[2]」

加爾拉斯果說：「我得記著告訴那位作者，如果他的書再版，一定得添上桑丘老兄的這段話，就更出色了。」

堂吉訶德問道：「學士先生，傳記裡還有別處需要修改的嗎？」

學士答道：「總有吧；可是不至於像剛才指出的那些非改不可。」

堂吉訶德道：「是不是作者預告還出第二部呢？」

參孫答道：「是的。不過據說那第二部還沒找著，不知在誰手裡，是否會找出來。而且有人說：『不論哪部書，續篇從來沒有好的。』又有人說：『堂吉訶德的故事有那麼多就夠了。』所以那第二部還不定出不出呢。不過也有人不那麼嚴格，卻愛逗樂兒。他們說：『再來些堂吉訶德故事吧！只要寫堂吉訶德衝殺，寫桑丘・潘沙多嘴，隨他們怎麼寫，我們都喜歡。』」

「作者怎樣打算呢？」

參孫說：「他正在鑽頭覓縫找那部稿子，打算找到就付印。他只要有利可圖，不在乎什麼虛名。」

桑丘說：「作者要的是錢嗎？他寫得好才怪呢！他就得像復活節前夕的裁縫那樣手忙腳亂地趕，能指望趕出好針線來嗎？那位摩爾先生，不管他是什麼傢伙，幹活兒可得仔細呀。我和我主人的冒險和各式各樣的遭遇夠他寫的；別說第二部，一百部都行。那位先生準以為我們倆在草堆上睡熟了。他如果給我們腳上釘馬蹄鐵[3]，就會知道我們到底是哪隻腳瘸了。反正我說呀，我主人要是聽了我的話，我們這會兒早按照好游俠騎士的老規矩，在外面為人鋤強暴、伸冤屈了。」

桑丘話還沒完，只聽得駑騂難得連聲嘶叫。堂吉訶德覺得這是大吉之兆，決計在三四天內再出門一趟。他把這個主意告訴學士，還請教這次出門先到哪裡。學士主張到阿拉貢王國的薩拉果薩城。過幾天那裡慶祝聖霍爾黑節[4]，要舉辦幾場極隆重的武術競賽；堂吉訶德在比武場上可以

2　西班牙諺語。

3　如有人並不熟悉某人的脾氣而稱譽他，西班牙諺語說：「你給他腳上釘塊馬蹄鐵吧。」

4　紀念一〇九六年阿拉貢國王彼德羅一世戰勝摩爾人的阿爾果拉斯（Alcoraz）戰役；當時認為這是全靠聖霍爾

壓倒全阿拉貢的騎士——也就是壓倒全世界的騎士，從此名震天下。學士還稱讚他出行的主意打得好，不愧大丈夫；不過勸他衝鋒冒險的時候小心點兒，他活著不是為自己，多少人靠他救苦救難呢。

桑丘插嘴道：「參孫先生，我就是嫌他不顧性命，見了一百個披掛的武士；就像饞嘴孩子見了六個熟甜瓜似的直搶上去。噯呀！學士先生！有時候該往前衝，也有時候該往後退呀，不能老是『西班牙人向前衝啊！聖悌亞果保佑我們！』[5]而且我好像記得我主人自己說過：太膽小是懦弱，太膽大是魯莽，勇敢是恰好適中。照這個道理呢，我不要他無緣無故逃跑，也不要他該退不退，拚命往前衝。可是，別的不說吧，我主人如果要我跟他，我有句話得預先講明白：打仗的事全歸他來，我只照管他吃喝洗換的事；我一定盡力，可是別指望我拔劍斫人，即使是行凶的壞蛋我也管不了。我呀，參孫先生，不想靠勇敢出名，只求人家知道我是游俠騎士手下最忠心的好侍從，據我主人堂吉訶德先生說，外邊海島多的是；假如他酬報我勤謹賣力，賞我個海島，那我就接受他這份重賞。如果他不賞我，我為人在世誰也不靠，只靠上帝。況且我做不做總督，一樣的吃飯，也許不做總督，吃飯更香呢。保不定魔鬼在總督的座旁放了一塊絆腳石，叫我絆個跟頭，把大牙都磕掉。我生來是桑丘，我打算到死還是個桑丘。不過話又說回來。如果不費力氣，不冒風險，老天爺白給我一個海島或這類東西，我不會推辭，我沒那麼傻。老話不也說嗎：『如果給你一頭小母牛，快拿了拴牛的繩子趕去。』還說：『如果好運來了，把它留在家裡。』」

加爾拉斯果說：「桑丘老哥，你這番話說得就像個大學教授。不過你還是要相信上帝和堂吉訶德先生：他會給你一個王國呢，何止一個海島呀。」

桑丘答道：「多一點少一點都一樣。不過，加爾拉斯果先生，我可以告訴您，我主人如果把王國給我，他沒把國王扔在漏了底的口袋裡。我也估量過自己，知道自己確有本事管理王國和海島。這話我跟我主人已經講過幾遍了。」

參孫說：「小心啊，桑丘，當了官就改了樣；說不定你一做總督，就連生身媽媽都不認了。」

桑丘說：「只有下賤出身的才會忘本。我是個徹頭徹尾的老基督徒，絕不是忘本的傢伙。只要瞧瞧我的為人，我會對誰沒良心嗎？」

堂吉訶德說：「求上帝保佑吧。你幾時做總督，全由他安排。我覺得就在眼前了。」

他接著告訴學士，他想去辭別杜爾西內婭・台爾・托波索小姐；如果學士會做詩，煩他代筆寫幾句辭行詩。他要學士務必把那位小姐芳名的字母，挨次用作每行詩的第一個字母；全詩每一行的第一個字母就拼成「杜爾西內婭・台爾・托波索」這名字。學士說自己雖然不是當世公推的西班牙三個半著名詩人[6]之一，這種體裁的詩也還會做。不過有個很大的困難。這名字有十七個字母，假如做四首「四行詩」，就多一個字母，假如做「五行詩」，那麼，二首「十行」或「複句體」[7]就欠三個字母。話雖如此，他一定想辦法省掉一個字母，把杜爾西內婭・台爾・托波索名字放在四首「四行詩」裡。

堂吉訶德說：「就得這麼樣；女人一定要看見自己名字明明白白標在詩裡，才相信那首詩是

黑的保佑，以後每逢聖霍爾黑節日在阿拉貢舉行錦標賽，三次比武得勝的奪得錦標。

5 這是從前西班牙軍士交戰時的吶喊。

6 當時著名的詩人不止三個半，塞萬提斯可能是在取笑當時互相吹捧的詩人。

7 「五行詩」（quintillas），古代用「複句體」（redondillas）就成十行。現代的「複句體」是四行詩。

為她做的。」

他們把這事談妥，又把動身的日期定在八天之後。堂吉訶德叮囑學士嚴守祕密，尤其得把神父、尼古拉斯師傅、他的外甥女和管家媽蒙在鼓裡，免得他們阻撓他的雄心壯舉。加爾拉斯果一口答應，就起身告辭；臨別囑咐堂吉訶德，有機會務必把自己得意失意的事一一告訴他。他們分手，桑丘自去置備出門必需的東西。

# 第五章

## 桑丘・潘沙和他老婆泰瑞薩・潘沙的一席妙論，以及其他值得記載的趣談。

這部傳記的譯者譯到這裡，疑心這一章是假造的，因為這一章裡，桑丘・潘沙的談吐不像他往常的口氣；他頭腦簡單，絕不會發那麼精闢的議論。不過譯者盡責，還是照譯如下：

桑丘回家興高采烈，他老婆老遠看見他滿面喜色，就說：

「桑丘大哥，你怎麼了？樂得這個樣兒？」

他答道：

「老伴兒啊，我但願老天爺別讓我這樣快活呢。」

她說：「老伴兒，我不懂你的話呀。你說但願老天爺別讓你這樣快活，這話怎麼講呢？我是個傻瓜罷了，我不懂怎麼一個人會但願自己不快活。」

桑丘答道：「你聽我說，泰瑞薩。我主人堂吉訶德又要第三次出去探奇冒險，我已經打定主意跟他出門，所以很高興。咱們家裡窮，我沒別的辦法。咱們花了一百個艾斯古多，說不定又能找一百個回來；我有這指望，也很高興。可是我得離開你和孩子們，心上又怪難受的。上帝要怎麼，就怎麼；他如果肯讓我待在家裡吃現成飯，不用我在野地裡和大路上奔波，我的快樂就是十足的了。我現在算是快活，卻夾帶著和你分別的痛苦啊。所以我說得好：但願老天爺別讓我這樣快活。」

泰瑞薩說：「你瞧瞧，桑丘，你做了游俠騎士一夥的人，說話盡拐彎抹角的，誰都聽不懂了。」

桑丘說：「老伴兒啊，上帝什麼都懂；他懂我的話就行，不用多說了。我告訴你，大姊，這三天你留心照看著灰毛兒，叫牠隨時都能出動。你餵個雙份兒，把馱鞍等配備檢查一下。我們不是出去吃喜酒，是漫遊世界，和巨人呀、毒龍呀、妖魔呀打交道，要去聽他們呼嘯咆哮的。不過我們如果不碰到楊維斯人和魔道支使的摩爾人，那些東西也不難對付。」

泰瑞薩說：「老伴兒，我也知道游俠侍從這口飯不好吃，我直禱告上帝讓你快快脫離這步壞運呢。」

桑丘答道：「我告訴你吧，老伴兒啊，我要不是為了不久能做海島總督，我這會兒就倒下來死了。」

泰瑞薩說：「可別這麼說，我的老伴兒。『老母雞害了瘟病，也但願牠還活著。』[1]隨魔鬼把世界上一切總督的官兒都搶去，你還是過你的日子。你不做總督，也從娘肚子裡出來了；不做總督，也活到了今天；將來上帝要你進墳墓，你不做總督也進墳墓，人家會抬你去。世界上不做總督的多著呢，誰就活不下去了？誰就算不得人了？世上最開胃的東西是飢餓；這是窮人短不了的，所以窮人吃飯最香。可是我告訴你，桑丘，假如你哪天做了什麼總督，千萬別忘了自己的老婆兒女。記著，小桑丘已經十五周歲，假如他那位當修道院長的舅舅要他當教士，就該送他進學校了。你知道，如果給你女兒瑪麗•桑卻成家，她不會叫苦的。我想她準像你盼做總督一樣的盼做新娘呢。反正『女兒嫁個丈夫不如意，總比如意的姘頭好』[2]。」

桑丘道：「老實說吧，老伴兒，如果上帝讓我做個什麼總督，我一定把瑪麗・桑卻嫁給大貴人。誰不能給她貴夫人的頭銜，休想娶她。」

泰瑞薩說：「不行，桑丘，最好是嫁個門當戶對的。你叫她脫了木屐穿高跟鞋，脫了灰色粗呢裙換上鐘形裙子和綢襯裙，不稱『小瑪麗』和『你』，改稱『堂娜』和『您夫人』，那丫頭連自己都糊塗了，動不動就要出醜，露出本相來。」

桑丘道：「住嘴吧，你這傻瓜！過那麼三年兩年，什麼習慣都會養成。到那時候，貴夫人的氣派和架子都像配著身子定做的那麼合適了。即使不合適，又有什麼要緊呢？只要她是貴夫人，怎麼樣兒都行！」

泰瑞薩道：「桑丘啊，你得估量著自己的地位，別只想飛上高枝兒。記著這句老話：『他是街坊的兒子，給他擦擦鼻子，把他留在家裡。』[3]咱們的瑪麗如果嫁了個伯爵或鄉紳，人家發起脾氣來就可以作踐她，罵她鄉下姑娘呀、莊稼漢的女兒呀、紡線丫頭呀等等，那才美呢！老伴兒啊，我可死也不答應的！真是！我養大了女兒就讓人家糟蹋的嗎？桑丘，你只管把錢帶回家，嫁女兒的事歸我來。咱們這兒胡安・多丘的兒子羅貝・多丘是個身強力壯的小伙子，你我都認識；

1 西班牙諺語。

2 西班牙諺語。

3 西班牙諺語。又一說：「他是你街坊的兒子，給他擦了鼻涕，把女兒嫁給他。」又說：「跟地位相當的人結婚姻、攀親家。」

我知道他對咱們的姑娘很有意思。他家和咱們門戶相當，是很好的一門親。咱們的女兒可以常在眼前；父母、兒女、孫子、女婿可以在一起和和睦睦，安享上帝賞賜的福氣。你千萬別把她嫁到王爺和大人的府第裡去；到了那裡，人家不體諒她，她自己也不知怎麼做人。」

桑丘說：「你聽我說啊，你這笨蛋！你這魔鬼的老婆！我要女兒嫁個貴人，給我生下外孫現成就是貴人，你幹麼無緣無故地擋著我呀？我告訴你，泰瑞薩，我常聽見長輩說，福氣來了不享，福氣走了別怨。現在好運正在敲咱們的大門，咱們不該關著門不理睬。『乘著順風，就該扯篷。』[4]」

這部傳記的譯者就為桑丘這種語氣和下面的一段話，懷疑這章是假造的。

桑丘接著說：「你這個蠢貨！我要能闖上個總督的肥缺，咱們就從爛泥裡拔出腳來了，那可多好啊！你怎麼不明白呢？瑪麗・桑卻就可以嫁我選中的姑爺；人家就要稱呼你堂娜泰瑞薩・潘沙；你坐在教堂裡，身底下要鋪著毯子、墊子和綢單子[5]，城裡那些鄉紳夫人看了只好白著眼乾瞪。不然呢，你就一輩子老是這個樣兒吧！長不大、縮不小，彷彿壁衣上織成的人像一樣！這事已經說定；隨你還有多少話，小桑卻得做伯爵夫人。」

泰瑞薩答道：「老伴兒，你這番話仔細想過沒有？你儘管這麼說，我只怕咱們女兒做了伯爵夫人就完蛋了。隨你叫她做公爵夫人也罷，公主娘娘也罷，不過我得跟你講明，我是不願意的，也絕不答應。大哥，我向來贊成平等，沒有根基、空擺架子，我看不順眼。我受洗的時候取名泰瑞薩；我這名字乾淨、利索，沒有添補的，沒有拖帶的，也沒有戴上『堂妮』、『堂娜』的帽子。我爸爸姓卡斯卡霍。我呢，因為嫁了你，就叫泰瑞薩・潘沙；按理我是泰瑞薩・卡斯卡霍，可是『帝王總順從法律的心願』[6]。我叫這個名字頂樂意，不用人家給我安上什麼『堂』；這稱號怪沉的，我承擔不起。我也不愛招人議論。我如果出門打扮成伯爵夫人或總督夫人，人家就要說：『瞧這個餵豬的婆娘好大氣派！昨天還忙著紡麻線呢，上教堂望彌撒沒有包頭，撩起裙子來遮腦袋[7]；今天卻穿上鐘形裙子，還戴著首飾，擺足架子，好像咱們都不認識她似的。』如果上帝保全著我七官、五官，或所有的幾官，我絕不讓人家這麼說我。你呢，大哥；做你的海盜總督，隨你稱心擺架子。我憑我媽媽的性命發誓，我和我女兒絕不離開家鄉。『好女人是斷了腿的，她不出家門。』『貞靜的閨女，幹活兒就是快樂。』[8]你跟著你的堂吉訶德碰好運去，隨我們和壞運混吧。上帝瞧我們有多好，會把運氣改得多好。老實說吧，父母祖宗都沒有『堂』的稱號，我就不知道這個『堂』是誰封的。」

桑丘說：「我問你，你身上附了魔鬼嗎？上帝保佑你吧，老伴兒，你把許多話亂七八糟混在一起，什麼夾石夾核[9]呀，首飾呀，老話呀，擺架子呀，和我說的有什麼相干呢？你這個糊塗蟲！傻瓜蛋！我就該這麼叫你，因為跟你說不明白，運氣來了，只願躲避。你聽我講，假如我叫女兒從塔頂上跳下來，或者照堂娜烏爾拉咖公主的主意，出去跑碼頭[10]，那麼你不依我還有個道

4 西班牙諺語。
5 西班牙那時候的教堂裡不用凳子，按阿拉伯式坐在地毯上。
6 西班牙諺語：法律總順從帝王的心願（見本書上冊，第四十五章）。泰瑞薩頗有桑丘之風，把這話說顛倒了。
7 西方規矩，男人入教堂該脫帽，女人入教堂得戴帽。
8 兩句西班牙諺語。
9 泰瑞薩的姓夾石夾核（Cascajo）也指碎石子、果皮、垃圾之類，桑丘這裡說話雙關。
10 桑丘引用當時流行歌謠裡的故事。烏爾拉咖是西班牙國王費南鐸一世的女兒。她因為父親把國土分給三個王

理呀。假如我一眨眼立刻給她安上個『堂娜』和貴夫人的頭銜，把她抬舉起來，坐在高座兒上，頭上還張著幔子，待在阿拉伯式的起坐室裡，身邊的絲絨墊子比摩洛哥阿爾莫哈達斯朝代[11]的摩爾人還多，照那樣兒，你為什麼偏不答應，硬要違拗我呢？」

泰瑞薩說：「老伴兒，我告訴你吧。老話說：『掩蓋你的也揭露你。』人家見了窮人不放在眼裡，見了闊人就要盯著細看。假如這個闊人從前是窮的，人家就要嘀嘀咕咕說閒話，沒完沒了的耍貧嘴。街上這種人多得像成群的蜜蜂呢。」

桑丘說：「泰瑞薩，你留心聽我一句話，也許你一輩子沒聽見過。這不是我自己想出來的，是上次大齋的時候，神父在村上宣講的。我記得他說：眼前的東西，比記憶裡的印象更動人，更叫人撇不開。」

桑丘這段話又使譯者斷言本章是假造的了，因為桑丘說得出這樣高明的話嗎？他接著說：「所以咱們看見誰穿了鮮衣美服，傭人前呼後擁，儘管記得這人微賤時的光景，可是不由自主的就對他必恭必敬了。他從前也許是窮，也許是出身不好，那是過去的事，都不實在了，只有眼前看見的才實在。命運已經把這人提拔起來，——我說的都是神父的話，一字沒改——如果他得意了不輕狂，對人慷慨和氣，不和世襲的貴族競爭，那麼，泰瑞薩，你可以拿定，人家不記他過去的微賤，只著重他當前的為人；除非那種心懷嫉妒的傢伙，看見誰得意都不放過。」

泰瑞薩說：「老伴兒，我不懂你的意思，隨你愛怎麼辦吧，別再長篇大論說得我腦袋發脹。你結計要照你說的那樣……」

桑丘說：「老伴兒，『決計』，不是『結計』。」

泰瑞薩說：「老伴兒，你別跟我計較。上帝就是叫我這麼講的，我不會咬文嚼字。我說呀，假如你一定要做總督，那麼帶著你的小桑丘一起去，你馬上可以教他做總督。爸爸的職務，兒子得繼承和學習。」

桑丘說：「我做了總督，會叫驛站派馬接他。我還要捎錢給你；到時我不會沒錢，如果總督沒錢，少不了有人借給他。你得把孩子打扮得像個總督的兒子，不能還是原先的寒磣模樣。」

泰瑞薩說：「你只管捎錢回來，我會把他打扮得漂亮。」

桑丘：「好，咱們已經講定了，咱們的女兒得做伯爵夫人啊。」

泰瑞薩說：「哪天她做了伯爵夫人，我就當她是死了埋了。不過我再說一遍：你愛怎麼辦，隨你吧。我們做女人的，儘管丈夫是糊塗蛋，也得聽他；這是我們天生的責任呀。」

她說著認真的哭起來，彷彿眼看著小桑卻死了埋了似的。桑丘安慰她說：儘管他們的女兒得做伯爵夫人，他還要盡量拖些時候再說呢。他們倆的一席話就此結束。桑丘因為要置備行裝，又去看堂吉訶德。

---

子，沒她的份，就脅逼父親說，她打算走碼頭操皮肉生涯。她父親就傳給她一個城。

11　阿爾莫哈達斯（Almohadas）是摩洛哥的一個朝代，在十二、十三世紀統治非洲北部和安達魯西亞。西班牙文墊子的多數是almohadas，所以桑丘說起墊子，就扯上這個朝代的名字。

# 第六章

## 全書很重要的一章：堂吉訶德和他外甥女、管家媽三人談話。

桑丘・潘沙和他老婆泰瑞薩・卡斯卡霍鬧扯的時候，堂吉訶德的外甥女和管家媽正在勸說自己的舅舅、自己的主人。她們看出了一些苗頭，知道他正想第三次溜出門，充當倒楣的游俠騎士。她們講了種種道理，要打消他這個餿主意，可是只好比在荒寂無人的沙漠裡說教，在冰冷無火的爐上打鐵。儘管如此，她們還是勸了許多話。管家媽說：

「我的先生，您像個冤鬼似的山上山下亂跑，什麼探奇冒險，我看就是自找晦氣；您要是不拴住腳待在家裡，我真要叫嚷著向上帝和國王告狀，求他們來管著您了。」

堂吉訶德答道：

「管家媽，我不知道上帝聽了你告狀怎麼回答，也不知道國王陛下怎麼回答，只知道我自己如果是國王，就懶得回答每天沒完沒了的瞎告狀。國王聽了得一一回答，這是他的大苦事。所以我不願意把自己的事去麻煩他。」

管家媽說：

「先生，請問您，國王陛下的朝廷上沒有騎士嗎？」

堂吉訶德說：「有啊，多得很呢。朝廷上得有騎士來裝點元首的偉大，炫耀帝王的尊嚴。」

管家媽說：「那麼您幹麼不安安頓頓待在朝廷上為萬歲爺出力呢？」

堂吉訶德道：「大娘，你聽我說。騎士不能都待在朝廷上，在朝廷上侍衛的，不能——也不必都是游俠騎士。世界上得有各種各樣的騎士。儘管都是騎士，卻大不相同。朝廷上的騎士只待在自己屋裡，不出宮廷的門檻，不花一文錢，不知寒暑飢渴的苦，看看地圖就算周遊世界了。可是我們這種貨真價實的游俠騎士得受曬、受涼，風裡雨裡、日日夜夜，或步行或騎馬，一腳一個印地踏遍世界。和我們交手的敵人不是紙上畫的，是使真刀真槍的真人。我們得不顧一切，捨生拚死去和他們廝殺。決鬥有許多講究，你是不知道的；譬如說，使用的槍或劍是否長短合度呀，身上是否帶著護身符之類的東西呀，陽光的照射是否雙方平均呀等等。這些無聊的細節和規矩，我們都一筆勾消了。我告訴你吧。假如這兒有十個巨人，每一個不但頭碰天，還頂破了天，兩腿像矗立的高塔，胳膊像大海船的桅杆，眼睛像磨坊的大輪子，而且比煉玻璃的火爐還亮，一個游俠的好騎士見了這群巨人就不能怕懼，得大膽從容地衝去和他們拚命。這些巨人的盔甲是一種魚鱗做的，據說比金剛石還硬；他們使的不是劍，是大馬士革的鋼刀[1]，或是我見過幾回的那種帶鋼刺的鐵錘頭子；儘管如此，這位騎士有本事一轉眼把他們打得落花流水。管家媽，我跟你講些話是要你知道騎士各有不同，這第二類騎士——或者該說，這第一等的游俠騎士——受到君王另眼看待是理所當然的。據我們讀到的傳記，有個把游俠騎士不止救了一國，卻救了幾國呢。」

外甥女兒插嘴道：「哎！舅舅！您可知道，游俠騎士的故事都是胡說八道呀。他們的傳記如

---

1 大馬士革在中世紀以擅長煉鋼著稱。

果還沒有燒掉，就該穿上『錫福衣』[2]，或插上標籤，讓人知道是傷風敗俗的壞東西。」

堂吉訶德說：「我憑養活我的上帝發誓，你要不是我親姐妹生的親外甥女，你這樣輕口薄舌，我準揍得你呼天叫地。你一個小姑娘家，織個花邊兒還沒熟練呢，竟口吐狂言，批評起游俠騎士的傳記來了？假如給阿馬狄斯先生聽見了，他怎麼說呢？不過他倒一定會原諒你，因為他是當時最謙和的騎士，而且對年輕姑娘最肯幫忙。可是說不定有些騎士聽了就不答應了。騎士不個個都溫文有禮，有的是壞蛋，有的是粗坯。自稱騎士的未必都是真正的騎士。有的是純金，有的是合金，看著都像騎士，並不個個禁得起考驗。有些出身微賤的努力學做騎士，有些出身高貴的一味自卑自賤；前一種人因為要強或品德好，就升上去了；後一種人因為懶惰或卑鄙，就墮落了。兩種人名稱一樣，行為截然不同，咱們一定要有辨別的眼力。」

外甥女說：「哎呀！舅舅啊，您見多識廣，用得著您說教的時候，您真可以到大街上登壇大說一通呢。可是您這麼高明，卻又說瞎話，而且明明是瘋話。您年歲不小，身體虛弱，卻自以為年富力強；您這一把年紀壓得您彎腰弓背，卻要去替人家伸冤屈；而且您明明不是騎士卻自以為是騎士；儘管紳士可以做騎士，窮紳士是做不到的呀！」

堂吉訶德說：「外甥女兒啊，你這句話很有道理。我有許多關於家世的議論，說出來準叫你敬佩，不過我不想把神聖的事和世俗的事混在一起，所以不講了。你們倆聽著，世界上的家族，可以歸結為四種。第一種開始卑微，逐漸興盛，成了最顯貴的大族。另一種開始就烜赫的大族，始終保持著原有的氣焰。又一種原先貴盛，逐漸衰敗，變得微不足道，像一座金字塔，底子雖大，到頭來減削得只剩一個幾乎瞧不見的尖兒了。另外最普通的一種，開始就沒什麼好，往後還是夠不上一個中平，到末了照舊沒沒無聞；平民百姓的家世就是這樣。譬如說吧，鄂圖曼皇室就是從卑微升為顯赫的那第一種。這一支從卑微的牧人起家，咱們眼看它氣焰熏天。始終保持原狀的那第二種呢，許多王公貴族都是例子。他們傳襲了祖宗的爵位，沒有長，也沒有縮，平平穩穩守著家業，保持了原狀。至於開始顯赫，後來沒落的，那就有成千上萬的例子了。譬如埃及的法拉歐內氏呀、托洛美歐氏呀，羅馬的凱撒氏呀，還有美狄亞、阿西利亞、波斯、希臘、蠻邦等國數不盡的王子皇孫。說得不客氣，就像螞蟻那麼一大群呢。這許多氏族都已經衰亡，和祖先同歸於盡了；即使還有後代，也微乎其微。至於平民的家世，我只有一句話：他們活在世間只是充數，黯然無光，卑不足道。你們兩個傻子啊，我講這些話是要你們明白，家世是算不清的糊塗帳，只有樂善好施的積德之家才是高貴的。為什麼呢？品性惡劣的貴人就是大賤人；手筆嗇刻的富人就是精窮鬼。有了錢不一定就有福氣，要會花錢——不是亂花，要花得恰當，才會有福氣。窮紳士只能靠品德好，才顯得自己家世好。他應該溫文有禮，和氣勤謹，不驕橫、不傲慢、不背後議論人，最要緊的是居心仁厚。高高興興給窮人兩文錢，和打著鐘放帳同樣慷慨。像我說的這種種有德之士，陌生人一見面也能斷定他是好出身，要是看不出來，那才怪呢。美德博來讚譽，有美德就有人讚美。管家媽和外甥女兒啊，一個人要發財出名，有兩條路可走：一條文的，一條武的。我拿著槍桿子比筆桿子順手；憑我這種偏好，可見是戰神星座的照臨下生出來的。所以我簡直不由自主，儘管人人反對，也要走武的這條路。這是天意，是命定，是自然之理，尤其是我本人的志願；你們想勸我回心轉意只是枉費唇舌。我知道做游俠騎士得吃無窮辛苦；可是也有無

2「錫福衣」（sambenito）是一種黃布法衣，上面都是斜交的紅十字。受宗教法庭審訊的犯人如悔過得赦，就給他們披上這種法衣。

限快樂。美德的道路窄而險，罪惡道路寬而平，可是兩條路止境不同：走後一條路是送死，走前一條路是得生，而且得到的是永生。我記得咱們西班牙的大詩人說得好：

只有這崎嶇小道
通向永生境界，
別的路都通不到。[3]」

外甥女兒說：「啊呀，不得了！我舅舅又是個詩人呢！他什麼都懂，什麼都會。我可以打賭，他要做了泥瓦匠，蓋一所房子就像做個鳥籠一樣容易。」

堂吉訶德答道：「我告訴你吧，外甥女兒啊，我要不是全副精神都在游俠騎士的事業上，我什麼活兒都會；我能做各種玩意兒，尤其是鳥籠和牙籤。」

這時忽聽得敲門。一問，原來是桑丘・潘沙。管家媽恨透桑丘，不願意見他，立刻躲出去。外甥女兒開了門；堂吉訶德出來張臂歡迎桑丘。主僕倆關在屋裡又談了一番話，和前番的一樣妙。

3　咖爾西拉索・台・拉・維咖（Garcilaso de la Vega, 1539-1616），《輓歌》第一首裡的句子。塞萬提斯在下文（下冊，第八章）又提到這位詩人，並表示欽佩。

# 第七章

## 堂吉訶德和他侍從打交道，以及其他大事。

管家媽看見桑丘・潘沙和他主人關在屋裡，立刻猜到他們倆在談什麼，料想他們商妥後就要第三次出門了。她一肚子焦愁，披上外衣去找參孫・加爾拉斯果學士。她覺得這人很會說話，又是主人家的新朋友，也許能打消他那個瘋狂的主意。加爾拉斯果學士正在院子裡散步。她滿頭大汗，惶惶然趕去跪在他腳邊。加爾拉斯果看了她又愁又急的樣兒，問道：

「怎麼啦？管家太太，您失魂落魄的出了什麼事嗎？」

「沒事兒，參孫先生，不過我主人憋不住了，一定是憋不住了！」

參孫問道：「大娘，他哪兒憋不住？他身上哪兒漏啦？」

她答道：「不是漏，他那老毛病又要發了。我的學士先生呀，我是說，他又要出去碰運氣——我也不懂憑什麼叫做運氣，反正這是第三次了。頭一次，他挨了一頓板子，渾身青紫，給人家橫搭在驢上送回來的。第二次是關在木籠裡用牛車拉回來的。他自己說是著了魔道。那可憐人回來的時候又黃又瘦，一雙眼睛都落了坑兒，就連他生身媽媽都認不得他了。我用了六百多個雞蛋才調養得他恢復了一點原樣。這事上帝知道，大家知道，我那群老母雞也知道；牠們是不讓我撒謊的。」

學士說：「這話我完全相信。您那群老母雞好極了，肥極了，規矩極了，哪怕脹破肚子也不肯亂叫的。管家太太，您真的就怕堂吉訶德先生出門嗎？沒出別的事嗎？」

她說：「沒有，先生。」

學士說：「那麼您別著急，安心回家，給我做點熱呼呼的早飯；您如果會念〈聖阿波洛尼亞經〉[1]，可以一路念回去。我馬上就來，叫您瞧我大發神通呢。」

管家媽說：「什麼！念〈聖阿波洛尼亞經〉？假如我主人牙痛，那才合適；可是他那毛病在腦袋裡面呢。」

加爾拉斯果答道：「管家太太，我這話沒錯兒。您請回吧，別跟我爭，因為我告訴您，我是薩拉曼加大學畢業的學士，這就甭再多說了。」

管家媽走了。學士立即去找神父。他們兩人怎樣商定，下文自有交代。

堂吉訶德和桑丘・潘沙關著門談的一番話，歷史上一字不改，都記下來。桑丘對他主人說：「先生，我已經改化[2]了我老婆，叫她讓我跟您跑，隨您帶我到哪兒都行。」

堂吉訶德道：「桑丘，你該說『感化』，不是『改化』。」

桑丘答道：「我記得好像求過您一次兩次：您如果聽得懂我的意思，就別糾正我的字眼兒；如果不懂，就說：『桑丘』——或者『你這傢伙，我不懂你的話。』我要是說不明白，您再改正我。因為我非常性良[3]……」

堂吉訶德立刻說：「桑丘，我不懂你的話，什麼『我非常性良』。」

桑丘道：「『我非常性良』就是『我非常那樣兒』。」

堂吉訶德道：「你越說越糊塗了。」

桑丘道：「假如您不懂，我就不知道怎麼說了；我也沒辦法了，上帝保佑我吧。」

堂吉訶德道：「哦，我想出來了！你是要說，你『非常馴良』——溫順、好打發、說什麼都聽、教你什麼都領受。」

桑丘道：「我可以打賭，您一上來就懂；您是存心折騰我，叫我再說一二百個錯字您就高興。」

堂吉訶德道：「也可能吧。不過言歸正傳，泰瑞薩怎麼說呢？」

桑丘道：「泰瑞薩說：我對您得『指頭併攏，不要漏縫』；『白紙黑字，永無爭執』；『條件講好，不用爭吵』；『許你兩件，不如給你一件』。我說呀，『女人的主意，沒多大道理』；可是『不聽婦女話，男人是傻瓜』[4]。」

堂吉訶德道：「我也這麼說。桑丘朋友，你講吧，講下去。你今天真是滿口珠璣。」

桑丘說：「我講吧，反正您比我明白，咱們都不免一死，今天在，明天就沒了；小羊老羊並不分先後。一個人活在世上，只有上帝給的那點壽命。催命神是聾的，他來敲門的時候總很匆忙，隨你軟求也罷，硬頂也罷，有王位也罷，有教職也罷，他都不聽不聞。這是人人都知道的，

---

1 西班牙人的迷信，念〈聖阿波洛尼亞經〉可止牙痛。

2 桑丘要說「感化」。

3 桑丘要說「馴良」。

4 五句都是西班牙諺語。

教士在講壇上也這麼講的。」

堂吉訶德道：「你說的都對，只是我不懂你什麼用意呀。」

桑丘說：「是這麼個意思：我要您講明我伺候您每月多少工錢；您把這筆錢從家產裡撥給我。我不願意單靠賞賜；賞賜來得太晚，也許並不好，也許還會落空。上帝保佑我自靠自吧。反正我不計多少，只要知道能賺多少。『老母雞一個蛋也孵』，『積少成多』，『有點小便宜，就算不失利』[5]。您答應的海島我不相信，也不指望了；不過我老實說，如果您真給了我，我不會毫無良心，也不是死摳門兒，我願意估計島上有多少收入，一直[6]扣我的工錢。」

堂吉訶德說：「桑丘朋友啊，『照值』扣跟『一直』扣是一回事嗎？」

桑丘說：「我知道，我可以打賭，該說『照直』，不說『一直』；不過沒關係，反正您明白我的意思。」

堂吉訶德說：「明白得很，直把你一肚子心思都看透了。你連珠箭似的拋出這許多老話，你瞄著什麼我也知道。桑丘，你聽我說：假如我能在哪一本游俠騎士的傳上找到個例子，明說或暗示侍從每月或每年通常有多少進帳，那麼，我盡可以跟你講定工錢。可是所有的傳記我差不多都看過，記不起哪個游俠騎士和他的侍從講工錢。我只知道做侍從的都只圖犒賞；主人忽然交了好運，就酬報他們海島之類的東西，至少爵位總是有的。桑丘，你憑這點希望和外快願意再伺候我，很好；如果要我打破游俠騎士的成規，那就休想。所以，我的桑丘啊，你回家去把我這意思告訴你的泰瑞薩吧。她肯讓你跟我弄點犒賞，你自己也樂意，『則妙乎佳哉』[7]；不然呢，咱們也照舊是朋友。『鴿子房裡有飼料，不怕沒有鴿子』。我還告訴你，兒子啊，『到手一件糟的，不如想望著一件好的』；『報酬不好，寧可不要』[8]。桑丘，我這麼說呀，就是要你知道，我也會像你那樣噴沫似的滿口成語。反正我就是一句話，我告訴你：你不願意單靠恩賞跟我出去碰運氣，那麼上帝保佑你，讓你成個聖人吧。我不愁沒有侍從，他還可以比你聽話、小心，不像你那麼笨、那麼多嘴呢。」

桑丘以為他主人沒了他，即使全世界的財寶都在外邊招喊，也不會出去；他一聽主人家這麼斬釘截鐵，頓時覺得前途茫茫，灰溜溜地沒了主意。他正在發呆上心事，參孫・加爾拉斯果學士進來了。管家媽和外甥女兒也跟進來聽這位學士怎樣勸阻她們家主人出門。參孫那大滑頭又像上次那樣跑來對著堂吉訶德，高聲說道：

「啊呀，游俠騎士的典範啊！拿槍桿子的光輝榜樣啊！西班牙的國寶和國師啊！誰想阻撓你第三次出門，我正式禱告全能的上帝，叫那一兩個人挖空心思也想不出辦法，命盡壽終也不能遂心。」

他轉臉對管家媽說：

「管家太太甭再念誦〈聖阿波洛尼亞經〉了，我知道天數已定，堂吉訶德先生又得去幹他的英雄事業。我應該慫恿這位騎士大發慈悲，大展威力，不要埋沒自己。游俠騎士的種種任務，譬如伸雪冤屈呀，保護孤兒童女呀，扶助已婚和守寡的婦女呀，都專等著他一人去幹呢！哎，漂

---

5　三句都是諺語。
6　桑丘的意思是「照值」。
7　堂吉訶德這裡用了拉丁文bene quidem。
8　三句都是諺語。

亮、勇敢的堂吉訶德先生啊！您閣下別等明天，今天就動身吧。假如出門還欠些什麼東西，有我在這兒呢，我本人和全部家產都供您使用。您這位偉大的騎士先生如果要我做侍從，我就榮幸極了。」

堂吉訶德聽了這話，轉臉向桑丘道：

「桑丘，我不是跟你說的嗎？我要侍從，多得是！你瞧瞧，是誰自願做我的侍從？不是別人，是獨一無二的參孫•加爾拉斯果學士呀。他是薩拉曼加大學裡逗樂兒的妙人，身強體健，手腳靈便，沉默寡言，禁得起寒暑飢渴，游俠騎士的侍從應有的本領樣樣俱全。不過他又是司法行政的能手、學界的博士、文壇的才子；可是老天爺絕不容我為了稱自己的心，委屈了他。讓這位剛回來的參孫留在家鄉，為家鄉和他白髮蒼蒼的雙親增光吧。我隨便怎樣的侍從都行，反正桑丘是不屑跟我走的了。」

桑丘深受感動，噙著淚說：「我願意跟您走的！我的先生啊，誰也不能說我『肚子吃飽，動身就跑』[9]。真的，我不是沒良心的種。潘沙世世代代是什麼樣人，誰都知道，尤其咱們村上人。況且您給了我許多好處，您答應的還多著呢，我知道您是有心要重賞我的。我跟您講工錢是聽了老婆的話。她呀，打定了主意要人家做一件事，就逼得人非依她不行；給木桶上箍也沒她敲打得緊。可是男子漢就得是個男子漢，女人畢竟是女人。我到哪裡也不能說不是個男人，在自己家裡也得做個男子漢呀；誰不樂意就隨她吧。咱們沒事兒了，您只要立下遺囑，附個條款，寫得著著實實，不能翻灰[10]。完了咱們馬上就動身吧，免得參孫先生心上著急，他不是說他的良心松弄[11]您第三次出門嗎？我再說一遍吧：我願意死心塌地的伺候您，古往今來一切游俠騎士的侍從，都好不過我去。」

學士聽了桑丘・潘沙的朋字和口氣很驚奇。他雖然讀過《堂吉訶德》第一部，總不信桑丘真像書上形容的那麼逗笑。這會兒聽他把遺囑上「不能反悔」的附款說成「不能翻灰」，就知道書上的話都可靠。他斷定桑丘是當代最死心眼的傻瓜；這主僕倆一對瘋子，世界上找不出第三個。當下堂吉訶德和桑丘互相擁抱，又言歸於好。偉大的加爾拉斯果這時成了他們的先知者；他們聽了他的主意，又經他讚許，決定過三天動身，乘這時先置備些路上必需的東西，還要找一只連面罩的頭盔，因為堂吉訶德說非戴這樣的頭盔不行。參孫答應送堂吉訶德一只，他說他朋友有，一定肯給他；只是已經生鏽發霉，黑黢黢的，不像個鋥亮的鋼盔了。管家媽和外甥女兒把學士千遍萬遍的咒罵。她們覺得家主出門就是去送死，所以自揪頭髮，自抓面皮，像常見的哀喪婆[12]那樣哭號。其實參孫勸堂吉訶德再出去是按計行事。那是他預先和神父、理髮師等一起策畫的，下文就見分曉。

且說堂吉訶德和桑丘三天裡把他們認為必需的東西置備齊全；桑丘穩住他老婆，堂吉訶德穩住外甥女兒和管家媽，兩人傍晚出門，往托波索去了。他們走的時候，除了那位學士，誰也沒有看見。學士送他們離村走了半哩瓦路。堂吉訶德騎著他馴良的駑騂難得，桑丘騎著他的老灰驢

9 西班牙諺語。

10 桑丘要說「反悔」。

11 桑丘要說「慫恿」。

12 西班牙十七世紀的風俗，喪家雇用女人來哭死人，稱為「哭號者」（endechaderas），相當於我國舊日的哀喪婆。

兒；桑丘的褡褳袋裡裝滿了乾糧，錢袋裡帶著堂吉訶德給他備緩急的錢。參孫擁抱了堂吉訶德，要求堂吉訶德不論運道好壞，務必捎個信給他，讓他能為他們倒運而高興，或為他們交運而發愁[13]。也算是盡盡朋友之誼。堂吉訶德一口答應。參孫回村，他們倆就直奔托波索大城[14]。

13　學士故意這麼顛倒說著取笑的。

14　托波索在十六世紀末是一個村鎮，有九百戶人家。塞萬提斯因為它在堂吉訶德心目中是座大城，所以帶些取笑的口吻，稱為大城。下文有時稱為大城，有時稱為鎮，有時稱為村。

# 第八章

## 堂吉訶德去拜訪意中人杜爾西內婭・台爾・托波索，一路上的遭遇。

阿默德・貝南黑利寫到這裡說：「全能的阿拉萬福！」他重複了三遍：「阿拉萬福！」據說這是因為堂吉訶德和桑丘重又出馬，讀者可以指望這部趣史又要敘述主僕倆的奇事和妙談了。他要求讀者撇開堂吉訶德前一段的游俠生涯，一心專注他今後的行事。作者既已給了我們那點指望，他如此要求並不為過。這位奇情異想的紳士前番從蒙帖艾爾郊原出發，這次是先到托波索去。作者接著講他的故事。

路上只有堂吉訶德和桑丘兩人。參孫一走，駑騂難得就一聲聲嘶叫，灰驢兒就連珠也似的放屁。主僕倆覺得馬嘶驢屁都是好兆，主上上大吉。據說灰驢兒一邊放屁一邊叫，交響還蓋過了馬嘶聲，所以桑丘認為自己的運氣壓倒了他主人的運氣。他這看法是否根據他專長的占星學，歷史上無從查考，只聽說他絆一下或摔一跤，就懊悔這番不該出行；他傻雖傻，這倒不算錯，因為絆了摔了會弄破了鞋或跌斷肋骨。堂吉訶德對他說：

「桑丘朋友，天直黑下來，到托波索只怕得摸著黑走路了。我打算別的事擱後，先到托波索去；在那裡可以領受絕世美人杜爾西內婭的祝福和讚賞。我想，有她金口稱許，什麼凶險的事都一定會圓滿結束。世上唯有意中人的青睞，最能激發游俠騎士的勇氣。」

桑丘答道：「這話我也相信。可是您到哪兒去和她說話見面呢？您要領受她的祝福，總得有個地方呀。這事可難辦了。您上次不是寫信說自己在黑山發瘋，叫我去捎給她的嗎；我那次是隔著後院的矮牆看見她的。她也許可以隔著那矮牆為您祝福。」

堂吉訶德道：「桑丘，你怎麼老愛說你看到那位絕世美人是隔著後院兒的矮牆呢？那一定是豪華宮殿的走廊、遊廊、門廊或什麼廊。」

桑丘答道：「都可能，不過我看著是一道牆，除非我記錯了。」

堂吉訶德說：「不管怎麼樣兒吧，咱們且到那裡去。我只要能見她，不管是從牆頂上，窗口裡，門縫或花園的柵欄縫裡，都是一樣。她那煥耀的容光，能照得我心地雪亮，意氣風發，使我智勇雙絕。」

桑丘答道：「可是說老實話，先生，我看見杜爾西內婭・台爾・托波索小姐的時候，她不怎麼亮，沒有發光。我不是告訴您她正在簸麥子嗎，準是簸得灰塵像雲霧似的，把她的臉遮暗了。」

堂吉訶德說：「杜爾西內婭小姐簸麥子！桑丘啊，你怎麼老這麼說、這麼想，還信以為真、一口咬定呢？簸麥子是苦工，貴人家小姐不幹，也不用幹的。她們另有自己分內的工作和消遣，老遠就顯出她們的華貴。桑丘啊，你忘了咱們詩人描寫水晶宮裡四位仙女的詩了[1]。她們從人人喜愛的塔霍河裡鑽出來，坐在綠草地上編織華麗的花邊。據那位天才詩人的形容，那花邊是用金線、絲線還穿了珍珠編織的。你看見我那位小姐的時候，她一定也是在幹這種活兒。不過準有個

1 詩人指本書下冊，第六章裡提到的咖爾西拉索・台・拉・維咖。所說的幾行詩見所作《牧歌》第三篇。

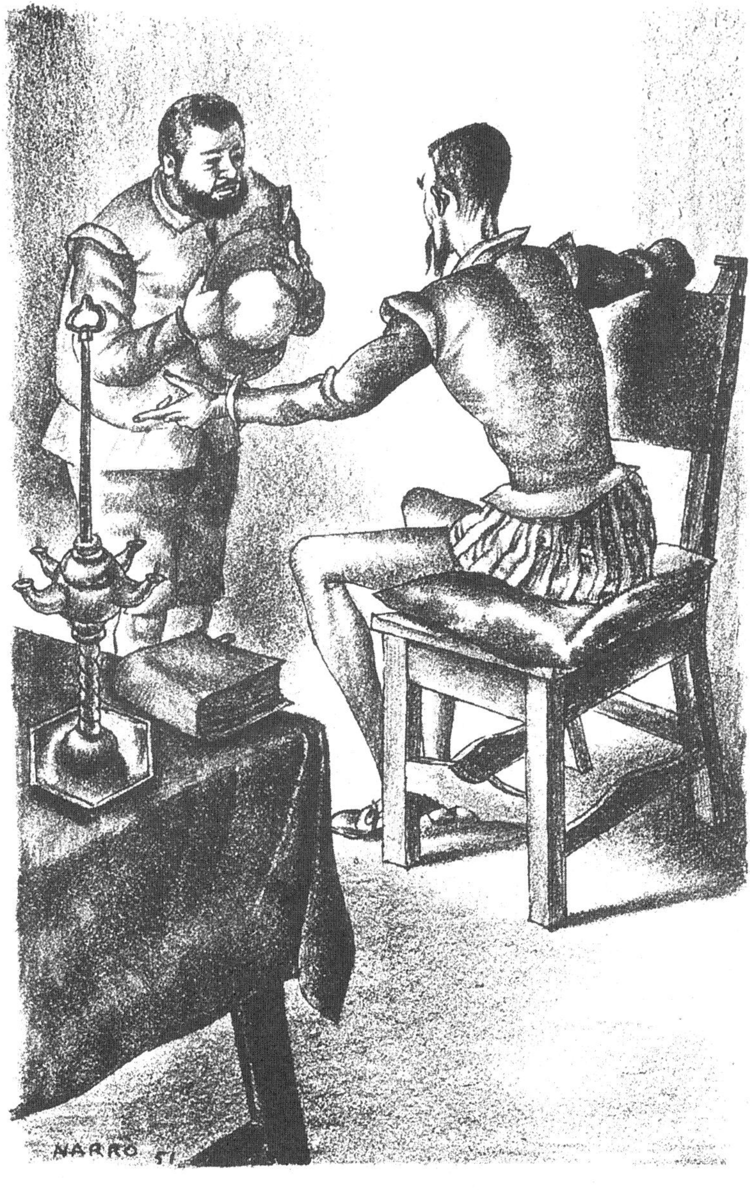
NARRO 51

惡魔法師對我心懷嫉妒；把我所喜愛的事都變掉了原樣。據說我的傳記已經出版，我只怕著書的博士是我冤家，保不定胡說八道：一句真話帶上千句謊話，不據實記載，卻信口亂扯。哎！嫉妒真是萬惡的根源，美德的蠹賊！桑丘啊，一切罪惡都摻夾些莫名其妙的快樂，可是嫉妒只包含厭恨和怨毒。」

桑丘答道：「我也這麼說。我想，加爾拉斯果學士講的咱們那部傳記準把我糟蹋得聲名狼藉了。我憑良心說，我從沒講過那個魔法師的壞話，也沒有可招人嫉妒的財產。我確是有一丁點兒刁，也有幾分混，不過我那股渾樸天真的傻氣像一件大斗篷似的把什麼都遮蓋了。我儘管沒什麼好，卻一向死心塌地的虔信上帝和羅馬聖教，而且是猶太人的死對頭。給我寫傳的人該可憐我，對我筆下留情呀。可是隨他們愛怎麼說去吧。『我光著身子出世，如今還是個光身；我沒吃虧，也沒占便宜。』[2]反正我能眼看自己有幸寫在書上供大家傳閱，隨它寫我什麼，我都不在乎了。」

堂吉訶德說：「桑丘，你這話叫我想起當代一位名詩人的事。他寫了一篇挖苦妓女的詩[3]。有一個女人他拿不定是否妓女，就沒寫她，也沒提她。那女人瞧詩裡沒有自己的芳名，就向詩人抱怨，問他憑什麼漏了她一個，要他把諷刺詩增長，把她寫進續篇；不然的話，她警告詩人小心莫怪。詩人如言寫得她非常不堪。她很滿意，因為眼看自己出名了，儘管出了臭名。另有件相仿的事。有個牧羊人不過是圖後世留名，放火燒了有名的黛安娜神廟——相傳那是世界七大奇蹟之一。當時政府禁止任何人口頭或書面上提到這人的名字，不讓他趁願。可是後世還是知道他名叫艾羅斯特拉托。這又牽連到大皇帝卡洛斯五世和一位羅馬騎士的故事。卡洛斯大帝要參觀有名的圓穹殿[4]——就是古代的諸神殿，現在改了更好的名稱，叫做聖殿。古羅馬遺留下來的建築，這是最完整的，也最能令人想見建造者的雄偉氣魄。殿形像半顆橙子，高大無比，裡面很軒亮，陽光全從殿頂一個圓形天窗裡透進去；大皇帝就從這個窗口瞰望全殿。當時有一位羅馬騎士陪從指點這座宏大建築的優美精巧。他們下來之後，騎士對卡洛斯大帝說：『萬歲爺，我屢屢動念，要抱住您玉體從天窗裡跳下去，由此我就萬古留名了。』大皇帝答道：『多謝你沒把這個惡念頭幹出來。以後我絕不再給你機會考驗你的忠誠了，你不准再來見我或接近我。』他隨即厚賞打發了這位騎士。桑丘，我是要說明好名之心是個很大的動力。你想想，霍拉修渾身披掛，從橋上跳進悌布瑞河[5]，是誰推他的嗎？穆修把胳膊和手放在火裡燒[6]，是誰強他的嗎？庫爾修投入羅馬城中心裂開的一個無底火坑[7]，是誰逼他的嗎？凱撒不顧神示，渡過儒比貢河[8]，是誰驅使的嗎？再舉個當前的例吧。最文雅的高爾泰斯率領西班牙的好漢登上新大陸，沉沒了船隻孤軍作戰[9]，

2 西班牙諺語。

3 塞維亞詩人維山德・艾斯比內爾（Vicente Espinel）一五七八年出版了《諷刺娘們的詩》（*Sátira contra las damas*）。

4 圓穹殿（Rotunda），古羅馬奧古斯都大帝的女婿馬古斯・阿格利巴（Marcus Agrippa）所建。一五三六年卡洛斯五世登上殿頂瞰望大殿。

5 古羅馬傳說裡的英雄，他獨力在悌布瑞河的橋境抵住敵人，然後毀掉橋，負傷游泳過河。

6 古羅馬傳說裡的英雄，曾把右手放在火裡燒，表示不怕疼痛。

7 古羅馬傳說裡的英雄。羅馬地震後裂出一個岩漿沸滾的深坑，神示須把羅馬最珍貴的東西投進去，地才能復合。庫爾修認為羅馬英勇的武士是羅馬最珍貴的東西；他披甲騎馬，躍進深坑，裂開的地就合攏了。

8 西元前四九年，凱撒渡過儒比貢河；這就越出了他所轄領的高盧境，侵入義大利境，於是引起戰爭。

9 他是西班牙開拓許多殖民地的大將（一四八五──一五四七）。他帶了幾百人的軍隊，乘十一艘船，一五一九年

是誰命令的嗎？古往今來種種壯舉，都是為名呀。世人幹非凡的事業，就是要贏取不朽之名。不過我們這種信奉基督正教的游俠騎士該關心身後；天堂上的光榮是永恆的，塵世的虛名還在其次。這個世界的末日有定期，不論多麼持久的名氣，到那時候就同歸於盡了。所以，桑丘啊，我們游俠騎士得遵照基督教為我們規定的任務幹事，不能亂來。我們得打掉巨人的驕橫；要心胸寬厚，鏟除嫉妒；氣度平靜，克制忿怒；減食熬夜，不貪吃懶睡；對意中人堅貞不二，切戒荒淫；我們不僅是基督徒，還要做個騎士，走遍天下，找機會成名，不能好逸惡勞。桑丘，你瞧，我們得在各方面努力，才能博得人人稱道，極口讚揚。」

桑丘說：「您這許多話我全懂；不過我這會兒有點疑惑，要您戒絕一下。」

堂吉訶德說：「要我『解決』一下吧？你儘管說，我盡力給你解釋就是了。」

桑丘說：「請問您，先生，從前那些胡琉呀，奧古斯都呀，還有您說的一個個英勇的騎士，現在哪裡去了呢？」

堂吉訶德道：「那些異教徒呢，沒什麼說的，準在地獄裡；那些基督徒呢，如果是好基督徒，那麼，不在煉獄裡，就在天堂上。」

桑丘說：「好。可是我問您，那許多大貴人的墓前，點著銀燈嗎？他們墳堂的牆上，掛著拐棍兒呀、裹屍布呀、頭髮呀、蠟做的眼睛呀、腿呀等等東西[10]嗎？要是沒有，那牆上有什麼裝點呢？」

堂吉訶德答道：

「異教徒的墳墓往往是壯麗的山陵。胡琉・凱撒的骨灰放在一座大金字塔頂上，羅馬人稱為『聖貝德羅尖塔』。阿德利亞諾大帝[11]的墓是一座大殿，有大村子那麼大，稱為阿德利亞諾陵，現在稱為羅馬聖安亥爾殿。阿爾悌彌莎王后為她丈夫冒索雷歐[12]建造的陵是世界七大奇蹟之一。可是奉獻的裹屍布等等表明墓裡是聖人；異教徒的墳上沒這類點綴。」

桑丘說：「這個我明白。我現在要請問您：救活一個死人好，還是殺掉一個巨人好呢？」

堂吉訶德答道：「這還用問嗎，當然救活一個死人好啊。」

桑丘說：「這來我可把您問住了。照您說來，一個人如能起死回生，叫瞎子開眼，瘸子不瘸，病人不病，他墓前點著燈，墳堂裡擠滿信徒，跪著瞻仰他的遺物，那麼，無論現世來世，他的名氣就是最好的，壓倒了古往今來世界上一切異教的大皇帝和游俠騎士。」

堂吉訶德答道：「對啊。」

桑丘說：「所以只有聖人的遺體和遺物，才有剛才所說的那種名氣，那種種出奇的靈驗，受到種種異常的敬禮。聖人的遺體或遺物前面，咱們聖教准許點著燈燭，供著裹屍布呀、拐棍呀、畫像呀、頭髮呀、眼睛呀、腿呀等等，藉此增加世人的信仰，發揚基督教的聲譽。帝王把聖人的遺體或遺物抬在肩上，還把聖人的骨頭片兒拿來親吻，用來裝飾他們的禮拜堂和他們最寶貴的祭

---

在墨西哥維拉·克如斯（Vera Cruz）登陸後燒掉船隻，斷絕了退路，引軍深入內地。他以殘暴著稱，但當時有些詩人稱頌他「文雅」。

10 當時西班牙人相信聖人的遺體或遺物能產生奇蹟，例如使死人復活、瞎眼復明、瘸子能走等等，死而復生和殘廢而恢復健康的人往往奉獻裹屍布或蠟製的眼睛或腿，或拐棍等向神聖還願。

11 西元一一七——一三八年古羅馬皇帝。

12 西元前四世紀小亞細亞加里國王。

台。」

堂吉訶德說：「桑丘，你這許多話是什麼用意呢？」

桑丘道：「我就是說，咱們該去做聖人呀；咱們追求的美名就到手得更快了。我告訴您，先生，昨天或前天——反正是新近，可說是昨天或前天吧，兩個赤腳小修士冊封了聖人。他們拴在身上折磨自己肉體的兩條鐵鏈子，現在誰能吻一吻、摸一摸；就是莫大的榮幸了。上帝保佑的萬歲爺有一所軍械博物館，裡面藏著一把羅爾丹的寶劍，據說人家把那兩條鏈子看得比那把寶劍還神聖呢。所以，我的主人啊，隨便哪個教會裡一個卑微的小修士，都比偉大的游俠騎士高貴。發狠把巨人、妖魔或怪龍捌兩千槍，在上帝眼裡，遠不如悔罪自打二十多下鞭子。」

堂吉訶德說：「你這些話都有道理。不過修士不是人人能做的；上帝要把他選中的人引上天堂有許多門路呢。騎士道就算得一門宗教；騎士也能成聖上天。」

桑丘答道：「是啊。不過我聽說，天堂裡的修士比游俠騎士多。」

堂吉訶德說：「這是因為世界上的修士比騎士多呀。」

桑丘道：「騎著馬跑來跑去的人很多啊。」

堂吉訶德道：「多是多，當得起騎士這個名頭的很少。」

兩人談談說說，過了一夜又一天，沒碰到什麼大事，堂吉訶德因此很不耐煩。第二天傍晚，他們望見了托波索大城。堂吉訶德一見興致勃勃；桑丘卻憂心忡忡，因為他不知道杜爾西內婭的家在哪裡，而且他和主人一樣的從沒見過這位小姐。他們倆一個為了要見她，一個為了沒見過她，都心裡七上八下。桑丘想，如果主人叫他到托波索城裡去，他真不知怎麼辦呢。堂吉訶德決計天黑了進城，兩人暫在托波索城外橡樹林裡等著。他們到時進城，遭逢的事大可一敘。

# 第九章

## 本章的事讀後便知。

堂吉訶德和桑丘走出樹林到托波索，恰好是半夜或午夜前後。村裡靜悄悄的，家家戶戶都已安睡，俗語所謂挺屍。當時夜色朦朧，桑丘倒寧願是一團漆黑，才好藉口迷路。滿村汪汪狗叫，堂吉訶德聽來聒耳，桑丘聽來心慌。偶爾也有幾聲驟鳴，幾聲豬叫貓叫。夜深人靜，越顯得響亮。這位痴情的騎士覺得都是不祥之兆。不過他還是對桑丘說：

「桑丘兒子，你領我到杜爾西內婭的宮殿裡去吧，也許咱們趕去，她還沒睡呢。」

桑丘答道：「我的天哪！叫我領您到哪個宮殿去呀？我上次見到那位貴小姐，她住的不過是一間很小的房子。」

堂吉訶德說：「她那會兒準是在宮殿的小院落裡休息，和身邊幾個侍女閒散一下；后妃公主們行得那樣。」

桑丘說：「先生，您硬要把杜爾西內婭的住宅說成宮殿，我也沒辦法；我只問您，現在什麼時候了，她家大門難道還敞著嗎？咱們這會兒去敲門打戶驚吵人家，行嗎？情人探望相好，不管多早晚，隨時可以打門進去；難道咱們也照那樣兒去叫門嗎？」

堂吉訶德答道：「桑丘，咱們不管怎樣先得找到那座宮殿，再想辦法。桑丘，你瞧，除非我眼花了，前面黑魆魆那一大片，準是杜爾西內婭的宮殿。」

桑丘說：「那麼您請帶路吧。也許果然是的。不過我即使親眼看見，親手摸到，要我相信那是杜爾西內婭的宮殿，就是要我相信這會兒是大天白日！」

堂吉訶德打頭走了大約二百步，跑到那片黑影裡，一看前面是座高塔，立刻知道那座房子不是宮殿，卻是鎮上的大教堂。他說：

「桑丘，咱們跑到教堂前面來了。」

桑丘說：「是啊。但願上帝保佑，別叫咱們走到自己的墳墓裡去；這時闖進墓園可不是好兆。我記得好像跟您講過，這位小姐的住宅是在一條死胡同裡。」

堂吉訶德說：「該死的糊塗蛋！王公貴人的府第哪有在死胡同裡的？」

桑丘答道：「先生，各地風俗不同，也許托波索就行得把王爺大人們的宅子蓋在死胡同裡。您讓我在附近大街小巷裡找找吧，也許在什麼旮旯兒裡呢。這倒楣的宮殿！害得我們團團轉！但願一群狗來吃了它吧！」

堂吉訶德說：「桑丘，嘴裡放尊重些，那是我那位小姐的家，不許胡說！『咱們度過節日得和和氣氣』；別『落了吊桶再賠掉繩子』[1]。」

桑丘答道：「我以後忍耐著點兒就是了。咱們女主人家的房子，您是到過幾千次的，可是這會兒您也沒找著；我只來過一次，您要我就此熟門熟路，黃昏黑夜也能找到嗎？照您這樣，我還得怎麼忍耐呢？」

堂吉訶德說：「你真要惹得我發狠了。你這混蛋！我告訴你：我一輩子沒見過這位絕世美人杜爾西內婭，也從沒跨進她宮殿的門檻；我不過聽到她才貌雙全的大名，就此聞聲相思。這話我不是跟你說過一千次了嗎？[2]」

桑丘答道：「我這會兒才第一次聽到。我告訴您吧，您既然沒見過她，我照樣兒也沒見過她呀。」

堂吉訶德說：「怎麼可能呢？你不是跟我講過，你給我捎信去，看見她在簸麥子嗎？」

桑丘答道：「先生，您別死盯著這句話，我告訴您，我那次見她和捎回口信，也都是聽到的。要我認識誰是杜爾西內婭小姐，就好比要我把拳頭打在青天上！」

堂吉訶德說：「桑丘啊桑丘，玩笑有時可以開，有時就不得當。我說沒和意中人見過面、說過話，你也就照樣說一通，那怎麼行呢？你自己知道滿不是這麼回事呀。」

兩人正說著話兒，只見一人趕著兩頭騾迎面而來。他們聽見犁拖在地上的響聲，料想是個農夫天不亮就下地去幹活的。果然，這農夫一路還哼著歌兒：

是你們不幸，法蘭西軍士，
遭到了隆賽斯巴列斯的事。[3]

1 兩句西班牙諺語。
2 本書上冊，第二十五章，堂吉訶德說見過杜爾西內婭。
3 出於歌詠查理曼大帝的故事詩。隆賽斯巴列斯的事指奧蘭都和他的軍隊在隆賽斯巴列斯山峽裡和撒拉遜人苦戰，眾寡不敵，全軍覆沒。

堂吉訶德聽了說：「罷了，桑丘，咱們這晚上休想再碰到什麼好事！你沒聽見這鄉下佬邊走邊唱的歌兒嗎？」

桑丘說：「聽見。不過隆賽斯巴列斯的追殺和咱們什麼相干呢？他也可能恰好唱一支加拉依諾斯的歌兒[4]，對咱們的運道好壞都一樣啊。」

這時農夫已經走近，堂吉訶德問他說：

「上帝保佑你交好運，好朋友！我請問你，天下第一美人堂娜杜爾西內婭・台爾・托波索公主的宮殿在哪兒？」

那小伙子說：「先生，我是外地人，來了才不多幾天。我在一個富農家做幫工。教區神父和教堂管事人就住在他家對門；他們倆掌管托波索住戶的花名冊；您找的公主，問他們就知道。不過照我看，鎮上並沒有什麼公主，只有許多貴夫人小姐：她們在自己家裡大概也算得公主。」

堂吉訶德說：「那麼，朋友，我問的公主大概就是你所說的貴小姐了。」

那小伙子答道：「也可能。天已經透亮了，再見吧。」

他不等人家再開口，趕著騾子走了。桑丘瞧他主人沒了主意，垂頭喪氣，就說：

「先生，天快亮了。太陽出來了咱們還在街上可不好。咱們還是出城去，您就躲在附近樹林裡；我等天亮了再到這兒來找咱們小姐的房子或宮殿，反正每個角落都要找遍。要是找不著，就是我倒楣。要是找著了呢，我就告訴那位小姐，您指望和她見見面而不牽累她的聲名，所以正在某處等著她吩咐和安排。」

堂吉訶德說：「桑丘，你這幾句話抵得千言萬語。這個主意正合我心，我很聽得進。來吧，兒子啊，咱們去找個地方，我就躲起來，你就照你的話再來找我那位小姐，去見見她，跟她談談。她聰明溫柔，她對我的恩賜也許是我想望不到的。」

桑丘急要撮弄他主人離村，因為怕戳穿了杜爾西內婭託他捎信到黑山去的那套鬼話。他們走得快，一會兒就出了村子。離村二米里亞有個樹林或灌木叢，堂吉訶德就躲在裡面，桑丘又回去找杜爾西內婭談話。他辦這趟差使的所見所聞，值得精心細讀。

4 加拉依諾斯是被奧蘭都殺死的摩爾人。這個歌謠非常風行。

# 第十章

## 桑丘使杜爾西內婭小姐著魔的巧計，以及其他真實的趣事。

這部偉大史書的作者說，本章的事他怕沒人相信，想略過不敘了；因為堂吉訶德瘋得不可思議，世界上頭號大瘋子也遠遠趕不上他。可是作者不怕人家不信，還是不折不扣地照實記述。他這來很有識見，因為真理即使拉成了絲，也扯不斷；即使混雜在一堆謊話裡，也會像油在水裡那樣浮現出來[1]。他續敘如下。堂吉訶德在托波索大城附近的橡樹林、灌木林或不知什麼樹林裡躲下了，立即吩咐桑丘再進城去，代他求求那位小姐准許她所顛倒的騎士前去拜見，領受她的祝福，好讓他以後逢凶化吉，轉危為安。他責成桑丘務必把話傳到，才許回來見他。桑丘滿口答應，說準像前番一樣帶著喜訊回來。

堂吉訶德說：「你走吧，兒子，你去見了那位容光灼灼像太陽那樣的美人，別耀花了眼睛。你真是天下最幸福的侍從啊！她是怎樣接待你的，你得一一記在心上。譬如說，你傳話的時候，她臉上變色沒有？她聽到我的名字，激動不激動？照她那身分，準有一間富麗的摩爾式起坐室；你跑去假如她正坐在那裡，她是否還坐得定？假如正站著，你瞧她是否一會兒著力在這條腿上，一會兒又著力在那條腿上？她回答你的話，是否兩遍三遍、說了又說？她是否由溫柔變得嚴肅，又由冷淡轉為熱乎？她是否頭髮不亂也舉手整理鬢角？反正，兒子啊，她一舉一動你全得注意。如果你都照實告訴我，我就能看透她心窩裡對我的情分。桑丘，你也許不知道，我告訴你吧：情人之間，只要牽涉到他們的戀愛，他們的外貌和舉動準把心裡的底細透露出來。朋友，你去吧，我就孤淒淒地待在這裡；但願你比我順利，帶回的音信比我惴惴期望的還好。」

桑丘說：「我快去快回。我的先生，您放寬了這顆細小的心；您的心這會兒大約只有榛子大小了。常言道，『雄心衝得破壞運』[1]；『這兒沒有醃肉，就沒有掛肉的鉤子』；又說，『意料不到的地方會躥出一頭野兔來』[2]，你就想想這些話吧。我這麼說有個緣故。咱們晚上雖然沒找到咱們小姐的宮殿，這會兒天亮了，也許我忽然會找到；等我找到了，我自有辦法。」

堂吉訶德說：「哎，桑丘，你總是把成語用得恰到好處，但願天公作美，也這麼湊趣地稱了我的心。」

桑丘隨就轉身打著他的灰驢兒跑了。堂吉訶德滿肚子愁悶，騎在鞍上，靠著長槍休息。我們撇下他不提，且跟著桑丘走路。桑丘這時也一樣的心事重重。他一出樹林，回頭望不見他主人了，就下驢坐在一棵樹腳下，自問自答：

「『桑丘老哥，請問你老人家到哪兒去啊？你走失了驢兒，要去找嗎？』『沒那事。』『那麼你找什麼呢？』『我找的東西，說也白說。我找個公主，她美得渾身放光，整一座天堂都在她身上。』『那麼，桑丘，你打算到哪兒去找她呢？』『哪兒去找嗎？到托波索大城去找啊。』『好

1 西班牙諺語。
2 三句西班牙諺語，第二句該作「以為這兒掛著醃肉呢，其實連掛肉的鉤子都沒有」，桑丘說錯了。

吧，你是為誰找的呢？』『為那位鼎鼎大名的騎士堂吉訶德‧台‧拉‧曼卻呀；他專打不平，誰渴了就給他吃、誰餓了就給他喝。』[3]『好得很啊，可是桑丘，你認得她家嗎？』『我主人說，她住在王宮或壯麗的大宅子裡。』『你哪天去過嗎？』『我和我主人都從沒去過。』——『那麼你是存心來引誘這裡的公主、攪擾本地的娘兒們的！給托波索人知道了，把你一頓板子，打得你渾身沒有一根完好的骨頭，那才是活該！打得好！老實說，他們不會瞧你是為主人當差，就說：

朋友，你是送信的，
千錯萬錯沒你的分兒。[4]

『桑丘，你別托大，曼卻人很正經，火氣也很旺，招惹不得。天啊，你要是給人家識破，就不妙了。』『快滾蛋吧！』『天雷啊，把你的霹靂打到別處去！』我這會兒還不走，卻要討人家的好，『找三隻腳的貓』嗎？況且在托波索城裡找杜爾西內婭，就好比『在拉維那城裡找小瑪麗，或在薩拉曼加城裡找某某學士』[5]。這事準是魔鬼給我找的，沒別的主兒！」

桑丘自問自答一番，心上有了個計較，暗想：「好！咱們活一輩子，只有死是扭不轉的，一個人大限臨頭，由不得他自己作主；可是別的事都有辦法對付。據我這位主人的許多表現看來，他是個該拴起來的瘋子。我呢，和他也不相上下。常言道，『跟誰一起，和誰一氣』；又說，『不問你生在誰家，只看你吃在誰家』；如果這些話是不錯的，我跟隨他、伺候他，就比他更沒腦子了。他實在是個瘋子，常把這個混做那個，黑的看成白的。這類的事不少，譬如把風車說成巨人，把修士的騾說成單峰駱駝，把兩群羊說成敵對的兩軍等等。他既是這樣一個瘋子，我如果碰到個鄉下姑娘，哄他說她就是杜爾西內婭小姐，他很容易相信。要是他不信，我就賭咒；他還不信，我就再三賭咒；他死不肯信，我就拚命一口咬定，反正不管怎樣，我的氣勢總高過他一頭。也許這麼硬挺一下，他瞧我交不了差，下回就不再派我這種差使了。他不是說有惡毒的魔法師對他不懷好意嗎？我想他也許就以為魔法師跟他搗亂，把杜爾西內婭變了樣兒。」

桑丘・潘沙這麼一想，心又放寬了，彷彿自己的差使已經辦妥。他直休息到下午，讓堂吉訶德以為他是到托波索去走了個來回。事有湊巧，他剛起身要跨上他那頭灰驢，只見從托波索出來三個鄉下女人，騎著三匹驢駒或小母駒——作者沒有說明，大概是小母驢，那是村裡女人常騎的。這類瑣細不必深究。桑丘一看見，忙趕回去找他主人。堂吉訶德正在那裡長吁短嘆，悱惻纏綿地數說衷情，一見桑丘，就說：

「桑丘朋友，有什麼消息啊？我今天能用白石標誌嗎？還是該用黑石呢？[6]」

桑丘答道：「您最好用赭石，像學院畢業生的牓子[7]那樣，因為看起來醒目。」

堂吉訶德說：「那麼，你是帶了好消息來了。」

---

3 桑丘學舌說騎士道的一套話，可是說錯了。

4 《歌謠故事》（*Cancionero de Romances*, 1550）裡的話，出自古羅馬成語，等於中國古話「兩國相爭，不斬來使」。

5 以上四句都是西班牙諺語。拉維那是義大利一個人口稠密的城市，這句諺語原出義大利。

6 古希臘風俗以白石誌喜，黑石誌憂。

7 桑丘指學院畢業生的榜（rótulo），那是用赭黃寫的。桑丘指「榜」字說錯了。

桑丘答道：「好得很呢！杜爾西內婭·台爾·托波索小姐帶著兩名侍女瞧您來了！您只要把駑騂難得的肚子踢兩下，跑出樹林去，就會看見她。」

堂吉訶德說：「噯唷！神聖的上帝！桑丘朋友，你說什麼呀？小心別哄我，別用假喜信來解除我的真煩惱啊。」

桑丘答道：「我哄了您有什麼好處？況且馬上就給您戳穿了。先生，你踢踢馬，快來吧！咱們的公主娘娘梳裝打扮著來了，她就是個公主的樣兒。她和兩個使女都黃烘烘的一片金光，渾身是珍珠串兒，金剛鑽、紅寶石，穿的都是錦繡，那錦繡足有十層[8]呢！她們披在肩上的頭髮像太陽的光芒，風裡閃呀閃的。她們騎的那三匹花點子小驢馬，真是沒那麼樣兒的好看。」

「你說的是小女馬吧？桑丘。」

桑丘答道：「小驢馬或小女馬沒多大分別。不管她們騎的是什麼牲口，反正她們是最漂亮的姑娘，不能再漂亮了；尤其是咱們的杜爾西內婭公主娘娘，她簡直迷得人頭暈眼花。」

堂吉訶德說：「桑丘兒子，咱們走吧。多謝你給我帶來這樣喜出望外的消息；我下次有什麼冒險的事，準把戰利品裡最好的一份給你作報酬。你知道，我的三匹母馬圈在咱們村裡公地上等著下駒子，假如你不願意拿戰利品作報酬，我就把今年生的小駒子都給你。」

桑丘答道：「我願意要駒子，因為下一回冒險的戰利品還不定好不好呢。」

這時他們已經跑出樹林，看見了離他們不遠的三個鄉下女人。堂吉訶德放眼朝托波索去的路上觀望，可是只看見那三個村姑。他滿腹狐疑，問桑丘是否把杜爾西內婭一行人撇在城外了。

桑丘答道：「怎麼在城外呀？她們不是向這兒來了，身上光芒萬道，像中午的太陽，您怎麼看不見呢？難道您眼睛長在後腦勺兒上嗎？」

堂吉訶德說：「我只看見三個鄉下女人，騎著三頭驢。」

桑丘道：「上帝從魔鬼手裡救我出來吧！難道這三匹雪白的小母馬或什麼馬[9]，您看著像驢嗎？老天爺！要真是驢呀，我這幾莖鬍子都可以揪掉！」

堂吉訶德說：「那麼我告訴你吧，桑丘朋友，明明是驢，或許是小母驢。這就好比我是堂吉訶德、你是桑丘・潘沙那麼千真萬確；至少，我看著像驢。」

桑丘說：「先生，住嘴吧，別亂說了；您睜大眼睛瞧瞧，您心上的小姐馬上就到了，快去向她致敬吧。」

他一面說，一面就搶著迎上去，下驢扯住她們一頭驢的籠頭，雙膝跪下說：

「美麗的王后、公主、公爵夫人啊，請您賞臉見見您俘虜的騎士吧。他在您貴小姐面前慌做一團，脈搏也停止了，成了一塊大理石了。我是他的侍從桑丘・潘沙；他就是團團轉的騎士堂吉訶德・台・拉・曼卻，別號哭喪著臉的騎士。」

這時堂吉訶德已經去跪在桑丘旁邊，突出一對眼珠子，將信將疑地瞪著桑丘稱為王后和公主的那女人。他看來看去只是個鄉下姑娘，相貌也並不好，是個寬盤兒臉，塌鼻子。他又驚又奇，只不敢開口。另外兩個鄉下女人看見這一對不倫不類的怪人跪在地上擋住她們的女伴，也很詫異。可是給他們擋住的女人一點不客氣，很不耐煩地發話道：

8　桑丘很誇張其辭，因為最名貴的錦有三層：第一層是緞子的底，第二層是織的錦，第三層是用金線或銀線添上的花。

9　桑丘忘了自己剛說三匹馬是花點子的。

「你們這兩個倒了楣的！走開呀！讓我們過去！我們有要緊事呢！」

桑丘答道：「哎呀，公主啊！托波索全城的女主人啊！您貴小姐看到游俠騎士的尖兒頂兒跪在面前，您心胸寬大，怎麼不發慈悲呀？」

另一個鄉下女人聽了這套話就說：

「『嚄！我公公的驢呵！我給你刷毛啵！』[10]瞧瞧現在這些起碼的紳士！倒會拿鄉下女人開心的！好像人家就不會照樣兒回敬！走你們的路吧！讓我們走我們的！別自討沒趣！」

堂吉訶德忙說：「桑丘，你起來。我現在知道：厄運折磨著我；命運叫我走投無路，苦惱的心靈找不到一點安慰[11]。品貌雙全的小姐呀！我這個傷心人唯一的救星啊！惡毒的魔法師迫害我，叫我眼上生了雲翳；別人見到你的絕世芳容，只在我眼裡你卻變成個鄉下窮苦女人了。假如魔法師沒把我也變成一副怪相，叫你望而生厭，那麼，你看到我一心尊敬，儘管瞧不見你的美貌，還是拜倒在地，你就用溫柔的眼光來看我吧。」

那村姑答道：「啊呀，我的爺爺！我是你的小親親，和你談亂愛[12]呢！走開點！讓我們過去！我們就多謝你了！」

桑丘走開讓她過去，借此擺脫了自己的糾葛，心上非常得意。暫充杜爾西內婭的那村姑瞧沒人擋路了，忙用帶刺的棍子打一下她的「小驢馬」往前面草地跑去。她那一棍不比往常，驢兒痛得厲害，騰躍起來，把這位杜爾西內婭小姐掀翻在地。堂吉訶德一見，忙趕去扶她。桑丘也去把滑到驢肚底下的馱鞍重新安好、縛牢。堂吉訶德就要去把那位著魔的小姐抱上坐騎。那位小姐卻已經爬起來，而且上驢不用幫忙。她退幾步，然後跑個快步，兩手按著小驢的臀部，就勢踴身一躍上鞍，像男人那樣騎跨驢背，矯捷得不輸老鷹。桑丘失聲叫道：

「我的天啊！咱們這位女主人比鷂子還輕巧呢！最靈活的果都巴人或墨西哥人上高鞍也沒她這本領。她跳過了鞍子的後梁；鞋上沒戴馬刺，也能叫她的小驢馬跑得像斑馬一樣。她兩個使女也不輸她，一陣風地跑了。」

確是這麼回事。那兩個看見杜爾西內婭上了牲口，就打著驢子跟她飛跑，一口氣跑了半個多哩瓦沒回頭。堂吉訶德目送她們，直到看不見了，才轉臉對桑丘說：

「桑丘，你瞧瞧魔法師多麼恨我呀！他們防我見了意中人高興，竟變掉了她的本相。他們把我恨到什麼地步就可想而知！我活在世上，真是個道地的倒楣人，厄運把種種災難都降在我身上。而且你看，桑丘：那些奸賊變了杜爾西內婭的模樣心還不足，還非得把她變成那麼一個又蠢又醜的鄉下姑娘：貴小姐經常薰著龍涎香和花香，身上浸透了這種芬芳，他們竟連她這股香味都變掉了。我告訴你吧，桑丘，我趕去扶杜爾西內婭上她的小母馬——這是照你的說法，因為我看來是小母驢——她身上一股子生蒜味，薰得我暈暈地直惡心。」

桑丘忙嚷道：「嗐！你們這群混蛋的魔法師！倒楣的壞心眼兒！我但願眼看你們像沙丁魚似的水草穿腮，聯成一串兒！你們本領大，花樣多，幹了多少壞事呀！你們這群惡棍！你們把杜爾西內婭小姐珍珠似的眼睛變得像橡樹子兒，把她純金的頭髮變得像牛尾巴上的紅鬃毛，一句話，

10 西班牙諺語，表示不接受對方討好，用譏誚的口吻回敬。「噯」是喝驢的聲音。

11 這裡組合了咖爾西拉索・台・拉・維咖《牧歌》第三篇和第一篇裡的句子。咖爾西拉索已見下冊第六章、第八章。

12 鄉下姑娘把情話（requebrajos）說別了。

把她的萬種風姿變成一副醜相，你們不過癮，還要變掉她身上的香味！如果我們聞到她的香，還能猜透那醜皮殼兒底下原來是個什麼樣的人呀！不過說老實話，我一點兒沒有看見她醜，只看見她美。她右邊嘴上唇有一顆痣。上面有七八根金線似的黃毛，至少有一拃手長像一撇鬍子。」

堂吉訶德說：「這種痣，臉上和身上相稱著生。杜爾西內婭既然臉上有一顆，那麼和這顆痣一順的大腿面上一定也有一顆；可是痣上的毛像你說的那樣就太長了。」

桑丘答道：「不過我可以告訴您，痣上那幾根長毛看著頂順眼。」

堂吉訶德說：「朋友啊，這話我相信，因為杜爾西內婭天生是樣樣都十全十美的。像你說的痣，她身上如有一百顆，那就不是痣，而是燦爛的月亮和星星了。可是桑丘，我問你，你給她重縛的鞍子，我怎麼看著像個馱鞍；究竟是扁平的騎鞍，還是女人坐的橫鞍呢？」

桑丘答道：「都不是，那是短腳鐙的高鞍子，上面蓋著個出門用的罩子；那罩子富麗極了，值半個王國呢。」

堂吉訶德說：「桑丘啊，這許多我一樣都沒看見。我又要說了，我還要說一千遍呢，我是世界上最倒楣的人。」

堂吉訶德乖乖地上了鉤，混蛋的桑丘聽著他這些死心眼兒的話，險的忍不住笑出來。長話短說，兩人講究了一番，就騎上牲口，取路往薩拉果薩去。那座著名的城裡年年有盛大的慶祝，他們打算及時趕到。不過他們一路上碰到了好多了不起的奇事，都值得大書特書，看下文便知分曉。

# 第十一章

## 天大奇事：英勇的堂吉訶德看到大板車上「死神召開的會議」。

堂吉訶德一路前去，想著魔法師惡作劇，把他的杜爾西內婭小姐變作醜村姑，氣惱得不可開交。他卻又想不出什麼辦法叫她恢復本相，心煩意亂，不覺把駑騂難得的轡繩也擱下了，野地裡青草茂盛，駑騂難得覺得沒人牽制，每走一步就停下來啃草。桑丘·潘沙打斷主人的沉思說：

「先生，牲口是不煩惱的，只有人才煩惱；人要是煩惱過了頭，反而變成牲口了。您自己克制一點，定定神，撿起駑騂難得的轡繩，振作一下，醒醒吧！拿出游俠騎士該有的氣魄來！您見鬼啦？幹麼這樣垂頭喪氣的？『咱們魂靈兒出了竅，到法蘭西去了？』[1]游俠騎士的健康是頭等大事，什麼魔法呀、變形呀都是不足道的，隨它世上有多少杜爾西內婭，都讓魔鬼帶走好了。」

堂吉訶德發狠道：「住嘴！桑丘！不許說這種混話糟蹋那位著了魔法的小姐。她倒楣都是我的罪過；那些壞蛋因為恨我，就叫她當災。」

1 西班牙諺語。

桑丘答道：「我也這麼說呀。從前見過她的，今天見了她，『怎能硬著心腸不掉眼淚呢？』[2]」

堂吉訶德道：「桑丘，你真可以這麼說，因為你看見過她十全十美的姿容，障眼法沒有迷糊你的眼睛、遮蓋她的美貌。那股惡毒的魔力只捉弄我一個人，只捉弄我一個人的眼睛。不過我想到一件事，桑丘，你把她的美貌形容得不像個樣兒。我記得你說她眼睛像珍珠。魚眼睛才像珍珠，女人的眼睛不那麼說。我想杜爾西內婭的眼珠準像碧綠的翡翠，眼睛是大大的，眉毛是彎彎的，像天上的虹。你得把她眼睛裡的珍珠拿出來做她嘴裡的牙齒；桑丘，你準是把眼睛和牙齒說顛倒了。」

桑丘答道：「也許是這麼回事。因為我看到她的美貌，就像您看到的醜相一樣，心裡糊塗了。不過您一切都隨上帝安排吧，這萬惡的煩惱世界上，什麼事都帶著幾分刁惡哄騙、弄虛作假，將來怎麼樣只有上帝知道。我的先生，我只有一件事最不放心：將來您戰勝了巨人或騎士，叫他們去拜見美麗的杜爾西內婭小姐，那些倒楣蛋到哪裡去找她呢？我彷彿能看到他們一夥傻瓜在托波索跑來跑去找杜爾西內婭小姐；即使迎面碰上，也只像見了我爸爸一樣全不認識呀。」

堂吉訶德說：「桑丘，那些吃了敗仗前去拜見杜爾西內婭的巨人和騎士也許不受障眼法的擺布，會識別她。我以後把我打敗的傢伙送一兩個去拜見杜爾西內婭，叫他們事後向我報告，這樣試驗一下，就知道他們能不能認識她了。」

桑丘答道：「先生，我覺得您這話很有道理。照這辦法，咱們的悶葫蘆就打破了。假如只您一個人看不見她的真相，那麼遭殃的是您，不是她。只要杜爾西內婭小姐健康愉快，咱們只顧冒

2　當時流行歌曲裡的辭句。

險去，她著魔的事且放開些，慢慢兒自有辦法。時間是最好的藥，什麼病都治得好。」

堂吉訶德想要回答，還沒有開口，忽見大路上穿過一輛板車，車上的人物奇形怪狀，簡直意想不到。車夫是個醜惡的魔鬼，領頭帶著駕車的幾頭騾子。車上沒有頂篷，也沒有圍欄。堂吉訶德第一眼看見個死神，身子是骷髏，那張臉卻是活人的。旁邊一個天使戴著一對彩色的大翅膀。那邊是個皇帝，戴一頂金色的皇冠。死神腳邊是丘比特神[3]，他眼睛沒蒙上，只帶著他的弓、箭和箭袋。車上還有一個騎士，渾身武裝只欠一頂頭盔；他戴著一頂寬簷兒帽，上面插滿了五顏六色的羽毛。另外還有些人物，裝束和臉相都各式各樣。堂吉訶德突然看見這形形色色的人物有點吃驚，桑丘早嚇壞了。堂吉訶德以為又是奇遇，這麼一想，立刻興致勃勃，憑他那股天不怕、地不怕的膽量，擋住大車，喝道：

「隨你是車夫、是魔鬼，或是什麼東西，快快招出來：你是誰？到哪裡去？乘車的都是誰？你這輛車不像普通的板車，倒像卡龍[4]的擺渡船呢。」

魔鬼停了車，和和氣氣地說：

「先生，我們是安古羅・艾爾・馬羅[5]的戲班子。今天是基督聖體節的第八天，我們早上在山坡後面的村裡演了一齣寓言戲《死神召開的會議》；今天下午還得上前面那個村裡去演。我們因為兩處很近，省得卸了妝再化妝，就穿著戲裝上路了。這小伙子扮死神；那個扮天使；那位是領班人的太太，她扮皇后；那人扮戰士；那一個扮皇帝；我扮魔鬼，是戲裡的一個主角——我是這班子裡扮主角的。您如果還要打聽什麼別的，問我就行，我會一一回答；我是魔鬼，什麼都知道。」

堂吉訶德答道：「我老實說吧，我一見這輛大車，以為碰上了什麼奇事呢。現在知道，親眼目見的東西，還得親手摸一摸才知道虛實。再見，朋友們，你們慶祝節日去吧！如有什麼事用得著我，我很願意幫忙。我從小就喜歡看戲，年輕的時候對演戲這一行興味很濃。」

也是合該有事。他們正說著話兒，戲班子裡扮丑角的趕上來了。他身上戴著許多小鈴鐺，手裡拿根棍子，一頭上繫著三個鼓鼓的氣球。這小丑跑到堂吉訶德旁邊，揮舞著棍子，把氣球在地上拍打，一面大跳大蹦，震得渾身鈴鐺亂響。駑騂難得見所未見，嚇破了膽，儘管牠瘦骨稜稜，卻像駿馬追風似的，咬著馬嚼鐵一個勁兒地往野地裡躥去，堂吉訶德的力氣哪裡收勒得住。桑丘估量他主人不免落馬，忙跳下灰驢急急趕去救護。可是他剛追上，他主人已經滾在地上了；駑騂難得倒在他旁邊，牠是帶著主人一起摔倒的。牠每次狠命奔跑，照例這樣下場。

桑丘剛撇下灰驢趕去救主人，那拿著氣球跳舞的怪物已經跳上灰驢，用氣球拍打牠；打得並不痛，可是灰驢害怕，又聽見鈴鐺亂響，就朝戲班子要去的村子飛跑。桑丘眼看著這邊是他的灰驢跑了，那邊是他的主人摔了，都需要照管，不知先顧了哪頭好。他畢竟是個好侍從、好傭人，一心愛主人，顧不得疼驢子。可是他每見那幾個氣球高舉空中又落到灰驢臀上，就好比要他命似的又急又怕，寧願一下下都打在自己眼珠上，也不要碰了灰驢尾巴尖上一根毛。他牽腸掛肚地趕到堂吉訶德身邊，瞧主人摔得很厲害，忙扶他上駑騂難得，一面說：

「先生，鬼把我的灰毛兒搶走了。」

3 希臘神話，戀愛神丘比特（Cupido）是愛神維納斯的兒子。他是個美少年，身有雙翼，蒙著兩眼，象徵愛情盲目，他手持弓箭，誰中了他的箭就不由自主的戀愛。

4 希臘神話裡把鬼魂渡到陰司去的「渡者」。

5 當時一個戲班子的領班人，名叫安德瑞斯•台•安古羅。

堂吉訶德問道：「哪個鬼？」

桑丘說：「那個拿氣球的。」

堂吉訶德說：「他即使帶著你的驢躲在地獄最深最黑的窖裡，我也會把牠搶回來。桑丘，你跟我來。那輛板車走得很慢，我可以把那幾頭拉車的騾子拿來抵償你丟失的灰驢。」

桑丘說：「先生，不用費這番手腳了，您別生氣吧。我看見那鬼已經下驢，灰毛兒又回到老路上來了。」

果然不錯。那鬼故意學堂吉訶德和駑騂難得的樣，也和灰驢一起摔了一跤。鬼就步行到前面村上去，驢子又回到牠主人這邊來。

堂吉訶德說：「儘管如此，那個鬼太無禮，還是該找車上隨便哪一個懲罰一下；就懲罰皇帝也好。」

桑丘說：「您快收了這個念頭，聽我的話，戲子是有人寵愛的，千萬碰不得。我知道有個戲子犯了兩起命案逮捕了，可是什麼事也沒有，連法庭上的費用都一個子兒沒花。您可知道，他們是湊趣的人物，逗人開心取樂的，所以大家護著他們，捧著他們，把他們當寶貝；尤其皇家戲班子裡那幾個有名頭的戲子，穿的衣服和渾身氣派簡直就像王子一樣。」

堂吉訶德答道：「儘管那個鬼戲子是人人寵愛的，我也不讓他誇口。」

那輛車已經走近前面的村子。堂吉訶德說著就轉身向板車趕去，提高了嗓子大嚷：

「你們這群開心逗樂兒的傢伙！別走！等一等！我要教訓你們呢！你們對游俠騎士侍從的坐騎這樣無禮是不行的！」

堂吉訶德喊聲響亮，板車上聽得一清二楚。他們從話裡聽出發話的人是什麼用意。死神立即跳下車，皇帝、趕車的魔鬼和天使跟著下來，連皇后和丘比特都沒待在車上。他們撿了些石子一翅兒排開，準備擲石子迎戰。堂吉訶德瞧他們毫無怕懼，擺著長陣，一個個高舉手裡的石子準備狠狠地擲過來，就勒住馬韁，暗暗盤算怎樣衝上前去能少受傷害。他這麼一停頓，桑丘就趕上來了。桑丘瞧他是要向那整齊的行列衝去廝殺的樣子，就說：

「您這來就是瘋了！我的先生，您想想，迎頭打來的石子是什麼也擋不住的，除非把自己扣在銅鐘裡。況且您也該估量一下：死神在他們隊裡呢，而且皇帝親自上場，天神和魔鬼都幫著他；您單槍匹馬去和那個軍隊交手，不是勇敢，只是魯莽啊。假如您還不肯罷休，那麼請瞧瞧，他們隊裡雖然有帝王和各種首腦，卻沒一個能做您對手的游俠騎士；這總可以叫您別再上前了。」

堂吉訶德說：「桑丘，你這話正說在筋節上，既有力，又有理，我就回心轉意聽你的了。我跟你講過好幾遍，我不能和沒封騎士的人交手，那是不合規矩的。桑丘，人家欺負了你的灰毛兒，你要報復是你的事。我可以在這兒為你吶喊助威，還幫著出出主意。」

桑丘答道：「先生，我不用對誰報復，受了欺侮報復的不是好基督徒。我還要和我的灰驢兒講明，牠受了委屈得聽我作主，我的主張是和和平平過一輩子。」

堂吉訶德說：「桑丘啊，你是個好人！你是個聰明人！你是個名副其實的基督徒！你是個老實人！你既然抱定這個主意，咱們就撇下這群鬼怪吧，和他們打交道說不上冒險，咱們得另找合適的事。我看咱們在這個地方準會有許多意外的奇遇呢。」

他隨即兜轉馬頭，桑丘也騎上他的灰毛兒；死神和他那個滿處跑的隊伍又乘車繼續上路。碰到死神之車的險事，就此圓滿收場；這多虧桑丘・潘沙用金玉良言勸了他主人。第二天，堂吉訶德碰到一個痴情的游俠騎士。他那番遭遇和這次的一樣令人驚奇。

# 第十二章

## 天大奇事：英勇的堂吉訶德和威武的鏡子騎士會面。

堂吉訶德碰到死神的那晚上，經桑丘勸說，吃了些灰驢馱帶的乾糧，主僕倆就在綠蔭沉沉的幾棵大樹底下過了一夜。晚飯時桑丘對他主人說：

「先生，假如我不領您那三匹母馬的駒子作報喜的賞賜，倒要您這次冒險的戰利品，我就是個大傻瓜了！『天空的老鷹，不如手裡的麻雀』[1]，這是千真萬確的。」

堂吉訶德答道：「你如果肯讓我衝上去廝殺，皇帝的金冠和戀愛神的五彩翅膀至少是你分裡的戰利品；我一定搶來給你。」

桑丘・潘沙說：「戲裡皇帝的寶杖皇冠是銅片或鉛皮做的，從來不用真金。」

堂吉訶德答道：「這話不錯。戲裡的道具不宜用好東西，仿造的就行，因為戲劇本身就是個假象。戲劇是人生的鏡子；我們自己的面貌和模範人物的形象，只有在戲裡表現得最生動逼真。編劇和演戲的人把這面鏡子隨時供我們照鑑，這對國家大有好處。所以，桑丘，我希望你不要瞧不起戲劇，要尊重編劇和演戲的人。不過戲劇究竟是哄人的假象。你沒看見戲裡的國王呀、大皇帝呀、教宗呀、紳士呀、夫人小姐呀等等角色嗎？一個扮惡人，一個扮騙子，這是商人，那是戰士，這是乖覺的傻角，那是痴騃的情人；演完了一個個脫下戲裝，大家一樣都是演戲的。」

桑丘答道：「是啊，我見過。」

堂吉訶德說：「人生的舞台上也是如此。有人做皇帝，有人做教宗；反正戲裡的角色樣樣都有。他們活了一輩子，演完這齣戲，死神剝掉各種角色的戲裝，大家在墳墓裡也都是一樣的了。」

桑丘說：「這個比喻好！可是並不新鮮，我聽到過好多次了。這就像一局棋的比喻。下棋的時候，每個棋子有它的用處，下完棋就都混在一起，裝在一口袋裡，好比人活了一輩子，都埋進墳墓一樣。」

堂吉訶德說：「桑丘，你的心眼兒一天比一天多，識見也越發高明了。」

桑丘答道：「是啊，因為沾染了您的高明呀！貧薄乾枯的土地澆了糞便，翻耕一下，就會豐產。我是說呀，我這副乾枯的腦筋是貧薄的土地，您對我講的話是澆在上面的糞便；我伺候您、和您談話就是翻耕這片地。我希望您種瓜得瓜，種豆得豆，得到大豐收。」

堂吉訶德聽桑丘做的文章，不禁大笑。他覺得桑丘自稱有進步是真的；這位侍從偶爾說些話很使他驚佩。不過桑丘若要用比喻，嵌些詞藻，往往就傻得透頂，愚蠢得沒底。他只有引用成語，不論是否得當，最能賣弄自己的才情和記性；讀者在故事裡想必已經留意到這點了。

兩人說著話過了大半夜，桑丘就想放下眼簾——他瞌睡了常這麼說。他卸下灰驢的鞍轡，讓牠在茂盛的草地上隨意啃草。駑騂難得的鞍子他沒除下。他主人明明白白吩咐過：他們如在野外露宿，駑騂難得不准卸裝；因為照游俠騎士從古相沿的成規，轡頭可以脫下掛在鞍框上，鞍子卻

1 西班牙諺語。

千萬不能卸。桑丘照這辦法讓駑騂難得也像灰驢兒那樣逍遙去。這一對驢馬親密得出奇少見，關於牠們的友誼，民間有悠久的傳說，本書作者曾用幾章的篇幅記錄下來，但因遵守史詩的寫作規律，定稿時刪掉了。但有時作者忘其所以，又描寫這兩頭牲口聚到一起就挨挨擦擦；吃飽了休息的時候，駑騂難得就把脖子架在灰驢兒頸上（牠那脖子伸出半瓦拉[2]還不止），兩頭牲口眼望著地往往可以一站三天，至少，要不是有人打攪或餓了要吃，牠們可以老這麼站著。據說作者曾把這一對朋友比作尼索和歐利亞洛[3]，或庇拉德斯和奧瑞斯德斯[4]。果然如此，就可見和平的牲畜之間，友誼多麼膠固，值得大家欽佩；而人與人的友誼卻非常難保，可使人類自慚。因此詩歌裡說：

友情不會久常，
竹竿可能變作長槍；[5]

又有人說：

朋友彼此，好比眼睛裡的虱子。[6]

作者把牲畜之間和人與人之間的友誼相比，沒有誰認為不倫不類，因為人類從牲畜得到不少教訓，並學到許多重要的事：例如鸛的灌腸，狗的嘔吐清胃和感恩，鶴的機警，螞蟻的深謀遠慮，象的貞節，馬的忠誠等等[7]。閒話少敘，且說桑丘在軟木樹腳下已經睡熟，堂吉訶德在大橡樹腳下也睡著了。可是過一會兒他背後有些聲響把他鬧醒了。他吃驚地起來查看哪兒來的聲音。原來是兩騎人馬。一人下鞍向夥伴說：

「下馬吧，朋友，給兩匹馬除下轡頭。我看這裡牲口足有草吃，地方又僻靜，可以讓我想念情人。」

他說著就躺下了；一倒地，身上的盔甲鏗然作聲。堂吉訶德就此推想他是個游俠騎士，忙跑到鼾呼大睡的桑丘身邊，搖撼著他的胳膊，好容易把他搖醒了，低聲說：

「桑丘老弟，咱們有奇遇了。」

桑丘答道：「但願上帝給我們個好的。可是，我的先生，奇遇夫人在哪兒呢？」

堂吉訶德答道：「哪兒嗎？桑丘，你轉眼瞧瞧，有個游俠騎士在那邊躺著呢。我想他一定是不大快活，因為看見他下馬往地下一躺，怪喪氣的樣子。他倒下的時候身上盔甲鏗鏘地響。」

桑丘說：「可是您憑什麼說這是奇遇呢？」

堂吉訶德答道：「我並不說這就是奇遇，這不過是奇遇的開頭；凡是奇遇都這麼開始。你聽，他好像正在調弄琵琶或弦子。昭他這麼咳痰、清嗓子，準是要唱個什麼歌兒呢。」

2 瓦拉（vara），尺度名，即碼，合三呎。
3 維吉爾《伊尼德》裡的一對好友。
4 古希臘傳說裡的一對好友。
5 希內斯・貝瑞斯・台・依塔（Ginés Pérez de Hita）《格拉那達內戰》詩裡的句子。
6 西班牙諺語；又說，「朋友彼此，好比眼睛裡的砂子」，或「……好比射到眼睛裡的酸葡萄汁」。
7 這是引用老普利尼（Gaius Plinius Secundus）《博物志》裡的話。

桑丘說：「果然是的；他一定是個痴情騎士。」

堂吉訶德說：「游俠騎士沒一個不痴情的。咱們且聽著，等他一唱，咱們『拿到線頭兒，就抽開了他心裡的線球兒』[8]，因為心裡充滿什麼念頭，嘴裡就說出來[9]。」

桑丘正要回答，卻給樹林裡那位騎士的歌聲打斷。那嗓子還過得去，兩人傾耳聽他唱了下面一首：

**十四行詩**

小姐，請你憑自己的意願指引我一條追隨的道路，我謹遵緊跟，絕不越出一步，不論你要我怎樣我都心甘。
如要我死而銜恨無言，那就權當我已一命嗚呼；如要我變花樣向你哀訴，愛情現身說法也沒我婉轉。
相反的品質並存在我心裡，蠟的軟、金剛石的硬，二者都適合愛情的要求；
這顆又軟又硬的心獻給你，隨你在上面淺印深銘，每個痕跡我誓必永遠保留。

樹林裡的騎士唱完「咳」了一聲，好像從心底倒抽出來的。他稍停一下，含悲訴苦說：

「啊！貞靜的卡西爾德雅・台・萬達莉亞，世界上最嬌豔、最冷酷的小姐啊！你怎麼忍得下心，叫你的騎士流浪著吃苦受罪、沒完沒了的糟蹋自己呢？我已經叫所有的那瓦拉騎士、所有雷翁的、達爾台斯的、加斯底利亞的和拉・曼卻的騎士，都一致承認你是天下第一美人，這還不夠嗎？」

堂吉訶德聽了說：「沒這事兒！我是拉・曼卻的騎士，我從沒承認過這句話。這話辱沒了我那位美貌的小姐，我絕無默認之理。你瞧，桑丘，這位騎士是在胡說啊。可是咱們且聽著，他也許還有話呢。」

桑丘道：「有的是！他準備連著數說一個月呢。」

可是並不然。樹林裡的騎士聽見旁邊有人說話，就不再訴苦，客客氣氣地高聲問道：

「有人嗎？誰啊？是稱心的人還是傷心的人啊？」

堂吉訶德答道：「也是個傷心人。」

樹林裡的騎士說：「那麼請過來吧，您見了我，就可算是見到了最恨大愁深的人了。」

堂吉訶德覺得這話又婉轉，又和氣，就跑過去；桑丘也跟去。

那個訴苦的騎士抓住堂吉訶德的胳臂說：

「騎士先生，請這兒坐。這幽靜的地方天生是供游俠騎士休息的；我在這裡碰到你，就可知你是一位騎士，而且是以游俠為職業的。」

堂吉訶德聽了這話，答道：

「我是騎士，也正是你所說的那一行的。我雖然倒楣招災，滿肚子愁苦，卻還有心情去憐憫旁人的不幸。我聽了你唱的詩，知道你是為愛情苦惱——就是說，你的苦惱是愛上了你指著名兒

8 西班牙諺語，見本書上冊，第四章，注7。

9 引《新約》的〈馬太福音〉，第十二章第三十四節。

抱怨的那位狠心美人。」

當時兩人一見如故，並坐在硬地上談得很投機，滿不像破曉就會彼此打破頭的。

樹林裡的騎士問堂吉訶德說：「騎士先生。你大概正在戀愛吧？」

堂吉訶德答道：「我不幸正在戀愛。可是愛情寄放得當，儘管苦惱也算不得不幸，倒該算有幸呢。」

樹林裡的騎士答道：「這話很對，除非對方太瞧不起咱們，恩將仇報似的，把咱們氣得發瘋。」

堂吉訶德答道：「我那位小姐從來沒有瞧不起我。」

桑丘在旁插嘴道：「真是從來沒有的。我們那位小姐像溫順的羔羊；比脂油還軟和。」

樹林裡的騎士問道：「這是你的侍從嗎？」

堂吉訶德答道：「是啊。」

樹林裡的騎士說：「我從沒見過哪個侍從敢當著主人插話的。且看我這位侍從吧，他和自己的爸爸一般兒高了；我說話的時候他從不開口。」

桑丘說：「我的確是當著我主人插話了！我也能當著別人插話！隨他多麼……我不多說了，『少攪拌為妙』。」

樹林裡的侍從挽著桑丘的胳膊說：

「咱們找個地方去暢談咱們侍從的話，讓咱們主人在這兒較量彼此的戀愛史吧，管保到天亮他們還講不完呢。」

桑丘說：「好！等我告訴您我是誰，您就知道我是否算得一個最多嘴的侍從。」

兩個侍從就走開了。他們那番逗人發笑的談話，和兩位主人的正經對答各極其妙。

# 第十三章

## 續敘堂吉訶德和林中騎士的事，以及兩位侍從的新鮮別致的趣談。

主僕們分成兩夥：侍從倆各道生平；騎士倆互訴情史。這部書先敘僕人的談話，後敘主人的談話。據說，兩個傭人離開主人走了一段路，那個林中騎士的侍從對桑丘說：

「我的先生，咱們跟著游俠騎士當侍從，多辛苦啊！真是應了上帝咒詛咱們原始祖先的話：『得頭上汗濕，才口中有食。』[1]」

桑丘道：「還可以說，得凍得要死，才口中有食。游俠騎士的倒楣侍從忍受的大冷大熱都是不同尋常的。有得吃還好，因為『肚子吃飽，痛苦能熬』[2]。可是咱們有時一兩天也沒一點東西下肚，只好喝風。」

那位侍從說：「咱們指望著恩賞，種種苦頭也都忍受得下了。游俠騎士要不是倒楣透頂，他的侍從至少可以拿穩一個海島總督的肥缺，或一份像樣的伯爵封地。」

---

1《舊約》的〈創世記〉，第三章第十九節。

2 西班牙諺語。

桑丘說：「我和主人講過，我願意做海島總督；他很慷慨，已經答應我好幾次了。」

那位侍從說：「我辛苦一場，有個教會的官職就心滿意足；我主人已經給我內定了一個，而且是呱呱叫的！」

桑丘說：「您主人準是教團的騎士，能這樣犒賞自己的好侍從。我的主人不是教士。我記得有些精明人——我看是不懷好意的，想勸我主人謀做大主教。我主人卻不願意，一定要做大皇帝。我當時心上直發抖，怕他一轉念要去做教會裡的官；因為我知道自己不配吃教會的俸。我告訴您吧，儘管我看著像人，當起教會裡的事來就是一頭畜生。」

那位侍從說：「其實您算盤打錯了。當海島總督不一定好：有的地方不像樣，有的窮，有的操心；反正最了不起、最沒毛病的也總帶著一大堆麻煩，誰倒楣做了這個官，就挑上了這副擔。吃咱們這行苦飯的，最好還是回老家去，幹些配胃口的事消遣日子，比如打獵釣魚之類。一個人要在家鄉消遣，只需一匹馬、一對獵狗、一根釣竿，天下哪個侍從窮得連這些都沒有呢？」

桑丘答道：「這些東西我都有。當然，我沒有馬；不過我有一頭驢，比我主人的馬值兩倍的價呢。我要是肯把驢和馬對換呀，『上帝罰我復活節倒楣吧！』[3]而且就應在下一個復活節上！再饒上四擔大麥我也不換的。我的灰毛兒——我那頭驢是一身灰毛——在我眼裡這麼值錢，您大概要笑話了。至於獵狗，我是短不了的，我們村上多的是。而且花旁人的錢打獵更有味呢。」

那位侍從答道：「先生，我老實說吧，我已經打定主意不再跟著這些騎士胡鬧，要回家鄉去教養自己的孩子了。我的三個孩子就像三顆東方的明珠。」

桑丘說：「我有兩個。我那兩個孩子真可以獻給教宗呢，尤其我的姑娘[4]。如果上帝容許，我養大了她要她做伯爵夫人的，她媽不願意也沒用。」

那侍從問道：「養大了做伯爵夫人的姑娘芳齡多少啦？」

桑丘說：「十五上下，已經高得像一支長矛，鮮嫩得像春天的早晨，勁兒大得像腳夫。」

那侍從道：「她有這許多好處，不但配做伯爵夫人，還可以做樹林裡的仙女呢！哎呀！那婊子養的！那婊子！那小傢伙多有勁兒呀！」

桑丘聽了有點生氣，說道：

「她不是婊子，她媽也不是，我只要有一口氣在，天保佑她們倆沒一個做婊子。您說話客氣著點兒！您還是游俠騎士栽培出來的呢，游俠騎士是最講禮貌的；我覺得您這些話不大合適。」

那位侍從道：「啊呀，先生，您太不識抬舉了！假如一個騎士在鬥牛場上把公牛搠了好一槍，或者某人一件事幹得好，人家往往說：『哎，婊子養的！婊蛋！這下子真的好哇！』您難道沒聽見過嗎？這種話好像是臭罵，其實是了不起的恭維啊。先生，假如兒女幹的事不值得人家當著他們爸爸這樣稱讚，您就別認他們做兒女。」

桑丘說：「好！我就不認他們。照這個道理，您儘管把我和我的老婆孩子們一古腦兒都叫婊子，因為不論我們幹什麼事、說什麼話，都當得起這種恭維。我為了要回去瞧他們，直在禱告上帝解脫我的死罪——就是說，解脫我當侍從的危險差使。我有一次在黑山窩裡撿到個皮包，裡面有一百個金元，就此痴心妄想，再一次當了侍從。魔鬼老把滿滿一口袋金元放在我眼前，一會兒在這裡，一會兒在那裡，不在這邊，就在那邊；我每走一步，彷彿就摸得到，可以抱在懷裡，拿

3 常用的誓言。

4 西班牙人通常說到好東西，就說：「可以獻給教宗呢！」但教宗是修行的出家人，不能接受桑丘的姑娘。

回家去，放出去投資，經收利息，以後就像王子那樣過日子。我心上打著這個算盤，跟著我那位沒腦子的主人種種吃苦受累都覺得沒什麼了。我明知道我那位主人若說是騎士，不如說是瘋子！」

那位侍從道：「所以有句老話說，『貪心撐破了口袋』。如要講咱們的主人呀，我那位就是天字第一號的大瘋子。常言道：『驢子勞累死，都為人家的事』；這話正應在他身上了。他要治好另一個紳士的瘋病，自己就成了瘋子，出門來找事幹；說不定事不湊巧，會自討苦吃呢。」

「他大概正在戀愛吧？」

那侍從說：「可不是嗎，他愛上一個卡西爾德雅．台．萬達莉亞，全世界找不出比她更生硬老練的婆娘。不過他的苦處不是女人厲害，卻是他腸子裡還有幾條更厲害的詭計在嘰哩咕嚕地鬧，再過些時候就要發作了。」

桑丘說：「隨你多麼平坦的道路，總有些磕腳絆腿的東西。可是『別人家也煮豆子，我家卻是大鍋大鍋的煮』[5]。大概咱們一起的人，瘋癲的比靈清的多。不過有句老話：『有人共患難，患難好承擔。』如果這話不錯，我有您在一起就好過了，因為您的主子和我的一樣傻。」

樹林裡的侍從說：「他傻雖傻，卻很勇敢，尤其狡猾。」

桑丘答道：「我的主人不這樣。我告訴您：他是個實心眼兒，沒一丁點兒狡猾。他對誰都好，什麼壞心眼都沒有，小孩子都能哄得他把白天當作黑夜。我就為他老實，愛得他像自己心兒肝兒一樣，隨他多麼瘋傻也捨不得和他分手。」

那侍從道：「可是老哥啊，要是瞎子領瞎子，就有雙雙掉在坑裡的危險[6]。咱們還是早作退步，回到咱們老家去吧。出門碰運氣的常常碰不到好運氣。」

桑丘不住的吐痰，好像是那種又黏又乾的痰。那位好心腸的侍從注意到了，說道：

「咱們盡說話，說得舌頭都膠在顎上了。可是我鞍框上掛著一袋消痰生津的好東西呢。」

他起身一轉眼拿了一大皮袋的酒和一個肉餡烤餅回來。那個肉餅說大不大，直徑足有半瓦拉，不是誇張；裡面的餡兒是一隻肥大無比的白兔。桑丘摸了一下，以為不是小羊羔，竟是一隻山羊呢。他看了這些東西問道：

「先生，這是隨身帶的嗎？」

那人答道：「您說吧！我就是個三錢不值兩錢的侍從嗎？我那馬鞍子後面馱帶的糧食，比大將軍吃的還好呢。」

桑丘不等邀請，就吃起來；他黑地裡大口吞嚥，那一口口就像拴牛繩上的一個個大結子。他一面說：

「您這餐飯如果不真是魔法變的，至少也像是魔法變的。看了這餐飯，就知道您是一位講究規格的侍從，而且派頭十足，又闊氣、又大方，不像我這樣窮困倒楣。我糧袋裡只有一小塊乾酪，乾得繃硬，簡直砸得開巨人的腦袋；此外不過是四五十顆的豆兒、四五十顆的榛子和核桃。這都怪我主人太刻苦，而且他認為游俠騎士只能靠乾果子和野菜活命，死守著這個規矩。」

那侍從道：「老兄啊，我說句實在話：那些苦菜呀、野梨呀、山裡的根呀莖呀等等，我這個肚子是受不了的。咱們主人儘管抱定成見，謹守騎士道的規矩；他們愛吃什麼就吃什麼。我反正得帶著裝熟肉的簍子，還把這只酒袋掛在鞍框上。這是我心窩兒裡的東西，是我的命根子，一會

5　西班牙諺語，意思是說自己總比別人還不幸。

6　《新約》的〈馬太福音〉，第十五章第十四節。

兒工夫就得抱著它吻它千百次。」

他說著就把那只酒袋遞給桑丘。桑丘舉起來放在嘴上，仰臉看著天上的星星足有一刻鐘的工夫。他喝完歪著腦袋舒一大口氣，說道：

「哎，這婊子養的！這傢伙！真是道地的好酒啊！」

那個侍從聽桑丘喊「婊子養的」，就說：「瞧瞧，您稱讚這酒，不就叫它『婊子養的』嗎？」

桑丘答道：「如果是讚美的意思，『婊子養的』就算不得侮辱；這個道理確是不錯的，我現在明白了。可是我請問您，先生，您憑自己最親愛的人發誓說句真話，這酒是不是皇城[7]出產的？」

樹林裡的侍從說：「好一個品酒的老內行！可不是那裡出產的！而且陳了好幾年了。」

桑丘說：「瞞得過我嗎？這點兒就考倒了我！我品酒的本領不小，完全是天生的；什麼酒拿來聞聞，就知道是哪裡出產、什麼品種、味道怎樣、陳了多久、會不會變味等等。侍從先生，您說這來了不起吧？可是並不稀奇，因為我父親一支的祖上有兩位品酒的行家，拉•曼卻多年來還沒見過更高明的呢。我把他們倆的事講一樁給您聽聽，就可見名不虛傳。有人從一個大酒桶裡舀了些酒請他們倆嘗，請教他們這桶酒釀得怎樣，品質如何，有什麼長處短處。他們一個用舌尖兒嘗一下，一個只湊上鼻子聞聞。前一個說酒裡有鐵味兒；後一個說羊皮味兒更濃。主人說：酒桶是乾淨的，酒裡也沒有帶鐵味和羊皮味的佐料。兩位品酒名家還是一口咬定。後來這桶酒賣完了；洗酒桶的時候，發現裡面有個小小的鑰匙，上面拴著個熟羊皮的圈兒。您瞧吧，要品酒的話，他們的後代該有資格說話吧！」

樹林裡的侍從道：「我說呀，咱們別來探奇冒險了；『有家常的大麵包，就別找奶油蛋糕，還是回老家好』[8]。上帝如要找咱們，到咱們家來找就行。」

「我一路伺候主人到薩拉果薩；以後看情況再說。」

兩位好侍從只顧說話喝酒，直到瞌睡上來，舌頭才得安息，口渴也算暫停——要解盡他們的渴是辦不到的。兩人緊緊抓著那只半空的皮酒袋，含著半嚼未爛的東西就睡著了。咱們且撇下他們倆，談談林中騎士和哭喪著臉的騎士在幹些什麼。

---

7　皇城（Ciudad Real），拉・曼卻的京城。塞萬提斯在他作品裡常誇讚京城出產的酒。

8　西班牙諺語。

# 第十四章

## 堂吉訶德和林中騎士的事。

據記載，堂吉訶德和樹林裡的騎士娓娓長談，樹林裡的騎士說：

「騎士先生，反正我告訴你吧，我由命運指使——或者該說，由自己選擇，愛上了絕世無雙的卡西爾德雅・台・萬達莉亞。要比個子，誰也沒她高；比地位，誰也沒她尊；比相貌，誰也沒她美；『絕世無雙』的稱號，她當之無愧。我對她一片深情，毫無非禮之想。可是她怎樣對我的呢？她就像海克力士的後母對付海克力士那樣[1]，盡派我各式各樣艱險的差使。她答應只要我能交差，就讓我如願。可是我完成一件，她又有一件。我的苦差使連連不斷，數不勝數，我也不知道完了哪一樁才得如願。一次她命令我向塞維亞的女巨人挑戰。她名叫做希拉爾達[2]，身體非常強壯，彷彿銅打的。她守在一個地方寸步不離，卻是世界上最輕浮的，得風便轉的女人。我真是『趕到、碰到、打倒』[3]，管得她規規矩矩，不敢亂動，因為恰好那一個多禮拜直颳北風。又一次她叫我去把幾塊古老的大岩石——所謂吉桑都的公牛[4]舉起來。這種事用不著騎士，叫腳夫幹更合適呢。又一次她叫我做一件駭人聽聞的險事，她要我跳進加布拉山洞[5]瞧那個黑洞裡藏著些什麼東西，回來報告她。我馴伏了希拉爾達；舉起了吉桑都的公牛，跳進山洞，揭穿了洞底的祕密，我的希望還是落空，她給我的命令和對我的輕蔑卻沒完沒底。後來她命令我走遍西班牙各省，叫所有的游俠騎士一致承認她是當代第一美人，我是世上最勇敢多情的英雄。我奉命走遍了大半個西班牙，降伏了許多膽敢和我對抗的騎士。不過我最得意的是和鼎鼎大名的堂吉訶德．台．拉．曼卻交手，把他打輸；他只好承認我的卡西爾德雅比他的杜爾西內婭美。我單靠這一場勝利，就可算降伏了世界上所有的騎士。因為這位堂吉訶德把他們都打敗了；我又打敗他，他的顯赫威風就移交給我了。

敗者聲望愈高，
勝者愈增學耀；[6]

---

1 希臘神話，宙斯之妻赫拉妒恨宙斯和阿爾西梅娜生的海克力士，派他做種種艱險的事。

2 希拉爾達（Giralda），塞維亞摩爾式大教堂塔頂上的一尊勝利女神的銅像，像高十四尺（西班牙尺，每尺合二十八公分），是隨風轉動的風標；這座塔因而稱為希拉爾達塔。

3 用凱撒大帝的名言：「我來了，我看到了，我戰勝了。」（Veni, vidi, vici.）

4 吉桑都（Guisando）一個修道院的葡萄園裡有四塊巨大的花崗石，形如公牛，稱為吉桑都的公牛。

5 加布拉（Cabra）城在果都巴南部；城外山上有個極深的裂口或洞稱為加布拉山洞。

6 這裡竄改了阿隆索．台．艾爾西利亞（Alonso de Ercilla）《阿拉烏咖那》（*Araucana*）第一篇裡的詩句：

可是敗者聲望雖高，
不增加勝者的榮耀。

堂吉訶德數不勝數的豐功偉績，現在都歸在我帳上，算是我的了。」

堂吉訶德聽了林中騎士的話不勝駭異。他屢次想指斥這位騎士撒謊；話已經在舌尖上，可是竭力忍住，想等對方自認撒謊。所以他平心靜氣地問道：

「騎士先生，如說你降伏了西班牙、甚至全世界大多數的游俠騎士，我沒意見；如說你降伏了堂吉訶德・台・拉・曼卻，我只好存疑，也許那人相貌很像堂吉訶德，不過和他相像的很少。」

林中騎士道：「你不信嗎？我可以指著頭頂上的青天發誓：我和堂吉訶德決鬥一場，把他打敗了。他是個高個子，乾癟的臉兒，瘦長的手腳，灰白頭髮，高高的鷹勾鼻，嘴唇上耷拉著兩撇大黑鬍子。他出馬上場，自稱『哭喪著臉的騎士』。跟他的侍從是個種地的，名叫桑丘・潘沙。他的坐騎是名馬駑騂難得。還有，他的意中人叫做杜爾西內婭・台爾・托波索，原名阿爾東莎・洛蘭索。這就好比我的意中人稱為卡西爾德雅・台・萬達莉亞[7]，因為她原名卡西爾達，是安達魯西亞人。我舉了這許多證據假如你還不信，那麼，我的劍在這裡呢，它能叫不信的也相信。」

堂吉訶德說：「騎士先生，我有話跟你說，你靜心聽著。你可知道這位堂吉訶德是我生平最好的朋友，我簡直把他當作自己本人一樣。你舉的種種情節都確切極了，不容我不信你。可是我憑切身經驗，知道你打敗的絕不是他。看來只有一個可能。這個堂吉訶德有許多精通魔法的冤家，有一個尤其死盯著他作對。也許魔法師變了他的模樣，故意打敗，借此把他憑高尚的騎士道在全世界贏來的榮譽一掃而光。我告訴你一件事，你就可知我這話是千真萬確的。和他作對的那些魔法師只不過兩天前，把美人杜爾西內婭・台爾・托波索的相貌體態變得像個粗蠢的鄉下婆娘了。他們照樣也可以自己變作堂吉訶德的模樣呀。假如你聽了我這些話還不相信，那麼，堂吉訶德本人就在這裡呢，他能用武力保衛真理，隨你要步戰、馬戰或怎麼樣兒戰都行。」

他說著就站起身，手摸著劍，等候林中騎士的決定。那位騎士也很鎮靜，冷冷地回答說：「『還得了債，不心疼抵押品。』[8]堂吉訶德先生，誰打敗過你的替身，也會打敗你的真身。只是游俠騎士不能像盜匪在黑地裡格鬥，咱們還是等到天亮，在光天化日下幹事。咱們這場決鬥該有個條件：輸家得聽候贏家發落；只要不辱沒游俠騎士的身分，他全得服從。」

堂吉訶德答道：「我覺得講定這個條件簡直是太好了。」

他們講停當，就去找自己的侍從。那兩個正在打鼾，一躺下到現在沒有翻個身。他們叫醒兩個侍從，吩咐備好馬匹，等太陽出來，兩個騎士要來一場你死我活的決鬥。桑丘聽到消息就嚇愣了，為主人捏著一把汗，因為他已經從那個侍從嘴裡得知林中騎士的本領不小。兩個侍從沒說話，就找他們的牲口去了。那三匹馬和灰驢已經彼此嗅過，都在一處呢。

那個侍從一路走，對桑丘說：

「老哥，您可知道，安達魯西亞有個決鬥的規矩。如果兩人決鬥，兩個副手也不閒著，我是要讓您知道：咱們主人對打的時候，咱們倆也得打個皮破骨斷。」

桑丘答道：「侍從先生，這規矩在安達魯西亞的強徒惡棍裡也許行得，要在游俠騎士的侍從裡行就休想。況且游俠騎士的規矩，我主人全背得出，我就沒聽見他講過這種規矩。就算真有，而且明文規定，我也不願意遵守。也許我這樣不愛打架的侍從會受處分。那麼我就寧可認罰。我

7 萬達莉亞（Vandalia）就是安達魯西亞。
8 西班牙諺語。

有數，罰也不過出兩磅蠟燭罷了[9]。這兩磅蠟燭我出得甘心情願，因為一打架準頭開腦裂，裹傷買紗布花的錢，就比買兩磅蠟燭多得多呢。還有一層，我一輩子沒帶過劍；沒有劍就沒法兒決鬥。」

樹林裡的侍從說：「這不要緊，我有好辦法。我這兒帶著一樣大小的兩只麻布口袋呢；咱們各拿一只，武器相同，可以甩口袋決鬥。」

桑丘答道：「這就好得很啊！這樣打架不會受傷，大家借此倒正好拍掉灰塵。」

那一個說：「不是這樣打。麻袋輕飄飄地不行，裡面得裝那麼五六顆光溜溜的石子，兩袋一樣輕重。咱們這樣甩麻袋廝打，打不痛，也打不傷。」

桑丘說：「瞧瞧，我的爹！他要袋裡塞些海貂皮[10]和淨白棉絮，免得砸了腦袋、折了骨頭呢！可是我告訴您，我的先生，即使袋裡塞的是蠶繭子，我也不打這架。讓咱們主人打去吧，那是他們的事兒。咱們喝咱們的酒，過咱們的日子；大限臨頭，果熟自落，咱們跑不了是要死的，不用放棄了晚年，搶快往死路上趕。」

那位侍從說：「可是咱們總得打一架呀，哪怕半個鐘頭也行。」

桑丘答道：「不行，我吃喝了人家的酒飯，又和人家爭吵，我能那麼沒禮貌、沒良心嗎？即使小爭小吵我也不幹的。況且我又沒動火，又沒生氣，平白無故的怎麼能動手打架呢？」

那位侍從說：「我有靈驗的妙法。我只要事先悄悄兒過來給您三四個嘴巴子，打得您倒在我腳邊；這樣一來，您的火氣即使比地鼠還好睡，準也給我打醒了。」

桑丘答道：「我也有對付的辦法，不輸你的。我拿起大棒，不等您打醒我的火氣，先打悶您的火氣，叫它到了另一個世界上才會甦醒。那邊兒知道我桑丘的臉是碰不得的！『各人瞧著自己的箭吧！』不過最好還是讓各人的火氣睡大覺。『知人知面不知心』；『出去剪羊毛，自己給剃成禿瓢』。『上帝使和平得福，鬥爭遭禍』[11]。貓兒給圍趕得走投無路，也會變成獅子；何況我是個人，天曉得我會變成什麼呢。所以我現在跟您講明，侍從先生，咱們打了架有什麼禍害事，全得算在您帳上。」

那個侍從說：「好，『天亮了瞧吧，總有好辦法』。[12]」

這時羽毛燦爛的種種小鳥已在樹裡啼叫，百音悅耳，彷彿是唱歌迎接鮮妍的黎明女神。她正在東方的大門口和陽台上露出嬌豔的臉兒，又從頭髮裡搖落無數晶瑩的水珠。百草沐浴恩澤，彷彿也冒出白濛濛的細珠子來。這時楊柳滴著甘露，泉水歡笑，河流低語，樹林欣欣向榮，草地上綴滿了珍珠寶石。可是天剛透亮，能辨認東西，桑丘第一眼就看見了林中侍從的鼻子。那鼻子之大，襯得全身都小了。據說實在是大得出奇，鼻梁是拱起的，鼻上全是疙瘩，顏色青紫，像茄子那樣，鼻尖蓋過嘴巴兩三指寬。這樣一個顏色青紫、疙疙瘩瘩的拱梁大鼻，使他那張臉奇醜不堪。桑丘見了不由得像小兒抽風似的手腳都痙攣起來，心上暗打主意，寧願讓這個妖怪摑二百嘴巴子，也別動火打架。堂吉訶德端詳了自己的對手。這人已經戴上頭盔，合上面甲，看不見他的面貌。可是看得出他身體結實，個子不很高。他鎧甲外面披一件罩袍或道袍，料子好像是細金絲織的，上面綴滿了一個個小月亮似的閃閃發光的鏡子。這副裝束顯得他非常威武漂亮。他頭盔上

9　有些教會裡對缺席的人罰出兩磅蠟燭，節日在教堂裡點燃。

10　桑丘要說黑貂皮，可是說別了。

11　以上四句都是西班牙諺語。

12　西班牙諺語，又有一說：「天亮了瞧吧，瞎子也會看見蘆筍。」

飄揚著一大簇綠、黃、白三色的羽毛。他的槍倚在樹上，又長又粗，鋼打的槍頭有一拃寬還不止。

堂吉訶德一一觀察，憑那位騎士的外表，斷定他一定力氣很大。不過他並不因此就像桑丘・潘沙那樣害怕，卻泰然對鏡子騎士說：

「騎士先生，假如你不是只顧戰鬥、不顧禮貌，那麼我想以禮相求，請你把面甲抬一抬，讓我瞧瞧你的臉是否和你的體態一樣威武。」

鏡子騎士答道：「騎士先生，你如要瞧我，等完了事，隨你是敗是勝，有的是時候。我要你承認的話已經講明：如果我這會兒不上勁叫你趕快承認，卻耽誤工夫抬起自己的面甲來，那就太怠慢了美人卡西爾德雅・台・萬達莉亞，所以我不能從命。」

堂吉訶德說：「那麼，咱們上馬之前我再問問明白：你說打敗過堂吉訶德，那堂吉訶德就是我嗎？」

鏡子騎士說：「這話我們[13]如此回答：你和我打敗的騎士彷彿兩個雞蛋，無分彼此；不過你既說有魔法師在迫害你，那麼你是否該騎士正身，尚待驗明[14]。」

堂吉訶德答道：「行了，聽你這話就知道你是執迷不悟的。叫咱們的馬匹過來吧，讓我給你瞧瞧真相。只要上帝保佑，我那位小姐保佑，我的胳膊不辜負我，我用不了你一掀面甲的工夫，就能看見你的面貌，你也可以知道你打敗的堂吉訶德並不是我。」

當下兩人不再打話，各自上馬。堂吉訶德要退遠一段路以便向前衝殺，所以掉轉駑騂難得的

---

13　國王不稱「我」而稱「我們」。鏡子騎士故意套用國王的口吻。

14　鏡子騎士故意模仿法院公文的辭句。

轡頭往遠處跑；鏡子騎士照樣也帶轉馬頭朝另一方向跑。可是堂吉訶德沒走二十步，聽得鏡子騎士叫喚；兩人都側過馬，鏡子騎士對堂吉訶德說：

「騎士先生，別忘了我剛才說定的決鬥條件：輸家得聽候贏家發落。」

堂吉訶德答道：「這個我知道；不過勒令輸家做的事不能違犯騎士道的規則。」

鏡子騎士答道：「這也是講定的。」

堂吉訶德忽然看見那個侍從的怪鼻子，驚奇得不輸桑丘，竟以為那個侍從是怪物或新出現的人種。桑丘不願單獨和大鼻子在一起，怕他用那鼻子一揮，把自己撞倒或嚇倒，就此不用打架了。他瞧主人往外跑，就抓住駑騂難得鞍鐙上的皮帶，跟著一起跑；到他認為該轉身回馬的時候，就對主人說：

「我的先生，我求您回馬衝殺之前，幫我爬上那棵軟木樹。我在樹上瞧您和那位騎士雄赳赳地交鋒，比在平地上看起來得勁兒，也看得清楚。」

堂吉訶德說：「桑丘，我卻知道你是要隔岸觀火，免得燒身。」

桑丘答道：「不瞞您說，那侍從的鼻子大得奇怪，我嚇得膽戰心驚，不敢跟他在一起。」

堂吉訶德說：「果然大得奇怪；我要不是生來大膽，也會害怕的。好，來吧，我幫你爬上這棵樹去。」

堂吉訶德幫桑丘爬上軟木樹的時候，鏡子騎士已經跑了一段路，以為夠遠了，料想堂吉訶德也跑得夠遠了；他不等號角聲或其他信號，就掉轉轡頭。這匹馬並不比駑騂難得矯健，外表也不相上下。鏡子騎士縱馬向對方奔馳——其實也不過是跑個快步，忽見對手在幫助桑丘上樹，就勒住韁繩，半道停下來。他那匹馬跑不動了，這來正中下懷。堂吉訶德看見對手飛馬前來，忙用馬刺狠扎駑騂難得的瘦肚子。據記載，駑騂難得扎得很痛，這一遭居然有點放腿飛跑的意思；因為牠向來分明只是踱步。牠向鏡子騎士疾馳而來。鏡子騎士也猛踢馬肚子，馬刺的結子[15]以下已經全陷在肉裡，那匹馬卻站定了一動不動。他的坐騎既不聽擺布，長槍又不順手，因為他大概不內行或不及措手，沒把槍柄架在托子上[16]。正在這個緊急關頭，堂吉訶德已經衝上來了。他並沒看到對手的種種麻煩，穩穩當當只顧向前衝。他來勢凶猛，鏡子騎士身不由己，從馬後翻身落地，摔得好重，手腳直僵僵的，好像是死了。

桑丘看見鏡子騎士摔倒，立即從軟木樹上溜下來，急急趕到主人身邊。他主人下了駑騂難得去看鏡子騎士，為他解開頭盔上的帶子，瞧他是否死了，如果沒死，好讓他透透氣。可是奇哉怪哉！說來真叫人不信。據記載，他一看那面貌、神色、眉眼、嘴臉，全和參孫・加爾拉斯果學士絲毫無二，不禁大喊道：

「桑丘啊，快來瞧！你親眼看見了也不會相信的！快來呀，兒子，看看魔法的法力，魔法師的本領！」

桑丘跑過來，一看見參孫・加爾拉斯果的臉，忙在自己身上畫了無數的大小十字[17]。摔倒的騎士還氣息全無，桑丘就對堂吉訶德說：

「我的先生，我主張您不管三七二十一，對這個模樣兒像參孫・加爾拉斯果的傢伙嘴巴裡刺

15 馬刺的上部有個結子，是馬刺的盡頭，不能再刺得深入。
16 戰士鎧甲上有個叉形架子，可托住槍柄，承擔長槍的部分重量。
17 據天主教的迷信，這是鎮邪驅鬼的。

一劍；說不定殺了他就殺了一個和您作對的魔法師。」

堂吉訶德說：「你這話不錯，『冤家愈少愈好』[18]。」

他拔劍在手，打算實行桑丘的主張。這時鏡子騎士的侍從已經把他的大醜鼻子摘掉，趕來大叫道：

「堂吉訶德先生，您別冒失啊！躺在您腳邊的是您的朋友參孫·加爾拉斯果學士；我是他的侍從。」

桑丘瞧他不像先前那麼醜了，問他：

「那個鼻子呢？」

那人答道：

「在我這衣兜兒裡。」

他伸手從右邊衣袋裡拿出一個硬紙塗上油漆充面具的鼻子，那式樣上文已經形容過了。桑丘對那人看了又看，失驚打怪地大叫道：

「聖瑪利亞保佑我吧！這不是我街坊上的老朋友托美·塞西阿爾嗎？」

那個脫掉了大鼻子的侍從答道：「我就是啊！桑丘·潘沙老友，我正是托美·塞西阿爾呀。我怎麼上當受騙跑到這裡來，回頭再說；現在請你求求你的東家先生別碰、別打、別傷、別殺他腳邊的鏡子騎士；因為他確實是咱們村上那位錯打了主意的冒失鬼，參孫·加爾拉斯果學士。」

鏡子騎士這時甦醒過來了。堂吉訶德看見他已經甦醒，就把明晃晃的劍指在他臉上說：

「騎士，杜爾西內婭·台爾·托波索是天下第一大美人，壓倒了你的卡西爾德雅·台·萬達莉亞！這話你不承認，馬上就叫你死！還有一件事：如果你這番打架摔跤沒送掉性命，你得到托波索城裡去，代我拜見那位小姐，聽候她發落；如果她隨你自便，你得回來把拜見她的情況向我一一回報。你找得到我；我一路上所作所為，人人知道。我說的這些是咱們決鬥前講定的條件，都符合騎士道的規則。」

跌倒的騎士說：「我承認杜爾西內婭・台爾・托波索小姐的破鞋子、髒鞋子比卡西爾雅德亂蓬蓬的乾淨鬍子還要寶貴。我也答應去拜見你那位小姐，並且照你的吩咐，一一向你回報。」

堂吉訶德補充說：「還有一件事你得心悅誠服。你打敗的騎士儘管模樣兒和堂吉訶德・台・拉・曼卻相仿，卻不是他本人，不可能是他本人；正如你儘管模樣兒和參孫・加爾拉斯果學士相仿，你不是他，卻是另外一個人。我的冤家要遏制我怒氣發作的勁頭，而且不讓我打勝了得意，所以把你變成他的相貌。」

那個手腳不能動彈的騎士說：「你怎麼想、怎麼判斷、怎麼感覺，我全都依。這一跤摔得我夠狼狽，如果還起得來，請你讓我起來吧。」

堂吉訶德和自稱托美・塞西阿爾的侍從扶他起來。桑丘只顧著那個侍從看，一面還盤問他許多話；據他的回答，分明可見他確實是所說的托美・塞西阿爾。可是桑丘聽他主人說，魔法師把鏡子騎士的臉變成了加爾拉斯果學士的臉，因此橫了心對自己親眼目見的事也不信了。主僕倆終究明白真相。鏡子騎士和他的侍從垂頭喪氣地和堂吉訶德主僕分手，打算到那個村鎮上敷點外傷藥，並且檢查一下筋骨。堂吉訶德和桑丘・潘沙依舊取道往薩拉果薩去。這部故事撇下他們倆不提，先交代鏡子騎士和他的大鼻子侍從究竟是誰。

18 西班牙諺語。

# 第十五章

## 鏡子騎士和他的侍從是誰。

堂吉訶德一路行去，滿心歡喜，得意洋洋。他當初以為鏡子騎士有天大的本領呢，不料竟是自己手下的敗將！而且這個敗將如要不失游俠騎士的身分，只好履行諾言，去拜見杜爾西內婭小姐，並回來向自己報告；他由此就知道那位小姐是否已經解脫魔法。可是堂吉訶德有他的打算，鏡子騎士卻另有打算[1]。鏡子騎士這時正如上文所說，一心只想找個地方治傷。據記載，參孫・加爾拉斯果學士當初勸堂吉訶德繼續他的游俠生涯是別有用心的。他和神父、理髮師等要叫堂吉訶德安安靜靜待在家裡，別出去尋事闖禍，攪得失魂落魄，曾舉行過祕密會談。當時學士出了一個主意，又經大家贊同，他們就決定且讓堂吉訶德出門，因為看來不讓他是辦不到的。參孫就扮作游俠騎士半路攔住他，不管找個什麼藉口去和他決鬥，把他打敗——他們認為這是很容易的。交手以前，參孫和堂吉訶德講明，輸家得聽候贏家發落。充騎士的學士打敗了堂吉訶德，就命令他回鄉，兩年內不得出門，或者聽候贏家另有吩咐。堂吉訶德不能違反騎士道的規則；他打敗了就沒什麼說的，只好低頭聽命。也許他在家待了一程，腦袋裡那套幻想會消失；或者在這期間，他們會找到合適的辦法來治他的瘋病。

加爾拉斯果承擔了他的使命。桑丘・潘沙街坊上的老朋友托美・塞西阿爾是個愛逗樂兒的機靈人；他自告奮勇，充當了加爾拉斯果的侍從。參孫披了上文說的那套武裝，托美・塞西阿爾把上文形容的那個假鼻子安在臉上，免得給老朋友識破；兩人就跟蹤而來。堂吉訶德碰到死神那輛車的時候，他們已經快趕上了。他們在樹林裡相逢的種種情節，細心的讀者都已讀到了。幸虧堂吉訶德異想天開，以為學士不是學士；不然的話，這位學士先生就一輩子休想成為碩士了，因為他「以為有麻雀的地方，並沒有麻雀的窩兒」[2]。托美・塞西阿爾瞧他主人打錯算盤，出門討了這場沒趣，就對學士說：

「參孫・加爾拉斯果學士先生，咱們實在是活該。一件事想來容易，開手容易，可是成功往往不容易。堂吉訶德是瘋子，咱們是頭腦靈清的；他毫無損傷，歡歡喜喜地走了；您卻受了傷，垂頭喪氣。自己做不了主的瘋子和自願充當的瘋子，到底哪個更瘋；咱們現在可以知道了。」

參孫答道：

「兩種瘋子有個不同：自己做不了主的瘋子永遠是瘋的；自願充當的瘋子不願意發瘋就不瘋了。」

托美・塞西阿爾說：「照這麼說，我做您的侍從是自願發瘋；現在我不願再瘋，要回家去了。」

參孫道：「這是你的事。我要不能把堂吉訶德一頓棍子打得渾身青紫，你休想叫我回家。我

---

1 西班牙諺語，「栗色的馬有牠的打算，而為牠套鞍轡的人又另有打算。」

2 西班牙諺語。

現在不是去治他的瘋病，卻是找他報復了。我肋骨痛得厲害，不讓我再發慈悲。」

兩人談談說說，到了一個鎮上，碰巧找到一個接骨大夫，給倒楣的參孫治好了傷。托美・塞西阿爾就回家去，撇下參孫還在那裡想法報復。這件事到時自有分曉，咱們這會兒和堂吉訶德一起快活快活再說。

# 第十六章

## 堂吉訶德遇到一位拉・曼卻的高明人士。

堂吉訶德繼續走路，像上文說的那樣忻忻得意，不可一世。他覺得自己打了這一場勝仗，就算得當代最英勇的游俠騎士了；今後再有什麼冒險，拿定都會馬到成功。他把魔法師和魔法全不放在眼裡；他當游俠騎士以來數不清的一次次挨打呀，成陣的石子砸掉他半口牙齒呀，那群囚徒沒良心呀，楊維斯人撒野、把木樁攔頭亂打呀——這種種他都忘得一乾二淨。他暗想只要找到訣竅去破掉杜爾西內婭小姐著的魔法，就萬事大吉；古代最幸福的游俠騎士享有天大的好運他也不羨慕。他一路走，只顧這麼盤算。桑丘忽開口說：

「先生，您說怪不怪，我老友托美・塞西阿爾那個奇形怪狀的大鼻子，這會兒還在我眼前呢。」

「桑丘，你難道真以為鏡子騎士就是加爾拉斯果學士，他那侍從就是你的老友托美・塞西阿爾嗎？」

桑丘答道：「我不知道該怎麼說。我聽他講我家老婆孩子的情況，不是他本人就說不上來。他臉上去了那個鼻子就活脫兒是托美・塞西阿爾。我和托美同住在一個村上，兩家只隔著半堵牆，經常見面的。而且說話的聲調也完全一樣。」

堂吉訶德答道：「桑丘，我和你講個道理。你想想，參孫•加爾拉斯果學士為什麼當了游俠騎士，全副武裝來和我決鬥呢？難道我是他的冤家嗎？我什麼事招了他的嫌恨嗎？我又不和他競爭，他也不是我同行；我靠武藝出了名，他何必嫉妒呢？」

桑丘答道：「先生，不管那位騎士是誰，他和加爾拉斯果學士一模一樣，他的侍從和我老友托美•塞西阿爾也一模一樣，這是什麼道理呢？假如照您說是魔法，那麼，為什麼不像別人，只像他們倆呀？」

堂吉訶德答道：「這都是魔法師和我搗亂的詭計。他們預知這場決鬥是我勝，就做好安排，讓打敗的騎士變成我朋友加爾拉斯果學士的相貌。我一看是自己的朋友，手就軟了，劍也刺不下去了，心上的火氣也息了；那個陰謀圖害我的傢伙就保全了自己的性命。桑丘啊，假如你不信，只要想想，才兩天前，你親眼看見絕世美人杜爾西內婭容光煥發，我卻看見個粗蠢的鄉下姑娘，眼圈上結著眼屎，嘴裡臭氣熏人。可見魔法師要改變人的相貌，美變醜，醜變美，非常容易，這是你親身經歷的，絕不會弄錯。那刁鑽的魔法師既然敢玩弄這樣惡毒的戲法，他假借參孫•加爾拉斯果和你老友的相貌來剝奪我得勝的光榮，就一點不稀奇。不過隨他把我冤家變成什麼樣兒，我反正是打敗了他，這是我可以自豪的。」

桑丘說：「真情實況上帝反正都知道。」

他明知杜爾西內婭變相是他自己搗的鬼，所以他主人的幻想不能折服他。可是他也不願多說，免得說溜了嘴露馬腳。

這時有個旅客騎著一匹很漂亮的灰褐色母馬，從後面趕來。這人穿一件鑲著棕黃絲絨邊的綠嗶嘰外套，戴一頂棕黃的絲絨便帽；馬匹是出門的裝配，短鐙高鞍，也全是棕黃和綠色的；金綠色的寬背帶上掛一柄摩爾彎刀，高統靴的軟皮幫子和肩帶上扎的是一式的花紋；馬刺並不鍍金，卻漆成綠色，油亮光潔，和他的衣服都是一水兒的綠色，看來比純金打的還漂亮。這位旅客趕上他們，客客氣氣打個招呼，就踢著他那匹母馬往前跑。堂吉訶德說：

「紳士先生，您如果和我們是同路，又不必趕路，我希望能和您結個伴兒同走。」

那旅客答道：「老實說，我是怕我的母馬攪擾了您的馬，所以急急往前趕。」

桑丘插嘴道：「先生，您放心勒住馬罷，我們這匹馬是世界上最老成、最規矩的；碰到母馬從來不耍流氓。牠只有一次不老實，我主人和我為牠吃了大苦頭。我再說一遍，您如果願意，不妨慢著走。即使把您的馬扣合在兩只盤子裡送上來[1]，我們這匹馬也絕不會伸過鼻子聞一聞。」

那位旅客勒住馬仔細打量堂吉訶德。堂吉訶德沒戴頭盔，頭盔由桑丘當皮包那樣掛在灰驢的馱鞍前面呢。綠衣人端詳堂吉訶德，堂吉訶德更是目不轉睛的端詳那綠衣人，覺得他不是個平常人物。他年紀五十上下，還沒幾莖白頭髮，鷹勾鼻，看來和悅又莊嚴；反正從他的服裝氣派，可見是個有身分的人。綠衣人覺得堂吉訶德．台．拉．曼卻稀奇古怪：脖子那麼長，身材那麼高，面黃肌瘦，全身披掛，再加他的神情態度都是這一帶多年沒見過的。堂吉訶德明知這位旅客在仔細看他，也瞧透對方這副詫異的神色。他向來對誰都熱和，所以不等人家問，就說：

「我這副模樣很新奇別致，怪不得您看了詫異。不過我告訴您，我是一個——

1 精緻可口的好菜，防香味流溢，上菜時扣合在兩只盤子裡。

跨上坐騎，
冒險探奇[2]

——的游俠騎士。您聽了這話就明白了。我離開了家鄉，抵押了家產，拋棄了舒服的生活，把自己交託給命運，由它擺布。我是要重振已經衰亡的騎士道。我奉行游俠騎士的職務，援助孤兒寡婦，保護已婚、未婚的女人和小孩子，雖然好多天以來東磕西絆，這裡摔倒，那裡又爬起來，我的志願總算完成了大半。我幹了這許多又勇敢又慈悲的事，人家認為值得寫在書上，遍傳世界各國。我那部傳記已經印出三萬冊了，假如上天許可，照當前這個趨勢，直要印到三千萬冊呢！一句話，我乾脆說吧，我是堂吉訶德·台·拉·曼卻，別號哭喪著臉的騎士。儘管『自稱自讚，適見其反』[3]，有時沒旁人替我說話，不得已只好自我介紹一番。紳士先生，您知道了我是誰，幹的是哪一行，以後再看見我這匹馬、這支槍、這面盾牌、這位侍從、我這一身盔甲、我這黃黃的臉色和瘦長的身材，就不會奇怪了。」

堂吉訶德不再多說。綠衣人還直發怔，好像答不上話來。他過了一會才道：

「騎士先生，您猜透我為什麼見了您詫異，可是您並沒有打消我這點詫異。照您說，知道您是誰就不會奇怪。可是，先生，您錯了；我現在知道了反而越加奇怪呢。現在世界上還會有游俠騎士嗎？還會出版真實的游俠騎士傳嗎？我不能設想當今之世，誰會去援助孤兒寡婦，保護已婚、未婚的女人和小孩子；要不是親眼看見了您，我還不相信呢！現在盛行胡謅的騎士小說，真是傷風敗俗，並且害得讀者對信史也不信了。謝天謝地，您說的那部書上記載著您那些高貴而真實的游俠事業，我但願您那部傳記能把千千萬萬胡謅的騎士小說一掃而空。」

堂吉訶德道：「騎士小說是否胡謅，還大可商榷。」

綠衣人說：「難道還有誰不信是假的嗎？」

堂吉訶德說：「我就不信。不過這句話以後再講吧。有人一口咬定騎士小說裡寫的不是真事；您不該和他們一般識見。如果咱們還要同路走一程，我希望上帝保佑，能說得您明白。」

那旅客聽了堂吉訶德這幾句話，料定他是瘋子，準備再聽他幾句就可以拿穩。可是他們沒談下去。因為堂吉訶德交代了自己的生平和情況，要求旅客也講講。綠衣人答道：

「哭喪著臉的騎士先生，我是個紳士，住在前面村上；如果上帝保佑，咱們今天就能到那兒吃飯去。我名叫堂狄艾果・台・米朗達，家裡很富裕；我守著老婆孩子和幾個朋友過日子，每天無非打獵釣魚。不過我不養老鷹和獵狗，只有一隻馴良的竹雞，和一頭凶猛的白鼠狼[4]。我有七十多本西班牙文和拉丁文的書；歷史之外，多半是宗教著作；騎士小說從沒進過我的家門。我經常翻閱的不是宗教著作，而是那種文筆優美、故事新奇、可作正當消遣的書；不過這類書西班牙很少見。我有時到街坊或朋友家吃飯，也常常還請他們。我待客的飯菜很精潔，從不吝嗇。我不愛背後議論人，也不讓人家當著我議論別人。我不刺探別人的生活，不是自己的事就不去追究。我每天望彌撒，抽出一份家產周濟窮人，做了好事不自吹自賣，免得成為專做表面文章的偽君子或沾沾自喜的小丈夫；這兩種毛病很容易犯，該特別小心防止。我如果知道誰與誰不和，就設法

2　這是當時歌謠裡的句子。

3　西班牙諺語。

4　馴良的竹雞是用來誘捕野鳥的；白鼠狼即白鼬，善捕兔。

為他們調解。我虔信聖母，一心依靠天主的大慈大悲。」

桑丘仔細聽那位紳士講他的身世和日常生活，覺得這種心腸好而又虔信上帝的聖人，準會顯神通、創奇蹟[5]。他跳下灰驢，趕去拉住紳士的右腳鐙，一片致誠，簡直噙著眼淚，連連親吻紳士的腳。紳士瞧他這樣，問道：

「老弟，你這是幹麼？你行這個大禮是什麼意思呀？」

桑丘答道：「讓我吻您的腳吧，我覺得您是一位騎在馬上的聖人，我這一輩子總算開了眼界。」

紳士說：「我不是聖人，我的罪孽多著呢。老弟，你這樣實心眼兒，可見你自己是好人。」

桑丘重又上驢，惹得他主人那張憂鬱的臉也繃不住笑出來；堂狄艾果越覺詫異。堂吉訶德問堂狄艾果有幾個孩子，又說古代哲學家不知有上帝，以為人生的至善就是天賦厚、運氣好，有許多朋友和許多好兒子。

紳士答道：「堂吉訶德先生，我有一個兒子；假如沒這個兒子，也許福氣更好。他不是不好，只是不合我的指望。他現在十八歲，在薩拉曼加大學攻讀拉丁文和希臘文已有六年了。我希望他鑽研學問，他卻只愛讀詩——詩也算得一門學問嗎？我要他學法律，可是怎麼也沒法叫他下這個功夫；神學是一切學問的根本，他也不感興趣。現在國家厚賞品學兼優的人——因為有學無品，就是珍珠嵌在糞堆裡；我希望我的兒子讀了書可以光耀門庭。可是他呢，整天只講究荷馬《伊利亞特》裡某一行詩寫得好不好，馬西阿爾[6]的某一警句是否猥褻，維吉爾的某幾行詩該怎麼解釋。反正他讀的無非以上那幾個詩人和霍拉斯、貝爾修[7]、朱文納爾[8]、悌布魯[9]等人的著作。他瞧不起現代西班牙文的作品。不過他儘管不喜歡西班牙文的詩，目前正根據薩拉曼加寄來的四行詩專心一致地做一首逐句鋪張詩[10]，看來是要參加什麼詩會。

堂吉訶德聽了這一席話，答道：

「先生，孩子是父母身子裡掏出的心肝，不論好壞，父母總當命根子一樣寶貝。父母有責任從小教導他們學好樣，識大體，養成虔誠基督徒的習慣，長大了可以使老親有靠，為後代增光。至於攻讀哪一學科，我認為不宜勉強，當然勸勸他們也沒有害處。假如一個青年人天生好福氣，有父母栽培他上學，讀書不是為了掙飯吃，那麼，我認為不妨隨他愛學什麼就學什麼。有些本領，學會了有失身分；詩雖然只供人欣賞而不切實用，會做詩卻無傷體面。紳士先生，我覺得詩好比一個美麗非凡的嬌滴滴的小姑娘；其他各門學問好比是專為她修飾裝扮的一群使女，都供她使用，也都由她管轄。可是對這樣一位姑娘不能舉動輕薄，不能拉她到大街上去，不能把她送上廣場或收入深宮供人鑑賞。詩是用精緻的手法千錘百鍊製作出來的；大作家的詩好比無價的精金。會做詩的人也該有克己功夫，不濫寫粗鄙的諷刺詩或頹廢的抒情詩。除了史詩、可歌可泣的悲劇或輕快伶俐的喜劇，其他各體的詩絕不是為賣錢而寫作的。油腔滑調的人，不能領會詩中真

5　中世紀天主教徒的迷信，以為成了怪人就能創造奇蹟。

6　古羅馬一世紀時的諷刺詩人，文筆往往猥褻。

7　古羅馬諷刺詩人（三四—六二），喜用典故，文筆非常晦澀。

8　古羅馬最著名的諷刺詩人（四二—一二五）。

9　古羅馬皇帝（一四—三七），也是修辭家和詩人，所作詩文皆已失傳。

10　逐句鋪張詩（glosa）西班牙特殊的詩體。參看下冊，第十八章，注9。

意的庸夫俗子，都不配和詩打交道。先生，您別以為我說的庸夫俗子專指平民或卑賤的人；凡是沒有知識的，儘管是王公貴人，都稱為凡夫俗子。如果照我提的這些要求專心學詩，就可以成名，受到全世界文明國家的敬重。您說您的兒子瞧不起西班牙語的詩，先生，我認為這是不大對的。請聽我的道理。偉大的荷馬不用拉丁文寫作，因為他是希臘人；維吉爾不用希臘文寫作，因為他是羅馬人。一句話，古代詩人寫作的語言，是和母親的奶一起吃進去的；他們都不用外國文字來表達自己高超的心思。現在各國詩人也都一樣。德國詩人並不因為用本國語言而受鄙薄；西班牙詩人、甚至比斯開詩人，也不該因為用本國語言而受鄙薄。不過照我猜想，先生，您兒子不喜歡的也許不是西班牙語的詩，而是那種土包子詩人；他們不通外文，也沒有學問可以輔佐天才。不過即使如此，您兒子還是錯了。詩才是天生的，這是顛撲不破的道理。因此有天才的人，一出娘胎就是詩人。他單靠天賦，不用學問和技巧，寫出詩來就證明『我們心裡有個上帝……』[11]。我還有個說法：天才加上技巧和功夫，就造詣更高，比單靠技巧的好。人工的技巧，不如天賦的才情；不過可以補天才之不足。十全的詩人是天賦和人工配合而成的。紳士先生，我的話千句併一句，無非勸您讓您兒子隨著命運的指使，走自己的路。他想必很好學，而且對希臘和拉丁文已經好好打下基礎；有這點底子，再加一把力，在文學界就可以登峰造極了。披長袍、掛寶劍的紳士能有文學上的成就，那是很體面的；好比主教加冕、法官披袍一樣光彩。假如您兒子做諷刺詩毀壞人家名譽，您可以訓斥他，撕掉他的詩。如果他像霍拉斯那樣嘲笑一切罪惡，筆下也那麼文雅，您就該稱讚他。詩人戒人嫉妒，作詩指斥嫉賢妒能的人，那是可以的。他也可以譏笑其他罪惡，只要不提名道姓。不過有些詩人寧可冒流放龐托島[12]的危險，還是要罵人。品行純潔的詩人，寫的詩也一定純潔。文筆是內心的喉舌；心上想什麼，筆下就寫出來。作者有才有德，詩筆通神，就會得到國君的尊重，名利雙收，還能桂冠加頂。相傳天雷不打桂樹；詩人有幸戴上桂冠，就表示誰也不能碰他了。」

綠衣人聽了堂吉訶德這番議論，欽佩之至，不再把他當作瘋子了。當時附近有幾個牧羊人在那裡擠羊奶；桑丘不耐煩聽綠衣人和堂吉訶德說話，就跑去問牧羊人要些羊奶。綠衣人對堂吉訶德的頭腦和識見十分傾倒，打算再跟他談談。可是堂吉訶德一抬頭，忽見路上來了一輛大車，上面插滿了國旗。他以為又出現了奇事，就大聲喊桑丘拿頭盔給他。桑丘聽得叫喊，忙撇下牧羊人，踢著灰驢趕回來。他主人這番是遇到奇險了。

11　這是引用古羅馬奧維德詩「est Dens in nobis…」，見長詩《日曆》（*Fastos*）。

12　古羅馬詩人奧維德晚年被奧古斯都大帝流放到龐托島附近的邊疆地區，但不是因為罵人。

# 第十七章

## 堂吉訶德膽大包天，和獅子打交道圓滿成功。

據記載，堂吉訶德喊桑丘拿頭盔給他的時候，桑丘剛向牧羊人買了些乳酪。他聽主人催喚得緊，慌了手腳，不知把乳酪往哪裡裝；錢已經付了，捨不得扔下乳酪。他忽想到主人的頭盔可以盛東西，就把乳酪裝在裡面，回去瞧他主人有何吩咐。他主人等他跑來，說道：

「朋友，快把頭盔給我；馬上要有事了，我得武裝起來。如果我沒料準，我就不是個冒險的行家！」

穿綠衣人聽了這話，放眼四看，只見一輛大車向他們行來，車上插著兩三面小旗[1]。他料想這是給皇家解送錢糧的車，就把這意思告訴堂吉訶德。可是堂吉訶德總以為自己碰到的是一樁又一樁的奇事險事，聽了並不相信。他說：

「『胸有成算，獲勝已半』[2]；我早作戒備絕不吃虧。因為我親身體驗到：我的冤家有的是顯形的，有的是隱身的；而且我也拿不定他們在什麼時候、什麼地方、找什麼機會、變成什麼模樣來攻擊我。」

他就轉身問桑丘要那頭盔。桑丘不及倒出乳酪，只好把盛著乳酪的頭盔交給主人。堂吉訶德德接過來，也沒瞧見裡面的東西，急匆匆往頭上一合。乳酪一經壓擠，漿汁沿著堂吉訶德的臉和鬍子直淌下來。他大吃一驚，對桑丘說：

「桑丘，這是怎麼回事兒？我覺得我這個腦袋爛了，或是腦子溶化了，或是汗從腳底直冒到頭上來了。假如是汗，那就絕不是嚇出來的，儘管咱們這會兒遭到的事很可怕。你有什麼東西給我擦擦汗嗎？這麼多汗，把我眼睛都瞇住了。」

桑丘一聲不響，拿了一塊布給他，一面暗暗感謝上帝，主人沒看破底細。堂吉訶德擦淨了臉，覺得有東西冰著腦袋，脫下頭盔一看，裡面都是軟白塊兒；他湊近鼻子聞了聞，說道：

「我憑杜爾西內婭·台爾·托波索小姐的生命發誓，你這裡盛的是奶酪呀！你這個作弊搗鬼的混蛋！」

桑丘假作痴呆、慢條斯理地回答說：

「如果是奶酪，您給我吧，讓我吃了它——不，還是讓魔鬼吃去，因為準是魔鬼放在那裡的。我有那麼大膽，敢弄髒您的頭盔嗎？您真是抓到那個膽大的傢伙了！我老實告訴您吧，先生，上帝開了我的心竅，我明白了：我是您栽培出來的，又和您連成一體，所以魔法師一定也在和我搗蛋呢。他們要您忍不住發起火來，又像往常那樣揍我一頓，就故意把髒東西放在您頭盔

1　有人認為塞萬提斯行文草率，上一章說買羊奶，這裡卻說買乳酪；上一章說「車上插滿了旗子」，這裡卻說「車上插著兩三面小旗」。但賣羊奶處也賣乳酪；「車上插滿了旗子」是堂吉訶德眼裡看到的，而穿綠衣的紳士只見兩三面小旗。

2　西班牙諺語。

裡。可是這回他們實在是枉費心機，我相信主人通情達理，注意到我身邊既沒有酪，也沒有奶，也沒有這類東西；要有的話，我一定吃在自己肚裡，不會放在您頭盔裡。」

堂吉訶德道：「您說得不錯，大概是這麼回事。」

那位紳士一一看在眼裡，都覺得奇怪，尤其是這時的堂吉訶德。他擦淨了頭、臉、鬍子、頭盔，又把頭盔戴上，坐穩馬鞍，拔鬆了鞘裡的劍，握緊長槍，喊道：

「好，誰要來，來吧！即使和頭號的魔鬼交手，我也有這膽量！」插著旗子的大車已經近前來。車上沒幾個人，只有幾頭騾子拉車，趕車的騎著當頭一匹，另有個人坐在車頭上。堂吉訶德跑去攔在車前道：

「老哥們哪兒去？這是什麼車？車上拉的是什麼東西？車上插的是什麼旗？」

趕車的答道：

「這是我的車，車上拉的是關在籠裡的兩頭凶猛的獅子，是奧蘭[3]總督進貢朝廷，奉獻皇上的禮物。車上插的是咱們萬歲爺的旗子，標明這裡是他的東西。」

堂吉訶德問道：「獅子大不大？」

坐在車門前的那人答道：「大得很；非洲運來的許多獅子裡，最大的都比不上這兩頭。我是管獅子的，運送過別的獅子，像這樣的還沒見過。這裡一公一母，前頭籠裡是公的，後面籠裡是母的；兩頭獅子今天還沒餵過，都餓著肚子呢。所以請您讓開一步，我們得趕到前頭站上去餵牠們。」

堂吉訶德聽了冷笑道：

「拿獅崽子來對付我嗎？這個時候！拿獅崽子來對付我！好吧，我憑上帝發誓，我要叫運送牠們的兩位先生瞧瞧，我是不是害怕獅子的人！老哥，你請下車；你既是管獅子的，請打開籠子，放那兩頭畜生出來！魔法師儘管把獅子送來，也嚇不倒我！你們兩位可以在這片野地裡瞧瞧我堂吉訶德・台・拉・曼卻究竟是個什麼樣的人！」

那位紳士暗想：「罷了！罷了！我們這位好騎士露了餡了！準是給乳酪泡軟了腦袋，腦子發酵了。」

這時桑丘趕來對紳士說：

「先生，請您看上帝份上，想個辦法叫我主人堂吉訶德別和獅子打架；不然的話，咱們大家都要給獅子撕成一塊塊了。」

紳士說：「你怕你主人和那麼凶猛的野獸打架呀？你以為他會幹這種事嗎？他竟瘋到這個地步嗎？」

桑丘說：「他不是瘋，是勇敢。」

紳士說：「我去勸他。」

堂吉訶德正在催促管獅子的打開籠子；紳士趕到他面前，對他說：

「騎士先生，游俠騎士應該瞧事情幹得成功才去冒險；決計辦不到的事，就不去冒險。勇敢過了頭是魯莽，那樣的人就算不得勇士，只是瘋子。況且這兩頭獅子又沒來干犯您；牠們一點沒這個意思啊。那是獻給皇上的禮物，攔著不讓走是不行的。」

堂吉訶德答道：「紳士先生，您照管您那些馴良的竹雞和凶猛的白鼠狼去；各人有各人的

3 在阿爾及利亞。

事，您甭插手。我是幹自己份裡的事；獅子先生和獅子夫人是不是來找我的，我心裡明白。」

他轉身向管獅子的人說：

「先生，我對天發誓，要是你這混蛋不馬上打開這兩個籠子，我就用這支長槍把你釘在車上！」

趕車的瞧這個渾身披掛的怪人固執得很，就說：

「我的先生，請您行個方便，讓我先卸下這幾頭騾，安頓了牠們，再打開籠子。我沒別的產業，只有這輛車和這幾頭騾，要是牲口給獅子咬死，我這一輩子就完了。」

堂吉訶德答道：「你真是個沒信心的，下車把騾兒卸下吧；你要幹什麼事，幹吧。你回頭就知道這都是白費手腳。」

趕車的跳下車，急忙卸下那幾匹騾子。管獅子的人就高聲叫道：

「在場的各位先生們請做個見證：開籠放出這兩頭獅子是迫不得已；而且我還警告這位先生，兩頭畜生闖下的禍、外加我的工資和全部損失，都得歸在他帳上。各位快躲開吧，我就要開籠了。我是不怕的，獅子不會傷我。」

紳士又勸堂吉訶德別幹這喪心病狂的事去討上帝的罰。堂吉訶德說，他幹什麼事自己有數。紳士說他準有誤會，勸他仔細考慮。

堂吉訶德說：「好吧，先生，您如果以為我這件事準沒好下場，不願意親眼看我遭難，您不妨踢動您的灰馬，躲到安全的地方去。」

桑丘聽了這話，含淚求堂吉訶德別幹這種事。他主人從前碰到風車呀，碰到嚇壞人的壓布機呀，反正他主人一輩子遭逢的樁樁件件，比了這件事都不足道了。

桑丘說：「您想吧，先生，這裡沒有魔法的障眼法。我從籠子門縫裡看見一隻真獅子的腳爪；一隻腳爪就有那麼大，可見那獅子準比一座山還大呢。」

堂吉訶德說：「你心上害怕，就覺得獅子比半個世界還大。桑丘，你躲開去，甭管我。我如果死在這裡，你記得咱們從前約定的話，你就去見杜爾西內婭，我不用再吩咐你。」

堂吉訶德還講了許多話，顯然要他回心轉意顯然是辦不到的了。綠衣人想攔阻他，可是赤手空拳，敵不過他的武器，而且堂吉訶德明明是個十足的瘋子，自己犯不著和瘋子打架。堂吉訶德又催促管獅子的人，連聲恫嚇。當時那位紳士、桑丘和趕車的只好乘獅子還沒放出來，個個催動自己的牲口，趕緊逃得越遠越好。桑丘深信主人這番要在獅爪子下喪命了，只顧哭，又咒詛自己的命運，怪自己千不該、萬不該再出門當侍從。他一面自嗟自怨，一面不停手的打著他的灰驢往遠處跑。管獅子的瞧那一群人都已經跑得老遠，就對堂吉訶德再次來一番警告。堂吉訶德說，這些話他聽過了，不用再提，枉費唇舌；他只催促快把籠門打開。

堂吉訶德乘管獅子的還沒開籠，盤算一下，和獅子步戰還是馬戰。他防駑騂難得見了獅子害怕，決計步戰。他就跳下馬，拋開長槍，拔劍挎著盾牌，仗著潑天大膽，一步一步向大車走去，一面虔誠祈禱上帝保佑，然後又求告杜爾西內婭小姐保佑。本書作者寫到這裡，不禁連聲讚嘆說：「堂吉訶德・台・拉・曼卻啊！你的膽氣真是非言語可以形容的！你是全世界勇士的模範！你可以和西班牙騎士的光榮、堂瑪奴艾爾・台・雷翁[4]先後比美！我哪有文才來記述你這番驚心動魄的事蹟呢？叫我怎樣寫來才能叫後世相信呢？我竭力盡致的讚揚，也不會過分呀。你是徒

4　這位騎士走入獅檻拾取手套事，見本書上冊，第四十九章，注2。

步，你是單身；你心雄膽壯，手裡只一把劍，還不是鐫著小狗的利劍[5]，你的盾牌也不是百煉精鋼打成的；你卻在等候非洲叢林裡生長的兩頭最凶猛的獅子！勇敢的曼卻人啊，讓你的行動來顯耀你吧！我只好啞口無言，因為找不出話來誇讚了。」

作者的讚嘆到此為止，言歸正傳。管獅子的瞧堂吉訶德已經擺好陣勢，他如果不打開獅籠，這位威氣凜凜的騎士就要不客氣了。他就把前面籠子的門完全打開；裡面是一頭公獅子。那獅子大得嚇人，形狀猙獰可怕。牠原是躺在籠裡，這時轉過身，撐出一隻爪子，伸了一個懶腰；接著就張開嘴巴，從容打了一個大呵欠，吐出長有兩手掌左右的舌頭來舔眼圈上的塵土，洗了個臉；然後把腦袋伸出籠外，睜著一對火炭也似的眼睛四面觀看，那副神氣，可以使大勇士也嚇得筋酥骨軟。堂吉訶德只是目不轉睛地看著牠，專等牠跳下車來相搏，就把牠斫成肉丁。

他的瘋勁兒真是破天荒的。可是那隻氣象雄偉的獅子並不擺架子，卻彬彬斯文，對胡鬧無理的冒犯滿不在乎。牠四面看了一下，掉轉身子把屁股朝著堂吉訶德，懶洋洋、慢吞吞地又在籠裡躺下了。堂吉訶德瞧牠這樣，就吩咐管獅子的打牠幾棍，叫牠發了火跑出來。

管獅子的人說：「這個我可不幹，我要惹火了牠，我自己先就給牠撕得粉碎了。騎士先生，您剛才的行為真是勇敢得沒法兒說：您這就夠了，別把壞運氣招上身來。籠門敞著呢，獅子出來不出來都由得牠；不過牠這會兒還不出來，那就一天也不會出來。您的蓋世神威已經有目共睹，依我說，決鬥的人有勇氣挑戰，有勇氣出場等待交手就是勇敢透頂；對方不出場，那是對方出醜，勝利的桂冠就讓那個等著交手的人贏去了。」

堂吉訶德說：「這話不錯。朋友，把籠門關上吧。我還請你做個見證，把你這會兒親眼看見我幹的事，盡力向大家證實一番：就是說，你開放了獅子，我等著牠出來，牠不出來，我還等著；牠還是不出來，又躺下了。我該做的都已經做到；魔法師啊，滾你們的蛋吧！上帝庇佑正道和真理！庇佑真正的騎士道！現在你照我的話關上籠子，我就去招呼逃走的人，讓他們從你嘴裡聽聽我這番作為。」

管獅子的如言辦理。堂吉訶德把他擦臉上乳漿的布繫在槍頭上，去叫逃跑的人回來。他們一群由紳士押後，還只顧逃跑，一面頻頻回頭來看。桑丘忽見白布的信號，說道：

「我主人一定降伏了那兩頭猛獸！不信，我們死給你們看！因為他在喊咱們呢。」

他們都停下，看見打信號的確是堂吉訶德。他們膽壯了些，慢慢往回走；後來聽清了堂吉訶德的呼喊，就回到大車旁邊來。堂吉訶德等他們到齊，對趕車的說：

「老哥，你重新駕上騾子，照舊走你的路吧。桑丘，拿兩個金艾斯古多給他和管獅子的；我耽擱了他們，這就算是賠償他們的。」

桑丘說：「這錢我給得甘心情願。可是那兩頭獅子怎麼了？打死了嗎？還是活著呢？」

管獅子的就一五一十細講這場決鬥怎麼結束的。他極力誇讚了堂吉訶德的膽量，說獅子見了他就害怕了，儘管籠門好一會子大開著，卻不肯出來，也不敢。他還說：這位騎士要惹獅子發火，逼牠出來；他告訴騎士這是惹上帝生氣；騎士不得已，勉強讓他關上了籠門。

堂吉訶德說：「桑丘，你聽見了？怎麼樣？魔法師敵得過真正的勇士嗎？他們可以奪掉我的運氣，可是我的力氣和膽氣是奪不掉的。」

桑丘付了錢，趕車的駕上騾；管獅子的吻了堂吉訶德的手謝賞，還答應等上朝見了皇上，一

5 托雷多和薩拉果薩的鑄劍名手胡良・台爾・瑞（Julián del Rey）鑄造的寶劍上鐫著一隻小狗作為標誌。

定把這件英勇的事蹟親向皇上稟告。

「萬一皇上問是誰幹的這件事，你可以說，是『獅子騎士』。我向來稱為『哭喪著臉的騎士』，以後要改稱『獅子騎士』了。我這來是沿襲游俠騎士的老規矩；他們可以瞧情況隨意改換稱號。」

那輛車自奔前程；堂吉訶德、桑丘和綠衣人也照舊趕路。

這時堂狄艾果・台・米朗達一言不發，全神專注地觀察堂吉訶德的言行，覺得這人說他高明卻很瘋傻，說他瘋傻又很高明。他還沒風聞到堂吉訶德的第一部傳記；如果讀過，就會了解他是什麼樣的瘋，對他的言談舉止也就不會驚訝了。那位紳士既然沒讀過，就把堂吉訶德一會兒看作有識見，一會兒又看作瘋子；因為他說起話來通情達理，談吐文雅，講來頭頭是道；他的行為卻莽撞胡鬧，荒謬絕倫。紳士暗想：「他把盛滿乳酪的頭盔戴在頭上，以為魔法師爛掉了他的腦袋，還有比這來更瘋傻的嗎？他竟要去和獅子搏鬥，還有比這來更魯莽荒謬的嗎？」他心裡正在捉摸推敲，堂吉訶德忽對他說：

「堂狄艾果・台・米朗達先生，您一定以為我是個荒謬的瘋子吧？這也怪不得您，因為據我的行為，我不是荒謬的瘋子又是什麼呢？可是我希望您能看到，我並不像自己表現的那麼瘋傻。一位勇敢的騎士在鬥牛場上當著國王，一槍刺中凶猛的公牛；他是體面的，節日比武的時候，騎士披著鮮亮的鎧甲，在貴夫人小姐們面前馳騁入場也是體面的。各種武術演習可供朝廷的娛樂，也可以炫耀國王的威力，參加的騎士們全都體面。可是游俠騎士在荒野裡、大路上，出山入林，探奇冒險，立志完成自己的事業，圖個萬世流芳；他這就壓倒了以上那些騎士，比他們更體面。我認為游俠騎士在荒野裡援助一個寡婦，比朝廷上的騎士在城市裡伺候一位姑娘更有體面。騎士各有專職。朝廷上的騎士有許多事應該做到。他伺候夫人小姐；穿了漂亮的禮服為皇家點綴門面；家裡好飯好菜養活一批破落紳士[6]；他安排比武，帶領演習[7]；他還得有高貴慷慨的氣派，尤其得做個好基督徒。他能這樣，就算稱職。可是一個游俠騎士得走遍天涯地角，經歷險阻艱難，常人辦不到的事，他得隨時隨地挺身擔當。他在荒山野地，大暑天在驕陽裡受曬，大冬天在風雪裡挨凍，他不怕獅子，不怕妖魔，不怕毒龍，卻要把這些壞東西找出來，和它們決戰，把它們一一征服；這是他的本行，他的主要任務。我既然有幸充當了一名游俠騎士，見到自己份內的事就不該迴避。我明知和獅子搏鬥是魯莽透頂的，可是正是我該做的事呀。我知道魯莽和懦怯都是過失；勇敢的美德是這兩個極端的折衷。不過寧可勇敢過頭而魯莽，不要勇敢不足而懦怯。揮霍比吝嗇更近於慷慨的美德，魯莽也比懦怯更近於真正的勇敢。堂狄艾果先生，關於這種冒險的事啊，您不妨聽我的話：同樣是輸，少打一張牌不如多打一張，寧可讓人家說『某某騎士魯莽冒失』，不要落到個『某某騎士膽小懦怯』的品評。」

堂狄艾果答道：「哎，堂吉訶德先生，您的言行舉動都合情合理。我看游俠騎士的法則都保存在您心裡呢；世上如果已經失傳，問您就知道。時候不早了，咱們趕緊一步，到我家莊子上去歇歇吧。您剛才幹的事儘管不用體力，究竟耗損精神，到頭來身體還是勞累的。」

堂吉訶德說：「堂狄艾果先生，多謝您好意邀請，我榮幸得很。」

他們催動坐騎，午後兩點到了堂吉訶德稱為「綠衣騎士」的堂狄艾果的莊上。

6　西班牙在十六世紀中葉，美洲新大陸發現後，富貴人家都用黑人做奴隸，窮紳士就失去了一項職業。

7　比武（justa）是騎士一對一比賽武藝，使用的武器是鈍頭的槍，演習（torneo）是騎士分兩隊對打，可以不騎馬而步戰，用槍、劍或斧作武器。十七世紀初葉比武之風猶存，演習之風已廢，因為死傷率很大。

# 第十八章

## 堂吉訶德在綠衣騎士莊上的種種趣事。

堂吉訶德看堂狄艾果的住家是個寬敞的莊子。大門口的門額雖然用粗石頭砌成，卻鐫著家徽。院子裡有個儲放酒罈的棚子；地窖開在進門的過道裡[1]；四處堆放著許多酒罈子。這東西是托波索的特產，堂吉訶德睹物思人，記起了那位著魔變相的杜爾西內婭。他長嘆一聲，情不自禁地高吟道：

「曾使我賞心樂意的東西，
如今看了只能追憶傷心！[2]

對著這些托波索的罈子，不禁想起了使我辛酸苦辣的甜蜜姑娘！」

堂狄艾果的妻子和兒子一起出來招待；那個大學生而兼詩人的兒子把堂吉訶德這番話聽在耳裡。母子倆瞧他奇形怪狀，都很驚訝。堂吉訶德下了駑騂難得，彬彬有禮地請女主人伸手給他親吻。堂狄艾果說：

「太太，這位是堂吉訶德·台·拉·曼卻先生，他是世界上智勇雙全的一位游俠騎士，你得好好款待。」

那位太太名叫堂娜克利斯蒂娜，她對堂吉訶德很和氣也很殷勤。堂吉訶德對答合禮，照樣又和那大學生應酬一番。那大學生聽他的談吐，覺得他通達人情，頭腦也很清楚。

原作者在這裡細述堂狄艾果家的布置，把鄉間富戶的陳設一件件形容。譯者把這些瑣屑一筆勾銷了。故事重在真實，不用煩絮。

他們把堂吉訶德讓到一間屋裡，桑丘替他脫下盔甲。他身上只剩一條大褲腿的褲子，一件沾滿鐵鏽的麂皮緊身。他的襯衣是翻領，像學生裝的式樣[3]；領子沒上漿，也不鑲花邊；腳上穿一雙淺黃色的軟皮靴，套在外面的硬皮鞋上打著蠟[4]。他把劍掛在海狗皮的肩帶上，因為據說他多年來腰子有病[5]。他外面披一件好料子的灰褐色大氅。他首先要了五六大桶的水沖洗頭臉，洗下來的水還是乳白色的。這都承饞嘴佬桑丘的情，買了那些倒楣的乳酪，把他主人染得那麼白。堂吉訶德穿了剛才說的那套衣服，瀟灑優閒地步入另一間屋；那位大學生在那裡陪著他，打算和他

1 曼卻地方的房子一般都是這種構造；棚裡安放本年的新酒；地窖儲藏裝瓶的酒和裝罐的蜜餞等物。

2 引用西班牙詩人加爾西拉索十四行詩集裡第十首的一、二行。

3 這種翻領和大褲腿的褲子都是西班牙人沿用的窩龍（比利時南部民族）服裝。學生比較窮，做不起其他式樣的領子。

4 軟皮靴是摩爾人穿的，外面套硬皮鞋。塞萬提斯的時代擦鞋用脂油，或植物油加水；講究的用蛋白混上煤煙，堂吉訶德只用蠟擦鞋。

5 免得掛在腰帶上腰裡吃重。

聊聊，等著開飯。女主人堂娜克利斯蒂娜因有貴客光臨，要隆重款待，顯顯她家的氣派，正忙著備飯。

堂狄艾果的兒子名叫堂洛蘭索；堂吉訶德脫卸盔甲的時候，他問父親：

「爸爸，您帶回來的客人究竟是什麼樣的人啊？他的名稱和相貌都很怪，又說是游俠騎士，媽媽和我都摸不著頭腦呢。」

堂狄艾果答道：「孩子，我也不知道該怎麼說。不過我告訴你：我看見他幹過些瘋狂透頂的事，可是他的談吐卻非常高明，竟把他幹的傻事都蓋過了。你且跟他談談，捉摸捉摸他的頭腦。你是個乖覺孩子，他到底是高明還是瘋傻，你自己瞧吧。我呀，老實說，寧可當他瘋傻，不敢當他高明。」

所以堂洛蘭索就和堂吉訶德閒聊了一番。堂吉訶德對堂洛蘭索說：

「您爸爸堂狄艾果・台・米朗達先生和我說，您才能很高，心思很細，而且是個大詩人。」

堂洛蘭索答道：「我也許算得上詩人，要說是大詩人可就沒影兒了。我對詩確很喜愛，也喜歡讀好詩，可是我父親說的大詩人卻當不起。」

堂吉訶德說：「您這樣謙虛我很贊成，因為作詩的沒一個不驕傲，都自命為天字第一號的大詩人。」

堂洛蘭索說：「例外總有，說不定有個把詩人並不以大詩人自居。」

堂吉訶德說：「那是少有的。據您爸爸說，您正在一心一意地做詩呢；請問，做的什麼詩啊？如果是逐句鋪張詩，我對這一體略有所知，希望先讀為快。假如您參加賽詩會，我勸您爭取第二獎，因為第一獎往往是徇私或照顧貴人的。第二獎靠真本領，第三獎其實是第二獎；第一獎呢，其實該是第三獎；這和大學裡頒發學位一個樣[6]。不過話又說回來，『第一』究竟是表示出人頭地的詞兒。」

堂洛蘭索暗想：「到此還不能把你當瘋子呢；再聽下去吧。」

他說：

「我想您一定進過學校；哪些學問是您的專門啊？」

堂吉訶德答道：「我專攻游俠學。這門學問可以和詩學相比，甚至還高出一等呢。」

堂洛蘭索道：「我不知道這是什麼學問，至今還沒聽說過。」

堂吉訶德道：「這門學問包羅萬象，世界上所有的學問差不多都在裡面了。幹這一行的，該是個法學家，懂得公平分配公平交易的規則，使人人享有應得的權利。他該是個神學家，有人來請教，就能把自己信奉的基督教義講解清楚。他該是個醫學家，尤其是草藥家，在荒山僻野能識出治傷的藥草，因為他蹤跡所至，往往是找不到人治傷的。他該是個天文學家，看了天象，就能知道一夜已經過了幾小時，自己是在什麼方位、什麼地帶。他應該精通數學，因為這門學問是處處都少它不得的。宗教和倫理所規定的道德[7]，游俠騎士都該具備，這且不談，先從小節說起。他該像「人魚」尼古拉斯或尼古拉歐那樣善於游泳[8]；該會釘馬蹄鐵和修理鞍轡。再說到大的方面吧：他該對上帝和意中人忠貞不二；該心念純潔，談吐文雅，手筆慷慨，行為勇敢，碰到困難該堅韌，對窮人該仁慈；還有一點，他該堅持真理，不惜以性命捍衛。一個真正的游俠騎士，具有這許多大大小小的才能品德。他對這門游俠學，該學而能通，學而能用。堂洛蘭索先生，您可以瞧瞧，這種學問難道是一門小玩意兒嗎？不能和學院裡最高深的課程相比嗎？」

堂洛蘭索答道：「假如照您這麼說，這門學問就比什麼別的學問都高了。」

堂吉訶德道：「什麼『假如』呀？」

堂洛蘭索說：「我就是說：具有這許多品德才能的游俠騎士從前有過嗎？現在還有嗎？我不大相信呢。」

堂吉訶德答道：「有句話我說過多少遍了，現在再說一遍吧。世界上多半認為游俠騎士是從來沒有的；要他們知道游俠騎士確實古今都有，得上帝通靈顯聖，開了他們的心竅才行，我磨破嘴皮子也只是白說，我已經有多次經驗了。所以您儘管未能免俗，我這會兒卻懶得辯白。我只求上天叫您醒悟，讓您知道：游俠騎士在古代多麼有用，在現代多麼急需，可是這個年頭兒，可憐的世人只知道偷懶享樂了。」

堂洛蘭索暗想：「我們這位客人溜了韁了。不過他怎麼說也是個心胸高尚的瘋子；我要是看不到這一點，我就是個鄙俗的笨伯了。」

他們倆只談到這裡，因為開上飯了。堂狄艾果問兒子這位客人的頭腦究竟如何。他兒子說：「他瘋得一塌糊塗，哪個醫生也分析不清他的心思。不過他是一時糊塗、一時靈清的瘋子，靈清的時候居多。」

大家吃飯。飯食正像堂狄艾果路上講的那樣又精潔，又豐盛，又鮮美。堂吉訶德特別喜歡他們家非常安靜，簡直像苦修會的修道院一樣。飯罷，向上帝謝過恩，大家洗了手，堂吉訶德就懇

---

6　塞萬提斯在〈琉璃學士〉（El licenciado vidriera）那篇故事裡也申說了這番理論。

7　宗教道德是信仰、希望、仁愛；倫理道德是公正、謹慎、節制、堅韌；通稱七德。

8　十五世紀善於游泳的人，能長時間潛伏水裡。

切要求堂洛蘭索把他參與競賽的詩念給他聽。堂洛蘭索說：

「有些詩人心癢癢地愛把自己的詩念給人家聽，可是人家請他們念呢，他們又拿腔不肯。我不願意學那種榜樣。我的逐句鋪張詩就念給您聽吧。這首詩不是指望得獎的。不過是個寫作練習罷了。」

堂吉訶德說：「我有個高明的朋友不贊成做逐句鋪張詩耗費神思。他說這種詩從來扣不緊原詩，往往越出原詩的意義；而且格律太嚴，不准有問句，不准用『他曾說』、『我要說』等詞兒，不准把動詞變作名詞，不准改動原詩的意義，此外還有種種束手束腳的規律，想必您都知道。」

堂洛蘭索道：「說老實話，堂吉訶德先生，我存心要找您的岔子，可是找不到。您像一條鱔魚那樣滑溜得把捉不住。」

堂吉訶德說：「我不懂您的話，什麼滑溜得把捉不住？」

堂洛蘭索說：「這話以後再講吧。現在我先念那四行原詩，再念我鋪張的詩[9]。」

**原詩**

如能把我的過去轉為現在，
而時光從此就靜止不變；
或者未來馬上在目前實現——
那可望而不可即的未來……

## 逐句鋪張詩

世事的變遷從來沒有止息；
命運慷慨地給了我無限幸福，
時過事變，都已成為陳跡，
我的幸福一去不再回復，
無論是一大注或小小點滴。
命運啊，我向你匍匐塵埃，
千年萬歲地期望和等待，
求你重新對我施惠開恩，
我整個身心將鼓舞歡欣，
如能把我的過去轉為現在。

我不圖享受、不求光榮，
不慕財富，不羨高官厚祿，

9 原詩四行，每行八個音節，按abba的次序押韻。逐句鋪張詩是把原詩的每一行鋪張成十行，第十行疊用原句；每行亦八個音節，每十行按ababa, ccddc的次序押韻，全詩共四十行。這是西班牙十六、十七世紀盛行的詩體。

不想出人頭地、得意成功，
只要我惆悵追憶的幸福
重又回來與我朝夕相共。
命運啊，你答應了我這一件，
就止住了我心上的熬煎——
最好是我所盼望的好運
只在剎那間立即來臨，
而時光從此就靜止不變。
我要求的事絕不可能；
流光的奔注豈能撥轉方向，
使「已經」又成為「未曾」；
世上哪有這麼大的力量
能顛倒今古把這事完成
時間像奔騰澎湃的急湍，
它一去無還，毫不留連，
所以兩種願望一樣痴愚：
或者要當前再回到過去，
來者未來馬上在目前實現。

沉溺在疑惑和憂慮之中，
一會兒希望，一會兒又在怕懼，
這樣生存和死去有何不同，
還不如毅然決然地死去，
從此擺脫生存難免的苦痛。
我自己就寧願一死為快，
但這事行來卻又有礙，
因為憑我更可靠的直覺，
我活著對未來感到膽怯——
那可望而不可即的未來。

堂吉訶德聽堂洛蘭索念完這首逐句鋪張詩，起身拉住堂洛蘭索的右手，嚷道：

「我真要頌讚上天！偉大的少年人啊，全世界詩人該數您第一了！您應該戴上桂冠，而為您加冕的不是什麼塞浦路斯和加埃塔。有位詩人說是這兩個地方給他戴上了桂冠，上帝原諒他吧[10]，如果雅典的那些學院還在，該由它們為您加冕，或者由現在的巴黎大學、波洛尼亞大學和薩拉曼加大學。假如詩會的裁判們剝奪您的頭獎，我求上天叫太陽神用箭射死他們！叫文藝女神永遠不進他們家的大門！先生，您的詩才真了不起，我要知道您才情的各個方面，希望您再念一首長行

10　塞萬提斯指一六〇七年去世的詩人李釀·台·李阿薩（Liñan ed Riaza）。

的詩[11]行嗎？」

妙的是堂洛蘭索儘管把堂吉訶德看作瘋子，卻依然愛聽他對自己的稱讚。哎，恭維真是無往不利、無人不愛的東西呀！堂洛蘭索就逃不過它的魅力，欣然應允，又為堂吉訶德念一首十四行詩；這首詩的題材就是比若莫和蒂斯貝戀愛的傳說[12]。

## 十四行詩

這美麗姑娘和比若莫兩情相歡，
就在分隔彼此的牆上鑿個窟窿；
雖然渠道很小卻有奇功妙用，
引得愛神維納斯特地趕來觀看。
兩人一牆之隔含情脈脈無言，
因為不敢憑聲音來傳達隱衷；
但魂靈兒一來一往有路可通，
愛情自有辦法克服一切困難。
可是造物捉弄，偏偏陰錯陽差，
這魯莽的姑娘未能償願如意，
卻自尋死路成了愛情的犧牲。
真是聞所未聞：他們在一把劍下

忽地雙雙斃命，同在一個墓裡
安葬，又同在傳說裡起死回生。

堂吉訶德聽堂洛蘭索念完這首詩，說道：「我的先生，我真是有幸，在當今千千萬萬蹩腳的詩人裡，見到您這樣一位高手的詩人！我憑這首詩的造詣，知道您確是高手。」

堂吉訶德在堂狄艾果家受到很隆盛的款待；他住了四天，向主人告辭說：深感盛情，可是游俠騎士常閒著享福是不行的，他有職務在身，急要去探奇冒險了；聽說這地方機會不少呢。他打算在附近盤桓幾天，等到薩拉果薩比武的日子，再到那兒去；反正他走的是必經之路。他聽到蒙德西諾斯地洞附近的人傳說洞裡許多怪事，想進去看看；然後再探究一下通稱「七湖」的如伊台拉湖發源何地，真正的泉脈在哪裡。堂狄艾果父子稱讚他這個主意好，又說：他們家有什麼他喜歡的，他們都願奉獻；對他這樣人品高、職業又高的騎士理該如此。

堂吉訶德和桑丘．潘沙終究要走了。桑丘的懊喪和他主人的高興正不相上下。他在堂狄艾果家吃飽喝足，稱意得很。在荒野挨餓，或者靠乾糧半飢半飽的滋味他不願再嘗了。不過他也沒辦法，只好把自己認為必需的東西，盡量塞滿了糧袋。堂吉訶德臨走對堂洛蘭索說：

「我有句話不知道跟您說過沒有，如果說過，不妨再說一遍。您如果想找捷徑一舉成名，萬人仰望，您只要別做詩，改行做游俠騎士。游俠騎士的道路比詩人的道路還窄，可是您由此一轉

11 指每行八音節以上，尤其是每行十一音節的詩。
12 參看上冊，第二十四章，注2。

眼就可以做大皇帝。」

堂吉訶德是否瘋子，憑這幾句話就可以定下鐵案。且聽他還有話說：

「我真想帶了您堂洛蘭索先生一起走，我就可以教您該怎樣寬恕弱小，鎮壓強暴；這都是幹我這一行的美德。可是您年紀還小，求學是好事，不便跟我走。我只想對您進一句忠言：您是一位詩人，您如果虛心受益，採納人家的勸告，您就能享大名。做父母的看不見子女的醜；作者對自己頭腦裡產生的孩子尤其溺愛不明。」

堂狄艾果父子聽堂吉訶德談話一會兒有理，一會兒糊塗，摻雜一起，而且說來說去，一門心思只是要尋事闖禍，都覺得可怪。賓主表示惜別，女主人也親自出來送客。堂吉訶德騎上駑騂難得，桑丘騎上灰驢兒，一起動身走了。

# 第十九章

## 多情的牧人和其他著實有趣的事。

堂吉訶德離開堂狄艾果家的村子沒走多遠，碰到兩個教士或大學生裝束的人[1]和兩個老鄉，四人都騎著驢。一個大學生用綠麻布包袱充提包，裡面兜的好像是白色細毛料[2]的衣服和兩雙毛線襪子。另一個大學生只拿著兩把擊劍用的黑劍[3]，還是簇新的，上面都套著皮頭子[4]。兩個老鄉帶著大包小裹，看來是從大城市裡買了帶回自己村裡去的。那四人碰見堂吉訶德，也和別人初次見到他一樣吃驚，急要知道這個怪人是誰。堂吉訶德招呼了他們，聽說是同路，就要和他們結

1　教士是大學畢業生當的，和大學生服裝相同，都穿長袍。

2　原文grana是一種細毛料，通常是暗紅色，也有白色或紫色等，曼卻人常用來做大氅或節日的服裝。包袱皮對角打結，包的四角往往露出裡面的東西。

3　黑劍（espada negra）是黑鐵鑄成，無鋒，學習擊劍時所用，刺人不致重傷；用鋼鑄成而有鋒的稱為白劍（espada blanca）。

4　因為防萬一傷人，劍尖安著皮套子。

伴，請他們放慢驢子，免得自己的馬跟不上。他不等人家問，就三言兩語報上了姓名職業，說自己是四處探奇冒險的游俠騎士，名叫堂吉訶德・台・拉・曼卻，別號「獅子騎士」。這些話兩個老鄉聽來全是外國話或黑話。兩個大學生卻聽得懂，馬上看透堂吉訶德腦筋有病。不過他們對他又詫異，又敬重，一個大學生說：

「騎士先生，探奇冒險沒一定的路程；如果您也是隨便跑，就和我們同走吧。我們是去吃喜酒的，那家的喜事辦得闊綽極了，拉・曼卻遠遠近近多少年來都沒見過那種排場，您不妨去開開眼。」

堂吉訶德請問是哪位王子的婚禮，那麼了不起。

那大學生說：「不是什麼王子的婚禮，只是鄉下小伙子娶鄉下大姑娘。新郎是本地首富，新娘是絕世美人。這場喜事辦得很別致，新娘家村子附近的草地上要有一番大熱鬧呢。新娘因為美，綽號季德麗亞美人；新郎綽號卡麻丘財主。女的十八歲，男的二十二歲，天配就的好一對兒。有人好管閒事，熟悉各人的家世；他們認為女家比男家的門第高。可是現在不講究這個了；有了錢，什麼都蓋得過。那卡麻丘花錢確很大方。他堅要青草地上全搭上涼棚，遮蓋得陽光不進。他還安排了各種舞蹈：有舞劍的；有帶著小鈴鐺跳舞的，他那村上有人會把鈴鐺搖撼得沒那麼樣的好聽；雙手拍鞋底的舞蹈[5]不用說，他請了大批人來跳呢。不過我料想那個傷心人巴西琉會來鬧事；將來說到這番婚禮，別的都記不得了，他那事準是忘不了的。巴西琉那小伙子和季德麗亞是街坊，住在她隔壁。戀愛神生怕人家忘掉了比若莫和蒂斯貝的情史，借此又重演一番。巴西琉和季德麗亞兩小無猜，也心心相印；村上大家沒事就把這一對孩子的戀愛講來消遣。兩人漸漸的大了，季德麗亞的父親就不讓巴西琉再像往常那樣在他家出入。他省得放心不下，時刻防範，就把女兒許配卡麻丘財主。他看不中巴西琉；巴西琉人才不錯，可是家道平常。憑良心說公道話，我們認識的小伙子裡算他最矯健：擲鐵棍是能手，角力也出眾，又是球場上一名健將。他跑得像鹿一樣輕快，蹦跳得比山羊還靈活；在『球撞九柱』的遊戲裡，他發的球竟像有魔力的。他唱歌像雲雀，彈個吉他簡直能叫弦子說話，尤其善於擊劍，他的劍術是最出色的。」

堂吉訶德插嘴道：「他單靠這一點本領，不但可以和季德麗亞美人結婚，如果希內布拉王后今天還活著，他和這位娘娘結婚也配得過，朗沙洛特等人都阻擋不了的。」

桑丘·潘沙一直不聲不響地聽著，這會兒插嘴道：「這就該聽聽我老婆的話了！她抓住成語說的『每隻羊都有匹配』，主張婚姻要門當戶對。我覺得巴西琉那小伙子頂不錯，但願他能娶到季德麗亞姑娘；誰不讓有情人結婚，就祝福他——不，我說反了，懲罰他不得長壽安康！」

堂吉訶德說：「如果彼此有情就結婚，那麼女兒嫁什麼人及幾時結婚，都不由父母來挑選和做主了。挑選丈夫只隨著女兒的心願，那就保不定有的選中了爸爸的傭人，有的看見過路的荒唐鬼，就愛上他漂亮瀟灑。愛情容易迷人心眼。一個人成家立業，糊裡糊塗是不行的；挑選配偶尤其容易上當，必須非常小心，還要靠上天特別保佑，才能挑選得合適呢。聰明人出遠門，預先找個靠得住、合得來的伴兒；人生的道路要走到死才完，也得結這麼個伴兒。況且夫妻兩口子是一床上睡、一桌上吃、處處在一起的。娶老婆不比買商品可以退還或交換，卻是一輩子的結合。婚姻是一條繩索，套上了脖子就打成死結，永遠解不開了，只有死神的鐮刀才割得斷。我對這件事還有許多話要說呢，可是不想多說，因為我很關心巴西琉的事，不知學士先生是否可以再講點兒

5 雙手拍鞋底的舞蹈（Zapatear）是按著音樂的節奏，用雙手拍雙腳的鞋底。

給我們聽聽。」

堂吉訶德稱為「碩士」的大學畢業生道：

「也沒多少可講的了。巴西琉自從知道季德麗亞美人和卡麻丘財主定了親，臉上沒見過笑容，也沒說過一句有頭有腦的話。他老是憂憂鬱鬱，自言自語，分明是氣糊塗了。他吃得少，只吃些水果；睡得也少，要睡就貼地躺在野外，像牲口一樣。他有時眼看著天，有時眼盯著地，呆呆的像一尊披著衣服的雕像，只見風吹得他衣服飄動。一句話，他分明是傷透了心。所以我們和他相熟的都心裡有數，明天季德麗亞答應一聲『願意』，就是宣判他的死刑。」

桑丘說：「『上帝會有更好的安排。』『上帝叫人長個瘡，就給人對症的藥。』『事還未來，誰也難猜。』『到明天還有好幾個鐘頭，房子塌下只消一個鐘頭或一剎那。』『我見過半邊下雨半邊晴。』『今晚上床睡覺，現早起身不保。』請問，『誰能誇口在命運的輪子上釘了個釘子呢？』明明是沒有的呀。『女人的「願意」「不願意」之間，插不進一個針尖』——我就不敢插。我只要知道季德麗亞一心一意愛巴西琉，我願意向巴西琉『奉送鼓鼓一口袋好運氣』；因為據我聽說：『情人眼裡，黃銅變金子，窮光蛋變闊公子，眼屎也變成珠子。』[6]」

堂吉訶德說：「倒楣的桑丘，你想說什麼呀？你這連串兒的老話，誰也不懂你什麼意思，除非魔鬼！但願他把你帶走吧！我問你，你這傢伙，什麼釘子呀、輪子呀、這個、那個，你自己了解嗎？」

桑丘答道：「哎，如果沒人懂我的意思，就怪不得您把我的成語當作胡說八道了。可是沒關係，我自己明白，我剛才的話並不糊塗。只是，我的主人啊，您對我說的話、甚至對我幹的事盡愛吹毛球子。」

堂吉訶德說：「該說『吹毛求疵』，不是『吹毛球子』。好好的話都給你說別了，你這個糊塗蛋。」

桑丘說：「您別死盯著我，您知道我不是京城裡生長的，也沒在薩拉曼加上過大學，字眼兒說不準。真是的！上帝保佑我吧！總不能叫薩亞戈人說話都像托雷多人[7]；即使托雷多人，轉文兒的話也不見得都說得好啊。」

那個碩士說：「這話對了，儘管同在托雷多，硝皮廠、菜市等地區的人就不如成天在大教堂走廊裡散步的人說話文雅。即使生長在馬哈拉洪達[8]的人，說話未必就純粹、精確、文雅、清楚，要有口才的上等人才能如此。我說要有口才，因為許多上等人都沒有。運用口才的時候就精練了語言。各位先生，我呢，對不起，是薩拉曼加大學專攻寺院法的；我自負，說話明白易曉，也善於達。」

另一個大學生說：「你不是自負你還用手裡這兩把黑劍的本領超過你運用舌頭的本領嗎？你要是擊劍術上少費點工夫，你在碩士榜上可以得第一，不至於名居榜末。」

碩士答道：「學士啊，你聽我說：你以為擊劍術沒用嗎？你這看法是大錯特錯的。」

那大學生名叫戈丘威羅，他答道：「這不是什麼『看法』，卻是顛撲不破的真理。假如你要

---

6 桑丘一連串說的都是諺語。

7 薩亞戈是西班牙薩莫拉和葡萄牙接境處的地區。一般人認為薩亞戈的西班牙語不純，而托雷多人說的是標準西班牙語。

8 馬德里西北的小鎮。

證實一下，你現帶著兩把劍呢，正是個好機會。我有手勁，有力氣，膽量也不小，合在一起，準可以叫你承認我這看法是不錯的。你且下驢，擺出你的架式，使出你圓圈兒和尖角的手法和種種技巧吧。我靠外行的蠻本領，準叫你大白天眼前金星亂迸！只要上帝保佑，我這劍法天下誰也頂不住，能叫我轉身逃跑的可說還沒出世呢！」

那擊劍家說：「你轉身不轉身我管不著，保不定你上場立腳之處，就是你橫屍之地。我告訴你：你所瞧不起的劍術可以當場致你死命。」

戈丘威羅答道：「這是馬上就有分曉的。」

他文刻下驢，怒沖沖地抽了一把碩士驢上帶的劍。

堂吉訶德就說：「你們別鬧意氣；我願意主持這場比劍，判決這個懸案。」

他下了駑騂難得，握著長槍，去站在路當中。這時碩士已經優閒地拿出把勢向戈丘威羅迎戰。戈丘威羅直衝上去，真是眼裡迸出火來。兩個老鄉就坐在驢上觀看這場你死我活的惡戰。戈丘威羅斫呀，刺呀，劈呀，反手挑呀，雙手斬呀，一下下比雹子還密，沒頭沒腦地緊連成一片。他像發怒的獅子那樣猛衝猛撲。可是碩士劍頭上的皮套子劈面打了他一巴掌，他氣頭上也不得不停下來，像吻怪物似的把那皮套子吻了一下，雖然不那麼虔誠。碩士隨就把劍頭指著他短道袍上的一個個鈕扣連連刺斫，把道袍的下幅畫得一縷縷像烏賊的鬚鬚；還兩次打落了他的帽子，弄得他狼狽不堪，又急又氣又怒，抓住劍柄，用盡力氣把劍拋得老遠。那兩個老鄉一個是法院的公證人，他趕去拾了那把劍；據他後來證明，戈丘威羅把劍拋出了幾乎四分之三哩瓦。由此可見技巧勝於蠻力是千真萬確的。

戈丘威羅筋疲力盡地坐下，桑丘跑去對他說：

「哎，學士先生，您要是肯聽我的話，從此就別再挑撥人家跟您比劍了。您只可以角力或者擲鐵棍，因為您年紀輕，勁道足，這種事來得；那種號稱擊劍師的您可對付不了，我聽說他們的劍頭能刺進針眼兒呢。」

戈丘威羅答道：「我太不懂事；這會兒栽了跟頭卻學了乖，由經驗明白了道理，我是服氣的。」

他站起來擁抱碩士，兩人的交情更深了一層。他們估計那個拾劍的公證人還有好一會耽擱，不耐煩等他，就繼續上路，打算早早趕到季德麗亞的村上去；他們四人都是那個村上的。路上碩士向大家談論劍術的妙處，講得入情入理，有憑有證，大家聽了心悅誠服，戈丘威羅也拋除了成見。

夜色昏黑，他們在村外就看見前面的燈火像天空的繁星，又聽得各種樂器合奏，裡面有笛子、小鼓、弦子、雙管、各式手鼓的聲音。他們再往前，村口看見一座樹枝搭成的棚子，上面掛滿燈籠；當時風很微弱，連樹葉都不動，燈籠不怕吹滅。彈弄音樂的都是賀喜客人，一隊隊在那裡遊玩；有的跳舞，有的唱歌，有的彈弄著上述那些樂器。一整片草地上真是洋溢著歡樂。還有好些人正在搭起一座座看台，準備登台看慶喜的演戲和跳舞；因為明天就是在這裡舉行財主卡麻丘的婚禮——也許就是巴西琉的喪禮。老鄉和學士們都請堂吉訶德進村。他卻不肯，講了一番大道理，推辭說游俠騎士向例在郊野露宿，村鎮上即使有金漆天花板的房子也不便去住。他離開大道，又往野地裡走了一段路；儘管桑丘懷念著堂狄艾果莊上的舒服日子，滿不情願，他主人也不理會。

# 第二十章

## 富翁卡麻丘的婚禮和窮人巴西琉的遭遇。

太陽神的光芒還沒曬乾黎明女神金髮裡的露珠，堂吉訶德已經擺脫四體的懶惰，起身去叫他的侍從桑丘。桑丘直在打鼾呢。堂吉訶德看了且不叫醒他，只讚嘆說：

「哎，你呀，真是世界上最有福氣的人！你不嫉妒人，也沒人嫉妒你。你安心睡覺，魔法師不害你，魔法也不攪擾你。我再說一遍我還要說一百遍呢：你睡吧；你不為愛情捻酸吃醋而失眠，也不為債務或一家幾口子的生計操心熬夜。你不受雄心大志的驅策，也不受世俗虛榮的擺布。你的願望不過是餵飽自己一頭驢，你一身的生活已經由我包了——做主人理該如此，也歷來如此。傭人睡大覺，主人卻在熬夜，打算怎麼樣養活他、提升他、酬報他。如果天乾地旱，做主人心憂，傭人卻不擔干紀；豐年他伺候主人，荒年主人得養活他。」

桑丘還睡著呢，只由他說去。如果堂吉訶德沒拿槍柄把他撥醒，他還有得好睡。他醒來覺得又睏又懶，可是轉臉四看說：

「好像涼棚那邊飄來一陣香，是烤臘肉帶些生薑和茴香的味兒。我可以打包票，喜事一開頭就透出這種香味，筵席一定辦得豐盛。」

堂吉訶德說：「饞坯子啊，別多說了，起來吧，咱們去瞧瞧他們的婚禮，還瞧瞧遭人白眼的巴西琉要幹出些什麼事兒來。」

桑丘答道：「隨他幹什麼事兒吧，他有錢，就娶得到季德麗亞；他沒一個子兒，卻想高攀嗎？說老實話，先生，我主張窮人安分知足，別想吃天鵝肉。我可以拿自己這條胳膊打賭，卡麻丘的錢能把巴西琉全身都埋沒呢。這是沒什麼說的。卡麻丘可以送季德麗亞漂亮的衣服和珍貴的首飾；他準送過。季德麗亞要是瞧不起這些東西，倒看上巴西琉能擲鐵棍、耍黑劍，那她就是個笨丫頭了。鐵棍兒擲得好，劍術精妙，換不到酒店裡一杯酒。這種本領不值錢，狄爾洛斯伯爵有了這本領也賺不了錢[1]。要家裡富足，又有這些本領我才羨慕呢！打好石腳，上面才蓋得大房子；世界上最結實的基礎是錢。」

堂吉訶德說：「桑丘啊，瞧上帝份上住嘴吧。我看你隨處都有番議論；如果盡你說，你就連吃飯睡覺的工夫都沒有了。」

桑丘說：「您記得吧，咱們這次出門以前，講定讓我有話說個暢，只要不觸犯別人或觸犯您。我覺得自己始終沒違犯這個戒條呀。」

堂吉訶德答道：「我不記得有這麼個條件。就算有，我也希望你別再多說，且跟我來吧；那片草地上又像昨晚那樣奏起樂來，婚禮一定趁早上陰涼舉行，不會在悶熱的下午。」

桑丘聽命，給駑騂難得套上鞍轡，給灰驢兒也裝上馱鞍，兩人上了坐騎，慢慢向涼棚走去。桑丘第一眼就看見整棵榆樹做成的大木叉上燒烤著整隻公牛；燃燒的木柴堆得像座小山。柴火周

1　西班牙諺語：善舞能唱，難替嫁妝。狄爾洛斯伯爵是查理曼大帝傳奇裡的英雄。

圍放著六口燉肉的沙鍋——不是普通沙鍋，卻是半截高的大酒罈[2]，一鍋就能吞掉屠宰場上所有的肉。一隻隻整羊擱進肉鍋就像小鴿子似的不見影跡。不知多少剝了皮的兔子、褪了毛的母雞掛上樹上等待下鍋；各種禽鳥野味數都數不清，也在樹上晾著。裝五十多斤的皮酒袋，據桑丘點數有六十多隻，後來知道裡面滿滿的都是上好的酒。白麵包堆得像打麥場上的麥子。乾奶酪鏤空著砌成了一垛牆。兩口比染缸還大的油鍋裡正炸著麵果子，旁邊是一大鍋蜜；兩把大勺撈出油炸果子就浸在蜜裡。五十多個男女廚子都乾淨利索、高高興興地忙著幹活。那隻燒烤的公牛肚裡有十二隻乳豬縫在裡面，烤出來就越加鮮嫩。各種香料看來不是論斤卻是打躉兒買的，都敞著放在一只大櫃裡。這次的喜酒雖是鄉下排場，卻豐盛無比，可供一隊士兵放量大吃。

桑丘·潘沙一一眼看心賞，暗暗喜歡。他先是給沙鍋燉肉打動了心，直想吃它一罐雜拌兒肉。接著又看中了皮酒袋，後來又愛上煎鍋裡出來的油炸果子——那麼大號的油鍋簡直不像煎鍋。他實在憋不住了，跑去趕著一個忙忙碌碌的廚子，很客氣地說了一套害饞癆的話，要求拿麵包蘸蘸鍋裡的湯汁。那廚子說：

「老哥啊，多謝卡麻丘財主，今天是誰都不會挨餓的好日子。您下驢找把勺子，撈一兩隻母雞好好兒吃一頓吧。」

桑丘說：「沒勺子呀。」

廚子說：「你等等，哎，你這人真是太拘謹了。」

他說著拿起帶柄的大鍋，伸進燉肉的大罈子，舀出三隻雞、兩隻鵝給桑丘說：

2 曼卻的酒罈子有七、八尺高，最寬的部分直徑也有七、八尺。

「吃吧，朋友，晌午飯還得等一會兒呢，你先撈些油水當點心吧。」

桑丘說：「我沒傢伙盛呀。」

那廚子說：「你就連鍋一起拿去。卡麻丘有的是錢，又是人逢喜事、心開手寬，這些東西他都奉送了。」

桑丘在這麼勾當，堂吉訶德卻在觀看成隊馳入涼棚的十二騎人馬：馬匹駿逸，鞍轡華美，邊緣上還綴著小鈴鐺；騎馬的十二個老鄉都是盛裝。他們步伐整齊；繞著草地跑了好幾圈，一面齊聲歡呼：

「卡麻丘是大財主！季德麗亞是天下第一大美人！郎才配女貌，祝他們白頭偕老！」

堂吉訶德暗想：

「這些人分明沒見過我的杜爾西內婭·台爾·托波索，要是見過她，對季德麗亞的稱讚就不會這樣沒有分寸。」

各色各樣的舞隊隨後就從涼棚各面進來。舞劍的一隊是二十四個矯健的小伙子，身穿雪白的麻紗衣，手拿五彩絲繡的手巾，一個靈活的少年領隊。騎駿馬的隊伍裡有人問那領隊的有沒有哪個受傷[3]。

「靠天保佑，我們都好好兒的，還沒一個受傷。」

他馬上又混入隊裡。他們旋轉擊刺，靈活無比；堂吉訶德儘管見過這種劍舞，卻覺得從沒有這樣出色的。

他也很欣賞隨後進來的一隊漂亮姑娘。她們年紀輕得很，看來只是十四歲以上，十八歲以下；衣服都是淺綠色；頭髮一部分挽著，一部分披著，全是純金色，賽過太陽的光芒，髮上戴著茉莉、玫瑰、長春、忍冬各色花朵綴成的花圈。領隊的是一個道貌岸然的老頭兒和一個上了年紀的婦女；想不到他倆還那麼輕健。一人吹著薩莫拉的短笛伴舞。姑娘們臉上和眼裡神情很穩重，腳步卻很輕靈，一個個都舞態蹁躚。

接著進來一隊表現舞劇或「啞劇」的，裡面八個仙女，分成兩組：一組由愛神帶領，另一組由財神帶領。愛神身上安著翅膀，帶著弓、箭和箭袋；財神穿著華麗的五彩織金衣。每個仙女背後綴著一方白羊皮紙，上面大字標著自己的名字。愛神組裡第一個是「詩藝」，第二個是「才智」，第三個是「家世」，第四個是「英勇」；財神組裡第一個是「豪爽」，第二個是「贈與」，第三個是「積蓄」，第四個是「享受」。這個隊伍的前面有四個扮野人的拉著一座木製的堡壘；他們身上繞著藤蘿，裹著綠麻布，活像真的野人，差點兒沒把桑丘嚇壞。堡壘的正中和四面都標著「慎重的堡壘」幾個大字。四人敲手鼓、吹笛子奏樂伴舞。舞劇由愛神開場；他先舞蹈兩轉，抬眼看著堡壘上城垛中間的一位姑娘，向她張著弓說：

我是萬能的戀愛神，
威鎮天空、海洋、大地；
我管轄全世界的人，
他們便淪進地獄裡，
還是我治下的亡魂。

3 劍舞很危險，非常容易互相刺傷。

什麼是怕懼，我不知道，
我要怎樣，總能做到；
儘管是天大的難事，
我也能遂心得志：
一切得順從我的喜好。

他朗誦完畢，向堡壘頂上放了一箭，退回原位。接著財神就出位跳舞兩轉，等鼓聲停頓，念道：

愛神只是我的前導，
我可比他更有本領；
我的門閥尤可自豪，
全世界最榮華昌盛，
權勢最大、聲望最高。
見到我這樣的財神，
不趨炎附勢的能有幾人！
不靠我招來的錢財，
做事只能件件失敗！
我保佑你一生幸運！

財神退位，「詩藝」上來，也照樣舞蹈兩轉，抬眼看著堡壘上的姑娘說：

我是動人喜愛的「詩藝」，
姑娘，我錘鍊了才思，
語言高雅、想像新奇，
做成千首萬首的詩，
包著我的心獻給你。
你安步幸福的長途，
遭到許多女人的嫉妒；
我的殷勤你如不嫌，
我要把你捧上青天，
叫人人都自愧不如。

「詩藝」下去，財神隊裡的「豪爽」出來，舞蹈了兩轉，說：

我就是豪爽的美德，
我並不揮霍浪費，
卻也不刻薄吝嗇，
兩者都是過分的行為，

我採取適中的準則。
可是我為你的體面，
從此更要放手花錢，
儘管是過分也有光彩，
因為我的一腔情愛，
借此才能向你表現。

兩組的角色一一出場舞蹈幾轉，念一首詩，有文雅的，也有滑稽的，然後各歸原位。堂吉訶德記性很好，不過他只記住了以上幾首。兩組隨即合成一隊，一會兒牽手、一會兒各自各地跳舞，姿態優美活潑。愛神每轉到堡壘前面，就朝上射箭；財神只在堡壘壁上擲鍍金的彩彈[4]，擲上就爆裂了。他們舞蹈了好一會，財神拿出一只看來是裝滿了錢的斑貓皮大錢袋[5]向堡壘打去；堡壘倒塌，板子一塊塊脫落，露出一個沒法隱藏的小姑娘。財神的一組趕上去，拿一條大金鏈套在她脖子上，表示拿獲並俘虜了她。愛神的一組見了忙作勢搶救。這種種動作都配合手鼓的音樂，用盤旋中節的舞蹈表演出來。四個野人調停了鬥爭，敏捷地把堡壘上的木板重新裝好，仍舊把那姑娘關在裡面。舞劇就此收場，看的人都非常高興[6]。

堂吉訶德向一個扮仙女的打聽這齣舞劇是誰編排的。她說是村上的一位神父；他很有才情，擅長寫這種歌劇。

堂吉訶德說：「我可以打賭，這位教士準和卡麻丘親，和巴西琉疏；他不專心向上帝晚禱，卻愛做遊戲詩文。這齣舞劇把巴西琉的本領和卡麻丘的財富表演得恰到好處。」

桑丘．潘沙聽見他們談話，插嘴道：

「『勝者為王』，我站在卡麻丘一邊。」

堂吉訶德說：「乾脆一句話，桑丘，你分明是個勢利小人，你就是叫喊『勝利者萬歲』的那種傢伙。」

桑丘答道：「我不知自己是哪種傢伙，可是我很明白，我從卡麻丘的肉鍋裡撈來的肥油水，巴西琉的肉鍋裡是決計撈不到的。」

他就把滿滿一鍋的鵝和雞端給堂吉訶德看，一面高高興興地拿起一隻母雞來吃，吃得津津有味。他說：

「巴西琉的本領算了吧！『一個人有多少錢，就值多少價；值多少價，就有多少錢。』[7]我奶奶有話：世界上只有兩家，有錢的一家，沒錢的一家，她站在有錢的那邊。堂吉訶德先生啊，現在這個年頭兒，『甭講究本領，只看錢財就行』。『裝著金鞍轡的驢，賽過套著馱鞍的馬。』[8]所以我再聲明，我是站在卡麻丘一邊的。他肉鍋裡鵝呀、雞呀、野兔呀、家兔呀，多豐富啊！巴西琉的肉鍋裡只有泔水罷了，沒有東西撈到手，只會潑濕你的腳。」

---

4　彩彈（alcancía），形如橘子，硬紙做成，裡面裝彩色紙屑或花朵或香料，婚禮慶祝時用來投擲作耍的。

5　這像盛酒的皮袋也是沒有裂縫的完整的皮革，錢袋從嘴部開口。

6　西班牙十七世紀愛情和財神鬥爭的歌舞劇很普遍，勝利往往屬於財神。

7　西班牙諺語。

8　兩句都是諺語。

堂吉訶德說：「桑丘，你議論發完沒有？」

桑丘答道：「沒完也得完啊，因為我瞧透您聽著不耐煩呢。要是您不打斷，我足有三天可說的。」

堂吉訶德道：「桑丘啊，但願天保佑，我死之前能瞧你變成啞巴。」

桑丘答道：「照咱們這種日子，您沒死我先就埋了。到那時我就成了十足的啞巴，要等天地末日——至早最後的審判日才開口說話呢。」

堂吉訶德說：「哎，桑丘，就算有這等事，你的沉默也蓋不過你一輩子過去、現在、未來的喋喋不休。而且照自然規律，我總死在你前，所以我一輩子別想瞧你變啞巴，即使你喝酒睡覺的時候也沒希望的。我這話就算是說絕了。」

桑丘道：「老實講吧，先生，那位白骨娘娘——我指那死神——完全沒準兒。她不分小羔羊、老綿羊，一起都吃下肚去。我聽咱們神父講：她的腳不單踐踏貧民的茅屋，照樣也踐踏帝王的城堡[9]。這位娘娘權力很大，卻不嬌氣，一點不挑剔。她什麼都吃，吃什麼都行：各種各樣的人，不問老少貴賤，她一古腦兒都塞在自己糧袋裡。她不停地收割，從不睡午覺，乾草青草一起割下來。看來她吃東西不嚼，面前有什麼就囫圇吞下，因為她害饞癆，一輩子也吃不飽。她那個骷髏架子沒有肚皮，卻好像有水臌病，把世人的生命當涼水似的喝來止渴。」

堂吉訶德打斷他說：「桑丘啊，你說得夠了。『適可不已，前功盡棄。』[10]說實在話，你用鄉談俗語對死神發揮這一通議論，比得上一個好的宣講師呢。我告訴你，桑丘，如果你天生的智慧再配上一副好頭腦，你就可以隨身帶了講壇，各處講道去，還能講得頂不錯。」

桑丘答道：「『為人好，勝講道。』[11]我不懂別的神學聖學。」

堂吉訶德說：「你也用不著。不過我不明白你怎麼懂得這許多。畏懼上帝是智慧的根源[12]，可是你只知道害怕壁虎，你也知道畏懼上帝嗎？」

桑丘說：「先生，您只管您的騎士道，別管人家怕不怕。我和誰都一樣的畏懼上帝！您且讓我消繳了肉鍋裡的這些美味，別的都是廢話，等將來到了另一個世界上再講不晚。」

他說完，把鍋裡的東西拿來大吃，狼吞虎嚥，引得堂吉訶德也饞了，要不是又有事分心，準會陪同大嚼。欲知何事，請看下文。

9　見本書上冊，〈前言〉。
10　西班牙諺語。
11　西班牙諺語。
12　《舊約》的〈詩篇〉，第一百一十一篇第十節。「敬畏耶和華是智慧的根源。」

# 第二十一章

## 續敘卡麻丘的婚禮，以及其他妙事。

堂吉訶德和桑丘倆正說著話，忽聽得一片喧嚷之聲，原來是那馬隊在奔馳吶喊，歡迎新郎新娘。他們倆由各種樂隊和儀仗隊簇擁著，一起還有本村神父、男女兩家親屬、鄰村的體面人物；大夥兒都華裝盛服。桑丘一見新娘，說道：

「啊呀！她可不是鄉下姑娘打扮，她像個漂亮的貴夫人！天啊，我看她胸前掛著的不是鎖片兒[1]，是貴重的珊瑚串兒！她穿的不是古安加的綠毛料[2]，是三十層絨面兒的絲絨[3]！她襯衣上的縐邊絕不是白麻紗，我敢保證，那是緞子！瞧她那一雙手上戴的那些戒指，我可以擔保，那不是玉石的，是金子的！而且比金子還貴，鑲著奶油一樣膩白的珍珠，一顆珠子就抵得過人臉上一顆眼珠子呢！哎，婊子養的，她那頭髮多美呀！除非是假的呢，我一輩子也沒見過那麼長，那麼金黃的頭髮！瞧她那氣派，那身段，簡單挑剔不出一星半點的毛病來！她頭髮上、脖子上掛著一串串首飾，就像一棵能走的椰棗樹[4]，枝頭上掛著一串串的椰棗兒；可不活是那個樣兒嗎？我憑良心打賭，這樣出色的姑娘，誰都賽不過的！」

堂吉訶德聽了這套村俗的讚嘆，不禁發笑，可是也覺得除了杜爾西內婭·台爾·托波索小姐，她是最美的了。季德麗亞美人臉色略帶蒼白，大概因為做新娘連夜打扮，不得好睡；這是常事。他們那群人來到草地旁邊一座鋪著地氈、裝點著樹枝的台下；台上是準備舉行婚禮、觀看跳舞演戲的。他們剛到那裡，只聽得背後有人大叫：

「你們真是只顧自己，這麼著急！請等一等啊！」

大家聽得喊話，回頭看見一人穿一件黑外衣，衣上鑲著火紅的邊，頭上是一頂喪事戴的柏枝冠，拿一支長手杖。他走近了，大家認得是漂亮的巴西琉，人人都提心吊膽，不知他這番話有什麼下文，怕他這會兒跑來事情不妙。

他跑得很累，喘吁吁地趕上來，當著新郎新娘站定，把手杖帶鋼頭的一端插在泥裡，面無人色，瞪著季德麗亞，嘶啞的聲音抖顫著說：

「負心的季德麗亞，你明知按咱們奉行的神聖規則，得我死了你才能另嫁別人。我是看重你，不肯委屈你，所以要花些時候盡力整頓好家業，再和你結婚，這你也知道的。可是你辜負了我的一片心，把許給我的又給了別人。他有錢，又有好運道，天大的福氣都是他的！我不甘心又怎麼，這是天意啊！我省得礙著他的道兒，只好毀了自己，成全他的幸福。但願有錢的卡麻丘和沒心肝的季德麗亞白頭偕老，我巴西琉是窮人，沒法子追求幸福，只有死路一條，讓我這會兒就

1　鎖片（patena），西班牙鄉村婦女掛在胸前的裝飾品，通常是金屬的，上面鐫刻著宗教辭句。
2　古安加出產綠色的毛料，上文舞隊裡年輕姑娘穿的綠衣服就是那種料子做成。
3　這是桑丘的誇張，因為最上好的絲絨只能有兩面絨。
4　椰棗樹（palma）是一種棕櫚樹，開白花，結的果子像棗子。

死吧！」

他說著把插在地裡的手杖握緊了一拔，拔脫的是個劍鞘，露出一把長劍，劍柄插定在地裡。他身體靈便，意志堅決，身子向劍尖一撲，這可憐蟲立即扦在劍上，背上透著鮮血淋漓的半支劍，浸在自己的血裡。

他的朋友們瞧了這悲慘的景象，忙擁上去救護。堂吉訶德也下了駑騂難得趕去幫忙，把他抱在懷裡，發現他還沒嚥氣。有人要拔掉他的劍，可是在場的神父主張先讓他懺悔，怕劍一拔他馬上氣絕。巴西琉卻稍微緩過些，哼哼唧唧、有氣無力地說：

「狠心的季德麗亞，假如你肯在我臨死和我行個婚禮，我能博得這個福氣，我輕生的罪過也許會蒙上天原宥。」

神父聽他這樣說，就提醒他拯救自己的靈魂要緊，別一心念著肉體的情愛；還勸他誠心求上帝饒恕他種種罪過，並饒恕他這樣輕生。巴西琉說：假如季德麗亞不和他行結婚禮，他怎麼也不懺悔；要稱了這個願，才有心思、有力氣懺悔。

堂吉訶德聽了這話嚷著說：巴西琉要求的事合情合理，也輕而易舉；卡麻丘先生不論是從新娘父母家娶一位小姐，或是在勇敢的巴西琉身後娶他的寡婦，都一樣體面。他說：

「這會兒無非答應一聲『願意』，因為這位新郎的洞房就是他的墳墓。」

這時卡麻丘急得不知怎麼好，巴西琉的朋友都求他讓季德麗亞和巴西琉行個婚禮，免得巴西琉的靈魂離開軀體就墮入地獄。卡麻丘動了惻隱之心，又覺得義不容辭，就說，只要季德麗亞願意和巴西琉行個婚禮，他也贊成；反正他自己的婚禮延遲不了多久。大家立即圍住季德麗亞，有的求她，有的淚眼相向，有的以理相勸，都要她和可憐的巴西琉行個結婚禮。她卻比大理石還堅定，比塑像還沉著，好像不會開口，或許說不出口，或許不願開口。可是神父告訴她，巴西琉的靈魂馬上要從牙關出竅了，勸她快打主意，別再猶豫。季德麗亞美人聽了很激動，好像傷心悔恨的樣子；她默默走到巴西琉身邊。他兩眼上翻，氣息奄奄，還在念誦季德麗亞的名字，看來就要像異教徒那樣帶罪而死了。季德麗亞跪在他身邊，沒開口，只作手勢要他伸手。巴西琉睜眼直瞪瞪地看著她說：

「哎，季德麗亞，你這會兒來可憐我，你的好心腸只是殺死我的軟刀子！因為你儘管願意嫁我，我卻沒力量承受這份幸福，我的創痛立即致我死命，我也沒力量抵擋了。哎！我命裡的災星呀，我只求你別用結婚來敷衍我，或再次哄我。我要你老實聲明：你和我行這番婚姻大禮是不是受了強迫，卻是完全自願的。我已經大限臨頭，你不該哄我，況且我對你這樣一片真心，你不能對我虛情假意。」

他說著就昏厥過去。在場的人都覺得他這一昏厥就活不過來。季德麗亞莊重而羞怯地伸出右手握住巴西琉的右手，對他說：

「我的心是百折不回的；我毫無勉強，願意和你結婚，只要你沒有被自己冒失的行為攪亂了神志。」

巴西琉答道：「我靠天照應，心裡清清楚楚，毫不混亂。我願意娶你，做你的丈夫。」

季德麗亞答道：「不論你能不能活下去，我願意嫁你，做你的妻子。」

桑丘在旁咕噥說：「這小伙子受了這麼重傷，話還多得很。別讓他談情說愛了，叫他注意自己的靈魂吧。我瞧他那靈魂並不溜出牙關，卻逗留在舌頭上了。」

巴西琉和季德麗亞握手的時候，神父惻然淚下。他向新郎新娘祝福，還求上天讓新郎安息。

這位新郎受了神父的祝福，立即一躍而起，自己拔掉了穿身的劍；他那副涎皮賴臉的神色實在少見。在場眾人都愣住了，有幾個沒心眼的大嚷道：

「奇蹟呀！奇蹟！」

可是巴西琉說：

「不是『奇蹟呀！奇蹟！』卻是妙計呀！妙計！」

神父目瞪口呆，驚詫之下，伸雙手去摸索巴西琉的創口，發現那把劍並沒有刺透身體，只刺穿了牢縛身上的一根灌血的鐵管子。據後來透露，管子裡的血是調配好的，不會凝結。神父、卡麻丘和在場眾人這才知道受了捉弄。新娘子上了當並不懊惱。有人說這番婚禮是騙局，不能算數；她卻再次聲明願和巴西琉結婚。因此大家猜想這件事是男女雙方串通的。卡麻丘和回護他的人大怒，準備動手報復；許多人拔劍要和巴西琉廝殺。幫巴西琉的人也有那麼多，立刻拔劍出鞘。堂吉訶德綽著槍，把盾牌嚴嚴護著身體，一馬當先，直衝出場；大家都忙著讓開。桑丘向來不喜歡這種事，他認為撈到美味的肉鍋邊是不可侵犯的聖地，忙躲到那裡去。堂吉訶德大喊道：

「各位請住手！情場失意，不行得報復。該知道戀愛和打仗同是爭奪：兵不厭詐；戀愛也可以出奇制勝，只要不損害情人的體面。季德麗亞和巴西琉的姻緣是按照天道和天意安排的。卡麻丘有的是錢，要什麼都買得到；他隨時隨地都能稱心如願。巴西琉只有這一隻小羊羔[5]，隨你權力多大，都不該奪他的。上帝配成對，世人拆不開[6]，誰想拆開他們倆，先得吃我手中槍！」

他說著就使勁把長槍揮舞得神出鬼沒，那些不認識他的人都嚇得膽戰心驚。卡麻丘遭季德麗亞唾棄很惱火，不再要這個姑娘了。神父是個曉事的好心人，也向他勸說。卡麻丘很聽從神父的話，就和同夥收劍回鞘，表示都心平氣和了。他們對巴西琉的詭計倒無所謂，只怪季德麗亞那麼依順他。卡麻丘想，季德麗亞結婚前已經深愛巴西琉，結婚後想必舊情難斷，他沒娶季德麗亞安知非福，也許正該感謝上天呢。

卡麻丘和他手下人氣都消了，巴西琉和他的一幫人也平靜下來。卡麻丘財主表示受了捉弄並不懊惱，而且毫不介意，決計照舊慶祝，只當自己結婚一樣。可是巴西琉夫婦和他們一起的人不願意參加，都回到巴西琉的村上去。富翁有人諂媚趨奉，有品有德的窮漢也是有人擁戴敬重的。

巴西琉的一夥覺得堂吉訶德是個有膽氣的正人，帶著他一起回村。只有桑丘滿不願意；卡麻丘家豐盛的酒席和種種慶祝到夜才散，他卻不能參加。他沒精打采，跟著主人一起走，就此離開了埃及的肉鍋[7]，心上直戀戀不捨。鍋裡撈的那點沒吃完的油水，只叫他想到錯失的大吃大喝；所以肚裡儘管不餓，心裡卻非常不快。他沒有下驢，悶悶地跟著駑騂難得的腳跡走。

5　引用《舊約》的〈撒母耳記下〉，第十二章第三節裡的話，已見本書上冊，第二十七章，注4。

6　見《新約》的〈馬太福音〉，第十九章第六節。

7　這是引用《舊約》的〈出埃及記〉，第十六章第三節的話，見本書上冊，第二十二章，注13。

# 第二十二章

## 英勇的堂吉訶德冒險投入拉．曼卻中心的蒙德西諾斯地洞，大有所獲。

新婚夫婦深感堂吉訶德出力幫忙，對他殷勤款待。他們覺得他智勇雙全：武藝比得上熙德，口才比得上西塞羅。桑丘老兄破費新郎新娘家，享樂了三天。據新夫婦告訴他們：假裝受傷的計策季德麗亞美人並非同謀，不過巴西琉預料她會照他的打算和他結婚。他承認事先曾把那計策告訴幾個朋友，讓他們緊要關頭上出一把力，保他騙局成功。

堂吉訶德說：「追求美好的目標算不得欺騙。」有情人能成眷屬是最美好的目標，不過也不能忘記，飢餓窮困是愛情的大敵。因為愛情總是歡欣快樂的；有情男子娶到了意中人，可是窮困就要時時刻刻迫害他，和他作對。堂吉訶德說：他這話是要奉勸巴西琉先生別不務正業；他擅長的那些玩意兒只能博得虛名，賺不了錢的；憑他聰明勤快，一定能發家致富。窮人難道就不講體面嗎？體面的窮人，娶到美貌的妻子就是他的保證，誰要搶掉他的妻子就是剝奪和毀掉他的體面。窮人的妻子美麗貞潔，就配戴上勝利的桂冠。光是她那點美貌，人家見了就饞涎欲滴，像鷹隼見了美食直撲下來抓取。如果她貌美而又窮困，那就連老鴟子、鷂子等鳥兒都要飛來搶吃。她受到這種種追襲還能堅貞自守，那就真替她丈夫爭面子了。

堂吉訶德接著說：「聰明的巴西琉，你記著一句話，我忘了哪位高明人士說的，好女人全世界只有一個；他勸每個丈夫把妻子看作世上唯一的好女人，這樣就一輩子稱心如意了。我是沒結過婚的，至今不想結婚。不過誰要是請教我怎樣挑選妻子，我不客氣可以好好指點他。第一要注意那女人的聲名，家產還在其次。規矩女人光是品性好不會就有好名聲，還得行為好才成。女人公然輕浮放蕩，比私下偷偷摸摸更丟臉。娶了好女人要保持她的好品性是容易的，還可以指望她好上加好呢。如果娶了壞女人，要她改好就費事了，因為好是壞的反面，要顛倒過來可不容易；儘管不是辦不到，終究是件難事。」

桑丘聽了這套話暗想：

「我主人一聽我講的話有道理，就說我可以兩手撒個講壇，到處講道去，還可以講得頂好。我說他呀，用連串兒的老話訓起人來，不但可以兩手撒個講壇，他每一個指頭就能頂兩個講壇，到廣場上去發揮一大通。這位游俠騎士什麼都懂！魔鬼也得讓他三分！我還以為他只懂騎士道呢！他什麼事都有一套主張。」

桑丘自言自語，他主人聽到了一些，就問：

「桑丘，你咕噥什麼？」

桑丘道：「我啥也沒說，也沒咕噥，不過心裡在想，可惜我結婚前沒聽到您這番話，也許我現在只好評：『沒有牽制的牛，渾身舔得自由。』[1]」

堂吉訶德說：「桑丘，你的泰瑞薩就那麼不好嗎？」

1　西班牙諺語。

桑丘道：「不是那麼不好，卻是並不那麼好，至少不像我希望的那麼好。」

堂吉訶德道：「桑丘，你不該說你老婆的壞話，她究竟是你兒女的媽媽。」

桑丘答道：「我們倆是公平交易。她如果想說我壞話，照樣兒也說，尤其是吃醋的時候，那就連魔鬼都受她不了。」

長話短說，他們在新夫婦家裡待了三天，主人家簡直把他們當王公一樣款待。堂吉訶德要求那位精於擊劍的碩士為他找個嚮導，帶他到蒙德西諾斯地洞去，因為他要親自進洞瞧瞧那些說神說鬼的流傳是真是假。碩士說他有一個表親，是大學裡的高材生，最愛看騎士小說，他一定願意帶堂吉訶德到地洞口去，還可以領他看看如伊台拉湖——那一帶湖沼不但是拉・曼卻的勝地，西班牙全國都有名。碩士還說，堂吉訶德和他那位表親一定談得來，因為那個小伙子有著作已經出版並獻給王公貴人。接著那位表親邀請來了，牽著一匹懷胎的母驢，馱鞍上蓋一塊五顏六色的氈子——也許是厚麻布。桑丘給駑騂難得套上鞍轡，把自己的灰驢兒也裝備好，又裝滿了糧袋。那位表親的糧袋也裝得飽滿，和桑丘的放在一起。他們求上帝保佑，然後辭別眾人，取路向有名的蒙德西諾斯地洞去。

堂吉訶德在路上問那位表親的職業和專長。那位表親說，他是研究古希臘拉丁文學的，以著書為職業；出版的書都很風行賺錢。他有一本書叫做《禮服寶典》，描寫了七百零三種禮服，還講到衣服的顏色、配戴的標記和徽章。上等人宴會和慶祝要穿什麼禮服，可以隨意從書裡選樣，不必去請教人，也不必浪費精力、自出心裁。

「因為我設計的禮服，不論心懷嫉妒的、受人冷淡的、沒人想到的、離家出門的種種人，各有合適的式樣，穿了恰配身分。我還有一部破天荒的奇書，可稱為《變形記，或西班牙的奧維德》[2]。我用詼諧的筆法，仿照奧維德那部名著，化正經為滑稽，描寫塞維亞的希拉爾達，瑪達雷娜的天使，果都巴的維辛蓋拉溝，吉桑都的公牛，黑山嶺，馬德里的雷加尼托斯泉，拉瓦庇艾斯泉，以及庇奧霍泉，金溝泉和普利奧拉泉[3]。我也記載這些故事的另幾種傳說，以及有關的寓言、比喻等。這部書讀來既有趣味，又廣見聞，還對身心有益，真是一舉三得。我還有一部書叫做《維吉爾・波利多羅[4]補遺》，專考訂事物的創始。這本書很淵博，考據精詳，波利多羅遺漏的重要項目，我都細細補訂，用優雅的文筆解釋清楚。維吉爾沒指出世上誰第一個害感冒，誰第一個用水銀治療楊梅瘡；我都查考出來，引證的書籍至少也有二十五種。我這種工作的價值，我這種書在世界上的用處，你就可想而知了。」

桑丘留心聽這位表親說完，接口道：

「先生，我但願上帝保佑您每一本書都順順當當地出版。我請問您，第一個抓腦袋的是誰？您什麼都知道，這也一定知道。我想準是咱們的祖先亞當吧？」

那位表親答道：「準是的，因為亞當有腦袋，腦袋上生頭髮，這是千真萬確的。他既然有腦

2 奧維德是古羅馬詩人（西元前四三—一七）；《變形記》是他的故事詩集。

3 希拉爾達和吉桑都公牛見本書下冊，第十四章，注2、4。瑪達雷娜的天使（Angel de la Madalena）是薩拉曼加城瑪達雷娜教堂頂上的風信標。維辛蓋拉溝（Caño de Vecinguerra）是果都巴的一條臭水溝，街道上的雨水由此流入瓜達基維爾（Guadalquivir）河。所說的幾個泉源都是十七世紀馬德里有名的，現在多半不存在了。

4 維吉爾・波利多羅（Virgilio Polidoro）是十五世紀義大利學者，以拉丁文著作，這裡指他的《事物發明者考》（*De inventoribus rerum*）。

袋，又有頭髮，而且是世界上第一個人，那麼他總有一次抓了一下腦袋。」

桑丘答道：「我也這麼想。可是我再問您，世界上第一個翻觔斗的是誰？」

那位表親答道：「不瞞你說，老哥，我這會兒斷不定，還得研究研究。等我回書房翻翻書考證一番，以後再告訴你吧。咱們保不定還會見面呢。」

桑丘說：「哎，先生，您不必費這個心了，因為我剛才問的，這會兒想出來了。我告訴您吧：世界上頭一個翻觔斗的是魔鬼，他被上帝從天上摔出來，就翻著觔斗直掉到地獄裡。」

那位表親說：「朋友啊，你說得對。」

堂吉訶德說：

「桑丘，這個答案不是你自己的，你準聽見別人說過。」

桑丘答道：「先生，您住嘴吧。不瞞您說，假如我有意自問自答，我問答到明天也沒個完。真是！問個傻問題再來個無聊的回答，我還用請教別人嗎？」

堂吉訶德說：「桑丘，你無心的話卻很有意思。有人費了心力考訂問題，考訂明白了既不增進智慧，也不添長學問，真是一錢不值。」

他們說著閒話過了一天，晚上宿在一個小村子裡。那位表親說：那裡離蒙德西諾斯地洞不過兩哩瓦地了，如果要下地洞，就得帶些繩子，好拴住身子縋下去。堂吉訶德說，即使那個地洞直達地獄，他也得下去瞧瞧究竟多深。因此他們買了約五六十丈繩子。第二天下午兩點，他們到了洞邊。洞口很寬，只是長滿了荊棘、鬼饅頭樹和蔓草蒺藜，密密叢叢，把洞口完全蓋沒了。三人下了馬，桑丘和那位表親立即用繩子把堂吉訶德牢牢地拴起來；桑丘一面對堂吉訶德說：

「我的主人啊，您幹什麼事得仔細啊，別把自己活埋了，也別像冰在井裡的酒瓶那樣懸掛在裡面。真的，這地洞比摩爾人的地窖子還可怕，進去探索不是您的事。」

堂吉訶德說：「你拴吧，別多說了。桑丘朋友，這件事是專等我來做的。」

那個嚮導說：

「堂吉訶德先生，我請您務必多多小心，並且帶著一百隻眼睛，把洞裡的形形色色看個仔細，說不定有些東西可以寫到我那部《變形記》裡去呢。」

桑丘·潘沙說：「您這件事正是拜託老內行了。」

他們說著話，把堂吉訶德拴縛停當。繩子並不拴在盔甲外面，卻拴在襯盔甲的緊身襖上。堂吉訶德說：

「咱們粗心了，沒帶個小鈴鐺來。應當拿個小鈴鐺拴在我身邊繩上，只要鈴聲響，就知道我還在往下縋，而且還活著。不過現在辦不到了。隨上帝擺布，由他來指引我吧。」

他就雙膝跪下，向天低聲禱告：他這番又冒奇險，求上帝保佑勝利歸來。接著他又高聲說：

「哎，杜爾西內婭·台爾·托波索啊！大名鼎鼎的絕世美人！主持我一切行動的女主人！我真是有幸，能把你作為我的意中人！如果你能聽到我的呼聲，希望你以第一美人的身分，聽我的懇求。我現在急切需要你的幫助，求你務必答應。我就要投身下地洞去了；這不過是要世人知道，我只要有你保佑，就沒有辦不到的事！」

他說完走到洞口，一看卻沒法下去，也沒個入口，除非撥開荊棘，或砍出一條路來。他就拔劍把洞口的荊棘蔓草一陣子亂砍，驚起不知多少老大的烏鴉，牠們密密成群地直衝出來，把堂吉訶德衝倒在地。假如他不信基督而迷信預兆，就會覺得這是不祥之兆，下去保不定活埋在洞裡。

他站起身；三人等洞裡的烏鴉和一起出來的蝙蝠之類都飛盡了，那位表親和桑丘放出繩子，把堂吉訶德縋下那陰森森的地洞。他下洞之前，桑丘為他祝福，又在他身上畫了千把個十字，說道：

「游俠騎士的模範啊！上帝和法蘭西山上的聖母[5]、加埃塔的三位一體[6]指引你吧！天不怕、地不怕、鐵心銅臂的好漢啊！你現在要下去了！你要離開光天化日，自己鑽進黑洞裡去；我再說一遍，但願上帝指引你，保佑你平安回來，重見天日。」

那表親也照樣為他祈禱。

堂吉訶德下洞只叫他們把繩子放了再放。他們倆就把繩子慢慢兒放，後來聽不見洞裡的聲音，那五六十丈繩子也都放完了。他們就想把堂吉訶德再吊上來。不過他們還是停留了半小時左右，然後重把繩子收回，只覺得毫不費力，一點分量都沒有。由此可見堂吉訶德還在洞裡呢。桑丘這麼猜想，痛哭著急急把繩子往上收，要瞧個究竟。可是他們收回了四五十丈繩子，覺得有重量了，兩人都大喜；又收回五六丈，就分明看見了堂吉訶德。桑丘對他嚷道：

「我的主人啊，歡迎您回來了！我們以為您要在那裡成家立業、傳宗接代呢！」

堂吉訶德一言不答。他們把他完全吊出來，只見他雙目緊閉，好像是睡熟的樣子。他們把他平放在地上，解掉繩子，他還是不醒。他們把他翻來滾去，推推搡搡，好一會兒他才睜開眼，伸一伸手腳，好像酣睡初醒的樣子；然後吃驚地轉眼四望，說道：

「上帝饒恕你們吧！朋友啊，我正在過人世間沒有的美好日子，你們卻把我拉出來了。我真是現在才知道，人生的快樂像夢幻泡影，一眨眼就過去，或者像田野裡的花朵兒，開過就萎了。哎，生不逢辰的蒙德西諾斯！哎，身受重傷的杜朗達爾德！哎，薄命的貝雷爾瑪！哎，哭哭啼啼的瓜迪亞那和如伊台拉的幾個可憐姑娘！看了你們所在的湖水，就可見你們明媚的眼睛裡流出了多少淚！[7]」

堂吉訶德這些話好像是痛徹心肝的哀呻。那位表親和桑丘留心聽他說完，就請教他那些話什麼意思，又問他那個地獄裡有什麼見聞。

堂吉訶德說：「你們管那地洞叫地獄嗎？可別這麼說！那是大錯特錯的；回頭你們就會知道。」

他要吃些東西，因為餓得慌。他們把那位表親蓋在馱鞍上的氈子鋪在草地上，搬出糧袋裡的乾糧，三人親親熱熱坐在一起，把午點和晚飯併作一頓吃。飯罷，堂吉訶德·台·拉·曼卻說：

「孩子們，你們都坐著，留心聽我講。」

---

5 相傳一四〇九年在薩拉曼加和羅德利戈城之間的高山上出現了聖母的形象，稱為法蘭西山上的聖母。

6 那不勒斯北部加埃塔城的一座教堂，供奉聖父、聖子、聖神三位一體。

7 據西班牙人有關查理大帝的傳奇，蒙德西諾斯是查理大帝的外孫，住在蒙德西諾斯地洞裡，洞因此得名。杜朗達爾德和蒙德西諾斯是表兄弟，和狄爾洛斯伯爵（見本書下冊，第二十章）是親兄弟。貝雷爾瑪是杜朗達爾德的妻子。瓜迪亞那原是河名，發源於蒙德西諾斯地洞底的泉源，湧入如伊台拉湖（見本書下冊，第十八章），然後經過西班牙、葡萄牙，流入大西洋。傳說瓜迪亞那是杜朗達爾德的侍從，如伊台拉是貝雷爾瑪的傅姆。大魔法師梅林（Merlin）把這個侍從變成一條河，把傅姆和她的幾個女兒變作相連的大小湖沼，稱為如伊台拉湖。

# 第二十三章

## 絕無僅有的妙人堂吉訶德講他在蒙德西諾斯地洞裡的奇遇——講得離奇古怪，使人不能相信。

那時是下午四點鐘，太陽隱在雲後，天光暗淡；堂吉訶德乘蔭涼，要把自己在蒙德西諾斯地洞裡的種種經歷，講出來請兩位屈尊傾聽[1]。他就開場敘說：

「從地洞下去，大約八、九丈左右，右邊有一塊凹進去的地方，擱得下一輛駕著幾頭騾子的大車。有一線微光從地面射進。我當時懸掛在黑黝黝的洞裡，不知下去是什麼路數，身體又累，心上又急，恰好看見那塊凹處，就想進去歇一會兒。我大聲叫你們等我通知再放繩子。可是你們準沒聽見。我把你們放下的繩子收了盤做一堆，坐在上面發愁。沒人縋著我了，怎麼下洞呢？我正想不出個辦法，忽然睡著了。不知怎麼的醒來發現自己在一片幽靜的草地上；那美麗的風景，地面上從來沒有，世界上心思最巧妙的人也想像不出。我睜大眼睛，自己揉了幾下，知道不是做夢，確實是醒著。可是我還不放心，又把自己的腦袋、胸脯都摸索一番，證明我當時確是自己本

1 這是模仿學院演講開場的套語。

人，不是幻影虛像，我的觸覺、感覺和心裡有條有理的思想，都證明那時那地的我，就是此時此地的我。我隨即看見一座富麗堂皇的宮殿，牆壁看來是透明的水晶。殿門開處，出來一位道貌岸然的老者。他穿一件深紫色的長呢袍，直拖到地上，胸前和肩上圍一條綠緞子的學士圍巾，頭上戴一頂黑色米蘭式軟帽，雪白的鬍子垂到腰帶以下。他不佩劍，只拿著一串念珠，顆粒兒比普通的核桃還大，間在每十顆中間的一顆[2]有鴕鳥蛋那麼大。他那副莊嚴高貴的氣派，叫人肅然起敬。他走到我面前，緊緊擁抱了我，說道：『英勇的堂吉訶德・台・拉・曼卻啊，我們被魔法禁魘在這個隱僻的洞裡，已經好多年了，直在盼望著你，等你來把這個洞裡的祕密公諸於世。這件事只有你這樣的蓋世英豪才承擔得起。大名鼎鼎的先生啊，你跟我來，我要帶你瞧瞧這座水晶宮裡的奇事呢。我名叫蒙德西諾斯，是這座宮殿的終身主管。地洞的名稱就是由我而來的。』我聽說了他是誰，就問世上相傳蒙德西諾斯遵照好友杜朗達爾德臨死的囑咐，用小刀剖開這位朋友的胸膛，把他的心挖出來送給貝雷爾瑪夫人，這話是否真實。他說確有這事，不過他使的不是刀子，也並不小，卻是一柄比錐子還銳利的尖頭匕首。」

桑丘插嘴道：「準是塞維亞人拉蒙・台・奧賽斯[3]打造的匕首。」

堂吉訶德說：「我不知道；可是絕非拉蒙・台・奧賽斯打造的，因為他才去世不久，我講的那樁慘事載在隆塞斯巴列斯戰史裡[4]，是好多年代以前的老話了。況且你這考證無關緊要。」

那位表親說：「對呀，堂吉訶德先生講下去吧，我聽得有趣極了。」

堂吉訶德說：「我講著也覺得有趣呢。那位老者領我進了水晶宮，到一間地室裡。那屋子蔭涼極了，全是雪花石膏造成的。裡面有一座大理石的墳墓，雕刻得非常精緻。墓石上直挺挺地躺著一位騎士，他不是墓上常見的青銅、大理石或綠玉的像，卻是有骨肉的人。他右手按在胸口靠心的一邊。我看見手上毛茸茸的，筋都暴出來，可見很有力氣。蒙德西諾斯沒等我問，瞧我滿面詫異，就對我說：『這就是我的朋友杜朗達爾德；在當時那些又勇敢又多情的騎士裡，他是出類拔萃的。他和我，還有許多男男女女，都是法蘭西魔法師梅林[5]用魔法禁魔在這裡的。據說這個魔法師是魔鬼的兒子；我看他不是什麼魔鬼的兒子，人家說他比魔鬼本事還大呢。他為什麼禁魔我們，用的是什麼法術，誰也不知道。不過總有一天會見分曉；我想那時期也不很遠了。我只有一件事很詫異。杜朗達爾德是在我懷裡嚥氣的，這就好比這會兒是大白天一樣確實。他死後我親手挖出了他的心——那顆心真有兩磅重呢，因為據博物學家說，動物心臟大的，膽量也大。這位騎士分明是死了，可是他現在還像活著似的，常要呻吟嘆氣，不知是怎麼回事。』他剛說完，那傷心的杜朗達爾德大叫一聲，說道：

——哎，蒙德西諾斯表哥啊！

我最後拜託你一件事：

你等我嚥了這一口氣，

---

2　天主教徒的念珠每十顆間一顆較大的。

3　鑄劍名手，和塞萬提斯同時代而年輩略長。

4　杜朗達爾德是查理曼大帝手下的武士，死於隆塞斯巴列斯之役。貝雷爾瑪是杜朗達爾德的情人。

5　歷史上的梅林（Merlin）是英國威爾斯人，五、六世紀亞瑟王手下的詩人。後來他和傳奇裡的魔法師梅林混為一人了。

靈魂脫掉軀殼，離開人世，
你就把我胸膛裡的這顆心，
送給我情人貝雷爾瑪氏，
你可以剖開胸膛挖取，
或用匕首，或者就用刀子。

蒙德西諾斯老人聽了這番話，雙膝跪下，含著兩泡眼淚說：『杜朗達爾德先生，我最親愛的表弟啊，咱們不幸失敗的那天，你囑咐我的話，我早已照辦了。我很謹慎地把你一顆心全挖出來，胸膛裡沒剩一星半點兒。我用一塊花邊手絹兒把那顆心抹得乾乾淨淨；我隨就把你埋了，然後帶著那顆心到法蘭西去。我一雙手在你胸膛裡掏摸了一番，染滿鮮血，可是我為你流了那麼多眼淚，竟把手上的血都沖洗乾淨了。我親愛的表弟呀，我還有確鑿的證據呢。我出了隆塞斯巴列斯，到了前面村上，就在你那顆心上撒了一把鹽，防它變味兒，等送到貝雷爾瑪夫人面前，那顆心雖然不新鮮，至少是醃上了。這多年來，貝雷爾瑪夫人，你，我，你的侍從瓜迪亞那，傅姆如伊台拉和她的七個女兒、兩個外甥女，還有你的許多相識和朋友，都被魔法師梅林禁魔在這裡，雖然五百年過去了，咱們這些人一個都沒死呢。只有如伊台拉和她的女兒和外甥女兒不在這裡。梅林瞧她們哭哭啼啼，大概是可憐她們，就把她們一個個都變了湖沼，在人世間和拉・曼卻稱為如伊台拉湖。七個女兒變的湖是西班牙國王的，兩個外甥女兒變的湖屬於崇高的聖胡安會[6]。你的侍從瓜迪亞那也是為你傷心流淚，就變成了一條河，他的名字成了河名。他流到地面上，看到高空的太陽，想起自己把你拋下了，傷心得不可開交，竟又鑽到地底下去了[7]。可是他究竟不能脫離天然的河道，還得時常出來見見陽光和世人的面。幾個如伊台拉湖的水都流進他那河裡，匯合起來，浩浩蕩蕩流入葡萄牙國境。不過他一路上憂憂鬱鬱，沒有心情在自己水裡養育以美味聞名的魚，他那條河裡的魚粗糙，和金色塔霍河裡的魚大不相同。哎，我的表弟啊，我這些話已經跟你講過好多遍，你總不回答；我想你大概不信我，或者沒聽見吧。上帝知道，我為此多麼痛苦。現在我要報你一個信，即使不能安慰你，總不會添你的煩惱。你可知道，梅林法師預言的那位大有本領的偉大騎士正站在你身邊，你睜開眼就能看見他。這位堂吉訶德•台•拉•曼卻使騎士道死灰復燃，比古代更光芒萬丈。有他來出力援助，禁魔著咱們的魔法也許就能破除。大事業得大人物才幹得成。』那可憐的杜朗達爾德有聲無氣地說：『即使破不掉，我說呀，表哥，捺下性子，洗牌吧。[8]』他不再多說，側過身照舊無聲無息地躺著。這時忽聽得嚎啕的號哭，夾著深長的嘆息和哽哽咽咽的抽噎。我回頭隔著水晶牆壁，看見一隊美貌姑娘排成兩行走來，都穿著黑色喪服，頭上像土耳其人那樣纏著白頭巾。押隊的女人神氣端莊，看來像一位貴夫人。她也穿著黑色喪服，披的頭紗又長又大，直拖到地下；纏頭的白巾比別人的至少大兩倍。她兩條眉毛聯成一道，鼻子有點兒塌，大嘴巴，嘴唇顏色鮮紅，有時露出一口牙齒，稀稀落落，不整不齊，可是白得像去皮的杏仁。她雙手托著一塊細麻紗手絹兒，裡面一件乾癟的東西，想必就是那顆醃成臘肉

6 如伊台拉湖據本書下冊，第十八章共有七個。照這裡就有十個湖，又一說共有十一個。也有說是十五個的。兩個外甥女兒變的湖在聖胡安會的領邑內。

7 瓜迪亞那河流過拉•曼卻，鑽入地下約七、八哩瓦，然後重在地面出現。

8 這是西班牙賭徒的口頭話。他們輸急了打算洗牌再賭，常這麼說。

的心。據蒙德西諾斯說，那一隊人全是杜朗達爾德和貝雷爾瑪的侍女，跟男女主人一起著了魔法禁魔在那裡的；末了一個拿手絹兒捧著一顆心的就是貝雷爾瑪夫人。每星期她有四天帶著侍女排隊邊走邊唱；其實就是對杜朗達爾德的遺體和挖出的心哀唱輓歌。他說，貝雷爾瑪在我眼裡也許醜點兒，不像傳說的漂亮。那是因為她中了魔法，日夜受罪，只要看她的大黑眼圈兒和一臉病容就知道。『她臉發黃、眼下有黑圈並非因為婦女月月兒有的毛病，她已經好幾個月、甚至好幾年沒那回事了。她看到時刻捧在手裡的那顆心，想著情人的苦命，自己心上悲痛，所以變成那副模樣。要不為那個緣故，她風姿豔麗，而且聰明活潑，可以把這一帶無人不知、舉世聞名的貴小姐杜爾西內婭・台爾・托波索都比下去呢！』我當時說：『蒙德西諾斯先生，您別說溜了嘴，您只管講您的故事，可是請別忘了，「比長較短，惹人反感」[9]，所以奉勸您別把誰跟誰比。絕世美人杜爾西內婭・台爾・托波索和堂娜貝雷爾瑪夫人各不相干；我的話只說到這裡。』他回答說：『堂吉訶德先生，您別見怪？我承認自己錯了。我剛才說杜爾西內婭比不上貝雷爾瑪夫人是我胡說。我忽然明白您是她的騎士，我咬掉舌頭也再不把她來和任何人比較，除非和天比。』我當初聽了那番品評很生氣，後來偉大的蒙德西諾斯對我賠了這麼個禮，我就心平氣和了。」

桑丘說：「可是我很奇怪，您怎麼不揪住老頭兒，把他渾身骨頭都踢斷，把他鬍子拔得一根兒不剩呀？」

堂吉訶德答道：「那不行，桑丘朋友，我要那樣就是我不對了。咱們得尊敬老人，即使他不是騎士也該尊敬，何況他是一位騎士，又中了魔法，更不用說了。我們倆還談了許多話，我記得我們彼此都沒有欠禮。」

那位表親插嘴道：

「堂吉訶德先生，您在地底下才一會兒工夫，我不懂您怎麼看見這麼許多東西，還講了這麼許多話。」

堂吉訶德問道：「我下去了多久呀？」

桑丘答道：「一個多鐘頭吧。」

堂吉訶德說：「絕不可能，我在那兒天黑了又天亮，天亮了又天黑，一共三次。照我估計，我在那個隱僻的洞裡過了三天。」

桑丘說：「我主人的話一定沒錯兒。他碰到的事都是著了魔道的，說不定我們覺得是一個鐘頭；他在那邊兒卻彷彿是三天三夜了。」

堂吉訶德說：「準是這麼回事。」

那位表親問道：「我的先生，您這些時候吃東西沒有呢？」

堂吉訶德答道：「一口都沒吃，也不覺得餓，壓根兒沒想到吃喝。」

那位表親問道：「著魔的人吃東西嗎？」

堂吉訶德答道：「他們不吃東西，也不大便，一般認為他們的指甲、鬍鬚和頭髮會長。」

桑丘問道：「先生，著魔的人睡覺不睡呢？」

堂吉訶德答道：「當然不睡。至少我跟他們一起的三天裡，誰都沒合眼；我也和他們一樣。」

桑丘說：「這就應了咱們的老話：『跟誰一起，和誰一氣。』您和著了魔挨餓熬夜的人在一起，當然也就不吃不睡了。可是我的主人啊，我有句話您別見怪。您講的這許多事，假如哪一點

9　西班牙諺語。

我會當真，讓上帝把我帶走吧！——我差點兒沒說讓魔鬼把我帶走！」

那位表親說：「怎麼不當真？難道堂吉訶德先生撒謊了嗎？他即使要撒謊，這一大堆謊話也來不及編呀。」

桑丘說：「我不信我主人是撒謊。」

堂吉訶德問道：「那麼你說是什麼呢？」

桑丘答道：「您不是說，您在那邊兒地底下和一大群著魔的人在一起嗎？我想那個梅林，或者對那夥人施行魔法的魔法師們，準把您講的這套故事安裝在您心眼裡了。」

堂吉訶德答道：「桑丘啊，你說的都可能，不過並不是這麼回事。我剛才講的都是我親眼看見、親手摸過的。蒙德西諾斯帶我見識了不知多少奇奇怪怪的事，這會兒沒工夫細說，咱們路上等有機會，我再慢慢兒講給你聽。可是我現在告訴你一件事。他指給我看三個鄉下姑娘，在那片蔭涼的草地上像山羊似的跳跳蹦蹦。我一看認出一個是絕世美人杜爾西內婭・台爾・托波索，另外兩個就是咱們在托波索城外看見和她一起的那兩個鄉下姑娘。你說怪不怪？我問蒙德西諾斯是否認識那幾個女人。他說不認識，她們在那片草地上才出現了不多幾天，想必是幾個著了魔道的貴家小姐。他說這並不稀罕，因為從古到今，著了魔道，變成奇形怪狀的女人，那兒多的是，有兩個他都認識：一個是希內布拉王后；還有一個是她的傅姆金塔尼歐娜・朗塞洛特——

　　『剛從不列顛到此，』

曾為他斟酒的。」

桑丘聽了主人這番話，覺得豈有此理，簡直要笑死了。他明知杜爾西內婭著魔是他搗的鬼，魔法師就是他本人，證據也是他捏造的。所以他斷定主人已經神志昏亂，完全瘋了。他說：「親愛的主人啊，您下地洞真是交了壞運，又逢季節不利，日子不好；您碰到蒙德西諾斯先生準又是倒楣的時辰，害您回來變了個樣兒。您當初在地面上好好兒的，上帝給您的好頭腦沒一點毛病，隨時還引用格言成語教訓人呢；可是您現在滿嘴盡是荒唐透頂的胡言亂語了。」

堂吉訶德說：「桑丘，我知道你這個人，所以不會把你的話當真。」

桑丘答道：「您儘管為我剛才說出口的話，或想說沒說的話打我殺我，您講的那通話不經修改，我還是不會當真。趁現在咱們還沒翻臉，我請問您：您憑什麼知道那位貴小姐就是咱們的女主人呢？您跟她談話了嗎？您說什麼？她怎麼回答的？」

堂吉訶德答道：「她還穿著上次你指給我看的時候她穿的那套衣服，所以我認得。我和她說話，她一句也不答理，轉身飛也似地跑了，比射出去的箭還快。我想追她，可是蒙德西諾斯說追不上她，勸我別白費力，況且一會兒我就該出洞回來了。他又說：他將來會教我怎樣破掉禁魔他們一夥人的魔法。可是我在那裡見到一件事是我最傷心的。蒙德西諾斯和我講話的時候，那位倒楣小姐杜爾西內婭的一個女伴悄悄地跑到了我身邊來，兩眼含淚，顫聲低語說：『我們的杜爾西內婭小姐吻您的手，請您把近況告訴她。她現在手頭很窘，所以懇求您借六個瑞爾給她——或者您身上有多少都借給她，憑我手裡這條新棉布襯裙做抵押，她保證不久就還您。』我聽了這話很吃驚，就轉身問蒙德西諾斯說：『蒙德西諾斯先生，貴人家女子著了魔道難道也會窮困嗎？』他說：『堂吉訶德．台．拉．曼卻先生，您聽我講：窮困是普遍的，哪兒都有，誰都難免，著魔的人也免不了。杜爾西內婭．台爾．托披索小姐既然叫人來借這六個瑞爾，抵押品看來也不錯，您借給她就是了。她一定窘得日子不好過呢。』我說：『我不要抵押品，也不能如數給她，因為我這裡只有四個瑞爾。』桑丘啊，那就是你上次給我路上布施窮人的。我把那四個瑞爾給了她說：『朋友，煩你轉告你家小姐，她手頭拮据，我知道了很難受，巴不得自己有傅加[10]的巨富來資助她。還請你告訴她：我見不到她的嬌容，聽不到她的妙語，身體怎麼也好不了。我一片至誠，求她給個機會，讓她所顛倒的騎士和她見個面兒、說個話兒。還有句話也請你轉達。從前曼圖阿侯爵眼看他外甥巴爾多維諾斯在山坳裡快要嚥氣的時候，曾經發誓為他外甥報仇，說這個仇不報，他吃麵包絕不攤桌布，等等；我也要照樣發誓為她解除魔法。我從此要走遍世界七大洲，比葡萄牙太子堂貝德羅還走得遠[11]；她著的魔法不破，我絕不休息。我這個誓，她也許無意間會風聞到。』那姑娘說：『您對我們小姐這樣是應該的，還不夠呢。』她拿了那四個瑞爾凌空一跳，離地有兩個瓦拉；就算是對我行的禮。」

桑丘聽到這裡，大嚷道：「哎呀！神聖的上帝啊！我主人好好兒的頭腦，竟變得這樣瘋瘋癲癲，世界上怎會有這等奇事呀？魔法師和魔法怎會有這麼大的法力呀？哎，我的先生，您看上帝份上，注意保全自己的聲名，別胡思亂想攪混了腦筋啊！」

堂吉訶德說：「桑丘，你是因為愛我，才這麼說。這都是你淺見寡聞，凡是異常的事，你就以為不可能了。我剛才跟你說過，等我將來慢慢兒把我在那邊經歷的事講些給你聽，你就會相信我這會兒說的都千真萬確，沒什麼可爭辯的。」

---

10　傅加（Fugger）是瑞士人，十五世紀在奧格斯堡（Augsburgo）起家致富；這個家族在十五、十六世紀是大金融家。

11　據一五七〇年在薩拉果薩出版的《葡萄牙太子堂貝德羅在世界四大洲旅行記》，堂貝德羅只行遍當時知名的四大洲。

# 第二十四章

## 許多瑣事末節，可是要深解這部巨著卻少不了。

據這部歷史巨著的譯者說，他據熙德・阿默德・貝南黑利的原作，翻譯到蒙德西諾斯地洞探險一章，發現書頁邊緣上有作者親筆批的一段話，照譯如下：

「我怎麼也不信英勇的堂吉訶德確實經歷了前一章所寫的種種。他以前遭遇的奇事都可能，也像是真的，地洞裡的這番卻出於情理之外，沒一點真實的影子。我也絕不能說堂吉訶德撒謊，因為他是當代最誠實的君子人，最高尚的騎士，即使用亂箭射死他也不肯說半句謊話的。而且他還說到種種細節，一剎那絕沒工夫編出這麼成套的謊話來。所以這段情節如有虛造之嫌，不能怪我。我不問真假，只是有聞必錄。讀者先生，你是有眼光的，請你自下判斷，這不是我的事，我也無能為力。不過確有人說，堂吉訶德臨終承認這段經歷是自己編的，因為讀過的小說裡都有這麼一套。」阿默德插了這幾句話，言歸正傳：

那位表親想不到桑丘竟敢冒犯主人，而他主人卻又容忍他。看來，杜爾西內婭・台爾・托波索儘管著了魔，堂吉訶德見到了這位意中人一定很高興，所以當時脾氣顯得那麼和悅；不然的話桑丘挨一頓板子正是活該，因為他對主人的語言實在是太放肆了。那位表親對堂吉訶德說：

「堂吉訶德先生，我覺得跟您走這一趟獲益匪淺，少說有四項好處。第一，我有幸認識了您。第二，我知道了蒙德西諾斯地洞裡的祕密，以及瓜迪亞那河和如伊台拉湖是怎麼轉變出來的；我正在編寫《西班牙的奧維都》，這些都是好材料。第三，我發現了古代就有的紙牌戲。您說，杜朗達爾德聽蒙德西諾斯講了一大通話，醒來說：『捺下性子，洗牌吧。』由此可見早在查理曼大帝時代已經玩紙牌了。因為他這句話絕不是著魔以後學來的，準是著魔以前、在法蘭西查理曼大帝時代就行得這麼說了。我寫的那部《維吉爾・波里多羅「古代事物淵源考」補遺》裡，波里多羅準遺漏了紙牌的淵源；我恰好可以補進去。這件事很重要，而且像杜朗達爾德先生那樣真誠的人，說的話一定可靠。第四，我確實查明了瓜迪亞那河的來源，這事直到現在還沒人知道呢。」

堂吉訶德說：「是啊，不過您這些書是否能批准出版，還拿不定吧？如果上帝施恩，您能獲得批准，我請問您打算把書獻給誰呢？」

那位表親說：「接受我獻書的王公貴人，西班牙多的是啊。」

堂吉訶德答道：「並不多。不是他們不配，卻是他們不願接受。他們覺得作者的努力和敬意該有報酬，他們不肯承擔這項義務。可是我認識一位貴人和那些人不同；他一手承擔了這項義務，而且慷慨豪爽，假如我把他待人的好處全說出來，只怕許多有氣量的人也要眼紅呢[1]。現在沒工夫說這些閒話，咱們且去找個地方過夜吧。」

那位表親說：「離這兒不遠住著個隱居的修士，據說當過兵，公認是個好基督徒，很有見識，待人也很厚道。他住房旁邊有一間小屋，是自己花錢蓋的，小雖小，留幾個客人過夜還行。」

桑丘問道：「那位隱居的修士養母雞嗎[2]？」

堂吉訶德說：「不養母雞的隱士很少，從前埃及沙漠裡修道的隱士，穿的是棕櫚葉，吃的是草根，現在的隱士不是這樣的了。我說那時的隱士好，並非說現在的不好，只是現在那些隱士不如從前那樣苦行清修。可是不能就以為現在的都不好，至少我認為他們是好的。隨他們多壞吧，假冒為善的偽君子總比公開作惡的壞蛋好一些。」

他們正說著話，看見有個人徒步而來，用棍子打著一頭馱著長槍長戟的騾子急急趕路；他走近了也不停步，匆匆打個招呼就過去了。堂吉訶德喊他說：

「老哥啊，你歇歇吧；你走得太急了，只怕你這頭騾子吃不消呢。」

那人說：「先生，我不能歇啊。我這兒帶的兵器是明天要用的，所以歇不得。再見吧。我今晚打算在隱士住處再向前的客店過夜，你要是也走這條路，咱們會在客店碰頭；你如要知道這些兵器是什麼用的，我可以講些新聞給你聽。再見吧。」

他急急趲騾前去，堂吉訶德沒來得及探問什麼新聞。他好奇心重，按捺不住，決計立刻動身到那家客店過夜，不去光顧那位表親所說的隱士了。

三人上了牲口，立即取道直往客店，到傍晚才趕到。那位表親半路上向堂吉訶德建議問隱士要口酒喝。桑丘・潘沙聽了立即帶轉他的灰驢兒向那裡跑去；堂吉訶德和那表親也跟著帶轉牲口。可是桑丘的運道看來不行，偏偏隱士不在家——這是跟隨隱士修道的女人說的。他們問她要

1　指塞萬提斯的保護人雷莫斯（Lemos）伯爵。

2　作者有一首十四行詩「致一位隱居山野的修士」，形容一個流氓打架受了傷，逃到鄉僻處冒充修士，一手扶杖，一手拿念珠，還帶著打鳥的彈弓和相好的女人。桑丘所指就是這種人。

些高價的酒[3]；她說主人沒有高價的酒，如要廉價的水，她樂於供給。

桑丘說：「我要是愛喝水，路上有的是井，盡可以喝個暢快。哎！卡麻丘的喜酒啊，堂狄艾果家的大吃大喝啊，真叫我念念不忘！」

他們離開隱士家，催動牲口往客店去，走不多遠，看見前面有個年輕小伙子，他並不急急趕路，他們一會兒就追上了。那小伙子肩上扛著一把劍，劍上挑著一捆衣服，看來是他的寬腿褲、大氅、襯衣之類。因為他身上只穿一件絲絨短襖，襖上有幾處光禿禿的像緞子那麼發亮；襖兒下面露著襯衫。他腳上穿著絲襪和京城時行的方頭鞋[4]。這人約莫十八九歲，滿面高興，身體看來很矯健，一面走，一面唱歌兒解悶。他們追上他的時候聽他剛唱完一段，那位表親記得他唱的是：

我從軍是因為窮困；
如果有錢，我絕不肯。

堂吉訶德先去和他攀話說：

「漂亮的先生啊，您這樣走路倒是輕便得很。我冒昧請問，您到哪兒去啊？」

那小伙子答道：「我輕裝走路是因為天熱，也因為窮。我是去投軍的。」

堂吉訶德道：「因為天熱不消說得；因為窮是什麼道理呢？」

那年輕人說：「先生，我這捆衣服裡有條絲絨褲子，和這件短襖是一套；要是路上糟蹋了，進城穿上不像樣，我卻沒錢另買新的。我是為這緣故，也為圖涼快，所以這樣輕裝趕路，等到了駐軍的地方再穿上；還有十二哩瓦的路呢。我打算到那兒去投軍。從那兒上船反正有車輛；據說船在迦太基。我不願待在京都伺候窮光蛋了，寧可伺候皇上，為他打仗去。」

那表親問道：「您得過什麼賞賜嗎？」

那小伙子說：「我如果伺候了西班牙哪一位當朝大老或王公貴人，準有賞賜到手。這全靠投奔的主子好。闊人家的傭人常會升做旗手呀、上尉呀，或弄到個把好飯碗兒。可是我倒楣，老伺候些謀差使的或碰運氣的，工錢少得可憐，漿洗一條領子就花掉一半[5]。當小廝的東家幹了到西家，會交什麼好運才怪呢。」

堂吉訶德說：「朋友，您老實說，您伺候了幾年，難道連一套制服都沒掙到手嗎？」

那小廝說：「我得過兩套。主人家給的制服是專為他們自己裝門面的；他們到京城來辦完了事回家，就把制服又收回了。您不見新修士沒正式入會，出院得交還道袍、換上自己原來的衣服嗎？我就和他們一樣。」

堂吉訶德說：「真是義大利人所謂『精明刻薄』了。不過您抱著一腔壯志離開了京城，還是大可慶幸的。您是首先為上帝效力，其次為自己的國君，而且幹的是當兵的一行，這是世界上最光榮、最有益的事。幹武的不如幹文的賺錢，可是武的比文的光榮；這句話我已經說過多次了。儘管由文人起家的比由武士起家的多，武士有說不出的高尚，獨具光彩，壓倒一切，文人是比不

3　塞萬提斯的時代，馬德里有兩種酒店：一種只供應便宜的酒（de lo barato）；一種兼供高價的酒（de lo caro），顧客須說明要高價的或便宜的酒。

4　賴爾瑪（Lerma）公爵因足繭喜穿方頭鞋，京城就時行這種式樣。

5　一六〇一年在瓦利亞多利德漿洗一條領子的價錢是十四到二十六文（一瑞爾值三十四文）。

上的。我現在有句話希望您記著，困難的時候對您有幫助也有安慰——就是說呀；什麼倒楣事都別去愁它，最壞無非一死；如果死得好，死就是最好的事。有人問古羅馬英雄凱撒大帝，怎樣死最好。他說，最好是意外的，突然的，沒準備的[6]。雖然這話出於一個不知有上帝的異教徒，可是頗有道理，因為這樣就省了心理上的苦惱。假如你在兩軍交鋒時陣亡，那麼，管它是炮彈打死或地雷炸死呢？反正總是一死，事情就完了。據泰侖斯說：陣亡遠比逃命光榮[7]。好戰士對指揮官越服從越光榮。我還告訴你，孩子，戰士身上帶著火藥味，勝如帶著麝香味。假如你這個光榮的職業直當到老，儘管你渾身傷疤，折了手、瘸了腿，你至少也是個光榮的老人，而且你那份光榮是窮困壓不滅的。況且咱們國家正設法救濟老弱殘廢軍人呢。現在有些人家嫌老年的黑奴不能幹活兒，就藉口『解放他們』，把他們趕出門，讓他們被飢餓驅遣到死；國家不能用這種辦法對待年老的戰士。我這會兒不想多講，只請你騎在我鞍後，咱們一起上客店吧。我請你吃晚飯，明天早上你再趕路去。但願上帝不負你的好志氣，給你一份好運氣。」

那小伙子沒騎堂吉訶德的馬，只接受他的邀請到客店同吃了晚飯。當時桑丘心上暗想：「上帝保佑我這位主人吧！他能說這麼一大套很有道理的話，怎麼又說蒙德西諾斯地洞裡那些胡話呢？嗐！這怎麼講呀？」

他們到客店已經暮色蒼茫。桑丘很高興，因為他主人知道客店是客店，沒像往常那樣當作堡壘。他們一進門，堂吉訶德就向店主打聽那個運送長槍長戟的人。店主說，那人在馬房裡安頓他的騾子呢。那位表親和桑丘也就去安頓他們的驢，把馬房裡最好的馬槽和最好的地方讓給駑騂難得。

6 見蘇威東尼歐（Suetonio），《十二大帝傳》，第一卷第八十七節。

7 泰倫斯（Terencio，西元前一九五—前一五九），古羅馬喜劇家。塞萬提斯在本書下冊卷頭語裡也用了這句話，但泰倫斯作品裡並沒有這句話。

# 第二十五章

## 學驢叫的趣事，演傀儡戲的妙人，以及通神的靈猴。

堂吉訶德就像熱鍋上的螞蟻一樣，要聽運送兵器的人講新聞。他到馬房去找到了那人，盯著要他立刻就講。那人說：

「我那件新聞不能站著匆匆忙忙地講。好先生，讓我餵飽了牲口，準講給您聽。」

堂吉訶德說：「你別耽擱吧，什麼事我都可以幫你幹。」

他說到做到，忙去篩大麥，洗馬槽。那人瞧他這樣不拿身分，也就願意依他的請求講給他聽。那人去坐在一條石長凳上，堂吉訶德和他並坐，那位表親、那個小廝、桑丘•潘沙和店主都圍在旁邊。那人說：

「各位先生請聽，離這個客店四個半哩瓦有個市鎮。市政府裡有位委員，他丟了一頭公驢；這是他家一個丫頭搗的鬼，免得嚕嗦，詳情就不說了。這位市政委員千方百計的找，總找不到。過了半個月，據說市政府另一位委員在廣場上碰到丟驢的那個同僚，就對他說：『老哥啊，你得好好謝我，我報你一個好消息，你的驢找著了。』那人說：『我一定謝你，還要重謝呢。可是請問，我那驢在哪兒？』那人說：『在樹林裡，我今兒早上看見的。牠馱鞍也沒了，身上裝備的東西什麼都沒了，瘦得那副樣子，瞧著簡直心疼。我想把牠趕回你家來，可是牠已經野了，怕見人。我走近去牠就逃跑，直躲到樹林深處去了。你要是願意跟我找去，我回家安頓了這頭母驢就回來。』公驢的主人說：『謝謝你，將來一定竭力厚謝。』我講的這些細節，知道真相的人都講過，和我講得一個樣兒。乾脆說吧，兩位委員一起走到樹林裡去找那頭驢子。可是找來找去，影蹤全無，找遍了鄰近四周都沒有。發現那驢子的人就對失主說：『老哥啊，你聽我說，我想到個辦法。這頭驢即使不在樹林裡，竟埋在地底下，我這辦法也一定能找牠出來。我會學驢叫，叫得活像；假如你也能將就叫兩聲，咱們就拿定能找到牠。』失主說：『老哥啊，說什麼將就叫兩聲呀？我憑上帝發誓，我叫得比誰都像，驢子都不如我呢。』

「那一位：『咱們等著瞧吧。我是這樣打算：你沿樹林這邊走，我沿那邊走，就把周圍都走遍了；每走幾步，你學一聲驢叫，我也學一聲，那頭驢要是在樹林裡，一定聽見，就會和咱們答腔。』失主說：『老哥，你不愧天才，這個辦法妙極了！』兩人就按計行事，分頭走去。他們學驢叫差不多是同時，彼此都把對方的叫聲當作真的驢叫，以為驢找著了，忙尋聲趕去。兩人一會面，那失主說：『老哥啊，難道剛才叫的不是我那頭驢嗎？』那一個說：『不是驢，是我啊。』失主說：『老哥，我老實說吧，要是單憑叫聲呀，你跟驢子沒一點分別。我這一輩子沒聽見過學驢叫這樣活像的。』出主意的那人說：『老哥，這幾句誇獎回敬你自己才對。我憑創造我的上帝發誓，世界上驢叫學得最像的也輸你一著。因為你中氣足，聲音的高低長短、節奏的迴旋頓挫都恰到好處，維妙維肖。我實在自愧不如，對你的絕技低頭佩服。』失主說：『哎，我說呀，我憑這一技之長，可算是有點本領，從此可以自豪了。我以前也覺得自己驢叫學得不錯，可是沒知道有你說的這麼絕。』

「那一個說：『我告訴你，有些絕技在這個世界上是白糟蹋了；有了本事不會用，就冤枉了這套本事。』失主答道：『咱們這套本事要不是為咱們這會兒的事，別處也用不上；就為這件事，也得上帝保佑才行呢。』他們講完又分頭走開，重又學起驢叫來。他們每次聽到對方的叫聲，總當作真的驢叫，兩人又找到一處去。後來他們約定一個暗號，每次連叫兩聲，表明是學叫的，不是真的驢叫。他們這樣走幾步連叫兩聲，把一座樹林繞遍。失蹤的驢並沒有應和，聲息全無。怎會應和呢？這頭可憐的驢在樹林深處給狼吃了。他們發現了殘骸，失主說：『怪道呢，我說牠怎麼不應一聲；因為牠只要沒死，聽到咱們叫，一定會答應，不然就不是個驢了。可是老哥，我雖然費盡力氣，只找到吃剩的死驢，我卻領教了你這樣妙的驢叫，這就很上算了。』那一個說：『老哥，「還讓你第一」；「修道院長唱得好，助手也呱呱叫」[1]。』兩人白忙一場，啞著嗓子回鎮。他們把尋驢的事源源本本告訴親友，還彼此互相吹捧了一通。這件事就在附近村鎮上傳開了。魔鬼是不偷懶的，最喜興風作浪，隨時到處搬是弄非。他調唆得別處鎮上的人一見我們鎮上的人就學驢叫，分明是當面嘲笑我們的市政委員。小孩子也跟著鬧，這就好比發動了全地獄的小鬼。一處處村鎮上都學起驢叫來，害得我們鎮上的人就此像白人裡的黑人一樣惹眼。這場玩笑鬧得非常沒趣，我們幾次拿了兵器，結隊和嘲笑我們的人打架。誰也勸不住，平時怕事退縮的也一起動手。最欺侮我們的是兩哩瓦以外的一個鎮。我估計明後天我們學驢叫的鎮上要結隊和那個鎮上的人打架去。我買那些長槍長戟是為了早作準備。這就是我所說的新聞；也許你聽來很平常，可是我沒有別的事奉告了。」

他剛講完，客店門口來了個人，穿的長統襪、褲子、上衣都是麂皮的；這人高聲問道：

「店主先生，有房間嗎？未卜先知的猴子馬上就到，梅麗珊德拉脫險的戲也就要來開演了。」

店主說：「唷！這不是貝德羅師傅嗎！今晚上咱們可熱鬧了！」[1]上文忘了說，這位貝德羅師傅用綠綢子攤的膏藥貼沒左眼和小半邊臉，好像那半個臉上有什麼毛病。店主接著說：

「歡迎啊，貝德羅師傅，猴子和演戲的道具在哪兒呢？我沒看見呀。」

那一身麂皮衣的人說：「說話就來。我搶先一步，瞧瞧有沒有房間。」

店主說：「您貝德羅師傅要房間，即使阿爾巴公爵[2]住的也騰給你您！您把猴子和道具運來吧，今晚店裡有客，您的戲和猴兒準賺錢。」

貼膏藥的人說：「那好極了，我一定減價；只要不虧本就是好交易。我去招呼拉著猴兒和道具的車趕緊就來。」

他隨即出去了。

堂吉訶德問店主貝德羅師傅是誰，帶的是什麼戲的道具和什麼猴兒。店主說：

「那人是演傀儡戲的名手，常在曼卻·台·阿拉貢[3]一帶來往，演的是《鼎鼎大名的堂蓋斐羅斯解救梅麗珊德拉》。故事很有趣，演得又精采，這一帶地方多年來沒見過這樣的好戲。他還帶著一隻猴兒；那猴兒的本領別說猴兒裡少見，咱們人都沒有的。問牠什麼事，牠會留心聽著，

---

1　西班牙諺語。

2　阿爾巴公爵（Duque de Alba, 1508-1582）曾見本書上冊，第三十九章，他是西班牙的大將軍，曾征服葡萄牙，是赫赫有名的人物。

3　這是拉·曼卻東部近阿拉貢山（Monte Aragon）的地區；山那邊就是阿拉貢。

然後跳上牠主人的肩膀，咬耳朵把答話告訴主人；這貝德羅師傅就替牠說出來。牠講的多半是過去的事，不大講未來；儘管不是句句都準，大致是不錯的，因此我們相信牠有魔鬼附身。牠每說一件事──我意思是牠每咬著他主人耳朵叫他傳一次話，就要收兩個瑞爾，所以大家認為這位貝德羅師傅非常有錢。他是義大利人所謂『上等人』、『好夥伴』[4]。他日子過得好極了，說起話來，一人抵六人；喝起酒來，一人抵十二人。他靠的不過是自己一條舌頭、一隻猴子和一套傀儡戲。」

正說著，貝德羅師傅已經回來，拉傀儡戲道具和猴子的車也來了。那猴子很大，沒有尾巴，光禿禿的屁股磨得一毛不剩，臉相卻並不凶惡。堂吉訶德一見那猴子，就問牠：

「未卜先知的先生，請問您，我們交什麼運？前途怎麼樣？瞧，這是我的兩個瑞爾。」

他吩咐桑丘拿兩個瑞爾交給貝德羅師傅。貝德羅師傅替猴子答道：

「先生，凡是未來的消息，這畜生是不洩漏的；過去的事牠多少知道些，現在的也知道一點點。」

桑丘說：「真是！我才不花一個子兒請人講我過去的事呢！誰比我自己還知道得清楚呀？花錢請教別人就太荒唐了。不過猴兒精先生既然知道現在的事，這裡是我的兩個瑞爾，請問您，我老婆泰瑞薩・潘沙這會兒在幹什麼？怎麼樣兒消遣？」

貝德羅師傅不肯收錢，說道：

「還沒為您效勞呢，不能先拿報酬。」

他用右手拍拍自己的左肩，那猴兒就跳上去，把嘴巴湊著他的耳朵，牙對牙切切地響，過了一會兒就跳下來。貝德羅師傅忙搶到堂吉訶德面前，雙膝跪倒，抱住他的腿，說道：

「我抱著的這兩條腿呀，就好比海克力士的兩根柱子[5]！您就是重光騎士道的大偉人、讚不勝讚的騎士堂吉訶德・台・拉・曼卻呀！懦弱的人仗您壯膽，要跌倒的人靠您支持依傍，躺下的人賴您扶起，一切不幸的人都靠您幫助和安慰！」

堂吉訶德怔住了，桑丘驚奇得傻了，那位表親駭然，那小廝莫名其妙，驟鳴鎮上的人直發愣，店主也目瞪口呆，總而言之，演傀儡戲的這番話使人人都十分驚訝。他接著說：

「你呀，桑丘・潘沙老哥，世界上頭等好騎士的頭等好侍從啊，你放寬了心，你的好老婆泰瑞薩身體很好，這會兒正在梳理一磅麻。我還可以說得仔細點兒：她左邊有一把缺口壺，裝著好一壺酒，她一邊幹活兒，一邊喝酒消遣呢。」

桑丘答道：「這話我完全相信，她就是這麼個會享福的；只要她不吃醋，她比我主人說的那位才德雙全的女巨人安當多娜還好呢。有些女人寧可背累兒孫，也不虧待自己，我的泰瑞薩就是這樣的。」

堂吉訶德說：「哎，一個人讀破萬卷書，走遍萬里路，就見多識廣。可不是嗎？我要不是這會兒親眼看見，怎麼相信有通神的猴子呢！我正是這位猴兒先生所說的堂吉訶德・台・拉・曼卻，只是牠誇讚太過了。可是不管怎麼說吧，謝天謝地，我確是生來心熱腸軟，總想待人好，只怕虧負了誰。」

---

4 「好夥伴」（bon compaño）指和藹可親，喜歡和人一起吃喝玩樂的人。

5 指地中海入口對峙的兩座山峰，一在西班牙的直布羅陀，一在非洲摩洛哥的休達，相傳兩峰本是一座山，海克力士因要越過這座山到加的斯去，把這座山一劈為二，因此稱為海克力士的柱子。

那小廝說：「我如果有錢，就要問問猴子先生，我這趟出門會有什麼遭遇。」

貝德羅師傅已經從堂吉訶德腳邊爬起來，聽了這話，答道：

「我剛說了，凡是問未來的事，這小畜生一概不回答的；牠要能回答呀，沒錢也不要緊。我如果能為堂吉訶德先生效勞，什麼利益都不計較。我現在得去布置我的戲台了，因為我已經答應請大家看白戲，借此為堂吉訶德先生解悶消遣。」

店主大喜，忙去指點哪裡可搭戲台，一會兒工夫就搭好了。

堂吉訶德覺得一隻猴子居然這樣通靈，不管牠知道未來也罷，過去也罷，總是旁門邪道，所以有幾分戒心。他乘貝德羅師傅去布置戲台，就拉桑丘到馬房角落裡，背著人講幾句私話。他說：

「桑丘啊，你聽我說，那猴兒太神了；我仔細想來，牠主人貝德羅師傅準和魔鬼訂過約：或是默契，或有明文。」

桑丘道：「假如是魔氣[6]，又是和魔鬼定的，那就不用說，準是頂骯髒的臭氣。可是貝德羅師傅要那魔氣什麼用呢？」

「你沒懂我的意思。我是說，他準和魔鬼訂過什麼合同，讓猴兒借魔鬼的本領說話，他就靠著吃飯，他發了財將來把自己的靈魂交給魔鬼；這個與全人類為敵的魔鬼專要人的靈魂。不信你只要看，那猴子只知道過去和現在的事；魔鬼所知道的不也是這麼一點兒嗎？魔鬼不能預知未來，只會猜測，也猜不大準。只有上帝不論過去、現在、未來，無所不知。所以那猴子的話分明是魔鬼的口氣。我不懂怎麼沒人向宗教法庭去告發他，對他嚴加審訊，逼他吐出真情，究竟靠了誰有這麼大的神通。因為那猴子分明不是星相家，牠和主人並沒有批出個「命造」和「運道」

來；他們沒這個本領呀。現在西班牙盛行算命；小娘兒們、小當差的或補鞋的老頭子，都會胡亂批個命書，就像地上撿一張紙牌那麼容易。他們假充內行，胡說亂道，糟蹋了這門真正的學問。我知道有位夫人請教星相家她的小哈巴狗會不會生育，一窩下幾隻，什麼毛色兒。那算命先生批了命，說那哈巴狗會生育，一窩下三隻，一隻綠，一隻紅，還有一隻雜色，不過受孕的時辰必須在星期一或星期六的白天或晚上十一、二點之間。過兩天這隻母狗吃得太飽脹死了。那算命的在當地就像別的算命先生那樣成了『鐵口』。」

桑丘說：「不過我倒希望您叫貝德羅師傅問問那猴子，您在蒙德西諾斯地洞裡經歷的事是不是真的，因為——您別見怪啊，我覺得像唬人的瞎話，也許只是個夢。」

堂吉訶德答道：「都可能。你怎麼主張，我都依你；不過我總有點兒說不出的顧忌。」

恰好貝德羅師傅跑來，說傀儡戲台已經搭好，請堂吉訶德先生看戲去，那齣戲值得一看。堂吉訶德就告訴貝德羅師傅：他想請教猴子，他在蒙德西諾斯地洞裡的經歷究竟是夢是真，因為自己都分不清。貝德羅師傅並不答話，回去帶了猴子來，當著堂吉訶德和桑丘的面，對猴子說：

「猴兒先生，這位騎士想請教你，他在一個蒙德西諾斯地洞裡的經歷究竟是假的還是真的？」

貝德羅師傅打了個照例的信號，猴子就跳上他左肩，在他耳邊彷彿竊竊私語，貝德羅師傅聽完就說：

「猴子說：您在那洞裡經歷的事，一部分是假的，一部分是真的。您問的事牠只知道這些，別的可不知道了。您如果還有旁的要問，等下星期五吧；據牠說，這會兒牠的神通已經使盡了，

6　桑丘不懂「默契」，聽錯了。

要到星期五才復元呢。」

桑丘說：「我的主人啊，我不是跟您說的嗎？我不信您地洞裡遭遇的那些事全是真的，連一半兒都信不過。」

堂吉訶德答道：「將來總會有分曉。什麼事都有個水落石出，哪怕埋在地底裡的，到時候也會露出來。這會兒甭多說了，咱們去看貝德羅師傅的戲吧，我想總有點兒新鮮玩意兒。」

貝德羅師傅答道：「怎麼說有點兒呀？我那戲裡有六萬種新鮮玩意呢？堂吉訶德先生，我告訴您，我那齣戲是全世界最有趣的。『你們縱然不信我，也當相信這件事。』[7]我得開場演戲去；時候不早了，咱們要表演講解的情節長著呢。」

堂吉訶德和桑丘依言跑去看戲。戲台已經布置好，周圍點滿了小蠟燭，一片輝煌燦爛。貝德羅師傅隨即鑽進帷幕，因為戲裡的傀儡得他來操縱。有個男孩子是他的徒弟，站在帷幕外面，由他講解戲裡的情節，並用棍子指點出場的角色。

全客店的人都坐在戲台前面，也有站著的。堂吉訶德、桑丘、那小廝和那位表親坐在最好的座位上。講解員就開始講解。欲知戲裡事，請看下文。

---

7　這是引用《新約》的〈約翰福音〉，第十章第三十八節的話。

# 第二十六章

## 續敘演傀儡的妙事，以及其他著實有趣的情節。

「泰雅人和特洛伊人都靜寂無聲」[1]，

因為看戲的都專心等著講解。帷幕裡響起一片銅鼓喇叭聲，又有好幾響炮彈。隨後那男孩子朗著嗓子說道：

「這裡表演的是一件千真萬確的事，每字每句都是從法蘭西歷史和西班牙民歌裡來的。這是堂蓋斐羅斯先生救回他夫人梅麗珊德拉的故事。梅麗珊德拉給西班牙桑蘇威尼亞城的摩爾人搶去了——那時候的桑蘇威尼亞就是現在的薩拉果薩[2]。請看！堂蓋斐羅斯正在那裡擲骰子玩兒，正是歌謠唱的：

1　這是古羅馬的維吉爾《伊利亞特》史詩第二卷第一行，塞萬提斯引自一五五七年版的西班牙文譯本。

2　桑蘇威尼亞（Sansueña）是摩爾人的城，騎士小說裡常提到，但這位講解員的話並無根據。

『堂蓋斐羅斯在擲骰子賭博，
他早已把梅麗珊德拉拋在腦後。』

這會兒出場的是查理曼大帝：請看他頭戴皇冠，手拿寶杖；傳說他就是梅麗珊德拉的父親。他瞧女婿這麼優閒自在很惱火，跑來罵他了。請看他罵得多狠啊，恨不得用寶杖去打他幾下呢。有人說他確實打了，而且打得很重。他把女婿教訓了一頓，說如果不設法救出自己的妻子，就丟盡了臉。他說：

『我的話到此為止，你仔細想想吧。』

瞧，這位大皇帝轉身走了，撇下堂蓋斐羅斯在那裡發脾氣呢。他把桌子連骰子摔得老遠，催著要自己的盔甲武器，又問他表親堂羅爾丹借杜林達納寶劍。堂羅爾丹不肯借劍，卻願意陪他去冒險。可是我們這位英雄賭氣不要他陪。說他妻子即使給藏在地底下；他單槍匹馬也救得她出來。他就披掛準備出發。各位請回臉瞧瞧，那邊一座塔是薩拉果薩堡壘裡的，現在叫做阿爾哈斐利亞塔。塔裡一位穿摩爾服裝的女郎走到陽台上來了；她就是絕世美人梅麗珊德拉。她被俘以來，懷念巴黎和自己的丈夫，常在那裡瞭望通向法蘭西的道路，聊以解憂。快瞧，這會兒出了一件意外的事。各位沒看見那摩爾人嗎？他一個指頭擱在嘴巴上，躡手躡腳地從梅麗珊德拉背後上來，在她唇上親了一吻。瞧，她忙不迭的唾了一口，又用雪白的襯衣袖擦嘴；瞧她哭啊叫啊，氣得自揪頭髮，彷彿她那美麗的頭髮是她這番受欺侮的禍根。請看走廊裡這位尊貴的摩爾人；他是桑蘇威尼亞的瑪西琉國王。他看見了那摩爾人放肆無禮；他鐵面無私，儘管那人是自己的親屬和寵臣，立即下令逮捕，抽二百鞭，牽出去遊街：

『叫喊消息的報子在前，
舉著棍子的公差押後』；

瞧，這傢伙犯罪還沒得逞，已經判罪處刑。摩爾人不像咱們，不用『起訴』，不用『還押聽審』。」

堂吉訶德高聲打斷他說：「孩子，你講解直截了當，別繞彎兒，也別打岔兒；要審明一個案子，得有許許多多、反反覆覆的證據呢。」

貝德羅師傅在帷幕裡也插嘴道：

「孩子，你別加油添醬，照這位先生說的辦法最好；平鋪直敘，別耍花腔；太花妙就不成調兒了。」

那孩子說：「我照辦就是了。」他又講下去：「那邊一人騎馬而來，身披法國式斗篷；他不是別人，正是堂蓋斐羅斯。這邊是他妻子在塔裡陽台上站著；那色膽如天的摩爾人已經受了處分，她好像平靜些了。她不知來的正是自己的丈夫，就像歌謠裡唱的那樣囑咐他說：

『騎士，你如到法蘭西去，
請訪問一下蓋斐羅斯』；

她還有許多話我現在不重複了，因為囉嗦總是討厭的。但看堂蓋斐羅斯怎樣亮出真相，梅麗珊德拉也認清是誰了。她快活得那副樣子呀，而且這會兒正從陽台上縋著下地，打算騎在她那好丈夫的鞍後一同逃走。可是，啊呀，真糟糕！她裙子給陽台的鐵欄杆掛住了，把她吊著上下不得。可是看啊，老天爺大發慈悲，救了她的急，堂蓋斐羅斯趕緊跑來了！他不惜扯破那條華麗的裙子，抓住自己的妻子使勁兒把她拉下，一扭身就把她安放在鞍後，讓她像男人那樣騎著，叫她兩手搭在他胸前，緊緊抱住他，免得跌下，因為梅麗珊德拉夫人不慣這樣騎馬。請再看他那匹馬一聲聲嘶叫，馱著一個是英雄、一個是美人的男女主人自鳴得意呢。瞧他們倆掉轉馬頭出城，欣欣喜喜地同回巴黎去了。你們這一對古今少見的有情人啊！祝你們一路無災無難，轉回家鄉，親朋團聚，終身享福，長命百歲！」

貝德羅師傅忙又高聲喊道：

「孩子，平鋪直敘，不要堆砌。『凡是矯揉造作都討厭』[3]。」

那講解的孩子並不回答，只顧講下去：

「有人沒事幹就好管閒事；他們看見梅麗珊德拉脫離牢籠，馬上去告發。瑪西琉國王得知，立即下令打警鐘。瞧，一聲令下，城裡一片鐘聲，一座座堡壘的一個個塔裡都在叮噹響應。」

堂吉訶德插嘴道：「沒這個事兒！貝德羅師傅的警鐘可打錯了！摩爾人不打鐘，只敲銅鼓，又吹一種喇叭似的號筒。桑蘇威尼亞城裡敲警鐘真是太荒謬了。」

貝德羅師傅就停止了打鐘說道：

「堂吉訶德先生，您別吹毛求疵，細中還有細，太精細就沒個底了。荒謬百出的戲不知多少呢，不是經常上演嗎？還演得頂順利，觀眾看了不但叫好，還敬佩得很。孩子，你照舊講，隨人家說去，儘管戲裡的錯誤像陽光裡的灰塵那麼多，我只要塞飽自己的錢袋就行。」

堂吉訶德說：「這話倒也不錯。」

那孩子又講下去：

「瞧！多少騎兵披著雪亮的盔甲，都出城去追趕那一對有情人了！吹響了多少喇叭、多少號筒啊！擂動了多少大鼓小鼓啊！我只怕他們給追兵捉住，拴在馬尾巴上拖回來；那就慘了。」

堂吉訶德看見那麼多的摩爾人，聽到響成一片的鼓角聲，覺得該為逃亡的一對出把力，就站起來大喝道：

「有我在這兒呢！像堂蓋斐羅斯這樣有名的騎士、多情的英雄，我絕不能眼看他遭了毒手！你們這群混蛋，站住！不許追趕！不然的話，先得跟我打一仗！」

他口說就動手，拔劍跳到戲台旁邊，急忙忙、惡狠狠地向戲裡那些摩爾人揮劍亂砍。有些傀儡砍倒了，有些斷了腦袋，這個折了腳，那個剁成了塊兒。有一劍狠狠地從上直劈下來，貝德羅師傅要不是一蹲身，縮著脖子趴下，他那腦瓜子就劈作兩半，像劈開一個粉團兒那樣爽利。貝德羅師傅大喊道：

「堂吉訶德先生，您快住手！瞧瞧，您這會兒砍殺的不是真的摩爾人，只是硬紙做的傀儡啊！唷，我真倒楣！這可是苦了我，把我全部家當都斷送了。」

他說他的，堂吉訶德還是刺呀、劈呀、斫呀、擋呀，劍如雨下，沒一會兒工夫，一座戲台全打塌了，道具和傀儡七零八落。瑪西琉國王受了重傷，查理曼大帝連腦袋帶皇冠都劈作兩半。看

3 西班牙諺語。

戲的亂作一團，猴子爬上屋頂溜了，那位表親戰戰兢兢，那個小廝也很吃驚，連桑丘・潘沙都嚇壞了。據他事後發誓說，從沒見過自己主人這樣發瘋似的憤怒。一套傀儡戲的道具差不多全毀了，堂吉訶德這才平靜了一些，說道：

「游俠騎士是世界上少不了的；有人硬是不信！好，叫他們這會兒都跑來看看吧！要不是有我在這裡，英雄堂蓋斐羅斯和美人梅麗珊德拉的下場就不堪設想！不用說，準給那一群狗東西趕上，他們非死即傷。所以騎士道在這個世界上比什麼都要緊，應該永遠流傳下去！」

貝德羅師傅唉聲嘆氣說：「好，騎士道永遠流傳下去，讓我死了吧！我真是倒楣透頂，正像堂羅德利戈國王說的：

『昨天我是西班牙的國王……
今天城上的每一堵矮牆
都已經不是我的了！』[4]

剛才我還是帝王的主人；馬房裡有數不盡的馬匹，箱子和皮包裡有數不盡的鮮衣華服。可是不到半小時，一轉眼的工夫，我一敗塗地，變成了叫化子；而且我那猴兒也逃了，我得連牙齒都出了汗[5]才捉得牠回來。這都怪這位騎士先生不問青紅皂白，亂發脾氣。據說他扶弱鋤強，救危濟困，還幹許多好事呢。高高在上的老天爺啊，他怎麼偏偏對我就沒一點慈悲呀！真是，哭喪著臉的騎士，害得我也哭喪了臉！」

桑丘・潘沙聽了貝德羅師傅的話很可憐他，就說：

「貝德羅師傅，你別怨苦，我聽了心上難受。我告訴你，我主人堂吉訶德是一點不馬虎的真正基督徒，他只要知道哪裡對你不起，就會認帳，好好兒賠錢，還給你不少便宜呢。」

「堂吉訶德先生要是肯賠我點兒錢，我就滿意了，他老人家也可以心安理得。因為誰要是損壞了別人的財產不賠還人家，就上不了天堂。」

堂吉訶德說：「這話不錯，可是貝德羅師傅，我到今還不知道自己損壞了你什麼財產呀。」

貝德羅師傅答道：「還說沒損壞嗎？地上這許多殘缺的屍體是誰打下來的？不是您這位大力士的鐵臂嗎？這些屍體是誰的家當？不是我的嗎？我靠誰過日子？不是靠它們嗎？」

堂吉訶德聽了說：「魔法師又和我搗亂；他們總是先把人物的本相在我眼前露一露，隨後就變掉了原樣。我以前幾次料到是這麼回事，現在完全證明了。各位先生，我老實告訴你們，我剛才看見的都是真人真事：梅麗珊德拉真是梅麗珊德拉，堂蓋斐羅斯真是堂蓋斐羅斯，瑪西琉真是瑪西琉，查理曼大帝真是查理曼大帝。所以我憤火中燒，要盡我游俠騎士的職責，為那一對逃命的夫妻助一臂之力。我剛才幹的事，都出於這一番好意。假如我弄錯了，不能怪我，都是那些混蛋魔法師搗亂。不過這番錯誤雖然不是存心作惡，我還是認錯賠錢。貝德羅師傅為那些斫壞的傀儡要我賠多少錢，隨他說個數目吧。我一定馬上用響噹噹的現錢賠他。」

貝德羅師傅對他一鞠躬，說道：

「英勇的堂吉訶德·台·拉·曼卻，您真是江湖上窮人的救星和恩人；您的仁愛是少見的，

---

4　羅德利戈是維西哥都（Visigodo）族統治西班牙的末代皇帝，西元七七一年亡國。

5　又一說：「連尾巴尖兒上都出了汗。」

我知道您會賠我。斫壞的傀儡值多少錢，請店主先生和桑丘老大哥給咱們公斷吧。」

店主和桑丘同意。貝德羅師傅馬上從地上撿起個沒腦袋的薩拉果薩國王瑪西琉，說道：「這位國王分明是沒法兒復原的了。斷送了我這個國王，得賠我四個半瑞爾，你們瞧瞧，怎麼樣？」

堂吉訶德道：「你往下說吧。」

貝德羅師傅兩手捧著個劈開的查理曼大帝道：「這個大帝劈成兩半兒了，我要五又四分之一瑞爾不算多。」

桑丘說：「不少了。」

店主說：「也不多，抹掉零頭就算五個瑞爾吧。」

堂吉訶德說：「五又四分之一，照數給他。這番大禍的總帳上，不爭這四分之一瑞爾。貝德羅師傅趕緊吧，快吃晚飯了，我有點餓了呢。」

貝德羅師傅說：「這個沒鼻子的獨眼美人兒是梅麗珊德拉；我天公地道，要兩個瑞爾零十二文銅錢[6]。」

堂吉訶德說：「梅麗珊德拉和她的丈夫這會兒早已進了法蘭西國境。不然的話，準有魔鬼作祟了。我看他們騎的馬不是奔馳，簡直飛也似的。梅麗珊德拉如果一路順利，已經和她丈夫在法蘭西安安逸逸地享福了，你別掛羊頭賣狗肉，拿個燒掉鼻子的女人冒充梅麗珊德拉。但願上帝讓每個人都保住自己的財產；貝德羅師傅，咱們放穩了腳步，也放平了心。你再說下去吧。」

貝德羅師傅看出堂吉訶德頭腦顛倒，又把剛才演的故事當真了。他生怕堂吉訶德發了瘋又賴帳，忙說：

「這大概不是梅麗珊德拉，是她的侍女，賠我六十文銅錢我就很滿意了。」

他酌量著損壞的傀儡一一討價，由那兩位中間人公斷，賠款總數是四十又四分之三瑞爾；雙方都很滿意。桑丘當場付清了錢。貝德羅師傅另外還要兩個瑞爾作為他尋找猴子的酬勞。

堂吉訶德說：「桑丘，那兩個瑞爾給他就完了。那不是為了找猴兒，是為了潤喉嚨[7]。現在誰要能報我一個確切的喜訊，說堂娜梅麗珊德拉夫人和堂蓋斐羅斯先生已經回到法蘭西和家人團聚，我酬謝二百瑞爾也心甘情願。」

貝德羅師傅說：「要問這個消息，最好找我那猴兒，可是這會兒魔鬼也捉牠不到啊。照我估計，牠和我很親，今晚上牠肚子餓了，得回來找我。『天無絕人之路；明天再瞧吧。』[8]」

傀儡戲的一場風波就算平息，大家和和氣氣同吃晚飯。堂吉訶德很慷慨，這餐晚飯全是他會帳的。

天沒亮，運送長槍長戟的人先走了。天亮後，那位表親和那個小廝都來向堂吉訶德告別：表親回家鄉；小廝繼續趕路，堂吉訶德還資助了他十二個瑞爾。貝德羅師傅深知堂吉訶德這個人，怕和他再打交道，所以摸黑起身，帶著打壞的傀儡戲道具和他的猴兒，上路碰運氣去了。店主是不認識堂吉訶德的，瞧他瘋瘋癲癲，撒漫使錢，覺得很怪。桑丘照主人的吩咐從寬報酬了店主；

---

6　一瑞爾兌三十四文銅錢。

7　原文（no para tomar el mono, sino la mona）雙關，mona 指母猴子，也指醉鬼。此語可解為：「不是為了捉公猴子，是為了母猴子」，或「不是為了捉公猴子，是為了喝個爛醉」。

8　西班牙諺語。

他們辭別出門，大約是早上八點左右。讓他們走吧，咱們乘機且把這部歷史名著的來龍去脈交代一下。

# 第二十七章

## 貝德羅師傅和他那猴子的來歷；堂吉訶德調解驢叫糾紛，不料事與願違，反討一場沒趣。

這部歷史巨著的作者熙德・阿默德在本章開頭說：「我像真基督徒那樣發誓……」譯者解釋說：熙德・阿默德分明是摩爾人，他這句話無非表示自己發的誓就像真基督徒發的那樣可信。他是借此保證這部書是信史；而書上講貝德羅師傅和那隻名震大鎮小村的靈猴是何來歷，尤其千真萬確。熙德・阿默德接著說：這個故事的第一部裡，講到堂吉訶德在黑山釋放了一群囚徒，那夥為非作歹的壞蛋不知感激，反而恩將仇報；其中一個名叫希內斯・台・巴薩蒙泰，讀者想必記得。堂吉訶德曾把這人稱為「強盜小壞子希內斯」；桑丘・潘沙的灰驢就是他偷的。這故事的第一部付印時，印刷所疏忽，漏掉了他偷驢的時間、方法等細節。許多讀者摸不著頭腦，不知是印刷所的脫漏，只埋怨作者失枝脫節。其實希內斯是乘桑丘・潘沙騎在驢上打瞌睡，把那頭驢偷了。從前薩克利邦泰圍攻阿爾布拉卡的時候，布魯內洛設法從他兩腿中間牽走了他的馬匹；希內斯也用了同樣的辦法[1]。桑丘怎樣重獲灰驢，上文已經講過了。且說這個希內斯是法院要逮辦的逃犯，他犯案累累，案情重大，他自己記下來的就有厚厚一本書呢。他怕落法網，所以逃入阿拉貢境內[2]，用膏藥貼沒了左眼睛，靠演出傀儡戲過日子。演傀儡戲和變戲法都是他的拿手本領。

那隻猴子是土耳其釋放回國的基督徒賣給他的。經他訓練，一看到他的信號，就跳上他肩膀，在他耳裡竊竊私語，或者好像是竊竊私語。他到各村各鎮演傀儡戲，總帶著這隻訓練好的猴子；每到一處去，就千方百計從鄰近刺探那裡的新聞和個中人物，一一記在心上。他到了那地方，先演傀儡戲；戲目不一，都詼諧有趣，而且是大家熟悉的。演完戲，他就吹那猴子的本領，說牠知道一切過去和現在的事，只有未來不能預言。猴子每回答一個問題，他要討兩個瑞爾。他捉摸著問話的人是貧是富，有時候也肯減價。假如他知道某家出過什麼事，他到了那家去，儘管那家不想花錢請教猴子，他也對猴子發信號，然後說，猴子告訴他如此這般，所說的和實事分毫不差。因此他威信很高，到處受歡迎。他乖覺透頂，話答得很圓滑，往往恰說在筋節上。誰也沒追究過他那猴兒怎麼會通神，他就愚弄了人家，裝滿了自己的錢包。那天他一進客店就看見了堂吉訶德和桑丘；他既然認識這兩人，和客店裡其他人要嚇唬他們倆就很容易。不過，前一章裡堂吉訶德在斫殺瑪西琉國王並掃蕩那隊騎兵的時候，劈的那一劍如果下手再重些，貝德羅師傅就得賠上一條命了。

---

1 參看本書下冊，第四章。

2 塞萬提斯把接近阿拉貢山的拉·曼卻地區誤以為在阿拉貢境內。犯罪的人往往逃到阿拉貢去，因為那裡的刑法較寬。

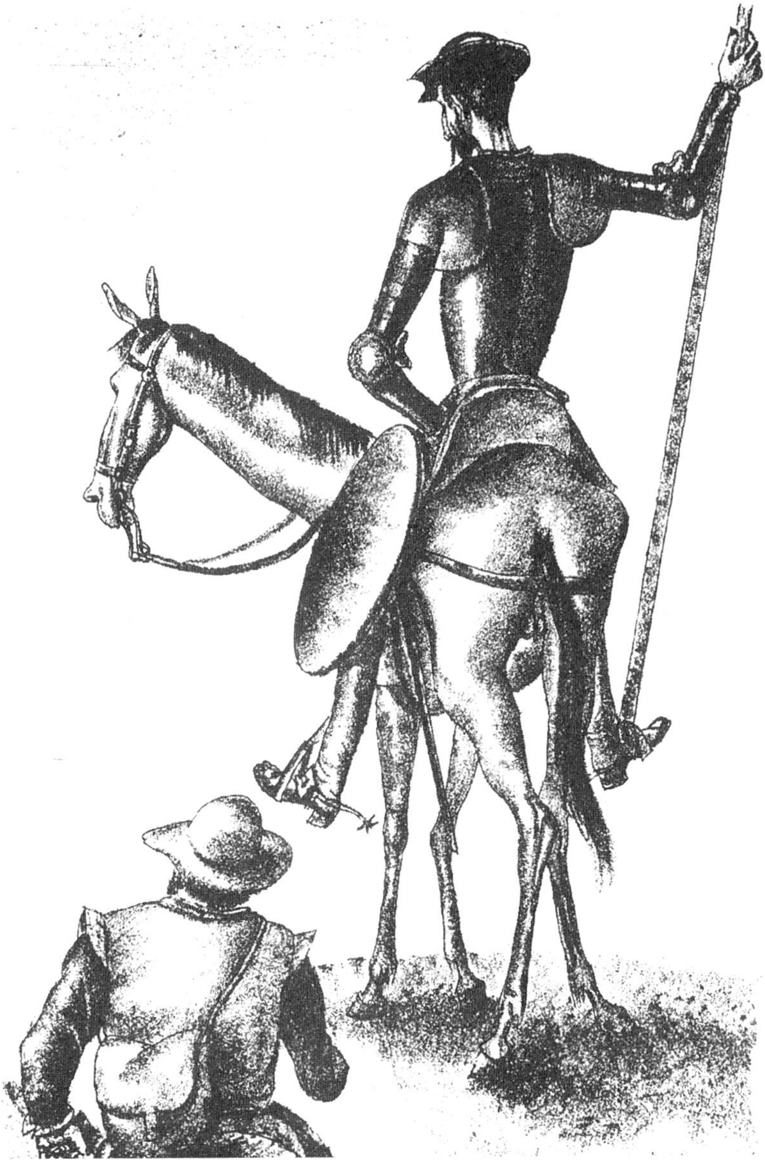

敘明了貝德羅師傅和他那猴子的來歷，言歸正傳。堂吉訶德出了客店，決計先到艾布羅河[3]兩岸鄰近觀光一番，然後再到薩拉果薩去，因為比武的日期還遠，盡有工夫一路遊賞。他打著這個主意，繼續登程，走了兩天，沒碰到值得記載的事。第三天，他正要走上一個山頭，聽得震耳的鼓角聲和槍聲。他以為是軍隊過境，就踢著駑騂難得上山去瞧瞧；到了山頂，看見底下一大堆人大約有二百多。他們拿著各種兵器，長槍呀、大弓呀、長戟呀、長柄斧呀、尖頭杖呀，還有幾支火槍和許多盾牌。他下山坡近前走了一段，看清了那些旗子的顏色，和上面的標幟。最醒目的是白緞旗上畫的一頭驢，和小種的真驢一般大，昂頭張嘴、吐出舌頭、伸著脖子叫呢，活像一匹真驢；周圍一圈大字，寫著兩句詩：

兩位市長學驢叫，
氣力並沒白費掉。

堂吉訶德就明白那群人是驢鳴鎮上的。他告訴了桑丘，還解釋了旗上的詩。他說：講那件新聞的人把學驢叫的兩人說成市政委員，其實不是的；據旗上的詩看來，他們都是市長。桑丘‧潘沙答道：

「先生，這沒關係，說不定那時候是市政委員後來又做了市長，因此兩個稱呼都行。況且學驢叫的是市政委員或市長無關緊要，只要是學過驢叫就是了，市長也罷，市政委員也罷，都可能學驢叫。」

乾脆說吧，主僕倆知道這是受嘲笑的鎮；因為鄰鎮的人把他們嘲笑得不像話，實在不能睦鄰相處了，所以結隊出來打架雪憤。

堂吉訶德就走近去。桑丘向來不喜歡參與這種事，心上捏著一把汗。那群人以為堂吉訶德是他們一面的人，隨他進了自己的部隊。堂吉訶德掀起護眼罩，從容不迫地直跑到畫驢子的旗底下。領隊的人見了他，也像一切初見他的人那樣覺得驚訝，都圍上來看他。堂吉訶德瞧他們只眼睜睜地瞪著自己，誰也不來招呼或詰問，就乘這個鴉雀無聲的當兒，朗朗地說道：

「各位好先生，我有一番話要和你們談談。請你們務必讓我講到底，不要打岔兒。要是聽不入耳，那麼，只須略有表示，我立刻封上嘴巴，箝住舌頭。」

那夥人都說他有什麼話請講吧，願意洗耳恭聽。堂吉訶德於是開言道：

「各位先生，我是一個游俠騎士；耍槍桿子是我的職業，扶弱鋤強、救危濟困是我的本分。前兩天，我聽說了你們那件沒趣的事，也知道你們為什麼時常向人動武，爭回自己的面子。我把你們那件事在心上深思熟慮，覺得按決鬥的法則，你們其實不能算是受了侮辱。任何一個人不能侮辱全鎮的人。如果為了叛國殺君的事向叛賊挑戰，而不知叛賊是哪一個，那就只好向敵方的全城或全鎮挑戰。譬如堂狄艾果・奧爾東內斯・台・拉摻吧，他不知道叛國殺君的只是維利多・多爾弗斯一人，就向薩莫拉全城挑戰[4]。照那個情況，報仇雪恥就成了薩莫拉全城居民的事。當

3 艾布羅河（Rio Ebro）發源於西班牙西北的康它布利加山嶺（Cordillera Cantabrica），向東流入地中海，薩拉果薩在阿拉貢境內的艾布羅河邊。

4 據傳說，西班牙國王桑丘二世一〇七三年被叛臣維利多・多爾弗斯（Vellido Dolfos）殺死在薩莫拉（Zamora）城下。堂狄艾果是桑丘二世手下的武士，也是親屬；他向薩莫拉全城挑戰報仇，發誓「不論老的、小的、死

然，堂狄艾果先生也過火了些，他挑戰的對方，包括已死、未生的人，甚至泉水、麵包等等都是他的冤家，那就太不合戰規了。可是也怪他不得，一個人盛怒之下，那條舌頭就像沖決了堤岸的洪水，就連自己的爸爸或師傅或鐵鉗子都管制不住。照我講的這番道理，哪一個人都不能侮辱一國、一省、一城、一鎮或一村。一個地方的居民以為受了某人的侮辱而去報復，大可不必，因為顯然他們沒受侮辱。小孩子和老百姓嘴裡的諢名和綽號不知多少呢：比如『鐘娘娘鎮』呀，『陶瓦罐兒的』呀，『種茄子的』呀，『捕鯨魚的』呀，『製肥皂的』呀[5]等等。如果以上哪一個地方的人聽到本地的諢號就跟人家拚命，那就夠瞧的！如果所有那些著名城市的居民都為些無聊的小事，一怒之下，都尋釁動武，揮刀舞劍，那可真夠瞧的了！那是怎麼也不行的，我勸你們千萬別那樣。明白事理的男子漢，井井有條的國家，只為四件事才該不顧生命財產，拿起武器奮戰。第一是保衛正教；第二是保衛自己的生命——這是人情天理；第三是保衛自己的名譽、家庭和財產；第四是在正義戰爭中為皇上效忠。假如我們要再加第五件，那就是保衛自己的國土；這也可以包括在第二件裡。這五件是最重要的；此外，我們為了某些正當合理的事也該拔劍爭鬥。可是細事小節只能一笑置之，算不得侮辱；為這些瑣屑動武就毫無道理了。況且冤冤相報，壓根兒是不合道義的；這種不合道義的舉動違反咱們信奉的聖教。咱們的聖教諄諄告誡：慈悲對敵，恩德報怨。這條誡律好像很難遵守，其實違誡的只有一種人：他們重人世而輕天界；不顧靈魂，只知肉體。耶穌基督是上帝，也是有血有肉的人；他從不撒謊。他立法垂訓說：『我的軛是軟和的，我的擔子是輕的』[6]，他絕不命令我們做辦不到的事。所以，各位先生，你們不論按照聖教的誡律或世間的規則，都該平心靜氣。」

桑丘聽了暗想：「我敢打賭，我這位主人準是什麼神學聖學家。即使不是，他和這種什麼家也就像兩個雞蛋似的一模一樣。」

堂吉訶德住嘴喘口氣，瞧大家靜悄悄地聽著，就想再講下去。可是桑丘乘主人休息唇舌之際，自作聰明，插嘴道：

「我主人堂吉訶德・台・拉・曼卻以前稱哭喪著臉的騎士，現在稱獅子騎士。這位紳士一肚子好學問，拉丁文呀、本國語呀，全都精通，就像大學裡的學士一樣。他這番教訓，都是以他頭等好戰士的身分說的；他對於決鬥的種種法則簡直滾瓜爛熟呢。我可以擔保，你們聽他的話就行，絕沒有錯兒。況且，他剛才不是說的嗎，聽人家學一聲驢叫就發火是很沒道理的。我記得小時候高興就學驢叫，誰也不管我。我叫得抑揚頓挫，維妙維肖；每學一聲驢叫，滿村的驢都跟著叫。可是我照樣兒還是我爹媽的兒子；我爹媽是很有體面的人哩！我這點本領招了我們村上好幾個頭面人物的嫉妒，不過我是滿不在乎的。我講的都是真話，可以當場叫給你們聽，因為這門學問和游水一樣，學會了一輩子忘不了。」

---

的、活的，田裡的野草、河裡的游魚，麵包、肉、水、酒，一概是他的對敵。」維利多曾見本書上冊，第二十七章。

5 「鐘娘娘鎮」（Pueblo de la Reloja）指塞維亞的艾斯巴底那斯鎮。因為西班牙文的「鐘」字（relojo）是陽性，相傳那個鎮上的居民要買一只女性的鐘（reloja），指望它生產出小鐘來。「陶瓦罐兒的」（cazoleros）指瓦利亞多利德人，因為那裡出產瓦罐兒。「種茄子的」（berenjeneros）指托雷多人，因為那地方出產茄子。「捕鯨魚的」（ballenatos）指馬德里人，相傳那裡曾有人把浮在河裡的馱鞍誤作鯨魚。「製肥皂的」（jaboneros）指塞維亞人，因為那裡製造肥皂。

6 引《新約》的〈馬太福音〉，第十一章第三十節。

他就一手捂著鼻子學了一聲驢叫，叫得非常響亮，震盪得四近都山鳴谷應。他身邊一人以為是嘲笑他們，就舉棍把桑丘·潘沙狠狠地打了一下。桑丘吃不住，從驢背倒栽下來。堂吉訶德看見桑丘吃了大虧，立刻舉槍向動手的人衝去。可是許多人攔在中間，沒法向那人回手。雨點似的石子一陣陣向他打來；數不盡的大弓和火槍都瞄著他。他一看情勢不妙，只好掉轉駑騂難得的轡頭拚命逃跑，一面至誠禱告上帝保佑他脫險，時時刻刻只怕背後飛來一顆子彈，身上打個透明窟窿。他跑一會兒還得喘息一下，瞧自己是否接得上氣。那隊人看他逃走，也就算了，並不向他開火。他們把剛甦醒的桑丘抬放在驢背上，讓他跟了主人跑。桑丘昏頭昏腦，管不了自己的驢；可是他那灰驢和駑騂難得是寸步不離的，自然會跟上去。堂吉訶德跑了好一段路，回頭看見了桑丘；他瞧沒人追趕，就站住等待。

那一隊人直守到天黑，敵方沒來應戰，他們就欣欣喜喜地回鎮。他們如果知道古希臘風俗，準要在那裡建一座勝利紀念碑呢。

# 第二十八章

## 作者貝南黑利說：細讀本章，自有領會。

勇士逃跑，總因為發覺了敵人的毒計，聰明人寧可留著性命，更待良機。堂吉訶德正是證實了這個道理。他瞧那群人氣勢洶洶，用意不善，就轉身沒命的逃跑，竟把桑丘拋在腦後，不顧他的死活。他跑了老遠，認為已經脫險，才勒住馬。桑丘橫臥驢背，在後跟隨，已見上文。他追上主人的時候已經清醒；他滾鞍下驢，伏在駑騂難得腳邊，狼狽不堪。堂吉訶德下馬看他受的傷，發現並沒有殘損肢體，就責備他說：

「桑丘，你會驢叫真是倒足了楣！在絞殺犯家裡大談其繩子[1]，有這個理嗎？驢叫的音樂用棍子指揮，不是正合適嗎？桑丘啊，你還該感謝上帝，他們只拿棍子揍你一下，沒用短劍在你臉上畫個十字[2]。」

桑丘答道：「我透不出氣，沒勁兒回答。咱們騎上牲口快走吧；我以後再也不學驢叫了。不

1 西班牙諺語「在絞殺犯家裡不該提到繩子」，見本書上冊，第二十五章。

2 十六、十七世紀西班牙流氓打架，往往在對方臉上切個十字。

過有句話我還是要說的：有些游俠騎士把忠實的侍從撇給敵人去搗成泥、舂成粉，自己卻逃走了。」

堂吉訶德答道：「退卻不是逃走。我告訴你，桑丘，勇敢而不謹慎，就是魯莽；莽夫成功多半靠運氣，不靠勇氣。我承認自己是退卻，但不是逃走。許多勇士逃了性命，捲土重來；我是學他們的樣。歷史上這種例子多的是，我這會兒懶得講，一來你聽了毫無用處，二來我也沒這個興致。」

桑丘這時已經由堂吉訶德扶上灰驢，堂吉訶德自己也騎上駑騂難得。他們望見四分之一哩瓦外有個白楊樹林，兩人就慢慢地向那樹林走去。桑丘倒抽著氣一聲聲「哎唷」、「哎唷」叫痛。堂吉訶德問他怎麼回事，他說，從屁股之上到脖子之下痛成一片，簡直痛得發暈。

堂吉訶德說：「你這麼痛，不用說，準是揍你的那根棍子長得很，一棍子打下來，你整條背脊都挨著了；要是打著的地方再寬些，你還痛得厲害呢。」

桑丘說：「唷！多虧您一說，我才恍然大悟！您一句話就把事情講明白了！我的媽呀！那一棍子打著的地方處處都痛，還要您講了我才明白！那麼道理深奧呢！假如我痛在兩腳踝上，也許得捉摸個緣故；可是我哪裡挨打哪裡痛，還用捉摸嗎？老實說吧，我的主人啊，『別人的痛苦，一根頭髮絲都掛得住』[3]。我一天比一天明白了，跟您在一起是沒什麼指望的。這回您讓我挨打，下一回、再下一百回，您又會讓我像從前那樣給兜在毯子裡拋，或者受別的捉弄。這回是打在我背上，下回會打在眼睛上。我實在是個糊塗蛋，一輩子沒出息！要不，我另打主意好多著呢！我要是回老家，到老婆孩子身邊去，靠上帝的恩典養家活口，可不是好多著嗎？我卻跟著您荒野裡東奔西走，喝涼水，吃苦飯；至於睡覺呢，侍從老哥啊，你量下七尺地，如果不夠，再加七尺，要多寬都由你，有的是泥土地！從前的游俠騎士都是傻瓜蛋！誰是第一個游俠騎士——至少誰第一個跟著這種騎士當侍從的，我但願他活活地燒死！直燒成枯炭！現在的游俠騎士，我沒話說，得尊敬他們呀！您不就是一個嗎！而且我也知道，您不論嘴裡說、心裡想，魔鬼都比不上您聰明！」

堂吉訶德道：「桑丘，我拿穩可以和你打個賭，你這會兒暢著嘴巴說個痛快，身上哪兒都不疼痛了！兒子啊，你想說什麼就說吧，只要你疼痛全消，我聽了你這派混話生氣也情願。你既然一心想回家和老婆孩子團聚，上帝也不容我阻擋你。我的錢就在你手裡，你估計咱們出門多久，你每月該有多少工錢，自己扣吧。」

桑丘答道：「您和參孫學士的父親多梅·加爾拉斯果不是很熟嗎？我在他家做幫工的時候，每月賺兩個杜加[4]，還管飯。我不知道跟了您能賺多少，不過我知道當游俠騎士的侍從比幹農活兒辛苦。真的，農活兒不管多累、多苦，我們晚上總有沙鍋雜燴吃，總在床上睡覺；我伺候了您就沒在床上睡過覺。我在堂狄艾果·台·米朗達家舒服了幾天，靠卡麻丘肉鍋裡的油水吃了個足，在巴西琉家又吃又喝又睡大覺，除此之外，我總是露天睡在硬邦邦的泥地上，受盡大熱大冷、風吹雨打的種種苦頭，吃的是乾奶酪的邊皮和麵包頭兒，喝的是野裡路邊的溪水泉水。」

堂吉訶德說：「桑丘，你說的都對。我該比多梅·加爾拉斯果給的再加多少，你說吧。」

桑丘說：「我看，您一月再加我兩個瑞爾，我就很上算了。這是工錢。還有您答應我的海島

---

3 西班牙諺語，意思說把別人的痛苦看得很輕。

4 在塞萬提斯的時代，一杜加合十一瑞爾。

總督呢，您得再賠我六個瑞爾；一起是三十瑞爾。」

堂吉訶德答道：「好得很啊，咱們出門二十五天，桑丘，你就照自己定的工錢算吧，欠你多少，我已經說過，你自己扣下得了。」

桑丘說：「唷！我的媽！您這筆帳算得大有出入呢。要賠我那個海島，得從您答應我的那一天算起。」

堂吉訶德說：「那麼桑丘，我答應了你多久呢？」

桑丘答道：「我記得足有二十年再加三天左右。」

堂吉訶德在自己腦門子上拍了一個大巴掌，哈哈大笑道：

「我出入黑山以來，或者從咱們一次次出門到今，還沒滿兩個月，桑丘，你怎麼說那海島已經許了你二十年呢？我這會兒明白了，你是想把我交給你的錢都算你的工錢一口吞掉。你要真有這個心，我馬上全部奉送，但願你拿了大有好處。我只要能甩掉你這麼個糟糕的侍從，儘管窮得沒一個鏰子也甘心。你這個不守騎士道的傢伙，我問你，哪有游俠騎士的侍從向主人計較每月加多少工錢的？你讀到過嗎？你這個十足的流氓、混蛋！游俠騎士的故事浩如煙海，你去讀讀吧！讀讀吧！你這句話如有哪個侍從說過、想過，我就讓你釘在我腦門子上[5]，再彈我四下鼻子[6]！你掉轉灰驢兒回老家吧！從今起再也不要你跟我了！嗐，我的飯是白扔掉的！大好前程許了不知好歹的人！當你是人，你哪有一分靈性呀？這會兒我正要抬舉你，叫人家不管你老婆怎樣也得稱你一聲『大人』，你卻要辭我回去了！我正打定了千穩萬妥的主意，要讓你在全世界最好的海島上做總督，你卻要走了！這就應了你自己常說的話：『蜜不是餵驢的。』[7]你現在就是一頭驢，將來也是一頭驢，到死還免不了是一頭驢！我看你呀，到死也不會知道自己是個冥頑不靈的畜生！」

桑丘白瞪兩眼，聽著主人臭罵懊悔得眼淚直流。他放低嗓子顫聲說：「我的主人啊，您說得不錯，我是驢子欠一條尾巴。您要給我安上一條，就恰好合適。我願意一輩子像驢似的伺候您。您饒恕我，可憐我不懂事；您想想，我知道什麼呢？我多說多話也只是糊塗，並不是安著壞心。反正『有錯知改，上帝所愛』[8]。」

「桑丘啊，你要說話不夾成語才怪呢！好吧，我原諒你，可是你得改過，別再這樣專愛打小算盤；該心胸寬大些。我許你的海島儘管不在眼前，卻是很有把握的；你鼓起勁兒來等著吧。」

桑丘說，他儘管沒勁兒，也要硬掙著聽主人的話鼓起勁來。

他們說著話跑進了白楊樹林。樹雖然沒有手，卻有腳；堂吉訶德去躺在一棵榆樹腳下，桑丘去躺在一棵櫸樹腳下。一夜來，桑丘很苦惱，因為露水重，棒瘡受了潮濕越發疼痛；堂吉訶德只在想念情人。不過兩人都還睡著了。天亮他們又尋路向著名的艾布羅河岸走去。他們在那裡遭遇的事下一章敘述。

5 西班牙成語，「請把某一件東西釘在我腦門子上」表示絕沒有那件東西。

6 彈鼻子（mamonas selladas）表示輕侮，用左手中指扳起右手食指，把右手其餘四指按在對方臉上，然後放開左手中指，讓右手食指彈在對方鼻子上。

7 西班牙諺語。

8 西班牙諺語。

# 第二十九章

## 上魔船，冒奇險。

堂吉訶德出了白楊樹林，走一程，又一程，到艾布羅河邊[1]。兩岸風光明媚，河水溶溶，又清澈，又悠緩，像流動的水晶。堂吉訶德看著心曠神怡。這一派景色勾起他無限情思。他只願把蒙德西諾斯地洞裡的見聞反覆回想。雖然貝德羅師傅的猴子說那些事真假參半，他只覺全是真的，不像桑丘認為都是假的。他一路走去，忽見一艘小船拴在河邊樹上；船上空空的，連槳都沒有。堂吉訶德四望不見一人，立即不問情由，下了駑騂難得，吩咐桑丘也下驢，把兩頭牲口一起牢牢拴在那裡的楊柳樹上。桑丘問他為什麼忽然下地，又要把牲口拴上。堂吉訶德說：

「我告訴你，桑丘，我千拿萬穩，準有騎士或什麼貴人落了難，情勢危急；這艘小船是邀我乘了去援救的。騎士傳記裡，魔法師顯身手常幹這類事。如果騎士遭了難，需要別的騎士營救，他們倆之間儘管遠隔二三千哩瓦，甚至還不止，魔法師用一朵雲或一艘船，一眨眼就從空中或海上把救星送到落難者所在的地方。桑丘啊，這艘船泊在這裡，顯然就是這個緣故，一清二楚，千真萬確。你別耽擱，快把灰驢和駑騂難得拴在一起，咱們照上帝的指引出發吧。即使赤腳修士求我別上船，我也不會聽他的。」

桑丘答道：「我也不知道該不該說您又發瘋；不過您既然這麼說，您又到處愛幹這種事，我只好低頭服從。老話不是說嗎：『吃主人的飯，照他說的幹。』可是我要不老實說，心上不安所以我得告訴您：照我看，這艘船不是魔船是漁船，因為這條河裡的鰽白魚是世界上最呱呱叫的。」

桑丘說著話已經把兩頭牲口拴好；他得把牲口撇給魔法師照管，心裡非常懊喪。堂吉訶德說：拋下這兩頭牲口不用擔憂，路遠迢迢，放船接他們的人會當心餵養。

桑丘說：「什麼『遠條條』？我一輩子也沒聽說過這個話。」

堂吉訶德說：「『路遠迢迢』就是離這兒很遠的意思，你不懂，怪不得你；你又沒冒充通文，誰也不會責備你。」

桑丘說：「牲口都拴好了，咱們這會兒怎麼辦？」

堂吉訶德答道：「怎麼辦？畫個十字起錨啊[2]——就是說，咱們上船去，把船纜割斷。」

他帶領桑丘一起上了船，割斷船纜，那船就悠悠蕩蕩地漾開去。桑丘瞧離岸將近兩哩瓦，就渾身發抖，怕翻船淹死；他聽到灰驢叫、看到駑騂難得要掙脫繩子，尤其難受。他對主人說：「灰毛兒瞧咱們走了，傷心得直叫號；駑騂難得想脫身躥到河裡來跟咱們。哎，親愛的朋友們，你們安安靜靜待著吧！我們一時發瘋，離開了你們；但願過一會兒心地明白，就會回來！」

---

1　據堂維森德·台·洛斯·李歐斯（Don Vicente de los Rios）在《堂吉訶德行程梗概》（*Plan cronológico del Quixote*）裡指出，從演傀儡戲的客店到艾布羅河邊，如果路上走五天，每天至少得走十四哩瓦，遠非駑騂難得和灰驢腳力所及。兩天是決計走不到的。但塞萬提斯一向不拘細節。

2　舊時代的迷信，每開始做一件事，先畫個十字。

他說著悲悲切切哭起來。堂吉訶德不耐煩，生氣說：

「你這膿包，怕什麼呀？你的心是奶油做的嗎？哭什麼？真是膽小如鼠，難道誰在迫害你嗎？你身在福中不知福，還不知足呢！你又不是在黎斐阿斯[3]山嶺裡赤腳步行，你卻是在水波清澈的河上，像一位大貴人似的安坐在船舷上，轉眼就出海去了。可是咱們一定早已出海，至少已經走了七八百哩瓦。如果我這兒有儀器測量一下北極的角度，就知道走了多少路。不過平分南北極的赤道線如果還沒經過，準也快要到了；我要是估計得不對，就是大外行！」

桑丘問道：「咱們到了您說的那個赤豆兒線上，就是走了多遠的路呢？」

堂吉訶德答道：「很遠囉。因為照最偉大的著名宇宙學家多羅美[4]的核計，整個有水有陸的地球分作三百六十度；咱們到了赤道線就是走了一百八十度。」

桑丘說：「啊呀，您引證的名人多體面呀！什麼塗了蜜的什麼雞，什麼芋頭學家。」

堂吉訶德聽桑丘把多羅美的名字和核計都聽錯了，忍不住大笑。他說：

「桑丘，我告訴你，船一過赤道線，船上每人身上的虱子就死光了，即使金子換虱子，等重抵價，滿船也找不出一個活虱子。從加的斯上船到東印度群島去的西班牙或別國人，憑這個徵象也可以判定自己是否過了赤道線。所以，桑丘啊，你只要摸摸自己腿上有沒有活東西，咱們就心中有數，如果摸不到，就是已經過赤道了。」

桑丘答道：「這套話我一句也不信。反正您怎麼吩咐，我照辦就是。可是何必這樣試驗呢？我明明看見咱們離岸不過五瓦拉，兩頭牲口就拴在上游兩瓦拉的地方，駑騂難得和灰毛兒還在原處呀。我現在這樣瞄著岸看去，我可以發誓，咱們走得比螞蟻還慢呢。」

「桑丘，你聽我的話試驗一下，別的甭管。有些東西你是不懂的：什麼兩分兩至圈呀、經線呀、緯線呀、黃道帶呀、黃道呀、南北極呀、兩至呀、兩分呀、行星呀、十二宮呀、方位呀，以及天地兩儀的度數呀等等；你要是都懂，或者懂得一點，那麼，咱們現在交了緯線幾度，看到了十二宮的哪一宮，經過了哪幾個星座，正行經哪個星座，你都能一清二楚。我還是叫你自己身上摸索一下；我看你準比光潔的白紙都乾淨了。」

桑丘就自己摸索；他輕輕探手到左大腿彎子裡，抬頭望著主人說：

「這試驗靠不住吧？要不，就是您說的那地方還沒到，差著好多哩瓦呢？」

堂吉訶德問道：「怎麼？你摸到什麼了？」

桑丘答道：「不少呢？」

他彈著指頭，把一隻手全浸在河裡。當時水勢不急，那小船不用魔力或魔法師暗中推送，順著水勢向河心飄浮。

他們忽見河面上有幾座高大的水力磨房[5]。堂吉訶德忙喊桑丘說：

「朋友啊，你看見前面那座城堡嗎？魔法師送我來援救的人——不知是受困的騎士，還是落難的王后、公主、王妃，一定就關在裡面呢。」

---

3　黑海北部的山嶺。

4　多羅美（Claudius Ptolomeo），古希臘宇宙學家，生於第二世紀，創天動論，認為地球是宇宙的中心，天動而地不動。波蘭宇宙學家哥白尼（Copernic, 1473-1543）的太陽中心論推翻了天動論。堂吉訶德顯然沒聽說過這個新學理。

5　艾布羅河裡有很多浮泊水面，利用水力的磨房。

桑丘說：「先生，您說什麼見鬼的城堡呀？您沒看清那是磨麥子的水力磨房嗎？」

堂吉訶德說：「桑丘，住嘴吧，儘管看著像磨房，其實並不是。魔法師會叫東西變樣，我已經跟你講過了；不是把東西真的變了，只是叫人看著好像變了。我親眼看見我日夜思念的杜爾西內婭變了相，所以領會到這一層。」

這時小船已經流到河中心，不像先前走得慢了。磨房工人看見一艘小船順流而來，馬上就要捲進水車輪子攪出來的急湍裡去，大家忙拿了長棍出來攔擋。這一群麵粉人兒臉上、衣上蒙著一層白，形狀可怕。他們大喊道：

「你們這兩個冒失鬼！你們到哪兒去呀？不要命了嗎？你們要幹什麼？要投河自盡，讓這些輪子打成一塊塊嗎？」

堂吉訶德就說：「桑丘，我沒錯吧？這裡就是等著我來大顯身手的地方！瞧瞧出來的這些強徒！好一群妖怪啊！多可怕的嘴臉呀！……哼！叫你們一個個混蛋睜開眼睛瞧瞧吧！」

他就站起來對磨房工人厲聲喝道：

「你們這群壞心眼兒的混帳東西別打錯了主意！你們把誰關在堡裡、下在牢裡了？不管他是怎麼樣的人，貴族也罷，平民也罷，馬上給我放出來！我是堂吉訶德・台・拉・曼卻，別號獅子騎士，上天特地派我救人來的。」

他說著就拔劍向磨房工人揮舞。他們聽了他那套瘋話莫名其妙，只顧用長棍子去攔那小船；船已經流到輪與輪間的洶湧的急渦裡去。

桑丘眼看情勢危急，雙膝下跪，懇求天保佑他脫險。天果然保佑了他。磨房工人手段又穩又活，用棍子抵住了小船；不過還是免不了船底朝天，把堂吉訶德和桑丘都翻下水去。堂吉訶德還好，他像鵝一樣會游水，只是身上的盔甲重，兩次帶累他沉下去；要不是磨房工人們躥進河裡把兩人拖上來，主僕倆就送命了。他們上了岸，渾身濕透，也解盡了渴。桑丘忙跪著合掌望天，誠心禱告了一大通，求上帝保佑他，從此不再受主人胡鬧的帶累。

這時幾個漁夫跑來——他們是小船的主人，一看船已經給水車輪子撞得四分五裂，就扭住桑丘要剝他的衣服，又要堂吉訶德賠錢。堂吉訶德沒事人兒一樣，靜靜地說：船破了他願意賠，可是他們得立即釋放堡壘裡關著的人，不論是一個或幾個。

一個磨房工人道：「你這瘋子說的什麼人、什麼堡壘呀？難道你要把跑來磨麥子的人帶走嗎？」

堂吉訶德心上暗想：「罷了，要叫這群混蛋幹一點好事，好比沙漠裡說教。當前準有兩個本領高強的魔法師在鬥法呢：這個要幹的事，那個阻撓；這個派船接我，那個就把船打翻。這事只求上帝幫忙吧；因為全世界都是鉤心鬥角、互相箝制，我能力有限，毫無辦法了。」

他望著磨房大喊道：

「關在監獄裡的朋友們，我不知你們是誰，可是我請你們原諒：我倒了楣，你們也只好倒楣，我救不了你們了；你們等待別的騎士吧。」

他說完和那幾個漁夫講妥，付五十瑞爾賠他們的船。桑丘交了錢滿不情願，嘀咕說：

「再這麼乘兩次船，咱們的錢包就空了。」

漁夫和磨房工人看著這兩個怪人很詫異，也不懂堂吉訶德對他們嚷的和問的話是什麼用意。他們料想是兩個瘋子，就撇下他們；工人回磨房，漁夫回家。堂吉訶德和桑丘返回他們的牲畜那裡，又去過他們牲畜一般的生活。上魔船的冒險就此結束。

# 第三十章

## 堂吉訶德碰到一位漂亮的女獵人。

主僕兩人垂頭喪氣，回到他們的牲口那裡。桑丘尤其懊惱，因為動了他錢袋裡的老本兒，就動了他的命根子；花掉一文本錢，彷彿是挖掉他的眼珠子。他們終於默默地上了坐騎，離開那條大河。一路上堂吉訶德只顧想念情人，桑丘卻在盤算怎樣發財得意，只覺得前途渺茫。他傻雖傻，卻看透主人的行為簡直全是瘋瘋癲癲的。他打算等待機會溜之大吉，自回老家去。可是他有他的打算，命運卻另有安排。

第二天夕陽西下，他們剛走出一簇樹林，堂吉訶德舉眼看見前面一片綠草地，草地盡處聚著一群人，走近才看出是放鷹打獵的。他更向前走，看見裡面有一位漂亮的貴夫人，乘一匹雪白的小馬，馬上的鞍轡都是綠色，側坐的馬鞍是銀的。那女人自己也穿一身綠，打扮得華麗非常，高貴無比。她左臂擎一隻蒼鷹，堂吉訶德因而料想她不是尋常人，想必是那群獵人的主子。他料得確是不錯。當時他對桑丘說：

「桑丘兒子，你過去對乘馬擎著蒼鷹的夫人說：我獅子騎士向她尊貴的美人行吻手禮；請她讓我親自過去致敬，盡力伺候她，聽她使喚。桑丘，你得好好兒說，留心別扯上你那些成語老話。」

桑丘答道：「我會扯上嗎！這還用吩咐！真是的，向貴夫人小姐們傳話，我也不是第一遭！」

堂吉訶德說：「你不過向杜爾西內婭小姐傳過一遭話，還有第二遭嗎？至少我沒有再派遣過你。」

桑丘答道：「不錯啊，可是『還得了債，不心疼抵押品』，『富家的晚飯說話就得』[1]。這就是說：我呀，不用叮囑，自己都會，什麼都懂得一點。」

堂吉訶德說：「桑丘，你這話大概是不錯的。好好兒去吧，上帝指引你。」

桑丘趲著灰驢跑得非常快。他趕到漂亮的女獵人那裡，下驢跪在她面前說：

「漂亮的夫人啊，前面那位騎士是我主人獅子騎士；我是他的侍從，家裡叫我桑丘・潘沙。那位獅子騎士不久前也稱哭喪著臉的騎士，他叫我向您稟告：他一心想來伺候您這位尊貴美麗的夫人——他是這麼說的，我也這麼想的；您要是肯接受他這份兒情意，不但您自己面上增光，他承您賞臉，也就非常得意。」

那位夫人答道：「好侍從，你這個口信傳得真是禮貌周全。請起來吧；哭喪著臉的騎士在我們這裡很有名；你是這位偉大騎士的侍從，不該跪著。起來吧，朋友，請你告訴你主人，我們夫婦、公爵和我歡迎他到我們這兒的別墅裡來。」

桑丘站起身，瞧這位貴夫人又美麗、又客氣，覺得很驚訝，尤其可怪的是聽說她知道自己的主人哭喪著臉的騎士，她沒稱他獅子騎士；想必因為那是新近才起的。這位不知是什麼封號的公

1 兩句都是西班牙諺語。

NARRO 51

爵夫人又說：

「侍從老哥，我問你：現在出版了一部《奇情異想的紳士堂吉訶德・台・拉・曼卻傳》，書上講的不就是你主人嗎？他不是有個意中人名叫杜爾西內婭・台爾・托波索嗎？」

桑丘答道：「是啊，夫人，那就是我的主人呀。按說，書裡還有個侍從叫桑丘・潘沙，那就是我；除非我在搖籃裡給換掉了——我意思說，除非那本書付印的時候改掉了。」

公爵夫人說：「我聽了你這些話頂高興，桑丘老哥，你去跟你主人說：他到這兒來我們歡迎得很，使我喜出望外。」

桑丘聽到這麼和悅的答覆，興匆匆地回去向主人一一轉達，又用村言俗語，把這位貴夫人多麼美麗、多麼和藹有禮大吹大捧了一通。堂吉訶德就抖擻精神，踩穩了腳鐙，戴好護眼罩，踢著駑騂難得，斯斯文文地趕去吻那位公爵夫人的手。公爵夫人已經請了她丈夫過來，把堂吉訶德叫桑丘傳的話告訴了他。他們夫婦讀過堂吉訶德故事的第一部，知道這人瘋頭瘋腦，急要認認他，都興高采烈地在那裡等著。他們打算迎合他的心意，隨他說什麼都順著他。騎士小說他們也讀過，而且很喜歡；他們準備按這種小說裡招待游俠騎士的禮節來招待這位客人。

這時堂吉訶德掀著護眼罩已經跑來。桑丘瞧他要下馬，忙下驢去給他扶住鞍鐙，可是偏偏一腳絆在鞍旁的繩裡，怎麼也甩脫不開，倒掛著摔了個嘴吃屎。堂吉訶德下馬向來要人扶著鞍鐙，以為桑丘在那兒扶著呢。一歪身就要下馬；那鞍子想必沒縛好，隨著也歪過來，他連人帶鞍都跌在地上。他不勝羞愧，齒縫裡喃喃咒罵桑丘——那倒楣蛋一腳還套在足鐐裡呢。公爵吩咐手下那些打獵的去援救騎士和侍從。他們扶起堂吉訶德，他摔得很狼狽，一瘸一拐地強掙著要去向兩位貴人下跪。可是公爵怎麼也不答應，反自己下馬去擁抱堂吉訶德，一面說：

「哭喪著臉的騎士先生，我很抱歉，您到了我這兒頭一件事就這麼倒楣；可是侍從粗心大意，往往引起更糟的事呢。」

堂吉訶德答道：「公爵大人，我能見到您是大好運氣，絕不倒楣；即使掉進深坑，我乘著和您相見的那股喜氣也會騰身出來。我這個該死的侍從只會掉弄舌頭說混話，要拴穩個馬鞍子就不行。可是我無論摔倒了或爬起來了，無論站在地上或騎在馬上，我總是為公爵大人和公爵夫人效力當差。她是美人的魁首，高貴的榜樣，真不愧為您的夫人！」

公爵說：「且慢啊，堂吉訶德・台・拉・曼卻先生，世界上有堂娜杜爾西內婭・台爾・托波索小姐，就不該稱讚別的美人。」

桑丘・潘沙已經甩脫腳上的繩子，正站在旁邊；他不等主人答話，搶先說道：

「我們的杜爾西內婭・台爾・托波索小姐實在是美極了，這是沒有第二句話可說的。可是『意料不到的地方會躥出一頭野兔來』[2]。我聽說造化像陶匠那樣，造了一件美的東西，就能照樣造兩件、三件、一百件。我說這話呀，因為我們公爵夫人和杜爾西內婭・台爾・托波索小姐真不相下上。」

堂吉訶德轉向公爵夫人說：

「尊貴的夫人，您瞧瞧，天下沒一個游俠騎士的侍從比我這侍從更多話、更逗樂的。如果您貴夫人讓我在您眼前當幾天差，您就知道我這話是千真萬確的。」

公爵夫人答道：

「要是好桑丘還逗樂兒，我就另眼相看了。因為可見他很聰明。堂吉訶德先生，您知道，笨人不會逗樂打趣。好桑丘能逗樂、有風趣，我就知道他是聰明的。」

堂吉訶德補充說：「還愛說話。」

公爵說：「那就更好了，一肚子俏皮，三言兩語說不盡。咱們別耽擱了，請偉大的哭喪著臉的騎士……」

桑丘說：「尊貴的先生，您該稱獅子騎士；現在沒有哭喪著的臉兒了，那臉兒是獅子的了。」

公爵道：

「那麼請獅子騎士先生到我們這兒的堡壘裡去，我和公爵夫人一定按他高貴的身分，用我們經常款待游俠騎士的禮數來款待他。」

桑丘這時已經把駑騂難得的鞍子縛妥。堂吉訶德騎上駑騂難得，公爵騎上他那匹漂亮的馬，兩人讓公爵夫人走在中間，並轡向別墅跑去。公爵夫人叫桑丘緊跟她走，因為聽著他的妙談非常有趣。桑丘不用邀請，夾在他們中間，還插嘴講話，逗得公爵夫婦很樂。他們覺得真是有緣，能把這樣一對游俠的騎士和遊蕩的侍從請到他們別墅裡去。

2 西班牙諺語。

許多大事。

# 第三十一章

桑丘估量自己贏得了公爵夫人的寵愛，滿心歡喜。他向來貪舒服，料想公爵府裡的款待一定不輸堂狄艾果家和巴西琉家。他只要有得享受，絕不放過。

據記載，公爵搶先回府，吩咐家人怎樣接待堂吉訶德。堂吉訶德隨公爵夫人剛到門口，裡面就出來兩名小廝，都披著齊腳面長的深紅緞袍，像起床穿的便服。他們把堂吉訶德抱下馬，悄悄在他耳裡說：

「尊貴的先生，您去抱我們公爵夫人下馬吧。」

堂吉訶德就去抱公爵夫人下馬，彼此謙讓了一大通。公爵夫人堅不答應，非要公爵抱她才肯下馬，說區區不足道的人萬不敢勞累這位大騎士。後來還是公爵出來抱了她下馬。他們一進大院，裡面又出來兩個漂亮姑娘，拿著一件貴重的猩紅大氅給堂吉訶德披在肩上。大院四周圍的遊廊上一立刻擠滿了男女家人，他們高聲喊道：

「歡迎天下第一號的游俠騎士！」

大家都拿著成瓶的香水向堂吉訶德和公爵夫婦身上灑。堂吉訶德身當此境，又驚又喜；他這才第一次心上踏實。確信自己真是游俠騎士而不是虛想的了，因為他受到的款待，和他書上讀到的古禮一模一樣。

桑丘不顧灰驢，緊跟著公爵夫人進了別墅。可是他把驢子孤零零地撇在外面又很不放心，看到迎接公爵夫人的僕婦群中一位頗有身分的傅姆，就跑去低聲對她說：

「您是貢薩雷斯夫人吧？對不住，我不知道您的尊姓大名……」

那位傅姆答道：「我叫堂娜羅德利蓋斯・台・格里哈爾巴。兄弟，你有什麼吩咐？」

桑丘答道：「勞您駕出大門跑一趟；我把一頭灰毛驢撇在那兒了，麻煩您叫人送牠馬房裡去，或者您自己送去也行；那小可憐兒膽子小，一點兒受不得孤單寂寞。」

傅姆答道：「假如主人和傭人一樣的頭腦，我們真是交上好運了！但願你們主僕倒盡了楣去你的，兄弟，照管你那驢兒去吧；我們這兒當傅姆的沒幹過這活兒。」

桑丘答道：「可是我老實告訴您，我主人滿肚子典故；我聽他背誦過朗塞洛特的故事，說是：

他剛從不列顛到此，
傅姆照料他的馬匹，
他自己有夫人們服侍。

朗塞洛特先生的馬匹要和我那頭驢對換，我還不肯呢。」

1 西班牙住宅的大院四周，往往有一層或二層遊廊。

傅姆說：「兄弟，你要是個油嘴，等有了聽客，找到主顧，再賣你的俏皮；我只能給你個無花果[2]。」

桑丘答道：「那可好啊！您那無花果準是爛熟的！假如數著年紀賭輸贏，您反正輸不了。」

傅姆火氣直冒，說道：「這婊子養的！我多少年紀，我會向上帝交代，和你什麼相干？你這個一肚子大蒜的混蛋！」

她嚷得公爵夫人也聽見了。公爵夫人轉臉看見傅姆氣得發抖，眼睛都紅了，就問她跟誰吵。

傅姆說：「跟這傢伙呀。他的毛驢兒在大門外，巴巴地叫我把驢送到馬房去，還引經據典說，不知什麼地方有這規矩，夫人們伺候一個什麼朗塞洛特，傅姆照料他的馬匹。這還不夠，末了竟說我上年紀了。」

公爵夫人說：「這話太氣人了。」

她就對桑丘說：

「桑丘朋友，你該知道，堂娜羅德利蓋斯很年輕，她披著頭巾是她有身分，也是行得這樣，並不是因為上了年紀。」

桑丘答道：「我要有那意思，叫我下半輩子沒好日子過！我不過因為實在的心疼我那灰驢兒，覺得堂娜羅德利蓋斯夫人心腸最好，託她照管就可以放心。」

這番爭吵堂吉訶德全聽見，就對桑丘說：

2　歐洲的風俗，「給一個無花果」是握著拳頭，把大拇指從食指和中指的縫裡透出一點，然後把這個拳頭向對方揚揚，這是一個侮辱輕蔑的姿態。

「桑丘，你這些話也配在這裡講呀？」

桑丘說：「先生，一個人不管在哪兒，要什麼總得說啊。我在這裡想起灰驢，就在這裡講牠；假如在馬房裡想起，就會在馬房裡講。」

公爵說：「桑丘很有道理，不能怪他。灰驢有人餵，桑丘儘管放心；他的驢和他本人一樣不會受怠慢。」

這些話，除了堂吉訶德，大家聽了都很樂。大家說著話到了樓上，把堂吉訶德讓進客廳；裡面掛著非常華麗的錦緞帷幔，六個年輕姑娘伺候堂吉訶德脫掉盔甲。公爵夫婦要讓堂吉訶德覺得人家是按他游俠騎士的身分款待他，已經教了她們該怎樣伺候。堂吉訶德脫掉盔甲，只穿著緊身的褲子和麂皮上衣。他又瘦又高又細溜，兩片臉頰彷彿在口腔裡接吻似的。伺候他的那幾個姑娘看著他那副模樣，要不是男女主人反覆告誡在先，準會笑破肚皮。

她們要堂吉訶德脫光了換襯衣，他卻堅不答應。他說，游俠騎士不該失禮；就像不該膽怯一樣，不過他說，不妨把襯衣交給桑丘。他帶著桑丘躲進一間講究的臥室，脫換了襯衣；瞧無人在旁，就對桑丘說：

「我問你，你這個新丑角和老笨蛋，你怎麼好得罪那位有身分、有體面的傅姆呀？你怎麼那個時候想到了灰驢呀？公爵和他夫人細心周到，會把咱們的牲口撇下不管嗎？桑丘，你真該小心點兒，別露了餡兒，讓人看透你是個鄉下老粗。你這個糊塗人啊，你記著，傭人越有體面、有教養，人家對他主人就越加看重。貴人有一件事最占便宜：他們的傭人也和他們一樣知禮。你這個不見世面的傢伙，牽連我也倒了楣！你不想想，人家瞧你是個鄉下老粗或逗樂笑的傻瓜，不也就把我當個江湖騙子或冒牌騎士了嗎？桑丘朋友，你那樣是要栽跟頭的，千萬當心別犯那毛病。愛嚼舌頭說笑話的，一句不當景，就成了討厭的小丑。得把自己的舌頭嚴加管束；話沒出口，先想一想。你該知道，咱們到了這裡，靠上帝再靠我的本領，大可名利雙收呢。」

桑丘懇切答應說：他封上嘴巴或咬掉舌頭，也不願說一句不大對景的話，一定遵命先想一下然後開口；請他主人放心，他絕不會連累主人丟臉。

堂吉訶德穿好衣服，套上掛劍的肩帶，披上猩紅大氅，戴上侍女給他的綠緞圓頂帽。他裝束停當，到了一個大廳上。只見侍女們雙雙排隊，個個捧著洗手的用具，必恭必敬地伺候他洗手。隨後管家的帶領十二個小廝迎他去吃飯，公爵夫婦已經在那兒等著了。小廝們四周簇擁著他，按照隆重的禮節，把他送進飯廳。一桌盛饌已經開上，只擺著四個席位。公爵夫婦走出飯廳來迎接；他們一起還有個道貌岸然的教士。貴族家總有一位教士做家庭導師。這種教士出身寒微，所以不會教導貴族去做義不容辭的事；他們憑自己狹隘的心胸，抑制責人的寬大；他們要教誨人家節約，造成了貴人家的吝嗇[3]。和公爵夫婦同來迎接堂吉訶德的那一位，想必就是這種教士。賓主說了一大套恭維的話，主人一左一右陪伴著堂吉訶德去坐席。公爵讓堂吉訶德坐首位；他再三辭謝，強不過主人，只好從命。教士就在對面坐下，公爵夫婦打橫。

桑丘跟在旁邊，瞧這兩位貴人對自己主人這樣恭敬，驚訝得眼睛都瞪出來了。他看著公爵和自己主人為了坐那首位只顧你推我讓，就說：

「我們村上有個講座席的故事，各位要聽嗎？」

---

3 據說這段話是有所指的。作者曾把本書第一部獻給貝哈爾公爵；這位公爵聽從家庭導師某教士的教唆，未予理睬。

堂吉訶德聽到桑丘這話就發抖，拿定他要說傻話了。桑丘看了主人一眼，懂得他的心思，就說：

「我的主人啊，您別怕我說溜了嘴或是說話不當景。您剛才教訓我說話應該多呀、少呀、合適呀、不合適呀那一套，我並沒有忘記。」

堂吉訶德說：「桑丘，我幾時教訓你來？你有話，能乾脆說，你就說。」

桑丘道：「我要講的話呀，是千真萬確的；現放著我主人堂吉訶德在場，他不會讓我撒謊。」

堂吉訶德說：「桑丘，你撒謊和我什麼相干，隨你愛撒多少謊，我管不了；可是你要說什麼話，自己先想想。」

「我已經來回想過了，『打警鐘的人很安全』[4]，回頭我說出來就知道我這話沒錯兒。」

堂吉訶德說：「這傻瓜專愛胡說，尊貴的先生夫人還是叫他出去吧。」

公爵夫人說：「我憑公爵的生命發誓，桑丘一刻也不准走開。我非常喜歡他，我知道他很聰明。」

桑丘說：「我是不聰明的，多承您看得我好；但願您貴夫人一輩子聰明！我且講那故事吧。一次我們村上有個紳士請客。他很有錢，出身也很高貴，他是阿拉莫斯·台·梅狄那·台爾·岡坡的子孫。他娶的是堂娜曼西亞·台·吉牛內斯。這位夫人的父親就是聖悌亞果教團的騎士堂阿隆索·台·瑪拉尼翁，他就是在艾拉都拉淹死的[5]；為了他，幾年前我們村上還吵了一場，據我聽說，我主人堂吉訶德也牽連在裡面了，鐵匠巴爾巴斯特羅的兒子——那淘氣鬼小托馬斯就是那場吵架受了傷……我的主人啊，這些事不都是真的嗎？您給我打個保呀，別讓這裡的先生夫人們當我是撒謊嚼舌根的人。」

那教士說：「我這會兒只看準你是個嚼舌根兒的，還沒見撒謊；你再說下去，我就拿不定你是什麼樣的人了。」

「桑丘，你舉了這麼許多見證，這麼許多細節，我只能說你講的是實事。你講下去吧，講得簡短些，照你這樣囉嗦，兩天也講不完。」

公爵夫人說：「依我的意思，別簡短，儘管六天講不完，還是讓他照自己的老樣兒講；假如他講六天，那六天就是我生平最解悶兒的日子。」

桑丘按著說：「那麼，各位先生夫人，我講下去。那位紳士呀——他的事我都一清二楚，我們兩家離不了一箭的路——他請的那位客人是莊稼人，窮雖窮，卻是有體面的。」

那教士插嘴道：「兄弟，你快講吧；照你這樣講，一輩子也講不完。」

桑丘答道：「只要上帝保佑，不到半輩子就能講完。且說，那莊稼人到了請客的紳士家——那位紳士現在已經死了，祝願他的靈魂安息吧；據說他死得像天使似的——我當時不在場，到壇布雷克收割去了……」

「噯呀，兒子，你快從壇布雷克回來吧[6]；你別再等這位紳士下葬，快把故事講完，免得急死人。」

4　西班牙諺語。打鐘的人在發警報，可是自己卻安然在鐘塔裡。桑丘意思說：自己是拿穩了的。

5　艾拉都拉是瑪拉加東面的一個海港，一五六二年，胡安・台・曼多薩（Juan de Mandoza）指揮的二十二艘海船遇大風暴，在這個港內覆沒，死亡四千多人。

6　按語氣，這句話是教士說的。「快從壇布雷克回來吧」已變為成語，就是說：「別囉嗦了，言歸正傳吧。」

桑丘說：「當時是這麼回事：主人客人正要坐席——他們倆這會兒分明就在我眼前呢……」

桑丘講得囉囉嗦嗦，斷斷續續；那位好教士滿面不耐煩，堂吉訶德一肚子惱火。公爵夫人瞧著覺得非常有趣。

桑丘說：「他們倆不是正要坐席嗎，莊稼人一定要讓紳士坐首位，紳士也一定要莊稼人坐首位——因為紳士在家，什麼事都是他說了算的。可是那莊稼人自以為有禮貌、懂規矩，只顧推讓。後來那位紳士火了，兩手按著他的肩膀，硬叫他坐下，一面說：『坐下吧，你這傻瓜；我不論坐哪裡，總在你上首。』這就是我的故事。我拿定這是很當景的。」

堂吉訶德那張黑黝黝的臉兒，頓時漲得顏色斑駁陸離。兩位貴人看破桑丘話裡帶刺，竭力忍著笑，怕堂吉訶德老羞成怒。公爵夫人防桑丘再講什麼混話，忙掉轉話頭，請問堂吉訶德：杜爾西內婭小姐有什麼消息；他最近又向她獻上了什麼巨人或歹徒，因為他一定降伏了不少。堂吉訶德說：

「尊貴的夫人，我的厄運只有開頭，沒個完了。我降伏過幾個巨人，也曾經把壞蛋和歹徒送去獻禮，可是她現在著了魔道，變成一個醜極了的鄉下姑娘了，叫他們到哪裡去找她呢？」

桑丘．潘沙道：「我也不知道是怎麼回事，我看她明明是絕世美人兒，至少非常活潑，會蹦會跳，就帶翻觔斗賣藝的都輸她幾分。真的，公爵夫人，她從地下一蹦就上了驢，利索得像貓兒一樣。」

公爵問道：「桑丘，你看見她著魔了？」

桑丘答道：「什麼看見呀！她著魔的一套，是哪個鬼傢伙發明的？還不就是我嗎！她就像我爸爸一樣的著魔！」

那教士聽他們講什麼巨人呀、壞蛋呀、魔法呀等等，恍然明白這位客人準是堂吉訶德・台・拉・曼卻；堂吉訶德的故事是公爵經常閱讀的。他已經屢次責備公爵無聊，讀這種胡說八道的東西。他拿定自己猜得不錯，就很生氣地對公爵說：

「公爵大人，這位先生幹的事，上帝要記在您帳上的！您把這堂吉訶德或是堂傻瓜或是堂什麼玩意兒當作瘋子，盡招他裝痴賣傻，我看他未必就像您想的那麼糊塗。」

他把話鋒轉向堂吉訶德說：

「你這個沒腦子的傢伙啊！你是游俠騎士？你降伏了巨人、抓住了歹徒嗎？這是哪兒來的事呀？你規規矩矩，我也好好兒跟你說。你還是回家去，如有兒女就培養兒女，照管著家產，別再滿處亂跑，喝風過日子，讓人家不論是否相識，都把你當作笑話。你真是倒了楣的，世界上古往今來哪有游俠騎士呢？西班牙哪有巨人呢？拉・曼卻哪有歹徒和著了魔的杜爾西內婭呢？你那一大堆胡說八道都是哪兒來的呀？」

堂吉訶德悉心靜聽，等這位道貌岸然的教士講完，他不顧公爵夫婦在座，怒氣沖沖，霍地站起來，說道……

不過他怎樣說，應該專章記錄。

# 第三十二章

## 堂吉訶德對責難者的回答，以及其他或正經或滑稽的事。

堂吉訶德站著渾身發抖，像中了水銀毒似的；他憤怒而激動地說：

「我雖然滿腔義憤，還是盡力克制，因為我是在這裡作客，又當著兩位貴人的面，而且您的職業是我向來尊重的。還有一層，大家都知道，穿道袍的人和女人一樣，唯一的武器是舌頭，所以我只打算和您舌劍唇槍，廝殺一場。按道理您是好言教導人的，不料您這樣破口謾罵。誠心誠意的責備不挑這種場面，也不發這樣的議論。反正您當著大眾把我惡狠狠地責罵，太沒分寸了。和顏悅色地勸說，不比疾言厲色更有效嗎？自己壓根兒不懂這是怎麼一回事，就破口罵人瘋呀、傻呀，有這個理嗎？請問，您看見我幹了什麼瘋傻的事該挨您的罵呀？您命令我回去照管家務和妻子兒女，您知道我有沒有老婆孩子呢？有些人是窮學生出身，生長在二三十哩瓦大小的地方，什麼世面都沒見過，居然混進貴人家去做了導師。這種人也配胡說八道議論騎士道、批評游俠騎士嗎？游俠騎士一年到頭東奔西走，不貪享受，吃辛吃苦，幹些流芳百世的好事，這難道是無聊或虛度光陰嗎？如果英雄豪傑或貴人們把我當傻瓜，那就是我無可洗雪的羞恥；如果對騎士道完全外行的書呆子說我沒腦子，我覺得不值一笑。我是個騎士，只要上帝容許，我到死也是騎士。

各人志趣不同：有的雄心豪氣，有的奴顏婢膝，有的弄虛作假，有的敬天信教；我呢，隨著命運的指引，走的是游俠的險路。我幹這個事業並不為錢財，重的是名譽。我曾經扶弱鋤強，降伏巨人，鎮壓妖怪。我也一往情深，因為游俠騎士非如此不可。我的愛情不出於色慾，而是高尚純潔的心嚮神往。我處處蓄意行善，一言一行，只求於人有利無害。一個人存著這片心，幹著這類事，孜孜不倦，大家該不該罵他傻子呢？請尊貴的公爵大人公爵夫人說說吧。」

桑丘說：「天哪！說的真是好啊！我的主人先生，您不用再辯解，話都給您說盡了，面面都到，再沒什麼可爭的了。這位先生不相信從古到今世界上有游俠騎士，那就怪不得他胡說亂道了。」

教士說：「我聽說有個桑丘‧潘沙，他主人許了他一個海島。兄弟，你大概就是那人吧？」

桑丘答道：「我就是啊；別人配做海島的主人，我也配呀。『你和好人一起，就和好人一氣』；『不問你生在誰家，只看你吃在誰家』；『靠著蒼蔥大樹，就有清蔭蔽護』[1]；這些話對我都用得上。我靠著一個好主子，跟他奔走了幾個月，如果上帝容許，我也會變成像他那樣的人。只要他長壽，我也長壽，他準會做到大皇帝，我也準會做到海島總督。」

公爵說：「那是一定的，桑丘朋友。我有一個很不錯的海島，正沒人管呢；我就以堂吉訶德先生的名義，叫你做島上的總督。」

堂吉訶德說：「桑丘，快跪下，吻公爵大人的腳謝賞。」

桑丘遵命。教士看了勃然大怒。起身說：

1 三句都是西班牙諺語。

「我憑自己的道袍發誓，您大人簡直和這兩個可憐蟲一樣傻了。有頭腦的人都會跟著發瘋，怎麼叫這些沒腦子的傢伙不瘋呀！您大人和他們一起吧。他們待在您家，我就回我老家去了，省得我空費唇舌來勸您。」

他不再多說，沒吃完飯就走了；公爵夫婦勸留也沒用。公爵覺得那教士那麼生氣大可不必，笑得連話都說不出，實在也沒怎麼勸留。他止了笑，對堂吉訶德說：

「獅子騎士先生，您駁斥得理直氣壯，給自己爭足了面子。他那番話好像是侮辱，其實完全不是，因為教士和婦女一樣，都沒本領侮辱人。您對這種事是最內行的。」

堂吉訶德答道：「對呀！婦女、孩童和教士受了冒犯不能自衛，他們都沒資格受侮辱；既然沒資格受侮辱，也就不能侮辱人。您大人知道，冒犯和侮辱有個分別。能侮辱人的，他冒犯了人還堅持不止，那才是侮辱。誰都能冒犯人，可是冒犯還說不上侮辱。舉個例吧：一個人毫無防備，在街上給十個拿武器的人打了一頓，這人拔劍奮戰，可是寡不敵眾，沒能夠爭回面子；這人是受了冒犯，但是沒有受侮辱。我再舉個例吧。如果有人在別人背後打了幾棍立刻逃走，沒讓挨打的人追上；挨打的人是受了冒犯，但是沒有受侮辱。冒犯了人還堅持到底，那才算得侮辱。假如乘人不備打了人，又拔劍站定不動，那麼，挨打的人是受了冒犯也受了侮辱：受冒犯呢，因為那人打他是鬼鬼祟祟的；受侮辱呢，因為那人打了他悍然自若，並不逃跑，卻站在那裡。決鬥是不幸的，可是有它的規則；按那些規則，我可說是受了冒犯，卻沒受侮辱。因為孩童婦女冒犯了人不能堅持，逃跑不了，也沒本領站定了抵抗；教士正也一樣。這三種人都是不能使用武器打人和捍衛自己。他們當然得保護自己，可是他們不能冒犯別人。我剛才說自己可算受了冒犯，現在想想，我就連受冒犯也說不上。人家壓根兒沒資格受侮辱，更不能侮辱人。如此說來，我不必為那位先生的話生氣；我也並不生氣。不過他心裡嘴裡都不承認世上有過游俠騎士，實在是大錯特錯；我但願他再多待一會兒，讓我跟他講講明白。如果阿馬狄斯祖孫哪一個聽到他這麼說，我看他老先生就凶多吉少了。」

桑丘道：「對啊！他們準一劍斫得他從頭到腳裂成兩半兒，像剖開的石榴或熟透的甜瓜一樣。他們可不是好惹的！我敢發誓，如果瑞那爾多斯・台・蒙答爾班聽了這小矮個子的話，準一個嘴巴子打得他三年開不了口。哼！叫他去碰碰他們吧，瞧他怎麼逃出他們的手掌！」

公爵夫人聽了桑丘的話，笑得要死，覺得桑丘比他主人更逗樂兒，而且瘋得更厲害。當時許多別人也這麼想。堂吉訶德總算氣平了。飯罷，撤去席面，就跑來四個使女：一個捧著銀盆；一個提著銀水壺；一個肩上搭著兩塊潔白細軟的毛巾；第四個捲起衣袖，露著兩截胳膊，雪白（真是雪白的）手裡，拿著一塊那不勒斯出產的圓形香皂[2]。捧盆兒的使女淘氣地裝出一本正經的樣兒，把盆湊在堂吉訶德的鬍子底下。堂吉訶德默默注意著這些禮節，以為當地習慣不洗手而洗鬍子，所以拚命把鬍子往前湊。拿水壺的就澆下水來，拿肥皂的很靈敏地在他鬍子上打肥皂，揉出一堆堆雪花似的肥皂沫子。這位騎士服服貼貼隨她們擺布，不僅鬍子上都是肥皂沫，連臉上、眼皮上全都是，只好緊緊閉上眼睛。公爵夫婦對這番奇怪的盥洗禮毫不知情，都等著瞧怎麼回事。洗鬍子的使女把肥皂沫堆積得一拃厚，推說沒水了，叫提壺的使女去拿水，請堂吉訶德先生等一等。提壺的去拿水，堂吉訶德就在那兒等著；那副滑稽的怪相簡直難以想像。

在場的許多人都看著他。他那焦黃的脖子伸了半瓦拉長，眼睛緊緊閉著，鬍子裡全是肥皂；

2　這是當時最名貴的潤膚香皂，一般人家用不起。

大家看了他這副樣子居然忍住不笑，實在是意想不到的，也是了不起的克制功夫。那幾個惡作劇的使女垂著眼皮，不敢看主人主母。他們倆明知這群使女膽大胡鬧，可是堂吉訶德那副模樣實在逗樂，所以又怒又笑，不知對她們該責罰還是獎勵。提水壺的使女回來，她們給堂吉訶德沖洗完畢，帶著毛巾的使女仔細替他擦乾，四人一起對他深深鞠躬致敬，就準備退場。可是公爵防堂吉訶德看破這番胡鬧，喊住捧盆的使女說：

「過來給我洗，留心別半中間使完了水。」

那女孩子很伶俐，忙也照樣把盆兒湊在公爵頷下；她們給他好好兒打上肥皂，洗淨擦乾，然後一起行禮退出。後來據說，公爵當時賭咒，她們如果不照樣給他洗，就難逃懲罰；她們總算識竅，主人客人同樣待遇，才算補過贖罪。

桑丘留心看著這套盥洗的禮節，自言自語說：

「天啊！如果本地風俗不單給騎士洗鬍子，也給侍從洗，那可多好啊！我真需要這麼洗洗呢！要是再用剃刀給我刮刮，那就更妙了。」

公爵夫人問道：「桑丘，你嘟嘟囔囔說什麼呀？」

他答道：「太太，我是說，別處王公貴人府上據說吃完飯澆水洗手，不用肥皂洗鬍子。長壽果然有益；活得長就見識得多。誰說長壽是長受罪呢，這樣洗鬍子不是受罪卻是享福呀。」

公爵夫人說：「桑丘朋友，你甭愁，我叫使女也給你洗；如果著實洗，可以把你全身泡在肥皂水裡。」

桑丘答道：「我只要洗洗鬍子就夠了，至少目前如此；將來怎樣會上帝會有安排。」

公爵夫人說：「管家的，你照看著桑丘先生，他有什麼要求，全得依他。」

管家的說，他一切聽桑丘先生吩咐；就帶了桑丘去吃飯。公爵夫婦和堂吉訶德還坐著閒聊，談的無非是耍槍桿子和游俠的事。

公爵夫人說，久聞杜爾西內婭．台爾．托波索小姐的美名，想必舉世無雙，甚至連拉．曼卻都找不出第二人[3]。堂吉訶德先生準記得親切，請形容一番吧。堂吉訶德聽了這話長嘆一聲說：

「杜爾西內婭．台爾．托波索小姐簡直美得難以想像，不是語言所能形容的。她的麗影全印在我心上呢；假如我能把這顆心挖出來，裝在盤裡，放在這桌上，供在您貴夫人面前，您就可以親自看著，不用我空費唇舌了。可是她的美貌不用我來一一描摹，我也不能勝任，該讓別人來。這得用巴拉修、悌芒得斯、阿波雷斯等畫家的筆，用雕刻家李西玻的刀，才能把她的美貌描繪在木板、雕刻在大理石和青銅上；還得用西塞羅尼亞納和德模斯提納詞令來頌讚她。」

公爵夫人問道：「堂吉訶德先生，什麼叫『德模斯提納』[4]呀？這話我一輩子也沒聽見過。」

堂吉訶德答道：「德模斯提內斯和西塞羅是世界上最大的修詞家；德模斯提納詞令就是德模斯提內斯式的修詞，正如西塞羅尼亞納詞令就是西塞羅那樣的修詞。」

公爵說：「就是啊，你敢情一時迷糊了，連這個都不懂。可是堂吉訶德先生要能把杜爾西內婭小姐描摹一番，我們就高興極了。儘管是一個簡略的大概，她也一定活現在我們眼前，把一切美人都比得黯然無色。」

---

3　公爵夫人故意把拉．曼卻說成比全世界還大。

4　德模斯提內斯是西元前四世紀古希臘雄辯家；這個名詞若化作形容詞，西班牙文當作德模斯特尼阿那（demosteniana），不是德模斯提納（demostina），公爵夫人故意挑他的錯。

堂吉訶德答：「她前不久遭了一場大難，我要形容她，就不由得傷心落淚。她從此在我心裡的印象也模糊了；不然的話，我一定遵命。尊貴的先生夫人請聽我講。前幾天我去吻她的手，指望她讚許我這第三次出門，並為我祝福。我發現她完全換了個人兒了。她著了魔，公主變成了村姑，美人變成了醜女，天使變成了魔鬼，香噴噴變成了臭烘烘，談吐文雅變成了出口鄙俗，斯文莊重變成了輕佻粗野，光明變成了黑暗，乾脆說吧，杜爾西內婭•台爾•托波索變成個薩亞戈的鄉下女人了。」

公爵聽到這裡，大叫道：「天啊！哪個害人精幹下了這等壞事呀？誰把世界上人人珍愛的才貌品德奪去了呀？」

堂吉訶德答道：「誰嗎？除了忌我害我的魔法師，還有誰啊？這種惡人真不少呢。他們活在世上專摧毀好事，宣揚壞事。魔法師從前就害我，現在又害我，將來還要害我，直要把我和偉大的游俠事業埋沒在地下才肯罷休。他們選中我的要害來中傷我。奪去游俠騎士的意中人，就是奪去他的眼睛，奪去照亮他的太陽，奪去養活他的糧食。我雖然說過好幾次，現在我還是這句話：游俠騎士沒有意中人，就彷彿樹無葉、屋無基、影無形。」

公爵夫人道：「這是千真萬確的。可是有口皆碑的新書堂吉訶德先生傳該是信史吧？從那本書上看來好像您從沒見過杜爾西內婭小姐，世界上壓根兒沒這個人，她只是您的夢中愛寵，她的十全十美都是您任意渲染的。」

堂吉訶德答道：「這裡有許多講究呢。世界上有沒有杜爾西內婭，她是不是我臆造的，誰知道呢？這種事情不該追根究柢。我的意中人並不是無中生有，我心目中分明看見那麼一位可以舉世聞名的小姐：她千嬌百媚，一無瑕疵；莊重而不驕傲，多情而能守禮；她有教養，所以彬彬有禮；彬彬有禮，所以和藹可親；而且她出身高貴——大家閨秀的姿容風度是小家碧玉萬萬比不上的。」

公爵說：「這是不錯的。可是我讀了堂吉訶德先生傳，有句話憋不住要吐一吐，想必不會見怪。照書上看來，托波索或什麼地方確是有個杜爾西內婭，她也正是您描摹的絕世美人，可是要說她出身高貴呢，她和您熟讀的故事裡那些奧利安娜呀、阿拉斯特拉哈瑞婭呀、瑪達西瑪呀等等高貴的女子就不能相提並論了。」

堂吉訶德答道：「可是我有我的道理。杜爾西內婭『幹什麼事，就成什麼人』[6]；高貴以美德為準。好人儘管地位低，比地位高的壞人可敬可佩。況且杜爾西內婭有資格升做頭戴皇冠、手執寶杖的皇后；這並不稀奇，德貌兼備的女人還能升得更高呢。她儘管看來不算高貴，底子裡卻是很高貴的。」

公爵夫人說：「堂吉訶德先生，您的話句句四平八穩，句句著實。可見托波索確有一位杜爾西內婭，她活在當今之世，是一個高貴的美人，當得起堂吉訶德先生這樣的騎士為她效勞——我不能把她捧得再高了。我從今不但自己相信這些事，還要叫全家都信，如果公爵不信，我也要叫他信。不過我有一點想不明白，而且對桑丘・潘沙也不大滿意。那書上說：桑丘・潘沙給您捎信，看見那位杜爾西內婭小姐正在篩一大口袋麥子，還指明是紅麥子，這就是叫我不信她出身高貴了。」

5 葡萄牙接境處的鄉僻地區，見本書下冊，第十九章，注7。

6 西班牙諺語。

堂吉訶德答道：「高貴的夫人，您可知道，游俠騎士的遭遇都有常規；我的呢，簡直破格反常。這也許出於命運的奇特安排，也許是忌我的魔法師惡意捉弄。大家知道，有名望的游俠騎士差不多都有天生獨到之處。有的不受魔法影響；有的皮堅肉硬、刀槍不入。譬如法蘭西十二武士裡鼎鼎大名的羅爾丹吧，據說他渾身除了左腳底都不會受傷；要刺傷他的左腳底，只能用個粗釘子，別的武器都不行。貝那爾都・台爾・加比歐在隆塞斯巴列斯瞧刀槍不能傷他，就把他抱起來卡死了他。據古代的傳說，海克力士就這樣殺死了地神之子——那凶猛的巨人安泰；貝那爾都記起這件事，用了同樣的手法。我因此知道自己也有特殊的天賦。不是說我有鋼筋鐵骨；因為我多次深感自己皮肉嬌嫩，一點碰不起。也不是能使魔法失效，因為我曾經給人關在籠裡；要不是魔法的法力，誰也不能把我關進去。可是我相信，那次的魔法給我破掉以後，就沒有魔法能傷害我了。魔法師既不能在我身上施展他們的惡毒手段，就下手害我心愛的人。杜爾西內婭是我的命根子，他們就擺布了她來要我的命。我想他們是乘我的侍從給我捎信去，就把她變成個鄉下女人，正在幹粗活兒篩麥子。不過我也說過，那麥子不是紅的，也不是麥子，其實是東方的珍珠。尊貴的先生夫人，我可以講一件事證明我說的確是真情。不久前我到托波索去，始終沒找到杜爾西內婭的府第。第二天，我的侍從桑丘看見她的真身是絕世美人，我看來卻是個又蠢又醜的鄉下姑娘；而且她那樣聰明透頂的人，竟連話都不會好好兒說。我自己既沒有著魔，而且照理也不可能再著魔了，那就當然是她著了魔、受了害、改變了模樣；我的冤家準把他們對我的仇恨，發洩在她身上了。我若看不到她恢復本相，到死都要為她辛酸流淚的。我講這許多事，無非請大家別理會桑丘說杜爾西內婭篩麥子的那套話；她既然在我眼裡變相，也就會在他眼裡改了樣。杜爾西內婭是高貴的，出身清白世家；那種人家托波索有不少呢。她的家鄉多半要靠她這位絕世美人而出名，好比以前特洛伊因海倫[7]而出名，西班牙因那個加瓦[8]而出名，不過她那名氣是美好的，不是醜名。還有件事我想跟您兩位談談。從來游俠騎士的侍從裡，沒一個像桑丘・潘沙那樣有趣的。他有時傻得調皮，要捉摸他究竟是傻是乖，也很可解悶。他要搗起鬼來就是個混蛋；他沒頭沒腦又分明是傻瓜。他什麼都懷疑，又什麼都相信。我正以為他笨透了，他忽又說些極有識見的話，好像很高明。反正我這個侍從呀，拿誰來對換我都不肯的，貼上一座城市我也不換。送他去做您大人賞的官呢，我不知好不好，還拿不定主意。我看他做官倒是有點本領；他那副頭腦磨練磨練，做什麼官都行，就好比國王管理自己的稅收那麼拿手。而且許多事情證明，做總督不用多大才幹也不用多少學問，咱們現有上百個總督簡直連字都不識，管起下屬來卻像盤空的老鷹一樣。最要緊的是心放得正，再加辦事認真。因為總有人幫他們出主意，指導他們該怎樣幹。比如沒上過大學的紳士，做了官自有幫手替他們審判案件。我只勸桑丘『不貪得非分之財，也不放過應有之利』[9]；還有些零碎的告誡可以請他採納，對他管轄的海島也有益，我先存在心裡，等適當的時候再說吧。」

公爵夫婦和堂吉訶德正談到這裡，聽得府裡一片叫嚷。忽見桑丘闖來；氣呼呼地，像小孩兒戴圍嘴那樣圍著一塊粗麻布，後面跟著好些傭人——其實都是廚房裡幫忙的[10]和打雜兒的。一個

7　指引起特洛伊戰爭的希臘美人。
8　指胡良伯爵的女兒茀蘿林德，已見本書上冊，第二十七章，注3，又上冊，第四十一章，注9。
9　西班牙諺語。
10　指貴族家廚房裡沒工錢、白吃飯的臨時幫忙人。

端著盛水的小木盆，那盆水濕膩膩的，看來是洗碗的髒水。那人緊追著桑丘，硬要把本盆塞在他鬍子底下；另一個廚房幫忙的好像是要給他洗鬍子。

公爵夫人問道：「兄弟們，這是幹麼？你們對這位先生要怎麼著？你們怎麼不想想，他是已經任命的總督啊。」

要給桑丘洗鬍子的那傢伙說：

「這位先生不讓我們給他澆洗。我們是照規矩辦事；我們公爵大人和他的東家先生都這麼洗了。」

桑丘很生氣地說：「我願意洗啊，可是得用乾淨點兒的毛巾，清點兒的鹼水，也不能用這麼髒的手。我主人洗的是『天使的水』，我洗的卻是『魔鬼的灰湯』[11]，我和他也不至於這樣天懸地隔呀。各地王公貴人府裡的規矩，總得不討人厭才好；你們這種盥洗的規矩，比吃苦贖罪還難受。我的鬍子是乾淨的，用不著這樣澆洗。誰來給我洗，誰碰我腦袋上一根毛——我指我的鬍子，對不起，我就狠狠地還他一拳，打得拳頭嵌在他腦殼子裡！這種使鹼水澆洗的禮毛[12]不是款待客人，倒像有意和他搗亂呢。」

公爵夫人瞧桑丘發火，又聽了他這套話，笑得氣都回不來。可是堂吉訶德看他不三不四地圍著一塊五顏六色的粗布，一大群廚房打雜的緊圍著他，心裡很不高興。他就對公爵夫婦深深行個

11「天使的水」（agus de ángeles）是花卉配煉成的香水名；桑丘所謂「魔鬼的灰湯」（Lejía de diablos）是用草木灰泡的鹼水。

12 桑丘要說「禮貌」，說別了音。

禮，表示他有話說，先打個招呼；然後很鎮靜地對這群人說：

「喂，各位先生，請別盯著這小子。各位從哪裡來，還請回哪裡去，或是聽尊便上別處去。我的侍從和誰都一樣乾淨，這些小木盒兒就像細脖子小口的酒瓶一樣[13]，他是受不了的。奉勸各位聽我一句話：別招他；他和我都不懂得開玩笑的一套。」

桑丘搶著說：

「不，叫他們過來拿土包子傻瓜開玩笑吧！我要啃吃他們的呀，就好比這會兒是半夜！叫他們拿個梳子或別的什麼來，給我把鬍子梳梳，要是梳出什麼不乾淨的東西，我隨他們亂七八糟地剪剃去[14]。」

公爵夫人還只顧笑，一面說：

「桑丘．潘沙的話很有道理，隨他說什麼都有道理。他是乾淨的，他就像自己說的那樣，不用洗。如果他不喜歡咱們的規矩，就得聽他。你們伺候這樣一位人物，澆洗這樣一部鬍子，不用純金的水盆水壺和德國毛巾，卻把木盆木缽和擦碗的抹布拿來了。你們不是太粗心大意嗎？也許該說，你們太撒野了。一句話，你們是壞心眼兒，也不懂禮貌；你們是一群混蛋，所以對游俠騎士的侍從當然不懷好意，這是遮掩不了的。」

伺候盥洗的這群涎皮賴臉的傢伙，連跟進來的管家，都覺得公爵夫人是認真訓斥，就把桑丘胸口那塊粗麻布拿掉，訕訕地撇下桑丘一起退出去。桑丘認為這是一場天大的災難，深幸自己脫險，就過去跪在公爵夫人面前，說道：

「貴夫人給的恩惠也非同小可。我受了您的大恩無法報答，只好希望自己封為騎士，下半輩子專為您貴夫人效勞。我是個莊稼漢，名叫桑丘．潘沙，已經結婚，生有兒女，現在當侍從。我哪方面能為您貴夫人服務，只要吩咐一聲，我立即奉命。」

公爵夫人答道：「桑丘，你分明是從訓練禮貌的學校裡出來的——我是說：堂吉訶德先生是最和氣、最講究禮貌或你所謂『禮毛』的人，而你真不愧是他一手栽培的。你們倆好比兩顆明星：一顆是游俠騎士的北斗星，一顆閃耀等侍從的忠誠；祝願你們主僕倆萬事順利！桑丘朋友，你起來吧，我一定催促公爵大人落實他的話，盡快讓你做總督；這樣來酬答你的殷勤。」

他們沒再多談，堂吉訶德就去睡午覺了。公爵夫人告訴桑丘，她和使女們飯後在一間很風涼的廳上，桑丘如果不睏得慌，請陪她們一起消磨長晝。桑丘回答道：他夏天照例要睡四五個鐘頭午覺，不過為了伺候她夫人，一定拚命撐著不睡，聽命到她那裡去。他說完也走了。公爵重又吩咐家人怎樣按騎士小說裡講的古禮款待堂吉訶德，一絲不能走樣。

13　西班牙古代用細頸小口的陶瓷瓶子喝酒，酒不易流出來，只能小口喝，所以這種飲器不受歡迎。

14　西班牙的風俗，傻子或低能頭髮剪得參差不齊，叫人一望而知他們是傻子。

# 第三十三章

## 公爵夫人由侍女陪伴著和桑丘・潘沙娓娓閒話——值得細心閱讀。

據說桑丘因為有言在先，那天沒睡午覺，飯後就去找公爵夫人。公爵夫人愛聽他說話，叫他坐在身邊矮凳上。桑丘講禮貌不肯坐。公爵夫人說，他不妨以總督身分就坐，以侍從身分談話；他憑這兩重身分，就連武士熙德・如怡・狄亞斯的椅子[1]也坐得。桑丘聳聳肩，表示恭敬不如從命。公爵夫人的侍女和傅姆們圍著他，靜悄悄地等著他開口。可是先開口的是公爵夫人，她說：

「我讀了新出版的偉大騎士堂吉訶德傳，有些事想不明白，趁這會兒沒別人，想請教總督大人。譬如說吧，好桑丘從沒見過杜爾西內婭——我指杜爾西內婭・台爾・托波索小姐，也沒把堂吉訶德先生的信捎去，因為信寫在記事本上，這個本子還留在黑山裡呢。他怎麼大膽說瞎話，竟捏造回信，還說看見她篩麥子呀？這樣胡鬧撒謊，把大美人杜爾西內婭的芳名都糟蹋了，忠心可靠的好侍從行得這樣嗎？」

桑丘聽了這話一聲不響，起身躡腳哈腰，伸著個指頭按在嘴唇上，在廳上跑了一圈，把所有的帷幔都掀開看過，然後回去坐下說：

「尊貴的夫人啊，我已經查明這裡沒人偷聽；現在隨您問什麼，我都可以放心回答，不用害怕了。我先要告訴您，我主人堂吉訶德是個十足的瘋子，儘管他有時說些話，不單是我，誰聽了都覺得非常高明，而且頭頭是道，連魔鬼也沒他那樣的口才。可是我千拿萬穩，知道他是失心瘋。所以我敢無中生有，哄他上當。一次是捏造了那個回信，又一次是七八天以前的事，還沒寫進書裡呢——就是堂娜杜爾西內婭小姐著魔的玩意兒。我哄他那位小姐著魔了。其實是完全沒影兒的事。」

公爵夫人請桑丘講那著魔的玩意兒。桑丘就一五一十講了一遍，大家都聽得津津有味。公爵夫人說：

「好桑丘講的事，攪得我放心不下，彷彿有個聲音在我耳邊悄悄說：『堂吉訶德・台・拉・曼卻既然又瘋又傻，他侍從桑丘・潘沙知道這回事，卻又跟著伺候他，而且把他的空口許願信以為真，專等著兌現；那就放定桑丘比主人更瘋更傻。照這麼說，公爵夫人啊，你把海島給這個桑丘去管轄就是沒打算了。他自己都管不周全，怎麼能管轄別人呢？』」

桑丘說：「尊貴的夫人，您這點顧慮確有道理。您不妨直截爽快地說，或者隨您怎麼說吧，我承認您說得對。我要是聰明呢，早該扔下我那主人了。可是這是我的命，也是我倒楣，我離不了他，只好跟他。我們倆是街坊，我吃過他的飯，和他交情很深。他也知道我的心，不虧負我，還把自己的幾匹驢駒子給了我。別的不說，我至少是忠心的。所以，要拆開我們呀，除非用鏟子

1　指西班牙民族英雄熙德・羅德里果・台・比巴爾（Rodrigo Díaz de Vivar）的象牙椅子。據熙德故事，他征服了瓦倫西亞，回到加斯底利亞，國王堂阿爾封索請他坐在象牙椅子上。

和鶴嘴鋤[2]。公爵大人許我的總督，您貴夫人如果不願意讓我做，那麼，我天生就不是總督呀。也許我不做總督，心上更踏實；因為我傻雖傻，卻懂得這句成語：『螞蟻長翅膀，自取滅亡。』[3]說不定侍從桑丘比總督桑丘更容易上天堂。『本地的麵包，和法蘭西的一樣好』；『貓兒在夜裡全都是灰的』；『誰下午兩點沒吃上早飯，那才是倒楣』；『肚子都一般兒大，相差不了一拃』；這個肚子呀，據老話說，『不論稻草、乾草，一樣塞飽』；『田裡的小鳥有上帝餵養』；『四瓦拉古安加的粗絨，比四瓦拉賽果比亞的細呢子保暖』；『一旦去世入土，貴人小工同路』；『教宗雖然比教堂司事地位高，死後占的地盤一般兒大小』；因為進墳墓總得把自己緊緊包紮好，或者不由自己，別人會來包紮，然後就永遠埋在地下了。我再說一遍吧，您夫人如果瞧我傻，不願意把海島給我，我通情達理，絕不會計較。況且我聽說，『魔鬼就躲在十字架後面』；又說，『閃閃發亮的不都是黃金』[4]。如果古代的歌謠不是信口開河，駕牛犁田的莊稼漢萬巴提拔上去做了西班牙國王，錦繡堆裡享福的羅德里果，卻抓去餵蛇了。」

傅姆堂娜羅德利蓋斯在旁，忍不住插嘴道：「哪會信口開河呀！歌謠裡說：羅德利果國王活活地給扔在坑裡，裡面盡是癩蛤蟆、長蟲和四腳蛇；過了兩天，他在坑裡有氣無力地哼呢，說是：

　　我身體哪一部分罪孽最重，
　　它們在那裡咬嚼得我最痛。

要是做了國王得餵蛇蟲，這位先生寧願做莊稼漢是很有道理的。」

這位傅姆死心眼兒，逗得公爵夫人哈哈大笑。桑丘的一番議論和連串的成語使她很驚佩，她就說：

「好桑丘想必知道，騎士答應了一件事，賠掉性命也不能失信。我們公爵大人雖然不是游俠騎士，畢竟還是騎士，答應了給你一個海島就一定做到，旁人嫉妒懷恨也沒用。桑丘放寬了心吧，說不定他忽然間就做了那海島的總督。但願他緊緊抱住自己的官職，等另有大好肥缺再放手。我只勸他記著，島上的百姓都是忠心的，也都是好出身，得用心治理才行。」

桑丘答道：「好好兒治理的話不用囑咐，我生來心腸好，同情窮人。『人家自己發麵、自己揉，他的麵包你可不能偷。』我發誓，『灌水銀的骰子，別當著我擲』；我是『老狗不聽嘖嘖呼喚』；誰也別想矇混我，因為『鞋那兒緊了，穿鞋的自己知道』[5]。我這些話無非說，好人我會保護，壞人絕不寬容。我認為做官全看一個開頭；說不定我做了半個月總督就做得津津有味，而且熟練得比從小幹的農活兒還在行。」

公爵夫人說：「你說得對；沒有天生的本領，主教也是人學出來的，不是石頭雕就的。不過咱們再談談杜爾西內婭著魔的事吧。我說句千真萬確的話：桑丘把鄉下姑娘說成杜爾西內婭，他主人不認識就說杜爾西內婭著了魔；桑丘自以為捉弄了主人，其實，我說句千真萬確的話，這都

2 鏟子和鶴嘴鋤是掘墓的工具。
3 西班牙諺語，因為飛在空中就給小鳥吃了。
4 以上連串都是西班牙諺語。
5 以上四句都是西班牙諺語；「老狗不聽嘖嘖呼喚」，亦作「別對著老狗嘖嘖呼喚」，指牠不會上當。

是迫害堂吉訶德先生的那些魔法師設下的圈套啊。因為我憑可靠的消息，確實知道跳上驢背的那鄉下女人真是杜爾西內婭・台爾・托波索。好桑丘自以為騙了人，其實是受騙了。世上許多事咱們沒親眼看見，卻千真萬確；你騙人受騙的那回事正也如此，你非信不可。我可以奉告桑丘・潘沙先生，我們也有要好的魔法師把各處的事情據實報告我們。真的，那跳跳蹦蹦的鄉下女人從那時到現在始終是杜爾西內婭・台爾・托波索，她和生她的媽媽一樣著了魔[6]；說不定哪一天她忽然會恢復本來面目，桑丘到那時就知道自己是上當了。」

桑丘・潘沙說：「這都很可能。我主人講他在蒙德西諾斯地洞裡看見的形形色色，我現在也相信了。他說看見了杜爾西內婭・台爾・托波索小姐，穿的衣服就是我胡說她著魔的時候穿的那一套。尊貴的夫人啊，您講的一定不錯，我都弄顛倒了。因為我笨頭笨腦，不會一下子編出這麼一套精緻的謊話；我主人也不會瘋到這個地步，聽了我那套沒影兒的胡說八道，就信以為真。可是，好心的夫人，您別就此把我當作壞心眼；您不能指望我這麼個糊塗蟲能看透混帳魔法師的黑心腸。我是怕主人罵，才扯了那麼個謊，並不是存心害他。如果害了他，上帝在天上呢，各人的心思逃不過上帝的眼睛。」

公爵夫人說：「這話不錯。可是蒙德西諾斯地洞裡什麼形形色色，請桑丘講講吧，我很想聽呢。」

桑丘就把那次的事細細講了一遍。公爵夫人聽罷說道：

「桑丘在托波索城外看見的鄉下女人，偉大的堂吉訶德不是在那地洞又看見了嗎？可見她確實就是杜爾西內婭；而且有不少無事生非的魔法師在這裡面大顯身手呢。」

桑丘・潘沙說：「我說呀，我們小姐杜爾西內婭・台爾・托波索如果是著了魔，那就只好由她去當災；我主人的冤家又多又惡，我不跟他們吵架去。我清清楚楚看見一個鄉下女人，當然認為她只是個鄉下女人罷了。如果她是杜爾西內婭，那不能算在我帳上，怪不得我。咳！人家動不動責備我：『這是桑丘說的』，『這是桑丘幹的』，這又是桑丘，那又是桑丘，好像桑丘只是個不成材的東西；可是據參孫·加爾拉斯果的話，我桑丘·潘沙是全世界風行的書裡寫的桑丘·潘沙呀。參孫·加爾拉斯果至少也是薩拉曼加大學的學士，不會無緣無故撒謊。所以誰也不該找我的岔兒。我的名聲是好的；據我主人說，名聲比錢財還重要。那個總督不妨叫我去當，我準叫大家出乎意外呢。因為誰是好侍從，就能做好總督。」

公爵夫人說：「好桑丘這會兒說的，全像加東的格言[7]，至少像『盛年早夭』的米蓋爾·維利諾[8]親口說的話。總而言之，照桑丘自己的口氣說吧。『披著破大氅的，往往是個好酒徒。』[9]」

桑丘答道：「我老實說，夫人，我生平喝酒從來沒有壞心，多半是為了口渴，因為我很坦白，我什麼時候想喝就喝，有時人家請我喝，我為了情面和禮貌不想喝也喝。朋友祝酒，誰石頭心腸不為他乾杯呢？不過『我雖然穿鞋，並不踩髒了鞋』[10]。而且游俠騎士的侍從經常只喝水，

6 公爵夫人這句話是模仿桑丘的談吐。

7 加東已見本書上冊，〈前言〉，注12；上冊，第四十二章，注3。

8 米蓋爾·維利諾（Micael Verino），生於梅諾卡島，是個十七歲就死的才子，他的《幼學箴言集》亦稱《箴言集》，被採用為學校的教科書。「盛年早夭」（florentibus occidit annis）出於紀念他的拉丁文悼詞。

9 西班牙諺語。

10 西班牙諺語，表示雖然喝酒，並不喝醉。

他們常在叢林荒野和山石上來往，挖出一顆眼珠也換不到一滴酒。」

公爵夫人答道：「想必是這樣的。現在桑丘去休息吧；請桑丘當總督的事，我們以後再細細商量，並且盡早作好安排。」

桑丘又吻了公爵夫人的手，還請她照顧灰毛兒，牠是自己眼睛裡的明珠。

公爵夫人問：「什麼灰毛兒？」

桑丘答道：「就是我的驢呀；我不稱驢，長叫牠灰毛兒。我剛到府上，不是求這位傅姆太太照看牠嗎；她生了好大的氣呀，好像我說了她相貌醜啊、年紀老啊似的。其實傅姆餵餵驢子，還比坐在廳堂上做點綴品合適。哎，我們村上有個紳士對這種女太太實在厭惡透了！」

傅姆堂娜羅德利蓋斯說：「他一定是個鄉下佬；他要是個紳士，要是有教養的，就會把她們高高供在月宮裡。」

公爵夫人說：「得了，得了，堂娜羅德利蓋斯住嘴吧，潘沙先生也請放心，灰毛兒交我照管就完了。牠既然是桑丘的寶貝，我就也把牠放在自己心坎兒上。」

桑丘答道：「放在馬房裡就行，要放在您貴夫人心坎兒上，一剎那的工夫牠也不配，連我也不配；這就彷彿用刀子扎我一樣，我絕不答應。儘管我主人有話：『同樣是輸，少一張牌不如多一張牌』[11]，可是對付驢子還得有個分寸，要恰到好處。」

公爵夫人說：「桑丘帶著牠上任去吧，可以隨心如意地供養牠，甚至還可以讓牠領退休金養老。」

桑丘說：「公爵夫人啊，您別以為這有什麼稀奇，上任做官帶去的驢子，我見過不止兩頭了，我帶自己的驢去算不得新鮮事。」

桑丘的話又添了公爵夫人的樂趣。她打發了桑丘去休息，就把他的話一一告訴公爵，兩人一同出主意捉弄堂吉訶德。他們那番玩笑開得很精采，把騎士小說裡的那一套照搬照演，非常有趣，是這部歷史巨著裡很出色的情節。

11 西班牙諺語。

# 第三十四章

本書最出奇的奇事：大家學到了為絕世美人杜爾西內婭・台爾・托波索解脫魔纏的方法。

公爵夫婦聽了堂吉訶德和桑丘・潘沙的談話興致勃發，決計仿照騎士小說的一套，安排些奇事來捉弄他們主僕。這一對貴人夫婦就根據堂吉訶德在蒙德西諾斯地洞裡的見聞，布置了一場絕妙的惡作劇。公爵夫人想不到桑丘竟會那麼天真，當初自己搗鬼，胡說杜爾西內婭・台爾・托波索著魔道，這會兒卻死心塌地的信以為真。夫婦倆教導了家裡傭人怎麼行事，六天後就請堂吉訶德同去打圍，還帶了大群獵手，那排場不亞於國王出獵。他們送給堂吉訶德一套打獵服；也給了桑丘一套，是綠色細毛料的。堂吉訶德不願意穿，辭謝不受，說也不久還得幹他那艱苦的武士本行，不能攜帶衣櫃或行李。桑丘卻把送他的衣服收下，打算有機會把它賣錢。

打獵那天，堂吉訶德披上盔甲，桑丘也穿了獵裝，騎上灰毛兒。人家請他騎馬，可是他捨不得撇下那頭驢。他夾在圍趕的一群人中間。公爵夫人出來，打扮得非常漂亮；堂吉訶德彬彬有禮，不顧公爵辭謝，親自為她拉著轡繩。大夥到了兩座高山中間的樹林裡，各人領命分頭或守望或埋伏，都分頭四散。他們就大喊大叫地開始打圍。獵狗汪汪地叫成一片，加上一聲聲號角，吵得人說話都聽不見。

公爵夫人知道野豬出沒的地方；她下馬兩手拿著一支尖利的標槍去站在那裡。公爵和堂吉訶德也下馬站在她兩旁。桑丘跟在全夥獵人的最後；他不敢撇下灰驢，怕牠遭禍，所以沒下驢。公爵夫婦和堂吉訶德剛站定位子，和許多傭人排成一列，就看見一頭肥大的野公豬遭到獵狗包圍和獵人追趕，咬著利齒獠牙，噴吐著白沫，向他們這邊衝來。堂吉訶德一見就挎著盾牌，拔劍迎面而上。公爵拿著標槍也趕去；公爵夫人要不是給公爵攔住，也搶先迎上去了。只有桑丘一見這頭惡狠狠的畜生，就撇下灰驢沒命逃跑。他想爬上大橡樹，卻又爬不上，正在半中間抓住樹枝拚命往上蹬，偏偏倒足了楣，那樹枝斷了。他跌下來又給樹上的丫杈掛住，懸在半空，不上不下。他狼狽不堪，眼看自己的新綠衣也扯破了，而且那頭猛獸如果跑來，恰好夠得著他。他急得一疊連聲大叫救命；單憑他那叫聲，誰都以為他給野獸咬住了。那隻獠牙的野豬終究給密布的標槍刺倒。堂吉訶德才聽出是桑丘在叫喊；轉臉一看，桑丘正頭朝地、腳朝天倒掛在橡樹上，和他共患難的灰驢站在旁邊。據熙德・阿默德說：桑丘・潘沙和他的灰驢交情膠固，哪裡有桑丘・潘沙就也有灰驢。有灰驢就也有桑丘，兩個不在一起是很難得的。

堂吉訶德跑去救下桑丘。桑丘脫身下地，忙檢看打獵服的裂口，直覺得心疼，他這件衣服抵得一份家產呢。這時大家把沉甸甸的野豬橫搭在騾背上，還蓋上些迷迭香和桃金孃的花枝，標明是俘獲品；他們一起回到樹林裡。那裡早已搭了幾座大帳篷，裡面已經安好桌子，擺上筵席。筵席非常豐盛，一看就知道主人家排場闊綽。桑丘把衣上裂口給公爵夫人看，說道：

「假如打野兔或小鳥，我這件衣服就好好兒的，不至於這樣。野豬這種傢伙，碰上牠的獠牙就可以送命，我不懂找上牠有什麼趣味。我記得古代歌謠裡說：

你就像有名的法維拉，
給幾隻大熊分吃掉。」

堂吉訶德說：「那是哥斯族的國王[1]，打圍的時候給熊吃了。」

桑丘答：「可不是嗎！我就不贊成王公貴人冒著這種危險取樂；況且這類畜生又沒犯罪，殺了牠取樂也不應該。」

公爵說：「桑丘啊，你錯了，打圍獵取大野獸不比別的，正是王公貴人份裡的事。打獵是打仗的影子，也得有策略，能出奇制勝，才穩穩地手到擒來。打獵得忍受大冷大熱，不能貪懶貪睡。打獵可以增強體力，鍛鍊得手腳靈便。反正這對誰也沒害處，而對許多人是一樁樂事。況且圍獵大野獸更不比一般人的打獵，只有王公貴人才辦得到，和放鷹隼打獵一樣。所以桑丘啊，你得打破成見，等你做了總督，該把打獵當正經，你就知道這件事大有好處呢。」

桑丘答道：「不見得，『好總督是斷了腿的，他不出家門』[2]，人家有事辛辛苦苦跑來找他，他卻在樹林裡消遣呢，那還像話嗎！照那樣，他的官還做得好嗎？我老實說吧，公爵大人，打獵消遣不是總督的事，是閒來無事的人幹的。我指望的消遣無非復活節玩個紙牌，星期四和節日打排球；什麼圍獵呀打獵呀不合我的脾胃，還攪得我良心不安呢。」

「桑丘啊，但願天意能如人意！因為『說是說，幹是幹，相隔很遠』[3]呢。」

桑丘說：「隨它怎樣，反正『還得了債，不心疼抵押品』，『儘管你貪黑起早，哪有上帝保佑好』；『是肚子帶動兩腳，不是兩腳帶動肚子』。我就是說呀：如果上帝保佑，我又認真盡責，一定管轄得比盤空的老鷹還精明。嗨，『只要把指頭放在我嘴裡，就知道我咬不咬』[4]。」

堂吉訶德說：「該死的桑丘！但願上帝和天堂上的聖人都來咒詛你！真是我常說的，你哪一天能連說幾句話不扯上成語呀？公爵大人和夫人，請別理會這傻子，他濫用的成語，不是一下子兩句，卻是兩千句，實在叫人受不了！他要是有一句用來對景，上帝保佑他吧！我要是愛聽他說，上帝也保佑我吧！」

公爵夫人說：「桑丘・潘沙用的成語很俐落，儘管比希臘勛爵[5]的還多，並不因為多了就不稀罕。據我看，別人引的成語再確當，也不如他引的有趣。」

他們說著閒話，走出帳篷，在樹林裡看了些打圍人埋伏和駐守的地方。太陽下去，天漸漸黑了。雖然仲夏之夜，卻朦朦朧朧，不像往常晴朗，彷彿天公作美，要助成公爵夫婦的那套把戲。夜色愈深，忽見樹林周圍起了火似的，隨就聽得四面八方遠遠近近號角響成一片，配合著別的軍樂，好像有大隊騎兵過境。他們在樹林裡簡直給火光耀花了眼睛，軍樂震聾了耳朵。接著傳來一片聲的「雷利利」[6]，像摩爾人戰場上廝殺的吶喊。同時喇叭聲、號角聲、咚咚的鼓聲、悠揚的

1 法維拉（Favila）是貝拉由國王的兒子和繼位者，西元七三九年出獵被熊（一說野豬）殺死。他不屬哥斯王室；哥斯王室的末代國王是上文說起的堂羅德里果。

2 桑丘改了諺語：「好女人是斷了腿的，她不出家門。」

3 西班牙諺語；公爵也學桑丘用成語。

4 四句都是西班牙諺語。

5 希臘勛爵指艾爾南・奴聶斯・台・古斯曼（Hernán Núñez de Guzmán），十六世紀西班牙有名的希臘語文學者，聖悌亞果教團的勛爵，曾收集三千句成語。

6 「雷利利」（lelili）是阿拉伯語 le ilah ile alah，意思是「只有一個上帝」。阿拉伯人戰鬥或慶祝時這麼吶喊，亦作「利利利」。

笛聲繁聲交奏，緊接不斷，聒噪得神清心定的人聽了也神迷心亂。公爵呆呆瞪瞪，公爵夫人神色不安，堂吉訶德在驚訝，桑丘索索發抖；反正連知道內情的都覺得可怕。大家正在心驚膽戰，忽然樂止，寂靜無聲。一個像魔鬼似的信使吹著號角騎馬而來；那號角是空心的牛角，大得出奇，發出的聲音陰森慘厲。

公爵說：「喂，報信的老哥，你是誰？到哪裡去？好像有軍隊開過樹林，是什麼軍隊？」

使者粗聲大氣地答道：

「我是魔鬼；來找堂吉訶德・台・拉・曼卻。前來的是六隊魔法師，帶著一輛凱旋車，車上是天下無雙的杜爾西內婭・台爾・托波索。她著了魔，現在和法蘭西勇士蒙德西諾斯同來通知堂吉訶德怎樣為她解除魔法。」

「聽你的說話，瞧你的模樣，你大概確是魔鬼。堂吉訶德・台・拉・曼卻就在你面前，你既是魔鬼，就該認識這位騎士呀。」

魔鬼道：「我憑上帝和良心發誓，我沒看見他；我心裡忙亂，把正經事忘了。」

桑丘道：「這魔鬼一定是好人，也是好基督徒；不然的話，就不會『憑上帝和良心』發誓。現在我明白的：地獄裡也有好人。」

那魔鬼並不下馬，只轉臉向堂吉訶德說：

「該落在獅爪子下的獅子騎士啊，落難的勇士蒙德西諾斯派我來找你傳話：他帶著一位杜爾西內婭・台爾・托波索小姐來教你怎麼為她破掉魔法，叫你在這裡等他。我沒別的話要傳，不再耽擱了。但願我同夥的魔鬼都跟著你，好天使都跟著這位先生和這位夫人。」

他說完，拿起那只大牛角吹一聲號，不等回答就轉身走了。

大家越發驚奇，尤其桑丘和堂吉訶德。桑丘因為知道杜爾西內婭著魔是怎麼回事，不料大家都說她著魔了。堂吉訶德認為蒙德西諾斯地洞裡的事自己還拿不定是真是假呢。他正在追想這些事，公爵問他說：

「堂吉訶德先生，您打算在這兒等嗎？」

他答道：「為什麼不等呀？即使地獄裡所有的魔鬼都來纏著我，我也不怕，屹立在這裡等著。」

桑丘說：「我要再看見一個魔鬼，再聽到他那種號角，我還在這兒等著才怪呢！」

夜色一片漆黑，樹林裡點點星火，像地面上吐出的火氣，在空中流動。同時又聽到一種怪聲，彷彿牛車上那種實心輪子[7]轉出來的。據說這種牛車經過的地方，嘰嘰嘎嘎刺耳的響聲能把一路上的狼和熊都嚇跑呢。又加喊聲四起，彷彿樹林周圍真有軍隊在交鋒。這邊轟隆隆的炮響，那邊劈劈啪啪的槍聲，廝殺吶喊好像就在耳旁，遠處卻又傳來摩爾人「雷利利」的叫聲。當時號角喇叭聲、鼓聲、炮聲、槍聲，再加可怕的車輪聲，拉雜喧囂，便是堂吉訶德也得鼓足勇氣才承受得住。桑丘嚇破了膽，暈倒在公爵夫人的裙邊上了。公爵夫人讓他躺在自己裙上，忙叫人在他臉上灑了水，他才甦醒。那時輪子嘰嘎作響的一輛牛車恰好開到他那裡。

四頭笨牛拉車，牛身上披蓋的全是黑色，牛角上各縛著一支亮煌煌的大蠟燭；車上安著一個高高的座位，坐著一位道貌岸然的老者。他鬍子雪白，垂到腰帶以下，穿一件黑布長袍。車上點滿蠟燭，照得清清楚楚。領車的是兩個醜鬼，也穿著黑布衣服。他們的臉醜極了，桑丘看了一眼忙閉目不敢再看。牛車到他們前面，高坐車上的老者起身大聲說：

7 沒有車輻的圓盤似的木輪子。

「我是李岡斗法師。」

他不再閉口，車就過去了。隨後又來了這樣一輛牛車，上面也坐著一位老者。他叫車停下，聲音也像前一個老人那麼嚴肅，說道：

「我是阿爾基菲法師；我和不可捉摸的烏爾甘達[8]是好朋友。」

這輛車往前去了。

接著又來一輛同樣的車，不過座上的人不是老者，卻是個身體結實、面貌猙獰的壯夫。車到那裡，那人也站起來，聲音比前兩人粗暴；他說：

「我是魔法師阿爾加拉烏斯，是阿馬狄斯·台·咖烏拉和他那些子子孫孫的死冤家。」

車輛往前去了。這三輛車走了一段路都停下，刺耳的車輪聲也就停了。這時聽到的不是聒噪，卻是和諧悅耳的音樂。桑丘大高興，認為是好兆。他一時一刻沒敢離開公爵夫人一步，這時就對她說：「夫人啊，『哪裡有音樂，就不會有壞事』[9]。」

公爵夫人道：「正好比哪裡有光亮，就不會有壞事。」

桑丘答道：「光是火發的，火堆就發亮，咱們四周不都是嗎？這些光亮保不定燒了咱們呢；不過音樂總是表示歡樂的。」

堂吉訶德聽了他們的話，說道：「這還得瞧吧。」

看了下章，就知道他說對了。

---

8 據傳說，烏爾甘達經常變形，所以「不可捉摸」。

9 西班牙諺語。

# 第三十五章

## 續敘為杜爾西內婭解脫魔纏的方法，還有別的奇事。

隨著悅耳的音樂，開來一輛凱旋車。拉車的六匹棕色騾子都身披白紗，背上各騎著一個「拿蠟燭的悔罪者」[1]。這些人也穿白衣，各拿一支點亮的大蠟燭。這輛車比前幾輛大二三倍。另有十二個悔罪者站在車上兩側，都穿著雪白的衣服，拿著亮煌煌的蠟燭，使人看了又驚又奇。一位美人高高坐在中間座上。她身上披著一重重銀紗，上面滿綴金箔，不說富麗，至少也很燦爛。她臉上那層透明的輕紗遮不沒她的芳容，明燭輝煌，照見她相貌姣好，年齡十八九歲。她旁邊坐著一個身披長袍，頭蓋黑紗的人物。車到公爵夫婦和堂吉訶德面前，號角喇叭聲停止，車上的豎琴琵琶也跟著罷奏。披長袍的起立，掀開長袍，揭去面紗，赫然露出一具怕人的骷髏。堂吉訶德惴惴不安，桑丘嚇作一團，公爵夫婦也有點害怕。這個活死神站了起來，舌頭澀滯，有聲無力，好像沒睡醒似的，說道：

1　在天主教的遊行隊伍中有兩種悔罪者，一種是拿蠟燭的（diciplinante de luz），一種是且走且痛鞭自己以致流血的（diciplinante de sangre）。

我是歷史上有名的梅林，
傳說魔鬼是我的生身父親，
幾千年來沒人知道是扯謊；
我在魔法師中間稱王，
曾探出陰陽死生的奧妙；
敢抗拒時間滾滾的波濤，
不讓古今累積的無限歲月，
埋沒了游俠騎士的豐功偉業；
我顧念他們卓絕堅苦，
向來對他們非常愛護；
雖然一般邪魔外道的法師
往往殘忍暴戾，凶狠陰鷙，
我卻心胸寬厚，一片慈悲，
樂於行善，只求有益人類。

我在陰森幽暗的閻羅地府，
聚精會神孜孜寫咒畫符，
學會了神通指望功奪造化；
忽聽得見絕世美人杜爾西內婭．

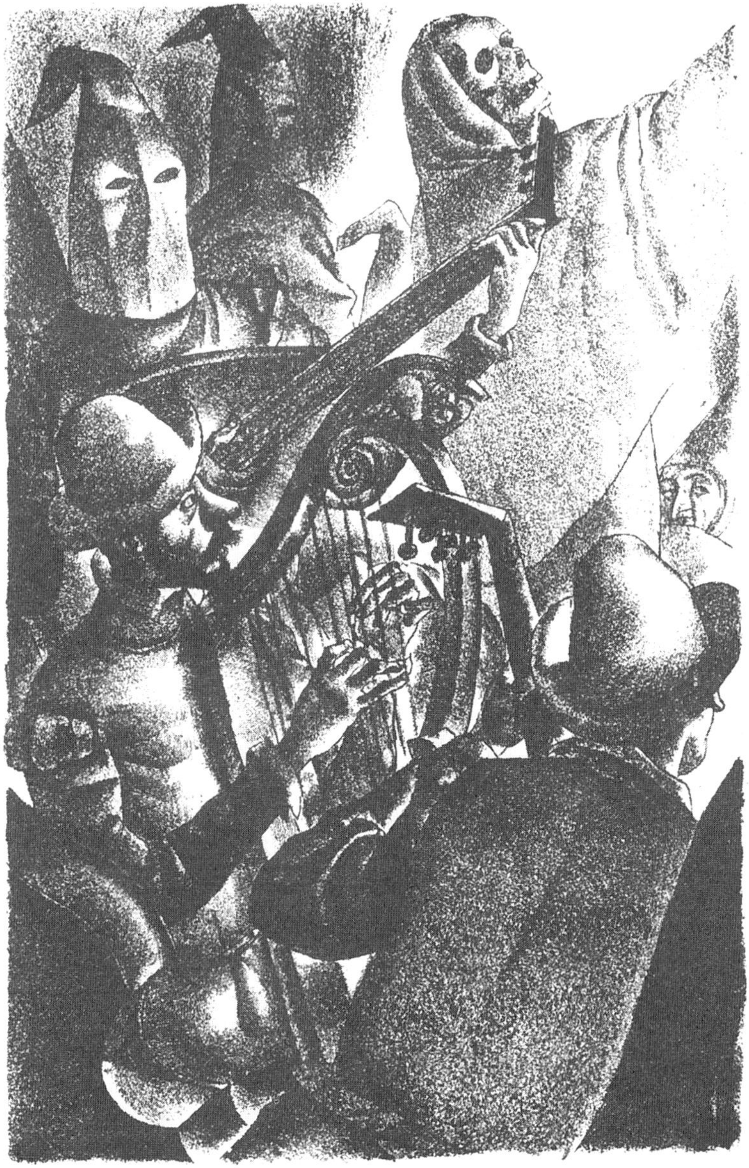

台爾．托波索嬌滴滴的哀號，
心血來潮，知道她著了魔道，
貴小姐變了粗蠢的村姑；
這使我也為她發愁叫苦。
我要博究這門神祕的學問，
深奧的書籍翻閱了十萬多本。
現在我附魂於這具骷髏，
囊中自有妙計特來營救；
她遭了災難痛苦不堪，
仗我來為她解脫魔纏。

智勇兼備的堂吉訶德先生！
曼卻的光輝、西班牙的豪英！
全世界披堅執銳的武士
都靠你增光，奉你為師！
不圖安逸、不求享樂的人，
流血流汗不辭艱難苦辛，
不畏強暴，永遠奮勇戰鬥，
你就是他們瞻仰的北斗！

你這位讚不勝讚的騎士，
請聽著，我有要事告知：
杜爾西內婭・台爾・托波索美人
如要擺脫妖氛邪法的纏身，
你得叫侍從桑丘脫褲
露出肥鼓鼓的大屁股，
自己狠狠鞭撲三千三百，
不得手下留情輕打輕拍，
要皮肉麻辣辣地疼痛才行；
使她著魔的法師一致決定，
要如此她才恢復原形。
夫人先生們，我來此無他，
就為傳達以上這一番話。

桑丘接口道：「我憑上帝發誓，別說三千鞭，就是自打三鞭，我都彷彿自己戳三刀一樣！這樣解除魔道，真是活見鬼！我不懂我的屁股和魔法有什麼相干！我憑上帝說，如果梅林先生解救杜爾西內婭・台爾・托波索小姐只有這個辦法，那就讓她帶著纏身的邪魔進墳墓吧！」

堂吉訶德說：「你這肚裡裝滿大蒜的鄉下佬！我會抓住你，把你剝得一絲不掛，像剛從娘胎裡出來的時候那樣，然後把你綁在樹上，別說三千三百鞭，我要給你六千六百鞭，一下下打得著著實實，叫你掙三千三百下也掙脫不了。你別頂嘴，我把你打得靈魂出竅呢。」

梅林忙道：

「這不行，桑丘老哥吃鞭子得由他自願，不能強迫，而且隨他什麼時候高興就打，不定期限。他如果圖省事，也可以央別人代打，不過那就可能打得重些。」

桑丘答道：「不管是別人下手、自己下手，不管是手重手輕，反正誰的手也休想碰我一下。杜爾西內婭．台爾．托波索小姐活該受罪，怎麼叫我的屁股當災呢？難道她是我肚子裡生出來的嗎？我主人動不動叫她『我的生命』呀，『我的靈魂』呀，又是他靠著活命的根子呀，他們倆才是連在一起的；他應該去為她吃鞭子，費盡心思、拚著身體，為她解脫魔纏。怎麼倒叫我來鞭打己呢？『我急急拒絕』[2]！」

桑丘話猶未了，梅林旁邊那位披著銀紗的美人霍地站起來，掀開面上薄紗，露出一張美麗非凡的臉。她像男孩子似的沒一點羞澀，聲音也不像姑娘家，衝著桑丘．潘沙說：

「哎，你這混帳侍從！鐵石心腸的傻瓜！老面皮的混蛋！人類的公敵！誰叫你從高塔上跳下來嗎？誰叫你吞十三隻癩蛤蟆、兩條壁虎、三條長蟲嗎？誰叫你用潑風快刀宰掉你的老婆孩子嗎？值得你這樣推三阻四地作難！三千三百下鞭子，孤兒教養院裡哪個可憐孩子不月月兒經常忍受啊！你卻當作一件了不得的大事！好心腸的人，甚至千年萬代以後，知道你這樣，都要詫異的。哎，你這個狠心的畜生！睜開你這雙見不得光明的貓頭鷹眼睛，看看我這兩顆明星似的眼睛吧！看看我美麗的臉頰上粗粗細細的淚痕吧！我現在還只十幾歲——今年十九，還不到二十，花朵兒似的年華，卻在鄉下女人粗糙的皮殼子裡糟蹋了！你這個刁鑽惡毒的怪物，你看了也該有點感動呀！也許你認為我這會兒並不像鄉下女人；這是梅林先生特別照顧，要我憑美貌來感動你；

因為落難美人的眼淚，能把硬石頭化為軟棉團，猛虎化作綿羊呢。你這隻強頭倔耳的畜生啊，把你的肥屁股使勁兒打呀！打呀！別痴騃懵懂，只知道吃了又吃呀！我全得靠你，才能回復原先的皮肉細膩、性情溫柔、容貌美麗呢！如果你頑強無情，不顧惜我，你也得為旁邊這位可憐的騎士著想呀——我指你的主人，我瞧透他的靈魂正在喉嚨裡梗著，離嘴巴不到十指寬，只等著你一聲拒絕或答應，就衝出嘴外或回進肚裡去。」

堂吉訶德聽了這話，摸摸自己的喉嚨，轉身對公爵說：

「公爵大人，杜爾西內婭的話確是一點不錯，我的靈魂像弓弦上的栓子似的繃硬一塊，正梗在喉嚨裡呢。」

公爵夫人問道：「桑丘，你聽了這話怎麼說呀？」

桑丘答道：「夫人，我還是剛才的話：要我吃鞭子呀，『我急急拒絕』。」

公爵說：「桑丘，你說別了，該說『堅決拒絕』。」

桑丘答道：「公爵大人您別管我。說錯了字眼是小事，我這會兒顧不到。我得挨打或自己打那麼多鞭子，攪得我心裡亂了譜，說什麼、幹什麼都做不了主了。可是我實在不懂，我們堂娜杜爾西內婭・台爾・托波索小姐那樣央求人，是哪兒學來的。她跑來要我把自己鞭打得皮開肉綻，卻稱我『傻瓜』、『強頭倔耳的畜生』，還加上一連串只有魔鬼才該承受的醜名兒。難道我的肉是銅打的？難道她能不能解除魔法和我有什麼相干？她送了我見面禮嗎？譬如白單子呀、襯衣呀、

2　拉丁文「我堅決拒絕」（abrenuncio）是宗教儀式的套語，等於說：「我堅決拒絕魔鬼的引誘！」桑丘不懂拉丁文，說錯了。

頭巾呀、襪子呀——老實說，我都用不著，可是她帶著這麼一大筐東西和我情商了嗎？她只是一句又一句的臭罵呀。老話說：『背上馱著銀和金，驢兒上山就有勁』；『禮物碾得碎岩石』；『求上帝保佑你，也得自己努力』；『許你兩件，不如給你一件』[3]；這些話她也該知道啊。至於我這位主人先生，他要我變得像梳理過的羊毛和棉花那樣，就該撫摩著我的頸毛來哄我；可是他卻說，要抓住我，把我脫光了綁在樹上，要把打我的鞭數加上一倍。我這兩位好心腸的男女主人該想想：他們打的不單是一個侍從，還是個總督啊；他們卻好像是請我『用些櫻桃下酒吧』。他們還得學學怎樣央求人，怎樣講禮貌呢！『各個時候不同』[4]；一個人也不能老是好脾氣。我這會兒因為撕破了這件綠大氅正心痛得要死，他們卻來叫我心甘情願地鞭打自己；這就好比叫我變成凶暴的官長，遠不是我的心願啊。」

公爵道：「我老實告訴你，桑丘朋友，你要不把心腸放得比爛熟的無花果還軟，你就做不成總督。如果我給島上的百姓找個殘忍的總督，心腸像石頭一樣，不論落難女子下淚，或年高德劭的大法師懇求，都不能感動他，我就於心有愧了。乾脆一句話，桑丘，你或者鞭打自己，或者讓別人鞭打你，不然的話，就休想做總督。」

桑丘答道：「給我兩天期限，讓我考慮考慮行嗎？」

梅林說道：「那可怎麼也不行。這事得此時此地決定：杜爾西內婭或者恢復鄉下女人模樣，回蒙德西諾斯地洞去；或者呢，保留著現在的相貌，送到仙鄉福地去等待鞭打滿數。」

公爵夫人道：「哎，桑丘老哥，你吃了堂吉訶德先生的飯，該有點兒良心和勇氣呀。咱們為他那麼個好人，為他那高尚的騎士道，都該出力襄助。朋友啊，吃鞭子的事，你答應了吧。讓魔鬼滾蛋！害怕的是膿包！你知道這句老話：『雄心衝得破壞運。』[5]」

桑丘牛頭不對馬嘴地忽轉臉問梅林道：

「梅林先生，請問您，剛才那報信的魔鬼跑來傳蒙德西諾斯先生的話，要我主人在這兒等他，他要來教我主人怎樣為堂娜杜爾西內婭•台爾•托波索小姐解除魔法呢；怎麼他到今沒來，影兒也沒看見呀。」

梅林答道：

「桑丘朋友啊，那魔鬼是糊塗東西，也是大混蛋。我派他來找你主人傳我的話，沒叫他傳蒙德西諾斯的話。蒙德西諾斯在他那地洞裡，他中的魔法沒有解除，直在等待，這件事『還有尾巴上的皮沒剝下來呢』。如果魔鬼欠了你什麼，或者你有事和他打交道，我可以把他叫來，聽你打發。現在你且把吃鞭子的事答應了吧。你聽我的話，這件事對於你的靈魂肉體都大有好處：仁愛的心對靈魂有益，出掉點血對身體無害，我知道你是多血的體質。」

桑丘道：「世界上醫生真多，連魔法師都是醫生。既然大家都勸我甘心自打三千三百鞭，儘管我不明白這是什麼道理，我就答應吧。不過有個條件：得趁我高興打才打，不能規定期限。我一定盡快還清這筆帳，讓世人能瞻仰堂娜杜爾西內婭•台爾•托波索小姐的美貌。看來她並不像我猜想的那樣，倒真是很漂亮的。我還有個條件：不能要求我打得自己出血，假如有幾鞭像趕蒼蠅似的輕輕撣過，也得算數。還有，假如我數錯了，梅林先生全知道，得替我記著數兒，打了多

3　四句都是西班牙諺語。
4　以上兩句都是西班牙諺語。
5　西班牙諺語。

少鞭得通知我。」

梅林答道：「你不會多打，不用通知，因為打滿了數，杜爾西內婭小姐著的魔道立刻就解除了；她滿心感激，就會跑來找好桑丘道謝，甚至還有報酬呢。所以你不用計較打多打少，老天爺絕不容我對誰有分毫欺心。」

桑丘說：「哎，那就隨上帝安排吧！我是倒了楣，只好答應——就是說，我照講定的條件，接受這件苦差使。」

桑丘的話剛完，號角喇叭立刻又響成一片，又放了幾陣槍。堂吉訶德抱住桑丘的脖子，在他額上和臉上吻個不停。公爵夫人和在場眾人都非常滿意；那輛大車就開往前去，經過公爵夫婦面前時，漂亮的杜爾西內婭對他們倆鞠躬，又對桑丘深深地行了一個屈膝禮。

這時天已經大亮，野花欣欣向榮，晶瑩的溪水淙淙瀉過有白有灰的鵝卵石，去和別處的河流聚會。大地歡忻，天色明朗，空氣清和，陽光晴麗，都預告黎明帶來的好天氣。公爵夫婦圍獵大有收穫，那套把戲演得順利有趣，兩人都很高興，回府準備還連續著開玩笑，因為他們覺得這比任何正經事都有趣。

# 第三十六章

「悲淒夫人」一名「三尾裙伯爵夫人」的破天荒奇事；桑丘·潘沙寫給他老婆泰瑞薩·潘沙的家信。

公爵有個大總管很會開玩笑、出花樣，他串演了梅林的角色。夜裡那場戲全是他編導的，詩是他做的，還由他教導個小僮兒串演了杜爾西內婭。後來他在男女主人協助下，又導演了一場非常滑稽的新戲。

公爵夫人第二天問桑丘，他答應為解救杜爾西內婭而忍痛吃苦的事開始沒有。他說開始了，昨夜打了自己五鞭。公爵夫人問他用什麼打的。他說用手打的。

公爵夫人說：「那是自己拍幾下，算不得鞭打。你這樣手下留情，我知道梅林法師絕不會滿意。好桑丘得做一條帶刺或挽結子的鞭子[1]，要打得疼才行。『要識字、得流血』[2]，你只出這一點代價，就要使杜爾西內婭那麼高貴的小姐重獲自由，哪有這麼便宜呢。桑丘該知道，『敷衍塞

1 這是苦行贖罪者照規矩用的。

2 西班牙諺語，小學生須挨打流血才學得好。

責，不算功德』[3]。」

桑丘答道：

「我需要一條鞭子或繩子，打起來不太疼的，您夫人給我一條合適的吧。老實說，我雖然是個鄉下佬，皮肉卻軟如棉而不韌如麻。我不能為了別人的好處糟蹋自己。」

公爵夫人說：「好啊，我明兒給你一條合用的，對你的嫩皮肉就像親姊妹那樣體諒。」

桑丘接著說：

「您尊貴的夫人，您可知道，我寫了一封信給我老婆泰瑞薩．潘沙，把我出門以後的事都告訴她了。信在我懷裡，只欠姓名住址沒寫上。我要煩您讀一遍，因為我覺得這封信有個總督的派頭——就是說，總督應該這樣寫。」

公爵夫人問道：「誰口授的呢？」

桑丘答道：「除了我區區，還有誰來口授呀？」

公爵夫人道：「你親筆寫的嗎？」

桑丘答道：「那就甭想。我不會看書寫字，只會簽個名。」

公爵夫人說：「拿來看看吧；你的信一定洋溢著你特殊的才情。」

桑丘從懷裡掏出沒封上的信，公爵夫人接過來，只見信上寫道：「

**桑丘．潘沙給他老婆泰瑞薩．潘沙的信**

我雖然挨足鞭子，卻是很有體面的騎士[4]；我雖然是總督大人，卻得賠上好一頓鞭子。我的泰瑞薩啊，這句話你現在不懂，將來自會明白。我告訴你，泰瑞薩，我已經打定主意，你出門得乘馬車[5]，千萬千萬！因為走路不坐馬車，就彷彿四腳爬行。你是總督夫人了，留心別讓人家背後揭你的短！我現在送上一件綠色的打獵服，是我女主人公爵夫人賞我的；你可以給咱們女兒改做一件連衣長裙。據我在這裡聽說，我主人堂吉訶德是個有頭腦的瘋子，又是個有趣的傻瓜，我也不輸他。我們到過蒙德西諾斯地洞，梅林法師抓我給杜爾西內婭·台爾·托波索解除魔法。那位小姐就是咱們那兒的阿爾東莎·洛蘭索。我得打自己三千三百鞭（已經打了五鞭），她就會擺脫魔法，像她生身的媽媽一樣。這件事你對誰都別提。『如果把你的那東西露出來，有人會說是白的，也有人會說是黑的。』[6]再過幾天，我就要上任做總督去；我是一心想弄錢，據說新總督上任都這樣。我想去看了情況，再通知你是否該來和我作伴。灰毛兒很好，牠多多問候你；我即使給他們送到土耳其去做大皇帝，也不會拋了牠。我們公爵夫人吻你的手一千遍，你得回禮吻她的手兩千遍，因為據我主人說，禮貌周全不花錢，卻比什麼都值錢。上帝沒再像上次那樣給我裝著一百艾斯古多的皮箱，可是我的泰瑞薩，你別著急，『打警鐘的人總是很安全』，做了總督就彷彿『鹼水裡什麼髒都洗得掉』。我只有一件事很擔心，據說嘗到了總督的滋味，就舔嘴咂舌，放不下手；要真是這樣，我付的

3　西班牙諺語。

4　西班牙諺語。這是騎驢遊街的犯人為自己解嘲的話。騎士（caballero）也指紳士，也指騎坐牲口的人。

5　西班牙十六世紀中葉卡洛斯五世的朝代，貴人們開始坐馬車。

6　西班牙穢褻語，借喻陰私不可告人。

代價不會很小。不過『殘廢的叫化子討來的錢，也是好一筆薪俸呢』[7]。所以不管怎樣，你總會發財享福。求上帝多多給你好福氣，保佑我能伺候你。

你的夫君

桑丘・潘沙總督

一六一四年七月二十日於公爵府。[8]」

公爵夫人讀完信，對桑丘說：

「總督先生有兩件事不對。第一：他好像是說，這個總督是他鞭打了自己換來的；可是他明知不是這麼回事，我們公爵大人許他做總督的時候，誰也沒想到吃鞭子的事呀。第二：讀了這封信，覺得他很貪心。我只怕他『看來像香菜』[9]，因為『貪心撐破了口袋』[10]，貪心的總督，昧了心不分是非黑白。」

桑丘答道：

「夫人，我不是那個意思，假如您覺得這封信寫得不得體，只要撕了重寫；就怕我文才有限，越寫越糟。」

公爵夫人說：「不，這封信很好，我想給公爵看看呢。」

他們就同上花園去，那天大家在那裡吃飯。公爵夫人把桑丘的信給公爵看了，公爵非常讚賞。飯罷撤去杯盤，他們和桑丘談笑了好一會，忽聽得淒涼的笛聲和沉急的鼓聲。大家聽了這種混雜而又陰慘慘的軍樂都有點驚惶，尤其堂吉訶德，簡直坐不安席。桑丘不用說，早又躲入他的避難所——公爵夫人的裙邊去；因為那樂聲確實淒厲可怕。大家正心神不定，忽見兩個穿黑色喪服的人跑進花園來；那喪服又長又大，直拖到地上。他們一邊走，一邊各敲一面大鼓，鼓上也蒙著黑布。旁邊跟著個吹笛子的，也穿一身深黑。隨後一人魁偉非凡，他那件深黑的道袍又長又大，不是穿在身上，竟是罩在身上的。袍上斜搭著一條很寬的黑肩帶，掛一把大彎刀，刀鞘刀靶都是黑色。他臉上遮一塊透明的黑紗，紗裡隱隱約約露出一部雪白的長鬍子。他嚴肅安詳，隨著鼓聲的節奏邁步前來；那高大的身材，走路的姿態，從頭到腳的一身黑，再加陪奏的音樂，使不相識的人都心懷畏懼。

公爵等人都站著等待。這人緩步從容走到公爵面前，雙膝跪下。可是公爵一定要他站起來說話。這大個兒遵命起身，掀開面紗，露出一部世上從沒有那樣又長又大又白又濃的鬍子。他聲如洪鐘，望著公爵說：

「尊貴的公爵大人，我叫白鬍子『三圍裙』，是『三尾裙伯爵夫人』或『悲淒夫人』的侍從。她有一件離奇古怪的糟心事，簡直是意想不到的；她派我來求您大人准許她向您訴訴苦。不過她先要打聽一下，那位英勇的常勝騎士堂吉訶德・台・拉・曼卻是否在您府裡。她是餓著肚子徒步從岡達亞王國走到您這兒來找他的。她能這樣走來實在不可思議，也許是靠了魔法的法力。

---

7　三句西班牙諺語。

8　顯然這就是作者寫到這裡的日期。

9　西班牙諺語：「但願上帝保佑，那是香菜（orégano）不是草（alcaravea）。」又一說「別以為滿山都是香菜」。香菜是調味用的，較少見；那種常見的草看似香菜。

10　西班牙諺語。

她這會兒在貴府門外等著，您如果答應，她就進來。我奉命向您稟告的就是這幾句話。」

他說完咳嗽一聲，雙手把鬍子從上到下一捋，靜待回音。公爵說：

「好侍從白鬍子『三尾裙伯爵夫人』啊，我們好多天前就聽說『三尾裙伯爵夫人』遭了災難，魔法師們為此稱她為『悲淒夫人』。魁偉的侍從，你不妨請她進來，英勇的騎士堂吉訶德‧台‧拉‧曼卻在這裡呢；他心胸慷慨，你主人有什麼事都可以依仗他。你還告訴她，假如要我保護，我也一口允諾，因為是我騎士應盡的義務。我們騎士保護各種婦女；你主人是守寡的傅姆，受了欺侮傷心可憐，我們應該格外為她出力。」

「三圍裙」聽了這話，屈一膝行了個禮，對吹笛打鼓的作個手勢，叫他們奏樂，他就像來時那樣隨著音樂的節奏慢步出去。大家看了他那副神氣都很驚奇。公爵轉向堂吉訶德道：

「大名鼎鼎的騎士啊，忌恨和愚昧畢竟壓不沒才德的光芒。我為什麼說這話呢？您在我這裡才六天，受苦遭難的人已經老遠的跑來找您了；而且不是乘著馬車或騎著駱駝，卻是餓著肚子徒步走來的。他們相信憑您的力量，什麼苦難都有解救。可見您的豐功偉績已經全世界聞名了。」

堂吉訶德答道：「公爵大人，我但願上次晚飯時痛罵游俠騎士的那位好教士能親自來看看，世界上沒有這種騎士行不行。他至少可以得到些切身的體會。遭了大難而痛苦不堪的人，不找法官求救，不找村上的教堂司事，不找足不出家鄉的紳士，也不找安逸的朝臣，那種朝臣只會打聽了人家的事當新聞講，不會自己幹些事業讓人家去傳說記載。只有游俠騎士最能救危濟困，扶助童女寡婦。我有幸能做個游俠騎士，對上天感激不盡；我為這行光榮的職業，遭受什麼艱苦都甘心。請那位傅姆來吧，有什麼要求儘管說。我憑這條健臂和這顆雄心，一定解救她的困難。」

# 第三十七章

## 續敘「悲淒夫人」的奇事。

公爵夫婦瞧堂吉訶德乖乖地進了圈套，都樂極了。桑丘忽然發話道：

「我希望這位傅姆別擋了我做總督的道兒。我聽托雷多一個好口才的藥劑師說：有傅姆夾在裡面，就沒好事。哎呀！那藥劑師見了傅姆真是頭痛啊！所以我在想，既然各式各種傅姆都討厭，悲淒的傅姆更不知是什麼樣的了——她不是叫『悲淒夫人』什麼『三長裙』或『三尾巴』嗎？——在我們家鄉，長裙就叫尾巴，尾巴就是長裙。」

堂吉訶德說：「桑丘朋友，快住嘴。這位傅姆夫人既然老遠跑來找我，絕不是藥劑師講的那種人。況且她是伯爵夫人；伯爵夫人往往是陪侍王后女皇充當傅姆的，她本人在家裡就有傅姆伺候，曾是十足的貴夫人。」

堂娜羅德利蓋斯在旁插嘴道：

「我們公爵夫人的傅姆只要運道好，也做得伯爵夫人呀；可惜『法律總順從帝王的心願』。誰都不該說傅姆的壞話，說老閨娘傅姆的壞話尤其不該。我自己雖然不是老姑娘，卻知道老姑娘傅姆更比寡婦傅姆強。『給我們剪毛的，剪子還沒放手呢。』[1]」

桑丘道：「可是傅姆身上該剪掉的東西真不少！據那位藥劑師說，『飯即使黏鍋，還是別攪和。』[2]」

堂娜羅德利蓋斯說：「這些侍從呀，就是我們的冤家對頭。他們在接待室裡游魂似的，窺伺著我們一舉一動；除了念經禱告，時時刻刻就在嚼舌頭議論我們，把我們祖先的骨頭都刨出來，把我們的好名聲都毀了。可是我要告訴這些木頭人兒[3]：我們儘管半飢半飽，儘管不論皮膚粗細都得穿上黑衣服，彷彿在大遊行的日子，糞堆得用帷幔遮掩似的。可是這個世界上還有我們的日子呢，而且是和貴人一起過的！侍從們看不順眼也只好乾瞧著！說老實話，我要有機會，可以叫在場各位，甚至世上所有的人都瞧瞧：我們當傅姆的，什麼美德都齊全。」

公爵夫人說：「我相信賢慧的堂娜羅德利蓋斯說得不錯，而且理直氣壯。她如果要為自己和其他傅姆辯護，駁倒那個壞藥劑師的壞話，叫偉大的桑丘·潘沙不存偏見，她還是等適當的機會吧，這會兒不是時候。」

桑丘答道：「我聞到了總督的味道，就擺脫了侍從的傻氣。所有的傅姆都不值我一笑。」

議論傅姆的話到此為止，因為笛聲鼓聲又起，「悲淒夫人」大駕光臨了。公爵夫人問公爵該不該出去迎接，因為她是高貴的伯爵夫人。

桑丘不等公爵回答，搶先道：「瞧她是伯爵夫人呢，我贊成您兩位出去迎接；可是她又是傅姆，所以我主張兩位一步也別動。」

堂吉訶德說：「桑丘，誰叫你多嘴了？」

桑丘答道：「誰嗎？先生，我還不配多嘴？您是全世界最有禮貌、最懂規矩的騎士，我是您一手栽培的侍從呀！我聽您說過，關於這種事，『同樣是輸，少一張牌不如多一張牌』，『對聰明人不用多話』[4]。」

公爵說：「桑丘說得對。咱們先瞧瞧那位伯爵夫人是什麼人品，再斟酌對待她的禮數。」

這時笛手和鼓手又像前次那樣吹吹打打進來了。

這一短章到此結束，專章另敘這件破天荒的奇事。

1 西班牙諺語。上帝好比剪毛的，世人好比被剪了毛的羊，剪子在手，意思是照樣還要剪別的羊身上的毛。
2 西班牙諺語。意思是「少說為妙」。
3 指呆笨無能的侍從。
4 兩句西班牙諺語。

# 第三十八章

## 「悲淒夫人」講她的奇禍。

十二個傅姆排成雙行，跟隨那隊奏哀樂的人走進花園。她們身穿寬大的喪服，好像是砑光嗶嘰做的[1]：頭披細白布長巾；把喪服蓋得只露出一點邊緣。「三尾裙伯爵夫人」由她侍從「白鬍子三圍裙」攙扶著走在後面。她穿的是極細密的平絨黑呢；如果把絨毛刷出來，絨毛結成的卷兒準比馬爾多斯出產的豌豆還大呢[2]。她的尾巴或裙梢——不管什麼名稱吧——有三個尖兒，三名穿喪服的小僮各拿一個。那三個尖是三只銳角，形成一個很好看的幾何形。人家一看那三尖的裙尾梢，就知道她為什麼名為「三尾裙伯爵夫人」；那名稱好比說，有三個裙尾梢的伯爵夫人。據貝南黑利說：她確是因裙得名。她本來該稱「狼伯爵夫人」，因為她的屬地出產最多的是狼；如果不是狼而是狐狸，她就該稱「狐狸伯爵夫人」了。照那裡的風俗，君主往往憑統治的地方出產最富的東西取名。可是這位伯爵夫人賣弄她那新樣的裙子，不用「狼」取名而用了「三尾裙」。

十二個傅姆引著這位夫人穩步慢行進園，臉上都蒙著黑紗；那黑紗不像三圍裙的面紗透明，卻非常厚實，遮得嚴嚴密密。這個傅姆隊進園，公爵夫婦和堂吉訶德都站起來，旁人也都起立。隊伍停步，兩列分開；悲淒夫人還由三圍裙攙扶著從中走向前來。公爵夫婦和堂吉訶德上前十幾步去迎接。她雙膝跪下，嗓音不像鶯啼燕語，卻又沙又啞，說道：

「各位貴人請不要多禮，我是你們的小廝——我意思說，我是你們的女傭人[3]。我滿肚子悲淒，都不會按規矩回禮了。我遭了奇災橫禍，頭腦不知轟到了哪裡去；一定是落在老遠的地方，我越找越沒影兒了。」

公爵答道：「伯爵夫人，一眼看來就知您是位貴人；誰瞧不出您的身分，就是有眼無珠；我們應該對您足恭盡禮。」

他攙起這位夫人，扶她坐在公爵夫人旁邊椅上；公爵夫人也很客氣地接待她。堂吉訶德一聲不響：桑丘心癢難熬地想看看「三尾裙」或隨便哪一個傅姆的臉。不過她們不露臉，他怎麼瞧得見呢？

大家靜悄悄地等著，悲淒夫人先開口道：

「最尊貴的大人，最美麗的夫人，最高明的各位先生，你們最豪邁的心胸，對我最深切的苦惱一定會給予最濃厚的同情；我的糟心事能把最堅硬的鐵石心腸都化成最溫軟的棉花呢。可是我先要問問：有一位天字第一號的偉大騎士堂吉訶德・台・拉・曼卻，還有他那位天字第一號的好侍從潘沙是否也在這裡。我要問明了這句話，再把我的事向各位稟告——不能說『講』，得說『稟告』。」

1　傅姆穿寡婦服，即黑色喪服，衣料往往是嗶嘰的。
2　安達魯西亞的一個城，出產豌豆。
3　這個角色是公爵家小廝扮演的，他開口就露餡了。

桑丘忙搶嘴道：「區區就是那個潘沙；這位就是天字第一號的堂吉訶德。天字第一號的最悲淒的太太啊，您不妨把您最要說的話說出來，我們大家都摩拳擦掌，最甘心樂意地準備充當您天字第一號的傭人呢。」

堂吉訶德起身對悲淒夫人說：

「苦惱的夫人，假如游俠騎士的膽氣和勇力能解救你的困難，我願竭盡綿薄，為你效勞。我就是堂吉訶德·台·拉·曼卻；扶危濟困是我的責任。夫人啊，你不用懇求，也不用拐彎抹角，請直截爽快地把苦處說出來。我們聽了即使不能幫助，總會同情。」

悲淒夫人聽了這話，直撲到堂吉訶德的腳邊，又忙抱住他的腳，說道：

「天下無敵的騎士呀，您的雙腳雙腿是騎士道的石基鐵柱，讓我跪在前面吧。讓我吻吻這雙腳，因為我的災難全靠這雙寶腳開步走，才得解救呢。英勇的俠客，您幹的那些實實在在的事，把阿馬狄斯呀、艾斯普蘭狄安呀、貝利阿尼斯呀幹的那些神話似的事都比得黯然無色了！」

她又轉向桑丘，捉住他雙手說：

「你呀，古往今來游俠騎士的侍從，數你最忠實！你的好處比我這位三圍裙的鬍子還大還多！你伺候堂吉訶德這樣偉大的一位騎士，就好比伺候了全世界所有的騎士！你真可以這樣自豪！我求你憑最忠實的美德，在你主人面前好好兒替我說情，讓他趕緊幫幫我這個最卑微可憐的伯爵夫人吧。」

桑丘說：

「我的好處是不是像您侍從的鬍子那樣又大又多，我倒滿不在乎；我只要『靈魂離開人間，

還能髭鬚齊全』[4]，肉體上的鬍子是無關緊要的。您不用說情拜託，我能叫主人盡力幫忙。因為他很喜歡我，而且目前正有事求我呢。您把困難抖摟出來吧，我們會對付；咱們什麼事都可以商量。」

公爵夫人和知道這齣把戲底細的人都笑破了肚皮，暗暗稱讚三尾裙表演精妙。這位夫人重又坐下，說道：

「廣大的忒拉波巴納[5]和南海之間，離戈莫林海岬二哩瓦，有個著名的岡達亞王國。攝政的是阿爾契皮埃拉國王的寡婦堂娜瑪袞西婭王后。他們倆的獨生女安多諾瑪霞公主是岡達亞王國的女王儲。這位公主從小由我教養，因為伺候她媽媽的那許多傅姆裡我年紀最大，身分也最貴。安多諾瑪霞到十四歲長得十全十美，連造物主也不能添補分毫。可是別以為她才貌不能兩全；她的聰明美麗都是天下第一，除非司命女神嫉妒狠心，剪斷了她的生命線[6]，彷彿把最甜美的葡萄帶生摘下，上天絕不容許這種壞事的。我鈍嘴笨腮，說不出她多美。她顛倒了不知多少國內外的王孫公子。有個家居東城、沒有官職的公子哥兒，靠自己年輕漂亮、多才多藝、能說會道，也妄想吃天鵝肉。各位如果不厭絮煩，我可以講講那人的本領，他會彈吉他，能叫琴弦替他說話；又是個詩人，還擅長跳舞；他會做鳥籠，一旦窮困，單靠那項手藝就可以謀生。他那許多本領可以翻倒一座大山呢，別說顛倒一個嬌嫩的小姑娘了。可是那涎皮厚臉的傢伙如果沒先用計收伏我，他要單憑風流伶俐來攻占我們姑娘那座堡壘還辦不到。那流氓先博得我的歡心；我就好比一個昏庸的總督，把堡壘的鑰匙交給他了。乾脆說吧，他送了我這樣那樣首飾，我就迷了心竅都聽他的了。不過最打動我的還是他的詩。他住的小巷對著我的窗口；有一晚，我從窗柵欄裡聽到他唱歌；我記得這句詞兒：

是我那位甜蜜的冤家
給了我沁入心魂的痛苦；
我只能感受、不能吐露，
痛苦更在隱忍中增加。[7]

我覺得字句圓似珠，聲調甜於蜜。從此以後呀，我領會了這種詩是害人的，認為國家的主宰應當按柏拉圖的主張，把詩人——至少寫這種香豔詩的人驅逐出境[8]。像曼圖阿侯爵的歌謠，能使婦女孩童又解悶兒，又流淚；可是他們的詩卻是軟刀子，柔綿綿地刺透你的心腸，像電閃觸傷了身體而不損壞衣服。又一次他唱道：

悄悄地來吧，死的幽靈，
不要讓我知道你來，

4　西班牙諺語。意思是精神面貌之美比體軀之美更重要。據說這是某一個遭閹割的奴隸說的，又據說是某虔誠的年輕人發願剃鬚做修士時說的。

5　亦名達普羅巴那，即斯里蘭卡（錫蘭）的古稱，參看本書上冊，第十八章，注3。

6　希臘神話，司命的女神是姊妹三人：一個拿捲線杆，一個紡線，一個剪線，象徵世人的生、死和一生。

7　作者翻譯十五世紀義大利詩人阿基拉諾（Serafino Aguilano）的詩。

8　柏拉圖《共和國》第三、第十卷是這樣主張。

保不定死亡的愉快
又會給我新的生命。[9]

這類詩句都是聽來使人心醉，讀來令人神往的。這種詩人如果降格做幾支岡達亞流行的所謂迴旋曲[10]，那就叫人靈魂飛舞，心花開放，通身安定不下，覺得像水銀一樣。所以，各位先生夫人，我認為豔體詩人實在應該流放到蜥蜴島[11]去。可是不怪他們，只怪那些沒腦子的糊塗蟲還吹捧他們、相信他們呢。他們筆下盡是陳腐的比喻和離奇的廢話，什麼『在死亡裡生活』呀，『在冰裡燃燒』呀，『在火裡發抖』呀，『沒有希望的希望』呀，『離開了你還在你身邊呀』等等，我要是個夠格兒的好傅姆，這種話就不入耳也不相信。再譬如說吧，他們動不動許你許多珍貴的東西：阿拉伯的鳳凰呀，阿利阿德納的王冠呀，駕在太陽車上的馬匹呀，大海的珠子呀，鐵巴河裡的黃金呀，潘加亞的香料呀等等[12]，這又算什麼呢？想像不出的東西，辦不到的事，空口答應毫不費力，不過筆下鋪張一番罷了。可是我胡扯到哪裡去了呢？唷！我這個倒楣人！我自己的罪過還數不完，卻沒頭沒腦議論別人的過錯！唷！我再說一遍，我是個倒楣人！不是詩歌迷惑了我，是我自己糊塗；不是音樂引誘了我，是我自己輕佻。我愚蠢透頂，毫無識見，為那位公子哥堂克拉維霍開了方便之門。他由我做牽頭，以丈夫的名義，一次次到受騙的安多諾瑪霞的臥房裡來。她是受了我的騙，不是受他的騙。他如果不是她丈夫，我雖然罪孽深重，他給她拾鞋我也絕不答應！這是不能通融的！我幫襯的事不管怎樣總得先結婚。只是他們的好事有個障礙：兩人地位不同，堂克拉維霍是個沒有官職的少爺，而安多諾瑪霞公主呢，我已經說了，是國家的女王儲。這個私情勾當靠我遮蓋嚴密，一時上瞞過了人。後來安多諾瑪霞的肚子作怪，忽然膨脹起來，我覺得事情要鬧破了；我們三人慌慌張張商量應付的辦法。我們決計不等醜事敗露，先由堂克拉維霍要女王儲出一張和他訂婚的筆據，他拿著向教庭主管婚姻的人要求准許這場婚事。這張筆據由我口授，寫得鐵案如山，就有連大力士也推不倒。教庭就著手辦事了；主管教士看了那張筆據，又聽了公主親口的供認。公主和盤托出，主管教士就下令把她寄放在一個很有體面的警官家裡……」

桑丘插嘴道：

「原來岡達亞也有警官，也有詩人，也有迴旋曲。可見全世界都是一樣的。三尾裙夫人啊，你快講吧，時候不早了。我心癢癢要知道您這個老長的故事怎麼收場呢。」

伯爵夫人說：「我就講下去。」

9 西班牙軍官艾斯克利巴（Escrivá, 1511）所作，曾風行一時，塞萬提斯把原詩稍加修改。

10 迴旋曲（seguidilla），四行或七行詩，當時西班牙風行的一種舞曲。

11 指托爾給瑪達（Torguemada）《奇花圃》裡流放罪犯的島。

12 鳳凰稱為「阿拉伯鳥」；阿利阿德納是希臘神話裡的女人；鐵巴河（Tibar）在非洲，鐵巴河裡的黃金指最純粹的精金，潘加亞在「肥沃的阿拉伯」即葉門。

# 第三十九章

## 三尾裙續講她那聽了難忘的奇事。

桑丘隨便說什麼，公爵夫人都覺得非常有趣，而堂吉訶德總非常著急；他叫桑丘住嘴。悲淒夫人接著道：

「乾脆說吧，公主經過反覆盤問，咬定原先的供認，沒一字出入。教庭主管人批准了堂克拉維霍的陳請，把公主判為他的合法妻子。安多諾瑪霞的媽媽堂娜瑪袞西婭王后氣破了肚子，沒過三天，我們就送她入土了。」

桑丘說：「她準是死了。」

三尾裙答道：「當然啦！我們岡達亞不把人活埋，只埋死屍。」

桑丘答道：「侍從先生，有個暈過去的人，大家以為死了，就埋了。我想瑪袞西婭王后該是暈過去，不見得就是死。只要人還活著，事情總可補救；公主也沒幹下什麼大不了的傻事，她媽媽何必氣得那樣呢。我聽說常有公主和小廝或奴僕結婚；假如這位公主幹了這種事，那才糟得無可挽救呢。現在她嫁一個像您形容的那麼有才有貌的公子哥兒，要說她傻也可以，其實並不太傻。因為——我主人就在這裡，他不會讓我撒謊，據他的規律：文士可以成為主教；騎士——尤其游俠騎士，可以成為帝王。」

堂吉訶德說：「桑丘說得對，游俠騎士只要有一星半點的運氣，馬上就能做到世界上最大的帝王。悲淒夫人請講下去吧。我料想這故事才講了甜的一節，苦的還在後頭呢。」

伯爵夫人道：「可不是苦的還在後頭！而且苦得很，苦瓜相形之下都算得蜜甜，夾竹桃都算得可口了。王后確是死了，不是暈過去；我們把她埋了。我們剛蓋上土，剛向她說了『永別了，安息吧』；忽見——唉！真是『道此誰能不淚流』[1]！——巨人瑪朗布魯諾騎著一匹木馬站在王后墓旁。他是瑪袞西婭的親表哥，是個凶暴的魔法師，特來為親表妹報仇的。他要懲罰堂克拉維霍的狂妄，安多諾瑪霞的執迷不化，就在墓前運用法術，叫他們倆當場著了魔，女的變成一隻銅猴，男的變成一條不知什麼金屬的可怕的鱷魚，他們倆中間隔著一個金屬的柱子，上面刻著幾行敘利亞文，翻成岡達亞文，現在再翻成西班牙文，就是以下一句話：『這一對胡鬧亂來的男女，要等英勇的曼卻人和我決鬥之後，才能恢復原形；司命女神已經注定，這件空前的險事，要靠那位曼卻人的大力收場。』那巨人隨即從刀鞘裡拔出一把又寬又大的彎刀，一把揪住我的頭髮，要割斷我的脖子，把腦袋齊根剁下來。我嚇得聲音堵在嗓子裡都出不來了。我萬分危急之際，拚命壯著膽掙出顫抖的聲音，向他苦苦哀求，他才發慈悲住手。他就召集宮裡所有的傅姆，就是在場的我們這些人；他把我一人的罪過怪在大家身上，狠狠責罵，說我們心腸惡，手段更壞，陰謀詭計尤其可恨。然後說，他不想一刀宰掉我們，卻要精細折磨，叫我們死得又慢又苦。他這話剛出

1 原用拉丁文詩句（Quis talia fando temperet a lacrykis?），是把維吉爾名作《伊尼亞斯》卷二第六至八行截搭而成。

口，我們大家立刻覺得滿臉的毛孔都張開了，整個臉上好像針扎似的，一摸，發現自己變成了這副模樣。」

悲淒夫人和其他傅姆掀開面紗，露出一張張髭鬚叢生的臉，紅鬍子、黑鬍子、白鬍子、灰鬍子各色都有。公爵夫婦滿面驚奇，堂吉訶德和桑丘都愣住了，在場的人都非常詫異。三尾裙接著說：

「瑪朗布魯諾那壞蛋叫我們嫩臉上生滿粗硬的鬃毛，這樣來懲罰我們。唉，天啊，寧願他用大彎刀砍下我們的腦袋，也別讓這密茸茸、亂蓬蓬的毛掩蓋了我們煥發的容光啊！各位試想：一臉鬍子的傅姆還有什麼前程呢？哪個爸爸媽媽會可憐她呢？誰會幫助她呢？她面皮光滑柔膩，把美容藥水油膏千搽萬搽，還沒人愛她；現在一張臉上像生了叢林野草似的，她可怎麼辦呢？我們想到自己的不幸，淚水流得泛江滿海，眼睛都哭得乾枯了；要不然，我講到這話又得淚浪滾滾呢。哎，傅姆啊，我的夥伴們啊，咱們的父母生咱們的時辰真是不吉利啊！」

她講到這裡，好像就要暈過去了。

# 第四十章

## 這件大事的幾個細節。

愛讀這種故事的人真該感謝作者熙德・阿默德敘事詳盡、瑣屑無遺。他把人物的心思夢想都描寫出來；達出了隱情，打破了疑團，解除了爭端。總而言之，他一絲不苟，一點兒也不含糊。享大名的作者啊！交好運的堂吉訶德啊！出鋒頭的杜爾西內婭啊！逗樂兒的桑丘啊！但願你們大夥兒一個個都萬世傳稱，為世人解悶！

據記載，桑丘看見悲淒夫人暈過去，就說：

「我憑正人君子的宗教、憑我歷代祖先的靈魂發誓：這種事真是我從沒聽過見過的，我主人也從沒講過，他想都想不到。瑪朗布魯諾啊，你是魔法師又是巨人，我不敢咒你，但願千千萬萬的魔鬼保佑你吧！你難道沒別的辦法懲罰這群可憐的娘兒們，非得叫她們生鬍子嗎？你把她們下半個鼻子截掉，儘管說話齉聲齉氣，不也比滿臉鬍子好嗎？我可以打賭，她們可沒錢找人剃鬍子呀。」

一個傅姆說：「先生，你說得對，我們哪有錢找人剃鬍子呀；我們有個省錢的辦法，用橡皮膏貼在臉上，然後砉一下撕掉，臉皮就像石臼底一樣光滑了[1]。岡達亞當然也有那種串門子的婆娘，專給女人去汗毛，修眉毛，炮製各種美容品，可是我們家傳姆從來不讓這種婆娘上門，因為她們多半是自己幹不了皮肉生涯，就為人家拉皮條的。我們要沒有堂吉訶德先生的幫助，就得帶著鬍子進墳墓。」

堂吉訶德說：「我要不能去掉你們的鬍子，就得按摩爾人的風俗揪掉自己的鬍子了[2]。」

三尾裙恰在這時候甦醒，說道：

「英勇的騎士啊，我昏迷中聽到你這響亮的一聲答應，立刻就甦醒過來。大名鼎鼎的俠士、戰無不勝的好漢，我再次懇求你：你一口答應的事，務必要做到啊。」

堂吉訶德答道：「我絕不耽擱。夫人，你瞧瞧我該怎麼辦，我急要為你效勞呢。」

悲淒夫人道：「請聽我說。從這裡到岡達亞王國陸地上要走五千哩瓦左右，空中飛行不用繞道，那就是三千二百二十七哩瓦。瑪朗布魯諾還有句話得告訴你，他說：我們如果有幸找到了救星，他要送一匹馬給他，遠比驛馬好，也不那麼放刁。那匹馬就是庇艾瑞斯英雄搶回瑪加隆娜美人乘的木馬[3]。它不用轡頭駕馭，只由腦門子上的關捩子操縱，飛行輕快，彷彿一群魔鬼抬著似的。據古代傳說，那匹馬是梅林法師製造的。庇艾瑞斯是他的朋友，曾經借了這匹馬遠行——就是剛才說的，去搶了美人瑪加隆娜，帶在鞍後一起飛回家；當時目見的人一個個都驚得目瞪口呆。梅林只借給和他要好的人，或者索取高價出租。自從偉大的庇艾瑞斯借用以來，還沒聽說有誰騎過那匹馬。現在瑪朗布魯諾用法術霸占了它，常騎著漫遊世界：今天在這裡，明天到法蘭西，後天到波多西。那匹馬妙的是不吃、不睡也不消磨馬蹄鐵；它不生翅膀，能在空中跑個快步，跑得非常平穩，騎在上面可以平端著滿滿一杯水一滴不灑。所以美人瑪加隆娜騎在上面快樂得很。」

桑丘插嘴道：

「要說跑得平穩，得數我那灰毛兒；儘管不是在空中而是在地上，我拿定全世界跑快步的都賽不過牠。」

大家都笑了。悲淒夫人接著說：「如果瑪朗布魯諾讓我們災難脫體，入夜半小時內他就會把那匹馬送來。因為他跟我講過：我一旦找到了那位騎士，他立刻就把木馬送到我跟前來，讓我知道找對了人。」

桑丘問道：「那匹馬能帶幾個人呢？」

悲淒夫人說：「兩人：一個坐在鞍上，一個坐在鞍後；如果沒有搶來的女人，那兩人往往就是騎士和侍從。」

桑丘說：「悲淒夫人，請問那匹馬叫什麼名字呢？」

悲淒夫人答道：「它取的名字不是貝雷羅封德的貝伽索，不是亞歷山大大帝的布賽法洛，不是狂人奧蘭多的布利利亞多羅，不是瑞那爾多斯・台・蒙答爾班的貝亞爾德，也不是汝黑羅的弗隆悌諾；據說太陽車上的兩匹馬叫博泰斯和貝利托阿，戈斯族末代國王——那倒楣的羅德利果在他喪命亡國的戰役裡乘的馬叫奧瑞利亞，這些名字木馬都沒取用。」

---

1 當時西班牙女人用這種方法去掉臉上的汗毛。

2 摩爾人碰到傷心事就揪自己的鬍子。

3 這個故事已見上冊，第四十九章。

桑丘說：「這許多名馬的響亮稱號它既然都不用，我可以打賭，它也不會叫做駑騂難得；我主人坐騎的名字取得合適，比剛才舉的那許多都強。」

滿面髭鬚的伯爵夫人說：「是啊。不過木馬的名字也取得很合適，它叫『如飛・可賴木捩扭』。因為它是木頭的，腦門子上有個關捩子，並且跑得飛快[4]。這個稱號和著名的駑騂難得正可比美。」

桑丘說：「名字是不錯的；可是用什麼轡鑾駕馭呢？」

三尾裙答道：「我已經說了，用那個關捩子呀。把關捩子擰擰，就可以隨意控馭：或者臨空飛行，或者掠地奔跑，或者照合宜的準則，走一條適中的路。」

桑丘說：「這匹馬我倒很想瞧瞧呢。可是別指望我騎上去，不論要我騎在鞍上或鞍後，都是『要榆樹結梨』[5]。我騎著自己的灰毛兒，馱鞍比絲綿還軟，我才勉強坐個平穩；現在要我騎在木馬的硬屁股上，沒襯沒墊的，怎麼受得了呀！天曉得，我不願意讓人家臉上光滑，磨損了自己的坐臀，剃鬍子各人自想辦法吧，我不打算陪主人走那麼老遠的路。況且這件事也用不到我，不比解除杜爾西內婭小姐的魔法非我不可。」

三尾裙說：「朋友啊，你有用，而且用處很大；據我所知，沒了你什麼事都不行。」

桑丘答道：「我憑國王發誓，侍從和主人幹的事什麼相干呀！事情成功，美名是他們享，苦差是我們當。哼！難道歷史上會說：『某騎士全靠他侍從某某的幫助，完成了什麼什麼事……』嗎？書上只說：『三星騎士巴拉利博梅儂降伏了六個妖怪』一個字也不提那個緊跟騎士出死入生的侍從，彷彿世界上就沒那麼個人呀！各位先生夫人，我再說一遍：讓我主人自個兒去吧，祝他大吉大利；我呢，就待在這裡，伺候我的女主人公爵夫人。說不定我主人回來，杜爾西內婭小姐的厄運已經大有轉機了。因為我打算等閒來無事，自打一頓鞭子，打得渾身傷疤，再也長不出一根汗毛。」

「可是好桑丘啊，如果需要你陪去，你還是得去，求你的都是好人呀。你不能為了不必要的顧慮，叫這些太太們鬍鬚滿面；那就真糟糕了。」

桑丘答道：「我再憑國王發誓：一個男子漢不妨吃些苦頭，為監禁的少女或育嬰堂的孤兒行好事，可是為傅姆去掉鬍子，那就冤枉了！我寧願眼看她們從高的到矮的、從正正經經的到扭扭捏捏的一個個都長上鬍子！」

公爵夫人說：「桑丘朋友，你對傅姆太狠了。你是偏信了托雷多藥劑師的話。他實在是不對的。我家有些可充模範的傅姆；這位堂娜羅德利蓋斯就不容我說她不是。」

羅德利蓋斯說：「是或不是，隨您貴夫人說吧，反正實在怎樣，上帝都知道。我們傅姆不論好壞，不論有鬍子沒鬍子，都和別的女人一樣是娘肚子裡出來的。上帝既然叫我們生在這個世界上，他自有安排。我一心想著的是他的慈悲，顧不了誰的鬍子。」

堂吉訶德說：「行了，行了，羅德利蓋斯夫人。三尾裙和她同夥的各位夫人啊，我相信上天會顧憐你們，因為桑丘準聽我吩咐。只要等可賴木捩扭送來，只要等我和瑪朗布魯諾交手，我準

4 原文Clavileño el Alígero，clavileño包括兩個意思，一是「關捩子」，二是木頭，el Alígero是綽號，意思是輕快如有翼。

5 西班牙諺語。

能一劍砍掉他的腦袋，比剃刀剃掉你們的鬍子還容易。『壞人得意，為時無幾。』[6]」

悲淒夫人答道：「哎，英勇的騎士啊！但願滿天星辰都化作慈悲的眼睛注視著您，給您運氣和勇氣，讓您能扶助我們這夥挨罵受欺、被藥劑師厭惡、侍從批評、小廝捉弄的傅姆。哪個年輕女人不做尼姑倒做傅姆，就是自己糊塗，活該受罪！我們這些傅姆真是可憐蟲呀！即使我們是特洛伊王子赫克托的直系子孫，我們女主人還是呼來喝去，也許這樣就覺得自己是王后了。巨人瑪朗布魯諾啊，你雖然是魔法師，卻最是說話當話的；快把獨一無二的可賴木馱扭送到這裡來吧，讓我們災退身安。假如天熱了我們臉上還蓋著密密叢叢的鬍子，我們可糟糕了呀！」

三尾裙說著無限傷心，大家聽了都流淚，連桑丘也熱淚盈眶。他暗想，如果為這群老太太去掉臉上的絨毛須他陪著主人走遍天涯地角，他也不再推三阻四了。

6　西班牙諺語。

# 第四十一章

## 可賴木捩扭登場，冗長的故事就此收場。

天色漸黑，預計神馬可賴木捩扭該到了。堂吉訶德已經等得不耐煩，生怕上天並未選定自己去完成這件大事，所以瑪朗布魯諾不把那匹馬送來；再不然，就是瑪朗布魯諾不敢和他決鬥。這時花園裡忽然來了四個身披翠綠藤蘿的野人，同扛著一匹大木馬。他們把這匹馬四腳著地放下，一個野人說：

「哪位騎士有膽量乘坐這個神工製造的東西，就請他騎上去吧。」

桑丘說：「我不騎；我既沒有膽量，也不是騎士。」

那野人說：

「假如這位騎士有侍從，可以騎在馬屁股上。大勇士瑪朗布魯諾一口擔保：他專等著比劍，這位騎士盡可放心前去，絕沒有誰暗害他。這匹馬脖子上有個關捩子[1]；只要扭動一下，它就把

1　木馬行空始見《天方夜譚》，關捩子安在脖子上。塞萬提斯借用了這個奇談；上文曾改變關捩子的位置，說安在額上，這裡他又完全按照《天方夜譚》了。

你們從天空直送到瑪朗布魯諾那裡去。可是你們得把眼睛蒙上，免得飛高了頭暈；等聽見馬嘶，就是到達地頭的信號，到那時才能開眼。」

他們交代完畢，撇下木馬，慢步由原路出去了。悲淒夫人見了這匹馬，含淚對堂吉訶德說：「英勇的騎士，瑪朗布魯諾沒有失信，這匹馬果然來了。我們的鬍子日生夜長，我們每個人為每根鬍子懇求你快給我們剪剃吧。這也沒多大麻煩，只要你帶著侍從，騎上木馬，趕緊上路。」

「三尾裙伯爵夫人，我馬上照辦，而且心甘情願。免得耽擱，我不用坐墊，靴上也不戴馬刺了；我一片心要瞧您夫人和她們幾個都剃得臉上光光的。」

桑丘說：「我不幹；順著我也罷，逼著我也罷，反正我怎麼也不幹。假如剃鬍子的事非我騎上馬屁股才行，那麼，我主人另找侍從吧，這幾位太太也另想辦法刮光面皮吧。我不是巫師，不喜歡在天空飛行。假如我那海島上的百姓知道他們的總督在天上飛來飛去，他們不說閒話嗎？況且從這裡到岡達亞有三千零不知多少哩瓦，假如馬跑不動了，或者巨人發脾氣了，我們回家路上得有五六年的耽擱呢；到那時候，世界上還有什麼海島河島要我去做總督呀！常言道，『拖拖延延，就有危險』；又說，『如果給你一頭小母牛，快拿了拴牛的繩子趕去。』對不起，我顧不了這幾位太太的鬍子了。『聖貝德羅在羅馬過得很好』[2]；就是說，我在這府上過得很好，受到種種厚待，還指望主人賞我做總督呢。」

公爵答道：

「桑丘朋友，我答應你的海島不是浮動的，逃跑不了；它根子很深，直扎到海底下，大力士也拔不出、挪不動。咱們都知道，要到手一個高官美職，多多少少總得出些賄賂。要做我那海島的總督呀，也得送賄賂；那就是陪你主人堂吉訶德去完成這樁後世傳名的奇事。你還會騎著可賴木捩扭回來；它行步如飛，來回只是一轉眼的事。假如你走了背運，流浪在外，那就只好一路上住著客店步行回來。反正你回來了那海島還在原處，島上的百姓總歡迎你去做總督；我也不會變計。這是實話，桑丘先生，你要猶豫，就大大辜負我對你的厚意了。」

桑丘說：「您甭說了，先生。我是個可憐的侍從，當不起您這樣客氣。讓我主人上馬吧；給我蒙上眼睛，為我求上帝保佑吧。我還請問，我在天空飛的時候，能禱告上帝保佑或天使救護嗎[3]？」

三尾裙答道：

「桑丘，你儘管求上帝保佑；求誰都行。瑪朗布魯諾雖然是魔法師，卻是個基督徒；他行使魔法非常謹慎，誰也不得罪。」

桑丘說：「哎，那麼上帝保佑我吧！最神聖的加埃塔的三位一體[4]保佑我吧！」

堂吉訶德說：「自從我忘不了的壓布機事件，至今還沒見過桑丘這樣害怕。假如我也迷信預兆，他這麼膽怯就使我也洩氣了。可是桑丘你過來，如果在場各位不見怪，我要跟你說兩句私房話呢。」

他和桑丘走到花園的樹叢裡，拉著桑丘兩手說道：「桑丘老弟，咱們就要出遠門了。咱們幾

---

2 三句西班牙諺語。

3 桑丘怕禱告上帝或天神會破掉魔法，使他從空中栽下來。

4 見本書下冊，第二十二章，注6。

時能回來，承擔了那件事還會有什麼閒工夫，那只有上帝知道了。所以我求你這會兒假裝去找一件路上必需的東西，回屋去費一點點工夫，把你承擔的三千三百鞭兌現一部分，至少打五百鞭吧，你反正總得打呀。『著手一幹，完事一半。』[5]」

桑丘說：「天曉得，您老人家準是糊塗了。您就像老說話的，『看見我懷孕了，卻指望我是處女！』[6]我這會兒得坐著硬木板遠行，您卻要我打爛自己的屁股嗎？您實在是不講道理了。咱們現在且去給這幾位傅姆剃掉鬍子；等回來了，我向您擔保，一定趕緊還清這筆債，叫您稱心滿意；我沒別的好說了。」

堂吉訶德答道：

「好桑丘，你既然這麼答應我，我也就安心了。我相信你說到做到；因為你這人傻雖傻，卻真是又忠又信。」

桑丘說：「我不是又棕又青[7]的，我是黑蒼蒼的。不過我即使是染色的，我也說到做到。」

他們就回去同乘木馬；臨上馬堂吉訶德說：

「桑丘，你蒙住眼睛上馬吧。叫老實人上當不是光彩的事，人家也犯不著老遠的接了咱們去捉弄咱們。即使事情不順手，咱們這番英勇仗義的作為，誰都不能誹謗。」

桑丘說：「先生，咱們走吧。我老掛念著這幾位傅姆的鬍子和眼淚；她們臉上這層絨毛不脫淨，我吃一口東西都沒胃口。您先蒙上眼睛上馬吧。我不是得騎在鞍後嗎？您騎在鞍上的分明得先上啊。」

堂吉訶德說：「你說得對。」

他從衣袋裡掏出一塊手絹，請悲淒夫人給他把眼睛蒙得嚴嚴地，他剛蒙上，又把手絹扯開道：

「我記起了維吉爾著作裡特洛伊的巴拉迪翁。那是希臘人獻給巴拉斯女神的一匹木馬[8]；木馬滿肚子全是武裝的騎士，他們毀掉了特洛伊城。所以咱們先得瞧瞧可賴木捩扭肚裡有什麼東西。」

悲淒夫人說：「那倒不必。我可以為它作保；我知道瑪朗布魯諾一點不歹毒奸詐。堂吉訶德先生，您不用顧慮，儘管放心上馬；出了事由我當災。」

堂吉訶德覺得如果太仔細，要求萬無一失，就不像個好漢了，所以不再計較，就騎上可賴木捩扭，並且試了試它那轉動靈便的關捩子。他沒有腳鐙，垂著兩腿，活像法蘭德斯[9]帷幔上描繪或織成的羅馬凱旋圖裡的人物。桑丘滿不情願，一步一挨地跟過去騎在鞍後。他盡量坐穩身子，覺得這個屁股沒一點溫軟，實在太硬些，就請求公爵是否竟從公爵夫人的客堂裡或哪個小廝的床上拿個坐墊或枕頭給他用用，因為這個馬屁股不像木頭，竟像大理石呢。三尾裙忙說：可賴木捩扭身子不讓裝鞍轡或披蓋東西，最好是學女人那樣橫坐，也許覺得好受些。桑丘照辦了。他一面

5 西班牙諺語。

6 西班牙諺語。

7 堂吉訶德說桑丘可信（verídico）；桑丘聽錯了，以為說他是青的（verde）。

8 堂吉訶德記錯了。巴拉迪翁（Paladíon）不是木馬，是特洛伊城的保護女神巴拉斯的木質神像，傳說是從天上掉在特洛伊的。

9 古國名，包括現在的比利時、荷蘭南部、法國北部。

告別，一面讓人家給他蒙上眼睛；可是剛蒙上，他又露出眼來，戀戀不捨地含淚望著大家，請為他的急難多多念幾遍〈天主經〉和〈聖母經〉，一旦他們有難，上帝就也叫人家為他們念經。堂吉訶德聽了這話說道：

「你這個混蛋！何必這樣哀求苦惱呀？難道你是上斷頭台，或是要嚥氣了嗎？你這個沒膽量的膿包！你坐的位子，不正是瑪加隆娜美人坐的嗎？歷史總不會扯謊吧；她從那兒下來，不是進墳墓，卻是去做法蘭西的王后呀[10]。你旁邊的位子正是從前庇艾瑞斯英雄坐的；我坐在這位子上，哪一點比不上他嗎？你這個膽小的畜生，快把眼睛蒙上吧！蒙上吧！你心上害怕，嘴裡可不用出聲啊！至少別在我面前出聲啊！」

桑丘答道：「給我蒙上眼吧。我求上帝保佑，您卻不願意；我央人代我禱告，您又不准；那就別怪我害怕了，保不定大堆[11]魔鬼把咱們扔到貝拉爾維琉[12]去呢。」

兩人蒙上眼，堂吉訶德覺得一切就緒，就去擰那個關捩子。他剛摸上，一群傅姆和花園裡所有的人都高聲喊道：

「英勇的騎士啊，上帝指引你！」

「大膽的侍從啊，上帝保佑你！」

「你們這會兒已經上天了，衝著風直往前去，比射出的箭還快！」

---

10 據傳說，庇艾瑞斯做了那不勒斯王，她做了那不勒斯王后。

11 桑丘把「大隊」說別了。

12 貝拉爾維琉（Peralvillo）在拉曼卻境內，靠近西烏達德．瑞阿爾，是神聖友愛團處決犯人的地方。

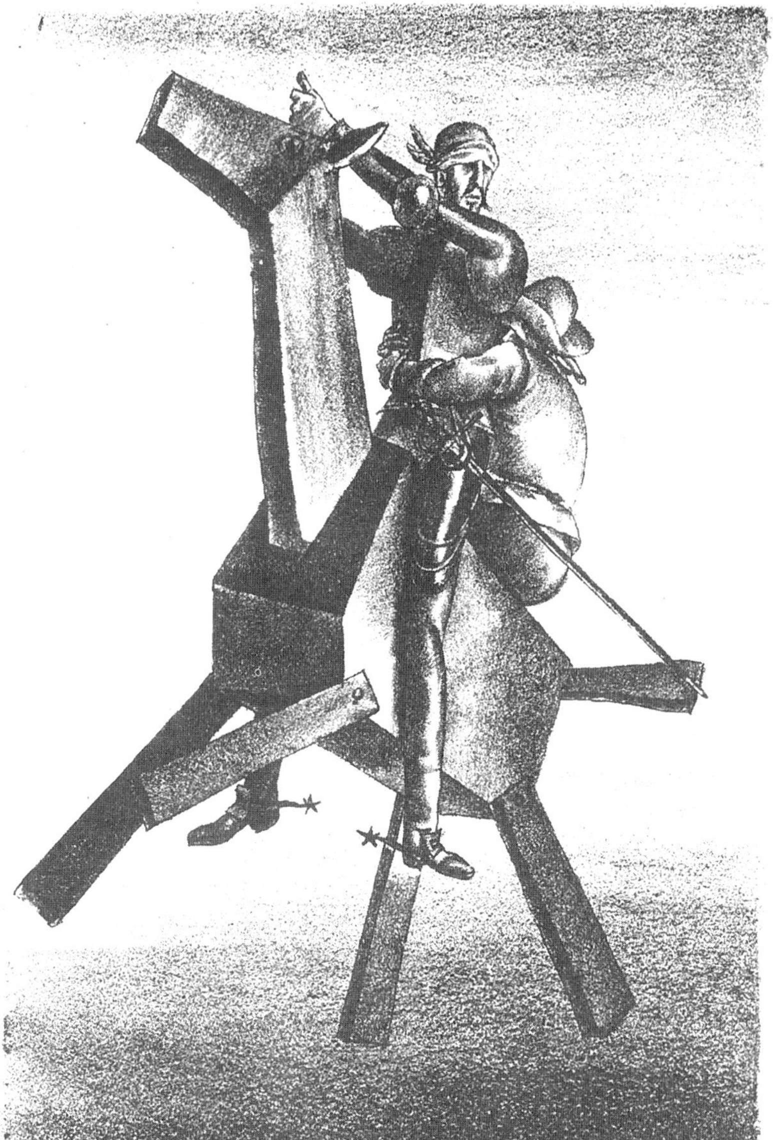

「我們在地上望著你們，都驚駭得目瞪口呆了！」「勇敢的桑丘啊，坐穩了！你在搖晃呢！當心別摔下來！從前太陽神的兒子想駕馭太陽車，不就摔死了嗎？你這一摔呀，準比那莽小子還摔得慘呢！」

桑丘聽了喊聲，緊緊挨著主人，兩臂抱住他說：

「先生，他們講話咱們都聽得見，而且就在身邊似的，怎麼說咱們已經飛得那麼高了呢？」

「桑丘，你別理會這種事；這就和飛行一樣都不合自然界的規律。即使離開了他們一千哩瓦，也隨你什麼都看得見、聽得到。你別死抱著我呀，你要把我扳倒了。我真不懂你幹麼這樣慌張。我敢發誓，我一輩子沒乘過更平穩的坐騎，簡直好像一步都沒挪動似的。朋友啊，別害怕，事情實在很順利，好風正在吹送咱們。」

桑丘答道：「是啊，我這邊的風大極了，好像一千只風箱正對著我吹呢。」

果然有幾只大風箱正對著他鼓風。公爵夫婦和他們的總管為這件事策畫周密，該做的都做到。

堂吉訶德覺得風吹，就說：

「桑丘啊，咱們現在一定是到了冰雹雪花的老家——那第二層天。雷電霹靂的老家是第三層天。如果照這樣再升上去，咱們馬上就要到火焰天了。我還不知道怎樣操縱這個關捩子，才免得上升到燒身的熊熊大火裡去。」

這時公爵家人用竿子挑著小撮兒易燃易滅的亞麻，遠遠地熏他們的臉。桑丘感到灼熱，說道：

「我可以打賭，著火的那層天咱們準到了，或者很近了，因為我的鬍子大部分烤糊了。先生，我想露眼瞧瞧咱們在哪兒呢。」

堂吉訶德說：「這可要不得，你別忘了陀援爾巴碩士的經歷[13]。他騎著竹竿，閉著眼睛，由一群魔鬼帶著飛行，十二個鐘頭到了羅馬，降落在城裡一條街上，街名叫陀瑞・台・諾納。他目見當地的騷亂和波爾邦攻城被殺的經過[14]。第二天他回到馬德里，就把親眼目見的事講給大家聽。他還說自己在天上飛的時候，魔鬼叫他睜眼，看見月球近在身邊，好像一伸手就摸得到。他說沒敢向地面觀望，怕頭暈眼花。所以桑丘，咱們不必露出眼睛來，誰負責送咱們的，會照管咱們。也許咱們正盤旋著往上飛，準備忽然往下一竄，直取岡達亞王國；好比鷹隼繞著下面的鷺鷥盤旋上升，往上飛只為竄下去抓那隻鷺鷥。咱們雖然覺得離花園沒半小時，一定走了好遠的路了；我這話是有把握的。」

桑丘答道：「這種事我也不懂，不過我說呀，那位瑪加隆內或瑪加隆娜夫人坐在這個屁股上如果還會滿意，她的皮肉一定嬌嫩不到哪裡去。」

公爵夫婦和花園裡那些人聽了這兩位好漢的對話樂得不可開交。他們要結束這場精心策畫的

---

13 陀援爾巴（Torralba）是西班牙人，生於十五世紀末葉，據他自己說，有個神靈或幽魂名薩其爾（Zaquiel）經常顯形告訴他未來之事。他在宗教法庭受審時自供，一五二七年五月四日至五日的夜裡，薩其爾叫他騎著一根竿子，閉上眼，把他由空中帶到羅馬。他張眼看見離海很近，伸手可觸；半小時左右到了羅馬，目見那裡騷亂的情況。他就在當夜騎竿蒙目飛回瓦拉多利德。

14 波爾邦（Borbón），法王法蘭索瓦一世手下的元帥，倒戈投降了西班牙的卡洛斯大帝五世。一五二七年五月四日他襲擊羅馬時被殺。

大胡鬧，就用亞麻點火燒著可賴木捩扭的尾巴。馬肚子裡裝滿花炮，立即劈劈啪啪一陣子爆炸，把烤得半焦的堂吉訶德和桑丘．潘沙拋在地上。

當時三尾裙和那隊滿面鬍子的傅姆都不見了，花園裡那些人一個個倒臥在地，好像昏迷了似的。堂吉訶德和桑丘慌慌張張爬起來四面觀望，發現自己還在花園裡。他們看見許多人躺在地上，非常驚奇；尤其可怪的是花園盡頭有一支長槍插在地裡，槍頭上兩條綠絲繩掛著一幅光潔的白羊皮紙，上面金色大字寫道：

「著名騎士堂吉訶德．台．拉．曼卻解救了三尾裙伯爵夫人（又名悲淒夫人）和她同夥；只為他承擔了這件事，她們立即災難脫體。

「瑪朗布魯諾十分滿意；傅姆的臉頰已一毛不剩，國王堂克拉維霍和王后安多諾瑪霞亦已恢復原形。魔法師魁首梅林法師有令：等侍從鞭打滿數，白鴿就能擺脫迫害她的鷙鳥，投入她情侶的懷抱。」

堂吉訶德讀了這段話，知道是指杜爾西內婭解除魔法的事。他深感上天叫他只冒了這一點危險就大功告成，那夥老太太的臉皮又光滑如舊；她們這會兒都不知哪裡去了。他跑到還未甦醒的公爵夫婦旁邊，抓住公爵的手說：

「公爵大人啊，請聽好消息吧！災難都解除了！十全十美，一舉成功，那標竿兒張掛的紙上明寫著呢。」

公爵好像從沉睡中漸漸清醒；公爵夫人和倒臥在花園裡的其他人也和他一樣。他們都驚詫萬狀，把假戲搬演得像真事似的。公爵瞇著眼讀了那幅字紙，張臂去擁抱堂吉訶德，說他是古往今來最了不起的騎士。桑丘只顧尋找那位悲淒夫人，想瞧瞧她脫掉鬍子的臉蛋兒，因為她身材俊俏，相貌想必美麗。可是人家告訴他說：可賴木捩扭燃燒著從天上剛掉下地，那群傅姆和三尾裙臉上的鬍鬚就一古腦兒連根脫淨，她們全夥轉眼都不知去向了。公爵夫人問桑丘這番遠行的經過。桑丘答道：

「夫人，我覺得我們飛到了火焰天——這是據我主人說的；我想露一縫眼瞧瞧，可是我主人不准。我呢，有那麼一點點兒好奇心，不讓知道的越想知道。我偷偷兒把蒙眼的手絹靠鼻子那兒扳開一縫，向地球望了一眼。我覺得整個地球還沒有一粒芥子大，上面來來往往的人只比榛子稍微大些；可見我們飛得多高了。」

公爵夫人道：

「桑丘朋友，你別亂說啊。看來你瞧見的不是地球，只是上面來往的人。假如你看見的地球像一粒芥子，每個人卻像一粒榛子，那麼，光一個人就把整個地球遮掉了；這還不顯而易見嗎？」

桑丘道：「對呀。不過我是從一個側面看去，所以整個地球都看見了。」

公爵夫人說：「桑丘，你想想，你怎麼能從一件東西的側面看到它的全面呀？」

桑丘答道：「我不懂看到看不到，反正我告訴您夫人：我們是靠魔法在天上飛行；靠了魔法，就不論從哪個側面都能看到全地球和所有的人。假如您不信，我以下講的您也不會相信了。我把蒙眼的手絹掀到眉毛上，看見自己離天不過一兩拃的遠近。高貴的夫人，我憑一切神靈發誓，那個天真是大得無邊無際啊！我們正飛過七隻母羊的星座[15]。我小時候在家鄉當過牧童，所

15 指金牛宮七星，西班牙人稱為七隻母羊的星座。

以一見那幾隻羊，就想逗牠們玩玩，要是不能遂心，我可真要難過死了。那我怎麼辦呢？我就不聲不響，也沒和主人說，悄悄兒下了可賴木捩扭，和那群母羊玩了三刻鐘左右。牠們真是可愛！像紫羅蘭！像花朵兒！可賴木捩扭站著等我，動都不動。」

公爵問道：「好桑丘和母羊玩，堂吉訶德先生怎麼消遣呢？」

堂吉訶德說：

「這些東西，這種事情都不合自然界的規律，所以桑丘的話雖然荒唐，也沒什麼奇怪。我呢，沒挪動蒙眼的手絹，天呀、地呀、海呀、岸呀，什麼也沒看見。我倒真是覺得在天空飛，而且將近火焰層了，可是不會飛過那層天。火焰層夾在月亮層和天頂之間呢，我們要是到了桑丘所說的七隻母羊的星座，早給焰火燒著了。我們沒有燒著，因此桑丘不是撒謊就是做夢。」

桑丘道：「我沒撒謊，也沒做夢。不信，可以盤問我那幾隻羊是什麼樣兒的，就知道我說的真不真。」

公爵夫人道：「那麼，桑丘，你說是什麼樣兒的呢？」

桑丘回答道：「兩隻綠，兩隻紅，兩隻藍，一隻雜色。」

公爵說：「那些羊真怪了，地球上不常見這種顏色——我是說，沒這種顏色的羊。」

桑丘說：「天上和地上的羊當然不一樣，這還用說嗎！」

公爵問道：「桑丘，我問你，有沒有公羊和母羊在一起呢？」

桑丘答道：「先生，我沒看見；可是我聽說，沒一隻公羊的角頂得過月牙兒的兩角。」

他們不願意再問桑丘這番旅行的事。他雖然一步沒出花園，看來正打算漫遊天界，把所見所聞一一向他們報導呢。

悲淒夫人的事就此結束。公爵夫婦一輩子都把這事當作笑柄，不僅是當時取樂。桑丘假如壽長幾百歲，這也是他幾百年津津樂道的談資。堂吉訶德湊到桑丘耳邊說：

「桑丘，你如要人家相信你在天上的經歷，我就要你相信我在蒙德西諾斯地洞裡的經歷。我不用多說了！」

# 第四十二章

## 桑丘‧潘沙就任海島總督之前，堂吉訶德對他的告誡和一些語重心長的叮囑。

悲淒夫人的事收場圓滿而且有趣，公爵夫婦得意非凡；他們瞧堂吉訶德主僕乖乖地受騙，決計把玩笑再開下去。他們打算踐諾叫桑丘去做海島總督；先定好計策教了家人和當地居民怎樣捉弄桑丘，第二天，就是可賴木捩扭飛行以後的那天，公爵就通知桑丘收拾行裝，準備上任，他島上的百姓像盼望五月天的雨水那樣等待著他呢。桑丘對他深深一鞠躬，說道：

「我上過天，曾在高高天上瞰望地球，看到地球才那麼一點點大，從此我想做總督的熱腸就冷了一半。在一粒芥子上發號施令有什麼了不起呢？管轄幾個榛子大小的人兒有什麼尊嚴呢？地球上的勾當，我看不過是那麼回事罷了。您大人要能給我一小塊天，不到半哩瓦也好，我就比到手了地上最大的海島都稱心了。」

公爵答道：「我告訴你，桑丘朋友，我不能撥一塊天賞人，指甲大一塊也不行；那只有靠上帝的恩典。我能給的已經給你了，那是個完整平坦的海島，而且非常肥沃，你要是能利用時機，可以靠人世間的錢財博得天堂上的福祿。」

桑丘答道：「好，就是那個海島吧。我一定盡力做個好總督，即使有壞人搗蛋，也攔不住我升天堂。我倒不是貪圖富貴，只是想嘗嘗做總督的滋味。」

公爵說：「桑丘啊，你嘗到了那個滋味，一定舔嘴咂舌，啃住不放。你發號施令，大家不敢不字，那才是世間第一快樂，你主人呢，他照這樣下去，準會做到大皇帝；到那時候，他絕不讓人奪掉位子，只會深悔沒早些當上皇帝。」

桑丘答道：「公爵大人，我想啊，對人發號施令確是好事，有一群牲口呼來喝去也是好的。」

公爵說：「『讓我和你埋葬在一起吧』[1]，桑丘，你什麼都了解。照你這樣明白，可以做個了不起的總督呢；我願你不負眾望。這話且不提，我先告訴你，明天你就要到那海島去上任了；今天下午，他們要為你置備些總督的服裝，和出門必需的東西。」

桑丘說：「我穿什麼都行，不管怎樣裝束，我總歸是桑丘・潘沙。」

公爵說：「我話對；不過服裝該和職位相稱。法官穿軍裝、戰士穿道袍總不合適。你呢，桑丘，可以半文半武的打扮，因為我給你的海島上，文武兩門一樣重要。」

桑丘答道：「文呢，我懂得很少，因為我連ABC都不識。不過我心上記住一個十字[2]，就夠我做個好總督了。至於武呢，我拿到什麼兵器就使用什麼，直到筋疲力竭為止；到那時，就聽憑上帝安排了。」

公爵說：「桑丘記性這麼好，他不會有錯兒。」

---

1 西班牙諺語，表示臭味相投。

2 「十字」是印在兒童識字課本卷首的一個十字架，象徵耶穌基督，「正在吻聖十字」指開始認字；「不記得十字」指一字不識。

這時堂吉訶德也來了。他聽說了公爵和桑丘的話，又知道桑丘立刻要上任做總督，就想教桑丘怎樣擔任這個官職。他請得公爵准許，拉著桑丘的手到自己屋裡；一進屋硬按桑丘在身邊坐下，平心靜氣地說道：

「桑丘朋友，我說不盡的感謝上天，因為我還沒碰到好運，你先交上好運了。我本來指望靠我交了好運來酬報你；現在我的運道剛有轉機，你卻搶在頭裡，好運從天外飛來了。有些人納賄呀，請託呀，貪黑起早地爭奪，還是一場落空；別人跑來，不知怎麼的，大家想望的職位一下子穩穩地到了他手裡。這就是老話說的：『事成事敗，全看運道好壞。』[3]我看透你是個傻瓜；你不起早，不熬夜，也沒有賣什麼力，只不過沾了點游俠騎士的邊兒，現成做了海島總督，不費吹灰之力。桑丘啊，我這話無非叫你別自以為功有應得，卻該感謝上天的宏恩和騎士道的大力。兒子啊，官場是波濤凶惡的大海，你就要捲進風浪去了。我現在來給你指引航路，導你安然進港——我就好比是你的加東[4]吧；你該好好兒聽取我的告誡。

「兒子，你首先得畏懼上帝，『畏懼上帝，智慧自生』[5]。有智慧就不會做錯事。

「第二，你得觀察自己，求自知之明；這是最難能可貴的。有自知之明，就不至於像妄想和牯牛相比的蛤蟆那樣自大[6]。你得意忘形的時候，只要想想自己在家鄉當過牧豬奴，你就會像開屏的孔雀看到了自己那雙醜腳丫子[7]。」

桑丘答道：「對；不過我養豬的時候還是個孩子呢。我成了小伙子就趕鵝不趕豬了。我覺得這也不要緊，做總督的不全是帝王家的子孫呀。」

堂吉訶德說：「是啊，出身卑微的，當了官應該寬嚴適中，小心謹慎，才免得人家嘀嘀咕咕說壞話；隨你什麼地位，都逃不了人家議論的。

「桑丘，你不妨誇說你的貧賤出身；你說自己世世代代是莊稼人，不會低了身分。人家瞧你不引以為恥，就不會來侮辱你。你寧可誇耀自己是貧賤的好人，不是富貴的壞人。出身窮苦而升做教宗或大皇帝的不知多少，我若一一舉例，準叫你不耐煩呢。

「桑丘，你記著：假如你一心嚮往美德，以品行高尚為榮，你就不必羨慕天生的貴人。血統是從上代傳襲的，美德是自己培養的；美德有本身的價值，血統卻沒有。

「所以，你當上了島上的總督，如有親戚來訪，不要攆他走，或得罪他，應該留他住下，殷勤款待。上天生人，不願意他們互相鄙薄；你待人寬厚，可以上應天意，下順人情。

「總督不宜老是單身在外，不接家眷。假如你接了老婆去，就得指導她、教育她，把她生來的粗蠢洗淨磨光。賢明的總督往往有些善政，可是總給愚蠢的老婆敗壞了。

「萬一你成了鰥夫——這是誰都保不定的——憑自己的官職想娶個更好的夫人，你別娶那種靠著你弄錢的女人，拿著你的帽子，嘴裡說『不要，不要』[8]。我認真告訴你，法官老婆勒索的賄賂，到天地末日，都得由她丈夫還；生前沒放在心上的帳，到那時得加四倍完償。

---

3　西班牙諺語。

4　已見本書上冊，〈前言〉，注12。

5　參看《舊約》的〈詩篇〉，第一百十一篇第十章。

6　指伊索（Esope）和費德羅（Fedro）寓言裡的蛤蟆。

7　西班牙傳說，孔雀開屏時自炫其美，但看到自己一雙腳很醜，就羞慚而收攏開屏的尾巴。

8　西班牙諺語：「不要，不要，扔我的帽子裡吧。」這是挖苦某種修士拿著帽子求乞，卻自說不接受施捨。

「無識之徒自作聰明，往往很喜歡隨意判決案件[9]。你千萬別那樣。

「你不能只耳聽富人的聲音，該眼看窮人的涕淚；可是也不能存心偏袒。

「富人許願送禮也罷，窮人的哭求哀告也罷，你總得盡力查明真相。

「對犯人能寬恕就別苛酷；執法嚴厲，不如存心忠厚的聲名好。

「你執法時手下留情，不要是因為受了賄賂，應該是出於惻隱之心。

「如果你審判冤家的訟案，該撇開私忿，盡力實事求是。

「審判案件，自己別動感情，弄得是非不明。判錯了案，往往不能挽救；即使能挽救，也得賠掉名譽甚至財產。

「如有美女告狀，你該避開眼睛，別看她流淚，轉過耳朵，別聽她嘆氣，只把她的狀子仔細推究；免得她的淚水淹沒了你的理智，她的嘆氣動搖了你的操守。

「如果對犯人勢必動刑，就不要辱罵。那倒楣傢伙受了刑罰已經夠苦惱的，你不用再惡語傷人。

「罪惡是人的生性，你該把處分的犯人看作本性未改的可憐蟲。只要不損害對方當事人，要盡量寬恕。仁愛和公正儘管同是上帝的品德，我們看來，仁愛比公正更有光彩。

「桑丘，你要能聽我這些告誡，你享的年壽就會長，你的聲名會流傳悠久，俸祿吃不完，福氣說不盡。你的兒女婚姻如意，子孫都算得世家子弟；你自己過得平安，和大家處得融洽，到你百歲的時候，你的重孫們會依依戀惜，給你合上眼睛。我剛才是教你怎樣洗刷精神；現在聽我教你怎樣修飾儀表。」

---

9 隨意裁判見本書上冊，第十一章。

# 第四十三章

## 堂吉訶德給桑丘的第二套告誡。

聽了堂吉訶德那一席話，誰不說他識見高明、志趣高尚呢？可是這部大著裡屢次說過，他只牽涉到騎士道才發瘋，議論別的事神志很清楚，因此他的言和行總不合拍。他給桑丘的第二套告誡講得很俏皮，愈顯得他瘋雖瘋而通達人情世故。桑丘全神貫注地聽著，盡力記在心上，看來他準備上任一一奉行，做一個好總督。堂吉訶德接著說：

「你該怎樣照管自己一身和一家呢；桑丘，你第一要清潔。指甲得剪乾淨，別學人家養長指甲。那種人以為長指甲襯得手美，不知道指甲長了就不是指甲，卻是鷹爪子了。這是怪骯髒的壞習慣。

「桑丘，不要鬆著腰帶，邋邋遢遢；衣服不利索是精神委靡的表現。儘管凱撒大帝穿衣服也鬆鬆散散，大家認為那是故意裝的[1]，所以不足為憑。

「小心捉摸一下你那個職位有多少進帳。假如有錢給傭人做制服，別講究華美，只求實惠大

1　參看蘇威東尼歐，《凱撒大帝傳》，第四十五章。

方，而且該兼顧窮人——就是說，假如有錢做六套制服，你只做三套，省下錢照顧三個窮人有衣穿。那麼，你不僅在人世間有人伺候，到了天堂也有人伺候。這樣分發制服是個創舉，愛擺闊的人是想不到的。

「別吃大蒜和蔥頭，免得人家聞到味道就知道你是鄉下佬。

「走路要慢，說話要沉著，可是別像自己恭聽自己說話似的，『凡是矯揉造作都討厭』。

「『吃飯須有節制，晚飯尤宜少吃』[2]，因為全身的健康都靠胃的消化。

「喝酒別盡量；喝過了量，就保不定洩漏祕密，或背約失信。

「桑丘，你當心別兩邊牙齒一起嚼，也不要當著人噯氣。」

桑丘說：「我不懂什麼『噯氣』。」

堂吉訶德說：

「桑丘啊，『噯氣』就是『打嗝兒』。『打嗝兒』這辭兒雖然很生動，卻是咱們語言裡最惡心的辭兒，所以斯文人就採用文言，不說『打嗝兒』，說『噯氣』；不說『一聲聲打嗝兒』，說『一聲聲噯氣』。這種字眼儘管有人不了解，也不要緊，一習慣就用上了，也就很容易了解。這樣會豐富語言；語言是通俗應用出來的。」

桑丘說：「先生，您叫我別打嗝兒的話，我真得記在心上，因為我老愛打嗝兒。」

堂吉訶德說：「桑丘啊，說『噯氣』，別說『打嗝兒』。」

桑丘答道：「我以後說『噯氣』，一定不忘記。」

「還有，桑丘，你說話總亂用大批成語；以後別那樣。成語是簡短的格言，你用不上也硬扯上，說得不像格言，倒像廢話了。」

桑丘說：「那可只有上帝才改得了我。我肚裡的成語比一本書裡的還多；我一說話，那些成語一擁齊來，爭先出口；我的舌頭碰上哪句就說出來，顧不得合適不合適。不過我以後留心，當了大官不合身分的成語就不用。反正『闊人家的晚飯，說話就得』；『條件講好，不用爭吵』；『打警鐘的人很安全』；『自留還是送人，應該有個分寸』[3]。」

堂吉訶德說：「真是這個話！桑丘，你把成語連連串串地說吧！誰也不來管你！『我媽媽打我，我還是老樣兒』[4]！我正在叫你別用成語，你卻一眨眼來了一大串；和咱們的話什麼關係呢，連影兒都沒有啊。我告訴你，桑丘，成語要用得當景，亂七八糟地引用，又沒意思，又鄙俗。

「你騎馬不要把身子靠在鞍後，也不要直挺挺地撐開兩腿；也不要鬆散著骨頭，好像還騎著你那頭灰驢兒似的。有人騎在馬上是騎士，有人只是馬夫。

「不要睡懶覺，不和太陽一同起身就辜負了那一天。桑丘，你記著，『勤敏是好運之母』[5]，反過來，懶惰就空有大志，成不了事。

「我現在向你說最後一句忠言，雖然不能幫你修飾儀表，你卻得牢記在心；我相信這和我剛才講的一樣重要。你千萬不要追究別人的家世，至少不要比較別人的家世。一比較，勢必分個高

2 兩句西班牙諺語。
3 四句西班牙諺語。
4 西班牙諺語。
5 西班牙諺語。

下，比下去的就會恨你，你抬高的卻不會謝你。

「你該穿緊身長褲，長上衣，外衣更得長些。千萬別穿寬腿短褲，無論紳士或總督都不合適。

「桑丘，目前我只想到了這些話。如果你經常和我通訊，我可以瞧你的情況隨時告誡你。」

桑丘答道：「先生，我明知您的話都是金玉良言，可是我如果一句都不記得，有什麼用呢？您叫我別留指甲呀，有機會再娶一個老婆呀，我確是忘不了的。可是您東拉西扯講了一大堆，好比去年天上的浮雲，我心上早已沒影兒了。您得給我寫下來。我儘管不識字，也不會寫，我可以交給聽我懺悔的神父，讓他及時提醒我。」

堂吉訶德說：「啊呀！我的天！做總督的不識字，也不會寫，真說不過去！哎，桑丘，你該知道，一個人不識字，或是個左撇子，不是他父母非常卑賤，就是他自己非常頑劣，改不好、學不會。這是你的大毛病，所以你至少得學會簽名。」

桑丘答道：「簽名我畫會；我在家鄉做過教會總務員[6]，會畫幾個字母，像貨包上打的印記，據說就是我的名字。我還可以假裝右手折了，叫人代簽。『只有命裡該死，才是沒法的事』[7]。我當了官，掌了權，要怎麼辦都由得我。況且，『法官是自己父親……』[8]；總督還比法官大呢。我做了總督，你來瞧瞧，就知道了！誰敢小看我或得罪我，哼，『出去剪羊毛，自己給剃成禿瓢』；『上帝寵愛他，就認識他的家』；『富翁的胡言，人家當格言』。我打算手筆闊綽，等我做了總督，有了錢，又花錢大方，我的短處就蓋掉了。哎，『你把自己變成蜜，蒼蠅就會來叮你』；我有個老奶奶說，『一個人有多少錢，值多少價』；『人家財多勢大，你怎麼奈何他』[9]。」

堂吉訶德聽到這裡說道：「啊呀，桑丘，願上帝罰你吧！讓六萬魔鬼把你和你的成語一古腦兒帶走吧！你把成語連串說了足有一個鐘頭了。你說一句，就像捏著我鼻子往嘴裡灌水似的折磨我。我告訴你：總有一天你會給這些成語送上絞架；你的百姓會趕你下台或合夥起來造反。我問你，蠢傢伙，你這些話是哪兒來的呀？傻瓜，你是怎麼應用的呀？我要說一句成語，又要用得恰當，就像刨地似的得出一身汗、使好大力氣呢。」

桑丘答道：「唷，我的主人先生，您真是小題大做。我搬用自己的家當，您生什麼閒氣呀？我沒別的家當和本錢，只有成堆成串的成語。我這會兒就有了四句，像訂做的那麼合適，或者像裝成一籃的四個梨子一樣。可是我不說了，因為『善於沉默的是桑丘』[10]。」

堂吉訶德說：「這個『桑丘』不是你，因為你不但不善沉默，還慣愛多嘴亂說。不過我倒想問問，你這會兒想到了哪四句當景的成語？我記性也算不錯的，可是想來想去沒想出一句。」

桑丘答道：「『千萬別把大拇指夾在兩個大盤牙中間』；『人家叫你滾蛋，或問你幹麼找他老

6 本書上冊，第二十一章，桑丘說：「我從前當過教會的庭丁；我穿上庭丁的袍兒，神氣極了，大家都說，憑我的氣概，可以做教會的總務員呢。」
7 西班牙諺語。
8 西班牙諺語：「法官是自己父親，打官司就可以放心。」
9 六句西班牙諺語。「上帝寵愛他，就認識他的家」，就是說，這人不論在什麼偏僻角落裡，上帝會把他抬舉出來。
10 西班牙古諺：「善於沉默的是聖人」。「聖人」（santo）和「桑丘」（sancho）語音相近，俗語就說成「善於沉默的是桑丘」，所以桑丘用來更覺渾成。

婆，都是沒法回嘴的』；『無論瓦罐碰了石頭，或者石頭碰了瓦罐，遭殃的總是瓦罐』[11]。這些話正說在筋節上，還有更恰當的嗎？一個人千萬別和主人或上司頂嘴，因為到頭來總得吃虧，好比指頭夾在兩個大盤牙中間——儘管不是大盤牙，盤牙也一樣。況且主人已經發話了，你就沒什麼可說的，正如叫你『滾蛋！』或者問你『找我老婆幹什麼』一樣。至於『石頭碰瓦罐』的意思，瞎子都瞧得見。『一個人能看到別人眼裡的刺，就該看到自己眼裡的梁木』[12]。這才免得人家說『骷髏夫人害怕抹脖子的女屍』[13]。您知道吧，『傻子對自己家的事，比聰明人對別人家的事熟悉』[14]。」

堂吉訶德答道：「那可不見得，桑丘；傻子對自己家或別人家的事都糊裡糊塗。一個人資質笨就學不乖。桑丘，這些話咱們甭再多說。你總督做不好，是你的罪過，也替我丟臉。不過我可以自慰：我能見到的，都認真告誡你了；我已經盡了責任，許你的海島，你也到手了。我只怕你把那海島搞得一團糟；而我如果及早告訴公爵，你這個小胖子只是一個塞滿了成語和鬼主意的口袋兒，那海島就不致遭殃。所以我心上總在疑惑不安。桑丘啊，但願上帝指示你、督促你居官盡職，讓我也放下了心。」

桑丘答道：「先生，假如您覺得我不配做這個總督，我馬上就辭官退位。我對自己靈魂上的一星半點，看得比全身還寶貴。我這個沒官沒位的桑丘，麵包蔥頭總吃得飽，做了總督，吃竹雞閹雞，也不過一飽。況且『不論貧富貴賤，睡著了全都一樣』[15]。其實，您想想吧，做總督的事當初還是您跟我講的，我像個禿鷹似的[16]，懂得什麼海島總督呀。假如您認為我做了總督要給魔鬼帶走，我寧願做桑丘上天堂，不願做總督下地獄。」

堂吉訶德說：「天曉得，桑丘，單憑你這兩句話，就配做一千個海島的總督呢。你天性好；

如果天性不好，有學問也沒價值。你只求上帝保佑，自己抱定宗旨不要游移：就是說，要一心專注，把你任內事情辦得妥當。人有善心，天必助之。現在咱們吃飯去吧，公爵大人和夫人準在等咱們了。」

11 三句西班牙諺語。

12 西班牙諺語，來自《新約》的〈馬太福音〉，第七章第三節：「為什麼看見你弟兄眼中有刺，卻看不見自己眼中有梁木呢。」「眼中的梁木」指自己的大過錯。

13 西班牙諺語，還有下半句：「因為她蓬頭散髮。」

14 西班牙諺語，但也有倒過來說的：「聰明人對別人家的事，比傻子對自己家的事還熟悉。」

15 西班牙諺語。

16 桑丘往往用老鷹作為機靈的標準；這裡他把禿鷹作為呆笨的標準。

# 第四十四章

## 桑丘・潘沙上任做總督；堂吉訶德留府逢奇事。

據說誰讀過熙德・阿默德的原著，就知道本章沒有按原文翻譯。原作者在這章裡怪自己寫的堂吉訶德傳枯燥無趣，只能老講堂吉訶德和桑丘，不能節外生枝，來一些耐人尋味的穿插。他說自己的心、手、筆，老盯著一個題目，只能讓一兩人出場，拘束得受不了，既吃力又不討好。所以他在本書第一部裡巧出心裁，穿插了些故事。「何必追根究柢」和「俘虜的軍官」那兩篇和本傳無關，可是另外幾篇卻和堂吉訶德的遭遇交纏在一起，不能不寫。作者說，照他猜想，許多人一心要讀堂吉訶德的故事，忽略了那些穿插，草草帶過，沒看到那些故事寫得多好；如果那些故事自成一書，不和堂吉訶德的瘋、桑丘的傻混纏一起，那本書的妙處就有目共睹了。所以作者在第二部裡，不論穿插的故事牽搭得上、牽搭不上，一概排除不用，只寫本傳應有的情節，就連這些情節也要言不煩。他儘管才思豐富，能描寫整個宇宙，也約束著自己，只在他敘述的狹小範圍裡迴旋。他希望讀者領略到這點良工苦心，別只說他寫得妙，而不知道他略而不寫更是高呢。

言歸正傳。堂吉訶德告誡桑丘那天，飯後就把自己的話寫下交給桑丘，讓他好找人念給他聽。可是桑丘拿到手就掉了，那篇告誡就落在公爵手裡。他和夫人同看，夫婦倆不料堂吉訶德這瘋子竟這樣聰明通達，越加驚奇不置。他們還要繼續開玩笑，所以把自己采地上的一個小城暫充海島，當天下午打發桑丘帶了一批人上任去做總督。跟去照看他的是公爵的總管。這人很機靈，也很愛捉弄人——不機靈就不能捉弄人；三尾裙伯爵夫人就是他扮的，表演之妙，已見上文。他既有這種本領，又經公爵夫婦悉心教導，對桑丘那場惡作劇就非常成功。且說桑丘一見這總管，覺得他臉相恰像三尾裙，就轉身對主人說：

「先生，公爵大人這位總管的相貌，和悲淒夫人一模一樣；我這話要是錯了，讓魔鬼立即把我這正直和虔誠的人帶走！」

堂吉訶德把總管仔細端詳了一番，對桑丘說：

「桑丘，魔鬼何必把你這正直和虔誠的人帶走呢？我不懂你的意思了[1]。總管的相貌儘管和悲淒夫人一模一樣，他並不因此就是悲淒夫人呀。假如總管就是悲淒夫人，既是兩人，又是一人，那就太玄了；要追究明白，就得鑽牛角尖，現在不是時候。你聽我的話，朋友，咱們得虔誠求上帝保佑咱們倆別受惡巫師惡法師的擺布。」

桑丘答道：「先生，我不是開玩笑，我剛才聽他說話，活是三尾裙的聲音。好，我現在不多說，可是以後得時刻留心，瞧有什麼破綻，就知道我是不是瞎多心。」

堂吉訶德說：「對。你有什麼發現或者在任上遭到什麼事，都通知我。」

桑丘就由許多人簇擁著出門了。他是文官打扮，穿一件寬大的棕黃色波紋羽緞外衣，帽子也

---

1　原文 en justo y en creyente 是成語，指「立即」，直譯是「作為正直和虔誠的人」，堂吉訶德故意按字面抓桑丘的錯。

是這種料子的。他騎一匹短鐙高鞍的騾子。他的灰驢鞍轡鮮明，披蓋著綢子，跟在騾後；這是公爵的命令。桑丘走幾步就回頭看看自己的驢；他帶著這個伴兒非常稱心，即使日耳曼大帝要和他對換個位子，他也不會答應。他走前吻了公爵夫婦的手向他們告別，又領受了主人的祝福。當時堂吉訶德含著眼淚，桑丘抽搐著臉差點兒哭出來。

親愛的讀者，讓好桑丘一路平安地上任去吧。你下文看到他怎樣做總督，準會笑破肚皮。現在且講講他主人當夜的經歷。你讀了如果不哈哈大笑，至少也會像猴兒似的咧著嘴嘻笑，因為堂吉訶德的事不是令人吃驚，就是引人發笑。據記載，桑丘一走，堂吉訶德就苦苦想念；如能叫公爵收回成命，不讓桑丘當總督，他真會做出來。公爵夫人明知他滿腔離愁別恨，就問他為什麼無精打采，假如因為身邊少了個桑丘，那麼，府裡侍從呀、傅姆呀、侍女呀有的是，都能伺候得他滿意。

堂吉訶德說：「尊貴的夫人，我的確想念桑丘；可是我鬱鬱不樂不光是為他。您夫人種種關懷，我只能心領。我求您准許，我屋裡不用誰來伺候。」

公爵夫人道：「唷，堂吉訶德先生，那可不行。我有四個使女笑得像花朵兒，叫她們來伺候您吧。」

堂吉訶德說：「我看來她們不像花朵兒，只是我的眼中刺。她們這類人要進我的屋，就比登天還難。請夫人體諒下情，讓我關門自便，免得我受了誘惑把持不住；您一片殷勤，反而壞了我的操守。反正我寧可和衣而睡，絕不要別人伺候我脫衣服。」

公爵夫人答道：「行了，行了，堂吉訶德先生，您放心，我一定下令，連一隻母蒼蠅都不准飛進您臥房，別說一個姑娘。我知道貞潔是堂吉訶德先生最出色的美德，我絕不敗壞他這點操

守。您儘管自個兒隨心所欲，絕沒人來打攪。臥房裡需要的用具，您屋裡應有盡有，不必開門出外方便。但願大美人杜爾西內婭・台爾・托波索的芳名，千年萬代全世界傳聞，因為她當得起您這樣一位貞潔勇敢的騎士愛慕。也但願慈悲的上天感化咱們的總督桑丘・潘沙，叫他趕緊完成苦行，好讓大家再瞻仰這位貴小姐的美貌。」

堂吉訶德答道：

「您這番高論，正合您高貴的身分；貴夫人嘴裡不會提到賤女人。杜爾西內婭有您稱讚，就增添了幸福和名望，別人怎麼樣兒極口讚譽，也抵不過您這幾句話的分量。」

公爵夫人說：

「好，堂吉訶德先生，現在該吃晚飯了吧，公爵準在等咱們了。您就來吧，吃了晚飯，早早安置；昨天到岡達亞那趟路夠遠的，您一定累了。」

堂吉訶德答道：「夫人，我一點不累。我可以打賭，我生平騎過的牲口，沒有比可賴木捩扭更安靜、更平穩的了。我不懂瑪朗布魯諾為什麼把又飛快又馴良的坐騎不問情由地燒了。」

公爵夫人說：「他不是害了三尾裙和隨從的傅姆，還害過一些別人；做魔法師的總不免幹壞事。他也許後悔了，就把害人的工具全都毀掉；他忙忙碌碌東奔西跑，全靠可賴木捩扭，所以就把它燒了。燒下的灰裡和那幅勝利紀念牌上，永遠保存著偉大騎士堂吉訶德的英名。」

堂吉訶德又再三向公爵夫人道謝。晚飯後他獨自回房，沒讓一個人跟進去伺候。他牢記著大騎士阿馬狄斯的美德，生怕自己受了誘惑，一時情不自禁，對不住意中人杜爾西內婭。他鎖上門，在兩支燭光下脫衣服。他正在脫襪子——啊呀，糟糕了！真丟人啊！——不是泄了穢氣或諸如此類有失體統的事，只是襪上迸斷了絲、脫了二十多針，成了二十多個透明格子眼兒。這位老先生窘得不可開交。他如能買到一小股綠絲線（因為襪子是綠的），出一兩銀子都願意。貝南黑利寫到這裡，感嘆道：「哎，貧窮啊貧窮！我不懂那位果都巴[2]大詩人憑什麼把你稱為

未獲『世人感謝的神聖禮品！』

「我雖然是摩爾人，憑我和基督徒的來往，深知仁愛、謙虛、信順上帝、安於貧窮都是聖德；可是我總覺得安貧尤其高不易攀。貧窮有兩種：一種是咱們大聖人所謂『把你的財產都看作不是你的』[3]；那是超脫了外物，心清無累。我現在說的窮卻是另一種；是缺少外物，困乏拮据。哎，貧窮啊，你為什麼專愛欺侮斯文人呢？為什麼叫他們鞋上裂了口，得遮遮掩掩；衣上的扣子，得雜湊著絲的、鬃毛的和玻璃的呢？為什麼他們的衣領往往是皺的，不是熨成褶襉而撐得筆挺呢？」（可見衣領上漿，燙得筆挺，由來已久。）作者接著說：「死要面子的斯文人真可憐！背著人吃糟糠，壓根兒沒東西塞牙縫，出門卻剔著牙裝模作樣[4]！他們的體面碰不起，半哩瓦以外就怕人看見他們鞋上有補釘，帽上有汗漬，衣服破舊，腸肚空虛。這種人真是可憐啊！」

堂吉訶德看到襪上抽了絲，又嘗到這種苦惱。可是他發現桑丘有一雙出門的靴沒帶走，稍微

---

2 引果都巴（Cordoba）著名詩人胡安・台・梅納（Juan de Mena）的長詩《迷宮》（*El Laberinto*）的句子。

3 大聖人指聖保羅（San Pablo）。《新約》的〈哥林多前書〉，第七章第三十節說：「置買了財產，卻好像一無所有」；〈哥林多後書〉，第六章第十節說：「看似貧窮，卻能叫許多人富足；看似一無所有，卻是樣樣俱全。」

4 《小癩子》（*Lazarillo de Tormés*）第三章裡描寫了這種窮紳士。

放心，打算明天借穿。他上床靠著枕頭歪著，悶悶不樂；一方面因為桑丘不在，覺得寂寞；一方面也因為那雙襪子無法修補，只好出醜了。他但願能縫上幾針，即使用另一種顏色的絲線，帶出窮困的幌子[5]，也比露著窟窿好。他滅了燭，天熱睡不著，起來把窗子打開些；窗外有鐵欄，窗下是個幽靜的花園。他一開窗，聽得花園裡有人走動，還說著話，就留心聽聽。說話的人嗓門兒很大，他聽得清楚，一個說：

「哎，艾美任霞！別強我唱歌。你知道，自從那外方客人到了咱們府裡，我見了他的面，就此不能唱歌只能哭了。況且咱們太太睡得不熟，一下就醒，我怎麼也不能讓她知道我到了這兒來。就算她睡熟了不醒吧，要是瞧不起我的那位新伊尼亞斯[6]睡熟了聽不見，我唱也是白唱呀。」

另一個說：「親愛的阿爾迪西多娃，你放心，我知道公爵夫人和全家都睡熟了，只有害你失魂落魄的那位先生沒睡。我剛才聽見他開窗，準醒著呢。可憐的痴情人啊，你彈著豎琴，柔聲低唱吧。假如公爵夫人聽見，咱們只說天太熱，屋裡待不住。」

阿爾迪西多娃答道：「艾美任霞啊，你說的不在點兒上。我是怕歌裡流露了心事。人家不了解愛情的威力，就會把我當作輕佻任性的姑娘。可是管他呢，『寧願臉上蒙羞，免得心上負痛』[7]。」

豎琴彈得很悅耳。堂吉訶德聽了非常驚詫，因為他立刻記起那些無聊的騎士小說上，盡講到這一類的事：在窗口呀，隔著窗外的柵欄呀，在花園裡呀，奏樂呀，談情呀，暈倒呀等等。他隨即料到準是公爵夫人的哪個使女愛上了他，不好意思直說出來。他怕自己心動，深自警戒，一面誠心祈求意中人杜爾西內婭保佑，一面決計要聽聽這位姑娘奏樂。他假裝打個嚏，表示他在那兒聽著呢。兩個姑娘的話正是對堂吉訶德說的，聽見他打嚏，快活得不可開交。阿爾迪西多娃揮彈著弦子，調準音調，唱道：

哎，你呀！挺屍似的，
在溫暖潔白的床上，
伸著腿直打呼嚕，
一大覺睡到天亮！
拉·曼卻的騎士裡，
數你最勇敢堅強！
你比阿拉伯的黃金，
質地還純粹精良！
請聽，我是個可憐姑娘，
好出身交了壞運；
你的眼睛像兩輪烈日，
曬糊了我的靈魂。
你自己冒險探奇，

5 本書下冊，第二章，桑丘講到窮紳士用綠絲線補黑襪子。
6 伊尼亞斯是維吉爾史詩《伊尼德》裡的主人公。他流亡到迦太基，和女王狄多戀愛，後又拋棄了她。
7 西班牙諺語。

卻給別人找麻煩；
你叫人家害了相思，
不顧她心碎腸斷。
上帝添助你熱情吧！
勇敢的小伙子，請問你：
你生在酷熱的利比亞，
還是嚴冷的哈加山裡？
你喝了毒蛇的奶嗎？
是不是深山荒林的氣息
助長了你的冷酷，
養成了你的孤僻？
壯健的杜爾西內婭，
她真是大可自負！
她怎麼不怕野獸？
竟馴服了一頭猛虎！
她從此名聞遠近：
從艾那瑞斯到哈拉瑪，
從塔霍到芒薩那瑞斯，
從華蘇艾加到阿爾朗薩。[8]

如能和她換個個兒，
我不惜賠一份厚禮；
最花俏的金邊裙子
送給她我也願意！
不能投入你的懷抱，
我只求坐在你床邊！
讓我給你抓抓腦袋，
撣掉些頭皮的屑片！
不過這是體統差使，
輪不到我這賤人；
我只配為你搓腳，
那才是我的本分。
我要送你許多禮物，
都是少有的好東西：
壓髮網呀銀拖鞋、
錦緞褲子、紗大衣！
還有最上好的珍珠，

8　這首詩裡的名詞都是西班牙河名。

顆顆大得像五倍子！
都可稱為「獨一無二」[9]，
沒兩顆形狀相似！
你這位曼卻的尼祿[10]啊，
你放火燒著了我；
別登上塔貝雅岩石，
噴吐怒氣添風助火。
我是個嬌嫩的娃娃，
十五歲還不到些，
我憑上帝和靈魂發誓，
才十四歲零三個月。
我手不折、腿不瘸，
屁股也一點不歪，
我的長髮直拖到地，
和百合花一樣潔白！
我生成一張鷹嘴，
又是個扁塌鼻子，
一口牙齒恰似黃玉
襯得我姿容絕世。

如果聽了我唱歌，
就知我嗓子多甜；
要問我的身材如何，
比中等還矮一點。
這麼個嬌美的姑娘，
已被你手到擒拿！
我是本府一名使女
名叫阿爾迪西多婭。

痴情的阿爾迪西多婭唱完，把堂吉訶德挑逗得六神無主。他長嘆一聲，暗想：「我真是倒足了楣，沒一個姑娘見了我不痴情顛倒！絕世美人杜爾西內婭也真是不幸；我全心向著她，可是總有人想來分割我的心。王后啊，你們對她有什麼責望呀？女皇啊，你們幹麼迫害她呀？十四五歲的小姑娘啊，你們為什麼和她過不去呀？戀愛神早有安排，把我的心靈交付給這位可憐的小姐了；讓她得名吧！讓她得意吧！你們別來干擾！我奉告你們這群痴情人：我只有對杜爾西內婭才像個軟糖糰子，對別的女人都硬得像火石一樣；我是她的蜜，是你們的瀉藥；我眼睛裡只看見杜爾西內婭的美麗、聰明、端莊、嫵媚，出身高貴，別的女人都醜陋愚蠢，輕浮下賤；我活著只是

9 「獨一無二」（La Sola）是西班牙王冠上一粒最大的珍珠，一七三四年王宮火災焚毀。
10 尼祿（Nerón），古羅馬暴君，他縱火燒了羅馬城，站在塔貝雅岩上，彈著豎琴觀賞。

為她，心目中沒有別人。阿爾迪西多娃啊，你哭吧！唱吧！魔堡裡害我挨揍的小姐啊[11]，隨你使什麼手段吧！我不管怎麼樣，總貞潔無瑕、忠誠不二，永遠是杜爾西內婭的人；任何魔法師都奈何我不得！」

他想到這裡，就把窗子砰一下關上，他好像碰到了什麼很倒楣的事，憋著一肚子煩惱，上床睡了。讓他睡一會兒吧；偉大的桑丘・潘沙就要出鋒頭做總督了，咱們得去瞧瞧他。

11　本書上冊，第十四章，堂吉訶德以為客店主的女兒看中了他。

# 第四十五章

## 偉大的桑丘就任海島總督，行使職權。

太陽啊！地球的上下兩面都逃不過你的觀察！你是全世界的火把！天空的眼睛！你導使世人製造了涼酒瓶。有人稱你丁布留，有人稱你費孛；你道這裡是射箭手，那裡是醫生；你是詩歌的親父，又是音樂的始祖。你老在上升，看似下落卻永不下落！世人承你的恩典，生生不已！太陽啊，我求你保佑，照亮我的心窩，讓我能寫出偉大的桑丘・潘沙做總督任內的信史！你不照顧，我就昏昏沒有生氣了[1]！

且說桑丘帶著隨從，到了一個有千把居民的小城裡；那是公爵屬下一塊上好的采地。城名「巴拉它了」；那些人就哄桑丘說島名「便宜他了」；這也許因為「巴拉它」的意思是「便宜他」，也許因為和城名諧音[2]。小城四圍有牆；桑丘到了城門口，滿城官員都出來迎接；城裡一

1 這一段可能是模仿當代詩人的濫調打趣。西班牙的涼酒瓶是細頸銅瓶，可以裝了曬熱的酒激在水裡或掠在風裡。丁布留（Timbrio）、費孛（Febo）都是太陽神的名字。射箭手、醫生等等是古人給太陽的各種稱號。

2 原文城名 Baratario，島名 Barataria 是城名的陰性。西班牙文 barato 是便宜的意思，按古文，這個字指開玩笑。

片鐘聲，居民都歡欣慶祝。他們前呼後擁，把桑丘送到大教堂去向上帝謝恩；又行了些胡鬧的禮節，把城門的鑰匙獻給他，表示永遠奉他為本島總督。新總督身上的衣服、臉上的鬍子和矮胖的身材，使不知底細的人很驚奇，就連知道底細的看了也覺得詫異。大家把桑丘從教堂送到官廳大堂，請他登座；公爵的總管就對他說：

「總督先生，這座著名的島上向來有個老規矩：總督上任得解答一個疑難問題，讓老百姓借此捉摸捉摸新來的大人頭腦怎樣；他來了大家可以開心還是得擔心。」

當時桑丘正在瞧他對面牆上好些很大的字。他不識字，就問牆上畫的是什麼。有人答道：

「總督大人，牆上記著您到任的日期，說是：『某年月日，堂桑丘・潘沙先生來做本島主人，敬祝長期安享此職。』」

桑丘問道：「堂桑丘・潘沙指誰啊？」

總管答道：「您大人啊；島上除了這座兒上的潘沙，沒有第二位呀。」

桑丘說：「那麼，我告訴你，老哥，我不稱『堂』；我家世世代代都沒有這個稱號。我只叫桑丘・潘沙；我父親也叫桑丘，祖父也叫桑丘，都是潘沙，沒什麼『堂』呀『堂娜』的頭銜。看來這座島上的『堂』比石子還多呢。可是不要緊，天曉得，我如果能做上四天總督，說不定把這些『堂』掃除得一乾二淨；這成群的『堂』準像蟣蠓一樣討厭。總管先生有什麼問題，請問吧。不管老百姓開心或擔心，我總盡力解答。」

這時公堂上來了兩個人：一個老鄉打扮，一個拿著把剪子，看來是個裁縫。那裁縫說：

「總督大人，我和這老鄉是來告狀的。各位請原諒，我是個裁縫；謝天，我是考試合格的。昨天這位老鄉到我店裡來，拿出一塊布，問我說：『先生，這塊布夠做一頂便帽嗎？』我量了布說夠做。他大概存心卑鄙，又對裁縫有成見，懷疑我要偷他的布——我的猜想是不錯的。他就問我夠不夠做兩頂。我看透他的心思；我說夠做。他小人貪心，添上一頂又一頂；我總說夠做。我們直添到五頂帽子。這會兒他來取，我就交給他了。他不付工錢，反要我不賠他錢就還他布。」

桑丘問對方：「老哥，是這麼回事嗎？」

那老鄉說：「是的呀，先生；可是您叫他把那五頂帽子拿出來瞧瞧吧。」

裁縫說：「好啊。」

他就從大氅底下伸出一隻手，五個指頭各戴著一頂小帽子，說道：

「這就是叫我做的五頂便帽。我憑上帝和良心發誓：他那塊布沒一點多餘了。我的活兒可以給裁縫業檢查員鑑定。」

大家聽了這個新奇的案件，看了這許多帽子，哄堂大笑。桑丘想了一想，說道：

「我看這個案子不用多費周折，憑正人君子的識見馬上就能判決。大家聽我宣判：裁縫賠掉工錢，老鄉賠掉布，帽子送給牢裡的犯人[3]，事情就完了。」

桑丘剛判處了牧戶的錢包[4]，公堂上大家都很佩服；現在聽了這個判決，不由得哈哈大笑。可是總督的命令還是執行了。這時又來了兩個老人，其中一個扶著一支竹杖。不拿杖的老頭兒說：

---

譯「便宜他了」，因為既可解作桑丘當總督是便宜他，也可解作對他手下留情的惡作劇是便宜他。

3 作者借桑丘之口，嘲笑法院把沒收的低劣物品給囚犯使用。

4 這句話不接上文，想是作者最初先敘下面牧戶的案子，後來把裁縫的案子挪前了，卻忘記改正。

「總督大人，我好久以前照應這位老先生，借給他十元金艾斯古多，講明隨我幾時要，他就得還。我瞧他當時很拮据，若要還債就更窘了，所以好些時候沒問他要。可是我覺得他無心還債，就問他要了好幾回。他不但不還，還抵賴說沒借過這筆錢；假如借過，早已還了。我借錢給他並沒有證人；他還錢也沒人看見，因為他壓根兒沒還。我要求您讓他發個誓。他如果能發誓說已經把錢還我了，那麼，無論在他生前或死後，這筆帳我都勾銷了。」

桑丘道：「使拐棍兒的老先生，你聽了剛才的話有什麼說的嗎？」

那老人答道：

「總督大人，我是借過他十個金艾斯古多。請您垂下手裡的杖讓我發誓吧[5]。他既然願意憑發誓為準，我可以發誓，我確已還清了他那筆債。」

總督垂下執法的杖。那老頭兒好像手拿竹杖不便，交給對方代拿，然後摸著總督杖頭的十字架說：他的確借過原告追索的十個金艾斯古多，可是他已經親手還給原告；原告沒有放在心上，還只顧討價。總督大人聽了就問債主有何申辯。債主說：他知道債戶說話可靠，又是個好基督徒，絕不會撒謊；想必是他自己忘記了錢是什麼時候、怎麼還的，反正他以後再不問他要了。債戶重又接過竹杖，低頭退出公堂。桑丘瞧他忙不迭地只顧走了，又看到債主那副無可奈何的樣子，就低頭把右手食指點在眉心鼻梁上想了一下。他隨即抬頭，下令叫扶杖的老人回來。老人回來了，桑丘對他說：

「老先生，你把這支杖給我，我有用呢。」

老人說：「好啊，總督大人，您拿去吧。」

他把杖交給桑丘。桑丘拿來就交給原告說：

「上帝保佑你吧，你那筆錢現在還你了。」

老人說：「還我了？總督大人，這支竹杖值十個金艾斯古多嗎？」

總督說：「值啊，要是不值，我就是天字第一號的大傻瓜了。請瞧吧，我的本領也許管得了整個國家呢。」

他下令當場把竹杖劈開。裡面果然有十個金艾斯古多。大家佩服得很，覺得這位總督儼然又是個所羅門[6]。大家問他怎麼知道十個金艾斯古多就在竹杖裡。他說，那老人先把竹杖交給對方，然後發誓說他確實把錢還了，發完誓又要回竹杖，他因此想到那筆錢是在竹杖裡。可見，總督儘管是傻瓜，上帝會教他判案；而且他聽村上神父講過這麼一樁故事，就牢牢記住了——他如果不是老把要記的事忘掉，整個島上找不到像他那麼好記性的人。那兩個老頭兒一個洋洋得意，一個默默羞慚，都退出公堂。在場的都驚嘆不止；為桑丘作傳的人到現在還斷不定他究竟是傻還是聰明。

這個案子剛了結，馬上又來一個女人，緊緊揪著一個男人，憑他的服裝，好像是個富裕的牧戶。女人大嚷道：

「別叫我受屈呀！總督先生，還我公道呀！這個世界上要沒有公道，我得上天去找了！青天大人呀，這壞傢伙在野地裡抓住我，把我糟蹋了。我真是倒楣呀！我二十三四年的乾淨身子，無論摩爾人、基督徒、本地人、外鄉人，誰也沒敢侵犯，卻給他玷污了！我向來比軟木樹還堅硬，

5 長官執行職務的杖頭有個十字架，訴狀的人摸著十字架發誓。

6 以色列西元前一〇三三—前九七五年的賢王，專能判斷疑難案件。

保得自己像火裡的金蛇一樣純，像荊棘裡的羊毛一樣白，現在卻讓這傢伙現成受用了。」

桑丘說：「這風流傢伙是不是現成受用了你，還得瞧證據呢。」

他轉臉問那男人，對女人告的狀有什麼申辯。那人很窘，答道：

「各位先生，我是個可憐的豬販子。今天早上我出城賣掉四頭豬（請不嫌冒昧），納了稅又經過種種剋剝，四頭豬的價錢差不多賠光了。我回家路上碰到這位大娘。專愛搗亂的魔鬼把我們倆配了對兒。我沒有少給她錢，可是她心不足，抓住我不放，把我直揪到這裡。她說我強迫了她。我發誓──我馬上可以發誓，她是撒謊呢。我講的全是真話，沒一點虛假。」

總督問他是否帶著銀錢。他說身上小皮包裡有二十杜加。總督命令他掏出錢包，原封不動交給原告；牧戶抖索索地照辦了。女人拿到錢包，對大家行了上千個敬禮，又為這位庇護弱女的總督大人禱求上帝，祝他健康長壽。她先看了錢包裡確是銀錢，就兩手緊抓著錢包走了。牧戶含著兩包淚，一雙眼睛一顆心直盯著自己的錢包。桑丘等女人出門，就對牧戶說：

「老哥，快去追那女人，硬把她那錢包奪下，拉她一起回來。」

那人不傻不聾，馬上奉命，一道電光似的竄出去。大家都全神貫注等著這對男女。只見他們倆扭成一團，比初次來的時候更扭得緊。女的掀起裙子，把錢包兜在裡面；男的揪著要奪，可是女的死抱著，怎麼也奪不下。她大嚷道：

「維持上帝的公道啊！維持世人的公道啊！總督先生，您瞧瞧，這混蛋不要臉，也沒點兒怕懼，鬧市的大街上，竟想奪您判給我的錢包呢！」

總督問道：「他奪了你的嗎？」

女人答道：「哪裡奪得了！奪了我的命也奪不了我的錢包！我成了聽話的小乖乖了！這倒楣

蛋，臭膿包，要對付我呀，叫他休想！鐵鉗、鐵錘、榔頭、鑿子都打不開我的鐵拳頭！獅爪子也不是對手！先得剖開我的身子，挖出我的心肝才行呢！」

那男人說：「她說得不錯，我認輸了，實在沒那麼大力氣奪她的錢包，只好算了。」

總督對那女人說：

「你真是又有志氣，又有力氣！把錢包拿來我瞧。」

她就把錢包交上。總督把錢包還給牧戶，然後對這個力大無敵的女人說：

「大姊啊，如果用你保住錢包的一半力氣來保你自己的身體，海克力士也不能屈服你！走吧，讓上帝痛罰你！這座海島周圍六哩瓦以內不許你再露面，再來就抽你二百鞭！你這個造謠無恥的騙子！快給我走吧！」

那女人氣怯，滿不情願地低頭走了。總督對那男人說：

「老哥，上帝保佑你，拿著錢回家吧！以後你要是不願意丟錢，別再去尋雙找對兒。」

那人喃喃道謝，也就回去了。在場的許多人覺得新總督明鑑萬里，越發欽佩。記錄他言行的歷史家把這些事一一記下，這是公爵大人急著要看的。

咱們且把好桑丘撇在這裡吧；因為他主人給阿爾迪西多啦唱落了魂，得趕緊去看視他。

# 第四十六章

## 堂吉訶德正在對付阿爾迪西多娤的柔情挑逗，不料鈴鐺和貓兒作祟，大受驚嚇。

上文講到偉大的堂吉訶德聽了痴情姑娘阿爾迪西多娤唱歌，心緒像亂麻一樣難分難解。他上了床，萬念交集，像跳蚤似的攪得他非但不能酣眠，連一刻也不得安靜；他襪子上破的窟窿更添了他的煩惱。可是光陰不停留，一小時、一小時飛逝，轉眼就一夜過去了。堂吉訶德看看天曉，忙從溫軟的床上起來。他毫不懶惰，自己穿上麂皮衣，套上出門的靴子遮掉襪上的破綻，披上深紅大氅，戴上銀花邊綠絲絨小帽，把掛劍的肩帶挎在肩上，然後拿著隨身帶的一串大念珠，嚴肅正經地走到前廳去。公爵夫婦已經穿著整齊，好像是在等候他。阿爾迪西多娤和她的朋友、一個小姑娘守在走廊上也在等待，看見他跑來，阿爾迪西多娤就假裝情不自禁，暈過去了；她朋友把她抱在膝上，趕緊給她解鬆上衣。堂吉訶德看在眼裡，走向前說道：

「我知道這是什麼緣故。」

那朋友答道：「我就不知道什麼緣故。阿爾迪西多娤在全府的姑娘裡是最健康的；我和她相識以來，從沒聽到她哼過一聲『哎』。如果世界上的游俠騎士都是鐵打成的心肝，叫他們一個個倒盡了楣吧！堂吉訶德先生，請您走開點；您在這裡，這可憐的小姑娘就醒不過來。」

堂吉訶德答道：

「小姐，您叫人今晚在我屋裡放一把吉他，我要盡力來安慰這位傷心姑娘呢。愛情的病剛發作，及時點悟是對症良藥。」

他說完走開，免得引人注意。他沒走多遠，暈倒的阿爾迪西多娅立即醒過來，對她同伴說：

「咱們得把吉他放在堂吉訶德屋裡。他準要給咱們唱歌呢；他的歌一定好聽。」

她們忙把經過告訴公爵夫人，還說堂吉訶德要一把吉他。這位夫人樂得不可開交，就同公爵和使女們商量了一個辦法，要對堂吉訶德開一個謔而不虐的玩笑。他們喜孜孜地只等天黑。那天公爵夫婦和堂吉訶德談得很暢快，白天和黑夜一樣轉眼就過去了。公爵夫人還派了一名小僮兒去找桑丘・潘沙的老婆泰瑞薩・潘沙，把桑丘的信和他要捎回家的一捆衣服送去。這名小僮兒就是前番在樹林裡扮演杜爾西內婭著魔的；公爵夫人囑咐他把辦差經過詳細回報。各事停當，晚上十一點堂吉訶德回屋，看見一把吉他已經擺在那裡。他撥弄了一下弦子，打開格子窗。聽得花園裡有人走動。他把琴弦下的柱碼安放合適，調準了音，吐口痰清了嗓子；那嗓子雖然沙啞，卻並不走調。他就唱了當天自己編的歌兒：

愛情靠什麼力量，
能叫你神魂顛倒？
無非利用你的嬌懶，
一味的好逸惡勞。
如要找對症的良藥，

消除那愛情的病毒，
你只要刺繡縫紉，
幹些家務忙忙碌碌。
規規矩矩的姑娘家，
指望著美滿的婚姻，
她有兩件好嫁妝：
口碑好；品行端貞。
無論朝廷上的公卿，
或四方游俠的勇士，
調情找輕佻的娘們，
結婚要貞靜的女子。
有的男女清早見面，
到黃昏就已經上手，
那只是逢場作戲，
分開就撇在腦後。
也有的是即景生情，
今日想思、明日相忘，
心中意中沒有留下
一點點深刻的印象。

一幅畫上再畫一幅，
圖像就重疊相混；
心上已有個美人的影子，
就印不上任何旁人。
杜爾西內婭・台爾・托波索
已經占領了我的心，
她的倩影磨滅不了，
因為鐫刻得太牢、太深。
戀愛神是憑什麼，
把他情人變成了神？[1]
就為他品德可貴，
始終不渝、一片堅貞。

公爵夫婦、阿爾迪西多啦和府裡其他的人幾乎都在那兒聽著。堂吉訶德唱到這裡，窗外柵欄上面的走廊裡忽然垂下一條繫著一百多鈴鐺的繩索，接著又倒下一大口袋的貓兒，尾巴上都繫著小鈴鐺。鈴鐺聲和貓叫聲鬧成一片。公爵夫婦是出主意開這場玩笑的，可是聽了也覺心驚膽戰。堂吉訶德毛骨悚然，不知是怎麼回事。恰有兩三隻貓兒掉入柵欄，鑽進堂吉訶德的臥房東躥西跳，好像屋裡來了成群的魔鬼。牠們把蠟燭全闖滅了，只顧躥來躥去找出口逃走。繫著大鈴鐺的繩索還不停地在那兒上下擺動。府裡的人多半不知道這事的究竟，都驚慌失措。堂吉訶德起身舉劍向柵欄亂斫，一面大嚷道：

「惡毒的魔法師！滾出去！玩弄妖法的壞蛋，滾出去！我是堂吉訶德・台・拉・曼卻！你們的壞心眼害不了我！」

他又轉身對滿屋亂跑的貓兒斫了好多劍。牠們衝向柵欄，從那裡出去了。可是有一隻貓給堂吉訶德揮劍逼得走投無路，就跳到他臉上，抓住他鼻子亂咬。堂吉訶德痛得直著嗓子大叫大喊。公爵夫婦聽得喊聲，料到大概是怎麼回事，忙趕向他的臥房，用萬能鑰匙開了門；只見這位可憐的騎士正竭力掙扎，要拉開臉上的貓兒。有人點了蠟燭進來，照見了這場大不敵小的苦戰。公爵上去拉那貓兒，堂吉訶德嚷道：

「誰也別來插手！這惡鬼！這巫師！這魔法師！我要和他一對一地較量一番，叫他認識我堂吉訶德・台・拉・曼卻！」

可是那貓兒並不理會他的威脅，嗥叫著抓緊不放。後來還是公爵把牠拉下來，扔到窗外去。堂吉訶德的臉被抓得百孔千瘡，像個篩子，鼻子也不很完整了；可是他怪人家沒讓他和那惡法師苦戰到底，還直生氣。有人奉命送上了阿巴利修治傷油[2]，阿爾迪西多娷用纖纖玉手給他把傷處一一包紮，一面低聲說：

「冷心冷面的騎士啊，誰叫你毫無情意，還死不回頭；這些倒楣事都是天罰你的。我但願上帝叫你侍從桑丘忘了鞭打自己，你一心愛慕的杜爾西內娅一輩子脫不了魔道，你也永遠不能和她

1　希臘神話，戀愛神把他的情人普西基斯（Psiquis）變成了神。

2　十六世紀西班牙人的家常藥品，是阿巴利修・台・蘇比亞（Aparicio de Zubia）祕方配製的。

結婚相愛；至少，有我活著為你顛倒，你就休想娶她。」

堂吉訶德一言不答，只長嘆一聲，上床躺下。他向公爵夫婦道謝，說他並不怕那幫變了貓兒帶著鈴鐺來作怪的混蛋，不過很感謝他們前來相救的美意。公爵夫婦囑他好好休息，隨就告辭了。這番玩笑鬧得這樣敗興，兩人都很懊惱。他們真沒想到堂吉訶德為此大吃苦頭，在屋裡躺了五天。這個期間他又碰到一件更妙的事。為他作傳的歷史家暫且按下慢敘，因為先要講講桑丘・潘沙；他那總督做得很費勁兒，也做得很妙。

# 第四十七章

## 桑丘怎樣做總督。

據記載，桑丘・潘沙退堂，大家把他送到富麗的官邸。飯廳裡已經擺上一桌可享王公的盛饌；桑丘一進去，喇叭就哇嗒嗒吹起來。四個小廝上來給他倒水洗手。桑丘擺出官架子讓他們伺候。樂止，桑丘就去坐在首位，也就是唯一的座位，因為桌上只擺著一份餐具。有一人站在他旁邊，拿著一支鯨魚骨的棍子；後來知道他是醫師。這時伺候的人掀開潔白的細布，下面是水果和各色各種菜肴[1]。一個大學生模樣的人致禱辭，一個小廝給桑丘戴上花邊圍嘴，一個上菜的小廝就把一盤水果送到桑丘面前。可是桑丘還沒吃一口，身邊那人把棍子在盤上一點，旁人就飛快地把盤子撤了。上菜的又送上一盤菜肴，桑丘正要嘗嘗，可是還沒到手，更沒到口，棍子已經在盤上點了一下，一個小廝就把那盤子撤了，和那盤水果撤得一樣緊急。桑丘莫名其妙，瞪著大家，問這是吃飯還是變戲法。拿棍子的人答道：

1 西班牙有錢的人飯前吃水果或冷盤，飯後吃熟水果之類的甜食。菜肴上覆布是為了防蒼蠅。

「總督大人，海島上的總督，吃飯都有歷代相傳的規矩[2]。我是醫師，吃本島的俸，專為本島總督治病。我拚了自己的命，只求總督健康，一天到晚研究他的體質，他一旦生病，我就能手到病除。我頭一件事是伺候總督早晚的飯食，瞧是吃了合適的，就讓他吃；吃了不好，有傷脾胃的，就指點撤掉。剛才那盤水果我嫌它生冷；那盤菜肴我嫌它性熱，而且香料太多，吃了口渴。一個人多喝了水，保養生命的血液就沖淡了。」

「照這麼說，這盤烤竹雞吃了不會有害；我看烹調得不錯呢。」

醫師答道：

「我只要還有一口氣，絕不讓總督大人吃這盤燒烤。」

桑丘說：「為什麼呀？」

醫師答道：

「我們醫學界的北斗星和指路明燈、伊博克拉特斯祖師爺有句名言：『多食傷脾，尤忌竹雞』[3]；就是說，無論什麼東西，吃飽都有傷身體，把竹雞吃一飽尤其要不得。」

桑丘說：「那麼就請醫師先生瞧瞧吧，這桌子上哪個菜最補人，哪個菜最不傷身，讓我吃一點，別再拿棍子來點了。我但願上帝留著我的命做總督呢！我以總督的身分正式聲明：我已經餓得要死了；隨你醫師先生怎麼說，不讓我吃東西只能送我的命，不能添我的壽。」

醫師答道：「總督大人，您說得對。我看啊，這盤煮兔子您不能吃，因為消化不了。這盤小牛肉要不是加了酸菜沙司烤的，倒還可以嘗嘗；照現在這樣就吃不得。」

桑丘說：「最前面熱氣騰騰的大盤兒裡好像是沙鍋雜燴，裡面雜七雜八的，總該有些又好吃、又滋補的東西。」

醫師說：「切忌[4]！您這個念頭是千錯萬錯的；沙鍋雜燴最不補人。只有教長呀、學院院長呀，或者鄉下佬的喜慶筵席上呀才吃沙鍋雜燴；總督的飯桌上可不要它！總督吃的都該是精緻的上品。菜肴好比藥品，一味純藥無論如何總比配合的雜藥貴重。純藥不會用錯；配合的雜藥呢，成分裡這樣多些、那樣少些就出毛病了。據我看，總督先生如要身強體健，這會兒該吃一百個鬆脆的薄麵捲兒，再加薄薄幾片木瓜瓤；木瓜能調理脾胃，幫助消化。」

桑丘聽了這番話，往椅背上一靠，睜眼瞪著這個醫師，厲聲問他叫什麼名字，在哪裡學的醫道。醫師答道：

「總督大人，我是貝德羅·忍凶·台·阿鬼羅醫師。從加拉奎爾到阿爾莫都瓦爾去的路上，靠右邊有個提了他戶外拉鎮，那就是我的家鄉。我是奧蘇那大學的醫學博士。」

桑丘氣呼呼地說：

「那麼，從加拉奎爾到阿爾莫都瓦爾路上、靠右邊的提了他戶外拉鎮上的奧蘇那大學醫學博士、倒楣的貝德羅·忍凶·台·阿鬼羅先生，請你馬上滾蛋吧！我指著太陽發誓，你不快滾，我就從你起，把島上所有的醫師都一頓大棒打走，至少把你這種假充內行的攆走；我對高明的醫師是佩服的，把他們當神道那樣敬重呢。我再說一遍，貝德羅·忍凶，快給我滾！要不，我就拿這把椅子從你腦袋上直劈下來了。我不怕誰來查究我在任的所作所為！我理直氣壯：壞醫師是屠殺

2 西班牙皇室進餐時有醫師在旁鑑定食物，作者借此嘲笑。

3 原文是拉丁文。

4 原文是拉丁文。

公眾的劊子手，殺了他是替天行道。現在給我吃飯吧；要是沒飯吃，我這個總督也不做了！沒飯吃的官兒做它幹麼？」

醫師瞧總督發這麼大火也慌了，打算抽身出去。這時街上忽傳來一聲驛車的號角。上菜的小廝從窗口探出腦袋，又縮回來說：

「公爵大人的信差來了，準有緊要的消息。」

信差滿頭大汗，慌慌張張地進來，從懷裡掏出一封信呈給總督。桑丘就把信交給總管，叫他念念封面。信封上寫的是：「便宜他了海島總督堂桑丘・潘沙親啟，或由祕書代拆。」桑丘聽了問道：

「這裡誰是我的祕書呀？」

一人答道：

「總督大人，我是您的祕書；我能讀能寫，是比斯開人。」

桑丘說：「據你末了那句話，你就連大皇帝的祕書也做得[5]。你拆信瞧瞧信上怎麼說吧。」

新任祕書拆信看了一遍，說信上的事得密談。桑丘吩咐眾人退出，只留下總管和上菜的小廝。其他人連那醫師都出去了，祕書就念了那封信：

> 堂桑丘・潘沙先生：聽說我的冤家要侵犯海島，準備不知哪個夜裡大舉進攻。你務必日夜警備，免有疏失。憑可靠的密報，已有四人喬裝進城暗殺你，因為忌你的才幹。你小心提防，誰找你談話，得注意著點兒，也別吃人家送的東西。你如有危急，我會來救你。憑你的識見，一定都能應付裕如。

你的朋友

公爵

八月十六日晨四時自本地寄。

桑丘很吃驚，旁邊那幾個人好像也一樣吃驚。桑丘轉身向總管說：

「咱們現在有一件事趕緊得辦：忍凶醫師該送進監牢。要殺我的就是他；他是要餓死我，叫我死得又慢又慘。」

上菜的小廝說：「還有一件事：我認為桌上的東西您都吃不得，因為是修女獻的；老話說，『魔鬼就躲在十字架後面』。」

桑丘說：「你說得也對。現在且給我吃個麵包和四磅左右的葡萄吧，這不會有毒。我實在餓得慌了。如果勢必打仗，咱們得隨時應戰，那就得把肚子吃飽，因為『是腸胃拖帶著心，不是心拖帶著腸胃』[6]。祕書，你寫個回信給公爵大人，說我全都聽他的吩咐，一點也不馬虎。你還代我向公爵夫人請安，求她別忘了派人把我的一封信和一捆衣服送給我老婆泰瑞薩‧潘沙；說我麻煩她了，非常感激，一定盡力報答。你還可以附帶問候我主人堂吉訶德‧台‧拉‧曼卻，讓他知道我沒有白吃了他的飯。你是個好祕書，又是好比斯開人，隨你的意思，該說什麼都給我添上。現在把這桌菜撤下，給我吃些東西吧。隨它有多少奸細、刺客和魔法師來害我，或侵犯我的海

5 比斯開人以忠心著稱，西班牙皇室的祕書很多是比斯開人。

6 西班牙諺語。另有一個說法，見本書下冊，第三十四章，「是肚子帶動兩腳，不是兩腳帶動肚子。」

島，我準備和他們幹一下呢！」

這時一個小廝跑來說：

「有位老鄉求見，說有要事找您大人談談。」

桑丘說：「這種求見的人也真怪，一點不動腦筋。這會兒是求見的時候嗎？當官的也是血肉做的，總得休息一下，難道把我們當作石頭人兒嗎？看來我這個總督也做不長；要是長下去，我憑上帝和良心發誓，我對這些求見的人得立下規矩。叫那位老鄉進來吧，不過先問問明白，別是奸細或刺客。」

小廝說：「總督大人，那倒不是的；除非我瞎了眼，我瞧他很老實，像個好麵包似的，活是個大好人。」

總管說：「不怕，我們都在這兒呢。」

桑丘說：「上菜的師傅，現在貝德羅・忍凶醫師走了，能讓我吃些扎實的東西嗎？就是一塊麵包、一個蔥頭也好。」

上菜的小廝說：「您大人午飯欠的，晚飯補上，讓您吃個饜足。」

桑丘說：「但願上帝也這麼答應我吧。」

當時那老鄉進來。他相貌和善，一千哩瓦以外就看出是個老好人。他開口先問：

「哪位是總督大人啊？」

祕書說：「上坐的不就是嗎？除了他還有誰啊？」

老鄉說：「那麼，我向他行禮了。」

他就跪下求總督伸手給他親吻。桑丘謙遜不敢當，請他站起來說話。老鄉奉命起立，說道：

「先生，我是個莊稼人，家在米蓋爾圖拉鎮，離西烏達德・瑞阿爾不過兩哩瓦。」

桑丘說：「原來也是從提了他戶外拉來的。你有話就講吧。老哥，我告訴你，米蓋爾圖拉鎮我很熟悉，我家鄉就在附近。」

那老鄉接著說：「先生，我且跟您講講我的境況。我靠上帝慈悲，經教會批准結了婚，有兩個兒子，都在上大學：小兒子打算讀個學士，大兒子打算讀個碩士。我是鰥夫，因為我老婆死了，說得更確實些，她懷孕的時候，一個蹩腳醫生給她吃了瀉藥，送了她的命。假如上帝保佑，她生下了那個孩子，假如是個男孩兒，我就要叫他讀個博士了，免得他眼紅一個哥哥學士、一個哥哥碩士。」

桑丘說：「那麼，假如你老婆沒死，或者沒有被殺，你現在就不是鰥夫了。」

那老鄉說：「對啊，先生，我就絕不是鰥夫了。」

桑丘說：「咱們很談得來啊！老哥！你快講下去吧，因為現在不是談話的時候，該睡午覺了。」

老鄉說：「請聽我講吧。我那個打算讀學士的兒子愛上一個同鄉的姑娘。她名叫克拉拉・蓓蕾麗娜；她父親安德瑞斯・蓓蕾麗農是個非常殷實的富農。『蓓蕾麗』不是傳襲的姓氏。他那一族都有『貝蕾西』病，把這病名改得好聽點兒就成了『蓓蕾麗』[7]。說老實話，那位姑娘真是蓓蕾一樣美麗。她右邊半個臉，像田野裡的鮮花；左邊呢，沒那麼好，因為缺一隻眼，是出天花瞎掉的。她臉上的麻點兒又密又大，為她顛倒的人說那不是麻點子，是叫情人陷了進去出不來的一

7　原文Perlesia是風癱；蓓蕾麗（Perleria）是一堆珠子。

個個深坑兒。她非常愛乾淨，怕鼻涕流髒了臉，因此鼻孔朝天；那兩個鼻孔就好像在避開她的嘴巴。可是她非常好看，因為嘴巴很大，要不是嘴裡缺十一、二顆板牙和盤牙，那張嘴就比什麼櫻桃嘴呀、菱角嘴呀等等都美。那兩片嘴唇啊，我簡直沒法兒說；嘴片子薄極了，假如行得把嘴唇繞起來，就能繞成一束；可是顏色卻和一般嘴唇不同，又藍、又綠、又紫，斑剝陸離，實在少見少有。這位姑娘將來是我的兒媳婦，我很喜歡她，覺得她長得不錯，所以把她的模樣兒細細描摹，總督大人請不要見怪。」

桑丘說：「隨你怎麼描摹吧；我聽來很解悶兒。假如我已經吃飽了飯，聽聽你的描摹，當飯後的甜食搭嘴，倒是頂妙的。」

那老鄉說：「這份甜食還沒給您端上來呢；不過這會兒沒工夫，待會兒有的是時候。哎，先生，我要是能把她苗條婀娜的身材描畫出來，準叫人驚訝；可是我辦不到，因為她兩膝蓋頂著嘴巴蜷縮成一團，如果站得起身，腦袋準頂到天花板上呢。她早就可以伸手給我的學士[8]，和他結婚，不過她那隻手是拳的，伸不出來。她的指甲很長，指甲面往下凹，襯得手形很美。」

桑丘說：「行了，老哥，你就算是已經把她從頭到腳都形容到了；你要什麼，乾脆說吧，甭拐彎抹角、拖泥帶水。」

那老鄉答道：「我要麻煩您大人為我出一封介紹信給女方的爸爸，求他作成這門親事；因為無論人間的財產或天賦的才能，雙方都相當相等。我老實告訴您，總督大人，我兒子有惡鬼附身，每天三番五次的受那惡鬼折磨。一次跌在火裡，從此臉皮皺得像羊皮紙，而且老是淚眼迷離的。不過他性情像天使，如果不拿棍子或拳頭把自己亂打，簡直就是個聖人。」

桑丘說：「老哥，你還有別的事嗎？」

那老鄉說：「我還有個要求，只是不敢出口。可是，不管怎麼樣，總得說出來，不能讓它悶在肚裡發霉。我說呀，先生，我要您給我三百或六百杜加，津貼我的學士成家；就是說，幫他自立門戶。他們得自己有個小家庭，才免得雙方父母干預他們的生活。」

桑丘說：「你想想還有什麼別的要求，別不好意思，不敢出口。」

老鄉說：「沒有了，真沒有了。」

他剛說完，總督霍地站起來，抓住座椅說：

「你這愚蠢的鄉下佬，你要不趕緊滾開，躲得老遠，我發誓拿這把椅子砸開你的腦袋！婊子養的流氓！你倒會給魔鬼寫照！你挑了這個時候來問我要六百杜加！我請問你這渾蟲，我哪來這筆錢啊？我有錢也為什麼要給你這沒腦子的壞蛋呢？米蓋爾圖拉和蓓蕾麗兩家和我什麼相干！我告訴你，快走！要是不走，我憑我們公爵大人的生命發誓，我說到就做到！你哪裡是米蓋爾圖拉來的；你是地獄裡派來引誘我的惡鬼！混帳東西，我做總督還不到一天半，你就指望我有六百杜加了嗎？」

上菜的小廝對老鄉丟個眼色叫他出去，老鄉好像怕總督大人發脾氣，垂頭喪氣地跑了。這傢伙很會表演他的角色呢。

咱們隨桑丘去生氣，但願大家都太平無事；現在且回頭看看堂吉訶德吧。他給貓兒抓傷了，正包著臉在休養，過了八天才平復。在這幾天裡，他碰到一件奇事；熙德·阿默德答應要照他向來的筆法，不論那事多麼瑣細，也詳盡確切地描寫。

8「伸手給某人」就是選中他做丈夫。

# 第四十八章

## 公爵夫人的傅姆堂娜羅德利蓋斯找堂吉訶德的一段奇聞，以及可供後世傳誦的細節。

堂吉訶德滿面傷痕，滿腹懊喪。他還包著紗布，帶著斑疤——上帝沒在他臉上打下手印[1]，卻是貓兒在那裡留了爪痕；這種災難也是騎士生涯裡免不了的。他在屋裡待了六天。一晚上，他正轉側不寐，思量著自己的種種倒楣和阿爾迪西多啦的糾纏，忽覺有人用鑰匙開他臥房的門。他立刻以為是那痴情姑娘要攻其不備，引誘他對不住意中人杜爾西內婭·台爾·托波索。他心上這麼想，就大聲對門外的人說：「你別痴心妄想，隨你是什麼絕世美女，也擠不掉我心窩兒裡的情人！杜爾西內婭小姐啊，不論你變成又粗又蠢的村姑，或金色塔霍河裡織錦的仙女，不論梅林或蒙德西諾斯把你拘在什麼地方，你在哪裡也總是我的，我在哪裡也總是你的。」

他剛說完，門就開了。他忙在床上站起來。他身上裹著一條黃緞子床單，頭上戴一頂睡帽，臉和鬍鬚都包紮著（臉是因為抓傷了，鬍鬚是因為要捲得它往上翹）；那副怪模樣簡直難以想像。他一雙眼直盯著門口，滿以為來的是害相思的阿爾迪西多啦，不料卻是個十分莊重的傅姆。

1 五官四肢的天生缺陷，婉稱為上帝的手印。

NARRO

她披一幅又寬又大的光邊白頭巾，從頭直蓋到腳，左手揑著半支點亮的蠟燭，右手擋著火光，免得射眼；臉上還戴著一副大眼鏡。她悄悄地進來，腳步很輕。

堂吉訶德站在床上，彷彿在瞭望塔上瞭望敵人，瞧她那副打扮，而且一聲不響，以為是巫婆或妖女裝成傅姆來害他，忙在自己身上連連畫十字。這個鬼魅似的怪物一步步前來，到了屋子中間，抬眼一看，只見堂吉訶德正忙忙地畫十字呢。若說堂吉訶德見了她那模樣害怕，她見了堂吉訶德的模樣也嚇愣了。因為他披著床單，臉和鬍子包著布，個子又高，一身黃色，面目可怕，她一見不由得大叫一聲，說道：

「耶穌啊！這是個什麼呀？」

她一吃驚，把蠟燭掉了，面前一片漆黑。她想轉身逃跑；慌慌張張，給自己的裙子絆倒在地。堂吉訶德戰戰兢兢地開口說道：

「隨你是什麼鬼怪吧，聽我向你通誠。請問你是誰，找我有什麼事。如果是受苦的鬼魂，不妨直說，我一定為你盡力。我是天主教徒，願意普行善事，就當了游俠騎士。我幹了這一行，即使煉獄裡的鬼魂有事相求，我也義不容辭。」

狼狽的傅姆聽了這番通誠，由自己的害怕體會到堂吉訶德的害怕，就可憐巴巴地低聲答道：

「堂吉訶德先生——您確是堂吉訶德先生吧？您想必把我當作妖怪或煉獄裡的鬼魂了。我都不是；我是公爵夫人手下有身分的傅姆堂娜羅德利蓋斯。我有件沒辦法的事，久仰您是排難救困的老手，冒昧特來求您。」

堂吉訶德說：「堂娜羅德利蓋斯夫人，請問您是不是給誰做媒牽線來了？我得告訴您，我的意中人杜爾西內婭・台爾・托波索是獨一無二的美人，除了她，誰都不能使人動心。堂娜羅德利蓋斯夫人，我乾脆說吧：您只要不是來撮合私情，不妨回去點上蠟燭再來；除了那個勾當，隨您要我幹什麼都可以商量。」

傅姆答道：「堂吉訶德先生，我會給誰撮合私情嗎？您看錯人了。我雖然上了些年紀，卻還不是老糊塗，這種無聊的事我是不幹的。謝天，我身體康健，只不過害阿拉貢的流行感冒掉了一二顆牙齒，除此之外，一口板牙大牙都還齊全。您等一等，我回去點了蠟燭馬上就來。您是世界上一切苦難的救星，我有糟心事要和您講呢。」

她不等回答就走了，堂吉訶德默默沉思，等著她回來。眼前這件事攪得他心上疑慮重重，怕自己太冒失，萬一受了誘惑，對不起意中人。他暗想：「魔鬼最狡猾。他瞧我見了女皇呀、王后呀、公爵夫人呀、侯爵夫人呀、伯爵夫人呀，都不動心，也許這回就借個傅姆來迷我。我常聽得有識之士說：『如果勾鼻子的醜婆娘夠迷人，魔鬼就不用直鼻子的美女』[2]；現在深夜無人，我這顆心萬一古井生波，那麼一輩子規行矩步都前功盡棄了！到此境地，還是不要冒失上陣，及早迴避為妥。可是我準是頭腦糊塗、想入非非了。一個披白頭巾、戴眼鏡的高個兒傅姆，即使頭等好色之徒，見了也不會起邪心。世界上的傅姆有細皮嫩肉的嗎？哪個不討厭、哪個不滿面皺紋、哪個不裝模做樣呀？你們這夥不近人情、索然無味的傅姆啊，去你們的吧！據說有一位夫人在她起坐室的盡頭放兩個傅姆的半身像，都戴著眼鏡，靠著鑲花邊的軟墊，好像在那兒做活似的。她那辦法很不錯，起坐室裡有那兩個石像，就彷彿真有傅姆在內，令人望而生畏。」他一面想，就跳下床，打算關上門不讓羅德利蓋斯夫人進屋。可是他剛到門口，羅德利蓋斯夫人已經點著一支

2 西班牙諺語。

白蠟燭回來，劈面看見堂吉訶德裹著床單，臉上綳著紗布，包紮著鬍子，戴著一頂繫帶子的小帽，她不免又害怕了，後退兩步，說道：

「騎士先生，咱們彼此信得過嗎？您下床好像有點兒不大老實呢。」

堂吉訶德答道：「夫人，我也正要問您呀，我不會受侵犯嗎？」

傅姆說：「騎士先生，難道您要我來向您擔保嗎？您還防著我嗎？」

堂吉訶德說：「我正是要您擔保，我就是防著您。我不是大理石做的，您也不是銅打的；現在不是早晨十點，卻是半夜，也許比半夜還晚些；而且屋裡只有咱們兩人。從前那負心的狂徒伊尼亞斯在山洞裡和多情的美人狄多[3]好上了；咱們這裡更不比山洞，可以關上門，誰也不會撞來。不過我的守身如玉和您這幅令人起敬的頭巾，都是可靠的保障，不用別的了。夫人，您伸手讓我攙著您吧。」

他一面說，一面吻吻自己右手，然後去握她的手。傅姆也行了同樣的禮，才伸手給他攙。熙德·阿默德插話說，他憑穆罕默德發誓，如能看著這兩人手牽手從門口走到床前，他賠掉新大衣也心甘情願。

堂吉訶德上了床，堂娜羅德利蓋斯坐在離床不遠的椅上。她沒摘下眼鏡，也沒放下蠟燭。堂吉訶德把自己蓋得嚴嚴密密，只露出一張臉。兩人定下神，堂吉訶德先開口說：

「堂娜羅德利蓋斯夫人啊，您現在不妨把您的心事連底抖摟出來吧。我一定洗耳恭聽，熱誠幫助。」

傅姆說：「我知道您會答應我；瞧您滿面慈祥，就可以拿定您心地仁厚，絕不會拒絕。堂吉訶德先生，您聽我講。我雖然身在阿拉貢，坐在這張椅上，穿著這套衣服，活是個飽受輕鄙的傅姆，我其實是奧維多的阿斯圖利亞人[4]，我家和本地的高門大族都是親戚。可是我命苦，我父母又不會經紀，不知怎麼的老早把家業敗了，就把我送到馬德里京城；他們要給我找個飯碗兒，有個安身之地，所以把我安插在一位貴夫人家做針線。我告訴您，包邊合縫的家常針線活兒，是我拿手，誰都比不上我。我父母把我撇在那家當使女，自己就回鄉去，過了幾年想必都上天堂了，因為他們是非常虔誠的好基督徒。我孤苦伶仃，靠區區幾個工錢和大公館裡給使女的一點薄賞將就過日子。那家有個侍從看中了我；我可並沒有撩他。他年紀不輕了，是個大鬍子，相貌不錯，而且是和國王一樣的紳士，因為他是山區來的[5]。我們的戀愛不是祕密，我女主人不久也知道了。她乾脆叫我們經教會批准，正式結婚。我生了一個女兒；假如我曾經享過點兒福，我的福氣從此就完了。我倒沒有難產送命，可是孩子出世不久，我丈夫吃了一場驚嚇去世了。我現在正有機會跟您講講那回事，您聽了準覺得意想不到。」

她講到這裡就哭不成聲，哽咽的說：

「堂吉訶德先生，請您原諒，實在由不得我傷心；我一想到我那倒楣的丈夫，就忍不住流淚。上帝保佑他吧！他把女主人帶在他鞍子後面的那副氣派，多威武啊！他那匹壯健的騾子，就像黑玉一樣又烏又亮！據說現在時行乘馬車、坐轎子了；那時候是不行的，夫人小姐出門，就坐

3 狄多（Dido）是迦太基女王，收納流亡的伊尼亞斯，兩人戀愛，事見羅馬的維吉爾史詩。
4 當時阿斯圖利亞的西部稱為奧維多的阿斯圖利亞，東部稱為山悌良那的阿斯圖利亞。
5 加斯底爾和雷翁的北部山區是西班牙人戰敗摩爾人的根據地，那裡的人是貝拉由（Pelayo）國王和他將士的後代，都是世襲的紳士。

在侍從鞍後。有件事我不能簡略，得講一講，好讓您知道我丈夫多麼禮貌周到，一點不肯馬虎。馬德里在聖悌亞果街是比較窄的。一次他拐進這條街，恰好一位京城長官從那裡出來，兩名公差在前喝道開路。我丈夫是個好侍從，他忙帶轉轡繩，準備讓他們先走。我女主人在鞍後低聲說：『先生，你先請，該我讓路給堂娜加西爾達夫人』。──那是我從前的女主人。我丈夫把帽子拿在那裡只顧謙讓，一定要讓長官先走。我女主人瞧他那樣就發火了，拔出身邊剪刀套裡的粗針、也許是鑽子，往他腰裡直刺。我丈夫大叫一聲，閃著痛翻滾下騾，連帶著他的女主人一起落地。女主人的兩個小廝忙趕去扶她，長官和公差也去扶她。瓜達拉哈拉大門[6]一帶那些游手好閒的都趕去看熱鬧了。我女主人步行回家；我丈夫說是肚子戳穿了，自去找理髮師[7]。我丈夫的多禮就傳開了，連街上的小孩都糾纏著他。我女主人為這緣故，又嫌他眼睛有點近視，就把他辭了。我斷定他是為這事氣惱而死的。我成了寡婦，無依無靠，還背累著一個女兒。她愈長愈美；好比海浪一個高似一個，她一天美似一天。我的一手好針線是出了名的。那年公爵夫人嫁了公爵大人，她要我做針線，把我和女兒一起帶到阿拉貢來。我女兒在這裡漸漸長大，學得多才多藝：她唱歌像百靈鳥，舞蹈輕盈活潑，土風舞蹦跳得勁兒十足[8]，又能讀能寫，不輸學校的教師；加減乘除，算得比守財奴還精。我甭說她多麼乾淨，反正流水也沒她清淨。我記得她現在是十六歲五個月零三天左右。乾脆講吧，有個大富農的兒子愛上了我這小姑娘。他那村子是我們公爵大人的采地，離這兒不遠。我也不知是怎麼回事，他們倆結成了一對了。男方答應和我女兒結婚，把她騙上了手，卻說了話不當話。公爵大人知道這件事，因為我向他告過狀，不是一次，好幾次了。我求他命令那小子和我女兒結婚。可是公爵大人裝聾不理。因為那混蛋的爸爸是大財主，公爵大人向他借過錢；借別人的錢又常由那人作保，所以怎麼也不肯得罪他。騎士先生，我求您給我們做主，隨您或是好言勸告，或是動武，只別叫我們受屈。我聽大家說，您活在世上專管鋤強扶弱，主持公道。我求您顧憐我女兒是孤兒，她得人愛、年紀小，她種種好處我都說過了。老天爺在上，我憑良心說，我女主人那些使女裡，沒一個比得上她，給她拾鞋都不配。有一個叫阿爾迪西多娺的，大家說她最玲瓏活潑，可是和我女兒一比，還差著好遠呢。我告訴您吧，騎士先生，『閃閃發亮的不都是黃金』[9]。那個阿爾迪西多娺自以為美，可並不美；太愛鬧，不夠文靜，而且身體有毛病，嘴裡有股子臭味兒，挨近一會兒都受不了。就說公爵夫人吧……我不多嘴，因為人家常說，牆上有耳。」

堂吉訶德問道：「我憑自己的生命請問，堂娜羅德利蓋斯夫人，公爵夫人怎麼呀？」

傅姆說：「您既然發誓請問，我只好據實回答。堂吉訶德先生，您瞧公爵夫人美吧？皮膚光致得像磨亮的寶劍，兩頰白裡泛紅，容光照人，彷彿東邊出太陽，西邊又有月亮；她腳步輕盈得好像不著塵土，走到哪裡，人家一見就覺得爽健。可是我告訴您，她的健康首先是上帝保佑，其

6　瓜達拉哈拉大門（Puerte da Guadalajara）是游手好閒的人聚集的地方，一五八二年這座大門燒掉了，原址仍保留舊名。

7　當時的理髮師兼做外科醫生。

8　舞蹈（danza）和土風舞（baila）有區別：前者是輕盈的優秀舞；後者是大跳大蹦的土風舞。

9　西班牙諺語。

次就靠兩腿上開的兩個口子[10]。據大夫說，她身體裡盡是髒水濁液，都由那兩個口子裡排泄了。」

堂吉訶德說：「聖瑪利亞啊！難道公爵夫人身上開著這種陰溝嗎？赤腳修士說了我都不信呢。既然堂娜羅德利蓋斯夫人這麼講，想必是真的了。不過她兩腿上的口子裡流的該是琥珀的溶液，不是骯髒水。現在我真是完全相信了，要身體健康，開些口子是很要緊的。」

堂吉訶德剛說完，房門忽然砰一下開了。堂娜羅德利蓋斯嚇一大跳，手裡的蠟燭都掉了，滿屋烏黑，俗語所謂像狼的嘴也那麼黑。那可憐的傅姆隨即覺得脖子給人用兩手緊緊掐住了，叫喊不得；另一人不聲不響地立刻掀起她的裙子，好像是用一隻便鞋，把她狠狠抽打，打得簡直不忍聽聞。堂吉訶德心裡惻然，但沒有起床；他不知是怎麼回事，也沒敢出聲，生怕毒打會輪到自己身上。果然，兩個不出聲的凶手把傅姆打了一頓（她沒敢哼一聲），就趕到堂吉訶德身邊，揭開他裹的被單床單，在他身上使勁兒連連地擰，擰得他只好揮拳招架。不過很奇怪，誰都沒出聲。這一仗打了將近半個鐘頭，兩個鬼怪才出去。堂娜羅德利蓋斯放下裙子，沒和堂吉訶德說一句話，自嗟自嘆地走了。堂吉訶德給擰得渾身疼痛，又摸不著頭腦，悶著一肚子氣，一人躺在屋裡，想不明白哪個惡法師這麼害他。話分兩頭，咱們且撇下他，談談桑丘的事吧。

10 據西方古代醫學，人體內有四種液汁：血、痰、黃膽汁、黑膽汁。液汁配合均勻，身體就健康，否則有病。保持健康的一個辦法就是在身上切開一、二個口子，把過剩的液汁排泄掉。

# 第四十九章

## 桑丘視察海島。

上文講到一個油滑的鄉下佬把他未來的兒媳婦維妙維肖地描摹，惹得總督大人大發雷霆。那人是總管指使的，總管又是公爵指使的；他們通同一氣捉弄桑丘。桑丘雖是個村野之人，又是死心眼兒，卻能對付他們。公爵那封機密的信已經讀完了，貝德羅·忍凶醫師又回到廳上，桑丘當眾說：

「這種有事求見的人呀，不管什麼時候都跑來求見，恨不得官長專為他一人的事效勞。如果官長當時不便接見，或者事情辦不了，他們就嘀嘀咕咕說壞話，狠狠挖苦他，甚至把他祖宗的老底兒都翻出來。我現在真是明白了，做地方官的人得生就銅筋鐵骨，才受得了這種折磨。哎，你們這種有事求見的人真是沒腦子的傻瓜！急什麼呢！談話有談話的時候呀！該吃飯睡覺了，就別來！地方官長的身體也是血肉做的，身體有身體的需要，不能虧待它。不過我是例外，要吃也不得吃；這全是這位貝德羅·忍凶·台·提了他戶外拉醫師先生作成我的；他要餓死我呢，還硬說這樣半死不活就是延年益壽。但願上帝叫他那樣的醫生都活活地餓死吧！當然，我指的是他那種壞醫生，好醫生是應該敬重和獎勵的。」

認識桑丘的人都想不到他會發這種高論，紛紛說：大概有些人掌權做官就糊塗顢頇，另有些人官運亨通就心竅玲瓏。且說貝德羅・忍凶・阿鬼羅・台・提了他戶外拉醫師終究不顧伊博克拉特斯的格言，答應晚上讓他吃晚飯。總督大喜，熱鍋上螞蟻似的只等天黑了可吃晚飯，覺得時間凝止不流了。他左盼右盼，總算盼到了時候。晚飯有涼拌蔥頭牛肉和白煮牛蹄子，那蹄子已經隔宿了好幾天。他放量大吃；即使有米蘭的鴿子、羅馬的野雞、索蘭托的小牛肉、莫融的斑雞或拉瓦霍斯的鵝，他吃來也不能更香。他一面吃一面對他的醫師說：

「醫士先生，你聽著，以後別費心給我弄什麼山珍海味；那些東西只會害我腸胃失調。我吃慣的是羊肉、牛肉、醃豬肉、醃牛肉、蘿蔔、蔥頭；吃了講究菜就不合適，有幾次都惡心了。上菜的師傅可以給我來個沙鍋燉雜燴：雜七雜八的肉越是不新鮮，臭烘烘的燉上越是香噴噴；凡是吃得的東西都可以裝進去。我就謝謝上菜的師傅，將來一定酬報他。誰也別來捉弄我，『不要把人看死了』；『同吃同住，和平相處』；『天上的太陽，普照萬方』。我管轄這座海島啊，『不貪得非分之財，也不放過應有之利』。大家睜開眼睛，『瞧著自己的箭』。該知道，『魔鬼在岡悌良那』。誰惹我生了氣，瞧著吧，叫他意想不到呢。哎，『把你把自己變成蜜，蒼蠅就會來叮你』[1]。」

上菜的小廝說：「總督大人，您的話句句是金玉良言，我代表全島居民向您保證，一定小心謹慎，為您效忠實力。您一上任就行仁政，我們憑什麼要對您不客氣呀。」

桑丘答道：「這話我相信，誰要對我不客氣，他就是傻了。我再說一遍：我得吃飽，我的灰驢也得餵好；這是最要緊的。待會兒咱們還要出去視察呢。我打算把島上的壞事和不務正業的閒人一古腦掃除乾淨。我告訴你們，朋友，國家的無業游民好比蜂房裡的雄蜂；白吃了工蜂釀的蜜。我得要照顧農民，維護紳士的權利，獎勵好人，尤其要尊重宗教和教士。你們瞧瞧，我這話有點道理嗎？還是我太多事了呢？」

總管說：「總督大人，您講得很有道理。我知道您是毫無學問的，想不到您滿肚子良言寶訓。公爵大人和我們這些人都沒料到您這副本領。奇事天天有；玩笑變了正經，要捉弄別人，反見得自己可笑了。」

天黑了，總督得到忍囟醫師准許，吃過晚飯，準備出去視察；隨行的有總管、祕書、上菜的小廝、記錄總督言行的史官，還有一小隊公差和公證人。桑丘拿著執法杖走在中間，神氣活現。他們在城裡才巡了幾條街，忽聽得劍鋒擊碰的聲音。趕到那裡，原來兩人在打架。他們看見長官跑來，都住了手；一個說：

「看上帝和國王份上，快來救命啊！鬧市搶劫，還攔路行凶，這怎麼行啊？」

桑丘說：「好百姓，別鬧！本人就是總督，你們為什麼打架說給我聽聽。」

另一個說：

「總督大人，我直截了當地說吧。這位紳士剛在前面那家賭場上贏了一千多瑞爾；天曉得他是怎麼贏的。我在旁邊看賭，他打出的點子是靠不住的，不止一次呢；我昧著良心沒說破他。他贏了錢就走了。他至少該送我個把艾斯古多[2]的彩頭錢。我們這種看賭的上等人，專看有弊沒弊，替有弊的遮蓋，免得吵架；贏家照例分些彩頭給我們。他卻把錢往衣袋裡一揣，拔腳走了。我氣不平，追上說著好話，請他至少給我八個瑞爾。他知道我是上等人，而且既沒有職業，也沒

1 七句話都是西班牙諺語。

2 一個銀艾斯古多值八個到十個瑞爾。

有產業，因為我父母沒教我職業，也沒給我產業。這混蛋是加戈[3]一樣的賊，安德拉迪利亞[4]一樣的騙子；他只給我四個瑞爾。總督大人，您就可見他臉皮多厚，良心多黑！老實說吧，您要是沒來，我準叫他把贏的錢全吐出來！得給他點兒顏色看！」

桑丘就問對方：「你有什麼說的嗎？」

那人說，講的都是實話；他只肯給四個瑞爾，因為給了那傢伙好幾次了。問贏家討彩頭錢得客客氣氣，陪著笑臉，不能計較；除非拿定贏家是騙子，贏錢是作弊的。「只有騙子才經常把贏來的錢分攤給看賭的相識；要是那贏家不肯給錢，就可見他並非壞人，而是對方無賴。」

總管說：「這倒是真的，總督先生，您瞧該怎麼辦？」

桑丘答道：「我有辦法。贏家，你聽著：我不管你是好是壞，或不好不壞，你馬上拿出一百瑞爾給這個行凶的傢伙；還得出三十瑞爾給監獄裡受罪的人。至於你這個既沒有職業又沒有產業的無業遊民，你拿了這一百瑞爾，限明天離開海島，流放十年；如果違命偷回，就罰你把未滿的刑期到陰間去追補；因為我會把你掛上絞架——至少會叫劊子手替我來辦。你們誰都甭回嘴，免得我手下無情。」

一個掏了錢，一個拿了錢，拿錢的就離開海島，掏錢的就回家去。總督說：「我覺得這些賭場為害不淺，現在得一一取締，除非我沒這個權力。」

一個公證人說：「至少這一家您是無法取締的，因為來頭很大。開賭的那位大人每年賭輸的錢，遠比賭場的收入多。您還是取締些下等賭場吧；那種賭場更害人，作弊更明目張膽，因為出了名的賭棍不敢到大貴人開的賭場去顯身手。賭風盛行，大家就寧可在上等賭場裡賭，還比商人開的小賭場好。那種小賭場拉住一個倒楣蛋從半夜賭起，直把他的皮都活剝了呢。」

桑丘說：「公證人啊，原來這裡面大有講究，我現在明白了。」

這時一名警察抓住個小伙子跑來說：

「總督大人，這小子正迎面走來，一見我們公安人員，轉身拔腳就跑，像一頭鹿似的；可見不是個好東西。要不是他絆了一跤，我別想追得上。」

桑丘問道：「小伙子，你幹麼逃走？」

小伙子說：

「先生，我是怕公安人員盤問。」

「你是幹什麼的？」

「我是織工。」

「織什麼？」

「您別見怪，我織長槍上的槍頭子。」

「你開什麼玩笑？賣弄你的油嘴滑舌嗎？好！你這會兒上哪兒去？」

「先生，我出來呼吸空氣。」

「島上什麼地方是呼吸空氣的？」

「有風的地方。」

「好，你真是百句百對！小子，你很伶俐啊！可是我告訴你，我就是空氣，把你一路吹送到

3 古希臘傳說中最大的竊賊，已見本書上冊，第二章，注8。

4 西班牙當時著名的大騙子。

監獄裡去呢。嘿，抓住他！把他帶走！叫他今夜悶在監獄裡睡覺！」

那小伙子說：「我憑上帝發誓：要我在監獄裡睡覺，就彷彿叫我做國王一樣辦不到！」

桑丘答道：「怎麼辦不到？我要抓你就抓，我要放你就放，難道我沒這個權力嗎？」

那小伙子說：「隨您有多大權力，也不能叫我在監獄裡睡覺。」

桑丘說：「怎麼不能？馬上把他帶走，叫他知道自己打錯了主意；他即使買通了牢頭禁子也沒用。如果牢頭禁子放你走出監獄一步，我就罰他二千杜加。」

那小伙子說：「這都是笑話？我只要還活著，誰都不能叫我在監獄裡睡覺。」

桑丘說：「你這小鬼，我問你，我叫你戴上鎖鐐關在牢裡，你有什麼神道給你脫掉鎖鐐放你出獄嗎？」

那小伙子和顏悅色說：「總督大人，咱們講講道理，把話說在筋節上。假如您叫我戴上鎖鐐關在牢裡，還警戒牢頭禁子放了我要受罰，您的命令都照辦了；可是我如果不願意睡覺，整夜睜著眼不睡，隨您有多大權力，怎麼能叫我睡呢？」

祕書說：「對呀，他的話說得很明白。」

桑丘說：「那麼，你不睡只是你不願意，不是和我作對。」

那小伙子說：「不是的，先生，我毫無此意。」

桑丘說：「那麼你就好好兒走吧。回家睡覺去，願上帝給你好夢；我並不想剝奪你的好夢。可是我勸你以後別和官長開玩笑，保不定他當了真，叫你吃不了兜著走。」

那小伙子回家，總督又繼續巡行。一會兒有兩個警察抓了一人過來說：

「總營大人，這是個女扮男裝的，長得還頂不錯。」

兩三個燈籠一起舉到她臉上，燈光下照見一張十六七歲的小姑娘的臉；頭髮套在金線絲線的髮網裡，相貌像珍珠似的瑩潤可愛。大家把她從腳到頭細細端詳：她穿一雙深紅絲襪，吊襪帶是白緞子的，邊緣是金鑲的細珍珠；寬腿短褲和敞胸的短外衣都是綠錦緞的，裡面穿一件白錦緞的緊身襖，鞋是白色的男鞋；腰帶上掛的不是劍，是一把鑲嵌寶石的匕首；她手上還戴著許多珍貴的戒指。大家覺得這姑娘很美，可是誰也沒見過，想不起她是誰。合夥捉弄桑丘的那些人尤其詫異，因為這事突如其來，不是他們預先安排的；他們疑疑惑惑等著瞧個究竟。桑丘見了這麼美貌的姑娘很吃驚；問她是誰，到哪裡去，為什麼這樣打扮。她滿面含羞，眼望著地上說：

「先生，我的事得嚴守祕密，不能當著大家講。不過有句話要說明白：我不是賊，也不是壞人。我是個可憐的女孩子，為了愛情賭氣，就違犯了規矩。」

總管對桑丘說：

「總督大人，您叫大家走開，讓這位小姐有話好說，免得她當著人不好意思。」

總督馬上這樣下令，大家都走開，只留總管、上菜的小廝和祕書在旁。那姑娘看見沒幾個人了，就說：

「各位先生，我爸爸是貝德羅・貝瑞斯・瑪索爾加，他是本城賣羊毛的牧戶，常到我爸爸家來。」

總管說：「小姐，這話不對頭；我和貝德羅・貝瑞斯很熟，他是沒兒沒女的。況且你剛說他是你爸爸，接著又說他常到你爸爸家來。」

桑丘說：「我正要問這句話呢。」

那姑娘說：「各位先生，我心慌意亂，所以糊塗說錯了。我是狄艾果・台・拉・李亞那的女兒，各位想必知道我爸爸。」

總管說：「這就對了，我認得狄艾果・台・拉・李亞那，他是一位高貴有錢的紳士，有一子一女，自從夫人去世，全城誰也沒見過他女兒的臉；他把她關得緊極了，連太陽都無法見她。不過人家還是傳說她美貌絕頂。」

那姑娘說：「不錯，那女兒就是我。我美不美各位都看得一清二楚了。」她說著就哭起來。祕書瞧她那樣，就湊到上菜小廝耳邊，低聲說：「這位可憐的小姐，這麼高貴，卻改扮男裝，深夜在外跑，準是遭了大禍。」上菜的小廝說：「準是的；憑她的眼淚就可見咱們沒猜錯。」

桑丘竭力撫慰，叫她不要害怕，遭了什麼事，告訴他們，他們一定盡心幫忙。

她說：「各位先生請聽。我媽媽去世十年了；十年來，我爸爸直把我關在家裡，做彌撒也在家裡一個漂亮的小堂裡，我白天只看見天上的太陽，晚上只看見月亮和星星，不知道街道呀、菜場呀、教堂呀都是個什麼樣兒，就連男人是什麼樣兒都不知道，我只見過我父親、我弟弟和一個賣羊毛的牧戶。那人常到我家來，所以我忽然想到冒充他的女兒，免得說出爸爸的名字來。我長年累月關在家，連教堂都不能去，實在悶得慌。我想看看這個世界，至少看看我出生的城市，我覺得這並不有失大家閨秀的身分。有時我聽人家講外邊鬥牛呢，或有竹槍比賽呢，或演戲呢，我就問我弟弟——他比我小一歲——我問他這些玩意兒是怎麼回事；我還問他許多傳聞的事。他仔細講給我聽。可是我越聽他講，越發心癢癢地想親眼瞧瞧。我且乾脆說我怎麼毀了自己吧。我向我弟弟央求——我真是懊悔呀……」

她又痛哭不止。總管對她說：

「小姐，您把底下的事講出來吧；我們聽了您以上的話，又瞧您哭個不了，都著急得很。」那姑娘答道：「底下沒多少事，只有許多眼淚了；因為要滿足不安分的願望，就得賠上許多眼淚。」

上菜的小廝愛上那位姑娘的美。又把燈籠照著又看了她一眼，覺得她流的不是眼淚，卻是粒粒珠璣，滴滴鮮露，甚至竟是東方的大明珠。他希望她的倒楣事沒什麼了不起，並不值得那樣痛哭。那小姑娘還只顧哭，總督不耐煩了，叫她別盡讓大家著急，時候已經不早，他還要到好多地方去視察呢。她哽咽著說：

「我的丟臉倒楣不是別的，我不過要求弟弟讓我穿他的男裝，晚上等爸爸睡了，帶我出來滿城逛逛。他扭不過我，就答應了。我們對換了衣裳；他穿了我那一套恰好合身。他還沒一點鬍鬚，看來就像個很美的姑娘。今晚大概一小時以前，我們從家裡出來，乘興胡鬧，在城裡走了一轉，正要回家的時候，看見來了一大群人。弟弟說：『姊姊，巡夜的來了，你飛快地跟我跑吧，給他們看見就糟了。』他說著轉身就跑，簡直飛也似的。我沒跑幾步，心裡慌張，就摔倒了，警察就趕來把我帶到各位先生跟前。我就當眾出醜，給人家當作壞女人了。」

桑丘說：「那麼，小姐，你並沒有遭到什麼禍事吧？也並不是像你當初說的，為了愛情賭氣來的吧？」

「我沒有遭到什麼事。我從家裡出來不是為了愛情賭氣，只是要瞧瞧這個世界——這也不過就是瞧瞧城裡的大街罷了。」

這位姑娘講的確是真情。因為她弟弟撇了她逃走，給警察抓住，這時給幾個警察押來了。他穿一條華麗的裙子，一件蘭花緞的短外衣，上面滾著精緻的金花邊；頭上沒戴頭巾，也沒什麼裝飾，一頭赤金的鬈髮就像滿腦袋的金圈。總督、總管和上菜的小廝把他帶過一邊，避開了他姊姊，問他為什麼這樣打扮。他和他姊姊一樣又羞又窘，講的話也都一樣。上菜的小廝已經愛上那位姑娘，聽了那些話大為高興。總督對姊弟倆說：

「小姐，小哥兒，你們太淘氣。這種小孩子家胡鬧，幾句話就交代了，不用費這麼多工夫，還傷心哭泣；只要說，『我們是某某人，我們因為好奇，搗鬼從家裡溜出來逛逛，沒有別的打算』，事情就完了，幹麼抽抽搭搭哭個不了呀。」

那姑娘說：「您說得對。可是我嚇慌了，不知怎麼辦才好。」

桑丘說：「虧得也沒出什麼錯兒。好，我們送你們倆回去吧，也許家裡還沒知道呢。以後別再這麼孩子氣，別心癢癢要開眼界。因為『好女人是斷了腳的，她不出家門』；『女人和母雞一樣，出門就迷失方向』；『愛瞧熱鬧的女人，也是愛人家瞧她』[5]。我不多說了。」

那小伙子謝了總督的美意；總督一夥就送姊弟回家。他們離家不遠；到了那裡，那弟弟就撿一顆小石子向窗格上一扔；等門的女傭人立即下來開了門，姊弟倆就進去了。大家覺得這樣美秀的孩子很少見，更想不到他們黑夜裡不出城門就想看看世界。當然，他們還是孩子呢。上菜的小廝一顆心已經不由自主；打算明天向那姑娘的父親求婚，憑自己是公爵的家人，拿定對方不會拒絕。桑丘也在暗打算盤，想把女兒桑琦加嫁給那個小伙子。他準備相機行事；在他看來，娶總督女兒，誰還會拒絕呀。

那夜的視察如此了結。過了兩天，總督丟了官，他的如意算盤也打不成了。詳見下文。

5　三句西班牙諺語。

# 第五十章

下毒手打傅姆，並把堂吉訶德又擰又抓的魔法師是誰；小僮兒如何給桑丘・潘沙的老婆泰瑞薩・桑卻送信。

熙德・阿默德這部信史的細節都確鑿有據。據說堂娜羅德利蓋斯出臥房去找堂吉訶德的時候，同屋另一個傅姆知覺了。做傅姆的都耳朵長、鼻子尖、好管閒事；這個傅姆就悄悄地跟著那蒙在鼓裡的羅德利蓋斯，瞧她進了堂吉訶德的臥房。搬嘴弄舌是傅姆的通病，這個傅姆未能免俗，馬上就去報告公爵夫人，說堂娜羅德利蓋斯在堂吉訶德臥房裡呢。公爵夫人告訴了公爵，要求帶著阿爾迪西多娳去瞧瞧羅德利蓋斯找堂吉訶德有什麼事。經公爵准許，兩人躡手躡腳，偷偷地一步步挨到堂吉訶德房門口。她們挨得很近，屋裡說話全聽得清。公爵夫人聽見羅德利蓋斯把她身上的排泄口子都揭出來，怒不可遏；阿爾迪西多娳也七竅生煙。她們滿肚子氣惱，非和這傅姆算帳不可，就砰的衝進房，像上文講的那樣把堂吉訶德又擰又掐，把傅姆痛打一頓。女人聽到人家鄙薄自己的面貌或掃自己的面子，她們的惱怒是怎麼也憋不住的，得發洩了才罷。公爵夫人把剛才的事告訴了公爵，他聽了覺得很好笑。公爵夫人還想玩弄堂吉訶德；她派了一個小僮去找桑丘的老婆泰瑞薩・桑卻[1]，把桑丘的家信捎去，自己也附了一封信，還送她一大串珍貴的珊瑚珠。那小僮就是在解除杜爾西內婭魔法的把戲裡扮演杜爾西內婭的。桑丘忙於做總督，已經把那件事忘得一乾二淨了。

據記載，那小僮兒很聰明伶俐；他要討好主人主婦，高高興興地動身到桑丘家鄉去了。他進村看見河邊許多女人洗衣服，就打聽村裡是否有個女人名叫泰瑞薩・潘沙，她丈夫桑丘・潘沙是騎士堂吉訶德・台・拉・曼卻的侍從。一個小姑娘正在洗衣服，聽他這麼問，就站起來說：

「泰瑞薩・潘沙是我媽媽，那個桑丘是我爸爸，那個騎士是我們東家。」

小僮說：「那麼，來吧，小姑娘，帶我去見見你媽媽，我替你那爸爸捎了一封信和一件禮物給她。」

小姑娘約莫十四歲左右；她說：「好呀，先生。」

她把沒洗完的衣服撇給女伴兒，不戴頭巾，也不穿鞋，光著腳，披著頭髮，蹦蹦跳跳在小僮馬前，一面說：

「您來啊，我家就在村子口上。我媽正在家；她好久不得爸爸的消息，夠心焦的。」

小僮說：「那麼我給她捎來了喜訊，她真該感謝上帝呢。」

小姑娘又蹦又跑，到了村上。她沒進門先嚷道：

「泰瑞薩媽媽！你出來呀！出來呀！有位先生替我好爸爸捎了信和東西來了。」

她媽媽泰瑞薩・潘沙拿著個紡麻的線杆兒正在紡麻，聽見叫喚就跑出來。她穿一條灰褐色的

1　上文第四十六章早已講公爵夫人派這個小僮為桑丘老婆捎信。

裙子；這條裙子短得好像「還不夠遮羞」[2]。她的緊身上衣和襯衫也是灰褐色。她並不很老，看來有四十多，身體很壯健，臉皮子曬成了焦黃色。她看見她女兒和騎馬的小僮，就說：

「怎麼回事兒呀，丫頭？這位是誰呀？」

那小僮說：「是您堂娜泰瑞薩・潘沙夫人的傭人。」

他一邊說，一邊就跳下馬，恭恭敬敬跪在泰瑞薩夫人面前說：

「堂娜泰瑞薩夫人啊，請您以『便宜他了』島主堂桑丘・潘沙總督夫人的身分，伸出貴手。」

泰瑞薩答道：「啊呀！我的先生，快起來！別幹這一套！我不是什麼官太太，只是個窮鄉下女人；我爸爸是種地的，我丈夫是游浪的侍從，不是什麼總督！」

小僮說：「您丈夫是名副其實的總督，您是最名副其實的總督夫人。您看了這封信和這件禮物，就知道我不是胡說。」

他從衣袋裡拿出一串珊瑚珠，珠串兩頭是金鑲的扣。他把珠串套在她脖子上說：

「我奉女主人公爵夫人的命，給您捎信來了；這是總督大人給您的，另外一封信和這串珊瑚珠是公爵夫人給您的。」

泰瑞薩驚奇得目瞪口呆，她女兒也一樣的發愣。那小姑娘說：

「我可以拿性命打賭，這準是我們東家堂吉訶德先生幹的。他答應了我爸爸好多次，要讓他當總督或伯爵；這回準是給他當上了。」

小僮說：「就是啊，桑丘先生靠堂吉訶德先生的面子，現在當上了『便宜他了』島的總督。這封信上寫著呢。」

泰瑞薩說：「紳士先生，您念給我聽吧；我雖然會紡麻，卻一個字也不識。」

桑琦加插嘴道：「我也一字不識，可是你們等一等，我去請個識字的來——或者神父或者參孫·加爾拉斯果學士，他們一定願意聽我爸爸的消息。」

「不用去請什麼人，我不會紡麻，可是我識字。這封信我來念吧。」

他就從頭到底念了一遍。信上的話前文已有交代，這裡不再重複。他隨即拿出公爵夫人的信念道：

泰瑞薩朋友：我瞧您丈夫桑丘人品既好，又很有本領，所以要求我丈夫公爵大人讓他做了一個海島的總督；這種海島我丈夫有好幾個呢。據說您丈夫治理得像老鷹那樣精明；我為此非常滿意，我們公爵大人也就很滿意。謝天，我挑他做總督沒挑錯人。我告訴您，泰瑞薩夫人，在這個世界上找一個好總督不是容易。但願上帝保佑我做人像桑丘做總督一樣好。

親愛的朋友，我送您一串鑲金扣的珊瑚珠。我但願那是東方的明珠；可是「送一根骨頭，物輕情意厚」[3]。也許有朝一日咱們會見面相識；將來的事是沒人知道的。請代我問您女兒桑琦加好，並叫她準備著，她意想不到的時候，我會給她找上一門好親事呢。

我聽說您那裡出產的橡樹子顆粒兒大。請捎我二十多顆；我一定當作寶貝，因為是您給我的。我等著您的長信，希望您健康安好。您如果需要什麼，只要說一聲，就給您照辦。願上帝保佑您。

2 這是引用西班牙民謠裡的話。按古代風俗，處罰淫婦，把她的裙子剪得很短，還不夠掩蓋身體下部。

3 西班牙諺語。

您的好朋友
公爵夫人於本地。

泰瑞薩聽他念完，說道：「啊呀，這位太太多好啊！又和氣又謙虛！我但願和這樣的太太埋葬在一起吧！我就不喜歡這裡的紳士太太們，她們覺得自己是紳士太太，連風都不該碰她們一下；上教堂神氣活現，簡直王后似的，好像對鄉下女人看一眼就降低了自己身分。瞧瞧咱們這位好太太，還是公爵夫人呢，都稱我朋友，把我平等看待。我但願她的身分和拉．曼卻最高的鐘塔一樣高！至於橡樹子，我的先生啊，我打算送她許多許多，每一顆都大得出奇，叫人趕來看新鮮。桑琦加，你這會兒來招呼這位先生：安頓了他的馬匹，從馬房裡揀些雞蛋，厚厚地切一片醃肉，把他當王子那樣款待他吃飯。他給咱們捎來了好消息，臉蛋兒又這麼討人喜歡，得這樣款待才對得起他。我趁這時候出去把咱們的喜訊跟街坊講講；神父和尼古拉斯理髮師是你爸爸的老朋友，也該讓他們知道。」

桑琦加說：「好，媽媽，我就去。可是我說呀，你得把這串珠子分一半給我。我想咱們公爵夫人不會那麼傻，把整一串都送給你一人。」

泰瑞薩說：「ㄚ頭啊，全都是給你的。可是讓我脖子上掛幾天，我實在看著喜歡。」

小僮兒說：「我這手提包裡還帶著一捆衣服，你們回頭看了也一樣喜歡。衣料講究極了，總督打獵那天才穿了一回。整件衣服都是他送給桑琦加小姐的。」

桑琦加說：「祝我爸爸活一千歲！給我捎帶的人也一樣長壽！如果一千歲不夠，就加倍祝他活兩千歲！」

這時泰瑞薩手裡拿著信，脖子上掛著那串珠子，出了大門，一面走，一面拍手鼓似的拍著那兩封信。她恰巧碰見神父和參孫・加爾拉斯果，就手舞足蹈地說：

「我們現在可真是闊了！到手了一個小小的官兒了！隨你多麼神氣的紳士太太敢和我過不去，哼，我準給她點兒顏色！」

「你怎麼啦？泰瑞薩・潘沙？你瘋了嗎？那是什麼紙呀？」

「我沒瘋。這是公爵夫人和總督的來信。我脖子上這串念珠顆顆都是上好的珊瑚，兩盡頭的念珠是真金的[4]。我現在是總督夫人了！」

「泰瑞薩，你胡說些什麼呀？你這話除了老天爺，誰也不懂。」

泰瑞薩說：「您兩位自己瞧呀。」

她把信交給他們。神父拿來念給參孫・加爾拉斯果聽。兩人驚奇得你看著我，我看著你。碩士問兩封信是誰捎來的。泰瑞薩說，是個很漂亮的小伙子，在她家呢，請他們一起回去就會看見；他還捎來了另一件禮物，也這麼貴重。神父把她脖子上的珊瑚珠串拿下反覆細看，斷定是上好的珊瑚，越發覺得奇怪。他說：

「這串精緻的珊瑚珠是我親眼看見、親手摸到的，而這封信上說，一位公爵夫人派人來要二十幾顆橡樹子！這兩封信和禮物究竟是怎麼回事呢？我憑自己的道袍發誓，我真想不明白了。」

加爾拉斯果說：「咱們甭胡猜亂猜了，且去看看那位信差吧，摸不著頭腦的事可以問他。」

他們就跟泰瑞薩一起回家。只見一個小僮兒正在篩大麥，準備餵他的馬；桑琦加正在切醃

---

4　泰瑞薩把珠鏈當作念珠，把珊瑚珠看作念〈聖母經〉的數珠，兩盡頭的金扣看作念〈天主經〉的數珠。

肉，準備攤上雞蛋煎給小僮兒吃。兩人瞧那小僮相貌漂亮，服飾講究，都很喜歡他。敘過了禮，參孫就打聽堂吉訶德和桑丘‧潘沙的近況，說他們讀了桑丘和公爵夫人的信還是莫名其妙，不明白桑丘做總督究竟是怎麼回事；而且地中海的海島差不多都是國王的，桑丘怎麼會做海島的總督。那小僮兒說：

「桑丘‧潘沙做總督是千真萬確的。他管轄的是不是海島我不知道，反正是個有一千多居民的小城。至於橡樹子，我告訴你們吧，我們公爵夫人非常謙和近人，沒一點架子。」別說問鄉下女人討橡樹子，她還使喚過他去問街坊借梳子呢[5]。「不過您兩位可知道，阿拉貢的貴夫人儘管高貴，待人卻和氣，不像加斯底利亞的貴夫人那麼死板板地拿架子。」

他們正說著話，桑琦加裙子裡兜著些雞蛋蹦蹦跳跳地跑過來，問小僮說：

「請問您，先生，我爸爸做了總督，穿不穿緊身褲呀？」

小僮說：「我沒看見，大概穿吧。」

桑琦加說：「哎唷！我的天！我爸爸穿了緊身褲多好看呀！真怪，我從小就想瞧我爸爸穿緊身褲。」

小僮說：「您以後準會看見。我憑上帝說，他只要做上兩個月的總督，出門還要戴遮風暖帽[6]呢。」

泰瑞薩已經把桑丘捎來的打獵服給神父和碩士看過。他們看破小僮耍貧嘴，可是想到珍貴的珊瑚珠和打獵服，對小僮就另眼相看了。桑琦加的願望惹得他們哈哈大笑，泰瑞薩的話更逗樂，她說：

「神父先生，您仔細打聽打聽，有誰到馬德里或托雷多去，我要煩他買一條一口鐘式的裙子，得頭等時髦的。說老實話，我丈夫做了總督了，我得盡力為他爭面子！我要有輿，還想像人家那樣坐了馬車到京城去呢。總督夫人還坐不起馬車！」

桑琦加說：「可不是嗎！媽媽！但願上帝保佑，越早越好！人家看見我和媽媽坐了馬車準會說：『瞧這丫頭，她爸爸是個吃大蒜的鄉下佬，她舒舒服服坐著馬車，倒像個女教宗！』隨他們說吧，叫他們踩著爛泥走，我卻腳不沾地坐在車裡！嚼舌根兒的叫他們一個個都倒盡了楣！『只要身上暖呼呼，人家嘲笑不在乎』[7]，媽媽，我說得對吧？」

泰瑞薩說：「孩子，你說得對！這種種好運道，就連更好的，我的好桑丘早跟我講過了。孩子，你瞧著，他要叫我做了伯爵夫人才罷休呢。只要交上好運，就一路好下去了。你的好爸爸也是成語老話的祖宗；他常說，『如果給你一頭小母牛，快拿了拴牛的繩子趕去』[8]。如果給你個總督的官兒，你就領了它；如果給你個伯爵的封號，你就捧住；如果拿著一份厚禮『嘖嘖』[9]地喊你，你就收下。可別懵懵懂懂，好運在大門外叫喚，你卻不理睬！」

桑琦加插嘴道：「要是人家瞧我揚著腦袋神氣活現，說我是『小狗穿了麻紗褲……』[10]等

---

5 據馬林編注本，這句話是小僮由直接敘述忽轉為轉述，作者常有此例。

6 貴人出門戴遮風暖帽，這種帽子有遮臉和掩護耳朵的下垂部分。

7 西班牙諺語。

8 西班牙諺語。

9 「嘖嘖」是呼狗的叫聲。見本書下冊，第三十三章，注5。

10 西班牙諺語：「小狗穿了麻紗褲，就不認自己的夥伴了。」

等，隨他們說去，我滿不在乎！」

神父聽了他們的話，說道：

「我看桑丘一家人天生都是滿肚子成語，開出口來，沒一句不帶成語。」

小僮說：「是啊。桑丘總督大人處處都用成語；儘管許多是不對景的也很有趣，我們公爵夫人和公爵大人非常讚賞。」

碩士說：「先生，您還咬定桑丘做總督是真的嗎？真有公爵夫人給他送禮寫信嗎？我們摸過那些禮物，也讀過那兩封信，不過還是不相信，覺得這就像我們街坊堂吉訶德遭遇的事——這位先生認為他所遭遇的都是魔法師幻變出來的。所以我簡直想把您摸一下，瞧這位信差究竟是眼前的虛影，還是有骨肉的真人。」

小僮說：「各位先生，我只知道自己是真正的信差，桑丘・潘沙先生也確實是總督；我主人公爵大人和公爵夫人有權派他這個職位，也確實派了他。我還聽說桑丘・潘沙做總督很有魄力。這裡面有沒有魔法，您兩位自己判斷吧。別的我都不知道了。這話我可以憑我父母的生命發誓；他們都還健在，我和他們是非常親熱的。」

碩士說：「可能有這樣的事，不過『聖奧古斯丁有疑焉』[11]。」

小僮說：「誰要懷疑就懷疑吧；我講的是事實。『真理即使混雜在一堆謊話裡，也會像油在水裡那樣浮現出來。』就算這話不對，『你們縱然不信我，也當相信這件事』[12]。您兩位不論哪一位不妨跟我走一趟，聽來不信的事可以親眼瞧瞧。」

桑琦加說：「該我去走這一趟，先生，您可以帶我坐在鞍後。我滿心想去看看我爸爸呢。」

「總督的小姐不能單身出門，得乘馬車，坐轎子，還得有一大群傭人跟著才行。」

桑琦加說：「我憑上帝說，我騎上一匹小母驢，就彷彿坐了馬車一樣。您把我當作嬌小姐了！」

泰瑞薩說：「小姑娘快住嘴，別胡說；這位先生的話是不錯的。『什麼時候，什麼式樣』[13]。他是桑丘，我就是桑卻；他做了總督，我就是總督夫人。我這話有點兒道理吧？」

小僮說：「泰瑞薩夫人話裡的道理很深，比她的本意還深呢。我想今天下午回去；給我點東西吃，馬上打發我走吧。」

神父忙說：

「您還是到我家去便飯；招待您這樣的貴客，泰瑞薩夫人有這個心卻沒這個力。」

小僮辭謝不去，可是到頭來為口腹的便宜還是答應了。神父想乘機仔細問問堂吉訶德又幹了什麼事，欣欣喜喜帶了他回去。

碩士自告奮勇要為泰瑞薩寫回信。可是她覺得這位碩士有點滑頭，不願意他來干預自己的事。她拿了一個精白小麵包、兩個雞蛋送給一位會抄寫的彌撒助手，託他寫了兩封信，一封給她丈夫，一封給公爵夫人。兩封信都是她自己動了腦筋口授的，在這部大著裡也不算下品文字，請看後文便知。

---

11 原文是拉丁文，詭辯家的套語。

12 見本書下冊，第二十五章，注7。

13 西班牙諺語。

# 第五十一章

## 桑丘・潘沙在總督任內的種種妙事。

總督視察的那夜，上菜小廝思慕男裝姑娘的美貌嬌態，徹夜沒睡。總管趁天還沒亮，寫了一封信給兩位主人，報告桑丘・潘沙的言行。桑丘的一言一動都出人意外，看來他又痴又黠，痴中黠，黠裡有痴。第二天，總督大人起床，照貝德羅・忍凶醫師的吩咐，吃了一點兒蜜餞，喝了四大口冷水。桑丘恨不得吃一個麵包一串葡萄作早點，可是貝德羅・忍凶已經跟他講明白，一個人該吃得少而精，才心思靈敏，掌大權做大官的人勞心比勞力多，這方面得特別講究；他看到自己作不得主，雖然心裡不甘，肚裡難受，只好將就著算了。

桑丘為忍凶醫師的詭論挨餓得厲害，暗暗咒罵他的官位，甚至連給他做官的人也咒罵在內。他忍著餓，憑肚裡那點蜜餞，還是去坐堂開審。有個外地人當著總管等人首先向他請教一個問題，那人說：

「總督先生，有一位貴人的封地給一條大河分成兩半……請您留心聽著，因為這件事很重要，而且不容易處理。那條河上有一座橋，橋的一塊有一具絞架和一間公堂模樣的房子。封地的主人制定一條法律：『誰要過橋，先得發誓聲明到哪裡去，去幹什麼。如果說的是真話，就讓他過去；

如果撒謊，就判處死刑，在那裡的絞架上處決，絕不饒赦。』四位法官經常在那公堂上執行這條法律。大家知道這條法令和嚴厲的條件，許多人還是過了橋。他們發誓聲明的話顯然是真情，判官就讓他們過去了。可是有個人發誓聲明，他跑來沒別的事，只求死在那座絞架上。幾位判官商量了一番：『如果讓他過橋呢，他發的誓就是撒謊，按法令應當處死；如果絞殺他呢，他要死在那絞架上的誓言就是真情實話，按同一條法律，應當讓他過橋。』總督大人，請問您，法官該把那人怎麼辦？他們到如今還判斷不定。他們聽說您心思靈敏，派我把這疑難案件向您請教。」

桑丘答道：「那幾位判官先生派你來找我實在大可不必；我這人很呆笨，說不上靈敏。不過你把這問題再講一遍吧，讓我聽明白了，也許能碰巧說在點子上。」

那人把剛才的話又反覆講了兩遍，桑丘聽罷說：

「我認為三言兩語就可以講明白。那人發誓要死在絞架上：如果絞殺他，他的誓言就是真的，憑制定的法律，該讓他過橋；如果不絞殺他，他的誓言就是謊話，憑同一條法律，該把他絞殺。」

那人說：「不錯，總督先生把事情講得一清二楚，沒一點含糊。」

桑丘說：「現在我說呀，發誓說真話的半個人可以過橋；發誓撒謊的半個該絞殺。過橋的條件就完全落實了。」

提問題的人說：「那麼，總督大人，那人得分作兩半兒了；一半是撒謊的，一半是真實的。這麼一分，不就死了嗎？那條法律是必須執行的；人都死了，怎麼對他執法呢？」

桑丘說：「好先生，你聽著，我要說得不對，就是個糊塗蛋。那過客又該處死，又該活著過橋，理由是一樣的。把他處死呢，他就該活；讓他活著過橋呢，他就該死。照這個情況，我認為，你可以回去對上頭說：判定他有罪無罪的理由既然一樣，就該放他過橋；幹好事總比幹壞事光鮮。我如果會簽名，可以在判決書上簽名[1]。這樣判決不是我的主意，我不過記起了上任前夕我主人堂吉訶德給我的告誡。他說，如果按法律不能判斷，就該寬厚存心。上帝提醒了我這句話，目前用來恰好當景。」

總管說：「確是如此。我認為潘沙大人的裁判，就連拉塞德蒙的立法者李庫爾戈[2]也壓不倒。今天上午可以退堂了。我得去吩咐他們給總督大人做些好菜。」

桑丘說：「這才稱了我的心願！可別叫我上當！只要給我飯吃，疑難案件不妨像雨點似的落到我身上來，我都能乾脆解答。」

總管並沒有空口許願，他覺得把這樣高明的總督餓死於心不安，而且奉命玩弄桑丘的惡作劇只剩當夜最後一場了，因此也不想再難為他。且說桑丘那天違背了提了他戶外拉醫師的禁忌，吃了一餐飯。剛飯罷，忽有信差捎了堂吉訶德給總督的信來。桑丘叫祕書先看一遍，如沒有機密，就大聲念給他聽。祕書奉命看了說：

「很可以朗讀，堂吉訶德先生給您的這封信是該用金字寫刻的。信上說：

**堂吉訶德・台・拉・曼卻給便宜他了海島總督桑丘・潘沙的信**

桑丘朋友，我滿以為人家要說你沒頭腦，做事荒謬，不料只聽到一片頌揚之聲。我非常感謝上天，『他從糞堆裡提拔窮人』[3]，把蠢人變成聰明人。據說你雖然是總督，卻像個沒當官的人；你雖然是人，生活卻儉樸得像牲口。我告誡你，桑丘，做了官得有威儀，儘管生性喜歡儉樸，排場往往儉樸不得。當官的人儀表要和職位相稱；不能因為喜歡儉樸就任性隨便。你得講究穿衣；『一根木頭經過修飾，就不像木頭了』[4]。我不是叫你戴首飾、鮮衣華服；也不是叫你做了法官卻打扮成戰士；只叫你按職位穿衣，而且要乾淨整齊。

如要贏得子民愛戴，別的不說，有兩件事必須做到。一是以禮待人；這句話我已經跟你講過。一是照顧大家豐衣足食，因為窮人最憂慮的是飢寒。

頒布的法令不用多。如有頒布，就得是好的，尤其得責成大家遵守並切實執行。法令沒人遵守，等於沒有，反叫人看破這位長官雖有識見、有職權頒布這項法令，卻沒有威力叫人遵守。法律如果只是嚇唬人的虛文而不能實施，就像充當蛤蟆王的木頭一樣；蛤蟆起初怕懼，漸漸瞧破了它，都跳到它身上去[5]。

你該是好人的親爸，壞人的後爹。不要一味嚴厲，也不要一味寬和，該適得其中，無過，無不及，才合情合理。你該視察監獄、屠場和菜市。總督到這種地方去很要緊：盼望迅速處理的囚犯就可以心安；屠夫就有怕懼，不敢在斤兩上作弊；擺菜攤的婦女也就不敢耍花招。

1 但桑丘在本書下冊，第三十六章、第四十三章自說能簽名。

2 李庫爾戈（Licurgo），西元前九世紀斯巴達（Esparta，希臘南部古都）的立法者。拉塞德蒙（Lacedemon）即斯巴達。

3 《舊約》的〈詩篇〉，第一百十三篇第七節：「他從灰塵裡抬舉貧寒人，從糞堆中提拔窮乏之人。」

4 西班牙諺語。

5 這是引用古羅馬西元前四世紀寓言作者費德羅（Fedro）的著名寓言。蛤蟆要求上帝給牠們一個王。上帝扔給牠們一條木頭；牠們瞧這木頭王毫無作為，都跳到它身上去。

我相信你不是個貪污、好色或饞嘴的人；萬一有那毛病，千萬不能流露，你的子民或和你打交道的人一旦知道你有某種弱點，就從那裡下手，害得你墮落深坑，不能自拔。你該把上任前我給你寫下的告誡反覆溫習，你就知道如果照著幹，對你有大有補益，能減輕你任內隨處碰到的困難。你該寫信給你兩位主人，表示感激。不知感激是出於驕傲，那是一切罪惡裡最大的罪惡。得了好處有感激的心，才見得日常受上帝深恩也知感激。

公爵夫人已經派專員把你的衣服和另一件禮物給你妻子泰瑞薩・潘沙。我們正等著她的回音。我小病了幾天，是給貓抓了，我的鼻子受了點傷，可是並不嚴重，因為魔法師雖有害我的，也有護我的。

你懷疑你們一起的總管和三尾裙的事有牽連，究竟如何？咱們相去不遠，請你把你所經歷一一告我。我還通知你，我打算不久就結束閒居無事的生涯了，因為我生來不是過這種日子的人。

我現在得要幹一件事，可能得罪這裡兩位貴人。我雖然很為難，卻又顧不得，因為我無論如何，第一得盡自己的職責，不能討他們的好，正如常言所說的『吾愛吾師，而吾尤愛真理』[6]。我對你引用這句拉丁文，料想你做了總督，該學會古文了。再見吧，但願上帝保佑你別成了人家可憐的東西。

你的朋友

堂吉訶德・台・拉・曼卻。」

桑丘留心聽他念完；大家讚嘆不置，認為很有見地。桑丘隨就出來，叫祕書跟他到臥房裡，關上了門。他刻不容緩，要給主人堂吉訶德回信。他叫祕書按他口述的寫，一字不要增減。祕書照寫了以下的信：

## 桑丘・潘沙給堂吉訶德・台・拉・曼卻的信

我事情實在太忙了，抓腦袋的工夫都沒有，更別說剪指甲；所以我指甲養得好長呀，只求上帝補救吧。親愛的主人，我這話是要免您驚怪，怎麼到今沒把上任以來好好歹歹的情況告訴您。我在這裡餓得慌，比咱們倆在樹林裡、荒野裡還餓得厲害。

前兩天公爵大人來信，說有幾個奸細到島上來暗殺我。可是直到現在還沒找到一個。不過有個大夫想殺了我；他領了公家的薪水，專把到任的總督一一害死。他名叫貝德羅・忍凶醫師，家鄉的地名叫提了他戶外拉。您瞧瞧這種名字[7]，怎不叫我直怕在他手裡送命呀！據他自己講，人家生了病他是治不了的，他只管預防。他的藥方是把飯食剋扣了再剋扣，直把人餓成皮包骨頭；他就沒想到虛弱比發熱更糟糕。乾脆說吧，他快要把我餓死了；我自己也煩惱得要死。我滿以為做了總督可以吃熱的、喝涼的，躺在鋪著荷蘭細布的羽毛墊上睡覺；可是我來了卻像修行的隱士那樣清苦。這又不是我自願的；大概到頭來我只好讓魔鬼帶走。

---

6 相傳是亞里斯多德的話，「吾師」即柏拉圖；亞里斯多德實無此語。

7 忍凶（Recio）是強或凶的意思；提了他戶外拉（Tirteafuera）的意思是「給我走」！名字的意譯是「催病人上路的凶狠醫師」。

我至今沒有享權力；也沒有受賄賂；我還不明白這些東西打哪兒來呢。我這裡聽說，這島上的總督，往往上任以前就從島上撈了大筆的錢，不是送的就是借的；據說這是做官的照例規矩，不單在這裡。

我今晚視察，碰到一個很美的姑娘和她的弟弟；女的男裝，男的女裝。給我上菜的小廝愛上了那個姑娘，據說已經看中她做老婆；我呢，看中了那男孩子做女婿。我們倆今天就要去找那姊弟的父親求親。那人叫做狄艾果・台・拉・李亞那，是一位世世代代信奉基督教的紳士。

我照您的教導視察過菜場，發現一個賣鮮榛子的女攤販把一大筐又空又爛的陳貨摻在一大筐鮮榛子裡。證據確鑿，我就把她的榛子全沒收了，送給孤兒院的孩子；他們自會分辨好壞。我罰那女攤販十五天內不准在菜市上擺攤。大家說我這件事辦得好。我告訴您，本地人都說：這種女攤販最壞，又無恥，又黑心，又大膽。我見過別處的女攤販，所以相信這話是不錯的。

我很感激公爵夫人寫信給我老婆泰瑞薩・潘沙，還送了您說的那些禮物，我將來一定要設法報恩。請替我吻她的手，並告訴她：她給我的好處沒有扔在漏底的口袋裡，她將來會知道我不是說空話。

我希望您不要和我那兩位主人鬧彆扭。您和他們鬧翻了分明對我不利。您不是還勉勵我感恩嗎？他們對您一片殷勤，他們府上盛情款待您，您要是負了他們可說不過去呀。

貓抓的事我不明白，大概又是經常捉弄您的惡法師幹的。等咱們見了面再聽您細說吧。

我想送您些東西，可是不知道什麼好，只想到本島出產的一種大便灌腸用的管子，那式樣很別致。如果我這個總督還做下去，我好歹要找些東西送您。

我不知家裡老婆孩子近況如何，直在掛念；如果我老婆泰瑞薩・潘沙有信給我，請代付郵費，把信轉我。願上帝保佑您不受惡魔法師的害，也保佑我到卸任還留著性命；我覺得靠不住呢，因為照貝德羅・忍凶醫師那樣對待我，恐怕我得把性命和官職一起交卸。

您的僕人

桑丘・潘沙總督。

祕書把信封好，立刻打發了信差。那幾個捉弄桑丘的傢伙就聚集一起，安排怎樣攆走這位總督。桑丘要治理他心目中的海島，一下午直在制定法令。他不准島上販賣糧食。他准許各處的酒進口，但必須聲明產地，以便按品質和牌名定價；如摻水或改變牌名，判處死罪[8]。他減低鞋襪靴子的價格，尤其鞋價，因為他覺得當時鞋價特高。他規定傭人的工資，因為他們貪心大膽地勒索。他嚴禁淫蕩的歌曲，不問白天黑夜，唱了一律重罰。他不准瞎子唱宣揚聖蹟的詩，除非證明確有那個奇蹟，因為瞎子唱的多半是假造的，混淆是非。他為叫化子設了一個監督，不是去壓迫他們，而是要檢查他們是真是假；因為有些斷手折腳或遍體爛瘡的叫化子，其實是手腳靈便的盜賊或健康的酒徒。總之，他制定了幾條很好的法令，那地方至今遵守，稱為「大總督桑丘・潘沙的憲法」。

8 有些注譯家認為原文「死罪」（perdiese la vida）是「不准開酒店」（Perdiese la venta del vino）之誤。但馬林指出作者是在取笑：一方面取笑桑丘愛酒；一方面取笑社會上確有類似的法令。

# 第五十二章

## 敘述另一位「悲淒夫人」，一稱「慘戚夫人」，又名堂娜羅德利蓋斯。

據熙德・阿默德說，堂吉訶德傷痕痊癒，覺得留在公爵府裡就是背棄騎士道，決計請求公爵夫婦讓他動身到薩拉果薩去。那裡快要慶祝節日了，他打算去奪取懸作錦標的一副盔甲[1]。有一天他和公爵夫婦吃飯的時候，他正打算向他們開口，忽見大廳門口來了兩人，從頭到腳披戴著重孝；後來才知道是兩個女人。一個跑去伏在堂吉訶德腳邊，全身趴在地上，嘴唇貼著他的腳，淒聲長嘆，哀痛非凡，把旁人都愣住了。公爵夫婦以為是府裡傭人故意和堂吉訶德開玩笑，可是聽她哭泣嘆息那麼悲切，又疑疑惑惑摸不著頭腦。堂吉訶德過意不去，他扶起這個淚人兒，叫她別悶著，且摘下面紗。她露出臉來，萬想不到原來是府裡的傅姆堂娜羅德利蓋斯，另一個穿喪服的就是她那個受了富農兒子欺騙的女兒。大家看是這位傅姆，都很吃驚，尤其公爵夫婦；他們知道她有點兒傻氣，不料她竟會這樣瘋頭瘋腦。堂娜羅德利蓋斯轉向兩位貴人說：

「請大人和夫人讓我和這位騎士說句話；有個沒良心的混蛋把我捲進了一場是非，我要靠騎士先生解救呢。」

公爵答應她有話儘管和堂吉訶德先生暢談。她就對堂吉訶德說：

「英勇的騎士，我前兩天跟您講過我寶貝女兒上當受騙的事；我身邊這個可憐蟲就是她。您已經答應我要為她撐腰，為她申理。我現在聽說您就要離開這裡，去找上帝給您的好運。我求您動身之前，向那個惡霸挑戰，逼他履行婚約，和我女兒做正式夫妻。指望我們公爵大人為我主持公道呀，那就彷彿要榆樹上生出梨來；裡面的緣故我已經私下跟您講過。上帝保佑您吧，希望您別拋棄我們。」

堂吉訶德聽她講完，一本正經地說：

「好傅姆，你且收淚——或者擦乾眼淚吧，別長吁短嘆了，你女兒的事都在我身上。她當初不該輕信情人的諾言，那都是說來容易做來難的。等我求得公爵大人准許，馬上就去找那昧心傢伙，找到了就向他挑戰；他要推三阻四，我就殺了他。幹我這一行的，第一是壓硬不欺軟，就是說，扶助弱小，鏟除強暴。」

公爵說：「這位好傅姆所控訴的莊稼漢，您不必勞駕去找，也不必經我准許去挑戰。我就算您已經向他挑戰了；我負責去通知他，叫他前來應戰。我這裡有決鬥場；我一定命令雙方遵守決鬥的一切規則，也一定無偏無倚地主持公道。凡是自己封地上設有決鬥場的貴人，都有這種義務。」

堂吉訶德答道：「您既然一口答應，又有這番保證，那麼我現在聲明：我這次放棄紳士的地位，降低身分，和那壞蛋平等，讓他能和我決鬥。他欺騙這可憐的姑娘，玷污了她的清白；儘管

1　本書上冊，第五十二章說到堂吉訶德第三次出門到薩拉果薩參加比武。中世紀西班牙許多著名城市慶祝節日照例舉行比武。

他本人不在場，我為他這件壞事向他挑戰：他要是說了話不當話，不肯和她結婚，我就要他的命。」

他隨即脫下一隻手套，扔在大廳當中[2]。公爵拾起手套說：他憑自己剛才的話，代表他的子民應戰；並決定日期在六天以後，戰場在府前廣場上，武器是騎士慣用的長槍、盾牌、截短的鐵甲和全套附件[3]；這些武器須經裁判員檢查，不准耍花招、藏暗器或假借魔法護身。「可是還有一件最要緊的事，這位好傅姆和她的苦命女兒得全權委託堂吉訶德先生為她們主持公道，否則無法辦事，這番挑戰也不能算數。」

傅姆說：「我全權委託他。」

那姑娘流著淚，勉強羞答答地接口說：「我也全權委託他。」

她們已經正式聲明，公爵心上也有了辦事的譜兒，戴孝的母女倆就退出大廳。公爵夫人吩咐以後別再把她們看作女傭人，只算是受了屈跑來求救的流浪女子。府裡另撥了一間房，給她們倆住，當她們女客款待。別的女傭人都很駭怪，不知堂娜羅德利蓋斯和她那倒楣女兒發瘋胡鬧到什麼地步。這時又出了件湊熱鬧的事，可供飯後的消遣。原來給桑丘總督夫人泰瑞薩・潘沙送信和禮物的小僮回來了。公爵夫婦急要知道他這趟出差怎樣，看見他回來非常高興，就向他詢問。那小僮說不便當眾回答，而且三言兩語也交代不了，回頭等人退了再向兩位大人細稟，目前且請欣賞他捎回的信吧。他拿出兩封，交給公爵夫人。一封信面上寫：「寄給不知在哪裡的公爵夫人」；另一封信面上寫：「寄給我的丈夫便宜他了海島總督桑丘・潘沙；求上帝保佑他比我多享幾年福。」公爵夫人心癢難熬，忙著拆開自己的信看了一遍，覺得可以念給公爵等人聽，就朗讀如下：

## 泰瑞薩・潘沙給公爵夫人的信

親愛的夫人，我收到您夫人來信，非常高興；我真的是望穿了眼睛[4]。珊瑚珠好得很，我丈夫的獵服也一樣好。我們村上聽說您夫人閣下讓我老伴兒做了總督，都很快活，只是誰也不信，本村的神父、尼古拉斯理髮師和參孫・加爾拉斯果學士更是死不肯信。可是我滿不在乎。事情明擺著呢；只要有那事兒，隨人家怎麼講吧。不過老實說，我要是沒看見珊瑚珠和獵服，也不會相信。我們村上都把我丈夫當傻瓜看，不知他管羊之外，還配管什麼。但願上帝作成他，並且為他兒女打算，叫他心竅開通，好好做官。

親愛的夫人，如果您答應，我決計把好運留在家裡[5]，舒舒服服坐著馬車上京城去。好多人準在嫉妒我，叫他們白著眼乾瞪吧！所以我要勞您駕叫我丈夫送些錢來——得好一筆錢吧，因為京城費用大，一個麵包要一瑞爾，一磅肉要三十文錢[6]。簡直貴得嚇死人。如果他不要我去，叫他趁早告訴我；我像熱鍋上的螞蟻，家裡待不住了。據我的朋友和街坊說，我們母女如果擺足架子、神氣活現地在京城裡來來往往，我雖然靠他出鋒頭，他更要靠我出鋒

2 這是挑戰的儀式。拾起手套表示應戰；應戰者決定決鬥的日期、地點和使用的武器。

3 指頭盔護膝等。不截短的鐵甲蓋過護膝，行動不便。

4 泰瑞薩・潘沙並不認識公爵夫人，不會盼她的信，這是她代筆人用的書信套語。

5 西班牙諺語：「如果好運來了，把它留在家裡。」

6 一個瑞爾兌三十四文錢。一瑞爾的麵包重五、六斤。

頭呢；因為許多人一定會問：「馬車上的夫人小姐是誰啊？」我的傭人就說：「這是便宜他了海島總督桑丘．潘沙的太太和小姐。」桑丘不就此出名了嗎？我也添了身分！「一切撇下，先到羅馬」[7]。

我非常抱歉，我們村上今年橡樹子歉收。不過我還是有十來斤送您夫人，那是我到山上去揀了挑選過的，我找不到更大的了。我真巴不得一顆顆都有鴕鳥蛋那麼大才好！

您貴夫人別忘了寫信給我。我一定回信，把我的情況和我們村上的事一一奉告。求上帝保佑您夫人，也附帶保佑我。我女兒桑卻[8]和我兒子吻您的手。

希望不僅能和您通信，還能和您見面！

供您使喚的僕婦
泰瑞薩．潘沙。

大家覺得這封信很有趣，公爵夫婦尤其欣賞。公爵夫人對堂吉訶德說，寄總督的信想必妙不可言，不知能不能拆。堂吉訶德答應拆了給他們兩位娛目。那信上說：

**泰瑞薩．潘沙給她丈夫桑丘．潘沙的信**

我最親愛的桑丘：來信收到，我憑自己基督徒的身分老實告訴你，我高興得差點兒發瘋啦。真的，大哥，我聽說你做了總督，一陣快活，只覺天旋地轉，好像要倒下去死了。你知道，人家說的，突如其來的喜事，就像受不了的痛苦一樣會叫人送命。你女兒桑琦加快活得尿都出來了，自己還沒知覺。我眼前擺著你送我的衣服，脖子上掛著我們公爵夫人送我的珊瑚串兒，手裡拿著兩封信，面對著送信的人，可是只覺得自己是做夢。誰相信一個羊倌會做海島總督呢？朋友，你現在懂得我媽媽的話了吧：「要活得久，才見得多。」[9]我這話是希望自己活下去還要見得多，直看你做到包稅員或收稅員才罷。做了這種官兒舞弊是要給魔鬼帶走的；不過錢在手裡進出，畢竟手裡有錢。公爵夫人會通知你我要到京城去。你仔細想想，把你的主意告訴我。我打算為你爭面子，乘著馬車去。

神父、理髮師和學士、進教堂管事員都不信你做了總督，說是哄人的，或者像你東家堂吉訶德的事一樣，是魔法變的戲法。參孫說他得來找你，把你頭腦裡的總督趕走，把堂吉訶德的瘋病也除掉。我聽了滿不理會，只對他笑笑，瞧瞧自己的珊瑚串兒，想想你給女兒的衣服怎麼改做。

我送給公爵夫人一些橡樹子，但願那一顆顆都是金子的才好。如果你那海島上時行珍珠項鏈，你給我送幾串來。

村上出了幾樁新聞。柏爾儒艾加把她女兒嫁給一個糟糕的畫匠了。那人到這村上來瞧有什麼可畫的；村委會叫他把咱們萬歲爺的徽章畫在村委辦公廳的門上。他要兩個杜加。他們先

---

7　西班牙成語，指不顧一切困難，不加任何考慮，只顧幹某一件事。

8　桑卻（Sancha）是桑丘（Sancho）那字的陰姓，上文桑丘的女兒稱桑琦加，就是小桑卻；桑丘妻女都用桑丘的名字。

9　西班牙諺語。

付工錢。他畫了八天，什麼也沒畫出來。他說不會畫這樣瑣細的東西，把錢退回了。可是他還是靠畫家的名頭娶到了老婆。當然，他現在已經放下畫筆，拿起鐵鍬，像安分的老百姓那樣下地幹活了。貝德羅・台・羅博的兒子分派了教職[10]，剃掉頭髮打算做教士。明戈・西爾瓦多的孫女明吉利婭知道了就要和他打官司，說他們倆訂有婚約。人家流言蜚語，說她已經和他有了身孕；可是那小子一口咬定說沒那事。

今年橄欖歉收，醋也全村找不到一滴。有一隊兵路過，帶走了村上三個姑娘。我不提她們的名字了；也許她們會回來，儘管有了這樣那樣污點，總還嫁得掉的。

桑琦加在織花邊，一天淨賺八分錢；她存在積錢盒裡，準備添補她的嫁妝。不過她現在是總督的女兒了，你會給她嫁妝，不用她再自己賺。廣場上的噴泉已經乾掉，絞架遭了雷火——但願倒楣事都落在那絞架上就好了。

我等著你回信，還等著你決定要不要我進京。但願上帝保佑你比我長壽，或者和我一樣長壽；因為我可不願意把你孤單單撇在這個世界上。

你的妻子
泰瑞薩・潘沙。

這兩封信真是奇文共賞，大家樂個不休。恰巧這時又送來桑丘給堂吉訶德的信，各方的信都到齊了。堂吉訶德也拿來當眾朗讀，大家聽了覺得這位總督是否愚蠢還很難斷言。公爵夫人抽身回房，探問那小僮在桑丘家鄉的經歷。小僮一五一十據實回報，沒一點遺漏。他繳上橡實；還有泰瑞薩給他的一個乾奶酪，因為她自信做得特好，比特隆窎出產的還好[11]。公爵夫人很喜歡，都收下了。咱們現在撇下這位夫人，且說海島總督的好榜樣、偉大的桑丘·潘沙如何卸任。

10 指天主教會裡最低的教職，參看本書下冊，第三章，注2。

11 特隆穹是阿拉貢的一個城，乾奶酪是那裡的名產。

# 第五十三章

## 桑丘・潘沙總督狼狽去官。

「別妄想世事永恆不變；這個世界好像盡在兜圈子，也就是說，循環不已。春天過去，接著是早夏、盛暑，而秋而冬，然後春天又回來：時光總這樣周而復始，輪轉不休。只是人生有限期，如風而逝，一去不返；除非到天國才得永生。」這是伊斯蘭教哲學家熙德・阿默德的話。許多人不靠宗教啟發，單憑天賦的智慧，也能悟到此生倏忽無常，只有仰望的彼岸綿綿長久。作者說這番話，因為桑丘榮任總督，不過是雲煙過眼。

桑丘做了總督七天的晚上，正在床上躺著。他飯沒吃飽，酒沒喝足，可是審案件、下指示、立法令、出公告等等忙得他不亦樂乎，雖然空心餓肚不易入睡，也睏倦得抬眼不起。忽聽得鐘聲人聲鬧成一片，好像全島要沉沒了。他不知這場騷亂是什麼緣故，忙坐起來傾耳細聽。可是人聲鐘聲之外還聽到不斷的號角聲和鼓聲；他越加莫名其妙，嚇得心怦怦跳。他下床防地上潮濕，穿上拖鞋，沒披衣服就跑出去；恰好看見過道裡來了二十多人，都一手拿著亮煌煌的火把，一手拿著明晃晃的劍，大喊：

「拿起兵器呀，總督大人！快拿起兵器！不知多少敵人到島上來了！你要不雄赳赳施展本領，幫我們出力，我們就完蛋了！」

他們叫叫嚷嚷、衝衝撞撞，亂哄哄地趕來。桑丘耳聞那叫嚷，看到當前的情形，嚇得呆了。這夥人擁到他身邊，一個說：

「您大人要送掉自己性命、讓全島淪陷嗎？要不，趕緊準備戰鬥呀！」

桑丘答道：「我怎麼拿起兵器啊？我不會使兵器，也不會幫打，這種事最好讓我主人堂吉訶德來；他馬到成功，萬事大吉。我是可憐蟲，對這種混戰的事一竅不通。」

另一個說：「啊呀！總督大人！這話多窩囊啊！您武裝起來呀！我們這會兒給您帶著攻守的兵器呢。您且到這片廣場上去，做我們的統帥！您身為總督，這是義不容辭的。」

桑丘說：「好吧，就給我穿上盔甲吧。」

他們立刻把桑丘脫得只剩一件襯衣，拿帶來的兩個橢圓形盾牌一前一後扣在他襯衣外面。盾牌上有做就的缺口，讓他伸出胳膊。他們用繩子把那兩塊盾牌牢牢捆住，桑丘就像個紡錘子，直挺挺地砌在牆裡或夾在板裡，既不能彎腿，也不能邁步。他們遞給他一支長槍；他就拿來當拐棍撐著，免得跌倒。然後他們就叫他領隊開步走，給大家壯膽；說他是北極星，是指路燈，又是啟明星，有了他就萬事逢凶化吉。

桑丘說：「我真是倒楣了，這兩塊板子緊夾著我的肉，膝蓋都動不了，怎麼走路呢？除非把我抬過去，隨你們橫著豎著放在一個甬道口；我可以靠這支長槍或自己的身體守住那個口子。」

又一人說：「走啊！總督大人！您邁不開步不是板子礙事，只因為您心上害怕呀！趕緊動身吧，時候不早了，敵人越來越多，越喊越響，危險越逼越近了。」

可憐的總督受了催促責備，只好舉步；剛起腳立即砰一聲倒下去，自己覺得跌成了幾塊。他倒在地上，夾在兩片盾牌中間像一隻烏龜，像合在兩個木槽裡的半隻醃豬，也像沙灘上反扣著的小船。那群惡作劇的傢伙看他跌倒在地，毫無憐憫之心，反而撲滅了火把，越發提高嗓門兒，一疊連聲地喊「準備戰鬥」！他們在桑丘身上踩來踩去，不斷用劍在他盾牌上亂斫。可憐的總督大人要不是把腦袋縮進盾牌，全身蜷作一團，早就遭殃了。他這樣蹋天踏地，身上一陣陣出汗，只顧誠心禱告上帝保佑他脫險。有些人被他絆倒，有些人跌在他身上，有人竟把他的身體當作瞭望台，好一會站在上面指揮，嚷著說：

「敵方的火力這邊最猛，咱們的人都往這邊來！守住那個缺口！關上那重門！截斷那座樓梯！把火球[1]運這裡來！沸油鍋裡加上柏油松脂！用床墊堵住那幾條街！」

那人一口氣把禦敵守城的各種武器都說全了。他腳下的桑丘耳聽指揮，身受踐踏，暗想：「哎，但願上帝叫這個海島快快淪陷了完事，我不問生死，只求立刻脫了這場大難！」他的禱告居然上達天聽，突然間就有人大喊：

「勝利了！勝利了！敵人敗退了！噲，總督大人，起來慶祝吧！您大顯英雄身手，從敵方奪來了這些戰利品，請給大家分了吧！」

渾身疼痛的桑丘呻吟說：「扶我起來吧。」

他由人扶起，說道：

「假如我戰勝了哪個敵人，就把他釘在我腦門子上吧[2]。我不想分戰利品。要是有誰是我的朋友，請給我喝口酒，我渴得很；還請給我擦擦汗，因為我渾身都水淋淋的了。」

他們給他擦了汗，喝了酒，又解開那兩塊盾牌。桑丘驚慌疲勞之餘，坐在自己床上暈過去了。一夥惡作劇的這才著急了，懊悔不該擺布得他那麼狠；不過隨後瞧他甦醒過來，稍又放心。

桑丘問什麼時候了；他們說剛天亮。桑丘一言不發，悶聲不響地穿衣服。大家看著，不知他忙忙穿上衣服去幹什麼。他穿好了，慢慢兒一步一拐走到馬房去，因為渾身疼痛，行動不便。一群人都跟著他，只見他跑到灰驢身邊，抱著牠脖子，在牠腦門上親了一吻，含淚說：

「來吧，我的夥伴兒，我的朋友，咱倆是有苦同吃、有難同當的。我和你在一起，只要不忘記修補你的鞍轡，餵飽你的肚子，就沒別的心事；一天到晚、一年到頭、從小到大，都是快樂的。我離開了你，爬上了高枝，得意自豪，心上就來了一千種苦惱、一千種麻煩、四千樁心事。」

他一面說，一面給驢子套上馱鞍；旁人都不開口。他備好驢，忍痛硬掙著上了鞍，就對總管、祕書、上菜的小廝、貝德羅·忍凶醫師等人發話道：

「各位先生，請讓開一條路，讓我回去還過我逍遙自在的日子。我在這裡是死路一條，得讓我回去才活得了命。我生來不是總督的料，敵人進攻，我不會保衛海島，也不會守城。我內行的是耕田、種地、修葡萄和壓枝條，不是制定法律或守衛邊疆。『聖貝德羅在羅馬過得很好』[3]，就是說，一個人最好幹自己的老本行。我拿著一把鐮刀比拿著總督的執法杖順手。我寧可吃它一飽涼拌菜湯[4]，何苦受蹩腳醫生的折磨，讓他把我活活餓死呢？做了總督，儘管床上鋪荷蘭細

---

1　小瓦罐裡裝上柏油松脂等易燃的油，點燃之後可用來投擲敵人，稱為「火球」（alcancía）。

2　桑丘表示他沒有戰勝任何敵人。這句成語的意思已見本書下冊，第二十八章，注5。

3　西班牙諺語。

4　涼拌菜湯（gazpachos），用麵包屑、切碎的蔥頭、大蒜，和油、鹽、醋等佐料調上泉水涼吃，可加切碎的黃瓜、番茄、紅椒等。安達魯西亞的農民愛吃這種菜羹，尤其在夏天。

布，身上穿海貂皮[5]，卻得挑上各式各樣的擔子；我寧可夏天躺在橡樹蔭裡，冬天穿一件長毛羊皮[6]大衣，無官一身輕。我跟您幾位就此告別了。請告訴公爵大人，『我光著身子出世，如今還是個光身；我沒吃虧，也沒占便宜』[7]；換句話說，我上任沒帶來一文錢，卸任也沒帶走一文錢。這就和別處島上的卸任總督遠不相同了。請站開點兒，讓我走吧，我要去貼上些膏藥呢。多謝敵人在我身上踩來踩去，看來把我的肋骨全踩斷了。」

忍凶醫師說：「總督大人何必這樣呢；我給喝點治傷湯藥，叫您馬上就像先前一樣健康。至於您的飯食，我如果安排不當，一定改正，您愛吃什麼讓您盡量吃。」

桑丘答道：「『小雞子叫得太晚了！』[8]要我再留下，就好比要我變成土耳其人！把人這樣捉弄，只能一次。我憑上帝發誓：不論這裡或那裡，即使把總督的官兒扣在兩只盤子裡端給我[9]，要我接受呀，就是要我沒有翅膀飛上天。我們世世代代的潘沙都是倔脾氣，說了一次『不』，即使錯了，也一口咬定『不』，不理人家怎麼議論。螞蟻長了翅膀飛在空中，就會給燕子等小鳥吃掉[10]；我現在把身上的翅膀撇在這個馬房裡，重新腳踏實地了。我腳上儘管沒有穿上漂亮刻花羊

5　桑丘要說黑貂皮，可是老說錯。
6　長毛羊皮（de dos pelos）是兩年沒剪毛的羊皮。
7　西班牙諺語。
8　西班牙諺語，喻說話或行事不及時。相傳有個貪吃的人把孵成小雞的蛋一口吞下，小雞在他喉頭啾啾地叫；那人說：「叫得晚了。」
9　見本書下冊，第十六章，注1。
10　西班牙諺語：「螞蟻長翅膀，自取滅亡。」

皮靴，麻繩打的鞋總有得穿。『每隻羊都有匹配』，『被子有多長，腳就伸多遠』[11]。請讓我走吧，我已經耽擱得夠久了。」

總管聽罷，說道：

「總督大人，您頭腦好，做人又很忠厚，我們正要倚仗您。您一定要走，我們很惋惜，不過還是很願意讓您走的。可是眾所周知，總督離任得交代在任的政績。您做了十天總督，請把這十天幹的事交代清楚[12]，就可以動身。上帝保佑您吧。」

桑丘答道：「除了公爵大人委派的人，誰也不能叫我交代。我現在就要去見他了，可以當面切實交代，況且我只走一個光身，不用別的證據，就可見我做官像天使一樣。」

忍凶醫師說：「我憑上帝說，桑丘大人的話不錯。我主張讓他走，公爵見了他一定很高興。」大家同意，表示要送送他，並為他置備路上吃的、喝的、用的東西。桑丘說：路途不遠，不必帶那麼許多，也不必講究，他只要一點點大麥餵灰驢，還要半個乾奶酪和半個麵包自己吃就行。大家都擁抱了他，他著淚也和他們一一擁抱，然後獨自走了。他們聽了他臨別的一番話，都驚佩他能明哲保身，急流勇退。

11 兩句西班牙諺語。
12 上文說七天。

# 第五十四章

## 所敘各事只見本書，別無其他記載。

公爵夫婦決計讓堂吉訶德去和那富農的兒子決鬥。那小子不肯認堂娜羅德利蓋斯做丈母娘，已經溜法蘭德斯去。可是公爵夫婦叫一名小廝，扮作他的替身。那小廝是加斯貢人，名叫托西洛斯；他由男主人精心訓練，已經學會怎樣行事，公爵過了兩天告訴堂吉訶德：那富農的兒子不承認婚約，一口咬定那姑娘不僅不實，簡直睜著眼說瞎話，所以他準備四天後武裝成騎士，上場來應戰。堂吉訶德聽了這消息非常高興，打定主意這番要顯顯身手。他自幸有這機會讓兩位貴人瞧瞧他的神力，興奮得按捺不住，急煎煎只盼這四天過去，好像四萬年也沒那麼長。

咱們把這四天和別的事一起撇開，且來看看桑丘吧。他又掃興、又高興，騎著灰驢去找他主人，覺得和主人一起，比做任何海島總督都稱心。他從沒理會自己管轄的究竟是海島還是城市，反正他離開那裡沒走多遠，看見迎面來了六個拿杖的朝聖客人——就是那種唱著歌兒求施捨的外國人。他們到了桑丘面前就一翅兒排開，齊聲高唱外國歌。桑丘不懂，只聽明白了一個詞兒：「施捨」，料想是要求施捨。據熙德・阿默德說，桑丘非常心軟；他忙從褡褳袋裡掏出自己帶的半個麵包和半個乾奶酪給他們，一面打著手勢表示沒別的東西了。他們欣然收下說：

「蓋爾特！蓋爾特！[1]」

桑丘說：「老哥們，我不懂你們要什麼。」

有一人從懷裡掏出一只錢袋給桑丘看，桑丘才明白他們是要錢。他用大拇指指指自己胸口攤開兩手，表示自己一個錢都沒有。他隨即踢著灰驢衝過去。當時有一人對他仔細看了一眼，就趕上來抱住他，用道地的西班牙語高聲說：

「上帝保佑我吧！我眼睛沒花嗎？你不是我的好朋友好街坊桑丘・潘沙嗎？這是沒錯兒的；我不是做夢，也沒喝醉了酒呀。」

桑丘瞧這朝聖的外國人提著他的名字擁抱他，非常奇怪，默默地把那人仔細端詳，卻是不認識。那人瞧他愣了，就說：

「桑丘・潘沙老哥，你怎麼連你街坊上開店的摩爾人李果德都不認得呀？」

桑丘再定神細看，覺得似曾相識，這才認出來；他在驢上抱住那人的脖子說：

「李果德，你穿了這套小丑的衣服，誰還認識你呀！我問你，誰把你變成了法國癟三[2]啊？你好大膽，怎麼又回西班牙來了？要是給人抓住認出來，你可不得了啊！」

那朝聖的說：「桑丘，只要你不揭破我，我穿了這套衣服拿定沒人認識。咱們別站在大道上，且到前面樹林裡去吧；我的夥伴兒要在那裡吃飯休息的。他們很和氣，你回頭可以跟他們一起吃飯。我也可以和你講講我服從皇上的諭旨[3]離村以後的事。那個聖旨害我們一族倒楣人受盡折磨，你想必聽說了。」

桑丘就和他同走；李果德招呼了他的同伴，全夥離開大道，跑了好一段路，到前面樹林裡。他們扔下朝聖的杖，脫掉朝聖的袍，只穿緊身內衣，一個個都是很漂亮的小伙子，只有李果德老些。他們都帶著褡褳口袋，看來那些口袋裡都食品豐富，至少有很多下酒的東西，叫不貪酒的都想喝酒。他們躺在地上，把麵包呀、鹽呀、刀子呀、核桃呀、切成片的乾奶酪呀、醃肉的光骨頭呀等等都攤在草地上。那些骨頭儘管咬不動，還可以嘬嘬、吮吮。他們還拿出一種黑色的可口東西名叫魚子醬，最宜下酒；橄欖也不少，雖然是乾的，也沒炮製過，卻清香可口。筵席上最呱呱叫的是六只皮酒袋，他們各從褡褳口袋裡拿出來的。李果德老頭兒已經變成了日耳曼或德意志人，不是摩爾人了[4]，他也有一只酒袋，大小和其他五只不相上下。

他們一起吃飯；每件東西都切得很小，各用刀尖插著，慢慢兒咀嚼，吃得滿口香甜。吃了一會，大家一起兩手捧起皮袋，對著皮袋口，眼睛看著天，好半晌一動不動，只顧把皮袋裡的酒往自己肚裡灌，一面還把腦袋左右搖晃，表示喝得痛快。桑丘一一看在眼裡，「一點兒不心疼」[5]。

---

1　德語：錢。

2　西班牙人把到西班牙去謀生的乞丐、小販、磨剪子磨刀的、閹牲口的法國人和其他外國人一概稱為「法國癟三」或「法國鬼子」。

3　西班牙各地於一六〇九—一六一三年間歷次驅逐摩爾族人出境，限於公告後三日內上船到非洲去，違者處死。拉・曼卻驅逐摩爾人的告示是一六一〇年七月十日發布的。

4　摩爾人信奉伊斯蘭教，戒酒。日耳曼人以酗酒聞名；十六世紀歐洲詩文裡常拿這一點譏笑日耳曼人。法國大散文家蒙田《蒙田隨筆》（*Essais*）第二卷第二篇說日耳曼人是以「醉酒」（l'yvrognerie）為榮的粗野民族，莎士比亞《威尼斯商人》第一幕第二景裡女主角說那個求婚的日耳曼人喝酒喝得像吸足水的海綿。

5　這是引用流行的民謠：「尼祿王站在塔貝雅山岩上，看著羅馬燃燒，聽著孩子和老人慘叫，一點兒不心疼。」

他深知老話說的：「如果到了羅馬，就學那裡的規矩。」[6]所以也問李果德要了皮酒袋，捧起來兩眼朝天，像他們樣喝了個痛快。

那些皮酒袋只捧起痛飲四次，第五次就乾枯得像蘆葦一樣；那些人也就意興闌珊了。他們吃飯的時候常有人伸出右手握著桑丘的右手，摻雜著西班牙語和義大利語說：「西班牙人和德意志人，都是好夥伴兒[7]！」桑丘也用這種摻雜的語言說：「我憑上帝說，都是好夥伴兒！」說完哈哈一陣大笑，簡直笑了一個鐘頭，把丟官的事全拋在九霄雲外了；一個人吃喝的時候，往往是無憂無慮的。喝完酒，大家都在草地上倒頭大睡。李果德和桑丘吃得多、喝得少，只有他們兩人還清醒。李果德把桑丘拉過一邊，去坐在一棵櫸樹腳下，讓朝聖的一群人在那邊酣睡。李果德不說摩爾話，他一口西班牙語，說道：

「桑丘・潘沙，我的街坊，我的朋友啊，皇上頒布了驅逐我們民族的命令，我們的惶恐，你是知道的；至少我害怕得很，限定我們離開西班牙的日子還沒到，我已經好像和兒女一起在承受嚴厲的處罰了。我當時決定單身先到外地找好安身之處，然後從容把家眷搬去，免得像許多別人那樣臨走亂了手腳。這就好比知道限期搬家，就預先另找住房；我認為這樣打算是有遠見的。我和我們那些有年紀的人都看得很清楚，頒布的命令不像有人說的只是唬人的空文，而是一點不含糊的法律，到期就要執行的。我怎麼能抱幻想呢？我知道我們有些人沒良心、想幹壞事，所以覺得皇上採取斷然處置是受了上天的啟示[8]。我們並不是個個都有罪，我們中間也有虔誠老實的基督徒；不過寥寥無幾，大夥兒都是壞人。這許多公敵不能留在國內，好比毒蛇不能養在懷裡。乾脆說吧，我們受驅逐是罪有應得，有人認為這樣處罰還是寬大的；可是在我們看來，就嚴厲透頂了。我們無論到哪裡，總為西班牙流思鄉的眼淚。因為我們畢竟是西班牙生長的，西班牙是我們的家鄉啊。我們到處流浪，找不到一個安身之地。我們指望蠻邦和非洲各地能收留和照顧我們，可是偏偏那些地方最欺侮我們。我們真是『身在福中渾不知，福去無蹤追已遲』[9]。我們大家都渴望回來；像我這樣能說西班牙語的不少，多半撇下老婆兒女不管，自己溜回來了[10]。我們實在是一片心的愛西班牙，我現在才懂得老話說的『鄉情最濃』[11]。且說我們離開家鄉，到了法國。我們在那裡雖然能被收容，我卻想到各處去看看。我經過義大利到日耳曼，覺得日耳曼人不那麼小心眼兒，讓人信仰自由，各過各的日子，我們住在那裡比較無拘無束。我在奧古斯塔[12]附近弄到了一所房子，然後就和這幫朝聖的人合了夥。他們有許多人每年照例到西班牙來朝聖；聖地是他們的財源，利息千拿萬穩，賺多少錢都有數。他們幾乎走遍了西班牙各地，每從城裡出來，總是吃飽喝足，至少還存一個瑞爾。出門一趟，每人可賺一百艾斯古多。他們把錢兌換成金子，或藏在竹杖裡，或襯在長袍的夾層裡，或靠擅長的本領混出國境，帶回家鄉；崗哨和峽口的衛兵搜查不到。我現在告訴你，桑丘，我還有些珍珠寶貝埋在地裡，打算去挖出來；那是埋在城外的，去挖沒有危險。聽說我女兒和老婆目前在阿爾及爾；我打算寫個信去，或者取道瓦倫西亞去找她

6 西班牙諺語。
7 「好夥伴」指一團和氣、好吃喝玩樂的人，見本書下冊，第二十五章，注4。
8 當時西班牙國王頒布那項法令是藉口摩爾人勾結蠻邦海盜，要顛覆西班牙皇室。
9 西班牙諺語。
10 所以一六一三年再次下令驅逐回西班牙的摩爾人。
11 西班牙諺語。
12 城名，在德國巴維艾拉。

們。我打算把她們帶到法國哪個港口，再到德國去過日子，聽候上帝安排。桑丘啊，我確實知道，我女兒李果妲和我老婆弗朗西斯加・李果妲是真正的基督徒；我雖然比不上她們，大體說來也該算是基督徒而不是摩爾人了。我常在禱告上帝開通我的心竅，讓我能為他效力。有件事我老想不明白：我老婆和女兒可以憑基督徒的身分住在法國，不知她們為什麼卻到了蠻邦去。」

桑丘答道：

「李果德，你想想，這事怎由得她們，她們是你舅子胡安・悌歐撇歐帶走的；他是純粹的摩爾人，當然就走他最方便的路了。我還可以告訴你，你去找埋藏的東西我看不必了，我們聽說你舅子和你老婆帶走許多珍珠和金錢，經檢查都沒收了[13]。」

李果德說：「這很可能。不過桑丘，我知道她們沒碰我埋的東西；我怕有意外，沒告訴她們埋在什麼地方。桑丘啊，你如果願意陪我去，幫我把東西挖出來藏好，我就送你二百艾斯古多，你可以用來添補些必要的東西；你光景很艱難，我是知道的。」

桑丘說：「我可以幫你幹這件事，但是我一點不貪心。我今天早上就扔掉了一個官兒；要是貪心，做官不到六個月，家裡的牆可以用金子砌，吃飯可以用銀盤兒裝呢！我不貪心，而且覺得幫助皇上的敵人就是叛逆，所以絕不會跟你去。即使你不是答應我二百艾斯古多，而是當場給我四百，我也不去。」

李果德問道：「你扔了什麼官兒呀，桑丘？」

桑丘答道：「我扔了一個海島總督的官職；老實說吧，那樣的海島輕易找不到第二個。」

李果德問道：「那海島在哪兒呢？」

桑丘道：「哪兒嗎？離這兒兩哩瓦，叫做便宜他了海島。」

李果德說：「住嘴吧，桑丘，海島在海洋裡呢，大陸上哪有海島呀！」

桑丘說：「怎麼沒有？我告訴你，李果德朋友，我今兒早上才走，昨天還在那島上像一尊人馬星[14]似的，稱心做總督呢，可是我覺得做官危險，丟下不幹了。」

李果德問道：「你做了官撈到什麼好處嗎？」

桑丘答道：「我得了一件好處：就是知道自己不宜做官，只配做羊倌豬倌；而且如要靠做官發財，休息睡覺都得賠掉，連飯都沒得吃。海島總督只許稍微吃一點點東西，有保健醫師照管的更吃得少。」

李果德說：「我不懂你的話，桑丘，我看你是滿口胡說八道！誰會叫你做海島總督呀？世界上沒有總督的人才了？只數你了？住嘴吧，桑丘，醒醒吧！你還是瞧是不是願意照我剛才的話跟了我去，幫我掘那寶藏——我埋的東西真不少，說得上是個寶藏呢。我說話當話，一定貼補你的生活。」

桑丘答道：「李果德，我已經跟你說了，我不願意。你儘管放心，我絕不告發你。我祝你幸運，咱們各走各的路吧。老話說得不錯：『保住應得之利，談何容易；貪求非分之財，自己招災。』[15]」

李果德說：「桑丘，我不勉強你。可是我問你，我老婆、女兒和我舅子出去的時候，你在村

---

13 初期被驅逐出境的摩爾人准許帶些東西，但金錢珍珠等物不准攜帶出國境。

14 據吉卜賽人隱語，人馬星（sagitario）指遊街吃鞭子的人。另有一說，這詞指有本領。

15 西班牙諺語。

上嗎？」

桑丘說：「我在呀！我可以告訴你，那天你女兒打扮得美極了，滿村的人都跑出來看她，說她是絕世美人。她臨走一面哭，一面把送行的女伴和親友們一一擁抱，求他們禱告上帝和聖母保佑她。她說得好傷心，連我這麼個不愛哭的都掉眼淚了。我老實說，我們許多人想把她藏起來，或者半路上把她搶回來；可是不敢違犯皇上的法令，只好罷休。最情不自禁的是堂貝德羅・格瑞果琉——你認識那位闊少爺。據說他對你女兒顛倒得很，你女兒一走，他就失蹤了。大家料想他是打算搶她，所以跟著走了；可是至今還毫無音信。」

李果德說：「我常疑心那少爺迷戀著我女兒。可是我信得過我們李果姐的品行，儘管知道那少爺對她用情，我從不擔心。你一定聽說過：摩爾女郎和信基督教的世家子戀愛是稀罕事，簡直從來沒有的。照我看來，我女兒是一心想做基督徒，不是想戀愛，她對那闊少爺的殷勤不會在意。」

桑丘說：「但願如此，不然的話，雙方都找麻煩。李果德朋友，咱倆就在這裡分手吧，我打算今夜趕到我主人堂吉訶德那裡去呢。」

「桑丘老哥，再見吧，上帝保佑你。我的同夥已經起來了，我們這會兒也該上路了。」

兩人擁抱一番，桑丘騎上灰驢，李果德拄著杖，彼此分手。

# 第五十五章

## 桑丘在路上的遭逢，以及其他新奇事。

桑丘給李果德耽擱了，那天沒能趕回公爵府。他離府還有半哩瓦地，太陽就下去了，而且夜色很昏黑。不過正是夏天，他不大著急，就避開大道去等天亮。他正在找個安頓的地方，不湊巧走入廢墟，連人帶驢掉在一個很深的坑裡。他往下陷的時候，以為自己要跌到地獄底裡去了，一片心求上帝保佑。可是他掉下去三丈多，灰驢就著地了；他發現自己還騎在驢上，沒受一點損傷。他渾身摸索，又屏住氣檢查身上有沒有什麼地方出了窟窿眼兒。他滿以為跌得粉身碎骨了，瞧自己還完完整整，不破不缺，就一遍又一遍感謝上天慈悲，他又摸索泥坑的四壁，瞧是否可以不必求救，自己爬出來。可是四壁滑溜溜的，沒處可以攀登。桑丘非常懊喪，聽到灰驢負痛嘶叫，更是難受。這不怪灰驢，牠實在夠狼狽，不是無病呻吟。桑丘慨嘆說：「哎！活在這個煩惱的世界上，隨時隨地會有飛來橫禍。昨天還在海島上做總督，一呼百應，誰料今天埋在坑裡，找不到一個幫手，沒一個下人、沒一個百姓跑來救命！即使灰驢不摔死，我不煩惱死，我們也得活活餓死！我主人堂吉訶德・台・拉・曼卻下了蒙德西諾斯魔洞，日子過得比家裡還舒服，飯食床鋪都現成[1]；我哪有他那麼好福氣呢！他那兒看見的是美妙的景致；我這裡呢，大概只有癩蛤蟆和蛇罷了。我真倒楣呀！都是我發了瘋妄想做官，還不知落個什麼下場呢！幾時上天開恩，讓我和灰驢出得這個坑，恐怕也只剩兩副白森森的光骨頭了！人家知道桑丘・潘沙和他的灰驢形影不離，看見了也許會猜到是誰的骨頭。我還是要說，咱們倆真倒楣！假如在家鄉，和親人一起，即使遭了災得送命，還總有人同情，臨終給咱們合上眼睛；現在我們連這點運氣都沒有！我的夥伴兒、我的朋友啊，你白為我勞苦一輩子，我怎麼對得起你啊！你原諒我吧，且盡力哀求司命的神道解救咱們吧。我一定給你戴上桂冠，叫你像個桂冠詩人；還給你吃雙倍的口糧！」

桑丘嘮嘮叨叨，那驢兒痛苦得很，一聲不應。一夜來人畜不斷地一個哀鳴一個悲嘆，好容易熬到天亮。桑丘在晨光裡一看，陷坑深得很，單靠自己是怎麼也出不去的。他怨苦一番，又大喊大叫，指望有過路人聽見。可是他好像在曠野裡叫喊[2]，四周一個人都沒有。他看準自己是死定了。灰驢還嘴朝天躺著；桑丘轉過牠的身軀，讓牠腳著地；牠才勉強站起來。他看見褡褳口袋和自己落在一起，就掏出一塊麵包來餵驢；牠吃得倒還有味。桑丘當牠懂事的那樣說：

「『肚子吃飽，痛苦能熬』[3]。」

那時他忽然看見泥坑側面有個洞、洞口容得下一個人，不過得傴著腦袋縮著身子。他爬進去一看，裡面很大，由洞頂透進一縷陽光，照亮了全洞。他看見這個洞延長過去，擴大成另一個大洞。他就回到灰驢那裡，用石片把窟窿周圍的泥土狠狠地挖，一會兒那窟窿就擴大得容一頭驢還綽綽有餘了。他拉著韁繩牽驢過去，直走過這個洞，想瞧瞧那一邊有沒有出口。他從延長的隧道裡走去，有時漆黑一片，有時昏黑一團，可是時時刻刻都在提心吊膽。他心上想：「全能的上帝保佑我吧！這種意外之事，我碰上了是倒楣，該叫我主人堂吉訶德碰上就成奇遇了。他走進泥坑地窟，看到的準是開滿花朵兒的花園和加麗阿娜的宮殿[4]；而且只等走出黑暗的隧道，就是繁花遍地的草坪。但是我造化低，既沒有主意，也沒有勇氣，走一步就好像腳底下還會突然裂出更深的坑來，把我吞沒了完事。『禍若單行，就算大幸』[5]。」他摸著黑一面想，一面走，大概走了半哩瓦路，忽見前面隱約透著光亮，他心眼裡的黃泉路看來是有出口的。

熙德．阿默德．貝南黑利撇下桑丘不提，又回頭描寫堂吉訶德。堂吉訶德要為堂娜羅德利蓋斯的女兒打不平，正興匆匆地等著預定的日期去和奸騙她的混蛋決鬥。只隔一天就到期了，所以他一清早出門去演習。他踢動駑騂難得跑個快步，縱馬直衝到一個坑邊上，要不是使勁勒住韁繩，就連人帶馬跌進坑裡去了。他總算勒住馬，沒跌下去，就在馬上湊近去看那個深坑。這時聽得下面有喊聲；仔細一聽，聽得出在喊話：「喂，上面有人嗎？如有基督徒或仁人君子聽見叫喚，請行個好吧！我是活埋的可憐蟲！我是倒了楣、丟了官的總督！」

堂吉訶德聽著好像桑丘．潘沙的聲音，又驚又奇，就放聲大喊道：

「底下是誰啊？誰在叫苦啊？」

---

1　桑丘忘了堂吉訶德在蒙德西諾斯地洞裡沒吃也沒睡。

2　引用施洗約翰的典故，見《新約》的〈馬太福音〉，第三章第三節。

3　西班牙諺語。

4　托雷多境內塔霍河邊上有一大堆廢墟，稱為「加麗阿娜的宮殿」。相傳加麗阿娜是摩爾公主，她父親是托雷多王，曾為她在塔霍河邊建造一所瑰麗的宮殿。對住房有奢望，西班牙人說是「要住加麗阿娜的宮殿」。

5　西班牙諺語。

下邊答道：「誰會在這裡呀！誰落得只好叫苦呀！無非是著名騎士堂吉訶德・台・拉・曼卻的侍從，那個作了孽、倒了楣、做了便宜他了海島總督走投無路的桑丘・潘沙呀！」

堂吉訶德聽了越發吃驚，莫名其妙，料想桑丘・潘沙是死了，陰魂在這裡受苦贖罪呢，就說：

「我憑基督徒招魂召鬼的正道向你通誡：請問你是誰？如果是受罪的陰魂，請問你要我幹什麼？救苦解難是我的職業。凡是在另一個世界上受罪，自己不能超拔的，我也有責援助。」

下面的聲音答道：「照這麼說，和我說話的先生，準是我主人堂吉訶德・台・拉・曼卻，聲調也分明是他！」

堂吉訶德說：「我就是堂吉訶德呀；我的職業是援救一切苦人，不問死的活的。告訴我你是誰吧，我實在摸不著個頭腦。如果你是我的侍從桑丘・潘沙，死了沒給魔鬼帶走，靠上帝的慈悲正在煉獄裡，那麼，咱們教會可以做功德拯救煉獄裡的亡靈，我一定盡我的財力，求教會超度你。你是誰，把姓名說出來吧。」

下面答道：「堂吉訶德・台・拉・曼卻先生，我憑上帝發誓，我就是您的侍從桑丘・潘沙。我還活著呢，並沒有死掉。我不過是丟了官；這事一言難盡，將來再細說吧。昨晚上我連人帶驢掉在這個坑裡了。灰驢兒可做見證，牠就在我身邊呢。」

不僅桑丘報了名，那驢兒彷彿懂話，立刻也發出一聲驢叫，響亮得震動了整個地洞。

堂吉訶德說：「這證據真是呱呱叫！我聽到這聲驢鳴，就彷彿爹娘見了親生兒女。我的桑丘啊，我也聽出你的聲音了。你等著吧，公爵府就在附近，我去找人來救你。你掉在這個坑裡，準是作孽了。」

桑丘說：「您去吧，看上帝面上，快快回來！我活埋著受不了，而且害怕得要死。」

堂吉訶德跑回別墅，把桑丘的事告訴公爵夫婦。他們很詫怪。那個地洞是老早就有的，跌下去不足為奇；可是他們不知道桑丘回來，不明白他怎麼離開了任所。長話短說，他們出動了許多人，拿了粗粗細細的繩子，費了好大力氣，才把灰驢和桑丘從黑洞裡救出來。有個大學生目見經過，說道：

「瞧這個泥坑裡出來的倒楣蛋！都快餓死了，面無人色，看來也沒一文錢。我但願瘟官卸任，一個個都像他一樣！」

桑丘聽了說道：

「血口噴人的老哥啊，我上任做總督不過八天十天，始終沒吃飽，時時刻刻都在挨餓；醫生折磨我，敵人又踩斷我的骨頭；我既沒有機會納賄，也沒有機會徵稅。照我這情況，我覺得不該落得這樣下場。可是『人有千算，天有一算』；『如何是好，上帝知道』；『什麼時候，什麼式樣』；『誰也別說「我不喝這裡的水」』；『許多人以為這兒掛著鹹肉呢，其實連掛肉的鉤子都沒有』[6]。反正上帝了解我就行；儘管還有許多可說的，我也不多說了。」

「桑丘，你別生氣，別聽了人家閒話發火；那就煩惱無窮了。你問心無愧，隨人家說去吧。要堵住人家的貧嘴，就彷彿『在曠野裡安上大門』[7]。當官的卸任發了財，人家說他做了賊；如果沒錢，就說他是傻瓜笨蛋。」

6 五句西班牙諺語。

7 西班牙諺語。

桑丘答道：「這回人家一定不會把我當賊，只會笑我笨蛋。」

他們說著話：由許多孩子、大人簇擁回府，公爵夫婦已經在走廊裡等候著堂吉訶德和桑丘。桑丘說他的灰驢一夜過得夠狼狽，所以他一定要先到馬房裡去安頓了牠，然後才上樓見兩位貴人。他跪下說：

「兩位大人，我到便宜他了海島上去做總督，是奉您兩位的命，我實在是不配的。我光著身子進去，如今還是個光身；我沒吃虧，也沒占便宜[8]。我這個官當得好不好，那裡有見證，可以讓他們說。我解決了疑難，宣判了案件，經常餓得要死，因為島上有個管總督的官，叫做提了他戶外拉的貝德羅・忍凶醫師；他要餓死我，昨晚上敵人來襲擊我們，情勢很危急。島上人說，全虧我的英雄身手，突破敵人，取得了勝利。但願上帝憑這句話多麼真實，保佑他們多麼健康吧。乾脆說，我是在那個時候掂了一下總督身背上的擔子，估計自己承當不起，而且也不配。我寧願趁早甩了這個官，免得帶累自己摔倒。我是昨天晚上走的：海島上的街道呀、房子呀、屋頂呀等等，我去的時候是什麼樣，走的時候都還照舊。我沒有問誰借過錢，也沒有撈摸什麼油水。我打算制定幾條有用的法令，可是沒那麼幹[9]，怕人家不遵守，有了那法令也等於沒有。我就那麼離開了海島；除了我的灰驢，沒別的夥伴兒。我掉在一個泥坑裡，一路往前，直走到今天早上，憑光亮看見了出口；不過出來不易；要不是老天爺把我主人堂吉訶德送來救我，我直到天地末日還出不來呢。現在，公爵大人，公爵夫人，奉命當總督的桑丘・潘沙在這裡拜見您兩位。我當了僅僅十天總督明白自己絕不想當總督——別說管轄一個海島，管轄全世界的總督都不想；所以拿定了主意，來吻您兩位的腳。我學著小孩子遊戲裡的話說：『你跳過來，讓我跳過去』[10]；我學著他們的話，跳出了總督的位子，又回來伺候我主人堂吉訶德了。我吃他那口飯雖然擔驚受怕，總還吃得飽。我呢，只要吃飽肚子，吃蘿蔔或吃山雞都一個樣。」

桑丘說了這一大篇話；堂吉訶德直怕他荒謬百出，聽他沒幾句不得當的，暗暗感謝上天。公爵擁抱了桑丘，說總督一眨眼就丟了官，他很過意不去，將來要照應桑丘做個油水多的閒官。公爵夫人也擁抱了桑丘，吩咐家人好好伺候他；因為他看來跌得夠慘，而遭受的捉弄更是惡毒。

8 桑丘把諺語「我光著身子出世……」改為「光著身子進去……」

9 這和上文第五十一章末尾的話不符。

10 這種遊戲略同中國的「搶四角」：四個孩子各據一方。另一個沒有據點的孩子乘他們彼此交換位置時搶他們的據點。

# 第五十六章

堂吉訶德·台·拉·曼卻袒護傅姆堂娜羅德利蓋斯的女兒，和小廝托西洛斯來了一場曠古未有的大決鬥。

公爵夫婦覺得桑丘做總督的把戲很有趣。當天總管回來，把桑丘的一言一行幾乎全向他們報告了，還形容怎樣襲擊海島，把桑丘嚇壞，以致一走了事；他們聽了越發好笑。據記載，預定決鬥的日子接著也到了。公爵已經反覆教他的小廝托西洛斯，只許打敗堂吉訶德，不許殺傷他。他吩咐決鬥時雙方都把槍頭取下。他對堂吉訶德說：他老先生最講仁愛，絕不願意這次決鬥裡傷生害命。況且教會早有決議禁止這種事[1]，能通融在這裡決鬥就不容易了，別太認真拚什麼死活。堂吉訶德說，一切憑公爵大人作主，他都聽命。到了大家擔心的那天，府前廣場上已經按公爵的命令搭好一座大看台，讓裁判員和原告的傅姆母女坐在上面。附近村鎮上無千無萬的人都擁來看新鮮；因為他們祖先也沒聽見過這種決鬥，別說他們自己了。

司儀員首先進場檢查陣地，他防有暗設的機關或絆腿的東西，全場一處處都走遍了。然後傅姆母女進場就位。她們頭上披的紗不僅蓋沒眼睛，竟遮到胸口。堂吉訶德上場的時候她們神情很激動。過一會，小廝托西洛斯在號角聲中上場了。他魁偉的身軀連頭帶臉都罩在雪亮的鐵甲裡，騎著一匹高頭大馬，四個蹄子踩得地都要陷塌了。那匹馬看來是弗利西亞種，背很寬，全身灰色，每個蹄子上掛著二十來斤的毛[2]。這位勇士事先受過他主子公爵大人的教導：他怎麼也不准殺死英勇的堂吉訶德·台·拉·曼卻，一上場相對衝殺的時候得設法閃開身子，免得兩人撞個正著，堂吉訶德就放定送命了。當時托西洛斯跑過廣場，在傅姆母女座前稍停一下，把要求結婚的姑娘瞧了一眼。堂吉訶德也在場上；這場決鬥的主持人就召他和托西洛斯一起去和傅姆母女談判，問她們是否委託堂吉訶德·台·拉·曼卻為她們主持公道。她們一口應承，說不論堂吉訶德為她們怎麼辦事，她們全都認帳。這時公爵夫婦都在府裡走廊上，望下去恰好就是廣場。場上人山人海，都等著瞧這場空前的惡戰。雙方講定條件：如果堂吉訶德打勝，輸家就得和堂娜羅德利蓋斯的女兒結婚；如果他輸掉，結婚的諾言就不作準了，贏家再沒有任何義務。

司儀員為雙方平分了陽光[3]，叫兩人各自站好位子。這時戰鼓擂動，號角吹揚，天驚地動。觀眾捏著一把汗，有的只怕要出亂子，有的希望結局圓滿。堂吉訶德只顧誠誠懇懇禱告上帝和杜爾西內婭·台爾·托波索小姐保佑，一面等著信號，準備衝殺。可是那位小廝想的卻是另一回事；且說說他的心事吧。

他向那挑戰的姑娘瞧那一眼的時候，覺得從沒看過這等美人。稱為戀愛神的瞎小子乘機想把小廝的一顆心抓來添作自己的戰利品，就悄悄兒挨到那倒楣小廝身邊，把一支兩米長的箭射進他

---

1　一五六三年特蘭托會議（concilio de Trento），決議第十九條禁止決鬥。

2　弗利西亞（Frisia）出產的馬很壯健，蹄子較大，蹄子上有大叢的毛。

3　免得陽光直射一方的眼睛妨礙戰鬥。參看本書下冊，第六章。

左胸，把他的心穿透。這件事戀愛神可以放膽幹，因為他是肉眼看不見的，來去自由，幹了事無法追究。那小廝著了迷，直在想他傾倒的美人，衝殺的信號已經發了，他卻沒注意。堂吉訶德聽到那聲軍號，立即踢動駑騂難得撒腿奔跑，向對方衝去。他的好侍從桑丘看見他出發，就大喊道：

「游俠騎士的頂兒尖兒啊！上帝指引你！保佑你勝利！正義在你的一邊！」

托西洛斯看著堂吉訶德向他衝來，還是站定在位子上一步不動，只大聲叫喚決鬥的主持人。那人跑來瞧他有什麼要求；他就說：

「先生，這場決鬥，是為了決定我和那位姑娘結婚不結婚吧？」

主持人說：「是啊。」

那小廝說：「罷了，我直在良心不安，如果再動手打起來，就越發罪孽深重了。我說呀，就算自己是打輸了，願意馬上和那位姑娘結婚。」

主持人莫名其妙；他是一起策畫這番決鬥的，這時不知該怎麼回答。堂吉訶德瞧對方不來迎戰，也就半途停下。公爵不知道為什麼不決鬥了；主持人趕去報告了托西洛斯的話，他出乎意外，勃然大怒。托西洛斯乘這時跑到堂娜羅德利蓋斯面前，高聲說道：

「夫人，我願意和你女兒結婚。這事不用拚命，好好兒說就行，我何必為這個爭吵打架呢！」

英勇的堂吉訶德聽了說：

「那麼我的責任就算盡了。讓他們順順當當地結婚吧。『上帝成全的，聖貝德羅也賜福。』[4]」

4 西班牙諺語。

公爵下樓到廣場上來對托西洛斯說：

「騎士啊，你真是自己認輸了嗎？你真是因為良心不安願意和那姑娘結婚嗎？」

托西洛斯答道：「是的，大人。」

桑丘插嘴道：「這來可好！『把老鼠消耗的餵貓，就免了無窮煩擾。』[5]」

托西洛斯的頭盔始終緊扣著腦袋，悶得他透不過氣來了。他急切解脫不下，只好請人幫忙。旁人給他脫下頭盔，他的小廝嘴臉就赫然呈現。堂娜羅德利蓋斯和她女兒看見了大叫道：

「這是搗鬼呢！把公爵大人的小廝托西洛斯冒充我的丈夫！不說是卑鄙，也夠惡毒的！還有公道和王法嗎？」

堂吉訶德說：「兩位別著急，這不是惡毒，也不是卑鄙。就算是的，也不怪公爵大人。這是魔法師和我搗亂；他們嫉妒我勝利了得意，就把你丈夫變成小廝的嘴臉。聽我的話，別理會我那些冤家的壞心眼兒，只管和他結婚。反正沒錯兒，他就是你要嫁的人。」

公爵聽了這話，滿腔怒火都消了，哈哈大笑道：

「堂吉訶德先生遭逢的事真是千奇百怪，我都要相信我這小廝不是我的小廝了。不過我有個辦法，你們瞧怎樣。結婚過半個月再說，且把這變相的傢伙關起來；他過半個月也許就恢復原形了。魔法師對堂吉訶德先生的狠毒，到那時還不消嗎？況且叫這傢伙變了相，對他們又沒什麼好處。」

桑丘說：「啊呀，公爵大人，那些壞蛋只要是和我主人有牽連的，就拿來變這變那，都成了規矩了。前幾天我主人打勝一個騎士，叫做鏡子騎士。他們把那騎士變成我們街坊上的老朋友參孫‧加爾拉斯果學士。又把我們的杜爾西內婭‧台爾‧托波索小姐變成了鄉下姑娘。所以照我想呀，這小廝一輩子就是個小廝了。」

羅德利蓋斯的女兒這時說道：

「不用追究小廝不小廝，他願意和我結婚，我很感激。我寧願做小廝的正式妻子，不願做紳士玩弄的女人，何況玩弄我的還不是什麼紳士。」

總之，這場決鬥的結果是把托西洛斯關起來，瞧他究竟變成什麼模樣。大家為堂吉訶德得勝歡呼；可是多數人很掃興，因為眼巴巴等了半天，沒看見武士們打得斷手折腳。他們像小孩子等看絞刑，如果犯人得到受害者或法庭的饒赦而沒出場，就覺得沒趣。觀眾散場，公爵和堂吉訶德回府，托西洛斯給府裡關起來。堂娜羅德利蓋斯母女非常稱心，因為照她們看來，這場糾紛反正總是喜事收梢。托西洛斯也這麼希望。

5　西班牙諺語。

# 第五十七章

## 堂吉訶德向公爵辭別；公爵夫人的淘氣丫頭阿爾迪西多娕和堂吉訶德搗亂。

堂吉訶德覺得應當脫離公爵府上這種安閒的生活裡。老待在府裡，讓公爵夫婦把自己當游俠騎士款待，卻什麼事都不幹，實在是曠廢職守，將來上帝面前交代不過。所以有一天他就向公爵夫婦告辭。他們很依依惜別，但也不挽留。公爵夫人把桑丘老婆的信交給桑丘。桑丘流淚說：

「我老婆泰瑞薩・潘沙得了我做總督的消息，抱著好大的希望，誰料到頭來我還得跟著主人堂吉訶德・台・拉・曼卻去流浪冒險呢？不過我很高興，我們泰瑞薩不忘本分，送了公爵夫人那些橡樹子；她如果沒送，就是不識好歹，準叫我心上很不安。我可以自慰，這份禮物不能算賄賂，因為送禮的時候我已經當上總督了。受了恩惠，哪怕送點兒薄禮表示感激，也是應該的。反正我是光身上任的，離任還是光身，可以問心無愧地說：『我光著身子出世，現在還是個光身；我沒吃虧，也沒占便宜。』一個人能這樣說，並不容易。」

這是桑丘臨走那天自言自語的話。堂吉訶德頭天晚上已向公爵夫婦辭行，清早就全身披掛，來到府前廣場上。全府的人都在走廊上送行；公爵夫婦也出來了。桑丘騎著灰驢，帶著褡褳口袋、提包和乾糧，滿心歡喜，因為公爵手下那位扮演「三尾裙」的總管給了他一只錢袋，裡面有二百金艾斯古多，供他們路上用的；這事堂吉訶德還沒知道呢。當時大家都在送行，那淘氣促狹的阿爾迪西多娤雜在公爵夫人的許多傅姆和使女中間，忽然哭喊道：

壞蛋騎士，你勒住馬，
聽我說完再走不遲：
你還不會控馭牲口，
別只顧踢牠的肚子！
負心人，你逃避什麼？
你睜開眼睛瞧瞧：
我又不是惡毒的蛇，
我只是幼稚的羊羔。
惡魔，你瞧我不起，
可是黛安娜的山上，
或維納斯的樹林裡，
哪有我這樣美麗的姑娘！

狠心的維瑞諾[1]，逃跑的伊尼亞斯[2]，

1 維瑞諾（Vireno）把他的情婦奧莉薇婭撇在荒島上，事見阿利奧斯陀敘事詩《奧蘭多的瘋狂》，第九篇第十節。

你和魔王作伴兒吧，咱們有算帳的日子！

你那十個鋒利的爪子
一下抓開了我的胸膛，
血淋淋地搶走了一副
溫柔和順的女兒心腸。
我雪白光致的腿上
一副黑色的吊襪帶，
怎麼也給你拿去了？
還帶走我頭巾三塊！
還騙去兩千聲嘆息，
壓抑著的愛火情焰，
能把二千座特洛伊城
都燃燒成白地一片[3]！

狠心的維瑞諾，逃跑的伊尼亞斯，
你和魔王作伴兒吧，咱們有算帳的日子！

但願你的侍從桑丘

生就一副鐵石心腸，
使你的杜爾西內婭
擺脫不了她的魔障。
我們這裡經常看到
好人替壞人當災；
你那小姐為你的罪過
吃苦受難正是活該！
罰你一輩子逢凶遭災！
快意的事兒像泡影！
你自詡心堅如石嗎？
叫你變作楊花水性！

狠心的維瑞諾，逃跑的伊尼亞斯，
你和魔王作伴兒吧，咱們有算帳的日子！

2 據維吉爾史詩《伊尼德》和其他傳說，伊尼亞斯拋棄了和他戀愛的迦太基女王狄多，逃到義大利；狄多因而自殺。參看本書下冊，第四十八章，注3。

3 維吉爾《伊尼德》第二卷裡，伊尼亞斯敘述希臘軍的木馬進入特洛伊城後，城陷被焚等事。

但願人人都罵你負心，
從塞維亞到馬切那，
從格拉那達到羅哈，
從倫敦到英格拉泰拉[4]。
你要有興賭博消遣，
罰你拿不到一張王牌！
骰子顆顆和你作對，
手氣沒那麼樣兒的壞！
要是你修腳剪雞眼，
叫你剪個鮮血淋漓！
如果人家給你拔牙，
牙根就斷在牙齦裡！

狠心的維瑞諾，逃跑的伊尼亞斯，
你和魔王作伴兒吧，咱們有算帳的日子！

阿爾迪西多妞連哭帶喊地數說，堂吉訶德瞧著她一句不答理，只轉臉問桑丘道：

「桑丘啊，這痴情姑娘說的三塊頭巾和一副吊襪帶是你拿的嗎？我憑你祖先的靈魂請你老實說。」

桑丘答道：「三塊頭巾是我拿了；可是吊襪帶我連影兒都沒見。」

公爵夫人很驚訝，儘管知道阿爾迪西多媗淘氣，卻沒料到她會這樣大膽。這番胡鬧，事先沒走漏一點風聲，突如其來，更使她吃驚。公爵有意幫著開玩笑，就說：

「騎士先生，你不應該受了我家的款待，卻膽敢偷我家使女的東西——至少三塊頭巾，至多還饒上她一副吊襪帶。可見你心胸卑鄙，真是聞名不如見面。你要不把吊襪帶還她，我就和你拚個你死我活。儘管魔法師把你上次的對手變成了我家小廝托西洛斯的嘴臉，我卻不怕他們照樣也變掉我的相貌。」

堂吉訶德答道：「我受過您大人多少優待，但願上帝保佑，別叫我對您拔劍。頭巾我就還，因為桑丘說是他拿了。吊襪帶我沒拿，他也沒拿，實在沒法兒還。您這位使女如果在她收藏東西的地方留心找找，準會找到。公爵大人，我從來沒做過賊；一輩子也不會做賊，除非上帝拋棄了我。這位姑娘自己說是為愛情顛倒了，她說話確也顛三倒四。這不是我的罪過，我不必向她道歉，也不必向您兩位道歉。請別把我看得太低了。我再次向您告別，請讓我上路吧。」

公爵夫人說：「但願上帝一路保佑你，堂吉訶德先生，你為世人立了什麼功，請經常通知我們。再見吧，你待在這裡，我這些使女眼裡看見你，心裡的火就越燒越旺。我這個使女一定得狠狠責罰，叫她以後眼不邪看，嘴不亂說。」

阿爾迪西多媗這時插嘴道：「哎，英勇的堂吉訶德，再聽我一句話。我錯怪你偷了吊襪帶，請你原諒。我憑上帝和自己的靈魂說，吊襪帶戴在我腿上呢；我就像騎著驢兒找驢兒的人一樣頭

4　馬切那是塞維亞境內的一個城，羅哈是格拉那達境內的一個城，阿爾迪西多媗在胡扯取笑。

腦糊塗了。」

桑丘道：「瞧，是不是！我拿了東西隱瞞，還像話嗎！我要幹這事，做總督的時候有的是機會呀。」

堂吉訶德向公爵夫婦等人鞠躬致敬，然後兜轉轡頭，離開公爵府，取道往薩拉果薩去；桑丘騎著灰驢跟在後面。

# 第五十八章

## 堂吉訶德一路上碰到的奇事應接不暇。

堂吉訶德擺脫阿爾迪西多娅的糾纏，跑到郊外，覺得身心舒適，抖擻起精神，重又當他的游俠騎士。他轉身對桑丘說：

「桑丘啊，自由是天賜的無價之寶，地下和海底埋藏的一切財富都比不上。自由和體面一樣，值得拿性命去拚。不得自由而受奴役是人生最苦的事。桑丘，我這話有個道理。咱們在公爵府待過，你親眼看見那裡的窮奢極欲。我天天吃可口的筵席，喝冰涼的好酒，可是我心裡卻像又飢又渴那樣難熬；因為吃的喝的都不是自己的東西，總不心安理得，好處不能白受，應該報恩；這就心有牽掛，不能自由自主了。不叨人家的光，靠天照應有一日飯吃，就是好福氣！」

桑丘說：「不過您這番話還得說回來；公爵的總管給了我一個錢包，裡面有二百金艾斯古多，咱們不知感激可不好。這個錢包好比我的止痛膏藥、定心丸子，我貼胸藏著，防備個緩急。供咱們白吃白喝的貴府難得碰到，下了客店，有時還得挨揍呢。」

游俠的騎士和侍從說著話走了一哩瓦多路，看見前面一片草地上有十一二個農夫裝束的人，把外衣墊在身下坐著吃飯；旁邊攤著一方方白布單子，彼此隔開著些，都遮蓋著東西。堂吉訶德走到那些人面前，客客氣氣敘過禮，請問單子底下蓋著什麼。一人回答說：

「先生，單子下面是浮雕的聖像。我們城裡修建祭壇，用來裝潢的[1]。我們怕褪了色，所以蓋著塊布，抬在肩上也免得撞壞[2]。」

堂吉訶德說：「能讓我瞧瞧嗎？運送這樣鄭重，一定是很好的雕像。」

另一人說：「確是好得很！不信，聽聽價錢就知道。真的，每一個像值五十多杜加呢。您等一等，我給您瞧瞧，就知道這不是瞎話。」

他不吃飯了，起身過去揭開第一幅雕像。那是個拿槍騎馬的聖喬治[3]：馬腳纏著一條毒龍；他的長槍正刺中毒龍的咽喉，他的神情就像往常畫他的樣勇猛。整幅雕像塗染得黃烘烘一片金光。堂吉訶德看了說道：

「這是堂聖喬治，捍衛聖教的武士裡數一數二的，也是童女的保護神。咱們再瞧瞧那一幅吧。」

那人又揭開一幅，只見浮雕著聖馬丁[4]騎在馬上，正把自己的大氅分割一半給一個窮人。堂吉訶德看了說道：

「這又是一位捍衛基督教的勇士。他最了不起的是慷慨，勇敢還在其次。桑丘，你只要看他把大氅分半件給窮人，就知道了。看來當時是冬天，不然照他那樣仁慈，準把大氅送人。」

桑丘說：「不見得吧；他該是記取老話說的『自留還是給人，應該有個分寸』[5]。」

堂吉訶德笑了，又請揭開另一塊布。那是西班牙王國的保護神，他騎著馬，拿著一把血淋淋的劍，在摩爾人的身軀和頭顱上踐踏。堂吉訶德道：

「不用說，這也是基督教隊伍裡的騎士，叫做摩爾人的煞星、堂聖狄艾果[6]。他不論先前死後，在聖人和騎士裡都是最勇敢的。」

接著又揭開一幅，浮雕著聖保羅倒在馬下，背景裡有描繪他皈依正教的一般情節[7]。他好像在和耶穌基督對答，神態栩栩欲活。

堂吉訶德說：「這一位本來是咱們聖教最狠的敵人，後來卻成了最有功的衛道者。他活的時候像滿處奔波的騎士，死的時候是堅定不移的聖人；在上帝的葡萄園裡操作，從來不知疲勞。他是異教徒的導師；曾經在第三重天上[8]親受耶穌基督的教誨。」

---

1 西班牙教堂裡，祭壇後面的圍屏或板壁或牆壁常用彩色鍍金的浮雕做裝潢。

2 西班牙十七世紀初期運送雕刻的聖像，都由人抬在肩上運送。

3 古羅馬的基督徒，西元三〇三年殉教死。相傳他聞說利比亞有毒龍每天吃一個童女，就跑去用長槍刺殺毒龍，救了英王的女兒。英國人把他奉為國家的保護神。

4 五世紀法國都爾的主教。他原是軍人，以仁愛著稱。傳說他當軍官時，嚴冬把自己的大氅分一半給一個乞丐。

5 西班牙諺語。

6 聖狄艾果（San Diego）即聖悌亞果（Santiago），亦即聖雅各（San Jacobo或San Jaime）。他和他弟弟約翰同是耶穌的門徒。他被希律王殺害，傳說他在巴勒斯坦遇害後，遺體由無人駕駛的航船送到西班牙海岸。西班牙人把他當作護國神。

7《新約》的〈使徒行傳〉記載猶太人掃羅，後改名保羅，曾殘害耶穌的門徒。他赴大馬色路上，忽見天上放光，四面照著他；他就跌倒在地下，聽見耶穌對他說話，就此感化，信奉耶穌，到異邦傳道，西元六七年在羅馬殉教。

8 引用《新約》的〈哥林多後書〉，第十二章第二至四節：「他……被提到第三層天上去……他被提到樂園裡，聽到隱祕的言語，是人不可說的。」

幾幅雕像都看了，堂吉訶德叫他們重新蓋好，說道：

「老哥們，我能看到這幾幅浮雕，可算是好兆。這幾位武士和聖人以奮鬥為生，都是我的同行。不過我和他們不同：他們是聖人，使用神聖的武器；我是罪人，武器是人間凡鐵。他們靠自己努力，進了天堂；因為天堂要努力才進得去[9]。我努力到今，還不知能有什麼成就呢。假如我的杜爾西內婭災退身安，我事情順手，腦筋清楚，也許就能轉入好運。」

桑丘接口道：「『但願上帝垂聽，魔鬼耳聾無聞』[10]。」

那些人瞧堂吉訶德模樣古怪，聽他的話也莫名其妙。他們飯罷抬起雕像，辭別堂吉訶德重又上路了。

桑丘自覺有眼不識主人，沒知道他這麼博學，全世界的事好像都寫在他指甲上或印在心上呢。他說：

「我的主人啊，咱們今天的事如果算得奇遇，那真是咱們出門以來最稱心樂意的了。咱們沒挨揍，沒受驚，沒拔劍，沒摔跤，也沒挨餓。感謝上帝，讓我經歷了這番奇遇。」

堂吉訶德說：「桑丘，你這話不錯。不過你該知道：時候不同，運道也不一樣。通常所謂預兆是不足為憑的，聰明人看來，不過是碰巧罷了。相信預兆的人，早起出門，碰到個聖方濟會的修士，就彷彿碰到了妖怪，忙轉身回家[11]。曼多薩那家人飯桌上潑翻一點鹽，就滿肚子憂愁[12]，好像造化得藉這種細節來預示災禍。有識見的人不該從瑣屑來捉摸天意。西比翁到了非洲，上岸就摔一跤。他的軍士以為不吉利，可是他抱著土地說：『非洲啊，你休想逃跑，我已經把你牢牢抱住了！』[13]所以桑丘，我有緣看到這些雕像，只是恰好碰在巧頭上。」

桑丘答道：「準是的。我還想請教您一句話：西班牙人和敵人交戰的時候，為什麼喊著摩爾人的殺星、聖狄艾果的名字說：『聖悌亞果！關上西班牙！』[14]難道西班牙是敞著的，所以得關上嗎？還是別有意思呢？」

堂吉訶德答道：「桑丘，你太死心眼了，你可知道這位偉大的紅十字騎士[15]是上帝賞賜西班牙的保護神，西班牙人每次和摩爾人死戰，就靠他保護，所以交戰時總把他當救星，向他禱告呼籲。常有人打仗的時候看見他顯聖，把摩爾軍隊打得落花流水，全軍覆沒。這種事西班牙歷史上不少例子呢。」

桑丘掉轉話頭道：

「先生，我真想不到公爵夫人的丫頭阿爾迪西多娷臉皮那麼厚；戀愛神準把她一箭穿透了心。據說戀愛神是個瞎小子，可是儘管兩眼迷糊，或者簡直就是青盲白瞎，他要射哪顆心，不論多麼小也能射中、射透。我又聽說，愛情的箭碰到貞潔的姑娘，尖頭就鈍了。可是碰到這個阿爾

---

9　引用《新約》的〈馬太福音〉，第十一章第十二節：「天國是努力進入的，努力的人就得著了。」

10　西班牙諺語，表示希望心願能夠實現。

11　據天主教國家的迷信，清早出門碰見修士或修女都不吉利。

12　古羅馬人認為吃飯時潑翻了鹽是不祥之兆，這個迷信至今還流傳。

13　西比翁是西元前二世紀的古羅馬將軍；這個傳說記載在古羅馬史書裡。

14　這句吶喊是：「向前包圍啊！西班牙人！聖悌亞果保佑我們！」（Santiago y cierra España!）cierra是關閉或包圍的意思，這裡是呼籲西班牙人衝向前去包圍敵人，桑丘沒有了解字義和文理，下文堂吉訶德只解釋了呼籲護國神保佑，忘掉解答桑丘的疑問。

15　聖悌亞果是授紅十字勛章的騎士。

迪西多婭，箭頭子好像沒有鈍，卻越發鋒利了。」

堂吉訶德說：「桑丘，我告訴你，愛情沒有顧忌，也不講理。愛和死有一點相同：不論帝王的高堂大殿，或牧人的茅屋草舍，它都闖進去。一顆心一旦被愛情占領，馬上就沒有怕懼，也沒有羞恥。所以阿爾迪西多婭膽大臉厚，把心事都嚷出來。她的多情害我很窘，卻引不起我的憐惜。」

桑丘說：「這可太狠心了！哪能這樣不知好歹呀！要是我啊，聽她說一句兩句情話，就連骨頭都酥了。他媽的，真是鐵石打造的心腸，灰泥凝成的靈魂！可是我不明白那姑娘看中了您什麼，要那麼樣顛倒。衣服華麗嗎？神氣活現嗎？舉動漂亮嗎？臉蛋兒長得美嗎？是哪一件還是總在一起，動了她的心呢？我說句老實話吧；我常把您從腳尖直到頭頂定睛仔細打量，只看到好些可怕的地方，卻沒什麼可愛的。我聽說美是動人愛慕的第一個條件，也是最主要的；您既然一點不美，那可憐的姑娘愛上了您什麼呢？」

堂吉訶德答道：「桑丘，你聽我說。美有兩種，靈魂的美和肉體的美。聰明、純潔、正直、慷慨、溫文有禮都是靈魂的美，相貌醜的人也可以具備的。如果不以貌取人，往往就對相貌醜的也會傾心愛慕。我呀，桑丘，明知自己不是美男子，不過也不是醜八怪。一個好人只要不奇形怪狀，靈魂上有我剛才講的種種美德，就能動人愛慕。」

他們說著話，走進沿路的樹林。堂吉訶德忽然撞進張掛在樹上的綠絲網裡了。他很詫怪，對桑丘道：

「桑丘，我覺得這些綠絲網蹊蹺極了。我可以拿性命打賭，準是那些害我的魔法師瞧我對阿爾迪西多婭冷面無情，就幫她出氣，網住我不讓走路。可是讓他們瞧吧，即使這不是綠絲網，而是堅牢不破的金剛石網，或是火神捉他老婆的姦而煉成的鋼絲網[16]，也只能像草繩或棉線的網子一樣禁不起我一撞。」

他就打算衝突出去，把網都撞破。忽見樹林裡出來兩個美女，打扮得像牧羊女，不過衣料是精緻的錦緞，裙料是貴重的金波紋綢。她們披著金黃的頭髮，像陽光那麼耀眼；還戴著綠桂葉和紅花朵編成的花冠。兩人看來都只十六七歲。

桑丘大出意外，堂吉訶德也很詫怪，太陽都要停下來瞧瞧這兩位姑娘呢。四人一下子都愣了，還是一個牧羊姑娘先開口，對堂吉訶德說：

「騎士先生，請別把這網撞破了，這是我們張著玩兒的，不妨礙你。你大概不知道我們是什麼人，張著這些網幹什麼，讓我解釋幾句吧。這裡是附近一帶風景最美的地方。我們就住在兩哩瓦外的村上。那裡有許多富貴人家，彼此好些是親戚朋友。我們約定各家父母子女帶著親友一起到這裡來玩玩；女孩子扮成牧羊姑娘，小伙子扮成牧童，把這地方變成個牧羊人的新樂園[17]。我們熟讀了兩篇牧歌：一篇是著名詩人加爾西拉索的作品；一篇是優秀的葡萄牙人詩人加莫艾斯用本國語寫的[18]，不過我們到今還沒演出一篇呢。我們是昨天剛到的，這裡有一條大河，灌溉著兩

16 希臘神話，愛神維納斯和戰神瑪爾德有私情，維納斯的丈夫火神（也是鍛冶之神）製造了一口精巧堅固的網去捉姦，把維納斯和瑪爾德雙雙套在網裡。

17 「樂園」或「福地」（Arcadia），是田園詩傳統裡描寫的理想樂園。

18 加爾西拉索（Garcilaso de la Vega, 1505-1536），西班牙詩人。加莫艾斯（Louis de Camoëns, 1525-1580），葡萄牙詩人。

岸的草地。我們在河邊樹蔭下搭了幾座帳篷，據說叫做野營；昨晚上又張了這幾口網，打算吆喝得小鳥兒昏了頭，投進網來。先生，你要是有興致，我們歡迎你來做我們的客人；我們這裡是極樂無愁的世界。」

她說完，堂吉訶德答道：「美貌絕頂的小姐啊，我看見你們這樣的美人，彷彿安泰翁撞見黛安娜在溪水裡洗澡一樣出乎意外[19]。我贊成你們的消遣，多承你們邀請，我也很感激。如有用我的地方，請吩咐一聲，我一定遵命。幹我們這一行的，總要求不負人家的美意，做點兒好事相報，何況對你們這樣高貴的小姐呢。這幾個網占不了多少地；即使擋著整個地球，我也要另找新世界繞道過去，絕不撞破你們的網。別疑心我口氣太大；奉告你們，說話的不是別人，是堂吉訶德・台・拉・曼卻！說不定你們聽到過這個名字吧？」

另一個姑娘說：「啊呀，親愛的朋友，咱們交了大好運啦！你知道這位好先生是誰嗎？我告訴你，他是世界上最勇敢、最多情、最彬彬有禮的人。有一部傳記專寫他的事，已經出版了，我都讀過了；那本書總不會騙人吧！我可以打賭，他旁邊的準是他那位頭等逗樂兒的侍從桑丘・潘沙。」

桑丘說：「對啊！我就是您說的那個逗樂兒的侍從呀！這位先生是我的主人，書上寫的和大家傳說的堂吉訶德・台・拉・曼卻就是他！」

那個姑娘說：「嗨，朋友，咱們求他別走吧；如果能留住他，你我的爸爸和哥哥不知多高興呢？我也聽說過這一位的勇敢和那一位的逗樂兒，人家尤其推重這位先生用情專一，世界上找不出第二個。他的意中人是杜爾西內婭・台爾・托波索，西班牙全國都公認她是第一美人。」

堂吉訶德說：「那也是應該的呀，除非你兩位的美貌把她比下去了。兩位小姐，你們不用留我；我有職務在身，一刻也不能偷懶。」

這時一個姑娘的哥哥跑來了。他也是牧羊人打扮，衣飾華貴和兩個姑娘不相上下。她們告訴他說：這一位就是英勇的堂吉訶德‧台‧拉‧曼卻，另一位是侍從桑丘；他讀過堂吉訶德的故事，知道這位騎士。那漂亮的牧童和堂吉訶德敘過禮，邀請他到他們的帳篷裡去。堂吉訶德卻不過情，就跟了他去。當時獵鳥的已經開始吆喝，網裡飛滿了各種小鳥；因為網和樹林一色，小鳥逃命反投進去送命了。那裡一起有三十多人，都穿得很華麗，扮成牧童或牧羊姑娘。他們讀過堂吉訶德的故事，知道這主僕倆。堂吉訶德和桑丘一到，消息馬上就傳開了，大家都非常開心。他們進了帳篷，只見裡面已經擺上豐盛精潔的筵席；堂吉訶德是貴客，推他坐了首位。大家推他坐了首位。人人都看他，覺得他怪。飯罷撤去杯盤，堂吉訶德提高了嗓子，朗朗地說：

「世上最大的罪過有人說是驕傲，我卻說是不知感激。老話不說嗎，『地獄裡盡是沒良心的人』。我自從懂得是非善惡，總留心不犯這個罪。我受了人家的好處，如果不能報答，就存著一個感激圖報的心；這樣還覺得抱歉，就把受到的好處廣為宣揚。一個人受了好處老掛在嘴上，他力能從心的時候也準會報答。一般說來，受惠的人處境總比較差些。譬如說吧，上帝至高無上，仁慈普及，人間的恩惠相形之下就微小得不足道了。受了恩惠無法補報，只好靠一片感激之心來稍加填補。我多承你們招待，可是沒力量照樣兒答謝，只好盡我的心，用我自己的辦法圖報。我

19　安泰翁（Antéon）是阿克泰翁（Actéon）之誤。據希臘神話，阿克泰翁出獵，撞見女神黛安娜出浴光著身子；黛安娜老羞成怒，把他變成一頭鹿，給他自己的獵狗咬死。後人往往把這個阿克泰翁和地神之子、巨人安泰翁相混。

打算在這條通往薩拉果薩的大道上駐守兩天，叫來往行人承認這兩位喬裝的牧羊姑娘是全世界最文秀美麗的小姐。不過有一句話請各位別見怪：我一心愛慕的絕世美人杜爾西內婭·台爾·托波索小姐，她們還比不上呢。」

桑丘留心聽主人說完，大嚷道：

「世界上怎麼有人敢一口咬定我這主人是瘋子呢？您幾位牧羊的先生小姐們說說吧，教區神父不論多麼有識見、有學問，能講出我主人這番議論嗎？游俠騎士不論成名多大，敢提出我主人提的話嗎？」

堂吉訶德羞急得滿面通紅，轉向桑丘道：

「哎，桑丘，找遍全世界，能有誰不說你裡外都是傻瓜呢？不光是傻，還帶著點兒混！我的事要你來管嗎？我是不是瘋子由你斷定嗎？閉上嘴巴，不用你答話！你且去瞧瞧駑騂難得，要是沒套上鞍轡，就給套上，咱們說了話得照著幹！真理在我的一邊；誰敢道個不字，注定輸在我手裡！」

他滿面怒容，氣呼呼地起身。旁人都很詫怪，拿不定他究竟是不是發瘋。他們勸他別這樣要挾人，他感恩圖報的心意是舉世共知的，他的勇敢也無需再加證明，記載他豐功偉績的書上已經講得夠多了。可是堂吉訶德堅持他原先的主意，騎上駑騂難得，挎上盾牌，拿起槍，跑去站在離草地不遠的大路當中。桑丘騎著灰驢跟在背面，一群牧歌裡的人物也跟著，急要他瞧瞧他那番新奇狂妄的挑釁怎麼結束。

堂吉訶德就那樣站在路當中大聲喊話，響徹雲霄，說道：

「嚕！從現在起，往後兩天以內，凡是在這條路上來往的過客，不論騎士侍從，步行的、騎馬的，都請聽著：游俠騎士堂吉訶德．台．拉．曼卻駐守在這裡，有件事要你們大家承認！天下最文秀美麗的小姐，除了我意中人杜爾西內婭．台爾．托波索小姐，就數這草地上和樹林裡的幾位美女了。誰說不對，上來吧，我在這兒等著他呢！」

他連嚷兩遍；沒一人路過。可是造化對他的捉弄愈來愈妙。他才站了一會兒，只見路上來了一大群騎馬的，有許多還拿著長槍，挨挨擠擠，疾馳而來。跟著堂吉訶德的那夥人一見，知道待在那裡會有危險，立即轉身遠避。只有堂吉訶德毫無畏懼，站定在那裡；還有桑丘躲在駑騂難得臀後。那群拿長槍的人跑近前來，打頭一個向堂吉訶德大喊道：

「快讓路呀！你這個不要命的傢伙！這群公牛踩得你粉身碎骨呢！」

堂吉訶德答道：「嘿，你們這夥暴徒！公牛算什麼！即使哈拉瑪兩岸最猛的公牛[20]，也不在我眼裡！你們這群混蛋，我剛才已經把話說開了，你們不一口承認，就得和我決鬥！」

原來有個鎮上過一天要鬥牛，先把這群凶猛的公牛趕去圈上。領隊的是幾頭馴牛，另有大批牧人和圈牛的人護送。這大群的牲口和人潮水般湧上來。說時遲，那時快，那趕牛的不及答話，堂吉訶德要躲也來不及，他和桑丘連人帶坐騎全撞翻在地，遭了踐踏。桑丘踩得腰塌背折，堂吉訶德驚慌失措，灰驢負傷，駑騂難得也不健全了。他們好容易又站起身來。堂吉訶德忙磕磕絆絆追上去，一面嚷道：

「你們這群混蛋！慢走一步！等著你們的不過是個單身的騎士！儘管說，『如果敵人逃跑，

20　哈拉瑪（Jarama）是塔霍河的支流，在新加斯底利亞境內，河兩岸出產的公牛以凶猛善鬥著稱。

為他們建一座銀橋』[21]，我可不是那個脾氣，也不贊成那句話。」

疾馳而去的隊伍並不停步，只把他的恫嚇當作耳邊風。堂吉訶德疲憊不堪，只好停下。他沒出得這口氣，反而添了懊惱，坐在路邊等桑丘、駑騂難得和灰驢前來；然後主僕倆都上了坐騎；他們沒回到喬裝牧羊人的樂園去辭行，兩人掃盡了興，丟盡了臉，繼續趕路。

21　西方兵法成語，略如我國古人所說：「窮寇莫追。」

# 第五十九章

## 堂吉訶德遭到一件奇事，也可算是巧遇。

堂吉訶德和桑丘受了那群公牛的衝撞踐踏，渾身塵土，筋疲力盡，虧得在綠樹蔭裡發現一泓清泉；他們讓灰驢和駑騂難得卸下鞍轡，讓牠們鬆散一下，自己就在水邊坐下歇歇。桑丘從褡褳口袋裡掏出些乾糧，又拿出些熟肉。堂吉訶德漱了口，洗了臉；清涼一下，精神也爽朗些。他心上氣惱，不想吃東西；桑丘謹守禮貌，主人沒吃，不敢先嘗。可是他瞧主人只顧出神，不把麵包往嘴邊送，也就不客氣了。一聲不響，把擺著的麵包和乾酪盡往肚裡塞。

堂吉訶德說：「桑丘朋友，吃吧，你性命第一，得吃飽活命。我倒了楣滿肚子煩惱，乾脆讓我氣死算了！桑丘啊，我一輩子是活著掙命；你呢，死也得吃飽肚子。我這話是認真的，不信，你只要瞧瞧：我是史書上記載的人物，武藝赫赫有名，行動彬彬有禮，貴人們尊敬，姑娘們愛慕；我正想靠自己英雄事業，博得舉世聞名，誰料今天卻讓那群骯髒的畜生踢呀踩呀，作踐個夠。我想到這裡，滿口的牙都軟了，手也麻痹了，胃口也倒盡了，寧願找個最慘的死法，叫自己活活餓死！」

桑丘忙著咀嚼，一面騰出嘴來說：「照你這樣，老話說的『死也做個飽鬼』，您大概不會贊

NARRO

成囉。我反正不想自殺。我只想學皮匠的辦法：咬住皮子使勁兒撐，要多長，撐多長。我吃飽肚子，聽憑老天爺讓我活多少日子。我告訴您，先生，最傻的事就是像您這樣命都不要。您聽我的話：吃點兒東西，在這片草地上睡一會兒。您瞧吧，等您醒來，心上就不這麼氣悶了。」

堂吉訶德覺得桑丘這番話並不傻，頗有明哲保身的道理，就採納了。他說道：

「桑丘啊，我有件事要跟你講講；你要是肯聽我，就給我減掉些煩惱，我心上一定會輕鬆些。我聽你的話去睡覺。你就走遠幾步，解開衣服，用駑騂難得的韁繩把自己鞭打三四百下。你要解救杜爾西內婭，還欠著三千多鞭呢；你還掉點兒債吧。那可憐的小姐只為你漠不關心，直擺脫不了纏身的魔法，多苦惱呀！」

桑丘說：「這話不妨從長計議。咱倆且睡一會兒，將來聽憑上帝吩咐就是了。您知道，一個人不乘著一股子猛勁，下不了手鞭打自己；身體不壯實，尤其肚裡空虛的時候更辦不到，請杜爾西內婭小姐耐心點兒；她會出乎意外，發現我把自己打得滿身鞭痕呢。『只要不死，盡有日子』[1]；就是說呀，我還活著，答應的事總是要做到的。」

堂吉訶德謝了桑丘，然後吃了點東西；桑丘大吃一頓，兩人就躺下睡覺，讓駑騂難得和灰驢那一對形影不離的朋友隨意在那片豐茂的草地上啃青。他們醒來已經黃昏時分，兩人又騎上牲口趕路。一哩瓦外好像有客店在望，他們忙趲著牲口跑去。我這裡說客店，因為堂吉訶德不像往常把客店當作堡壘，他說的是客店。

他們到了那裡，問店主有沒有客房。店主說，不但有客房，凡是吃的、喝的、用的，只要薩

1 西班牙諺語。

拉果薩有，他店裡一應俱全。主僕倆下了牲口，桑丘領了客房的鑰匙，把糧袋放在屋裡。他讓主人坐在大門口石條上，自己把牲口帶到馬房裡，餵了一頓草料，再出來伺候主人。這回他主人沒把客店當作堡壘，他特別感謝上天。他們將近晚飯才回屋，桑丘問店主有什麼吃的。店主說：瞧客人口味吧，要吃什麼，就點什麼；天上的飛鳥，地下的家禽，海洋裡各色各樣的魚，店裡全都供應。

桑丘說：「不用那麼許多，給我們烤一對童子雞就行。我主人身體弱、吃得少；我自己也不太貪嘴。」

店主說沒有童子雞，都給老鷹抓走了。

桑丘說：「那麼勞駕給烤一隻嫩嫩的小母雞吧。」

店主說：「小母雞嗎？啊呀，我的爹，老實告訴您，昨天我進城去賣了五十多隻。除了小母雞，您要什麼，隨便點吧。」

桑丘說：「照這麼說，小牛肉或小羊肉總短不了吧？」

店主人說：「今兒個店裡沒有，剛吃完，下星期可多的是。」

桑丘說：「真是遠水不救近火了！這樣沒有，那樣沒有，看來大概就是鹹肉和雞蛋多得很。」

店主答道：「沒什麼說的，您這位貴客真是死心眼兒！我剛說了沒有母雞，老的小的都沒有，叫我哪來雞蛋啊！酌量吃點別的美味吧，別要天鵝肉。」

桑丘說：「店主先生，你有什麼東西，乾脆說吧；咱們有什麼吃什麼，甭再囉嗦了。」

店主說：

「我有一對小牛蹄似的老牛蹄，或是老牛蹄似的小牛蹄。這是千真萬確的；我已經加上豆子、蔥頭和鹹肉，燉在火上了，這會兒正在叫人『來吃吧！來吃吧！』」

桑丘說：「好！這份兒菜不要讓別人碰，我就定下了！絕不少給錢！我最愛吃這東西；隨它老牛蹄、小牛蹄，我都一樣。」

店主說：「沒人碰；這裡的客人很高貴，廚子、買辦和伙食都自己帶。」

桑丘說：「要講高貴，誰也比不上我主人，不過他有職務，不能把伙食房帶在身邊。我們躺在草地上，把橡樹子和山楂當飯吃。」

店主問桑丘他主人是幹什麼的；桑丘不願意回答，他們的談話就到此為止。堂吉訶德在屋裡等吃晚飯，店主把牛蹄子連沙鍋端上，自己也老實不客氣坐下同吃[2]。堂吉訶德這間房和鄰屋只隔著薄薄一層板壁，堂吉訶德聽得那邊好像有人說話：

「我說呀，堂黑隆尼莫先生，這會兒晚飯還沒開上，咱們把《堂吉訶德・台・拉・曼卻》的第二部再念一章吧[3]。」

堂吉訶德聽到自己的名字，立刻起身，豎起了耳朵；只聽得堂黑隆尼莫答道：

「堂胡安先生，讀過《堂吉訶德・台・拉・曼卻》第一部，再讀這第二部就索然無味了。全是胡說八道，讀它幹麼呀！」

堂胡安說：「讀讀也好，『一本書不論多糟，總有點好的東西』[4]。不過我最生氣的是書上形

2　當時西班牙的風俗，客店主常和旅客同桌吃飯。
3　指本書下冊，〈前言〉中提到的阿維利亞內達的《堂吉訶德・台・拉・曼卻》第二部（一六一四年出版）。
4　引普利尼語，參看本書下冊，第三章，注12。

容堂吉訶德拋棄了杜爾西內婭．台爾．托波索。」

堂吉訶德聽見這話，勃然大怒，嚷道：

「誰說堂吉訶德．台．拉．曼卻拋棄了杜爾西內婭．台爾．托波索，或者將來會拋棄她，我就和他拚死命，叫他知道絕沒有這種事！絕世美人杜爾西內婭是拋不開的，堂吉訶德也不是會拋棄她的人。他處世為人的方針是忠貞不二，一輩子死心塌地奉行這句話。」

隔壁的人問道：「誰在和我們答話呀？」

桑丘說：「答話的就是堂吉訶德．台．拉．曼卻本人！除了他還有誰！他說到做到，怎麼說就怎麼幹。『還得了帳，不心疼抵押品。』[5]」

桑丘話還沒完，兩個紳士裝束的人已經進屋來了。一個抱住堂吉訶德的脖子說：

「見了您的面，就知道名不虛傳。不用說，您先生就是游俠騎士的啟明星、北斗星，堂吉訶德．台．拉．曼卻的真身！瞧這本書，作者要冒您的名、奪您的功呢；這只能是妄想。」

他一面把同伴手裡的書交給堂吉訶德。堂吉訶德一言不發，就翻來看；看了一會，還給那紳士說：

「我略微翻了一下，就發現三件事豈有此理。第一是序言上的幾句話[6]。第二是用的阿拉貢語，因為有時不用冠詞。第三是重要的情節不合事實，尤其顯得作者愚昧無知。我侍從桑丘．潘沙的老婆叫泰瑞薩．潘沙，這裡卻把她叫做瑪麗．谷帖瑞斯[7]。這麼關鍵的事都出毛病，其他就可想而知了。」

桑丘插嘴道：

「這種人也算得歷史家呀！把我老婆泰瑞薩．潘沙叫做瑪麗．谷帖瑞斯！那麼對咱們的事還會搞得清嗎？先生，您再瞧瞧書上有沒有我，改了名字沒有？」

堂黑隆尼莫說：「朋友，聽你口氣，一定是堂吉訶德先生的侍從桑丘・潘沙！」

桑丘說：「是啊，這是我臉上有光彩的事呀！」

那紳士說：「不用說，這本新書的作者污蔑了你；你分明是個正經人，他卻把你寫成個饞嘴佬，而且頭腦糊塗，毫無風趣，和你主人第一部傳記裡的桑丘竟是兩個人了。」

桑丘說：「上帝原諒他吧。我又不礙著他，何必理會我呢！『樂器讓內行人吹彈』，『聖貝德羅在羅馬過得很好』[8]呀。」

兩位紳士知道那家客店的伙食很差，堂吉訶德準吃不慣，就請他過去同吃晚飯。堂吉訶德向來近人情，領受了他們的邀請；那只沙鍋就留給桑丘去做主人了。桑丘坐了首位，店主人同桌坐下；那鍋老牛蹄或小牛蹄兩人一樣愛吃。

晚飯時堂胡安向堂吉訶德探問杜爾西內婭・台爾・托波索小姐的情況。她結婚了嗎？生過孩子嗎？懷過孕嗎？如果是黃花閨女，那麼，儘管她守身如玉，對堂吉訶德先生也心心相印嗎？堂吉訶德答道：

「杜爾西內婭是閨女，我對她的心沒那麼樣的堅定，可是我們倆的交情還是那樣兒。她相貌

---

5　西班牙諺語。
6　參看本書下冊，〈前言〉，阿維利亞內達嘲笑塞萬提斯年老殘廢；又說他心懷嫉妒等等。
7　作者在本書上冊，第七章曾用過這個名字。
8　兩句西班牙諺語。

變得像個粗蠢的鄉下姑娘了。」

他就把杜爾西內婭小姐怎麼著魔，他在蒙德西諾斯地洞裡怎麼碰見她、梅林法師叫桑丘吃多少鞭子為她解除魔法等等一五一十告訴那兩位紳士。他們親耳聽到這些奇聞，高興得不得了；事情這麼離奇，講得又這麼引人入勝，他們嘖嘖稱奇。堂吉訶德一會兒好像很明白曉事，一會兒成了失心瘋，他們拿不定他究竟在這兩頭中間的哪一處。

桑丘吃完晚飯，撇下醉飽的店主到他主人那裡去。他進門說道：

「兩位先生，我可以打賭，您那本書的作者和我是說不到一塊兒的。據您兩位講，他把我說成了饞嘴佬；我但願別又把我說成醉鬼。」

堂黑隆尼莫說：「他是把你說成醉鬼了。我不記得怎麼說的，只覺得話很刺耳，而且我一看這位好桑丘的面貌，就知道那是謊話。」

桑丘道：「您兩位聽我說吧：那故事裡的桑丘和堂吉訶德是另外兩人，不是我們；熙德·阿默德·貝南黑利寫的才是我們倆：我主人是勇敢、聰明、多情的，我是個逗樂的死心眼兒，並不害饞癆，也不是酒鬼。」

堂胡安道：「你說得不錯。從前亞歷山大大帝下令：他只准許阿沛雷斯[9]為他畫像，別人都不許。假如辦得到呀，也該照樣下令：堂吉訶德的事業，只許那原作家熙德·阿默德記述，別人都不許插手。」

堂吉訶德說：「誰愛寫我，隨他寫吧，可是別糟蹋我；一味污蔑叫人忍耐不下。」

堂胡安說：「堂吉訶德先生受了什麼污蔑不能報復呀！我覺得他的耐心像一面又堅固又闊大的盾牌，把種種污蔑都頂住了。」

他們閒聊著消磨了大半夜。堂胡安勸堂吉訶德把那本書再多看些，瞧講的是什麼。堂吉訶德不肯，說只算已經讀過了，斷定全書都荒謬。作者萬一知道這本書堂吉訶德讀過，就該得意了；幹麼長他人的志氣呀！一個人該心裡乾淨，更該眼裡乾淨，不該接觸醜惡骯髒的東西。兩位紳士問堂吉訶德打算到哪裡去。他說要到薩拉果薩去參與年年舉行的錦標賽[10]。堂胡安說，這部新書裡描寫堂吉訶德參加了一項挑圈競賽[11]，不管那堂吉訶德是誰吧，反正那項競賽寫得一點不生動熱鬧，武士的標語題簽[12]寥寥無幾，服飾非常簡陋，只是一疊連的胡說八道。

堂吉訶德說：「我正為這個緣故，決計不到薩拉果薩去了。這就可以向全世界揭破這本新書作者的謊話，讓大家知道我不是他寫的那個堂吉訶德。」

堂黑隆尼莫說：「您這辦法很好。巴塞隆納也有比武，堂吉訶德先生可以到那裡去顯身手。」

堂吉訶德說：「我也這麼打算。時候不早，兩位請睡吧，我就告別了。希望您兩位把我當作一個朋友，讓我為兩位效勞。」

桑丘說：「我也這麼說；也許我對兩位也能有點兒用處。」

堂吉訶德和桑丘告辭回屋。堂胡安和堂黑隆尼莫想不到堂吉訶德的識見和傻氣是混在一起分不開的。他們拿定這兩人是真正的堂吉訶德和桑丘，阿拉貢作者寫的是假冒的。

9 阿沛雷斯（Apeles），西元前四世紀古希臘大畫家。

10 指每年為紀念聖喬治而舉行的三天比武。

11 比武分兩部分：前一部分比武力的強壯；後一部分比技巧的嫻熟。挑圈競賽屬於後者。

12 比武的騎士照例都有自己奉行的標語或題簽。

堂吉訶德清早起來，拍著板壁和那邊兩位房客告別。桑丘付帳很大方，還奉勸店主對本店的伙食少吹噓些，或者多置辦些。

# 第六十章

## 堂吉訶德到巴塞隆納；他一路上的遭遇。

堂吉訶德清早出客店很涼快，看來是個涼爽的天。他先打聽了哪條路不經薩拉果薩而直達巴塞隆納。他聽說那部新出的故事把他污蔑得不像話，所以一心要揭破作者的謊言。他們走了六天，無話即短。第六天他們剛離開大道，走進濃密的樹林，太陽就下山了。熙德・阿默德向來敘事精確，這次卻沒說明成林的是橡樹還是軟木樹。

主僕倆下了牲口，靠樹坐著休息。桑丘吃了一飽，馬上就睡熟了。堂吉訶德卻合不上眼；他是心上有事，倒不是肚子餓。他神思飄忽，一會兒好像在蒙德西諾斯地洞裡；一會兒看見杜爾西內婭變成鄉下姑娘，一蹦就跳上了小母驢；一會兒聽見梅林法師在告訴他，按什麼條件、用什麼辦法來解除杜爾西內婭的魔纏。他想到自己的侍從桑丘毫不上勁，漠不關心，只好乾著急。照他估計，桑丘才打了自己五下，比了他虧欠的數字簡直天懸地隔。他非常焦急，暗想：「從前亞歷山大大帝劈開了戈迪烏斯的結子說：『劈開就算解開』[1]；他果然統治了全亞洲。我如果不顧桑

1 傳說佛利幾亞國王戈迪烏斯用繩子拴住他的車，打了一個解不開的結子。神啟示說：解開這個結子的人要統

丘願不願，硬把他鞭撻一頓，說不定也能解救杜爾西內婭。講定只要桑丘挨三千多鞭子，杜爾西內婭就能消災脫離，那麼管他是自己打的還是別人打的呢？反正打足那個數目就行了。」

他這麼一想，忙拿了馬韁繩準備當鞭子使，跑到桑丘身邊去。桑丘的褲子由幾條皮帶扣住上衣；可是大家知道他只扣著前面一條。堂吉訶德剛動手去解他那條帶子，桑丘就清醒了，說道：

「誰？誰摸索我，解我的腰帶啊？」

堂吉訶德答道：「是我；我來替你盡責，我心上也可以鬆快些。桑丘，我要鞭撻你，問你討回點兒債。杜爾西內婭直在受苦，你滿不在乎，我真是心焦得要死了。這裡背靜，你乖乖地自己解下褲子，讓我至少打你兩千鞭吧。」

桑丘說：「那不行，您可別動手動腳；要不，我憑上帝發誓，一定鬧得聾子都聽見。我欠下的鞭子得我自願還帳才行，不能逼債。我這會兒不想吃鞭子呢。反正我向您保證，等我幾時高興，一定把自己拍打幾下。」

堂吉訶德說：「不能隨你，桑丘。你心腸硬；雖是鄉下佬，皮肉偏又嬌嫩。」

他就動手硬要解桑丘的腰帶。桑丘瞧他那樣，忙跳起來，撲上去一把扭住，揮拳就打；又伸腳一勾，叫他摔了個臉朝天，然後把右膝跪在他胸口，捉住他雙手。叫他動彈不得，連呼吸都困難。堂吉訶德說：

「怎麼了？你想造反嗎？你吃了主人家的飯，卻動手打起主人來了？」

桑丘說：「『我沒有廢君立君，不過是保衛主人』[2]——我就是自己的主人。您答應躺著不動，這會兒也不鞭撻我，我就放您；不然的話，

『判徒！堂娜桑卻的敵人！
我馬上就要你的命！』[3]」

堂吉訶德一口答應，發誓連桑丘外衣上的絨毛都一根不碰；桑丘什麼時候鞭撻自己，聽他自便。桑丘這才起身。他走得老遠，打算靠著另一棵樹休息，忽覺腦袋上什麼東西碰了一下，舉手摸到兩隻穿著鞋襪的人腳。他嚇得渾身亂顫，忙跑到另一棵樹旁，又是那樣，就急得大喊堂吉訶德救命。堂吉訶德過來問他出了什麼亂子，什麼事害怕。桑丘說，樹上掛滿了人腳人腿。堂吉訶德摸了一下，明白是怎麼回事，就對桑丘說：

「咱們大概離巴塞隆納不遠了；那地方官府捉到土匪和強盜，往往把二三十個一起掛在樹上絞死。你甭害怕，你黑地裡摸到的準是他們的腿和腳。[4]」

堂吉訶德一語道著了。

曉色朦朧，他們抬眼看見累累滿樹都是屍體。他們看了這許多死強盜很吃驚，不料天亮了又跑來了四十多個活強盜，把他們團團圍住；這一驚更非同小可。那夥人一口加泰隆尼亞話，叫他

---

治亞洲：亞歷山大大帝解不開結子，就揮劍劈開了結子。「劈開戈迪烏斯的結子」喻快刀斬亂麻地解開難題。

2　西班牙成語，相傳加斯底利亞王貝德羅一世被弟弟殺死，當時弟弟的侍僮幫主人把貝德羅一世絆倒，嘴裡說了這句話。

3　引用民歌裡的句子。

4　塞萬提斯的時代，加泰隆尼亞省（Cataluña）多盜，尤其在省城巴塞隆納附近。

們不許動，等他們的頭領來發落。當時堂吉訶德毫無防備，馬沒有套上鞍轡，長槍倚在樹上，自己空手站著。他覺得還是雙臂交抱著胸口，低頭等待時機為妙。

強盜搜查灰驢，把褡褳袋和手提包裡的東西搶劫一空。桑丘總算運氣，公爵送的和家裡帶出來的艾斯古多都在貼肉纏著的腰包裡。可是這群好漢就連藏在皮肉中間的東西都會搜刮去，虧得他們的頭領這時跑來了。他大約三十三四歲，體格很結實，中等以上身材，黑黝黝的皮膚，神情很嚴肅。他騎一匹高頭大馬，身披鐵甲，腰兩側分插著四支小火槍。他看見那夥嘍囉（他們之間所謂「侍從」）搜索桑丘．潘沙，就喝令住手。他們立即聽命，桑丘的腰包總算倖免。強盜頭子看見一支長槍倚在樹上，一面盾牌放在地上，堂吉訶德渾身披掛，那憂鬱的模樣，就像整個人都是憂愁苦悶凝成的。他就過去說：

「老哥，別喪氣，你沒有落在殺人不眨眼的魔君手裡，我羅蓋．吉那特[5]寬大為懷，不是狠心人。」

堂吉訶德答道：「啊呀！原來你就是英名蓋世的羅蓋！我喪氣不是因為落在你們手裡；我不是給逮，只為自己太不經心，沒備上馬就給你手下勇士捉住。按我奉行的游俠騎士道，我該是自己的哨兵，得時刻戒備。我告訴你，英雄羅蓋，假如他們來的時候我拿著長槍盾牌騎在馬上，要我投降可沒那麼容易！我是堂吉訶德．台．拉．曼卻，我的豐功偉績是舉世聞名的。」

羅蓋．吉那特一聽就知道這人不是吹牛，而是有點瘋癲。他常聽人講起堂吉訶德，對這人的所作所為並不信以為真，也不能理解一個人怎麼那樣發瘋。他現在碰到堂吉訶德了，可以就近瞧瞧傳聞的虛實，所以很高興，說道：

「勇敢的騎士啊，別懊惱，你這會兒未必倒楣，說不定正由你這點錯失，背運會往好轉。老天爺常有世人意想不到的曲折，把跌倒的人扶起，叫窮人變成富人。」

堂吉訶德正要道謝，背後傳來一陣馬蹄聲。馬只有一匹，馳馬而來的是個小伙子，約莫二十來歲，穿一套滾金花邊的綠色錦緞騎馬褲和寬大的短上衣；帽上像瓦龍人[6]那樣斜插著羽毛；稱腳的皮靴上打著蠟，一對馬刺、一柄匕首、一把劍都是鍍金的；他手裡拿一支小火槍，腰左右各插一支手槍。羅蓋聞聲回頭，看見這漂亮少年上前來對他說道：

「大勇士羅蓋呀，我是來找你的；我遭了禍，你縱然救我不了，也可以助我一臂之力。你不會認識我；讓我自己介紹吧，免得你摸不著頭腦。我是你好朋友西蒙・佛爾德的女兒克勞迪婭・黑隆尼瑪。我爸爸的死冤家克拉蓋爾・多爾瑞利亞斯也是你的冤家，他那幫人是和你作對的。你知道，這多爾瑞利亞斯有個兒子名叫堂維山德・多爾瑞利亞斯——反正不到兩小時前有這麼個姓名的人。他就是我這樁禍事的根苗。我不囉嗦了，只簡單講講怎麼回事。他看中了我，向我求情；我沒有拒絕，瞞著爸爸也愛上了他。姑娘家儘管躲在家裡不見外人，她要愛上人總有機會。乾脆說吧，我們倆訂下了婚約；不過我們的交情只到此為止。我昨天聽說他背約要娶別人，今天早上結婚。我又急又氣，按捺不住，趁我爸爸出遠門還沒回來，忙穿上這套衣服，騎著這匹馬拚命去趕堂維山德，離這兒大約一哩瓦追上了他。我沒去向他抱怨或聽他推諉，就對他開槍了；先用這支火槍，接著又用了這兩支手槍。我相信他身上中的子彈絕不止兩顆。我濺了他的鮮血，爭

5 西班牙人民所愛戴的俠盜，一六一一年帶著部下二百人投誠，轉入那不勒斯境，把部下組成軍隊，自己當了隊長。

6 比利時南部居民。

回了自己的體面。他有一群傭人圍繞著，我就撇下他走了。他們沒敢抵抗，也沒那本事！我現在要請你把我送到法蘭西去投靠親戚，還求你保護我父親，別讓堂維山德一幫的那許多人放肆報復。」

羅蓋想不到克勞迪婭這麼個美人卻是敢作敢為的女俠，竟幹出這等事來。他說：

「來吧，小姐，咱們且去看看你那冤家死了沒有，再斟酌下一步該怎麼辦。」

堂吉訶德留心聽著兩人說話，這時插嘴道：

「這位小姐不用別人保護，這是我的事！把我的馬匹和兵器拿來，你們在這裡等著我。我去找那紳士，管他是死是活，一定叫他說了話當話，對得住這位美麗姑娘。」

桑丘說：「我主人作成人家的婚姻很有一手，你們儘管放心。有個小伙子也是訂了婚又賴婚，前幾天由我主人成全了他們的姻緣。要不是魔法師和我主人搗亂，把那小伙子變成了小廝，那姑娘這會兒早已不是閨女了。」

羅蓋關念著克勞迪婭美人的事，並沒聽見他們主僕的話。他吩咐嘍囉們把灰驢馱帶的東西全還給桑丘，各自退守昨晚派定的崗位；他隨即和克勞迪婭飛馬去找堂維山德；瞧他受了傷是否死了。他們到了克勞迪婭向堂維山德開槍的地方，不見那人，只見地上新濺的鮮血；放眼四望，看見山頭一簇人，料想是堂維山德的傭人，或是抬著主人的屍體去埋，或是人還活著，送去治療。他們料得不錯。兩人急急追去；那群人走得慢，一下就追上了。只見堂維山德由那些傭人抱著，奄奄一息地求他們把自己放下，讓他死吧，他傷口疼痛得不能忍受了。

克勞迪婭和羅蓋跳下馬，趕到他身邊。那些傭人看見羅蓋嚇得戰戰兢兢；克勞迪婭見了堂維山德心情激動，雖然鐵青了臉，還未免有情，近前去握住他雙手說：

「你要是不負心背約，哪會到這個地步。」

受傷的人睜開半閉的眼睛，看見克勞迪婭，說道：

「漂亮的小姐，你準是有什麼誤會了。我知道是你對我下毒手。你怎麼對得起我的一片情意呢？我想的事、幹的事，都沒有一分一毫辜負了你。」

克勞迪婭說：「你今天不是要和富農巴爾瓦斯特羅的女兒蕾歐諾拉結婚嗎？難道那是沒影兒的事？」

堂維山德說：「確實沒影兒。是我的災晦，叫你聽到這個消息，一生氣要了我的命。我死在你的手裡和你的懷裡，就很幸福。你如果願意，咱們握手行了婚禮吧；你就知道我剛才說的都是真話。你既然以為我辜負了你，那麼我這樣賠禮再好沒有了。」

克勞迪婭緊握著堂維山德的手，悲傷得倒在他血污的胸口。他一陣抽搐，也死過去了。羅蓋慌了手腳；那些傭人忙舀了些涼水，對他們臉上噴灑。克勞迪婭甦醒過來，堂維山德卻一命嗚呼了。克勞迪婭看到親愛的丈夫已經死去，呼天搶地的大哭。她把自己的頭髮揪下亂扔，把臉皮也抓破，做盡傷心人表示悲痛的種種舉動。

她自怨自責道：「顧前不顧後的狠心女人啊！你真是輕率，怎麼由著壞心擺布，幹出這等事來！為愛情賭氣，就喪心病狂了！我的丈夫呀，我愛你卻是害你，把你從洞房推進墳墓！」

克勞迪婭哭得非常傷心，向來不慣流淚的羅蓋也陪著流淚了。那些傭人都哭了，克勞迪婭哭暈了幾次；山頭上一片悲聲。羅蓋・吉那特吩咐堂維山德的傭人把屍體抬到主人家所在的附近村上去埋葬。克勞迪婭告訴羅蓋她已經看破世情；她有個姑母是修道院長，她打算進修院奉事上帝了卻餘生。羅蓋稱讚她主意打得好，還答應不論她到哪裡，他都願護送，如果堂維山德的親屬或任何人冒犯她父親，他一定抵制。克勞迪婭堅絕不要他送，忍淚謝了他，就哭著走了。堂維山德的屍首由他的傭人抬走；羅蓋也回到同夥那裡去。克勞迪婭・黑隆尼瑪的戀愛就這樣了結。這又何足怪呢？她這段傷心史都由吃醋賭氣造成；醋海風波是凶險的，能斷送一切。

羅蓋・吉那特回去，看見嘍囉們還守在指定的地方，堂吉訶德騎著駑騂難得正在他們中間演說呢。他說做強盜性命難保，靈魂還得受罪，勸他們改行。可是他們多半是粗獷的加斯貢人，聽不進堂吉訶德的話。羅蓋一到，就問桑丘・潘沙，灰驢馱帶的財物歸還沒有。桑丘說還了，不過還欠三塊頭巾，一塊足足抵得過一座城池的價值。

旁邊一人說：「這傢伙！胡說什麼呀？頭巾在我手裡，值不了三個瑞爾。」

堂吉訶德說：「這話不錯。不過我侍從也有道理；那是人家送的，物輕情意重。」

羅蓋叫那人立刻把三塊頭巾還給桑丘。他命令部下一翅兒排開，把上次分贓以來搶到的衣服、珍寶、錢財全通拿出來放在面前。他一眼就估定了價值，分不開的折成錢，然後分給大家。他分得非常公平，沒一點偏差。大家都稱心滿意。羅蓋分完了，對堂吉訶德說：

「要是不能分得這麼均勻，休想和他們合夥。」

桑丘插嘴道：

「我這會兒看到了公平真是好，連強盜也非公平不可。」

一個嘍囉聽見這話，舉起槍柄要打桑丘；要不是羅蓋・吉那特大聲喝住，他準把桑丘打得頭開腦裂。桑丘嚇軟了半邊，打定主意，和這幫人在一起，再也不開口了。

有些嘍囉守在路旁窺伺來往的人，這時跑來報告羅蓋：

「頭領，離這兒不遠，到巴塞隆納去的路上來了大隊人馬。」

羅蓋說：「來找咱們的，還是咱們要去找的？看得出嗎？」
那嘍囉說：「正是咱們要找的人。」
羅蓋說：「那麼全夥出動，馬上把他們押來，別跑掉了一個。」
大家奉命出發，只有堂吉訶德、桑丘和羅蓋留在那裡等著，瞧他們押些什麼人來。當時羅蓋對堂吉訶德說：
「堂吉訶德先生，您大概覺得我們這種生活很新奇吧？我們幹的事和遇到的事確實都新奇，而且都危險。我老實說，我們提心吊膽過日子，沒一刻安閒。我幹這一行是因為受了屈，要吐一口氣；那口怨氣，隨你性情多麼和平也是憋不住。我天生心腸軟，不肯害人。可是受了那場冤屈，一心要報復，就顧不得自己的好心善意，咬緊牙關上了這條路，『深淵和深淵的響應』[7]，壞事牽動壞事；我接二連三，不僅為自己報仇吐氣，別人有冤，也都由我來代打不平了。不過我靠上帝保佑，雖然走上了邪路，還指望能回到光明大道上來呢。」
堂吉訶德聽羅蓋說話和善近情，出乎意外，因為他以為殺人搶劫的傢伙沒一個好心眼。他說：
「羅蓋先生，治病第一得看準病情，開了藥還得病人肯吃。您現在是有病，也知道自己的病情；上天——該說上帝——是我們的醫師，會給您對症下藥。藥不是仙丹，不會一吃就好，可是吃下去逐漸會見效。還有一層，聰明人犯了罪，比笨人改得快。從您話裡可見您很明白。您只要勇於改過，耐著性子等待，良心的毛病自會漸漸好起來。如果您要找一條解救自己的捷徑，您就

7　引自《舊約》的〈詩篇〉，第四十二篇第七節。

跟我走吧；我教您做游俠騎士。您經歷了千艱萬難，借此吃苦贖罪，轉眼就可以升入天堂。」

羅蓋聽了堂吉訶德的勸告不禁大笑。他掉轉話頭，講了克勞迪婭・黑隆尼瑪的慘事。桑丘聽了非常傷心，因為他對那位姑娘的美麗、勇敢和潑辣都欽佩得很。

出去打劫的嘍囉回來了。他們押著兩個騎馬的紳士，兩個步行的朝聖者，一車婦女，六個護送的傭人，有步行的，也有騎馬的，還有跟那兩個紳士的兩名騾夫。嘍囉把擄來的一群人圍在中間；大家鴉雀無聲，等候羅蓋・吉那特大王發落。他就問兩個紳士是什麼人，到哪裡去，帶著多少錢。一個紳士答道：

「先生，我們倆是西班牙的步兵上尉。我們的部隊在那不勒斯。據說有四艘海船停在巴塞隆納，奉命要開往西西里島；我們是去上船的。我們身邊有二三百艾斯古多；當兵的向來窮，沒幾個錢，我們有這許多就很富裕了。」

羅蓋照樣又問那兩個朝聖者。據說他們打算上船到羅馬去，兩人的錢湊在一起大概有六十瑞爾。羅蓋又問車上是誰，到哪裡去，帶多少錢。一個騎馬的說：

「車上是我們女主人那不勒斯法院院長夫人堂娜玖瑪・台・基紐內斯；她帶著一個小女兒、一個使女、一個傅姆。我們六人是護送的，身邊有六百艾斯古多。」

羅蓋・吉那特說：「那麼，咱們一起有九百艾斯古多、六十瑞爾。我部下有六十來人。瞧每人該分多少吧，我不大會算。」

一群強盜聽了這話，齊聲高呼：

「羅蓋・吉那特長命百歲！誰要幹掉他就是狗強盜！休想！休想！」

被俘的一群眼看自己的錢要抄去了，兩個上尉神色焦急，法院院長夫人滿面愁容，兩個朝聖者也垂頭喪氣。他們的懊惱非常明顯。羅蓋讓他們著急了一會兒，卻不願他們挨熬，轉臉向兩個上尉說：

「兩位上尉先生請幫幫忙借我六十艾斯古多；法院院長夫人請幫忙借我八十，『修道院長靠唱歌吃飯』[8]，我部下這幫夥伴們得要點餉銀。回頭我給你們出一張通行證，你們拿了就可以自由走路，不受阻撓；儘管我還有部下分散在附近一帶，碰到也不會傷害你們。我絕不願意冒犯軍士和婦女，尤其是貴夫人。」

兩個上尉連連道謝，滿心感激，覺得羅蓋真是寬容大度，不拿他們的錢。堂娜玖瑪·台·基紐內斯夫人要下車來親吻羅蓋大王的手和腳，可是羅蓋怎麼也不答應，反請她原諒自己，幹了這凶惡的營生，不得已冒犯了她。這位法院院長夫人吩咐她傭人把她份裡的八十艾斯古多馬上交出來；兩個上尉已經掏出他們的六十艾斯古多。兩個朝聖的就要把他們的戔戔之數全部奉獻，可是羅蓋叫他們別忙；他對部下說：

「這許多艾斯古多你們每人兩個，餘下二十個；十個給兩位參拜聖地的，十個給這位好侍從，讓他給咱們江湖上揚揚名。」

羅蓋吩咐把隨身帶的文具拿來，寫了一張向部下頭目打招呼的通行證，交給那群被俘的人，就和他們告別，放他們上路。他們想不到羅蓋這樣豪爽大度，真是個非常人物，覺得這位鼎鼎大名的強盜頗有亞歷山大大帝之風。有一名嘍囉用半法語半西班牙語說：

「咱們這位頭領不配當好漢，只配做修士；以後他再要賣弄慷慨，用他自己的錢吧，別使我

8 西班牙諺語。

們的。」

這個倒楣傢伙聲音大了些；羅蓋聽見了，拔劍的把那人的腦袋險的劈作兩半，一面說：

「誰口吐狂言，肆無忌憚，我就這樣責罰！」

大家嚇怔了，誰也沒敢哼一聲。他們對他就是這麼服服貼貼。

羅蓋走過一邊去，寫信通知巴塞隆納城裡的一個朋友：眾口傳說的堂吉訶德•台•拉•曼卻正在他那裡，這位著名的游俠騎士是最有趣味最有識見的人；他羅蓋就要把這位先生送到巴塞隆納來，四天後，在施洗約翰的紀念日[9]，如到城外海邊去，就能見到他們主僕——騎士全身披掛，騎著駑騂難得；侍從桑丘騎驢跟隨。羅蓋囑咐朋友把消息傳給尼阿羅一幫朋友，讓他們拿堂吉訶德打趣取樂，可是別讓他的冤家加台爾一幫知道了來趁熱鬧[10]。不過這件事辦不到。因為堂吉訶德的瘋狂和高明，以及他侍從桑丘•潘沙的滑稽，注定是供全世界娛樂的。羅蓋派一名嘍囉送信；那人就喬裝成老鄉，混進巴塞隆納去。

9 指為耶穌施洗的聖約翰。按日期推算，這裡說的不是他生日（六月二十四日）而是他被希律王殺頭的日子（八月二十九日）。

10 尼阿羅（los Niarros）、加台爾（los Cadells）當初是敵對的兩個政黨，後來變為互相殘殺的兩幫強盜。

# 第六十一章

## 堂吉訶德到了巴塞隆納的見聞，還有些豈有此理的真情實事。

堂吉訶德和羅蓋在一起三天三夜；那裡的新鮮事兒層出不斷，即使是三百年也沒個窮盡。他們天亮在這裡，吃飯又在那裡；有時拔隊逃跑，卻不知躲誰；有時原地等待，也不知等什麼。他們站著睡覺，才做了半個夢，又轉移到別處去。他們成日成夜忙著放哨望風，吹旺火槍裡的引火繩；不過他們沒幾支火槍，多半用燧發槍。羅蓋不和部下一起過夜；他在哪裡總瞞著他們。因為巴塞隆納總督出了許多告示要他的命；他戰戰兢兢，對誰都不敢托大，怕自己部下行刺，或捉他去報功。他的生活真是辛苦得很。

羅蓋帶著堂吉訶德、桑丘和六個嘍囉抄荒僻小道到巴塞隆納。聖約翰節的前一晚，他們到了城外海邊。羅蓋擁抱了堂吉訶德和桑丘，給了桑丘上次許下的十個艾斯古多，和他們主僕客套了一番，鄭重告別。

羅蓋走了，堂吉訶德就在馬上等天亮。一會兒東方發白，晨光靜穆，照得花兒草兒欣欣向榮。忽又聽到悅耳的喇叭、銅鼓和鈴鐺聲，還有「走開！走開！靠邊兒！靠邊兒！」的喝道聲，好像有人從城裡出來。太陽要亮相，驅開朦朧曉色，露出它那個比盾牌還大的臉盤兒，從海上緩

NARRO

緩高升。

堂吉訶德和桑丘放眼四看，見到了生平未見的大海，浩浩渺渺，一望無際，比他們在拉・曼卻所見的如伊台拉湖大多了。海邊停著一艘艘海船，正在卸船篷[1]，可以看到上面張掛的許多彩帶和細長三角彩旗在風裡抖動，蘸拂著水面。船上喇叭、號角眾音齊奏，遠近軍樂一片悠揚。海船開動，在平靜的水面擺開交戰的陣勢。頓時有無數騎兵應戰似的從城裡奔馳而來，都制服鮮明，馬匹雄健，船上戰士連連放炮，城上也放炮回敬。城上炮聲震天，驚心動魄，海船的大砲也聲聲相應。大地如笑，海波欲話，天氣清朗，只有炮火的煙霧偶爾渾濁了晴空；這種情景好像使人人都興致勃發。桑丘不明白怎麼海上浮動著的龐然巨物會有那麼許多腳[2]。

那群穿制服的騎兵聲聲歡呼，吶喊著「利利利」[3]，奔馳到堂吉訶德面前，弄得他莫名其妙。其中一個是羅蓋通信的朋友；他高聲向堂吉訶德說：

「歡迎啊，游俠騎士道的模範和師表、啟明星和北極星——你的名稱一時上都說不盡。英勇的堂吉訶德・台・拉・曼卻歡迎您到我們城堡來！您是歷史家熙德・阿默德・貝南黑利筆下那位真實的堂吉訶德，不是那部騙人的新書裡偽造的冒牌貨。」

堂吉訶德還沒答話；那幾個騎兵不等他開口，領著隊伍圍了他左旋右轉，轉成個螺旋形。堂吉訶德回身對桑丘說：

---

1 這是遮陽擋雨的帆布頂篷。

2 指划船的槳。

3 或「雷利利」，阿拉伯人戰鬥和慶祝時的吶喊，參看本書下冊，第三十四章，注6。

「這些人認識咱們。我可以打賭，他們讀過咱們的故事，連阿拉貢人新出版的那部都讀過。」

和堂吉訶德攀話的那騎兵又轉過來說：

「堂吉訶德先生，請您和我們同走吧。我們都聽您差喚；我們是羅蓋・吉那特的好朋友。」

堂吉訶德答道：

「騎士先生，大概禮貌是貫穿連鎖的；羅蓋大王對我的盛情傳給你們，你們又對我這樣客氣。我一定跟隨你們，唯命是從；如有用我之處，我就更高興了。」

那位紳士也照樣客套一番，大隊人馬就簇擁著堂吉訶德，在喇叭銅鼓聲裡進城。魔鬼專幹壞事，小孩卻比魔鬼還壞。兩個頑童在堂吉訶德一夥進城的時候擠進人群，挨到他們身邊，一個掀起灰驢的尾巴，一個掀起駑騂難得的尾巴，各把一束荊棘插進牠們身體。兩頭可憐的牲口覺得劇痛，就夾緊了尾巴；一夾緊越發疼痛難熬，只顧亂蹦亂跳，把兩位主人都掀下地去。堂吉訶德又羞又窘，忙給他那匹老馬拔掉尾下的裝飾品；桑丘也給灰驢拔掉。帶領堂吉訶德的幾名騎兵要去打那兩個頑童，可是他們早混進周圍千百成群的孩子裡去，沒法奈何他們了。

堂吉訶德和桑丘又騎上牲口，還那麼緩步從容，隨著音樂，跑到帶頭那位紳士府上。那是個高門大宅；乾脆說吧，是個有錢人家。熙德・阿默德暫把他們主僕撇在那裡了，我們也就撇下他們再說吧。

# 第六十二章

## 一個通靈的人頭像，以及不能從略的瑣事。

堂吉訶德的東道主名叫堂安東尼歐・台・莫瑞諾。他是個有風趣的富紳。喜歡開開玩笑，可是不失分寸，不傷和氣。他既已把堂吉訶德請到家來，就想揭他的瘋狂給大家取樂，而又手段巧妙，不招他本人生氣。「惹人氣惱，不算玩笑」[1]；得罪了人取笑就不值一笑。堂安東尼歐一上來先請堂吉訶德卸下盔甲，讓他像上文屢見的那樣穿著麂皮緊身，到他家陽台上去亮亮相。陽台下臨城裡最熱鬧的大街，來往行人都望得見。許多大人小孩就像看猴兒似的擁著看堂吉訶德。制服漂亮的騎兵又在堂吉訶德面前馳驟，彷彿他們穿上節日服裝專供堂吉訶德檢閱的。桑丘高興無比，好像莫名其妙的又碰上卡麻丘結婚之類的事，或闖進了堂狄艾果・台・米朗達家或公爵府那樣的人家。

堂安東尼歐那天請幾個朋友吃飯；大家對堂吉訶德都恭恭敬敬，把他當游俠騎士看待。他洋洋得意，喜形於色。桑丘的趣談妙語連一接二，賓主和全家傭人都聽得聚精會神。飯時堂安東尼

1　西班牙諺語。

歐對桑丘說：

「桑丘老哥啊，我們這兒知道你最愛吃白雞[2]和肉丸子，吃不了就揣在懷裡，明天再吃。」

桑丘說：「沒那事兒，先生，我是愛乾淨的，並不饞。我主人堂吉訶德在這裡呢。他還不知道嗎，我們倆一把橡樹子或核桃往往吃個七八天呢。有時碰上人家給我一頭小母牛，我就趕快拿了拴牛的繩子趕去[3]，那倒也是真的。就是說呀，人家給我什麼，我就吃什麼，不錯過機會。誰說我饞嘴骯髒，我就要告訴他不是那麼回事——這話還可以說得不斯文些，不過礙著在座各位貴賓，我就不說了。」

堂吉訶德道：「真的，桑丘吃得又清淡又乾淨，這是可以寫刻在銅碑上萬世流傳的。他餓了確也有點狼吞虎嚥，因為吃得快，兩邊大牙一起嚼；不過總很乾淨，一點不骯髒。他做總督的時候學得吃相秀氣極了，吃葡萄呀，甚至吃石榴子呀，都用叉子叉了送到嘴裡去。」

堂安東尼歐說：「啊呀！桑丘做過總督嗎？」

桑丘說：「做過啊，在一個海島上，叫便宜他了島。我做了十天總督，份內該做的事一一都做了。那十天真忙，沒一會兒安閒。我得了這番經驗，對世界上所有的總督職位都不稀罕了。我從島上逃出來，又掉在坑裡，拿定要送命了，想不到還能活著出來。」

堂吉訶德把桑丘做總督的事細細講了一遍，大家聽得津津有味。

飯後，堂安東尼歐拉了堂吉訶德的手到一間屋裡。全屋沒有陳設，只有一張好像碧玉做的獨腳桌子；桌上供一個好像銅鑄的半身人像，彷彿羅馬帝王的頭像那樣連著胸脯的。堂安東尼歐帶堂吉訶德滿屋走了一轉，又圍著桌子繞了幾圈，然後說：

「堂吉訶德先生，我已經看了咱們這裡確實沒有外人，門也鎖著。我現在要告訴您一樁怪事，或者該說是一件奇聞，不過您得嚴守祕密。」

堂吉訶德道：「我發誓絕不洩漏，還可以保證上再加保證。」他又稱呼著這位新相識的名字說：「我告訴您，堂安東尼歐先生，您的話只從我耳朵進去，絕不從我嘴裡出來。你想說什麼，儘管放心說，我一定守口如瓶。」

堂安東尼歐說：「您既然這麼擔保，我就要叫您見所未見，聞所未聞，您準會大吃一驚。我把悶在心裡不敢告訴人的祕密吐露出來，也可以鬆一口氣。」

堂吉訶德不懂為什麼這樣鄭重其事，急要知道究竟。堂安東尼歐就拉著他的手去摸那個銅人頭，又把碧玉的獨腳桌子從面到腳都摸遍，然後說：

「堂吉訶德先生，這人頭是世界上第一流魔法師製造的。他大概是波蘭人。他的師傅艾斯戈迪留是有名的[4]，神通廣大，人人傳說。那波蘭法師在我家住過。我出一千艾斯古多請他製造了這個人頭。如果湊近它耳朵隨便問什麼話，它都能回答，這就是它獨具的神通。那法師畫符念咒，上觀天象，選了好時辰動手，造成這個人頭。咱們明天可以試驗一下；今天不巧是星期五，它星期五是不開口的，只好等明天吧。您可以先想想要問什麼話。我見識過這種人頭，知道它回答的話句句都準。」

堂吉訶德覺得一個銅人頭有這種本領離奇得很，對堂安東尼歐的話不大相信；不過馬上可以

2　雞的胸脯肉，上澆牛奶、糖和米粉做的醬汁。這是阿維利亞內達的書上說的。

3　西班牙諺語。

4　當時有幾個同名的天文家和魔法師，不能斷定作者指的究竟是誰。

試驗，也就不願多說，只謝他向自己推心置腹。他們出來，堂安東尼歐又鎖上門，兩人同上客廳。當時其他男客都在那裡聽桑丘講他主人遭逢的種種奇事。

那天下午，他們帶堂吉訶德上街逛逛。他沒有披掛，只是隨常出門裝束，穿一件黃褐色呢大衣。那麼大熱天穿了那件大衣，任是冰塊也要冒汗的。主人家叫傭人們設法絆住桑丘，不讓他出門。堂吉訶德上街騎的不是駑騂難得，卻是一匹穩重的大騾子，鞍轡很鮮明。他們給堂吉訶德穿上大衣，偷偷在衣背釘一方羊皮紙，上面大字寫著「這是堂吉訶德．台．拉．曼卻」。街上人看見堂吉訶德，就看見他背上的標籤，都念道：「這是堂吉訶德．台．拉．曼卻。」堂吉訶德以為路上人都認識自己，大為驚訝，回臉向並轡而行的堂安東尼歐說：

「游俠騎士道真是高，誰當了騎士就名滿天下，天涯地角的人都知道他。不信，您瞧瞧吧，堂安東尼歐先生，這裡的小孩子幾時見過我呢，可是連他們也認識我。」

堂安東尼歐說：「對呀，堂吉訶德先生。美德像火一樣包藏不住，一定冒出頭來。您幹的這一行尤其光芒四射，蓋過一切。」

堂吉訶德正騎騾在街上那麼緩步徐行，可巧有個加斯底利亞人[5]讀了他背上的大名，高聲說道：

「倒楣的堂吉訶德．台．拉．曼卻！你背上挨了不知多少棍子、板子，你怎麼還沒送命，卻跑到這兒來啦？你這瘋子！自己在家裡發瘋也罷了，還慣把你交往的人都變成瘋子和傻瓜；不信，瞧瞧和你一起的幾位先生就知道了。糊塗蟲啊，你還是回家去，照管自己的家產和老婆孩子吧，別再瘋瘋癲癲，鬧得迷糊了心竅。」

堂安東尼歐說：「老哥，你走你的路；沒請教你，別來訓人。堂吉訶德．台．拉．曼卻先生心裡雪亮，我們和他一起的也不糊塗。美德是到處尊重的。讓你倒盡了楣吧！人家又沒招你，多管什麼閒事！」

那加斯底利亞人說：「您這話真是不錯。對這位好先生進忠告，就是找釘子碰。據說這瘋子對什麼事都識見高明；他這副好頭腦全給游俠騎士道毀了，真是可惜！即使我活一千歲，今後有人向我請教，我要再給他進忠告，讓我和子子孫孫都像您說的那樣倒盡了楣吧。」

那不請而教的人走了，他們繼續閒逛。可是大人小孩都跑來讀那標籤，擁擠不堪，堂安東尼歐只好假裝給堂吉訶德撢撢背，把那方紙取下。

他們天黑才回家。當晚有個女客的跳舞會。堂安東尼歐的妻子是美麗活潑又有風趣的一位夫人。她為堂吉訶德請了幾個女友作陪客，讓她們瞧瞧那古怪瘋人，借此消遣。大家吃了一餐豐盛的晚飯，十點左右舞會開始。有兩個女客人很淘氣促狹，雖然是正經女人，可是開起玩笑來只要不得罪人，卻有點放肆。她們倆無休無歇地拉堂吉訶德跳舞，折磨得他不僅身體疲憊，精神也很煩倦。他那模樣煞是好看：又高、又細、又瘦、又黃，緊窄窄的衣服，僵撅撅的身子，而且舉動笨滯。兩個年輕太太假意偷偷兒向他送情；他也悄悄地表示謝絕，可是瞧她們糾纏不已，就高聲說：

「『害人鬼怪，速去勿待！』[6]我不要這種情意，別來纏我！兩位夫人自己識趣吧。絕世美人杜爾西內婭・台爾・托波索獨霸著我這顆心呢，不容我接受別人的撩撥。」

---

5　堂吉訶德的家鄉拉・曼卻在加斯底利亞；巴塞隆納在加斯底利亞東北的加泰隆尼亞。

6　常用的拉丁文驅鬼咒語。

他跳舞跳得筋疲力竭，說著話就在客廳當中坐下了。堂安東尼歐叫人把他抬上床去。桑丘搶先上來拉著他說：

「我的主人先生，您真是倒了楣，跳什麼舞呀！您以為勇敢的人都能跳舞，游俠騎士都是舞蹈家嗎？我說呀，您要是這麼想就大錯了。有人寧願拚性命殺個巨人，也不願跳舞。要是手拍腳的蹦跳，您如果不會，我還可以替您，我跳得像老鷹一樣靈活呢；跳舞我可一點兒不會。」

桑丘這番話說得大家都笑了。他伺候主人上床安睡，給他蓋好氈子，讓他出汗；如果跳舞著了涼，就可以發散掉。

第二天，堂安東尼歐覺得可把人頭的法術試驗一番。參與的客人有堂吉訶德、桑丘和堂安東尼歐的兩個朋友；舞會上折磨堂吉訶德的兩位夫人當晚由堂安東尼歐夫人留住過夜，這時也在裡面。堂安東尼歐帶他們進了安放人頭的屋子，鎖上門，介紹了那人頭的神通，囑咐大家切勿外傳，並且說究竟如何還沒試驗過呢。堂安東尼歐把個中奧妙告訴他這兩個朋友；他們要不是事先知道，也會像其他客人一樣吃驚。怎不叫人吃驚呢，那東西是煞費心思才製造出來的呀。

堂安東尼歐首先湊到人頭耳邊，放低了聲音，可是大家還能聽見；他問道：

「腦袋，憑你的本領說說吧，我這會兒在想什麼？」

那腦袋並不掀動嘴唇，聲音卻清清楚楚，人人聽見；它說：

「我不知道人家的心思。」

大家很驚奇，尤其看到桌子周圍和整間屋裡不可能有人代答。

堂安東尼歐又問：「這裡有幾個人？」

還是那個聲音輕輕答道：

NARRO

「有你和你夫人，你的兩個朋友，她的兩個朋友，還有一位著名的騎士堂吉訶德・台・拉・曼卻，再加他的侍從桑丘・潘沙。」

大家越加吃驚，嚇得毛髮都豎起來。堂安東尼歐退立一邊說：

「行了，你是個聰明的腦袋，會說話的腦袋，能回答問題的腦袋，神奇的腦袋！現在我知道花了錢沒有上當。誰有什麼要問的，上來問吧！」

女人一般都任性，而且好奇。堂安東尼歐夫人的一個女友搶先過去問道：

「腦袋呀，我問你，我要變成個很美的美人，有什麼辦法嗎？」

回答說：

「只要很端重就行。」

那位夫人說：「我不多問了。」

她的女伴隨即湊近去問道：

「腦袋呀，我想問問，我丈夫真心愛我嗎？」

回答說：

「瞧他怎麼待你，就會明白。」

那位太太退下來說：

「這還用問！要知道心思，當然得瞧行為呀。」

堂安東尼歐的一個朋友接著上前去問腦袋：

「我是誰？」

回答說：

「你自己知道。」

那紳士說：「我不問這個，只問你是否認識我。」

回答說：「認識呀，你是堂貝德羅・諾利斯。」

「腦袋呀，你真是什麼都知道，我不想多問了。」

他退下來，另一個朋友上去問道：

「腦袋呀，請問你，我的大兒子有什麼心願？」

回答說：「我說過不知道人家的心願。不過我可以告訴你，你兒子只願埋葬了你。」

那紳士說：「這真是『眼睛能見，手就指點』[7]。」

他不再多問。堂安東尼歐太太近前去問道：

「腦袋呀，我沒別的要問，只想請教你，我的好丈夫是否長壽？」

回答說：

「是！壽長著呢。他身體健康，起居有節，這樣就能延年長壽。許多人生活沒有節制，往往促短了壽命。」

然後堂吉訶德近前去說：

「你是能解答問題的，請問，我在蒙德西諾斯地洞裡那段故事，是真的還是做夢？我侍從桑丘答應的那些鞭子，靠得住嗎？杜爾西內婭能擺脫魔纏嗎？」

回答說：「地洞裡的事很難說，也有真，也有夢。桑丘答應的鞭子得慢慢兒來。杜爾西內婭

7　西班牙諺語。

的魔纏到時自會擺脫。」

堂吉訶德說：「我沒別的要問了。我只要能看到杜爾西內婭擺脫磨難，我就如願以償，欣喜透頂了。」

末了桑丘上前去問道：

「腦袋啊，我還會當總督嗎？我能有朝一日，摔掉當侍從的苦差嗎？我能再見老婆孩子嗎？」

回答說：

「你可以做一家之主。你幾時回家，就能看見老婆孩子。你不伺候人，就不當侍從了。」

桑丘說：「真是好！這話我自己會說呀。預言家貝羅格魯留[8]也不過如此了。」

堂吉訶德說：「蠢貨，你要怎麼回答呀？這腦袋問什麼答什麼，不就行了嗎？」

桑丘說：「是行了呀，可是我要它再多講點兒、多說點兒呢。」

問答到此為止，可是大家還驚駭不止；只有堂安東尼歐的兩個朋友知道底細，不以為奇。熙德·阿默德·貝南黑利立即揭開了蓋子，省得大家納悶，以為那腦袋有妖法或神通。據說馬德里有個巧匠製造了這麼個人頭，堂安東尼歐·莫瑞諾曾經見過，就在自己家裡仿造一個，捉弄不知情的人。人頭造得很巧。桌面和獨腳都用木板做成，上色髹漆得像碧玉一樣。腳底下伸開四爪，就支撐得平平穩穩。那腦袋彷彿羅馬帝王的頭像，顏色像青銅，裡面是空的。桌面也是空的；人頭安在桌上嚴絲合縫，銜接的痕跡分毫不露。桌子腳也是空的，通連人頭的胸頸。這套東西直通連到下層屋裡。一根鉛皮管子從下到上貫通桌腳、桌面和人頭的胸頸。管子安裝得很妥貼，誰也看不出。答話的人在通連的下層屋裡，嘴唇，湊著管口；管子上下傳聲，彷彿擴音喇叭，句句話都聽得清楚。這套玩意兒把局外人都矇騙了。堂安東尼歐有個侄兒是伶俐聰明的大學生；答話的就是他。他事先知道哪些人那天和他伯父同在安放人頭的屋裡，所以聽到第一個問題對答如流，又快又準。答別的話只憑猜測；他是個聰明人，話也答得聰明。熙德·阿默德還講到這事的下文。城裡不久傳開了，說堂安東尼歐家裡藏著一個有神通的人頭，問什麼就答什麼。我們宗教的衛士耳目靈敏；堂安東尼歐怕他們知道，忙把實在情況上報宗教法庭的官長。他們下令拆掉這套裝置，別再鬧下去，害無識之眾大驚小怪。所以十一、二天後那神奇的腦袋就毀了。可是在堂吉訶德和桑丘·潘沙的心眼裡，人頭還是通靈的，能回答問題；儘管沒使得桑丘滿意，堂吉訶德卻非常稱心。

城裡的紳士要討好堂安東尼歐，又要招待堂吉訶德，借此瞧瞧他的瘋瘋傻傻，準備六天後舉行一場挑圈比賽。不過這又給別的事擠掉了。堂吉訶德有興在城裡逛逛，怕騎了馬小孩子纏他，就帶著桑丘和堂安東尼歐撥給他當差的兩個傭人步行出門。他們正在街上走，堂吉訶德抬眼看見一處門額上寫著「承印書籍」幾個大字。他很高興，因為從沒見過印書，很想瞧瞧。他就帶著人跑進去。只見一處正在印，一處正在校樣，這裡在排版，那裡在校對；反正都是大印刷廠裡幹的常套。堂吉訶德走到一個活字盤旁邊，問他們幹什麼呢。那些工人向他解釋了一番。他很驚奇，又往前走。在另一處他湊到一個工人面前，問他在幹什麼。那工人說：

「先生，」他指指旁邊一個相貌很好、神情頗為莊重的人說，「這位先生把一本義大利文的書翻譯成咱們西班牙語，我正在排版，準備拿去印。」

8 貝羅格魯留（Perogrullo），傳說中的滑頭預言家，西班牙民間歌謠舉例如下：你走在女人前頭，就有女人跟隨；你有舌頭，就會說話；你有大牙，就不是沒牙；你一照鏡子，就會看見自己的臉。

堂吉訶德問道：「書名叫什麼呢？」

譯者答道：

「先生，書名原文叫 *Le Bagatelle*。」

堂吉訶德問道：「照咱們西班牙語，Le Bagatelle怎麼說呢？」

譯者說：「用咱們的話，Le Bagatelle就是『小玩意兒』。雖然名稱像是小品，內容卻很有意思、很重要。」

堂吉訶德說：「我懂一點點義大利文，常賣弄自己能唱幾句阿利奧斯多的詩。我的先生，我不是考您，不過出於好奇，想向您請教：您翻譯的書裡有Piñata那個字嗎？」

譯者說：「有，常看見。」

堂吉訶德問：「您怎麼翻成西班牙文呢？」

譯者說：「還能怎麼翻呀？不就是『砂鍋肉羹』嗎？」

堂吉訶德說：「我的天哪！您對義大利成語多熟悉啊！我可以跟您著實打個賭：義大利文Piace，您翻的西班牙文是『喜歡』；義大利文più是『多』；義大利文su是『上面』；giù是『下面』。」

譯者說：「我確是這麼翻的呀，這幾個西班牙字跟義大利原文恰好相當。」

堂吉訶德說：「我敢打賭，您不是當代的著名人士。這個世界專壓抑才子和傑作，辜負了不知多少本領，埋沒了不知多少天才，冷落了不知多少佳作！不過我對翻譯也有個看法。除非原作是希臘、拉丁兩種最典雅的文字，一般翻譯就好比法蘭德斯的花氈翻到背面來看，圖樣儘管還看得出，卻遮著一層底線，正面的光彩都不見了。至於相近的語言，翻譯只好比謄錄或抄寫，顯不出譯者的文才。這不是輕視翻譯；有些職業比這個還糟，賺的錢還少呢。可是有兩個著名翻譯家是例外。一個克利斯多巴爾・台・費格羅阿博士[9]，他翻譯了《忠實的牧人》；另一個是《阿明塔》的譯者堂胡安・台・郝瑞基[10]。他們翻譯得非常完美，簡直和原著難分彼此。可是我請問，您出版這本書是自負贏虧，還是把版權賣給書店了？」

譯者說：「我自負贏虧。這第一版印兩千本，每本定價六瑞爾，轉眼可以銷完；我想至少能賺一千杜加。」

堂吉訶德答道：「真是如意算盤！看來您還不知道書店的交易、和他們同行之間的關係呢。您瞧著，將來您背著兩千本書，壓得腰癱背折，您就慌了；如果書是平淡無奇、不大夠味兒的，那就更沒辦法。」

譯者道：「可是怎麼辦呀？您要我把書交給書店老闆嗎？他出三文錢買了我的版權，還自以為對我開恩呢。我出書不為求名，我靠作品已經有名了。我求的是利；沒有利，空名值不了半文錢。」

堂吉訶德說：「但願上帝保佑您一本萬利。」

---

9 《忠實的牧人》（*El Pastor Fido*, 1590），作者是義大利詩人巴普悌斯塔・瓜利尼（Baptista Guarini），譯者是克利斯多巴爾・蘇阿瑞斯・台・費格羅阿（Cristóbal Suárez de Figueroa），不是克利斯多巴爾・台・費格羅阿（Cristóbal de Figueroa）。

10 《阿明塔》（*Aminta*, 1607），作者是義大利詩人塔索（Torcuato Tasso），譯者是詩人兼畫家，塞萬提斯的朋友。

他又走到另一個活字盤前，看見那裡正在校改一張剛印出來的書，書名是《靈魂之光》[11]。他看了說：

「這類書儘管多，還是該出版。現在作孽的人多；這麼許多人沉淪在黑暗裡，需要許多指路明燈。」

他又往前去，看見那裡在校對另一本。他問起書名，說是叫《奇情異想的紳士堂吉訶德·台·拉·曼却》第二部，作者是托爾台西利亞斯人。

堂吉訶德說：「我聽到過這本書。我摸著良心老實說，這樣荒謬的書，我以為早已燒成灰了。不過『每頭豬都有牠的聖馬丁日』[12]，牠也逃不了。虛構的故事愈逼真如實愈好，也愈有趣；真事呢，愈真實愈好。」

他面帶怒色，走出印刷廠。那天堂安東尼歐準備帶他去參觀泊在沿岸的海船。桑丘很高興，因為生平沒見過。堂安東尼歐通知海船艦隊司令[13]，鼎鼎大名的堂吉訶德·台·拉·曼却在他家作客，他們賓主當天下午要上海船參觀。艦隊司令和城裡居民都已久聞堂吉訶德的大名了。這位騎士在海船上的事見下章。

11 作者是教士，名斐利貝·台·梅內塞斯（Felipe de Meneses），一五五五年出版；十六世紀末到十七世紀初屢次再版。

12 西班牙諺語。聖馬丁與窮人分袍事見本書下冊，第五十八章，注4。他的紀念日恰是酒神的節日（十一月十一日），是個大吃大喝的日子，豬養肥了都在那天宰殺。

13 每四艘海船成一小艦隊，設一司令官。

# 第六十三章

## 桑丘・潘沙船上遭殃；摩爾美人意外出現。

堂吉訶德全沒料到通靈的銅人頭是個騙局。聽了它的回答只顧細細思量。他一心只記著杜爾西內婭能擺脫魔道的那句預言，認為絕沒有錯兒，所以顛來倒去地想，暗暗歡喜，相信不久就會落實。桑丘雖然像上文說的不願做總督，卻還希望有朝一日又能發號施令、一呼百諾。他做官雖然只不過是一場玩笑，不幸還上了官癮。

且說那天下午堂安東尼歐和兩個朋友帶著堂吉訶德和桑丘到海船上去。艦隊司令已經知道堂吉訶德和桑丘要光臨，急要看看這兩位大名鼎鼎的人物；他們倆剛到海邊，幾艘海船就放下船篷，奏起軍樂來。司令船立即放小艇去接；艇上鋪著華麗的花氈，安著大紅絲絨靠墊。堂吉訶德剛踏上小艇，司令船就帶頭放禮炮；其他船上一起響應。堂吉訶德登上右邊的扶梯，水手們按歡迎貴賓的慣例，高呼「嗚、嗚、嗚！」三次。艦隊司令是瓦倫西亞貴族，這裡就稱為將軍；他和堂吉訶德握了手，又擁抱了他說：

「我今天見到堂吉訶德・台・拉・曼卻先生，真是一輩子最可慶幸的日子，該用白石標誌[1]，紀念游俠騎士的師表到了我們這兒來。」

堂吉訶德受到這樣尊敬，非常高興，也彬彬有禮地答謝。賓主過去坐在船尾半圓形的凳上，那裡陳設得很漂亮。水手長跑到中間過道上，吹哨為號，叫划手脫衣[2]。他們轉眼都把衣服脫了。桑丘看見那麼許多人光著膀子，詫怪得眼睛都瞪出來，又瞧他們一下子扯起船篷，幹活兒快得出奇，簡直像地獄裡出來的一群魔鬼，越發驚訝。不過比了接著來的事，那就算不得什麼了。當時桑丘正坐在過道盡頭的木磴上[3]，他旁邊是右面末排的划手[4]。那人是奉了命的，他捉住桑丘，把他高高舉起；全船划手都站在位子上等著，他們從右邊開始，一雙雙胳膊把桑丘高舉空中，順著一個個座兒飛快往前傳送。可憐桑丘給他們轉得頭暈眼黑，滿以為自己落在魔鬼手裡了。他們把他傳到前排，又轉到左邊往後轉，直送到船尾才罷。那可憐蟲折磨得喘吁吁直流汗，不明白那是怎麼回事。堂吉訶德看見桑丘不生翅膀卻在空中飛行，就問將軍：這是否初上海船的照例規矩；他不想幹這一行，即使有這規矩，他也不願受這種訓練。他對上帝發誓，誰要捉住他叫他在空中飛轉，他一定踢得那人魂不附體；說著就按劍站起來。

這時划手們卸下船篷，放倒桅杆，響聲驚天動地。桑丘以為天頂脫了榫，要塌在頭上了，彎腰坐著把腦袋藏在兩腿中間。堂吉訶德也有點吃驚，縮著脖子，面容失色。划手們又豎起桅杆，動作還那麼神速，響聲也一樣大；他們自己始終靜悄悄地，彷彿是沒有聲音、沒有氣息的。水手長吹哨命令起錨，一面跳到中間過道上，揮鞭向划手背上亂抽；船就慢慢兒向海上開出去。桑丘把槳當作船身上的腳，看見那麼許多紅腳一起挪動，暗想：

「我主人說的著魔是沒有的事，這些東西才真是魔法支使的。這群倒楣蛋幹了什麼事，要挨這樣的鞭打呀？吹哨的傢伙怎麼一人膽敢鞭打這麼許多人呀？現在看來，這裡就是地獄了，至少也是煉獄。」

堂吉訶德瞧桑丘在留心觀看，就對他說：

「哎，桑丘朋友，你要是肯脫光了膀子，和這群人一起吃鞭子，解脫杜爾西內婭的魔纏多省事啊！有許多人陪著受罪，你的痛苦就分掉了。說不定梅林法師瞧這裡抽的鞭子勁道足，一鞭當十鞭折算呢。」

將軍在旁聽了這話不懂，正要請問，瞭望的水手忽有傳報：

「蒙灰[5]發來信號：沿西邊海岸有一艘划船。」

將軍聽了就跳到中間過道上喊道：

「嗆！孩子們！瞭望塔發來信號，望看一艘划船，準是阿爾及爾海盜船，咱們別讓它溜了！」

其他三艘海船立即開到司令船旁來聽指揮。將軍命令兩艘開到海上去，另一艘跟著司令船沿海岸航行，不讓敵船溜走。水手使勁划槳，幾艘船如飛地趕去。出海的兩艘大約兩米里亞外就看見敵船了。船上有十四五對槳，遠望也看得出是那樣配備的船。那艘船看見了追捕的海船，就趕緊逃跑，以為增加速度就可以脫險。可是這艘司令船恰恰是數一數二的海上快船，一會兒就追上

1 希臘風俗白石誌喜，已見本書下冊，第十章，注6。
2 海船上要划手使大勁搖船，就叫他們脫衣。
3 船尾欹船帆繩子的木樁，作戰時，司令官就站在上面指揮。
4 這個人控制全船划手的速度，大家都按照他的快慢划船。
5 巴塞隆納的堡壘。

去。那邊船上估計逃不了，船長不敢冒犯我們的海船司令，打算叫划手放下槳投降。可是命運另有安排。當時兩船已經挨得很近，敵船上能聽到喝令投降的聲音。那船上有十四五個土耳其人；兩個喝醉酒的放了兩槍，打死了我們船頭靠邊上的兩名水兵。將軍因此發誓，等拿住那條船，要把船上的人一一處死。他的船狠命往前衝，反讓敵船在槳底下溜跑了；司令船衝過頭去好老遠，還得掉轉身來。敵船自知情勢危急，乘這個當兒扯起風帆，帆槳併用，拚命逃跑；可是冒冒失失闖下了禍，賣力也挽救不回，不出半米里亞就給司令船追上，船舷給司令船上的一排槳搭上[6]，船上人都活捉過去。另外兩艘海船這時也趕上來，四艘船一起帶著俘獲的船回去。岸上瞧熱鬧的人山人海。將軍下令各船傍岸拋錨。他望見城裡總督也在岸邊，忙叫放下小艇去接，又命令放倒桅杆，把捉來的船長和其他土耳其人立即吊在桅杆上絞死。他們一起三十六人，都是雄赳赳的壯漢，多半是土耳其火槍手。將軍問誰是船長。俘虜裡有個叛教的西班牙人用西班牙語答道：

「大人，這小伙子是我們船長。」

他指點的是個俊俏的絕世美少年，看來還不滿二十歲。將軍對這少年說：

「你這大膽的兔崽子！我問你，你明知逃不了，幹麼殺害我的水兵？對司令船有這個禮嗎？你該知道，莽撞不是勇敢；希望很渺茫的時候，該勇敢，可是不能莽撞啊！」

船長不及回答，總督已經帶著些僕從和城裡人上船來了，將軍忙趕去迎接。

總督說：「將軍大人，您這場圍獵真是滿載而歸啊！」

將軍答道：「您大人待會兒瞧瞧這根桅杆上掛的野味，就知道收穫著實不小。」

總督問道：「這是怎麼說呀？」

將軍答道：「他們無法無天，也不顧向例規矩，殺了我船上兩名最好的水兵；我發誓要把俘虜一個個都絞死；最該死的是這小伙子，他是船長。」

他就指給總督看：這小伙子在等死，抱著兩手，頸間套著繩索。美貌是無言的推薦[7]，總督舉目，瞧他非常漂亮文秀，神氣很卑遜，就有意饒他一死。他問小伙子道：

「船長，我問你，你是土耳其人，還是摩爾人，還是叛教徒呢？」

少年用西班牙語答道：

「我不是土耳其人，也不是摩爾人，也不是叛教徒。」

總督說：「那你是什麼呢？」

少年說：「是虔信基督教的女人。」

「女人？又是基督徒？卻這樣打扮，幹下這等事？太奇怪了？誰相信啊！」

少年說：「各位且慢一慢把我處死，先聽聽我的身世吧；報復早晚一點沒多大出入。」

哪個硬心腸聽了這話不發慈悲呢？至少也先要聽聽那可憐蟲有什麼說的。將軍准許他有話儘管講，不過他罪大惡極，休想赦免，那少年就講了自己的身世。

「我爹媽是摩爾人。我們民族不智又不幸，陷進了水深火熱的災難。我兩個舅舅當時就把我帶到蠻邦去。我聲明自己是基督徒——我確實是真正的基督徒，不是假裝的，可是他們滿不理會。我把這話告訴督促我們流放的官員，也一點沒用。我兩個舅舅壓根不信，以為我是要賴在家鄉，撒謊捏造的，所以他們硬逼著我一起走了。我媽媽是基督徒；我爸爸頂高明的，他也是基督

6　海船俘虜了一條船，就把一排槳像搭浮橋似的搭在那條船的船舷上。

7　古拉丁詩人（Publius Syrus）所著《格言集》（*Senteniae*）中第一百九十九句。

徒。我的信仰是吃娘奶一起吃進去的。我家很有管教；我覺得自己說話行動沒一點像摩爾人。這大概算得美德吧；如果我有幾分美貌，相貌的美也和品性的美一起隨著年歲增長。我很謹慎，經常關在家裡，不過還是給一個青年公子看見了。他名叫堂伽斯巴•格瑞果琉[8]，是貴人家的大公子，他父親的采地和我們村子毗連。我們怎麼碰見的，怎麼來往、他怎麼對我傾倒，我又怎麼對他有情，這些事說來話長，況且我這會兒脖子上套著絞索，沒工夫細講了。只說堂格瑞果琉願意陪我們流放。他好在一口摩爾話說得很流利，就和別處出來的摩爾人混在一起，路上和我兩個舅舅交上了朋友。我父親很有遠見，聽到第一次的驅逐令，就出去到國外找安身之地。他埋藏了許多珍珠寶石和葡萄牙、西班牙的金幣，埋藏的地方只有我知道[9]。他吩咐我，萬一他還沒回來我們就遭流放，千萬別碰他的寶藏。我是聽話的。我和那兩個舅舅還有別的親戚朋友們一起到了蠻邦，在阿爾及爾住下；我們從此就好像落在地獄裡了。國王聽說我是個大美人；可是也算我運氣吧，他又聽說我是個大財主。他召我去，問我在西班牙住在哪裡，帶多少錢，有什麼珍寶。我把家鄉住址告訴他，說珍寶和錢都在那村裡埋著呢，如果讓我親自回去拿，很容易到手。我說著話心上直打哆嗦，只怕他不是財迷而是色迷。他和我談話的時候有人來說，我們一夥有個俊俏無比的美少年。我立刻知道說的是堂伽斯巴•格瑞果琉，他的美貌是難以形容的。野蠻的土耳其人眼裡，女人再美也比不上美童子或美少年。我看到堂伽斯巴的危險，代他捏著一把汗。國王立即命令把那少年人帶上來讓他過目，又問我傳說的話是否真實。我當時靈機一動，說那些話是真的，不過我奉告他，那少年不是男子，是像我一樣的姑娘。我求他讓我去給她換上女裝；因為男裝不免遮掩了她的美貌，而且她那副模樣見國王，也不好意思。國王居然允許，還說過一天再和我商量回西班牙掘寶藏的事。我和堂伽斯巴見了面，告訴他男裝要出亂子，就把他扮成摩爾姑娘，當天下午帶他晉見國王。國王一見大喜，打算把這美人留下獻給蘇丹。他怕後宮的女人嫉妒暗害，也怕自己把持不住；就把他寄放在摩爾貴夫人家裡，委託他們監護照料。堂伽斯巴就此走了。我不否認自己愛他；我們倆的痛苦，讓曾經離別的有情人自己體會吧。國王隨即定下計策，叫我乘了這艘船回西班牙，叫那兩個殺您水兵的土耳其人陪我同走。」她指指最先開口的那人說：「一起還有這個西班牙叛教徒；我知道他暗裡信奉基督教，指望留在西班牙不再回蠻邦。別的水手都是摩爾人和土耳其人，他們不過是划手。照國王的命令，船到西班牙，我和叛教徒就換上隨身帶的基督徒服裝；由那兩個土耳其人送到岸上。可是那兩人又貪又狠，想先沿海游弋，乘機搶劫些財物。他們不聽國王的指示，暫且不讓我們倆上岸，怕出了岔子，走漏風聲，他們給捉住。昨晚我們望見了西班牙海岸，卻沒注意你們這四艘海船，就給你們看見了。以後的事你們都一清二楚，不用我再多說。現在堂格瑞果琉喬裝了女人，混在女人一起，生命難保；我在這裡束手等死——也許該說是怕死，不過我也活得膩了。各位先生，我可憐的一生就如此結束了；我命薄運低，都是真情實事。我已經說過，我同族兄弟犯的罪一點沒我的份；我求你們許我像基督徒那樣懺悔了再死。」

她熱淚盈眶，閉口不再多說。許多人陪著直流眼淚。總督惻然動了憐憫之心，一言不發，走到摩爾女郎身邊，親自解開她的繩索。

信基督教的摩爾姑娘講她怎麼流離顛沛的時候，有個跟總督上船的朝聖老人兩眼直盯著她。

8　本書下冊，第五十四章，桑丘和李果德談起這人，名叫貝德羅・格瑞果琉。
9　據本書下冊，第五十四章，李果德說，只有他本人知道。

摩爾姑娘剛講完，他就趕上去伏在她身邊，抱住她的腳泣不成聲，說道：

「哎！我可憐的女兒安娜．斐麗斯啊！我是你爸爸李果德！我特地回來找你的；你是我的靈魂，沒了你我不能過日子。」

桑丘正低著腦袋，想他這趟出遊倒了楣，忽聽得這番話，忙睜開眼把那朝聖者細細端詳。他認得這人正是自己去官那天碰到的李果德，這姑娘也確是李果德的女兒。她已經解掉束縛，父女倆抱頭大哭。李果德向將軍和總督說：

「兩位大人，她是我的女兒安娜．斐麗斯．李果德；名字吉利[10]，遭遇卻很不幸。她因為長得美，家裡又有錢，很有點名氣。我到外國去找安身之地，在德國找到了，就扮成朝聖者和幾個德國人結伴回來，打算尋覓我的女兒，發掘我的寶藏。我沒找著女兒，只挖到了我埋下的財寶；已經隨身帶出來。經過這些曲折離奇的事，我找到了我這無價之寶——我親愛的女兒。我們民族遭流放確是罪有應得，可是我們父女並不和他們一條心，從不想冒犯你們；請兩位顧念我們無罪無辜，可憐我們身世悲慘，對我們網開一面吧。」

桑丘插嘴道：

「我認識李果德，安娜．斐麗斯確是他的女兒，我知道他這話是不錯的；至於什麼出去呀，回來呀，好心壞心呀等等，我不想多嘴。」

大家覺得事出意外。將軍說：

「不管怎樣，我看到你們的眼淚，就把剛才發的誓收回了。美麗的安娜．斐麗斯啊，你留著性命，安享天年吧；犯罪的是那兩個大膽的傢伙，叫他們受罰就行。」

他下令把兩個土耳其殺人犯立即吊在桅杆上絞死。可是總督為那兩人懇切求情，說他們是一時瘋狂，並非狠心毒手。將軍就饒了他們，因為他已經冷靜下來，報復得乘著一腔火氣才行。他們隨就設法營救堂格瑞果琉。李果德願意拿出價值三千多杜加的珍珠寶石來辦這件事。大家想了許多辦法，可是都不如那西班牙叛教徒出的主意好。他建議置備一艘六對槳的小船，雇基督徒划槳，他就乘了這艘船回阿爾及爾去，因為他知道上岸的地點、方法、時間，並且熟悉堂格瑞果琉住的那幢房子。將軍和總督不敢信任叛教徒，也不願把划槳的基督徒交託給他。安娜・斐麗斯擔保這人可靠；她父親李果德聲明，如果當划手的基督徒陷落蠻邦，由他出錢為他們贖身。

大家商定辦法，總督下船，堂安東尼歐・莫瑞諾帶了摩爾姑娘和她父親一起回家。總督囑咐堂安東尼歐對他們父女務必盡心款待，他本人也願傾家供養。他的仁心厚意都是安娜・斐麗斯的美貌激發的。

10　斐麗斯（Felix）的意思是幸福。

# 第六十四章

## 堂吉訶德生平最傷心的遭遇。

據記載，堂安東尼歐・台・莫瑞諾的妻子很歡迎安娜・斐麗斯住在她家。她喜歡這摩爾姑娘聰明美麗，不同尋常，對她款待得十分殷勤。城裡人好像聽了鐘聲召集似的，一起上門去瞧這位姑娘。

堂吉訶德對堂安東尼歐說，他們營救堂格瑞果琉的辦法不妥，又費事，又危險；最好是把他堂吉訶德連他的武器馬匹一起送到蠻邦，他不怕摩爾人全族的阻擋，準像堂蓋斐羅斯救他妻子梅麗珊德拉那樣[1]把堂格瑞果琉救出來。

桑丘道：「您可別忘了：堂蓋斐羅斯先生把老婆救回法國，來去都是陸路。咱們現在要是救了堂格瑞果琉先生，回西班牙隔著個大海呢，怎麼辦呀？」

堂吉訶德答道：「『只有命裡該死，才是沒法的事』[2]。把船開到岸邊，咱們還上不去嗎！全世界所有的人也攔擋不住呀！」

「您想得真美，說得也真容易，可是『說是說，幹是幹，相隔很遠』[3]。我還是贊成讓那個叛教徒去；我覺得他是老實人，也很熱心。」

堂安東尼歐說：如果叛教徒成不了事，就改變方法，請偉大的堂吉訶德親自到蠻邦去。

兩天後叛教徒乘一艘六對槳的快船走了，划手都是非常勇猛的健兒。又過兩天，那幾艘海船都開往東方去[4]。將軍臨走要求總督把營救堂格瑞果琉的下文和安娜‧斐麗斯的情況告訴他；總督一口應允。

堂吉訶德有一天清早，披戴著全副盔甲，出門到海邊閒逛。他常說：「他的服裝是甲冑，他的休息是鬥爭」[5]，所以他時時刻刻披甲戴盔。忽見一位騎士迎面而來，也全身披掛，盾牌上畫著一個亮晶晶的月亮。那人跑到可以打話的遠近，就高聲對堂吉訶德說：

「大名鼎鼎、讚嘆不盡的騎士堂吉訶德‧台‧拉‧曼卻啊，我是白月騎士；你聽到我那些駭人聽聞的功績，也許會想起我這個人來。我為了自己的情人，特來和你比武，試試你有多大力氣。你甭管我情人是誰，反正比你的杜爾西內婭‧台爾‧托波索美得天懸地隔，不能相提並論。你要是乾脆承認我這句話，就饒你一命，也省得我動手了。假如你要和我決鬥，那麼，咱們先講明條件。我贏了你不要你別的，只要你放下武器，不再探奇冒險，在家鄉待一年。這一年裡，你得安安靜靜，劍把子也不許碰；這樣你就可以整頓家業，挽救自己的靈魂。我輸了呢，我的腦袋

1 故事見本書下冊，第二十六章。
2 西班牙諺語。
3 西班牙諺語。
4 這裡指西班牙東南岸瓦倫西亞、穆爾西亞等地的沿海地區。
5 見本書上冊，第二章。

就由你處置，我的兵器馬匹就是你的戰利品，我立功博來的名聲也一古腦兒奉送給你。你瞧怎麼好，趕緊回答，因為我不出今天得把事情了結。」

堂吉訶德覺得白月騎士的傲慢和挑戰的藉口都豈有此理，瞪著眼愣住了；他沉著地答道：

「白月騎士，我還從沒聽到你的什麼功績。我可以打賭，著名的杜爾西內婭你壓根兒沒見過，要是見過，就絕不會這樣向我挑釁。因為見了她就開了眼界，知道她的美是古往今來誰也比不上的。我不說你撒謊吧，只說你那句話我不能承認。我照你提出的條件，接受你的挑戰，此時此刻就動手，好讓你當天了事。不過你輸了把立功博來的名聲送給我，這個條件我可不能接受，因為不知道你有什麼功或多大的功。我好歹有自己幹下的事業就夠了。現在隨你在這場上選定地位，我也選定我的地位，上帝保佑誰，讓聖彼德羅也為他祝福吧。」

城裡人看見來了一個白月騎士，就去報告總督，還說他正和堂吉訶德講話呢。總督以為堂安東尼歐．莫瑞諾或城裡其他紳士又想出了什麼新鮮玩意兒，忙趕到海邊去。堂安東尼歐和許多別的紳士都跟著他。堂吉訶德正掉轉駑騂難得的轡頭跑遠去，準備回身向前衝。總督瞧那兩人是要回馬衝殺，就去站在中間，問幹麼忽然要決鬥。白月騎士說是為了爭奪誰是第一美人的頭銜；他就把自己怎麼向堂吉訶德挑戰、雙方講定什麼條件等等約略說了一遍。總督湊近堂安東尼歐，悄悄問他認識白月騎士嗎，這是不是和堂吉訶德開玩笑。堂安東尼歐說不知那人是誰，也不知這是開玩笑還是當真。總督拿不定主意，不知該怎麼辦，可是覺得不可能是認真決鬥，就站到旁邊去說：

「兩位騎士先生，如果您堂吉訶德先生和您白月騎士兩位各執己見，不肯相讓，非決一死戰不可，那麼，就憑上帝安排好了，你們打吧。」

兩人得到總督准許，都依禮道謝。堂吉訶德像往常臨上場廝殺那樣，虔誠禱告上帝和他的杜爾西內婭保佑，然後兜轉馬跑遠些，因為看見對方也這麼往遠跑呢。他們不用號角喇叭等信號，同時一起掉轉馬頭。白月騎士的馬快，跑了全程三分之二的路才碰上堂吉訶德。他好像故意把槍舉得很高，不去碰對方，但是衝得很猛，把駑騂難得和堂吉訶德都撞翻，跌得很厲害。他立即居高臨下，把槍頭指著堂吉訶德的面甲說：

「騎士，你輸了；你要不承認我提出來和你挑戰的話，就得送命！」

堂吉訶德摔得渾身疼痛，昏頭昏腦。他沒掀開面甲，說的話有聲無氣，好像從墳墓裡出來的：

「杜爾西內婭．台爾．托波索是天下第一美人，我是世上最倒楣的騎士；我不能因為自己無能而抹殺了真理。騎士啊，你一槍刺下來殺了我吧，我的體面已經給你剝奪了。」

白月騎士說：「這是我絕不幹的。杜爾西內婭．台爾．托波索小姐盡可以保全美名，萬代流傳；我只要偉大的堂吉訶德照講定的話，回家待一年，或待到我指定的日期就行。」

這些話總督和堂安東尼歐等人都聽見，又聽到堂吉訶德回答說，他是個一點不含糊的真正騎士，只要不損害杜爾西內婭，要求他的事一定都做到。白月騎士逼他這麼答應了，就撥轉馬頭，向總督行個鞠躬禮，不疾不徐地跑回城裡去。

總督吩咐堂安東尼歐跟他走，設法探聽他的來歷。他們扶起堂吉訶德，為他卸下面甲；只見他容色灰白，汗流滿面。駑騂難得摔得太狠，當時都不能動了。桑丘傷心喪氣，不知所措，覺得恍如在夢中，認為這事全是魔法的擺布，他瞧主人吃了敗仗，一年內不准動用兵器，以為主人一輩子的英名就此掃地了；他自己新近又在指望主人許下的種種好處，也像風裡的輕煙一般消散無蹤。他擔心駑騂難得跌成殘廢，主人骨節脫臼，可是如果主人從此把瘋病摔掉，倒也是一件大好事。長話短說，總督吩咐用轎子把堂吉訶德抬進城；他自己也回去，急著打聽把堂吉訶德打得一敗塗地的白月騎士究竟是誰。

# 第六十五章

## 白月騎士的來歷，以及堂格瑞果琉出險等事。

堂安東尼歐・莫瑞諾追蹤白月騎士，直跑到城中心一家客店裡：一路上許多小孩子也跟著那位騎士和他囉唣。堂安東尼歐要結識他，就跟進去。有個侍從出來迎接那騎士，為他脫卸盔甲。堂安東尼歐瞧那騎士進了樓下一間客房，心癢難熬，急要知道底細，也跟著進去。白月騎士看到這紳士盯著自己不放，就說：

「先生，我瞧透你這來是要打聽我是誰。明人不說暗話，乘我傭人這會兒給我脫卸盔甲，我可以把真情一一告訴你。先生，我叫參孫・加爾拉斯果學士，是堂吉訶德・台・拉・曼卻的街坊。和他相識的人瞧他瘋瘋傻傻都看不過去；我尤其難受。我認為他要病好，得回鄉在家好好休息，所以設法哄他回家去。三個月前我扮作騎士去找他，自稱鏡子騎士。我存心和他決鬥，先和他講明條件，輸家聽憑贏家發落，然後打敗他，可是不傷他。我料定他是輸家，打算叫他回鄉待一年，不准出來；一年裡他的病也許就養好了。可是，上天不從人願，我給他顛下馬，吃了敗仗；我的打算就此落空。他還是走他的路；我呢，跌得很凶，丟了臉、受了傷回去。可是我並不死心，還是要找到了他打敗他。這就是今天大家看見的。他是嚴格遵守騎士道的，既已答應我的要求，一定說到做到。先生，我把底兒都抖摟給你了，請你別揭穿，也別向堂吉訶德透露，讓我的妙計奏效，把他的病治好；他只要不胡思亂想當什麼游俠騎士，原是個非常高明的人。」

堂安東尼歐說：「啊呀，先生，你要治好這位妙不可言的瘋子，就損害了全世界的人；上帝饒恕你吧！你可知道，先生，有頭有腦的堂吉訶德用處不大，瘋頭瘋腦的堂吉訶德趣味無窮。不過照我看來，要這樣一個失心瘋恢復理性，您學士先生挖空心思也沒用。如果不是有傷忠厚，我簡直希望堂吉訶德一輩子瘋下去。因為他一旦病好，我們喪失的不僅是一個逗樂的騎士，還得賠上一個逗樂的侍從；這一主一僕能使愁悶的化身也開懷歡笑的。我看加爾拉斯果先生是白費事，不過我一定封上嘴巴，絕不向堂吉訶德走漏消息，且瞧我的料想對不對吧。」

學士說，不管怎樣，他這件事很順利，希望能見效。他向堂安東尼歐說了一套願意效勞的客氣話，就告辭動身，把武器捆做一堆，裝上騾背，自己騎著那匹上陣決鬥的馬，立即出城回鄉。一路無話。堂安東尼歐把加爾拉斯果講的事源源本本告訴總督。總督聽了意興索然，因為堂吉訶德要是還鄉，大家就不能借他的發瘋來取樂了。

堂吉訶德躺了六天，又愁悶，又氣惱，翻來覆去想自己倒楣吃了敗仗。桑丘竭力安慰他，說道：

「我的先生啊，您要是辦得到，請抬起頭來，尋尋快活。您該感謝上天，摔了一跤沒傷筋斷骨。況且您知道：『打人一拳；就得挨人一拳』；『許多人以為這兒掛著鹹肉呢，其實連掛肉的鉤子都沒有』[1]。您這場病不用醫生治療，可以對他們滿不理會。咱們回家吧，別在他鄉外地獵

1 兩句西班牙諺語。

奇冒險了。仔細想來，您這回雖然比我倒楣，我卻比您吃虧。我扔下總督的官兒不想再做，可是還指望做伯爵呢。您不做游俠騎士，還能做國王嗎？我看誰做伯爵呀？所以我的希望都煙消雲散了。」

「住嘴吧，桑丘，你可知道，我這番退休只不過一年，馬上又得重幹我這光榮的行業；少不了有王國給我征服，有伯爵給你做。」

桑丘道：「『但願上帝垂聽，魔鬼耳聾無聞。』我常聽說，『壞的實物不如好的希望』[2]。」

這時堂安東尼歐滿面高興跑來說：

「堂吉訶德先生，我特來報喜！堂格瑞果琉和接他的叛教徒已經上岸了！——不但上岸，準已經在總督家裡，馬上要到這兒來了！」

堂吉訶德聽了稍微高興些，答道：

「說老實話，我倒寧願事情不成，得我親自到蠻邦去走一趟呢。靠我的力量，別說解救一個堂格瑞果琉，所有拘留蠻邦的基督徒全都能放出來。可是我這倒楣人還胡說什麼呢？我不是吃了敗仗嗎？不是給打倒了嗎？不是一年內不准拿兵器了嗎？我是不配拿劍只配紡紗的人了，還許什麼願，誇什麼口呢？」

桑丘說：「先生，別說這種話，『老母雞害了瘟病，也但願牠活著不死』。『今天你神氣，明天我得意』，『勝負兵家常事』[3]，不用掛心，除非洩了氣躺在床上，不能抖擻精神再上戰場，那才是完蛋了。您趕緊起來，迎接堂格瑞果琉去；我聽得人聲嘈雜，準是他已經來了。」

果然，堂格瑞果琉隨著叛教徒見了總督，報告了經過之後，急要見安娜·斐麗斯，兩人就同到堂安東尼歐家來。堂格瑞果琉從阿爾及爾逃出來的時候還是女裝，在船上就和同出來的一個俘虜換了衣裳。可是隨他穿什麼服裝，一看就得人憐愛，也顯然是嬌生慣養的。他相貌非常漂亮，大約十七八歲。李果德父女出來迎接；父親含著眼淚，女兒脈脈含羞。一對情人沒有擁抱，因為愛情深厚，行動必定端重。大家看了堂格瑞果琉和安娜·斐麗斯好一對兒，都嘖嘖讚嘆。他們倆默默無言，只用眼睛來訴說心上的歡喜和摯愛。叛教徒講了怎麼用計救出堂格瑞果琉。堂格瑞果琉講了自己在女人堆裡的危險和窘急；他說話簡要，足見他少年老成。李果德慷慨解囊，酬謝了叛教徒和划手們。叛教徒重又皈依聖教，經過懺悔苦修，好比腐爛的肢體又健全乾淨了。

過了兩天，總督和堂安東尼歐商量辦法，讓安娜·斐麗斯和她父親待在西班牙。他們覺得女兒虔信基督教，父親一副好心腸，這兩人留下不會有什麼妨礙。堂安東尼歐正有事進京，願意去接洽這件事。他認為走走門路，送送禮物，許多困難的事都能成功。

李果德在旁，聽了他們的話插嘴道：「不行，請託送禮是沒指望的。皇上任命驅逐我們的薩拉沙爾伯爵大人、堂貝爾那迪諾·台·維拉斯果從不理會請託、許願、送禮、哀求這一套。儘管他確是恩威並用，卻看透我們民族好比一個爛瘡，只可以剜掉了用火燒灼消毒，止痛油膏不濟事。他眼明心細，辦事認真，能叫人怕懼，承擔這項重任很稱職。我們使盡心機，哀求也罷，搗鬼也罷，都混不過他。他像百眼神阿戈斯[4]，時時刻刻觀察著四面八方，不論我們有一人在西班牙隱藏下來，像埋著的禍根，到時又發芽結果。我們人多，是西班牙的隱患，現在總算一網打盡

2　兩句西班牙諺語。
3　三句西班牙諺語。
4　希臘神話，阿古斯（Argos）有一百隻眼睛。

了。偉大的菲立普三世真有果斷！他任用這位堂貝爾那迪諾・台・維拉斯果也真是了不起的英明[5]！」

堂安東尼歐說：「不管怎樣，我到了京城，盡人事、聽天命。堂格瑞果琉可以和我同走；他父母不見了他一定很著急，該回去讓老人放心。安娜・斐麗斯不妨留在我家和我妻子作伴，或者到修道院去。總督先生想必歡迎李果德老哥在他家住下，等我辦事有了眉目再說。」

總督都贊成。堂格瑞果琉聽了卻說，他怎麼也不離開安娜・斐麗斯。不過他要去看父母，並且要設法保護這位姑娘，也就同意大家議定的辦法。安娜・斐麗斯仍和安東尼歐夫人作伴；李果德住到總督家去。

堂吉訶德摔傷了不便行路，他和桑丘等堂安東尼歐動身兩天後才走。堂安東尼歐動身那天，堂格瑞果琉和安娜・斐麗斯依依惜別，一個流淚嘆氣，一個哭著暈倒了。李果德要送堂格瑞果琉一千艾斯古多，可是這位公子辭謝不受，只向堂安東尼歐借五個艾斯古多，答應到了京城償還。上文已經說過，這兩人走後，堂吉訶德和桑丘也動身上路。堂吉訶德不披掛，只是旅行的裝束，桑丘步行跟隨，因為灰驢背上馱著一捆兵器呢。

5 這是說反話；事實上堂貝爾那迪諾・台・維拉斯果以心腸狠毒著稱。

# 第六十六章

## 讀者讀後便知，聽眾聽著便知。

堂吉訶德從巴塞隆納出來，回望他摔跤的地方說：

「特洛伊[1]就此滅亡了！我不是沒有勇氣，只是碰上了晦氣，把一生辛苦掙來的英名斷送在這裡！造化在這裡播弄了我！我的豐功偉績從此失去了光彩！總而言之，我這次倒了楣，沒指望再轉運了！」

桑丘聽了說道：

「我的主人啊，英雄好漢得意了當然高興，失意了也能沉得住氣。這是我經驗之談。我做總督雖然快活，現在步行當侍從也並不煩惱。因為我聽說命運女神是個喝醉了酒的婆娘，喜怒無常，而且雙目失明，一味瞎幹瞎撞，推翻了誰、扶起了誰，自己全不知道。」

堂吉訶德說：「桑丘，你真是個大哲學家！這話非常高明，不知是誰教你的。我告訴你吧，世界上並沒有僥倖的事；世事不論好壞，都不是偶然，卻是上天有意安排的。所以老話說『命運

---

1　希臘古邦，被希臘其他各邦聯軍圍攻十年滅亡，荷馬的有名史詩裡敘述這事。

各由自己造成』[2]。我的命運向來由我自主；我不夠慎重，狂妄自信，就此出了醜。我該看到白月騎士的坐騎是匹駿馬，駑騂難得駑弱，遠比不上。我卻冒死去拚，使盡了勁，還是給撞倒了。不過我體面雖然丟了，說話當話這種品德並沒有喪失，而且也不能喪失。我做英勇的游俠騎士，靠敢作敢為建立功業；現在成了步行的紳士，就靠說到做到保證信用。桑丘朋友啊，開步走吧，咱們回鄉去過一年的苦修期；在家裡先養精蓄銳，再來幹我這個念念不忘的武士行業。」

桑丘答道：「先生，步行不是玩意兒，我沒勁趕路。咱們把兵器當絞殺犯那樣掛在樹上吧，我騎上灰驢，不用兩腳奔波，隨您一天趕多少路都行。要我搬動兩腳走急路是辦不到的。」

堂吉訶德說：「桑丘，你說得對，把我的兵器掛起來做紀念品吧。懸掛羅爾丹全副兵器的紀念碑上有句題辭：

不是羅爾丹的匹敵，
不要動這些兵器。[3]

咱們掛這捆兵器的樹腳上或周圍樹上，也可以刻上這句話。」

桑丘道：「您說得妙極了。要不是咱們路上少不了駑騂難得，該把牠也掛起來。」

堂吉訶德說：「可是，駑騂難得也罷，兵器也罷，我都不想掛起來，免得人家說『忠心效勞，不得好報』[4]。」

桑丘說：「對呀！聰明人說『驢子搗亂，不怪馱鞍』[5]。既然是您的錯，就怪您自己吧，別把您這副沾了血的破盔甲出氣，別埋怨駑騂難得懦弱，也別難為我這雙嫩腳，走不了路也硬逼著走。」

他們說著話過了一天，接著四天都一路無事。第五天他們剛進一個村子，看見客店門口聚著一大堆人，原來是節日在那裡趕熱鬧的。堂吉訶德走近去，有個老鄉嚷道：

「這兩位來客和咱們哪一方都不認識，咱們打賭的事可以請隨便哪位公斷。」

堂吉訶德說：「行啊，只要我明白是怎麼回事，一定公平判斷。」

那老鄉說：「那麼，好先生，叫我說吧。這村上有個大胖子，重十一阿羅巴。他街坊呢，只有五阿羅巴重。胖子挑逗瘦子和他賽跑，講定跑一百步路，可是雙方體重得相等。人家問那胖子，雙方身體怎能斤兩一樣呢？他說，應戰的瘦子體重五阿羅巴，叫他背六阿羅巴鐵，兩人就一樣都有十一阿羅巴重了。」

桑丘不等堂吉訶德回答，插嘴道：「這辦法不對。大家都知道，我前不久是總督和判官，這種疑難問題和一切爭論該由我來解決。」

堂吉訶德說：「你好好解答吧，桑丘朋友。我心神恍惚，『拿麵包屑餵貓』[6]都不能了。」

一群老鄉圍著桑丘，張開嘴巴等他判斷；他得到主人准許，說道：

---

2 西班牙諺語。
3 見本書上冊，第十三章。
4 西班牙諺語。
5 西班牙諺語。
6 成語，指微細的事。

「老哥們，那胖子的要求行不通，也全不合理。據說，決鬥的武器該由應戰的人選擇。如果確有這話，那麼，他那條件好比強迫應戰的人選擇自己不能取勝的武器，怎麼說得過去呢？所以我主張叫挑戰的胖子自己從身上不拘那裡，隨意修呀、削呀、片呀、切呀，去掉六阿羅巴肉，把體重減到五阿羅巴，和對方一樣，他們就可以按體重相等的條件賽跑了。」

一個老鄉聽了說：「啊呀！這位先生真是說話像聖人，判事像教長！可是要那胖子去掉身上一兩肉，他都絕不答應，別說六阿羅巴肉了。」

另一個老鄉說：「他們還是別賽跑了，瘦子不致壓壞，胖子也不用割掉一身肉。咱們把賭注的半數拿出來喝酒，請這兩位先生一起上高價酒店去吧。我的主張如果有錯兒，由我承當。」

堂吉訶德說：「各位先生，多謝你們的美意，可是我一刻也不能耽擱，因為遭逢了不如意事，心緒不佳，還得趕路，只好欠禮了。」

他就踢動駑騂難得往前跑。那群人料想桑丘是他的傭人；瞧主人模樣這麼古怪，傭人見識又這麼高明，都很驚訝。另一個老鄉說：

「傭人都這麼高明，主人還用說嗎？我可以打賭，他們要是在薩拉曼加讀了大學，一定轉眼當上京城的法官。這種事像開玩笑一樣，一個人只要在大學裡讀了再讀，如果有靠山，又有機會，忽然間就會手拿執法的杖，或頭戴主教的帽。」

當夜主僕倆在曠野露宿一宵，第二天又上路。忽見一人迎面步行而來，脖子上掛著個褡褳口袋，手裡拿著一支標槍或短矛，恰像個步行的信差。這個人走近堂吉訶德，跑著快步搶上來，抱住他右腿——因為站在平地上，比騎馬的矮著一截；他滿面堆笑，說道：

「啊呀！我的堂吉訶德·台·拉·曼卻先生啊！我們公爵大人要是知道您又回到他府上去，

該多麼快活呀！他和公爵夫人還在那兒待著呢。」

堂吉訶德說：「朋友，請問你是誰？我想不起你啊。」

那信差說：「堂吉訶德先生，我是公爵大人的小廝托西洛斯；我就是想娶堂娜羅德利蓋斯的女兒、不願和您決鬥的那人呀。」

堂吉訶德說：「啊呀，我的天！魔法師搗蛋，奪我那場決鬥的榮譽，把我對手變成了你說的那小斯；難道你就是我那個對手嗎？」

信差說：「得了，好先生，哪有魔法或變相的事呀。我上場決鬥就是小廝托西洛斯，退場還是小廝托西洛斯。我覺得那姑娘不錯，打算不決鬥就娶她。可是我打了如意算盤。您一走，公爵大人因為我沒執行決鬥前他給我的指示，叫人打了我一百板子。結果那姑娘做了修女，堂娜羅德利蓋斯回到加斯底利亞去了。我這會兒奉主人的命到巴塞隆納去送信給總督，身邊還帶著滿滿一葫蘆瓢的美酒——有點溫呼呼，可是味道很醇；還有許多下酒的特隆穹奶酪片兒，叫不想喝酒的也要喝。您喝點兒嗎？」

桑丘道：「我喝，我喝，我可不客氣。托西洛斯老哥，你斟酒吧，全美洲的魔法師都管不了你。」

堂吉訶德說：「桑丘，你真是天下第一饞胚，世上頭號傻瓜！你看不出這信差是著了魔的嗎？這托西洛斯是假的呀。你跟他一起吃喝個饜足吧，我慢慢兒往前走，等著你來。」

那小廝大笑；他拿出葫蘆瓢，掏出些奶酪片，還拿出一個麵包，和桑丘同坐在青草地上，親親熱熱把褡褳口袋裡的乾糧全吃光，他們胃口真好，連那束信都舔了一過，因為上面有奶酪味兒。托西洛斯對桑丘說：

「沒什麼說的，桑丘朋友，你這位主人該是個瘋子。」

桑丘說：「怎麼該？他一無虧欠[7]，如果該下什麼債，用他的瘋傻折抵，就可以清帳，一個子兒也不該誰。我明知他是瘋子，當面都跟他直說，可是有什麼用呢？況且他現在已經垮了，給白月騎士打敗了。」

托西洛斯請問是怎麼回事，可是桑丘說，叫主人等侍從，於禮不合，以後見了面再細講吧。他起身抖抖外衣，撢掉鬍子上的麵包屑，然後和托西洛斯辭別；他主人正在樹蔭下等著他呢。

7 原文debs指「應該」的「該」，也指「虧欠」的「欠」，桑丘借這個雙關的字說笑。

# 第六十七章

## 堂吉訶德決計在說定退隱的一年裡當牧羊人，過田園生活；還有些真正有趣的事。

堂吉訶德就是不打敗仗，一向也心事重重，這次吃了敗仗，愈添煩惱。上文說他正在樹蔭下待著想這想那，想到杜爾西內婭怎麼擺脫魔難呀，強迫退隱的一年怎麼過呀，千頭萬緒，像蒼蠅攢聚蜜糖似的揮逐不開，直叮著他。桑丘跑來，誇讚小廝托西洛斯慷慨。

堂吉訶德說：「哎呀，桑丘！難道你還以為那人真是個小廝嗎？你親眼看見杜爾西內婭變成鄉下姑娘，鏡子騎士變成加爾拉斯果學士，你大概把魔法師捉弄我的這些事忘得一乾二淨了。可是我問你，你有沒有打聽你說的那個托西洛斯，阿爾迪西多婭現在怎樣了？她當著我面痴情顛倒，我走了她還哭不哭呢？是不是一轉背就把我拋在腦後了呢？」

桑丘答道：「我哪有心思管這閒事。哎，先生，人家的心事，尤其愛情，您這會兒還問它幹麼呀？」

堂吉訶德說：「桑丘，你聽著，愛慕和感激是兩碼事。騎士蒙女人錯愛，可以不報答她的柔情，但萬不可不感謝她的厚意。阿爾迪西多婭看來對我很多情。她送我三塊頭巾你是知道的。我臨走她哭哭啼啼，不顧羞恥當眾把我咒罵，可見對我的痴心；情人的怨恨往往是以咒罵了結的。

我不能讓她抱什麼希望，也不能送她寶貴的東西，因為我的一切都已經獻給杜爾西內婭了。況且游俠騎士的寶物好比仙家點幻的東西，是虛而不實的。我能給她的無非是幾分懷念，無損於我對杜爾西內婭的一片心。你欠了杜爾西內婭那麼些鞭子老不還，真是對不起她呢！你不肯幫那可憐的小姐，護著自己的皮肉寧可將來餵蛆蟲，我真恨不得你那一身肉都給狼吃掉！」

桑丘道：「先生，我實在是想不明白打我的屁股和解除魔纏有什麼相干。這就好比說『你要是頭痛，膝蓋上敷些油膏就好』。我至少可以發誓，您那些游俠騎士的故事裡從沒講到抽鞭子可以解除魔纏。不過，管他怎樣，等我幾時高興或者方便，我還是要打自己幾下的。」

堂吉訶德說：「但願如此！讓上天感化你，叫你記著對女主人盡責任。因為我既是你的主人，我的女主人也就是你的女主人。」

他們一路說著話，又到了前番被牛群踐踏的地方。堂吉訶德還認得，對桑丘說：

「咱們不是就在這片草地上碰到了那些俊俏的牧羊男女嗎？他們要在這裡重建牧羊人的樂園呢。這主意很新奇，也很有趣。桑丘啊，我想學他們的樣兒，至少在強迫退休的一年裡，咱們也改行當牧羊人吧，你說好嗎？我去買幾隻綿羊和牧羊用的東西；我取名牧羊人吉訶悌士，你就叫牧羊人潘希諾[1]。咱們在山林曠野裡來來往往，唱歌吟詩；清澈的溪泉、浩蕩的河水供我們喝，蜜甜的橡樹子由我們放量吃，堅固的軟木樹幹讓我們坐，楊柳給我們綠蔭；玫瑰給我們甜香，廣闊的草原是花花綠綠的大地氈；我們呼吸的是新鮮空氣，照明的是星星月亮；唱歌作樂，就是哀

---

1　參看本書下冊，第五十八章，注17。文藝復興時期風行的《牧羊人的樂園》（*Arcadia*, 1504）是義大利作家撒納沙羅（Jacopo Sannazaro）所著；因此堂吉訶德要把名字都改得像義大利人名。

怨也心上痛快；阿波羅[2]給我們詩才，愛情供我們詩料，我們做出來的詩不但舉世聞名，還流傳千古呢。」

桑丘說：「天哪！這種日子正是我所想望的！完全稱了我的心！參孫・加爾拉斯果學士和尼古拉斯理髮師要是看見咱們當牧羊人，馬上會跟咱們合夥。咱們神父是愛樂、愛玩的，天保佑他別也動念鑽到羊圈裡來。」

堂吉訶德道：「你說得一點不錯。參孫・加爾拉斯果學士準會來做咱們的牧羊兄弟。他要來了，可以取名牧羊人參孫尼諾或牧羊人加爾拉斯公。理髮師尼古拉斯可以像從前博斯岡取名內莫洛索那樣[3]，叫做尼古洛索。我不知道給神父起什麼名字，除非就用他的職名，加上個尾巴，叫做牧羊人古良布洛[4]。至於咱們愛慕的牧羊姑娘取什麼名字，咱們可以挑選梨子似的細細挑選。不過我的意中人不管是牧羊姑娘或是公主，她的名字都合適極了，不用我費心再取。你呢，桑丘，隨你給自己的牧羊姑娘起個名字吧。」

桑丘說：「我不想給她另起名字。她原名泰瑞薩，她塊頭大，叫她泰瑞索娜[5]再好沒有。我做詩讚揚她，也就是誇我自己是個貞節丈夫，不挑精揀肥，到別人家去獵野食。神父得嚴守出家人的清規，心上不該有牧羊姑娘；學士要是有，名字隨他自己取。」

堂吉訶德說：「啊呀！桑丘朋友，咱們的生活多美啊！滿處都吹簫吹笛，敲打手鼓，搖動響片兒，彈弄三弦琴，再有個銅鈸，那就更妙，牧羊人的樂器差不多就齊全了。」

桑丘問道：「什麼銅鈸？我一輩子也沒聽見看見過。」

堂吉訶德答道：「銅鈸就是像蠟燭盤似的兩個銅盤兒，中部隆起，相拍的時候，當中是空的，就激盪出聲音來，雖然不怎麼好聽，也不很和諧，卻不討厭。這和笛子、手鼓一樣樸質。銅鈸，albogues，是從摩爾文來的。西班牙字凡是al開頭的，都是這個來源[6]，例如almohaza、almorzar、alfombra、alguacil、alhucema、almacén、alcancia等，不用一一列舉。從摩爾文來的西班牙字，末一個字母是i的只有三個：borcegui、zaguizami和maravedí。alhelí和alfaquí，開頭是al，而末尾是i，那是阿拉伯文。我因為說起了銅鈸，聯想到這些，順便和你講講。你知道，我稍微有點兒詩才，參孫・加爾拉斯果學士更有了不起的詩才，我們憑這種才情可以成為十全十美的牧羊人。咱們神父怎樣我不說，不過我可以打賭，他準也有幾分詩人氣味。理髮師尼古拉斯肯定也有幾分，因為理髮師一般都會編幾句詞兒，彈彈吉他。我就訴說情人分離的苦惱，你就誇耀自己用情專一；牧羊人加爾拉斯公可算是遭了女人唾棄；古良布洛神父隨他愛充什麼角色都行。咱們照這樣過日子多樂呀！」

桑丘道：

「先生，我這個倒楣蛋只怕一輩子也不會有這一天！哎，我要是當了牧羊人，有許多東西要做呢！精巧的小木匙呀，油炸麵包屑餅子呀，奶油呀，花冠呀，還有種種牧羊人幹不完的零星雜事，儘管沒人說我頭腦聰明，靠手藝精巧也可以出名！我女兒桑琦加可以到牧場上來給咱們送

2 希臘神話，阿波羅（Apolo）是太陽神，也是詩神。

3 博斯岡（Juan Boscán Almogaver）是十六世紀初葉的西班牙詩人。內莫洛索（Nemoroso）是加爾西拉索（Garcilaso）牧歌裡的人物。塞萬提斯以為就指博斯岡，但有人認為那是作者自己。

4 教區神父，西班牙文是「古拉」（Cura），改了尾部字母，就像義大利人名。

5 Teresona，義大利語名詞末尾-ona表示大，如donna（女人），donnona（胖大女人）。

6 但也有很多al開頭的字（如alba、alma）來源於拉丁文。

飯。可是，得小心！她相貌不錯，有些牧羊人很壞，並不老實。我不要她『出去剪羊毛，自己給剃成禿瓢』。不論在鄉下或城市，草屋茅舍或高堂大廈，愛情和姦情都是常情。『鏟除禍根，罪惡不生』，『眼不見，心不動』，『實心眼兒求人，不如一走脫身』[7]。」

堂吉訶德說：「夠了，桑丘；你這許多話裡，隨便哪一句就能說明你的意思。我多次勸你別濫用成語，說的時候檢點一下，可是我好像在荒野裡說教，『我媽媽打我，我還是老樣兒』[8]。」

桑丘道：「您真是應了老話說的『煎鍋罵蒸鍋「滾開！你這個黑屁股」』[9]，您剛怪我用成語，自己卻連串兒說。」

堂吉訶德說道：「你聽呀，桑丘，我用得對景，像指頭上戴戒指一樣合適。你卻不問情由，拿來就算。我記得跟你講過，成語是歷代聰明人從長期經驗裡提煉出來的短句。成語用得不當景，就變了信口胡扯。可是閒話少說，天快黑了，咱們離開大道找個地方過夜吧；還不知明天怎麼樣呢。」

他們走到老晚才胡亂吃上晚飯，桑丘很不稱心。他想到游俠騎士有時也大吃大喝，例如在公爵府或堂狄艾果・台・米朗達家，或是碰上富翁卡麻丘的喜事，或是在堂安東尼歐・莫瑞諾家；而往常登山涉林，總非常艱苦。不過有白天就有黑夜，有黑夜又會有白天，不會長夜漫漫永不天亮的。他這麼想想，就泰然睡去；他主人卻徹夜不眠。

7　四句西班牙諺語。
8　西班牙諺語。
9　西班牙諺語。

# 第六十八章

## 堂吉訶德碰到一群豬。

夜色昏暗，月亮在天上，卻不知躲在哪裡，因為這位黛安娜小姐[1]有時溜到地球的那一面去逛，使這裡群山黑魆魆，大野陰沉沉。堂吉訶德身體困倦，支不住瞇了一忽，可是再也不得第二忽。桑丘卻不然，他從晚上一覺睡到天亮，從不間斷；可見他身體好，也沒有心事。堂吉訶德給滿腔心事攪得睡不著，只好喚醒了桑丘，說道：

「桑丘，我不懂你怎麼這樣漠不關心！你大概是大理石鑿的、青銅鑄的，全沒有一點心肝！我醒，你睡；我哭，你唱；我齋戒得發暈，你吃飽喝足，混混沌沌。好傭人該和主人同艱苦、共患難，至少也得像個樣兒呀。瞧，今夜靜悄悄的，四無人聲；咱們別睡了，醒醒吧。我求你起來，走開幾步，拿點兒勇氣出來，打自己三四百鞭子，把你解救杜爾西內婭魔纏的鞭子帳還掉些吧。我不想再像上次那樣逼你，因為領教過你胳膊裡的勁兒；我這回是央告你。你打了自己一頓，咱們就唱歌等天亮：我唱我的相思，你唱你的堅貞。咱們回鄉要幹牧羊的行業，現在就可以

1 希臘羅馬神話裡的月神。

開始。」

桑丘道：「先生，我不是苦行僧，不會睡夢裡起來鞭撻自己。而且吃鞭子是很苦的，唱歌卻是很樂的；一苦一樂，合不到一起。您讓我睡覺吧，別逼我鞭撻自己了。不然的話，我發誓不但不碰自己一根汗毛，連外衣上一根絨毛都不碰一下。」

「嗐！你這個侍從真是鐵石心腸！我的飯你白吃了！好處白給了你，也白許了你！你做總督不是靠我嗎？你指望趕快封伯爵，不還得靠我嗎？而且只要過這一年，你就能如願，因為『黑暗之後，光明有望』[2]。」

桑丘說：「這話我可不懂，只知道自己睡著了就沒有怕懼，沒有希望，沒有困難，也沒有光榮。誰發明了睡，真該祝福他！睡像大氅似的覆蓋了人世一切思慮；睡是解餓的糧，解渴的水，禦冷的火，去暑的清風：一句話，是到處通用的貨幣，什麼都買得到。它是天平，是秤錘；牧童和國王，笨人和聰明人，睡著就彼此平等了。據我聽說，睡只有一個缺憾——和死太像；一個人睡熟了和死人沒多大分別。」

堂吉訶德說：「桑丘，你這麼高明的議論，我還從沒聽見過呢。可見你常說的老話不錯：『不問你生在誰家，只看你吃在誰家。』」

桑丘道：「啊呀，糟糕！我的主人啊，老話成串的，這會子不是我了！您一開口就成堆的諺語，比我還連貫！當然，您和我有一點不同：您說得當景，我說得不當景；可是一樣都是諺語。」

這時忽覺野地裡鬧哄哄地，還有刺耳的叫聲。堂吉訶德忙起身按劍；桑丘忙躲在灰驢身下，用那捆兵器和驢子的馱鞍左右擋住。他嚇得渾身亂顫；堂吉訶德也有點驚惶。那片響聲愈來愈大，漸漸逼近。主僕兩人至少一個已嚇得魂不附體，另一個的膽量是大家都知道的。原來有人趕著六百多頭豬到市上去賣，正路過那裡。那群豬嘴裡咕哩咕哩叫，鼻子裡咈哧咈哧出氣，鬧成一片。堂吉訶德和桑丘耳朵都震聾了，卻不明白是怎麼回事。大群叫叫嚷嚷的豬滾滾而來，浪潮一般把桑丘的堡壘衝塌，把堂吉訶德連人帶馬都撞倒，老實不客氣，不顧堂吉訶德和桑丘的尊嚴，竟在他們身上踩著過去。這群骯髒的畜生來勢迅猛，一陣子叫叫鬧鬧、衝衝撞撞，把馱鞍呀、兵器呀、灰驢呀、駑騂難得呀、桑丘呀、堂吉訶德呀，都橫七豎八踩翻在地。桑丘這才知道原來是一群莽撞的豬老爺，掙扎起身，問堂吉訶德借劍，要宰掉牠們幾個。堂吉訶德說：

「朋友啊，算了吧，是我作了孽，該受這番侮辱。游俠騎士打了敗仗，就該給豺狼吃掉，給黃蜂叮，給豬踩；這都是上天的懲罰。」

桑丘說：「那麼，跟著打敗的騎士當侍從，給蒼蠅叮、虱子咬、挨飢受餓，也該是上天的懲罰囉，如果騎士是我侍從的爸爸或近親，騎士有罪，我們子孫後代都陪著受罰，還有可說；但是潘沙和堂吉訶德兩家有什麼親呀？罷了，咱們歇歇吧，趁天還沒亮，睡它一會兒。只要還有明天，總會有辦法。」

堂吉訶德說：「桑丘，你睡吧；你生來是睡覺的，我生來是熬夜的。天亮還有一會兒呢，我想吟一首小詩散散心。你知道嗎，我昨晚上心裡已經有個譜兒了。」

桑丘說：「照我看，小詩裡的心情沒什麼大不了的。您隨意做詩吧，我要好好的睡呢。」

2　原文是拉丁文。堂吉訶德引用《舊約》的〈約伯記〉，第十七章第十二節「光亮近似黑暗」。堂吉訶德曲解為光明緊接黑暗而來。

他就攤手攤腳躺在地上，蓋得嚴嚴的，無牽無掛、無憂無慮，鼾呼大睡，做他的美夢。堂吉訶德靠著一棵櫸樹或軟木樹——熙德・阿默德・貝南黑利沒說明什麼樹，一面嘆氣，一面朗吟了以下的詩：

愛情啊，你何其殘暴，
狠狠地只把我折磨，
我唯有尋死、毀滅自我，
才剪得斷纏綿的煩惱。
憑此一念，苦海有了邊，
我歡欣得煩惱掃淨，
忽然有了嶄新的生命，
又點燃起熊熊情焰。
我活著只能求死，
求死卻又生意無窮；
生和死這樣把我捉弄，
真是曠古未有的奇事！[3]

他唱一行詩就連聲不斷地嘆息，連珠不斷地流淚，好像為打敗仗和失戀傷透了心。

天亮了，太陽光直射到桑丘臉上。他睜眼起身，抖抖衣服，伸了個懶腰。他看見糧袋也遭了豬的作踐，喃喃咒罵，咒罵的還不止那群豬。主僕倆又走上大道。傍晚，迎面來了十來騎人馬，還有四五個步行的人。堂吉訶德心怦怦地跳，桑丘也捏著把汗，因為跑來的這群人帶著長槍和盾牌，全是準備動武的架式。堂吉訶德對桑丘說：

「桑丘啊，我要不是有言在先，拿不得武器，前來的這夥人真不在我眼裡。不過這也許只是一場虛驚。」

騎馬的幾人這時已經跑來圍住堂吉訶德。他們一言不發，只舉槍指著他的胸口或背心要他的命。一個步行的把指頭擋在嘴上示意不許開口，一面牽著駑騂難得的轡頭走出大道；其餘幾個步行的趕著桑丘和灰驢，鴉雀無聲地跟著他們。堂吉訶德幾次想問他們到哪裡去，有什麼事，可是他剛要開口，大家就拿槍頭逼住他，桑丘也受到同樣看待，他每想說話，一個步行的人就用帶刺的棒扎他，還扎灰驢，彷彿驢子也曾想說話似的。夜色四合，他們加快了步子，堂吉訶德和桑丘也加添了怕懼，尤其聽他們不時吆喝：

「你們這兩個人猿，快走！」

「蠻子！不許開口！」

「吃人的生番，你們得還債！」

「不許咕噥！不許睜眼！凶狠的野人！殘忍的妖魔！吃肉不怕血腥的獅子！」

他們叫罵的都是這一套，狼狽的主僕倆聽來十分刺耳。桑丘自言自語道：「我們是什麼

3 這首詩實際是翻譯了義大利詩人貝德羅・班博（Pedro Bembo）的一首詩，原作末二行略有出入。

『圓』，是丸子，又是剩飯；卻又是妖魔、獅子[4]，這些名稱我一個也不愛聽，這是『歪風裡簸出來的穀子』，『亂棒打狗崽，沒興一起來』[5]。但願這番災禍，不過到此就完了。」

堂吉訶德呆呆瞪瞪一路走去；想不透這些臭罵什麼意思，估計凶多吉少。半夜一小時後，他們到了一所府第前面。堂吉訶德認得那是不久前住過的公爵府，說道：「天保佑我吧！這是怎麼回事呀？這裡本來是親熱殷勤的地方，現在我吃了敗仗，好地方變壞，壞地方就變得更壞了。」

他們進了府前的大院，看見那裡的布置越發驚訝，也更加害怕了。欲知詳情，請看下章。

4 桑丘沒聽懂，誤作聲音相似而意義不同的詞兒。
5 兩句西班牙諺語。

# 第六十九章

## 本書所載堂吉訶德經歷中最新奇的事。

騎馬的下馬和那些步行的一同架著桑丘和堂吉訶德，把他們推推搡搡送進大院，院子四周，架上插著近百個火把；樓上樓下走廊裡，點著五百多盞燈，把漆黑的夜照耀得雪亮。院子正中搭著一座六尺高的靈柩台，頂上撐起一個特大的黑絲絨天幔：周圍一級級台階上的銀燭台裡，點著上千支白蠟燭。靈柩台上橫陳一具少女的屍首，美麗非常，令人覺得死都是美的。她枕著錦緞的枕頭，戴著各色香花編成的花冠，雙手交叉胸前，拿著一枝黃色的棕櫚[1]。院子一邊搭著台，上設兩座，座上兩人都頭戴王冠、手拿寶杖，看來像國王的樣子。台下挨著台階另設兩座，堂吉訶德和桑丘押著坐在那位子上。一夥人都啞默無聲，還做手勢不許兩人說話。其實他們倆也說不出什麼話，因為看了當時的情景，早驚奇得張口結舌了。這時有兩位貴人帶著許多隨從上台。堂吉訶德一看就認得是東道主公爵夫婦。他們的座位富麗極了，就擺在看似國王的兩人旁邊。堂吉訶

1 棕櫚象徵勝利，也象徵童貞。西班牙舊俗，處女葬時手執棕櫚枝。把棕櫚葉包捲不見陽光，展開時便作嫩黃色。

德又看出靈柩台上的死人正是美麗的阿爾迪西多娌。這種種都離奇古怪。公爵夫婦登台，堂吉訶德和桑丘忙起身對他們深深鞠躬致敬；公爵夫婦也點頭回禮。

忽有個管事員到桑丘身邊來，給他披上一件黑麻布袍，上面畫滿了火焰；又摘掉他的便帽，給他戴上一頂錐形帽，像宗教法庭給犯人戴的囚帽[2]。這人附耳叮囑桑丘不許開口，開口就堵他的嘴或者竟要他的命。桑丘把自己從上到下端詳一番，只見渾身都是火焰；不過既不燒身，也就放了心。他脫下那頂尖頂高帽，看見上面畫著些魔鬼。他又把帽子戴上，暗想：

「反正火焰也不燒我，魔鬼也不捉我。」

堂吉訶德也在端詳桑丘；儘管自己驚奇得發呆，瞧他那副模樣也忍不住笑了。這時，聽得輕柔的笛聲，好像從靈柩台底下出來的。滿院靜悄悄地，越顯得笛韻淒清。那死屍似的姑娘枕邊忽然來個美少年，裝束像羅馬人，彈著豎琴，歌聲清越，唱了以下的詩：

由於堂吉訶德的冷酷，
阿爾迪西多娌不幸喪命；
現在貴夫人都穿上喪服，
傅姆聽從女主人的叮嚀，
一律是樸素整潔的裝束，
同來出席這裡的幽冥法庭。
我就乘間前來彈撥豎琴，
哀歌悼念這位薄命佳人。

我不僅一輩子在人世間，
該把你的美好到處揄揚，
即使長辭人世，命終氣斷，
這項使命永遠耿耿不忘，
在陰間的艾斯蒂休河[3]畔，
我的靈魂還要為你歌唱；
那沖洗一切記憶的逝水，
也將停止不流，為我瀠洄。[4]

那國王打扮的一人說：「行了，歌唱聖手啊，甭唱了。絕世美人阿爾迪西多婼的短命和她的風姿是唱不完的。世人愚蠢，以為她死了，其實她並沒有死。她靠自己的美名，還活在人間；靠這位桑丘為她吃點苦頭，她還會起死回生。和我同當地府判官的拉達曼多[5]啊，你已經知道不可

2　硬紙做的尖頂高帽，黃色，上面畫著魔鬼。
3　希臘神話，陰間的河流。相傳喝了這條河裡的水，就把生前的事忘得一乾二淨。
4　後八行抄襲了加爾西拉索的牧歌。因此在下一章裡堂吉訶德說這幾行詩不切題。
5　希臘羅馬神話：拉達曼多（Radamanto）和米諾斯（Minos）兄弟是宙斯的兒子，生前都是公正的國王，死後做了地府的判官。

捉摸的司命女神[6]決定叫這位姑娘還魂了，快把她們的旨意當眾宣布，讓大家及早為她慶祝更生吧。」

說話的是拉達曼多的同僚米諾斯判官。拉達曼多等他說完，立即起身道：

「嚕，全府的職事人員，不論老少尊卑，快排班上來，按住桑丘的臉，把他的鼻子彈二十四下[7]！在他胳膊上和腰裡擰十二把！再用針刺六下！憑這番禮節，阿爾迪西多婭就能重生。」

桑丘聽了放聲大叫道：

「我對天發誓！我要讓人按住我的臉肆行無禮，我就寧願叛教去當摩爾人了！老天爺！摸我的臉和這姑娘還魂有什麼相干呢？簡直是『老太婆愛吃菠菜……』[8]！杜爾西內婭著了魔，要解除魔纏，就鞭撻我！阿爾迪西多婭自己倒楣送了命，要她還魂，就得彈我二十四下鼻子！扎我渾身針眼兒！還擰得我兩胳膊傷痕！『這種惡作劇，找我小舅子去！』『我是老狗了，不聽人家嘖嘖呼喚！』[9]」

拉達曼多喝道：「你要不要命？你是吃人的老虎也得發慈悲；你是狂傲的寧祿[10]也得低頭！閉上嘴巴忍受吧，沒派你辦不到的事。別推三阻四，得讓人家按著你的臉彈鼻子，扎得你渾身針眼兒，擰得你哎呀呀喊痛。嚕，職事人員急急如令呀！不聽我的話，哼！仔細你們自己的性命！」

馬上有六個傅姆排隊從院子裡過來，裡面四個是戴眼鏡的。她們都高舉右手；袖口露出四指寬的手腕子——這是當時的風氣，因為要顯得手形纖長[11]。桑丘看見這群傅姆，就公牛也似的叫吼起來，說道：

「別人撫摸我也罷了，傅姆要碰我可休想！我可以像我主人在這府裡遭受的那樣讓貓兒抓破面皮；我可以讓匕首刺透身體；我可以讓燒紅的夾子夾鉗我胳膊：這種事都能忍受，聽憑您各位吩咐就是了。可是傅姆要碰我一下，我拚了命也絕不答應！」

堂吉訶德插嘴道：

「兒子啊，你忍耐著點兒，隨了這幾位先生的心吧。你這身子真了不起，折磨了它，著魔的能擺脫魔纏，死掉的能還魂再生；你真該感謝上天，給了你這種神通。」

一隊傅姆已經到了桑丘身邊。桑丘這時稍微依頭順腦了，就在椅上坐穩了，向打頭那個傅姆揚著臉，撅著鬍子。那傅姆手按著他臉，著著實實彈了他一下鼻子；然後對他深深行個屈膝禮。

「傅姆太太，少講點禮貌，也少搽點美容的油膏吧。你手上的醋酸味兒真是刺鼻子[12]！」

幾個傅姆一一彈了桑丘的鼻子，其他傭人又擰了他的肉。可是他受不了針刺，怒氣沖沖地站起身，隨手抓起一個火炬，趕著去打那些傅姆和捉弄他的人，一面說：

「滾！你們這群地獄裡的小鬼！我不是銅打的！受不了你們挖空心思折磨！」

阿爾迪西多娜仰天躺了好久，大概累了，這時側過身來。旁邊的人看見了幾乎齊聲喊道：

6 希臘羅馬神話：操縱世人命運有三位女神，分別掌管世人的生、死和一生。

7 用一手扳住另一手的食指，其餘四指按在對方臉上，然後放鬆食指，使它彈在對方鼻上。參看本書下冊，第二十八章，注6。

8 西班牙諺語：「老太婆愛吃菠菜，鮮的乾的都往嘴裡塞。」

9 兩句西班牙諺語。

10 寧祿是獵人，《舊約》的〈創世記〉，第十章第九節裡的「英勇的獵戶」。

11 當時婦女以手長為美。

12 當時婦女的潤膚油膏用醋、雞蛋、蜂蜜、檸檬、香料等原料製成。

「阿爾迪西多媂活了！阿爾迪西多媂活了！」

拉達曼多叫桑丘別生氣吧，他們指望的事已經成功了。

堂吉訶德一看見阿爾迪西多媂動彈，忙去跪在桑丘面前，說道：

「你不僅是我的侍從，你竟是我嫡嫡親親的親兒子！你快動手鞭打自己幾下，解脫了杜爾西內婭的魔纏吧。這會兒你的神通已經圓熟了，指望著你幹的事準會一舉成功。」

桑丘答道：

「這不是千層糕上澆蜜，卻是把我捉弄了又捉弄呀。剛把我擰胳膊、彈鼻子又扎了針，跟著再來一頓鞭子，這可怎麼說呢！乾脆拿大石頭綁在我脖子上，把我扔到井裡去吧。假如治病都得我來做『喜事人家的老母牛』[13]，扔下井去我也不在乎了。別惹我吧；不然的話，哼哼，我就自作主張了，反正我都豁出去了！」

這時阿爾迪西多媂已經在靈柩台上坐起來；隨後喇叭和笛子齊奏，大家同聲高呼：

「阿爾迪西多媂長命百歲！阿爾迪西多媂長命百歲！」

公爵夫婦、米諾斯王、拉達曼多王都站起來，和堂吉訶德、桑丘一起迎上去，把她扶下靈柩台。她裝出如夢初醒的樣子，向公爵夫婦和兩位國王鞠躬行禮，又斜過眼來，瞄著堂吉訶德，說道：

「硬心腸的騎士啊，上帝原諒你吧！我為了你的冷酷，在陰司待了好像一千多年了。至於你，全世界心腸最軟的侍從啊，我這條性命全虧了你。桑丘朋友，我有六件襯衫要送給你，雖然不件件完整，至少都是乾淨的；你可以改做自己的襯衫。」

桑丘把尖頂高帽拿在手裡，跪下吻她的手。公爵叫人給他去掉高帽，戴上他自己的便帽，並給他脫下畫滿火焰的袍子，換上外衣。桑丘向公爵討那件袍子和尖頂高帽，想帶回家鄉，紀念這番破天荒的奇事。公爵夫人一口答應，表示自己和桑丘向來是好朋友。公爵吩咐家人把大院打掃乾淨，大家回屋睡覺，把堂吉訶德和桑丘送到他們原先住的屋裡去。

13 指專供吃喜酒客人取笑捉弄的人，或承擔開銷的人。

# 第七十章

## 承接上章，把這段故事補敘清楚。

那夜桑丘睡在一張四腳安著轂轆的小床上，不得已只好和堂吉訶德同屋。桑丘料定主人會問這問那，有許多講究，攪得他不能睡覺。他受了折磨心裡不痛快，舌頭都僵了，懶得說話，寧願一人睡在茅屋裡，不願意和主人同住那間富麗的臥室。果然他並非過慮，堂吉訶德不出所料，一上床就說：

「桑丘，你瞧了今夜的事覺得怎麼樣？冷面無情竟有這麼厲害呀！你親眼看見了吧，斷送阿爾迪西多婭性命的不是箭，不是劍，不是什麼兵器，也不是無可解救的毒藥，只不過是我一貫對她板著臉不理睬。」

桑丘答道：「她死就死吧，愛什麼時候死或怎麼樣兒死都行。我從來沒招她愛我，也沒有冷淡她，別找上我的門來呀。我真想不明白，我上次也說過，阿爾迪西多婭那沒腦子的輕骨頭她死了還魂，折磨我桑丘・潘沙幹麼呢？我現在真是明白了，世界上確有魔法師和魔法，我保不了受害，但願上帝解救我吧。不管怎樣，我求您讓我睡一睡，別再問我話了，除非您是要逼我從窗口跳出去。」

堂吉訶德道：「桑丘朋友，你要是受了扎呀、擰呀、彈鼻子呀種種糟蹋，居然還睡得著，你就睡吧。」

桑丘道：「最氣人的是彈鼻子欺侮我；不為別的，只為下手的是他媽的傅姆。我再說一遍，求您讓我睡吧；叫人失眠的種種苦惱，睡著就丟開了。」

堂吉訶德說：「但願如此，上帝保佑你吧。」

兩人都睡了。本傳作者熙德・阿默德趁此講講公爵夫婦什麼緣故又安排了上文那套把戲。據說參孫・加爾拉斯果學士扮了鏡子騎士給堂吉訶德打敗後，當初的算計都落空了。他念念在心，決計捲土重來，指望這次馬到成功。他碰到給桑丘老婆泰瑞薩・潘沙捎信送禮的那小廝，打聽了堂吉訶德在什麼地方，就另找了一套盔甲和一匹馬，盾牌上畫上個白月亮，用騾子馱著武器，雇了個老鄉趕著騾子出門。他沒帶舊侍從托美・塞西阿爾，怕給桑丘和堂吉訶德識破。他到了公爵府，知道堂吉訶德要參與薩拉果薩的比武，已經從某一條道路走了。公爵講了他們怎麼惡作劇逼桑丘自打屁股、為杜爾西內婭解除魔纏；還講桑丘怎樣捉弄主人，說杜爾西內婭著魔變成了鄉下姑娘，公爵夫人又怎麼哄騙桑丘，說杜爾西內婭確是著了魔，倒是桑丘自己上了魔法師的當。學士且聽且笑，想不到桑丘又傻又調皮，而堂吉訶德竟一瘋至此。公爵囑咐學士如果找到堂吉訶德，不論取勝與否，務必回府把決鬥的結果告訴他。學士遵命。他到了薩拉果薩沒找到堂吉訶德，又一路找去；以後的事上文已經講了。他回到公爵府把經過一一報告，還講了決鬥的條件，說堂吉訶德是個好游俠騎士，說話當話，已經取道回鄉，準備退休一年。據學士說，堂吉訶德的瘋病一年裡也許可以養好，他當初就因為可惜這麼一位高明人士成了瘋子，一心要治好他，才化了裝跑出來。學士隨即辭別公爵回鄉，準備堂吉訶德跟腳也就到家了。公爵對堂吉訶德主僕的所作所為興味無窮，乘機又對他們開了以上那番玩笑。他估計堂吉訶德回鄉準會經過他那裡，就派了許多家丁，有的徒步，有的騎馬，把守著遠近各條道路，等碰見堂吉訶德，就把他軟騙硬逼，帶回官邸。他們果然碰見了堂吉訶德，忙去通知公爵。公爵早有準備，立即下令在大院裡點上燈籠火把，叫阿爾迪西多拉躺在靈柩台上，整套把戲已見上文。他們演得維妙維肖，好像真有其事。可是熙德・阿默德認為被捉弄的固然傻，捉弄他們的也一樣傻；公爵夫婦捉弄兩個傻子那麼起勁，可見自己和兩個傻子正也不相上下。至於那主僕兩個傻子呢，一個酣睡未醒，一個還睜著眼胡思亂想，只等天亮了起床；堂吉訶德不論得意失意，從不喜歡睡懶覺。

堂吉訶德真以為阿爾迪西多拉是死去還魂的。這時她遵照男女主人的意旨，跑到堂吉訶德屋裡來了。她帶著靈柩台上戴的花冠，穿一件灑金花白波紋綢長袍，披髮垂肩，手裡拄著一支精緻的烏木杖。堂吉訶德見了她又急又窘，忙縮著脖子鑽進床單和被單裡去。他嘴巴好像封住了，一句客套話也說不出。阿爾迪西多拉坐在床頭椅子上，長嘆一聲，嬌言軟語道：

「尊貴的女人和貞靜的姑娘非到萬不得已，才會不顧體面，把心事當眾抖摟出來。我呀，堂吉訶德・台・拉・曼卻先生，有這親身體會。我給愛情纏住了，不過我儘管苦惱，還是純潔的；我默默忍受，心都碎了，就此送了命。硬心腸的騎士啊——

我枉自哀怨，你卻比大理石還堅硬！[1]

你的冷酷害我死了兩天；反正看見我的人都斷定我是死了。要不是戀愛神垂憐，憑這位好侍從吃些苦頭救了我，我至今還在幽冥世界躺著呢。」

桑丘道：

「戀愛神不妨叫我的驢兒吃些苦頭救你呀，那我就多虧他啦！但願上天給你找個溫柔的情人吧，別像我主人那樣。可是小姐，請問你，你在幽冥世界看見些什麼了？絕望而死的人一定下地獄，地獄裡在幹麼呢？」

阿爾迪西多婭答道：「老實告訴你吧，我大概沒死透；所以還沒進地獄。要是進了地獄，那就怎麼也出不來了。我確是到了地獄門口；那兒有一二十個小鬼在打球，都穿著綁腿褲和緊身上衣，翻領和翻轉的袖口上鑲著荷蘭花邊；袖口露出四指寬的手腕子，顯得手形很長。他們拿著火焰騰騰的球拍子，拍的不是球，卻是書；書裡好像是空空的，只有些破爛的羊毛渣子。這不是怪事嗎？可是還有可怪的呢。打球的贏了高興、輸了喪氣是常情，那些傢伙，不管贏的輸的，都滿肚子牢騷，個個在發脾氣咒罵。」

桑丘說：「那沒什麼稀奇，魔鬼認真也罷，遊戲也罷，贏也罷，輸也罷，總是不稱心的。」

阿爾迪西多婭道：「你說的大概不錯。還有件事我也很奇怪──我意思那時候覺得很奇怪。他們的書只要拍一下就壞了，再禁不起第二拍；新書舊書拍了一本又一本，源源不斷，真是怪得很。有一本簇新的新書，裝幀很講究，他們拿來拍一下就四分五裂，散成一頁頁。一個小鬼對他夥伴兒說：『瞧瞧那是本什麼書？』他夥伴兒說：『那是《堂吉訶德・台・拉・曼卻》第二部，作者不是熙德・阿默德，卻是個阿拉貢人，據他自己說，他家在托爾台西利亞斯。』那小鬼說：『你給我扔得遠遠的，扔到獄底裡去吧，我看見就討厭。』他夥伴兒說：『就那麼糟嗎？』那小鬼

1　這是引用加爾西拉索《牧歌》第一篇的詩句。

說：『糟透了，即使有心要寫得更糟，我也辦不到。』他們照舊拍書遊戲。我對堂吉訶德是最愛慕的，聽到他的名字，就把當時的情景牢牢記在心上了。」

堂吉訶德道：「不用說，那是你心上的幻象罷了。世界上哪有兩個我呢。那部故事在這裡也傳閱過，可是誰都不願意拿在手裡，都放在腳底下踩。好在我也不是那部書裡的主人公，冒我名的傢伙究竟是在黑暗地獄裡，還是在光天化日的世界上，隨人家說去，我都滿不在乎。一部書寫得好、寫得真實，可以有幾百年的壽命；如果寫得不好，就一定隨生隨滅。」

阿爾迪西多娅又要埋怨堂吉訶德，堂吉訶德對她說：

「姑娘，我屢次對你說，你對我用情，害得我很為難。我只能感謝你的厚意，卻沒法叫你稱心。我生來是杜爾西內婭‧台爾‧托波索的人；如果真有司命的女神，她們已經注定我是她的了。別的美人要擠了她來做我的心上人，那是萬萬辦不到的。我說得這樣直率，你可以死心了；辦不到的事是不能勉強的。」

阿爾迪西多娅聽了這番話，滿面怒容，憤然道：

「噯呀，你這個冷血動物，銅鐵鑄的靈魂！棗核兒似的心！你比自以為是的鄉下佬還頑固！我撲上來準把你眼珠子都挖出來！吃敗仗的先生啊！挨揍的先生啊！你以為我真是為你傷心死的嗎？你昨晚上看見的全是假的呀！誰會為你這麼個駱駝似的蠢貨傷一星半點的心呢？我才不是那種女人！更別說為你死了！」

桑丘說：「這倒是真話。為愛情送命是笑話；誰會當真去死，傻瓜才相信呢。」

他們正說著話，昨夜彈琴唱誦的詩人跑了來，對堂吉訶德深深鞠躬，說道：

「騎士先生，我久聞您的大名和您的英雄事業，十分傾倒；您要是賞臉，許我跟隨著大夥兒為您效勞，我就榮幸得很！」

堂吉訶德答道：

「請問您是誰？我好按您的身分以禮相待。」

那少年說，他就是夜裡奏樂唱詩的。

堂吉訶德道：「您的嗓子好極了，不過您唱的詩好像不大切題；加爾西拉索的那幾行詩，和這位姑娘的死有什麼相干呢？」

那音樂家答道：「您別見怪，我們這班毛頭小伙子詩人，愛怎麼寫詩就怎麼寫，愛抄襲誰就抄襲誰，也不管切題不切題；隨意胡唱亂寫是詩人的特權。」

堂吉訶德正要回答，公爵夫婦恰來看他，就此打斷。賓主談得很久，都很高興。桑丘逗笑的妙語和帶刺的冷話源源而來，公爵夫婦真想不到他這麼老實，卻又這麼機靈。堂吉訶德要求當天動身回鄉，他是吃了敗仗的騎士，只配住豬圈，不該留在王公府第裡。他們一口答應，公爵夫人問他對阿爾迪西多婖是否回心轉意，他說：

「我的夫人啊，您知道，這位姑娘的病根子是懶惰；對症下藥，該叫她經常有正經活兒幹。她這會兒告訴我，地獄裡也時行花邊。她準會織花邊；該叫她不停手地織。手裡有活兒，就沒工夫想她心上的情人了。這是我的愚見，也是我的忠告，也確是真實情況。」

桑丘附和道：「我也這麼說。我一輩子就沒見過織花邊女工為愛情死的。有活兒幹的姑娘，只想幹完自己的活兒，沒工夫想到愛情。這是我自己的經驗。我鋤地的時候就忘了老伴兒——我指我的泰瑞薩・潘沙，我愛她比愛自己的眼毛還深得多呢。」

公爵夫人道：「桑丘，你這話很有道理。我這個阿爾迪西多婖一手好針線，以後叫她別閒著，常做做針線活兒。」

阿爾迪西多婭道：「太太，用不著什麼對症下藥；我只要想到這蠢貨毫無情意，早把他撇在腦勺子後面了，不必再想辦法。您夫人讓我走開吧，免得瞧他這副哭喪著的臉。這嘴臉真醜，看著就討厭。」

公爵道：「這就應了俗語說的：

罵個不停，

怒氣已平。」[2]

阿爾迪西多婭拿著塊小手絹假裝拭淚，一面對主人主婦屈膝行個禮，就出去了。

桑丘說：「我早料到的呀，可憐的姑娘，我早料到你是要倒楣的！你看上的人靈魂像黃麻一樣乾，心腸像橡樹一樣硬。老實說吧，要是看上我，『我這隻公雞就對你喔喔啼了』[3]。」

他們談完話，堂吉訶德穿好衣服，和公爵夫婦一起吃過飯，當天午後就上路回鄉。

2 西班牙諺語。

3 西班牙諺語。

# 第七十一章

## 堂吉訶德和侍從桑丘回鄉路上的事。

堂吉訶德吃了敗仗，沒精打采，但是他懊惱之中，又生出歡喜來。他懊惱的是打了敗仗；歡喜的是桑丘居然有神通叫阿爾迪西多啦起死回生。只不過他還不大相信那痴情姑娘是真死。桑丘卻一點不快活；原來阿爾迪西多啦答應他的幾件襯衫沒有給他，所以很氣惱，顛來倒去想這件事，對他主人說：

「先生，我是天下最倒楣的醫生。有些醫生殺死了病人，還要診金；其實他們什麼也沒幹，不過開了藥方簽個名，由藥劑師配好藥，讓那倒楣病人喝下就完了。可是我呢，給人治好了病，賠掉自己的鮮血，還吃人家彈鼻子、擰肉、針刺、鞭打，到頭來卻連一個子兒也沒到手。我對天發誓：如果再有病人叫我治病，得先撈到了油水才給他治呢。『修道院長靠唱歌吃飯』，我不信老天爺給了我這點本領是叫我白替人效勞的。」

堂吉訶德道：「桑丘朋友，你說得對。阿爾迪西多啦不該答應了襯衫不給。儘管你那本領也是平白得來的，沒要你下工夫學；可是身體受折磨比下工夫學習還吃重。我呀，可以向你聲明，你為杜爾西內婭解除魔纏挨了鞭子，如果要報酬，我一定給你；該多少給多少。只是我不知道拿

了錢吃的鞭子是否有效，我怕它不靈。不過咱們也不妨試試。桑丘，你算算要多少錢，馬上動手打吧；打完了可以自己支付現款，我的錢都在你手裡呢。」

桑丘一聽這話，眼睛也睜大了，耳朵也伸長了，鞭撻自己也甘心樂意。他對主人說：「好哇，先生，我順了您的心，自己又得了好處，哪有不肯的道理！也許您覺得我貪財，其實我只是愛我的老婆兒女。您說吧，我打自己一鞭，您給多少錢？」

堂吉訶德說：「桑丘，你解救了杜爾西內婭功德無量，便是威尼斯的財富，玻多西的礦產[1]，都不夠報答你。你估計身邊有多少錢，一鞭給多少，自己斟酌吧。」

桑丘說：「鞭子總共是三千三百下還帶點兒零。我打過五鞭，其餘的還沒動呢。且把那五鞭抵了零數，咱們算算那三千三百鞭吧。一鞭就算它四分之一瑞爾；再少的話，即使全世界人人勒逼我，我也不幹。照這麼算：就是三千三百個四分之一的瑞爾。三千呢，就是一千五百個二分之一的瑞爾，合七百五十個瑞爾。三百呢，就是一百五十個二分之一的瑞爾，合七十五個瑞爾，加上七百五十，總共是八百二十五個瑞爾。這筆錢，我就從您的錢裡扣；我雖然挨足鞭子，回家卻發了財稱心滿意了。『如要釣到鱒魚……』[2]，我不用多說。」

堂吉訶德道：「啊呀！修福的桑丘！可愛的桑丘！杜爾西內婭和我這一輩子該怎麼報答你呀！她一定會恢復原形！到那一天，她的壞運就轉成好運，我就轉敗為勝，圓滿收場。桑丘，你願意什麼時候動手，你瞧吧。你要是把這件事快快了結，我再加你一百瑞爾。」

---

1　玻多西在玻利維亞西部，多銀礦。「威尼斯的財富」和「玻多西的礦藏」都已變為成語，指最大量的財富。

2　西班牙諺語，下半句是「就得沾濕褲子」。

桑丘說：「什麼時候嗎？就在今晚上！保證沒錯兒！您準備在曠野露宿，我就把自己打得皮開肉綻。」

堂吉訶德眼巴巴地等天黑，恰像情人等幽會那樣急不可待，只覺太陽神的車子好像是壞了車輪，這一天比哪天都長。好容易天晚，他們走進路旁一座陰涼的樹林，兩人下了牲口，躺在草地上，把桑丘帶的乾糧當晚飯吃了一餐。桑丘用灰驢的轡頭和韁繩擰成一條堅韌的鞭子，跑到離主人二十來步的幾棵櫸樹叢裡去。堂吉訶德瞧他毅然決然的神氣，說道：

「朋友，當心啊，別把自己打得稀爛。你打完一鞭，再打一鞭，別急著一陣亂打，半中間就接不上氣來。就是說呀，別把自己太打狠了，該打的鞭數沒滿，就送了性命。我離著你在這邊用念珠給你計數，免得記錯。但願上天保佑，不負你的美意。」

桑丘說：「『還得了債，不心疼抵押品。』我自有辦法，打得痛而不傷性命；得這樣才能顯示我的神通呀。」

他隨即脫光上身，抓起繩索開始鞭撻；堂吉訶德就給他計數。桑丘打了七鞭上下，覺得這玩意兒不好受，價錢估得太低了。他停手對主人說，剛才講定的交易是上當的，不能作準；每一鞭的價錢該是半個瑞爾，不是四分之一。

堂吉訶德說：「桑丘朋友，你連著打吧，別洩氣；我把價錢抬高一倍就是了。」

桑丘道：「那麼我就把性命交給上帝了！鞭子像雨點似的打下來吧！」

可是那渾蛋不把鞭子往自己背上打，卻打在樹上，還一聲聲呼號，好像抽得自己靈魂都要出竅了。堂吉訶德心腸軟，怕桑丘傷了性命，又怕他顧前不顧後，害得他也不得如願，就對桑丘說：

「朋友啊，我求你住手吧。我覺得這是狼虎藥，一次不能吃多了，得慢慢兒來。『薩莫拉不是一下子攻倒的』[3]。照我的計數，你已經打了一千多下，這次就夠了。我說句俗話吧，『雖說驢子能負重，太重了也馱不動。』」

桑丘道：「不行，先生，我不能讓人說『拿到報酬，就折了手』[4]。您走遠些，讓我至少再打一千鞭。咱們幹這麼兩回，也許就完事了，說不定還綽有餘力呢。」

堂吉訶德說：「你既然這麼熱心，但願上天保佑你，你就打吧。我且走遠點。」

桑丘又痛下鞭撻，把好幾棵樹打得皮都脫落了；這頓鞭撻真是夠狠的！他在櫸樹上猛抽一鞭大叫道：

「參孫不要命了！大家同歸於盡吧！」[5]

堂吉訶德聽到鞭聲猛烈，呼聲淒厲，忙趕去抓住桑丘用韁繩擰成的鞭子說道：

「桑丘朋友，你得留著性命養家活口，如果稱了我的心，送了你的命，那是天地不容的。讓杜爾西內婭再等等吧。我反正如願有期，也就安心了。要大功告成，皆大歡喜，我等你蓄養了力氣再把這件事完成，讓大家樂意。」

桑丘說：「我的先生，您既然叫我別打了，我就聽您的。您把大衣借我披上吧，我渾身是

3 西班牙諺語。薩莫拉這個堅固的堡壘經過長期攻打才被加斯底利亞王打破。

4 西班牙諺語。

5《舊約》的〈士師記〉，第十六章第三十節；大力士參孫臨死說：「我情願同非利士人同死」，就掀倒房子，把裡面的非利士人都壓死。

汗，怕著了涼；我還是頭一次鞭撻自己，保不定出這毛病。」

堂吉訶德依言脫下大衣給桑丘披上，自己只穿著緊身衣褲。桑丘直睡到太陽光射到臉上才醒。他們立即上路，走了三哩瓦，到一個村上投宿。兩人在一家客店前下了牲口。堂吉訶德認得是客店，不是有濠溝、高塔、吊閘、吊橋的堡壘。他自從吃了敗仗，頭腦靈清了些；憑他下面講的話就可見一斑。店家給了他一間樓下的房間。鄉村的習慣，壁衣不用皮革；那屋裡掛的是半舊的斜紋布，上面畫著人物[6]。一幅是海倫在梅內拉奧家被那色膽包天的遠客搶走[7]；畫得非常拙劣。另一幅是狄多和伊尼亞斯的故事[8]：伊尼亞斯在海上，乘著一艘方帆快艇準備逃跑；狄多在高塔上，揮著半條床單，好像是向逃亡的遠客呼籲。堂吉訶德注意到畫裡的海倫並不像被人強搶的，她淘氣似的背著臉在笑呢；狄多美人卻眼淚雙流，淚珠有核桃那麼大。堂吉訶德看了說：

「這兩位夫人不幸沒生在當代；我更不幸，沒生在她們的時代。我要是碰到畫上那兩位先生，特洛伊就不會燒成白地，迦太基也不致滅亡；我只要殺掉一個巴黎斯，就鏟除了這種種災禍的總根子。」

桑丘說：「我可以打賭，不用多久，一切酒店、客店、旅館、理髮鋪，家家都要畫上咱們的故事了。不過我希望能有高手來畫，別畫得這樣糟糕。」

堂吉訶德道：「桑丘，你說得不錯。這個畫家就像烏貝達的畫家奧巴內哈一樣。人家問奧巴內哈畫什麼呢，他說：『畫出什麼，就是什麼。』假如他偶然畫出一隻公雞，就在下面註明：『這是公雞』，免得人家當作狐狸。桑丘，繪畫和寫作有相同之處。我覺得炮製堂吉訶德新傳的人，正和奧巴內哈一樣：描繪出什麼，就是什麼。幾年前京城有個詩人名叫茅雷翁，也是這一路貨。人家向他請教，他就隨口亂說。有人問他 Deum de Deo 是什麼意思；他說，就是 Dé donde diere[9]。可是閒話少說，我問你，桑丘，你今夜打算再把自己打那麼一頓嗎？你願意在屋裡打，還是露天打呢？」

桑丘說：「哎，先生，我打算給自己吃的那頓鞭子，屋裡打、露天打都一樣。不過我喜歡在樹林裡打，因為四周的樹木好像在陪我受罪，不知哪來的奇事，竟分攤了我的痛苦。」

堂吉訶德說：「那就算了，桑丘朋友，你且養息力氣；過不了後天咱們就回家了，等回去再打吧。」

桑丘說：「一切聽命，不過他願意趁熱打鐵，趕緊把事情了結。『拖拖延延，就有危險』；『求上帝保佑你，也得自己努力』；『許你兩件，不如給你一件』；『天空的老鷹，不如手裡的麻雀』[10]。」

堂吉訶德道：「啊呀，桑丘，成語少說兩句吧，你好像又『故態復萌』[11]了。我老跟你說，

6 安達魯西亞有錢人家的壁衣：熱天用描花或刻花的皮革，冷天用毛織的花氈；農村儉嗇，終年用布製的壁衣。

7 希臘故事，特洛伊王子巴黎斯拐走希臘斯巴達王梅內拉奧的妻子海倫，引起特洛伊之戰。

8 據維吉爾史詩《伊尼德》，伊尼亞斯在特洛伊城破後，流亡到迦太基，和迦太基女王狄多戀愛，後來又拋棄了她，航海到義大利。參看本書下冊，第四十八章，注3，及第五十七章，注2。

9 Deum de Deo是拉丁文的驚嘆辭或發咒時對上帝的呼籲，意思是「上帝啊！」或「上帝的上帝啊！」Dé donde diere這句西班牙語和Deum de Deo不過聲音相近，意義全不相干，直譯是「在我將來可能給的地方，我已經給了。」

10 四句西班牙諺語。

11 原文是拉丁文。

講話要明白清楚，直截了當；你聽了我這句話，將來受用不盡呢。」

桑丘答道：「我不知倒了什麼楣，不用成語就說不出個道理，而且哪一句好像都用得上，不過我以後努力改吧。」

他們就結束了這番談話。

# 第七十二章

## 堂吉訶德和桑丘回鄉路上。

桑丘要在曠野裡打完他那頓鞭子，堂吉訶德要看那頓鞭子打完，了卻心願；兩人整天待在鄉村客店裡等天黑。忽有個騎馬客人到來，三四個傭人跟著。一個跟隨的人對打頭的那人說：

「堂阿爾瓦羅・達爾斐，這家客店看來又乾淨、又涼快，您就在這兒歇午吧。」

堂吉訶德聽了對桑丘道：

「嗨，桑丘，我翻看我那第二部傳記的時候，好像見過堂阿爾瓦羅・達爾斐這名字。」

桑丘說：「很可能呀，待會兒等他下了馬，咱們問問他。」

新來的客人下了馬，那主婦撥給他一間樓下的房間，恰在堂吉訶德對屋，壁上也掛著些有畫圖的斜紋布，和堂吉訶德屋裡的一樣。那人換了一套夏天衣服，跑到大門口過道裡去。過道寬敞風涼，堂吉訶德正在那裡散步。那人問他說：

「紳士先生，您到哪兒去的？」

堂吉訶德答道：

「我家在附近村上，我是回鄉去。您呢？您到哪兒去呀？」

紳士道：「我呀，先生，也是回鄉去；我家在格拉那達。」

堂吉訶德道：「那是好地方！可是我想請問您的大名；我有個緣故，只是說來話長。」

那旅客道：「我叫堂阿爾瓦羅・達爾斐。」

堂吉訶德說：

「有個新出道的文人最近出版了《堂吉訶德・台・拉・曼卻傳》的第二部，書裡有一位堂阿爾瓦羅・達爾斐，想必就是您吧。」

紳士說：「是啊。書裡的主人公堂吉訶德是我的好朋友，是我把他從家鄉帶出去的；反正是我勸他去參加了薩拉果薩的比武，我自己也到了那裡去。我真是幫了他許多忙；他莽撞極了，幸虧有我在，他背上才沒有挨劊子手拍打。」

「請問您，堂阿爾瓦羅，您說的那個堂吉訶德和我有點兒像嗎？」

那人說：「不像，一點兒不像。」

堂吉訶德說：「那個堂吉訶德還帶著個名叫桑丘・潘沙的侍從吧？」

堂阿爾瓦羅說：「是啊。盛傳他很逗樂兒，可是我從沒聽他說過一句逗樂的話。」

桑丘插嘴道：「那當然，逗樂的話不是人人會說的。紳士先生，您講的那個桑丘，準是頭號的流氓、笨蛋、賊骨頭拼湊出來的。我才是真正的桑丘・潘沙；我的俏皮話比雨點兒還多呢。不信，您只要試試。您和我一起待一年，就會知道我開口就逗樂，說話又多又滑稽，往往自己也不知說了什麼，就逗得大家沒一個不笑的。至於真正的堂吉訶德・台・拉・曼卻呢，他真是名不虛傳，又勇敢，又聰明，又多情；他鋤強扶弱，幫助寡婦，害得年輕姑娘為他死去活來；他唯一的意中人是絕世美人杜爾西內婭・台爾・托波索。這個堂吉訶德就是你面前的這位先生，我的主人；別的堂吉訶德、別的桑丘‧潘沙全都是冒牌騙人的假貨。」

堂阿爾瓦羅說：「對啊！一點兒不錯！朋友，你開口幾句話就妙不可言。那個桑丘說話並不少，卻沒一句是這麼有趣的。他那張嘴巴只愛吃東西，不會說話；他像個傻瓜，毫無風趣。那些魔法師迫害好的堂吉訶德；他們一定是借那個壞堂吉訶德又來迫害我。我真不知該怎麼說了。因為我可以發誓，我離開那個堂吉訶德的時候，他正在托雷多瘋人院裡療養呢，現在這裡卻又出現了一個堂吉訶德！不過這位先生和那一個是截然不同的。」

堂吉訶德說：「我不敢說自己是好的堂吉訶德，不過絕不是那個壞的。我拿得出憑據，親愛的堂阿爾瓦羅‧達爾斐先生。我告訴您，我一輩子沒到過薩拉果薩，而且一聽說那冒名的堂吉訶德在那裡比武，我就不肯去了。我是要借此向大家戳穿他的謊話，所以直接到了巴塞隆納去。那裡是禮儀之邦，行路的安息處，窮人的收容所，勇士的家鄉；遭禍害的去避難，愛交遊的去聯歡，不論地勢風景，都獨一無二。雖然我在那裡的遭遇並不稱心，卻很痛心，可是能到那個地方遊歷一番，也就算是不冤枉。總而言之，堂阿爾瓦羅‧達爾斐先生，我是天下聞名的堂吉訶德‧台‧拉‧曼卻，不是那個冒名頂替的混蛋。我要求您憑紳士應盡的義務，當著本村長官正式聲明，說您今天才頭一次看見我，我並不是第二部傳記裡的堂吉訶德，我這個侍從桑丘‧潘沙也不是您認識的那個。」

堂阿爾瓦羅說：「行，行！不過我真想不到同時會看見兩個堂吉訶德和兩個桑丘，名字完全一樣，人又完全不同。想必我自以為眼見的，只是假象；自以為身經的，都是幻覺。」

桑丘說：「不用說，您準是像我們杜爾西內婭‧台爾‧托波索小姐那樣著魔了。天哪，我但願您也像她一樣，要靠我自打三千多鞭來解除您的魔纏呢！那我一定打，一個錢也不要。」

堂阿爾瓦羅說：「我不懂什麼鞭子不鞭子。」

桑丘說，講來話長，如果他們同路，可以在路上細訴。當時已經開飯，堂吉訶德和堂阿爾瓦羅同吃了飯。可巧鄉官帶著公證人到客店來。堂吉訶德就當著這位長官正式提出申請，說他為保衛自己的權利，要請在場的這位紳士堂阿爾瓦羅・達爾斐聲明，他從不認識在場的堂吉訶德・台・拉・曼卻，這個堂吉訶德・台・拉・曼卻，並非托爾迪西利亞斯人阿維利亞內達那本《堂吉訶德・台・拉・曼卻傳》第二部裡的堂吉訶德・台・拉・曼卻。鄉官按合法手續，把這項聲明照公文程序白紙黑字寫下來。堂吉訶德和桑丘高興非凡，明擺著這個堂吉訶德不是那個堂吉訶德、這個桑丘不是那個桑丘，他們倒好像還得憑這一紙執照為證呢。堂阿爾瓦羅和堂吉訶德應酬了一番。這位曼卻的偉人談吐非常高明，堂阿爾瓦羅恍然明白這個堂吉訶德絕非那個堂吉訶德。但他不懂怎麼會親身碰到兩個絕不相同的堂吉訶德，料想自己是著魔了。

他們當天下午出村，走了大約半哩瓦路，到一個交岔路口：堂吉訶德和堂阿爾瓦羅就各走各的了。在他們分手之前的一小段路上，堂吉訶德已把自己如何倒楣打了敗仗、杜爾西內婭如何著魔、如何解救等等都告訴了堂阿爾瓦羅；他聽了越發詫異。他擁抱了堂吉訶德和桑丘，就分頭取道回鄉。當晚，堂吉訶德又在樹林裡過夜，讓桑丘打完成他的苦行。桑丘還像前夜那樣揮鞭痛打，多虧櫸樹皮替他擋災，便宜了他自己的背皮。他背上鞭風也沒掠過，假如叮著一個蒼蠅，也不會驚動。堂吉訶德蒙在鼓裡，每一鞭都記下，加上前夜打的，共計三千零二十九鞭。太陽好像是要來瞧瞧桑丘怎樣受罪，老早就出來了。他們天亮又趕路，一路談的無非是堂阿爾瓦羅上了人家的當，他們自己又多麼精明，在鄉官面前把那項聲明寫成了正式文件。

兩人走了一天一夜，一路無話，不過桑丘當夜完成了他擔當的苦差，因此堂吉訶德非常稱心滿意。他深信梅林的預言，拿定他意中人杜爾西內婭已經擺脫魔纏。他等著天亮，想瞧瞧會不會路上碰見她；一路前去，每見一個女人，就近前去認認是不是杜爾西內婭·台爾·托波索。他就這樣思思想想、尋尋覓覓，一路和桑丘走上山頭，望見了家鄉。桑丘望見家鄉就雙膝跪下道：

「我念念不忘的家鄉呀，快瞧瞧，你兒子桑丘回來了！他雖然沒發大財，卻挨足了鞭子。你的兒子堂吉訶德也回來了，張臂迎接他吧！他雖然敗在別人手裡，卻戰勝了自己；據他以前跟我講的話，這是為人在世最了不起的勝利。我現在手裡有錢了！因為『我雖然挨足鞭子，卻是很有體面的騎士』[1]。」

堂吉訶德說：「別這麼瘋瘋癲癲，咱們順順當當回鄉吧；到了家，就該好好想想怎麼過牧羊生涯了。」

兩人就下坡回鄉。

1 西班牙諺語，見本書下冊，第三十六章，注4。

# 第七十三章

## 堂吉訶德入村所見的預兆，以及其他趣事。

據熙德・阿默德說，堂吉訶德進村，看見打麥場上兩個孩子吵架。一個說：

「你乾脆死了，小貝德羅：這東西你一輩子休想再看見了。」

堂吉訶德立即對桑丘說：

「朋友，你聽見那孩子的話嗎？『你一輩子休想再看見了』！」

桑丘答道：「哎，那孩子說了那句話又怎麼著？」

堂吉訶德道：「怎麼著？你還不懂嗎？那是對我說的，叫我休想再看見杜爾西內婭了。」

桑丘沒來得回答，因為看見野地裡一隻兔子直往他們那裡竄，許多獵狗和獵人在後面追趕。兔子嚇破了膽，竄過來躺在灰驢身底下。桑丘一把抓住，捧去交給堂吉訶德。堂吉訶德喃喃自語道：

「不祥之兆！不祥之兆！[1]兔子跑，獵狗追，杜爾西內婭卻不出現！」

桑丘說：「您真怪。就算這兔子是杜爾西內婭，追她的獵狗是把她變作鄉下姑娘的壞魔法師，她不是脫身了嗎？我把她捉來交在您手裡，您正抱在懷裡撫弄她；這又有什麼不祥呢？又算什麼壞兆呢？」

兩個吵架的孩子跑來看兔子；桑丘問一個孩子為什麼吵架。這孩子就是剛才說「你一輩子休想再看見」的那一個。據說他拿了那個孩子的一籠蟋蟀，打算一輩不還了。桑丘從身邊掏出四文錢給那孩子，問他要了那個籠子，交給堂吉訶德說：

「先生，我這會兒把預兆都破了！別說我傻，我覺得這些預兆就像隔年的浮雲一樣，和咱們毫不相干。我記得咱們村上的神父說過，高明人士不該注意這些細事。您自己前幾天還跟我講呢，相信預兆的是傻瓜[2]。這種事不值得放在心上，咱們還是快到村上去吧。」

打獵的跑來要他們的兔子，堂吉訶德就交給他們。兩人往村裡去，碰見神父和加爾拉斯果在草地上念經呢[3]。這時桑丘用那件畫火焰的麻布衣（阿爾迪西多娌還魂那夜桑丘在公爵府穿的）蓋著灰驢和驢背上的一捆兵器，所以灰驢好像穿了一件印著徽章的罩布；那頂尖頂高帽也戴在灰驢頭上——牠真是世界上最奇裝異服的驢子了。

神父和學士馬上看見了他們倆，都趕來張臂歡迎。堂吉訶德下了馬，和他們緊緊擁抱。小孩子眼尖，像山貓一樣，什麼都不放過；他們望見驢子的尖頂高帽，就趕來看，大夥兒傳呼道：

「夥伴們快來！瞧桑丘・潘沙那驢兒比明戈還漂亮！堂吉訶德那畜生比原先更瘦了！[4]」

---

1 原文是拉丁文。西班牙舊俗，認為路上碰見兔子是不吉利的，碰見狼是吉利的。

2 見本書下冊，第五十八章。

3 教士在指定的禱告時間得誦經祈禱；加爾拉斯果學士任教會裡最低的職位，所以也得念經。

4 十五世紀風行的諷刺詩裡說：「明戈・瑞伏爾戈，穿天藍色的外衣，鮮紅的緊身襖。」「比明戈還漂亮」變為堂吉訶德和桑丘由一群小孩子簇擁著，神父和學士陪著，進村到了堂吉訶德家。他家的管家媽和外甥女已經聽到他回家的消息，正在門口等著。桑丘的老婆泰瑞薩．潘沙也聽到消息，披散著頭髮，袒胸露臂，拉著女兒桑琦加趕來瞧她丈夫。她認為當總督的該穿得很漂亮，一看他那樣兒就說：

「我的丈夫，你怎麼這個樣兒呀？我瞧你是一步步走回來的，腳都走疼了；簡直像個逃難的災民，哪像什麼總督呀！」

桑丘答道：「甭說了，泰瑞薩；『許多人以為這兒掛著塊鹹肉，其實連掛肉的鉤子都沒有』[5]。咱們快回家，有稀罕事告訴你呢。我帶錢回來了，這是大事！我賠了力氣掙來的錢，沒損害了誰。」

泰瑞薩說：「我的好丈夫，隨你哪裡掙的，帶回來就是了；不管是怎麼個掙法，反正不是你發明的新辦法。」

桑琦加擁抱了爸爸，問他帶了什麼東西回來；她像五月天盼望雨水那樣盼望著他呢。桑丘一邊是女兒抓住他腰帶，一邊是老婆拉著他手，灰驢由女兒牽著，一起回家。堂吉訶德留在自己家，自有外甥女和管家媽看管，神父和學士作伴。

堂吉訶德刻不容緩，立即把學士和神父拉到屋裡，背著家裡人，告訴他們自己打了敗仗，按講定的條，一年內不准離鄉；他身為游俠騎士，得恪守騎士道，這個條件他一定切實履行，分毫不能出入。他打算那一年裡改行做樸實的牧羊人，在田野裡過優閒日子，舒散他對情人的思慕之心。他要求神父和學士，如果沒有要事纏身，得空就來和他作伴。他要買那麼一群羊，大家可以名副其實地做牧羊人。他說事情已有眉目，他為他們都已取了合適的名號。神父請教什麼名號。

堂吉訶德說：他自己叫牧羊人吉訶悌士，學士叫牧羊人加爾拉斯公，神父叫牧羊人古良布洛，桑丘・潘沙叫牧羊人潘希諾。神父和學士想不到堂吉訶德的瘋病又別開生面，可是防他再出門當騎士，又指望他一年裡能養好病，少不得附和著他的瘋勁兒，稱讚他新出的主意有趣，表示要同過牧羊生涯。

參孫・加爾拉斯果學士道：「大家都知道我還是個呱呱叫的詩人。我可以到處做詩：牧歌呀，京城流行的詞曲呀，或者隨意抒情的；咱們在田野裡就有得消遣了。兩位老哥啊，還有件最要緊的事呢：咱們歌頌的牧羊姑娘都得取個芳名，不論多硬的樹上都要刻上她們的名字；多情的牧羊人照例這麼幹的。」

堂吉訶德說：「這是當前的要緊事。不過我已經有了天下無雙的杜爾西內婭・台爾・托波索，不必再為虛擬的牧羊姑娘找名字。她是河岸[6]和草原上的花朵兒，美麗聰明的典範，不管怎樣極口讚美，用在她身上都不算誇張。」

神父道：「對啊！可是我們的牧羊姑娘還得有合適的名字呀；如果不能完全合適，將就點兒也行。」

參孫・加爾拉斯果湊趣道：

「如果想不出名字，可以借用書上的，書上多的是牧羊姑娘，什麼費麗達呀，阿瑪麗莉呀，

---

成語。那孩子的話是雙關的，好像是指桑丘的驢，堂吉訶德的馬；其實是把兩人說成畜生。

5　西班牙諺語。

6　牧歌裡往往把沒有河的地方稱為河岸。

黛安娜呀，芙蕾麗達呀，伽拉泰呀，貝麗沙達呀等等，這都是市場上的貨色，咱們買回來就是自己的了！假如我那位小姐——或者該說我那位牧羊姑娘名叫安娜，我就用安娜達[7]的名字來頌揚她，如果叫弗朗西斯加，我就稱她弗朗塞妮婭；如果叫露西婭，我就稱她陸莘達，反正都是同一個名字化出來的。桑丘・潘沙如果也加入我們一夥，他老婆泰瑞薩可以稱為泰瑞薩依娜。」

堂吉訶德聽了變化的名字不禁笑了。神父滿口稱讚堂吉訶德的主意正當高尚，重又表示，只要處理了他教區的緊要任務，就來和老友作伴。神父和學士就起身告辭，還勸堂吉訶德保養身體，多吃滋養的東西。

三人的談話可巧都落在堂吉訶德的外甥女和管家媽耳裡。他們等客人一走，就進屋來，外甥女說：

「舅舅啊，您是怎麼回事啊？我們以為您這次回來了要安安靜靜、老老實實待在家裡了，怎麼又迷了心竅，要去做什麼

來的小牧童呀，
去的小牧童呀？[8]

老實說吧，『麥秸已經乾硬，不能當哨子吹了』[9]。」

管家媽附和道：

「而且在曠野裡，暑天中午或冷天深夜，或是豺狼嗥叫，您受得了嗎？您怎麼也受不了的呀！那是大老粗的行業，得從小在媽媽懷抱裡就開始鍛鍊。千不好、萬不好，當游俠騎士還比當

牧羊人好。我的主人啊，我這會兒不是酒醉飯飽，正守著齋呢，而且五十多歲年紀了，您聽我的話吧。待在家裡，照管家業，常常去懺悔，多幫助窮人；要有什麼災害，由我的靈魂承當。」

堂吉訶德道：「女兒啊，甭多說了，我知道自己的本分。我覺得不大舒服呢，你們扶我上床吧。你們放心，我現在當游俠騎士也罷，將來當牧羊人也罷，絕不忘了照顧你們的需要；你們看到我幹的事，就會知道。」

外甥女和管家媽當然都是好女兒；她們扶堂吉訶德上床，給他吃了點東西，服侍他好好睡下。

7 學士也像堂吉訶德那樣把西班牙名字化為義大利名字。

8 西班牙民謠裡的句子。

9 西班牙諺語。

# 第七十四章

## 堂吉訶德得病、立遺囑、逝世。

世事無常，都由興而衰，以至於亡；人生一世更是逃不脫這個規律。堂吉訶德也不能得天獨厚，停步不走下坡路。他萬想不到自己一輩子就此完了。他發燒不退，一連躺了六天；也許是打了敗仗，氣出來的病，也許是命該如此。他的朋友像神父呀、學士呀、理髮師呀，都常去看他；他的好侍從桑丘・潘沙經常守在床頭。他們以為他打敗了羞忿，而且沒見杜爾西內婭擺脫魔纏，心上愁悶，所以懨懨成病，就用盡方法哄他開心。學士叫他抖擻精神起床，開始牧羊生涯，說自己已經做了一首牧歌，把撒納沙羅[1]的牧歌全壓倒了；又說自己出錢問金達那的牧戶買了兩隻看羊的好狗，一隻叫巴爾西諾，一隻叫布特隆。堂吉訶德聽著還是鬱鬱不樂。

他那些朋友請了一位大夫來給他診脈。大夫覺得脈象不好，說不管怎樣，救他的靈魂要緊，他的身體保不住了。堂吉訶德聽了這話很鎮定，管家媽、外甥女和侍從桑丘卻傷心痛哭，好像堂

1 Jacopo Sannázaro，義大利十六世紀詩人，一五〇四年出版的《牧羊人的樂園》（*Arcadia*）風行一時，參看本書下冊，第五十八章，注17，及第六十七章，注1。

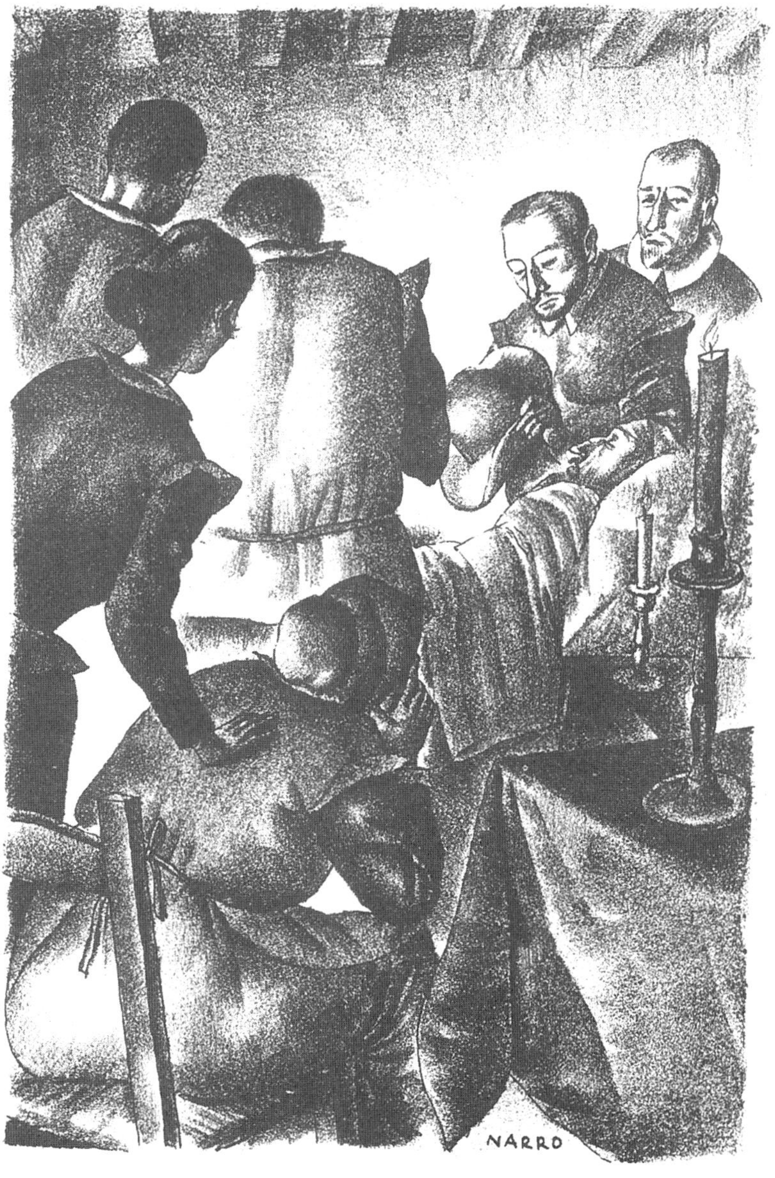
NARRO

吉訶德已經當場死了。據大夫診斷，憂鬱是他致命的病源。堂吉訶德想睡一會，要求大家出去。他就睡了一大覺，有六個多小時之久，管家媽和外甥女只怕他再也不醒了。他醒來大聲說：

「感謝全能的上帝！給了我莫大恩典！祂慈悲無量，世人的罪孽全都饒恕。」

外甥女留心聽她舅舅的話，覺得比往常靈清，至少比這番病倒後講的話有條理。她問道：

「舅舅，您這話是什麼意思？咱們得了什麼新的恩典嗎？說的是什麼慈悲、什麼罪孽？」

堂吉訶德答道：「我說的是上帝無量慈悲，這會兒饒恕了我的罪孽。我從前成天成夜讀那些騎士小說，讀得神魂顛倒；現在覺得心裡豁然開朗，明白清楚了。現在知道那些書上都是胡說八道，只恨悔悟已遲，不及再讀些啟發心靈的書來補救。外甥女兒啊，我自己覺得死就在眼前了；希望到時心地明白，別說我糊塗一輩子，死也是個瘋子。我儘管發過瘋，卻不願意一瘋到死呢。孩子，我要懺悔，還要立遺囑，你去把神父呀、參孫・加爾拉斯果學士呀、尼古拉斯理髮師呀那幾位朋友都請來。」

那三人正好進屋，不勞外甥女兒去講了。堂吉訶德一見他們，就說：

「各位好先生，報告你們個喜訊：我現在不是堂吉訶德・台・拉・曼卻了，我是為人善良、號稱『善人』的阿隆索・吉哈諾。我現在把阿馬狄斯・台・咖烏拉和他那幫子子孫孫都看成冤家對頭，覺得荒謬的騎士小說每一本都討厭，也深知閱讀這種書籍是最無聊、最有害的事。我現在靠上帝慈悲，頭腦清醒了，對騎士小說深惡痛絕。」

三人聽了這番話，以為他一定又得了新的瘋病。參孫說：

「堂吉訶德先生，我們剛剛聽說杜爾西內婭小姐已經解脫了魔纏，您怎麼又來這一套呀？況且咱們馬上要去當牧羊人，像公子哥兒似的唱歌過日子，您怎麼又要當修行的隱士了呢？我勸您清醒點兒，閉上嘴巴，別胡扯了。」

堂吉訶德說：「那些胡扯的故事真是害了我一輩子；但願天照應，我臨死能由受害轉為得益。各位老哥，我自覺命在頃刻，別說笑話了，快請神父聽我懺悔，請公證人給我寫遺囑吧。大限臨頭，不能把靈魂當兒戲。我請你們趁神父聽我懺悔，快去請個公證人來。」

大家聽了覺得詫異，面面相覷，雖然將信將疑；卻不敢怠慢。他忽然頭腦這樣靈清，料想是臨死回光返照。他還說了許多又高明又虔誠的話，條理非常清楚。大家不再疑惑，確信他已經不瘋了。

神父叫大家走開，他一人聽堂吉訶德懺悔。學士出去找了一個公證人，還帶著桑丘・潘沙一同回來，桑丘聽學士講了主人的情況，看見管家媽和外甥女在那兒哭，也抽搐著臉頰眼淚直流。堂吉訶德懺悔完畢，神父出來說：

「善人阿隆索・吉哈諾真是要死了，他神志也真是清楚了。他要立遺囑呢，咱們進去吧。」

管家媽、外甥女和那位好侍從桑丘・潘沙聽了這個消息，熱淚奪眶而出，壓抑著的抽噎也收勒不住了。因為上文也曾說過，堂吉訶德是善人阿隆索・吉哈諾也罷，充當了堂吉訶德・台・拉・曼卻也罷，向來性情厚道，待人和氣，不僅家裡人，所有的相識全都喜歡他。公證人跟著大家到堂吉訶德屋裡，把遺囑開頭的程式寫好；堂吉訶德按基督徒的照例規矩，求上帝保佑他的靈魂，然後處置遺產。他說：

「（一）我發瘋的時候，叫桑丘・潘沙當我的侍從，曾有一筆錢交他掌管。我們兩人還有些未清的帳目和人欠、欠人的糾葛，所以那筆錢我不要他還了，也不要他交代帳目，只把我欠的扣清，餘款全數給他；多餘的很有限，但願他拿了大有用處。我發瘋的時候曾經照應他做了海島總督；我現在神志清楚，如有權叫他做一國之王，我也會叫他做。他生性樸質，為人忠誠，該受這樣待遇。」

他轉向桑丘道：「朋友，我以為世界上古往今來都有游俠騎士，自己錯了，還自誤誤人，把這個見解傳給了你，害你成了像我一樣的瘋子，我現在請你原諒。」

桑丘哭道：「啊呀，我的主人，您別死呀，您聽我的話，百年長壽地活下去！一個人好好兒，又沒別人害死他，只因為不痛快，就憂憂鬱鬱地死去，那真是太傻了！您別懶，快起床，照咱們商量好的那樣，扮成牧羊人到田野裡去吧。堂娜杜爾西內婭大概已經擺脫魔纏，沒那麼樣兒的漂亮，咱們繞過一叢灌木，就和她劈面相逢了。假如您因為打了敗仗氣惱，您可以怪在我身上，說我沒給駑騂難得繫好肚帶，害您顛下馬來。況且騎士打勝打敗，您書上是常見的，今天敗，明天又會勝。」

參孫說：「可不是嗎！好桑丘這番話說得對極了！」

堂吉訶德道：「各位先生且慢，『去年的舊巢，哪還有小鳥』[2]！我從前是瘋子，現在頭腦靈清了；從前是堂吉訶德・台・拉・曼卻，現在我已經說過，我是善人阿隆索・吉哈諾。但願各位瞧我懺悔真誠，還像從前那樣看重我。現在請公證人先生寫下去吧。

「（一）我全部家產，從現有、實有部分，除去指名分配的款項，全歸在場的外甥女安東尼婭・吉哈娜承襲。首先，管家媽歷年的工資應如數付清，外加二十杜加，送她做一套衣服。我委託在場的神父和參孫・加爾拉斯果學士二位先生執行遺囑。（一）我外甥女安東尼婭・吉哈娜如要結婚，得嫁個從未讀過騎士小說的人；如查明他讀過，而我外甥女還要嫁他，並且真嫁了他，我的全部財產她就得放棄，由執行人隨意捐贈慈善機關。（一）執行遺囑的兩位先生如果碰見

《堂吉訶德・台・拉・曼卻生平事蹟第二部》的作者，請代我竭誠向他道歉：他寫那部荒謬絕倫的書，雖然沒有受我委託，究竟還是為了我，我到死還覺得對他不起。」

遺囑寫完，堂吉訶德就暈過去，直挺挺躺在床上，大家慌了手腳，趕緊救護。他立完遺囑還活了三天，昏厥好多次。當時家翻宅亂，不過外甥女照常吃飯，管家媽照常喝酒，桑丘・潘沙也照常吃喝；因為繼承遺產，能抵消或減少遭逢死喪的痛苦。堂吉訶德領了種種聖典[3]，痛罵了騎士小說，終於長辭人世了。公證人恰在場，據他說，騎士小說裡，從沒見過哪個游俠騎士像堂吉訶德這樣安詳虔誠，臥床而死的。堂吉訶德就在親友悲悼聲中解脫了，就是說，嚥氣死了。

神父當時就請公證人證明，稱為堂吉訶德・台・拉・曼卻的善人阿隆索・吉哈諾已經善終去世。熙德・阿默德・貝南黑利擱筆了，別的作者不能搗鬼再叫他活過來，把他的故事沒完沒了地續寫。奇情異想的拉・曼卻紳士如此結束了一生。熙德・阿默德不願指明他家鄉何在，讓拉・曼卻所有的村鎮，都像希臘六個城爭奪荷馬那樣，搶著認他做自己的兒子。

桑丘、外甥女和管家媽怎樣哀悼堂吉訶德，他墓上有什麼新的墓銘[4]，這裡都不提了；只說參孫・加爾拉斯果寫了如下一首墓銘：

邈兮斯人，

---

2 西班牙諺語。

3 指懺悔、領聖體、塗聖油等臨終聖典。

4 本書上冊結尾已有墓銘，所以說新的墓銘。

勇毅絕倫，
不畏強暴，
不恤喪身，
誰謂痴愚，
震世立勛，
慷慨豪俠，
超凡絕塵，
一生惑幻，
臨歿見真。

絕頂高明的熙德・阿默德對他的筆說：「我不知你是有鋒的妙筆還是退鋒的拙筆，我把你掛在書架子的銅絲上了，你在這兒待著吧。如果沒有狂妄惡毒的作者把你取下濫用，你還可以千載長存。可是你別等他們伸手，乘早婉轉地告訴他們：

請別來插手吧，
搖筆桿兒的先生，
國王已把這件事，
留待我來完成。

「堂吉訶德專為我而生，我這一生也只是為了他。他幹事，我記述；我們倆是一體。托爾台西利亞斯的冒牌作者用鴕鳥毛削成的筆太粗劣，他妄圖描寫我這位勇士的事蹟是不行的；他的才情不能勝任，他文思枯澀，不配寫這故事。你如果碰見他，勸他讓堂吉訶德那一把霉爛的老骨頭在墓裡安息，別侵犯死神的法權，把他從墳壙裡拖出來帶到舊加斯底利亞去[6]；堂吉訶德確實是直挺挺地躺在地下，不能再出馬作第三次旅行了[7]。他前後兩次出門的故事，已經把一切游俠騎士的荒謬行徑挖苦得淋漓盡致，得到國內外人士一致讚賞。你對蓄意害你的人好言勸告，也就盡了你基督徒的職責。我的願望無非要世人厭惡荒誕的騎士小說。堂吉訶德的真人真事，已經使騎士小說立腳不住，注定要一掃而空了。我也就欣然自得：作者能這樣如願以償，還數我第一個呢！」

再會吧！

5 末二行是民歌〈格拉那達內戰〉裡的句子。

6 阿維利亞內達偽造的《堂吉訶德傳》裡，說堂吉訶德從托雷多瘋人院出來後又到了舊加斯底利亞和其他許多地方去。

7 前兩次旅行指《堂吉訶德．台．拉．曼卻》的第一部和第二部；實則第一部裡堂吉訶德已出門二次。

不朽 Classic
堂吉訶德（上、下）〔楊絳翻譯，全新校訂書盒經典收藏〕

2021年12月三版　定價：新臺幣精裝1200元
平裝950元



| | |
|---|---|
| 著者 | 塞萬提斯 |
| 譯者 | 楊絳 |
| 叢書主編 | 胡金倫 |
| 校對 | 吳淑芳 |
| | 吳美滿 |
| 封面設計 | 謝佳穎 |

| | |
|---|---|
| 副總編輯 | 陳逸華 |
| 總編輯 | 涂豐恩 |
| 總經理 | 陳芝宇 |
| 社長 | 羅國俊 |
| 發行人 | 林載爵 |

| | |
|---|---|
| 出版者 | 聯經出版事業股份有限公司 |
| 地址 | 新北市汐止區大同路一段369號1樓 |
| 叢書主編電話 | (02)86925588轉5305 |
| 台北聯經書房 | 台北市新生南路三段94號 |
| 電話 | (02)23620308 |
| 台中分公司 | 台中市北區崇德路一段198號 |
| 暨門市電話 | (04)22312023 |
| 台中電子信箱 | e-mail：linking2@ms42.hinet.net |
| 郵政劃撥帳戶第 | 0100559-3號 |
| 郵撥電話 | (02)23620308 |
| 印刷者 | 世和印製企業有限公司 |
| 總經銷 | 聯合發行股份有限公司 |
| 發行所 | 新北市新店區寶橋路235巷6弄6號2樓 |
| 電話 | (02)29178022 |

行政院新聞局出版事業登記證局版臺業字第0130號

本書如有缺頁，破損，倒裝請寄回台北聯經書房更換。
ISBN 978-957-08-6111-2 (全套；精裝)
ISBN 978-957-08-6110-5 (全套；平裝)
聯經網址：www.linkingbooks.com.tw
電子信箱：linking@udngroup.com

國家圖書館出版品預行編目資料

堂吉訶德（上、下）/塞萬提斯著．楊絳譯．三版．
新北市．聯經．2021.12．（上冊560面，下冊608面）．
14.8×21公分（不朽 Classic）
譯自：Don Quixote
ISBN 978-957-08-6111-2（全套；精裝）
ISBN 978-957-08-6110-5（全套；平裝）
[2021年12月三版]

878.57　110018156